KB012658

깨진
유리 구두와
조각

A piece of broken glass shoes

깨진 유리구두와 조각 I

열매 장편소설

초판 1쇄 찍은 날 | 2018년 3월 16일
초판 1쇄·펴낸 날 | 2018년 3월 23일

지은이 | 열매
펴낸이 | 권태완 우천제

편집책임 | 박은정
편집 | 김효주 천희진
편집 디자인 | 이즈플러스

펴낸곳 | (주)케이더블유북스
등록번호 | 제25100-2015-43호
등록일자 | 2015. 5. 4
WFN | 제3-026호

주소 | 구로구 디지털로31길 41 이앤씨벤처드림타워 6차 1108호
전화 | 02-867-4626 팩스 | 02-866-4627
E-mail | cl_production@naver.com

ISBN 979-11-293-1192-4
     979-11-293-1191-7 (set)

깨진
유리 구두의
조각

A piece of broken glass shoes

I

열매 장편소설

워치북

Contents

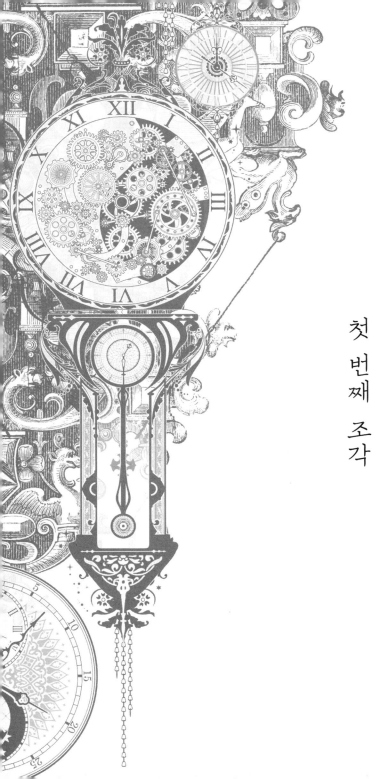

첫 번째 조각

유리 구두가 깨지다

---·◈·---

I'd rather be hated for who
I am than be loved for who
I'm not.
다른 누군가가 되어 사랑받기보다는
있는 그대로의 나로서 미움받는 것이 낫다.

---·◈·---

　바람이 불었다. 휘날리는 머리카락을 손가락으로 매만지며 나는 시선을 아래로 내렸다. 눈에 들어온 팔뚝은 한겨울의 나뭇가지처럼 앙상하기만 했다. 펄럭이는 치맛자락 속에서 슬쩍 드러난 다리는 노인을 연상케 할 만큼 볼품없었다. 축 늘어진 거죽은 노인의 살갗을 연상시켰다. 검푸른 멍이 검버섯으로 보이는 것은 이 때문일 것이다. 몸은 오랜 굶주림으로 인해 걷는 것조차 힘겨웠다. 납작하게 메마른 배에서 꼬르

룩 소리가 났다. 서글픈 울림이었다. 나는 무기력하게 어깨를 구부린 채로 테라스 위를 서성였다. 오늘따라 달빛이 환해 눈물이 났다.

여기, 재미없는 동화 하나가 있다. 아름답고 상냥한 의붓동생을 질투한 새언니와 새어머니의 이야기가. 그녀의 모든 것을 빼앗으려고 노력했지만, 결국 실패해 버린 악녀들의 사담이. 모든 옛날이야기가 그러하듯 마음씨 착한 의붓동생은 황태자와 결혼하여 행복한 삶을 살게 되고, 그녀를 괴롭힌 나쁜 새엄마와 새언니는 비참한 여생을 보내며 모두의 뇌리에서 잊힌다.

"사람들은 그들이 왜 그녀를 괴롭혔는지에 관심이 없었을까, 로에나?"

나는 독백하듯 중얼거렸다. 어느새 내 앞에 동화 속에 나오는 그 아름답고 착한 의붓동생이 서 있었다. 체면을 무릅쓰고 달려온 것인지 그녀의 입술에서 흘러나오는 건 목 끝까지 차오른 거친 숨소리뿐이다. 크게 떠진 눈동자에는 의붓언니의 행동에 대한 놀라움이 담겨 있었다.

"무슨 생각을 하는 거예요. 내려와요. 내려와서 내게 말해. 무엇이든 좋으니까 내려와서 말하라고!"

비명을 닮은 목소리는 사납고 날카로웠다. 로에나는 비극의 절정을 본 사람처럼 숨을 헐떡이며 내게 손을 내밀었다. 나는 고개를 내저으며 그녀의 절망을 응시했다. 기이하게도 헛웃음조차 나오지 않았다.

어쩌면 우리는 처음부터 만나지 말았어야 했을지 모른다. 섞이지 않은 게 당연한 물과 기름처럼 함께 어울려 산다는 것 자체가 불가능한 인연이었을 것이다. 하지만 타인으로 만났어도 깊은 혐오감을 느꼈을 우리, 아니, 너와 나는 비틀어진 인연으로 인해 '가족'이 되었다. 태생적인 구분이 뚜렷하게 지어진 귀족의 세계에서.

15살 먹은 딸이 있는 비슈발츠 백작과 16살 먹은 딸이 있는 평민의 결합은 겉보기부터가 좋지 않았다. 백작이라면 충분히 젊고 교양이 있는 데다가 딸린 자식이 없는 순결한 처녀를 후처로 맞을 수 있어서였다. 그러나 백작은 곤궁한 삶을 살고 있었던 내 어미를 선택했고, 일부 호사가는 그것이 마치 세기의 로맨스이자 아름다운 결합인 양 떠들어 댔다. 하지만 몇몇을 제외한 대부분의 사람은 후처와 그녀의 딸에 관대하지 않았다. '새로움'이라는 단어가 붙어진 것은 무엇이든 경계와 낯섦, 까닭 모를 거부감을 일으키게 마련이었다.

사실 사랑만큼 끝이 빠른 감정은 없다. 어머니에 대한 양부의 애정 또한 마찬가지일 것이다. 지금 당장은 열정을 불태우고 있지만, 그것이 오래갈 것이라 믿는 사람은 없었다. 그래서 우리는 각오하고 있었다. 언젠가 양부가 달콤한 꿈에서 깨어 현실을 직시할 것이라고. 그러니 지금 당장은 그의 애정을 즐기며 꿈에서나 나올 사치를 원 없이 누려 보자, 하고 다짐했다. 하지만 다른 사람들은 양부의 관대함을 견디지 못했다. 그들은 금세라도 세상이 뒤집힐 듯 날을 세우며 어머니와 나를 몰아세웠다. 특히 내가 눈엣가시였다. 그것은 연령대가 엇비슷한 의붓동생 '로에나' 때문이었다.

저택 내 자리한 이들은 내가 양부의 총애를 믿고서 백작가의 후계인 로에나의 자리를 위협할까 봐 두려워했다. 사랑에 눈이 먼 백작이 어머니의 말에 현혹되어 내게 가문의 모든 것을 떠넘겨 줄 성싶어 벌벌 떨었다. 사람들은 내가 백작가의 권리를 누리기에 매우 과분한 사람이며, 의붓동생과 비교도 되지 않을 정도로 형편없는 소녀라는 것을 부각하고자 했다. 그것은 실로 간단한 일이었다. 모든 것이 완벽한 로에나와 비교하면 되니까. 새로운 세계에 흠뻑 빠져 선불 맞은 망아지처럼 날뛰고 있는 내 자존심을 살살 부추기면서, 그렇게. 저잣거리에서 뛰놀던 계집이 날 때부터 레이디였던 소녀를 이길 리가 만무하니 말이다.

그들의 예상은 너무나 정확했다. 의붓동생의 재능은 매우 놀라운 것으로, 내가 하나를 알면 그녀는 열을 알았다. 내가 밤잠을 줄여 가서야 겨우 할 수 있었던 것을 로에나는 단번에 따라 했다. 죽도록 노력해도 그녀와 나의 격차는 전혀 좁혀지지 않았다. 마치 넘을 수 없는 커다란 '벽' 앞에 서 있는 듯했다.

사실 아무것도 모른 채 처음 시작하는 나와 이미 아는 것을 다시 복습하게 된 그녀는 상반된 평가를 받았어야 했다. 형평성을 따지자면 이게 옳았다. 그러나 부당함을 느끼는 건 나뿐이었다. 사람들은 귀족이라면 당연하게 습득하고 있을 상식과 지식이 현저하게 결여되어 있는 나를 수치스럽게 생각했다. 시작점이 달랐음에도 불구하고 누구도 내 사정을 봐주지 않았다.

무엇보다 절망스러운 건 그녀와 정당하게 경쟁할 수 있도록 '제대로' 가르쳐 준 사람이 아무도 없었다는 점에 있었다. 나를 모시는 내 하녀조차도 나를 외면했다. 저택의 고용인들은 불공평한 시작을 교묘하게 숨긴 채 로에나와 나를 끊임없이 비교하며 열등감을 부추겼다.

하지만 저들은 몰랐다. 내가 좌절을 하여 열등감에 시달릴망정 그대로 방 안에 처박혀서 울음을 터뜨리는 성격이 아니라는 것을. 악에 받친 망아지는 방 한구석으로 도망가기는커녕 되레 의붓동생을 미워하고 증오하여 그녀의 모든 것을 훔치고자 했다. 오욕의 시절을 곱씹으며 차분하게 기회를 노렸다. 그러므로 양부가 무역을 나갔을 적 풍랑을 만나 죽게 되자 어머니를 앞세워 백작가의 실권을 잡은 건 당연한 일이었다.

나는 그동안의 울분을 풀겠다는 듯 로에나와 그녀를 따르는 무리를 축축한 지하실에 밀어 넣었다. 하녀들이 로에나는 잘못 없다며 울부짖었지만 나는 눈 하나 깜빡하지 않았다. 과거 내 하녀가 잘못을 저지르면 그것은 주인인 내 과실이라고 말한 게 저들이었다. 그러니 아랫사람의 잘못은 그들의 주인인 로에나가 갚아야 함이 옳았다. 학습한 대로 행하는 게 배운 자의 미덕이지 않나.

하지만 모든 동화가 그렇듯 행복한 결말은 언제나 주인공의 몫이다.

모두의 말마따나 백작가의 주인은 '로에나'이며 그녀가 이 이야기의 주인공이라는 것을 나는 간과했다. 모두가 참고 기다린 결정적인 순간을 어머니와 나만 몰랐다. 언젠가 다시 화려하게 날아올라 행복하게 웃을 로에나를 많은 사람이 바랐다는 것 또한.

　나락은 한순간에 찾아왔다. 어머니와 나 몰래 황실 무도회에 참석한 로에나가 황태자와 사랑에 빠지면서 상황이 반전된 것이다. 더 이상 그녀는 비슈발츠가의 부엌데기가 아니었다. 제국 내의 두 번째로 고귀한 여인. 로에나를 지칭하는 말은 이것으로 충분했다. 황태자는 로에나의 불행을 좌시하지 않았다. 어머니와 나는 그녀를 학대했다는 죄로 재판조차 받지 못하고 쫓겨났다. 감옥에 갇히지 않은 건 로에나의 청원 때문이었다.

　새롭게 시작할 수 있는 기회.

　로에나는 죄수의 죄를 씻어준 성녀처럼 자애롭게 말했다. 이것으로 그간의 갈등을 다 해소했다는 듯 홀로 해맑게 웃었다. 자비의 화신은 여전히 자신의 기준 안에서만 상냥하고 성스러웠다. 가문에서 쫓겨난 덕분에 타인에게도 우리에게 손쉽게 복수할 기회가 생겼으니 그럴 만했다. 결국, 비참함만 되풀이된 셈이다. 차라리 감옥에 갔어야 했다. 그럼 얼어 죽든 굶어 죽든 지금보단 덜 비참했을 것이다. 병이 든 어머니가 눈에 밟혀 꾸역꾸역 살아온 게 잘못이었다.

　그러니 여기서 끝을 맺자. 이 모든 것을 알면서도 모르는 척했을 그녀와 로에나를 지키기 위해 나를 짓밟은 모두와의 악연을. 멍청하게도 이들의 수작에 넘어가 얼간이처럼 날뛴 내 삶 또한. 이미 무대는 흡족할 정도로 완벽하게 꾸며졌다. 길게 풀어헤친 머리카락, 장식 하나 없는 새하얀 드레스. 테라스 난간 위를 위태롭게 서 있는 여인과 내 연락을 받고 허겁지겁 뛰어온 관객 하나. 그야말로 이 기막힌 희극의 끝을 맺기 위한 최고의 연출이다. 소리 높여 웃을 수 없는 게 아쉬울 따름이었다.

나는 희게 질린 로에나를 향해 입을 열어 물었다.

"하나만 물어볼게. ……정말로 아무것도 몰랐니?"

"무슨 말이에요? 제발 내려와요."

"대답해. 넌 알고 있었지? 어느 순간부터 무언가 잘못되고 있다는 걸 알고 있었잖아! 하지만 모두의 뒤에 숨어서 고개만 내밀고 있었어."

항상 궁금했었다. 백작가의 모두가 나를 깎아내리기 위해 혈안이 되어 있었는데, 어떻게 그들의 중심인 로에나만 몰랐을까 하고. 어떤 때는 눈에 보일 정도로 노골적인 비교가 이루어졌었는데, 정작 로에나는 매우 태연한 표정으로 나를 바라보고 있었다. 순진한 눈망울에 비친 내 얼굴이 울 것처럼 일그러져 있었는데도.

"그게 잘못된 일인 줄 몰랐으니까요. 알게 되었을 땐 이미 늦은 후였죠. 그리고 나는 이미 그 대가를 치렀어요. 그래서 언니를 용서한 거예요."

"……나를 용서했다고? 너는 그게 쉽구나."

"과거니까요. 더는 연연할 필요가 없는 거죠. 제발, 우리는 다시 시작할 수 있어요. 그곳에서 내려오기만 한다면 말이에요. 그러니까 이리 내려와요, 네?"

아니, 이미 우리는 금이 가 있다. 악의와 열등감이라는 이름으로 말이다. 다신 붙을 수 없는 완벽한 골이 그녀와 나 사이에 있었다. 그렇기에 로에나를 향한 원망이 증오가 되고, 이내 살의로 변모하여 최악의 상황으로 치닫는다. 그런데도 웃을 수 있는 건 결국 승리자가 될 내 모습이 그려지기 때문이었다. 황태자와 오래오래 행복하게 살았습니다가 동화의 마지막이라고? 아니, 이것이야말로 이 이야기의 진정한 마지막이야.

"로에나."

나는 다정한 목소리로 그녀의 이름을 불렀다. 그리고 내 부름에 반응하여 움찔하는 로에나에게 중얼거리듯 말했다.

"난 네가 싫어."

네가 평생 내 죽음을 떠올리며 괴로워했으면 한다. 앞으로 펼쳐질 행복한 삶에 나라는 '벽'이 존재하여 끊임없이 좌절을 맛보기를 바란다. 네 눈앞에서 떨어지는 내가 언제나 아른거렸으면 좋겠다. 잠조차 쉽게 들 수 없게끔, 그렇게.

나는 양팔을 펴고 몸을 뒤로 젖혔다. 로에나의 비명이 날카롭게 울려 퍼졌다. 그것은 패배자의 절규를 닮아 나를 기쁘게 했다. 울 것처럼 환하게 비치던 달빛이 지금 이 순간만큼은 황홀하게 느껴졌다. 새가 추락할 때 이런 기분을 맛보는 걸까? 자의로 인한 고통은 쾌감보다 지독하게 감미로웠다.

승리자는 네가 아니라 바로 나야. 얼굴이 뭉개지지 않았다면 누구든 내 시체에서 쾌락에 가득 찬 웃음을 발견했으리라.

한데 왜 지금의 나는 살아 움직이는 걸까? 어째서 마지막 기억보다 어려진 로에나가 내 눈앞에 서 있는 것일까?

"처음 뵙겠습니다. 로에나라고 해요. 이제 우리는 가족이 되는 건가요?"

어떻게 죽은 양부가 살아 있는 거지? 나는 지금 꿈을 꾸고 있는 것인가? 아니면 다시금 고통을 맛보라는 신의 장난인 것일까?

확실한 건 내가 죽음에서 돌아왔으며, 이전에 맛보았던 지독한 현실을 다시 되풀이하게 되었다는 사실이다. 너무나 절망스럽게도 말이다.

1장
다시 돌아오다

가물거리는 눈을 뜨니 햇살이 반긴다. 캐노피 침대의 하늘거리는 커튼 자락이 시야를 어지럽히고 있었다. 나는 약간 마른 듯 텁텁한 입술을 혀로 축이며 기지개를 켰다. 그리고 몸을 일으켜 침대 헤드에 등을 기대곤 멍하니 정면을 바라보았다. 살갗에 부드럽게 밀착된 실크 잠옷과, 등 뒤로 느껴지는 베개의 푹신한 감촉에 악몽을 꾸는 것 같았다. 동시에 데자뷔처럼 떠오른 과거의 기억에 마음이 어지러웠다. 분명 나는 설렘으로 인해 잠을 제대로 자지 못했었는데. 그것보다 이날 어떤 표정을 지었었지?

그때 똑똑 하고 누가 문을 두들겼다. 그리고 내가 미처 반응하기도 전에 문을 열고 들어왔다. 내 전속 하녀로 지정된 '마리'다. 양 뺨 위로 주근깨가 알알이 박힌 이 소녀는 나와 시선을 마주하고도 인사조차 하지 않았다. 그저 종종걸음으로 창문가로 다가가 커튼을 걷어 젖힐 뿐이다.

과거의 '마리'도 그랬다. 그녀는 항상 도도하고 새침했다. 주인인 나를 모시는 내내 살가운 말 한 마디 건넨 적이 없었다. 그렇다고 해서 자신의 본분을 다해 나를 살뜰하게 챙기는 것도 아니었다. 그냥 있는 듯 없는 듯 데면데면하게 굴며 시키면 마지못해 한다는 티를 냈다.

사실 마리는 나를 싫어해서 귀족 여인들의 생활이 어떤지 정식으로 배울 때까지 나를 방치했다. 이것은 대놓고 괴롭히는 것보다 더 교활하고 못된 방법이었다. 하지만 무지함으로 인해 그 부당성을 느끼지 못했더랬다. 생전 처음 귀족의 저택가에서 살게 된 내가 그런 차이를 느낄 리가 만무하지 않나. 오히려 '귀족가의 아가씨는 이렇게 사는구나' 싶어 그들의 오만방자한 행동을 묵인했었다. 지금이야 저들의 속내가 어떤지 다 꿰뚫고 있지만. 그러니 지금 마리에게서 내 우위를 확인하는 것은 당연한 일일 것이다. 아직도 돌아온 게 확실치 않아 얼떨떨하긴 하지만 이전처럼 마냥 당할 순 없으니까.

나는 조용한 목소리로 마리를 불렀다.

"네 이름이 마리라고 했었니?"

그러자 그녀가 고개를 돌려 나를 바라봤다.

"네, 아가씨."

비죽 튀어나온 입술을 통해 웅얼거리듯 내뱉는 목소리가 딱딱하기 그지없다. 눈동자에 어린 불만과 멸시는 헛웃음이 나올 정도로 노골적이다. 돌아오기 전의 내가 이런 불순함을 알아차리지 못한 게 신기할 정도였다. 이토록 선연한 감정인데 불구하고.

"몸이 좋지 않아 보이는구나."

내 말에 마리가 의아하다는 듯 고개를 갸웃거렸다.

"네? 아뇨, 아픈 곳은 없는데요?"

"목이 많이 불편해 보이는걸."

"아니요. 전혀 그렇지 않답니다."

"그러니?"

빙그레 미소를 지은 후 손짓으로 마리를 불렀다. 그리고 어리둥절한 표정으로 내게 다가온 그녀의 머리를 잡아채고선 얼굴을 가까이 대었다.

"나는 또 네가 목이 아파 인사를 안 한 줄 알았단다. 그런데 이렇게 보니까 아주 멀쩡해 보이는구나. 그래, 이런 식으로 고개를 더 숙여야지."

"아, 아가씨 아파요. 제발 놔주세요."

"그러마. 대신 다음부턴 들어오면 제대로 인사부터 하렴. 알겠니? 자, 이제 어서 나가서 세숫물을 가지고 오려무나."

내 말에 마리가 벌떡 일어나 바깥으로 달리다시피 뛰어가 세숫물을 가져왔다. 오늘 작정하고 골탕을 먹일 생각이었던지 그녀가 준비한, 놋대야에 담긴 세숫물은 차갑기 그지없었다. 그 위에 흩뿌려져 있어야 할 꽃잎은 아예 보이지 않았다. 그래서 놋대야를 바닥을 향해 뒤집었다.

촤악.

마리가 기막히다는 표정으로 나를 바라봤다. 자신이 무얼 잘못했는지 모르겠다는 눈초리였다.

"아가씨?"

"다시 가져오렴."

어처구니가 없다는 듯 바닥을 바라보던 마리가 내 재촉에 바깥으로 빠져나갔다. 하지만 그녀가 들고 온 놋대야의 물은 좀 전과 같았다. 그래서 또다시 바닥을 향해 뒤집었다. 그리고 마리를 향해 상냥한 어조로 말했다.

"다시 가져와야겠구나."

"아가씨, 혹 노여운 것이 있으면 말해주세요. 왜 이러시는 거예요?"

"그건 네가 잘 알고 있지 않니?"

과거의 마리는 귀족의 여인에게 알맞지 않은 세숫물과 격식에 어울리지 않은 드레스를 준비하여 나를 골탕 먹였다. 백작가의 일원이 되어 모두 함께 처음으로 같이하는 아침 식사라 매우 중요한 날임에도 불구하고.

아직도 기억이 생생하다. 식당에 들어선 나를 보고서 말을 잇지 못하던 양부의 표정을. 마치 못 볼 것을 본 것처럼 얼굴을 무섭게 일그러뜨리며 헛기침을 했었지. 그것에 놀란 나는 겁을 먹은 채 그 자리에 우두커니 서 있었고 말이다. 창피한 듯 고개를 숙이던 어머니는 또 어떠한가? 백미는 옷 입는 게 어려웠냐고 묻는 로에나의 천진한 물음이었다. 어쩐지 그 많은 사람이 식당가로 가는 나를 보며 웃음을 터뜨리더라니. 그때의 나는 그것이 조롱인지도 모르고 새 아가씨를 환영하는 인사로 착각하여 방긋방긋 웃기까지 했다. 이곳에서 잘 적응할 수 있겠다, 라는 웃기지도 않은 생각을 하면서.

어쨌든 이날부터였나? 저택 내 일하는 사람들이 나와 로에나를 비교하기 시작한 게. 옷 하나 제대로 걸칠 줄 모르는 얼간이 아가씨라며 내 존재를 부정하고 멸시한 것 말이다. 예법 따위 하나도 모르는 무식한 이가 고작 한 살이 더 많다는 이유로 장녀 행세를 한다는 게 고까웠을 것일 테니까. 하지만 이전과 달리 제대로 된 옷을 입고 나타난다면 어떻게 될까?

"이런, 이러다가 아침 식사에 늦게 되겠구나. 그럼 나는 이 책임을 누구에 돌려야 할까? 그리고 이 상황을 알게 된 아버님께서는 무어라 말씀하시겠니? 그러니 제대로 준비하렴. 이건 네게 주는 마지막 기회란다. 무슨 말인지 알겠니?"

마리는 창백한 표정으로 고개를 끄덕이며 재빨리 움직이기 시작했다. 양부에게 이 모든 것을 일러바친다는 협박이 제대로 먹혀든 모양인지 잔뜩 겁을 먹은 표정이 볼만했다.

얼마 되지 않아 제대로 된 '준비'를 해온 마리가 내 눈치를 살피며 공손하게 말했다.

"아가씨, 세숫물 올리겠습니다."

과거의 시스에가 겪어 보지 못한 제대로 된 아침이 시작되고 있었다.

마리의 도움을 받아 한껏 치장하고 나오니 나를 보며 수군거리는 하녀들의 시선이 느껴졌다. 나는 그들이 행여 꼬투리라도 잡을세라 턱 끝을 추어올리며 최대한 오만하게 걸었다. 귀족가의 예법 따위는 저 생에서 이미 숙달한 지 오래. 로에나만큼 우아하고 아름답진 못하지만 어디 가서 욕먹을 정도로 엉망이지는 않다. 그러니 저들은 내 걸음에서 한 점의 틈도 찾아내지 못할 것이다.

"이쪽으로 오십시오."

양부의 명을 받아 나를 모시러 온 시종장이 낮은 목소리로 말했다. 그를 가까이에서 모시며 일하는 자여서 그런지 다른 이들에 비해 공손한 태도를 보였다. 이는 어머니에 대한 양부의 극진한 예우에서부터 비롯된 행동일 터였다. 그렇게 그의 안내를 받아 식당이 자리한 넓은 홀로 걸어가다가 우연히 기사 한 명과 마주했다. 옅은 은색이 도는 머리카락과 녹음을 연상시키듯 푸른빛을 발하는 눈동자가 참 인상적인 사내를.

나는 그를 알고 있었다. 그는 아직 나를 모르겠지만 말이다. 갑자기 심장이 거세게 뛰는 것 같았다.

바보 같은 시스에, 넌 아직도 정신을 못 차렸구나.

시종이 걸음을 멈춘 채 기사를 바라보고 있는 나를 의아하게 바라봤다.

"무슨 문제라도 있습니까?"

나는 고개를 내저었다. 그리고 기사를 향해 짧게 묵례한 뒤 차분한 걸음으로 그를 지나쳤다. 아무런 감정이 비치지 않은 서늘한 눈동자가 잠깐 이채를 띠었다가 다시 사그라졌다. 어쩌면 그는 오늘 처음 보는 내 모습에 의아함을 느꼈을지 모르겠다. 저택 내 드레스를 입고 다니는 사람은 비슈발츠 영애뿐이 없으니까. 그러나 그 생각도 잠시일 뿐 언제 그랬냐는 듯 나라는 존재를 잊어버릴 것이다. 그의 시선이 향하는 끝엔 '로에나'가 자리하고 있을 테니.

그래, 솔직하게 말하자. 나는, 지난 생의 나는 저 기사를 좋아했다.

류스테윈 할버드. 그 누구보다 고고한 청음의 기사. 화려한 생김과 달리 너무나 고지식하여 오롯이 한 사람만 바라보았던 순진한 남자인, 그를. 보답받을 수 없는 지독한 짝사랑에 자신을 망가뜨릴 정도로 말이다. 하지만 이제는 과거에 비롯된 감정일 뿐이다. 죽으라고 노력해도 닿지 못한다는 것을 알게 되었으니 더는 미련을 가질 필요가 없는 것이다. 그래서 나는 그를 쉽게 지나쳤다. 아니, 그러려고 필사적으로 노력했다.

식당에 가까워지자 나를 안내한 시종이 소리 높여 나의 등장을 고했다. 동시에 아름다운 문양으로 장식된 커다란 문이 열리고 휘황찬란한 가구와 보석으로 꾸며진 넓은 장소가 드러났다. 그 속에 양부와 어머니, 그리고 로에나가 앉아 있었다. 나는 어머니를 보자마자 활짝 웃으며 쪼르르 달려가 그녀의 고운 뺨에 키스했다.

"안녕히 주무셨어요?"

어머니 역시 내 뺨에 키스하며 미소를 보냈다.

"잘 잤니, 내 사랑스러운 종달새야?"

나는 그녀의 속삭임에 수줍은 듯 고개를 숙였다. 어머니와 정답게 인사를 나눈 나는 눈을 돌려 양부를 바라보았다. 긴장한 것인지 딱딱하게 굳은 그의 입매는 경련으로 인하여 가느다랗게 떨리고 있었다. 양딸에게 나름대로 예의를 지킬 생각이었는지 뻣뻣하게 세운 허리는 그의 커다란 몸만큼 위압적이었다.

이전의 나는 그에게서 뿜어져 나오는 기백에 억눌려 제대로 된 인사조차 하지 못하고 어미의 등 뒤에 숨어 벌벌 떨었었다. 잘못된 옷차림으로 인한 찡그림은 둘째 치고, 그 역시 나로 인해 긴장하고 있는 줄도 모르고서 말이다. 그저 차갑게 닫혀 버린 입술과 눈동자만 보고서 '무서운 사람'이라 오해했다. 그래서 어색한 분위기를 이기지 못한 양부가 가까스로 미소를 지었을 때, 히익 하고 숙녀답지 못한 비명을 질렀더랬다. 아주 멍청하게도.

나는 내가 할 수 있는 최대한의 우아한 몸짓으로 인사하며 그를 향해 방긋 웃었다.

"안녕히 주무셨어요, 아버지?"

아버지라는 말에 그가 움찔 몸을 떠는 게 보였지만, 아무렇지 않은 듯 그에게 쪼르르 달려가 수염으로 거칠거칠한 뺨에 키스했다. 돌아오기 전의 삶에서 애교 있는 말투와 상냥한 행동으로 천사라 칭송받았던 로에나이니 나 역시 그렇게 되지 말라는 법은 없지 않은가? 이왕 과거의 기억을 최대한 활용하는 것도 나쁘지 않을 터였다.

"그래. 너도 잘 잤느냐? 불편한 건 없었고?"

"전혀요. 너무나 편안했어요."

그제야 마음이 놓인다는 듯 빙그레 웃는 양부다. 나는 다시 한번 드레스 자락을 들어 가볍게 인사한 다음 내 자리로 돌아갔다. 언제 나와 인사를 나눌까 고대하는 로에나를 못 본 것처럼.

시종의 도움을 받아 의자에 앉은 나는 다소 시무룩해 있는 로에나를 그제야 발견했다는 듯 차분한 목소리로 말했다.

"그러니까……."

"로에나예요, 언니."

"언니라니, 무슨 그런 딱딱한 호칭을……."

나는 눈꼬리를 접으며 생긋 웃었다.

"시스에라고 부르렴."

동시에 목구멍까지 차오른 뒷말을 꿀꺽 삼켰다. 나는 곧 죽어도 네 언니가 될 생각이 없으니까. 차라리 남인 양 이름을 부르는 게 낫지 않아?

"시스에라니, 어떻게 제가 감히 언니의 이름을 부르겠어요?"

"아니야. 나는 언니, 동생과 같은 딱딱한 호칭으로 너와 지내고 싶지 않아. 너무 거리가 먼 것 같잖니. 무엇보다 우린 겨우 한 살 차이인걸."

로에나의 고운 뺨이 벌겋게 상기됐다. 그녀는 감격에 찬 얼굴로—심지어 눈꼬리에 눈물까지 맺힌 상태였다—나를 향해 말했다.

"좋아요. 그렇게 할게요."

이 훈훈한 광경에 모두의 입에 미소가 어렸다. 심지어 어머니까지 눈을 반짝반짝 빛내며 그녀와 나를 바라보고 있었다.

나는 양부와 친구에 가까운 동생을 얻었다는 기쁨에 못 이겨 흥분한 것처럼 양 뺨을 손으로 감쌌다. 그리고 부끄럽다는 듯 시선을 내린 채 포크를 집어 들었다. 양부는 완벽한 귀족의 식사 예절을 선보이는 내 모습이 의외였던 것인지 놀랍다는 듯 나를 바라보았다. 음식에 따른 포크와 나이프를 선택하는 것이 조금 서툰 어머니에 비해 나는 그 누구의 조언도 받지 않아도 될 만큼 훌륭하게 식사를 즐기고 있었기 때문이다.

"어디서 따로 배운 것이냐?"

나는 얼굴색 하나 바꾸지 않고 거짓말을 했다.

"책을 보고 익혔답니다. 저어, 잘못된 행동이 있었나요?"

"글을 읽을 줄 안단 말이더냐?"

"네. 책을 읽는 것을 좋아해요."

어머니가 놀란 표정으로 내게 물었다.

"시스에, 너 언제부터 글을 읽을 수 있게 된 거니?"

나는 일부러 슬픈 표정을 지으며 고개를 푹 숙였다. 큰 죄라도 지은 듯 말을 웅얼웅얼하며, 모두의 동정심을 살 수 있도록 말이다.

"……미리 말씀드리지 않아서 죄송해요, 어머니. 어깨너머로 글자를 익혔어요."

"어째서 내게 말하지 않았니?"

"형편이 되지 않았잖아요. 저는 어머니가 저로 인해 마음 아파하거나 고생하는 걸 보기 싫었어요. 속여서 죄송해요."

양부가 흥미롭다는 듯 손가락으로 턱을 매만지며 내게 물었다.

"글을 어느 정도 읽을 수 있지?"

"웬만한 책들은 다 읽을 수 있어요. 고대어가 섞인 희귀본만 아니라면 말이에요."

양부가 두 눈을 크게 뜬 채 어깨를 들썩였다. 스승도 없이 홀로 글자를 터득하고 책을 읽을 수 있다는 건 보통의 재능으로 일궈 낼 수 없는 성과였다. 그러니 놀라지 않을 수 없었던 것이다. 실제의 나는 천재의 'ㅊ'도 감히 바라보지 못하는 둔재이지만. 그렇다고 해서 '돌아오기 전의 삶에서 배웠어요'라고 말할 수는 없지 않은가? 그냥 알아서 착각하도록 놔두는 게 낫다.

"대단하구나. 하지만 제대로 배우는 게 나을 듯한데, 네 생각은 어떠하냐?"

나는 그 말이 무척 기쁜 것처럼 활짝 미소를 지었다.

"네. 하고 싶어요."

그때 로에나가 경쾌한 목소리로 말하며 끼어들었다.

"내가 도와줘도 될까?"

순간 얼굴이 구겨질 것만 같았다. 나는 주먹을 움켜쥔 채 급속도로 차오르는 격렬한 감정을 가까스로 참아 냈다.

로에나는 사람들에게 평이 아주 좋았다. 그녀의 상냥한 말투와 티 없이 맑은 미소는 상대로 하여금 좋은 인상을 받게 했다. 천사가 현신한다면 로에나일 거라는 극찬을 내뱉는 사람이 있을 정도였다. 대부분이 그녀의 선량한 마음에 도취된 자들이었다. 돌아오기 전의 나 역시 가끔 그녀를 착하다고 생각했다. 로에나가 보여 주는 행동 중 몇 개가 이해할 수 없을 정도의 '선의'를 담고 있었기 때문이다. 문제는 이러한 그녀의 '선함'이 한 꺼풀 벗기고 살펴보면, 자신의 이해 가능한 수준에만 머무르고 있다는 데 있었다.

나는 아직도 잊지 못했다. 그녀와 처음 가졌던 티타임 때 자신처럼 하지 못하는 나를 의아하다는 듯 쳐다보던 그 시선을 말이다. 제 딴에는 안타까워서 바라본 것일 테지만 상대방이 그러한 행동에 얼마나 상처를 입는지 로에나는 알지 못했다. 스스로에게는 선의가 될 수 있는 행위가 타인에게는 수치심을 불러일으킬 수 있다는 것 또한 깨닫지 못했다.

아아, 백치와 같은 순백의 선함이여!

자신의 잣대로 세상을 가늠하는 그녀의 시선은 모두에게 상처를 주고도 남았지만, 되레 그 호의를 순수하게 받아들이지 못하는 자를 오히려 매도하는 능력이 있었다. 이를테면, 그녀의 친절을 이해하지 못한 상대만 결국 속이 좁은 사람이 되어버리는 그런 기현상 말이다. 지독하리만치 백치에 가까운 악의에 피해를 보는 건 언제나 나였다.

로에나는 내가 귀족 사회에 입성한 지 얼마 안 되는 새내기기 때문에 자신과 같은 행동을 쉽게 할 수 없다는 것을 전혀 이해하지 못했다. 내가 죽는소리를 내뱉으면 엄살을 부린다 생각하며 해맑게 웃었다. 정작 자신은 스스로의 선량함이 어떤 부분에서 부각될 수 있는지 아주 잘 알았으면서.

지금의 권유 역시 로에나 특유의 위선적인 봉사에서 비롯된 행위일 뿐이었다. 나는 속이 뒤집힐 것 같은 역겨움을 가까스로 참아 내며, 상냥한 목소리로 거절의 말을 내뱉었다.

"호의는 고마워. 하지만 사양해도 될까?"

"어째서?"

나는 안타까운 표정을 짓는 로에나를 향해 생긋 웃으며 말했다.

"서로가 힘들 게 분명하니까."

우리가 한 장소에서 함께 배우기 시작한다면 분명 지난날의 과거가 되풀이될 것이다. 정면에서 그녀와 비교를 당하는 그 지옥 같은 시간이 말이다. 나는 아직 그것과 다시 마주할 준비가 되어 있지 않은 상태였다.

로에나가 말도 안 된다는 듯 서운한 표정으로 빠르게 대꾸했다.

"그건 모르는 일이야."

"하지만 다른 사람을 어떻게 가르쳐야 하는지 모르잖니. 이건 쉬운 일이 아니란다."

"그럼, 시스에를 도와주면서 습득하면 되지 않을까?"

"상냥하기도 해라. 하지만 아직 거절을 받는 법에 익숙해 보이지 않는구나. 어떻게 해야 네가 내 말을 이해할 수 있을까?"

로에나가 눈에 띄게 당황한 표정을 지었다. 그도 그럴 것이 그동안 호의를 베풀 때마다 천사라는 소리를 들어왔던 그녀다. 언제 이런 직설적인 거부를 받아 봤겠는가?

"혹시 내가 못 미더워서 그러는 거니?"

"그런 게 아니야. 단지 일어날지 모를 일을 미리 방지하자는 거란다. 영리하지 못한 내가 분명 널 슬프고 답답하게 만들 테니까. 아니, 화나게 할지도 모르지. 그럼 사람들은 이렇게 말하며 손가락질할 거야. 못난 의붓언니가 들어와 아가씨의 기분을 상하게 했다고 말이야. 난 그런 말을 견뎌 낼 자신이 없어."

내 말이 끝나기가 무섭게 어머니가 한숨을 내쉬었다. 상상한 모양인지 손으로 뺨을 감싼 그녀의 얼굴은 새파랗게 질려 있었다. 양부가 단호한 표정으로 엄중히 말했다.

"감히 누가 그런단 말이냐! 일어나지 않은 일을 미리 상상하여 너를 슬프게 만들지 말려무나."

"상상이 아닌걸요."

하고 나는 중얼거리듯 말했다. 하지만 모두의 귓가에 들릴 정도의 소리였기 때문에 모든 시선이 내게로 향했다.

"뭘 보고 사실이라고 생각하는 거지? 혹 누군가 네 기분을 상하게 했단 말이냐? 시스에, 네 아비 된 자로서 맹세하노니 이 성의 그 누구도 감히 널 욕되게 할 수 없을 것이다."

"저의 시중을 드는 하녀의 태도만 보아도 알 수 있답니다."

잠시 목이 말라진 나는 말을 끊고 차가운 물 한 잔을 마셨다. 모두가 나의 입을 주시하고 있다는 사실이 즐거웠다. 그래서 어느 정도 긴장감이 흐르고 난 후에야 차분하게 말을 이어 나갔다. 내 설명이 길어질수록 양부의 얼굴이 벌겋게 달아오르기 시작했다.

"그게 사실이더냐?"

"네, 신께 맹세코."

말이 끝나기가 무섭게 식탁을 강하게 내려치며 자리에서 일어난 양부가 문밖을 향해 소리를 내질렀다.

"마고! 하녀장은 어디에 있나?"

자신의 집에서 일어난 일이라고 믿을 수 없었는지 양부는 거친 숨을 다스리지 못했다. 당신의 양녀가 첫날부터 하녀에게 무시를 당했다고 생각하니 견딜 수 없었던 모양이다. 어머니의 표정은 창백하게 질려 있었고, 금세 기절할 듯 넋이 나가 있었다. 그녀는 당신의 딸인 내가 당했을 모욕을 상상조차 하지 못하겠는지 손으로 가슴을 지그시 누르며

'맙소사'라는 말만 반복했다.

"세상에. 시스에. 괜찮니? 대체 왜 그런 일이 일어났을까? 나는 도무지 믿을 수가 없어."

"로에나, 나는 거짓말을 하지 않아. 설마 내 말을 못 믿겠다는 거니?"

"아니, 시스에. 그게 아니라……."

나는 로에나가 마고라는 하녀장을 위해 변론하고 싶어 함을 깨달았다. 마고는 그녀의 유모와 어머니 역할을 두루 겸했던 이라 이들의 유대는 말로 표현할 수 없을 정도로 깊었다. 그렇기에 늘 자신의 편에 서서 상냥하게 보살펴 주던 하녀장이 이런 불미스러운 일에 연루되었다고 생각하니 견딜 수 없었던 모양이다.

하지만 마고가 친절한 건 로에나뿐으로, 그녀는 어머니와 내게 악몽 그 자체인 늙은이였다. 이 교활한 여우는 내가 로에나의 것을 빼앗아 갈까 우려해 자신을 따르는 하녀들을 이용하여 우리를 괴롭혔다. 어머니의 권위에 정면으로 반항하며 내부의 체계를 뒤흔드는 것은 물론, 교묘한 수법으로 백작 부인의 이름을 건 중요한 행사를 엉망으로 만들었다. 나를 로에나와 비교하여 못살게 구는 것 또한 마고의 머리에서 나온 계책이었다. 하녀장이 아니었다면 과거의 내 삶은 조금 더 순탄했을 것이다. 그래서 로에나가 내 앞에서 마고의 편을 드는 것이 못마땅했다. 나는 의도적으로 고개를 돌리며 이야기를 나누지 않겠다는 태도를 보였다. 그녀의 행동이 서운한 것처럼, 그렇게.

마고는 생각보다 빨리 홀에 도착했다. 이 꼬장꼬장한 늙은이는 홀에 도착하자마자 로에나와 양부에게만 공손히 예를 취했다. 나와 어머니는 본체만체하면서. 그 모습에 분노가 치밀어 올랐지만, 꾹 참았다. 메인은 이게 아니니까.

양부는 마고의 인사를 받는 둥 마는 둥 하며 본론부터 꺼내었다.

"하녀장, 그대가 시스에의 거처에 하녀를 배정하였나?"

"예. 무슨 일이신지요?"

"무슨 일이냐고? 그게 내게 지금 물어볼 법한 말이란 말인가? 하녀 한 명이 내 딸을 모욕했단 말일세. 어떻게 내 집에서 이런 일이 일어날 수 있나!"

"모욕이라니요? 금시초문입니다, 주인님."

"시스에게 아침 소세 물로 더러운 놋대야에 담긴 차가운 물을 가져다줬단 말이네! 저 아이가 받을 모욕이 얼마나 컸는지 그대는 아는 가?! 어떻게 백작가의 영애에게 기본 매뉴얼조차 모르는 하녀를 붙여줄 생각을 했나! 이는 나를 무시하는 처사가 아니고 뭔가!"

양부의 호통에 마고의 얼굴이 창백하게 질렸다. 그녀는 그의 호통이 두려운 것인지 몸을 가늘게 떨었다. 아마도 마고는 이런 일로 추궁을 받을 거라고 꿈에도 상상조차 하지 못했음이 분명했다. 천한 평민에 불과했던 내가 귀족 아가씨의 소세 물이 어떤지 알게 뭐란 말인가? 가십에도 오르지 않을 그런 평범하고도 자연스러운 일상인데 말이다. 그러니 모두 입을 꾹 다물기만 하면 들키지 않을 거라 생각한 것이겠지.

그때 로에나가 벌떡 일어나 마고의 편을 들었다.

"아버지, 마고의 말을 들어주세요. 무슨 착오가 있었음이 분명해요! 그동안 실수 한 번 없이 훌륭하게 하녀들을 통솔해 온 하녀장인걸요. 그렇지요?"

나는 기다렸다는 듯이 입을 열어 로에나의 말에 맞장구를 쳤다.

"그건 저도 동의해요. 어떻게 하녀들을 총괄하는 분이 기본 매뉴얼도 모르는 하녀를 저에게 배정했겠어요? 물론 조금 의아한 부분이 있지만 섣불리 거론하지 않는 게 낫다고 봐요."

"뭐가 말이냐?"

양부가 물었다. 나는 그에게 대답하는 대신 로에나에게 물었다.

"하녀장이 이곳에서 일한 지 몇 년이 되었는지 물어봐도 될까?"

"마고는 내가 태어날 때부터 하녀장이었어."

"그럼 더 이상한 일이로군."

"무슨 말을 하고 싶은 거니?"

나는 로에나에게서 시선을 거두고 양부를 바라보며 입을 열었다.

"저택에서 오랫동안 일한 만큼 그동안 많은 하녀를 보았겠지요. 그렇기에 이제는 다른 이의 몸가짐만 보아도 그녀가 얼마나 이 저택에 어울리는지 파악할 수 있을 거예요. 그래서 정말 마리가 자질이 없다는 것을 몰랐는지 의심스러워요. 그녀의 능력 부족인지, 아니면 고의인지, 혹은 정말로 아파서 머리가 노쇠해진 건지 말이에요."

내 말에 양부가 고개를 끄덕였다. 그의 생각에도 일리가 있었던 것인지 양부의 눈동자는 한층 더 서늘하게 가라앉아 있었다.

"하녀장은 정말로 바쁜 사람인걸요. 그러니 하녀를 어떻게 다 일일이 확인하겠어요? 아니면 서류 전달이 잘못되었다든가……. 무엇이 진실인지는 아직 아무도 모르는 일이죠. 그렇게 생각하지 않니, 시스에?"

로에나의 변은 제법 일리가 있는 것처럼 보였다. 그동안 저택에서 성실하게 일해 온 마고의 신망을 생각한다면 무리는 아니었다. 게다가 '로에나'가 편을 들고 있다는 점에서 상황은 이미 한쪽으로 기울고 있었다. 매우 불공평하게도.

양부는 혼란스럽다는 듯 나를 바라보았다. 그는 그 누구에게도 상처를 주고 싶지 않다는 듯 매우 곤란한 표정을 짓고 있었다. 그래서 나는 모두가 볼 수 있게끔 입술을 깨물며 낮은 목소리로 말했다.

"확실히 하녀장에 대해선 저보다 여기에 있는 분들이 더 잘 알겠죠. 그녀가 어떠한 능력을 갖춘 사람인지를 말이에요. 무엇보다 로에나가 저렇게 말하는 이상 제 생각은 그리 중요하지 않다고 생각돼요."

"시스에?"

"확실한 건 그녀가 나에게 배정된 하녀를 몇 번이나 꼼꼼하게 확인하지 않았다는 점이군요. 그렇지 않았더라면 쉽게 알아차렸을 텐데 말이에요. 오, 그런 눈으로 보지 마세요. 저는 아무렇지 않답니다. 정말이에요.”

“내 불찰이로구나.”

양부는 분노와 착잡함을 숨기지 않았다.

“첫날부터 네게 이런 상처를 줄 줄이야. 이는 나를 무시한 처사가 아니고 무어냐? 네게 미안할 따름이다.”

그의 진실 된 사과에 나는 로에나를 흉내 내며 말했다.

“아뇨, 제가 괜한 말을 꺼낸 거 같아요. 로에나가 저를 도와준다는 말에서 시작된 일이 어떻게 여기까지 흘러들어 왔을까요? 차라리 삼킬 걸 그랬어요.”

“아니다. 잘 말하였어. 앞으로 이런 일이 있지 않게 하겠지만, 설사 있더라도 숨기지 말고 꼭 말해다오. 맹세컨대 비슈발츠가에서 그 누구도 너를 괄시하지 못할 테다. 이는 내 딸인 로에나라 할지라도 마찬가지다. 알겠느냐?”

양부의 선언에 마고의 표정이 굳어졌다. 이는 주변의 하녀들도 마찬가지였다.

나는 그런 그들을 바라보며 빙그레 미소를 지었다. 돌아오기 전보다 더 단단해진 양부의 호의는 모두에게 경계심을 심어주는 동시에, 그의 애정이 어디로 치우쳐져 있는지 확인시켜 주고 있었다. 즉, 마고가 우려한 상황대로 흘러가고 있는 것이다. 매우 기껍게도 말이다.

“시스에, 부디 네가 마음을 풀기를 바랄 뿐이야. 마고의 실수를 용서해 줘.”

“당연하지, 로에나. 네가 부탁하는데 어떻게 그러지 않을 수 있겠니?”

내 말에 로에나가 환하게 미소 지었다. 그녀는 양부의 선언을 그리 심각하게 여기지 않고 있었다. 중요한 건 마고라는 것처럼 계속 그녀에 대한 이야기로 대화를 이끌어 나가려고 애썼다. 진정성이 없는 위로에 지루함을 느끼는 건 나뿐이었다. 그렇다고 해서 그녀가 준 빈틈을 놓칠 수는 없는 노릇. 나는 로에나의 어깨에 손을 올리며 입을 열었다.

"물론 내가 너라면 하녀장의 실수를 덮을 만한 도움을 줄 테지."

"어떤 도움을 말이니? 뭐든 들어줄게, 시스에."

나는 한껏 달콤한 미소를 지으며 로에나에게 말했다.

"날 잘 도와줄 수 있는 하녀를 보내 줘."

"뭐?"

"네가 하녀장의 부담을 줄여 주는 거야. 그녀가 다시 실수하지 않도록 말이지. 지금 너를 도와주고 있는 하녀 중 한 명 정도면 괜찮을 것 같은데? 어떻게 생각하니?"

나는 아직도 잊지 않고 있다. 마고와 함께 내 어미를 손가락질하며 로에나를 성녀 취급하던 그녀의 하녀들을 말이다. 양부가 죽은 이후 내가 그 하녀들과 얼마나 즐겁게 보냈는지 또한.

"내 하녀를?"

로에나가 믿을 수 없다는 듯 되물었다. 나는 전쟁에 승리한 장군처럼 의기양양한 표정으로 그녀를 바라보았다.

로에나는 자신의 것에 대한 애착이 강했다. 그 마음은 사람이나 사물을 분간하지 않았다. 내가 말한 하녀 역시 그녀에게 있어 빼앗길 수 없는 소중한 것 중 하나였다. 그런데 내가 자신의 것을 건드린다면? 상실감을 크게 느낄 게 뻔했다. 곰 인형을 빼앗긴 듯 슬퍼할 터였다. 그것은 그녀의 눈동자만 봐도 알 수 있었다. 큰 눈 가득 서러움에 찬 눈물이 고여 있을 테니까.

본디 로에나는 울음을 잘 주체하지 못했다. 한번 울기 시작하면 천사같이 아름다운 얼굴 가득, 뺨이 흠뻑 젖을 정도로 서럽게 울었다. 특히 아프거나 속상할 때면 눈물을 뚝뚝 흘리며 깊게 흐느꼈다. 자신의 행위를 정당화시키고 싶은 상황엔 더욱더 구슬픈 눈물을 흘렸다. 그래서 그녀가 아무리 어처구니없는 상황을 만들어도, 누군가에게 민폐다 싶을 정도로 무례를 저질러도 사람들은 모두 로에나를 용서했다. 아니, 로에나에게 미안해하며 그녀를 울게 한 이를 저주했다. 파르르 떨리는 속눈썹 사이로 흐르는 눈물에 넘어가지 않을 사람은 없었다. 이슬을 잔뜩 머금은 백합처럼 청초하고 아름다웠으니까.

이번에도 마찬가지다. 그녀의 말간 눈이 부풀어 오르는 건 그야말로 순식간의 일로, 금세 커다란 눈물이 뚝뚝 떨어졌다. 가녀린 어깨가 보기 애처로울 정도로 가늘게 경련하며 잘게 흔들렸다.

식당은 순식간에 무거운 정적으로 가득 찼다. 들리는 건 오로지 로에나의 숨죽인 울음소리뿐이었다. 그녀가 울자 양부가 나를 바라보며 난색을 표했다. 어머니는 안절부절못하며 그의 눈치를 살폈다. 하녀들의 표정 또한 좋지 않았다. 내가 크게 잘못한 것처럼 분위기가 이상하게 흘러갔다.

나는 입술을 사리물었다. 이깟 알량한 승리에 취해 그녀의 본모습을 잊고 있었다니, 스스로의 어리석음에 헛웃음이 흘러나올 것만 같았다. 하지만 사태를 수습하는 게 먼저라서 나는 침착한 목소리를 가장하여 그녀에게 물었다.

"로에나, 왜 우는 거야? 설마 내가 무리한 것을 요구한 거니? 세상에 그럴 의도가 전혀 없었는데 말이야."

로에나가 기다렸다는 듯 울음을 멈췄다. 그러고는 붉게 젖은 입술 사이로 '미안해'라는 말을 쉴 새 없이 내뱉었다. 순간 그녀의 입술을 찢어버리고 싶다는 충동이 일었다. 나는 가까스로 화를 참은 채 손수건을 꺼내어 로에나의 뺨을 다정하게 닦아주었다.

"로에나, 사실 난 네가 지금 왜 우는지 짐작조차 하지 못하고 있어.

그러니 너를 슬프게 한 나를 그냥 용서해 주면 안 되겠니?"

"그게 아냐. 네 잘못은 하나도 없어. 내가 못된 거야."

"그럼 왜 속상해하는지 자세히 말해주지 않을래? 그래야 내가 이번과 같은 실수를 반복하지 않을 것 아니니."

내 말에 로에나가 머뭇거리며 대답했다. 그녀는 몸을 사리며 자신의 비위를 맞춰 주는 내 행동이 마음에 드는 건지 내게서 시선을 떼지 않고 있었다.

"사실 말이야, 다른 사람의 하녀를 주라고 하는 건 무례한 일에 해당해. 너는 잘 모르겠지만 말이야. 물론 아무것도 모르는 네게 내 하녀만큼 도움을 잘 줄 수 있는 사람은 없겠지만, 그래도 그렇게 말하면 안 되는 거야. 그렇다고 해서 내가 내 하녀를 네게 보내지 않겠다는 소리는 아니야. 그저 뜻밖의 요구에 놀랐던 것뿐이란다. 조금 속상하기도 하고. 내가 아주 좋아하는 사람들이니까. 이상하지? 헤어지는 게 아닌데 왜 이렇게 서운하고 슬픈지 모르겠어. 그래서 자꾸 눈물이 나. 미안해."

로에나는 북받쳐 오는 감정을 이기지 못했는지 다시 입을 틀어막고 흑흑 울음을 터뜨렸다.

나는 핏줄이 퍼렇게 돋은 주먹을 드레스 자락 아래로 감추며 몸을 부르르 떨었다. 자기 것을 빼앗기기 싫다는 어린애 같은 투정을 이런 식으로 둔갑하는 그녀의 태도가 놀라웠기 때문이다. 하지만 이 상황에 황당함을 느끼는 건 나뿐으로, 다른 이들은 로에나의 말이 맞다는 것처럼 고개를 크게 끄덕이고 있었다. 하녀장은 제 처지를 잊은 것처럼 나를 고깝다는 듯 바라보기까지 했다. 나 같은 이가 감히 로에나의 사람을 탐내었으니 당연한 반응이었다. 그러니 어쩔 수 없이 한발 물러서는 수밖에.

"이런, 그렇게 무례한 요구인 줄 알았더라면 말을 꺼내지 않았을 거야. 하지만 어쩌겠니. 이미 흘러나온 말인데. 내 무지가 너를 욕보인 건 아니잖아, 그렇지? 오히려 내 부족함을 드러냈을 뿐이잖아. 울고 싶은 건 오히려 나야."

"시스에?"

"그렇지만 나는 울지 않을 거야. 네가 나를 대신해 손수건이 흠뻑 젖을 정도로 울어주었으니 그것으로 만족할게. 그러니 너도 그만 울었으면 좋겠어. 예쁜 얼굴이 다 망가졌잖니."

로에나가 눈에 띄게 당황한 표정을 하며 눈물을 멈췄다. 자신의 눈물에 대해 이러한 반응을 보이는 사람은 처음인지 그녀는 감정을 감출 생각을 하지도 못하고 있었다.

"너에게 안 보내겠다는 게 아니야. 나는 그저……."

"다시 말하지만 난 정말로 괜찮아. 아까 하녀장의 일도 그렇고, 지금도 그렇고. 네가 우선이지, 그렇지 않니?"

나는 눈을 내리깔며 담담한 어조로 중얼거렸다.

"모두가 그렇게 생각하는 것 같기도 하고 말이야."

그러자 로에나가 당혹스럽다는 듯 손사래를 쳤다.

"시스에, 그렇게 생각하지 마."

"로에나, 그렇게 애쓰지 않아도 돼. 난 정말로 괜찮으니까. 내 실수를 짚어줘서 고마워. 앞으로 나도 널 먼저 고려해야겠어."

나는 초조한 표정을 지으며 어쩔 줄 몰라 하는 로에나의 모습을 덤덤히 바라보았다. 그리고 작은 목소리로 말을 이어 나갔다.

"그러니 부디 다른 사람들이 오해하지 않았으면 좋겠어."

사실 너로 인해 내가 곤란해졌어, 라는 말만큼 로에나를 불편하게 하는 상황이 또 있을까? 로에나는 크게 당황해하며 내게 말했다.

"오해라니? 세상에 누가 널 오해하겠니?"

나는 더 말할 필요가 없다는 것처럼 고개를 설레설레 내저었다. 지속력에 싸움에 관한 한 그녀를 이길 수 있는 사람은 아무도 없다는 걸 아는데 왜 그러겠는가. 아직 내 편이 존재하지 않기에 적당히 물러서는 게 나았다.

"나도 그러기를 바라. 다른 사람이 로에나 너처럼 생각했으면 좋겠어."

말을 마친 나는 자리에서 일어나 덤덤한 목소리로 양해를 구했다. 불편한 여지를 던져 주기 위해서였다.

"실례지만 먼저 일어나도 될까요? 부디 제 무례함을 너그럽게 이해해 주세요."

"그…… 어디 불편한 것이냐?"

"아뇨, 그저 그래야 할 것 같아서요."

양부는 어색한 표정을 지으며 내 요청을 허락했다. 나는 얼떨떨한 표정을 짓고 있는 로에나와 기묘한 분위기를 느낀 듯 어깨를 움츠리고 있는 모두를 바라보며 어색한 미소를 덧그렸다. 그러고는 견딜 수 없다는 것처럼 종종걸음으로 식당을 떠났다. 이후의 일은 나와 상관없다는 것처럼, 그렇게.

나중에 어머니께 들은 소식에 의하자면, 내가 그렇게 떠나가고 난 다음에 로에나는 양부에게 크게 혼이 났다고 한다. 홀로 지레짐작하여 나를 상처 준 것과, 레이디로서 교양이 서툰 나를 은연중에 모욕한 것, 그리고 지키지도 못할 거면서 '뭐든지'라는 말을 꺼내 상대방을 희망 고문한 무례함을 지적당하면서. 그런 다음 뭐든지 들어준다고 약속을 했으니 거느린 하녀 중 한 명을 내게 보낼 것을 명받았다고 했다.

사실 나는 이 부분에서 매우 놀랐으나, 내색하지 않고 얌전히 고개를 끄덕였다. 로에나라 할지라도 내게 함부로 할 수 없다는 선언을 양부는 지킨 것이다. 이는 다분히 어머니를 의식한 행동으로 그녀에 대한 양부의 열정이 얼마만큼 불타오르는지 알 수 있는 대목이었다. 오, 신혼의 달콤함이여! 비슈발츠 백작은 진정한 남자임이 틀림없었다.

식당을 박차고 나온 나는 방에 들어가는 대신 소로로 이루어진 정원으로 들어갔다. 로에나를 상대하느라 거북해진 위장이 부담스러웠기 때문이다.

그렇게 몇 걸음을 걸었을까? 햇빛이 너무나 강렬해 잠시 바닥에 쭈그려 앉아 고개를 숙이던 찰나였다. 갑자기 머리 위로 그늘이 드리워지며 누군가 나를 향해 손수건을 쓱 내밀었다. 아무런 자수가 새겨져 있지 않은 밋밋한 천을 정갈하게 접은 그것은 예상치 못한 친절이었다.

이걸 깔고 바닥에 앉으라는 건가?

나는 고개를 들어 손수건의 주인을 바라보았다. 아직 저택 내에 나에 대한 호의를 가진 이가 없을 터인데, 누가 이런 배려를 보이나 궁금해서였다. 하지만 고개를 들어 손수건의 주인을 바라본 순간 나는 그대로 굳어 움직일 수 없었다.

"……!"

그가 서 있었으니까. 과거 나의 마음을 송두리째 앗아갔던 남자가. 내게는 너무 무심하여 잔혹하기까지 했던 사내가! 로에나에게 오롯이 마음을 다 바쳤던 고결한 기사가.

류스테윈 할버드. 고고한 청음의 기사. 비슈발츠 백작가의 검인 그대가.

가슴이 세차게 뛰고 입이 바싹 마르며 온몸이 부들부들 떨렸다. 다리에 힘이 풀려 주저앉을 것만 같았다.

어째서? 왜 당신이 내게 손수건을 준 거지? 로에나 외의 다른 여인에게는 관심조차 주지 않았던 그대이지 않은가! 그런데, 어째서 내게? 그냥 평소처럼 지나가지. 예전에 그랬던 것처럼 무심하게 지나가지.

나는 치밀어 오르는 원망을 꼭꼭 숨긴 채 입술만 깨물었다. 그리고 막혀 오는 숨을 거칠게 내쉬며 시선을 회피했다. 지금의 나는 벙어리고 석상이었다. 아무런 말도 하지 못한 채 그렇게 우두커니 서 있는 얼간이었다. 과거의 나처럼, 그 앞에서는 아무런 말도 하지 못한 채 백치 여인처럼 굴었던 과거의 그 모습 그대로 답습하면서 말이다.

예전의 나는 무척 탐욕스러웠다. 갖고 싶은 것이 있으면 무슨 수를 써서라도 쟁취하려 했다. 원하는 것을 손에 넣을 때까지 고집을 피우고 떼를 썼다. 철이 없어도 너무 없었다. 어머니는 그런 나를 늘 걱정스럽게 여겼다. 당신은 나의 고집스러움에 화를 내다가도 자식의 요구 하나 들어주지 못하는 현실에 울음을 터뜨렸다. 어머니가 나를 위해 자신의 굶주림을 참아 가면서 일한 것은 이 때문이었다. 양부의 청혼을 받아들인 것 또한 위와 다르지 않았다.

자작 가문의 일원이었지만 선대 가주가 도박으로 가산을 탕진하는 바람에 작위를 팔아넘길 수밖에 없었던, 한순간에 평민으로 전락하여 온갖 궂은일을 도맡아 해야 했었던 당신의 인생을 나에게까지 대물려 주고 싶지 않아서였다. 어린 나는 어머니의 마음을 전혀 헤아리지 못했다. 그녀가 어떤 모욕을 참아 가면서 나를 백작 영애로 만들었는지 알지 못했다. 아니, 알려고 하지 않았다. 그때의 나는 새롭게 열린 화려한 삶을 만끽하느라 정신이 없었으니까.

로에나에 대한 열등감으로 불타오르기 전까지 나는 세상에서 제일 행복한 소녀였다. 가끔 미묘한 행동을 보여 나의 기분을 상하게 해도, 콧대 높은 백작가의 하녀들이 내 말에 굽실거리며 시중을 드는 것이 좋았다. 맛있는 음식과 고급스러운 드레스, 부드럽고 푹신한 침대, 값비싼 장신구에 나를 '레이디'라 부르는 멋진 기사님들까지. 동화책 속에서나 보았던 삶이 실제로 이루어졌다는 사실이 얼마나 황홀하던지 마치 꿈을 꾸는 것만 같았다.

그래서 나는 착각했다. 내 삶이 지금처럼 언제나 장밋빛으로 가득 찰 것이라고. 불행하게도 나는 내가 서 있는 곳이 몸을 온전히 떠받쳐 줄 수 있는 단단한 대지가 아니라 살얼음이 낀 빙해 위라는 것을 전혀 모르고 있었다. 고통은 가장 행복할 때 찾아오는 불청객이라는 것 또한.

아이러니하게도 단꿈에 젖어 허우적대던 나를 현실로 끌어 내린 건 류스테윈 할버드였다. 나는 그로 인하여 로에나에 대한 열등감을 자각했고, 다른 사람들이 나를 의무감으로 대하고 있을 뿐 절대 사랑하지 않으며 오히려 뒤에서 비웃고 있기까지 하다는 사실을 알게 되었다. 류스테윈 할버드는 내가 갖고자 노력했으나 했으나 결코 가질 수 없었던 최초이자 최후의 사람이었다.

아직도 기억한다. 원하기만 한다면 모든 것을 가질 수 있으리라 믿었던 시절, 양부에게 졸라 류스테윈 할버드를 내 기사로 붙여 주기를 바랐던 그날을.

아침부터 되는 일이 하나도 없던 하루였다. 하녀가 떠 준 감자 샐러드가 퍽퍽하여 목이 메었으며, 빵은 약간 딱딱해 씹는 것만으로도 턱이 아팠다. 자꾸 나이프가 엇나가는 바람에 고깃덩어리 하나가 식탁의 정중앙으로 날아가 버린 데다가, 잠깐 팔을 움직였을 뿐인데 와인 잔이 떨어져 모두의 이목을 사로잡았다.

양부는 식사 예절에 서툰 나를 보며 미간을 찌푸렸다. 그의 시선에는 백작가에 들어온 지 얼마나 되었는데 여태 식사 예절조차 배우지 못했냐는 듯 강한 힐난이 담겨 있었다. 하지만 나는 내 품으로 들어올 아름다운 기사를 생각하느라 그의 눈빛을 읽지 못하고, 철없이 들뜨기까지 했다. 그리고 식사를 다 마치자 재빨리 입을 열어 억지에 가까운 말을 내뱉었다.

"지금 저를 호위하는 기사는 너무 서툴러요. 멋있지도 않구요. 그래서 할버드 경으로 바꿨으면 해요. 지금 당장이요."

평소 양부는 백작가에 들어온 내가 로에나에 기죽지 않게끔 신경을 많이 썼다. 어찌나 지극정성으로 대하는지 친딸인 로에나보다 내가 더 친딸인 것처럼 느낄 때도 있었다. 모두 어머니에 대한 애정이 지극한 탓이었다. 그래서 나는 이번에도 그가 내 부탁을 들어주리라 생각했다. 그러나 양부는 내 말이 끝나기도 전에 고개를 내저었다. 질렸다는 것처럼 혀를 차는 얼굴은 전례 없이 차가웠다. 주변 사람들의 시선 또한 다르지 않았다. 하지만 첫사랑에 빠진 나는 그들이 왜 그런 표정을 짓는지, 시선을 보내는지 전혀 이해하지 못했다.

"왜 대답해 주지 않으세요? 설마 안 된다는 건 아니겠죠? 언제나 제가 원하는 건 다 주셨잖아요. 부족함을 느끼지 않게 해주겠노라고 약속하셨잖아요."

내 물음에 양부가 서늘한 목소리로 말했다.

"할버드 경은 로에나의 호위 기사다."
"기사는 많잖아요. 그러니 로에나에게 다른 기사를 배정하면 되잖아요."
"다른 기사를 고르는 건 어떠하냐? 네가 직접 선택할 수 있게 해주마."
"아니요. 전 그를 원해요. 그 아니면 안 된다구요."

양부가 나를 바라보았다. 처음 보는 냉정한 시선이었다. 나는 비로소 그가 나를 향한 마지막 기대마저 내려놓았음을 깨달았다.

"이쯤 되면 네가 가질 수 있는 것과 없는 것을 구분할 줄 알아야 하는 것 아니냐. 철없이 굴지 말아라. 너는 아직도 네가 백작가의 일원이라는 사실을 자각하지 못한 모양이로구나."

사실 류스테윈 할버드는 그저 그런 기사가 아니었다. 그는 제국이 낳은 최고의 천재이며, 비슈발츠 가문을 대표하는 기사로 백작가의 검 그 자체였다. 그렇기에 양부의 핏줄이 아닌 데다가 평민에 지나지 않은, 아직 사교계의 예법 따위를 익히지 못한 나 따위가 감히 넘볼 사람이 아니었다. 그러나 백작가에 들어온 반년 동안 보석과 드레스에 빠져 사치스러운 생활을 하던 내가 그의 가치를 알 리가 없었다. 아니, 알았다 하더라도 평소처럼 고집을 피웠을 것이다. 그만큼 그를 가지고 싶었다.

나는 억울함에 입을 열어 변명을 말을 내뱉으려고 했다. 하지만 자리를 일어서는 양부의 모습에 아무런 말도 하지 못했다. 어머니는 내게 올 생각을 하지 못한 채 양부의 눈치를 보다 식당을 빠져나갔다. 로에나는 내내 훌쩍이더니 하녀의 부축을 받으며 사라졌다. 식당에 홀로 남은 나는 처음 맞이하는 서늘함에 양팔로 어깨를 감싸 안았다. 깊은 불안감이 온몸을 엄습했다. 균열은 이미 시작되고 있었다.

이후 백작가의 하녀들은 단체로 짜기라도 한 것처럼 나를 공기 취급하며 무시했다. 내가 '왜 그 사람을 가질 수 없다는 거지?'라고 물어도 못 들은 척 입을 꾹 다물었다. 알려 줄 가치조차 없다는 듯 말이다.

그래서 로에나를 찾아갔다. 그녀라면 현재 상황을 해결할 수 있을 거라 생각해서였다. 로에나는 자신을 찾아온 나를 새파랗게 질린 얼굴로 바라보더니만 '원하는 대로 해드릴게요. 나는 언니를 좋아하니까요'라고 말했다. 묘하게 고분고분하면서 체념에 가까운 태도는 내가 그녀를 윽박지른 것처럼 보이게끔 만들었다. 당황한 내가 입만 벙긋거리고 있자 로에나는 더더욱 처연한 표정으로 고개를 수그렸다. 하녀들의 표정이 뾰족하게 변했지만, 그것을 느낄 새가 없었다. 나는 기쁨 반 혼란함이 가득한 마음 반으로 크게 비틀거리며 그녀의 방을 빠져나왔다. 그녀와의 대화에 말문이 막힌 건 그때가 처음이었다.

차라리 로에나가 할버드 경에 대한 욕심을 내보이며 내 방문을 거절했으면 어땠을까? 그랬다면 그렇게 크게 어긋나지 않았을 텐데 말이다.

로에나는 바로 할버드 경을 찾아가 나를 잘 부탁한다고 말했다. 그리고 말끝을 흐리며, 울먹이며, 어쩔 수 없이 헤어지게 되는 것임을 은근히 강조했다. 그 행동에 할버드 경이 화가 난 것은 당연한 일이었다. 류스테인 할버드는 당연히 로에나의 '부탁'을 거절했다. 아주 정중하게. 그리고 나를 찾아와 냉정한 목소리로 선언하듯 말했다.

"제가 모실 레이디는 오로지 로에나 아가씨뿐입니다. 이 목숨이 다할 때까지 말입니다. 제 검은 비슈발츠 가문과 로에나 아가씨를 지키기 위해 있습니다."

"나 역시 비슈발츠잖아요. 경은 어째서 로에나의 말을 듣지 않는 거지요?"

"……아가씨는 부탁했을 뿐 명령을 내리지 않으셨습니다."

"그럼 그녀가 명령한다면 들어줄 건가요?"

"검을 꺾을지언정 그런 일은 없을 것입니다. 그러니 다시는 이런 일로 뵙지 않았으면 좋겠습니다."

단호한 거부에 마음이 아팠다. 비슈발츠 가문에 들어와 처음 받아 보는 직접적인 냉대에 숨이 다 막혀 왔다. 그는, 류스테인 할버드는 나를 싫어한다. 마주친 시선만으로도 알 수 있었다. 이것을 인지하자 하늘이 무너지는 듯한 충격을 받았다.

왜? 무엇 때문에? 그를 달라고 한 게 그렇게 잘못된 일이야? 그게 뭐 어때서?

그러나 대답해 주는 이는 없었다. 어머니와 나는 백작가의 허울만 좋은 가족일 뿐, 정작 가문의 일에는 무지했다. 그 누구도 우리가 비슈발츠 가문의 일에 깊숙이 개입하는 것을 원하지 않았다. 환영받지 못하는 자들의 최후는 냉대일 뿐이었다. 각오하고 있었지만 어느새 잊고 있었던 사실을 나는 너무 늦게 깨달았다.

이후 상황은 빠히 흘러갔다. 어느새 나는 양부의 권고를 어겨 가면서 로에나에게 철없이 떼를 쓴 나쁜 언니가, 로에나는 그런 언니의 무례한 부탁을 들어주려고 노력한 가엾은 동생이 되어 있었다. 사람들이 나를 향해 손가락질하며 수군거린 건 당연한 순서였다.

"백작가에 어울리는 예법이나 교양 따위는 하나도 없는 주제에 할버드 경을 거느리겠다니 꿈이 야무지기도 하지."

"그 누가 저런 천박한 여자의 호위를 맡고 싶어 하겠어? 봐봐. 백작가에 들어온 지 반년이나 되었는데 고작 하는 일이라곤 먹고 자고 드레스를 사고 보석을 다는 등의 사치스러운 일밖에 없잖아. 누가 그 여자의 딸 아니랄까 봐."

"그러게 말이야. 교양이라는 단어를 알려나 몰라. 저런 꼴로 사교계에 데뷔하면 백작가의 수치로 전락하겠지. 대체 자신이 어떤 위치에 있는지 자각이나 하고 있는지 모르겠어. 정말 창피하다니까."

"그에 비해 로에나 아가씨는 얼마나 아름답고 선량한 기품을 지닌 분인지. 아아, 할버드 경이 로에나 아가씨에게 충성을 다하는 이유를 알 것 같아. 황녀님이라 하더라도 우리 아가씨에 비할 바가 못 될 테니까. 그분을 모시는 다른 애들이 부러울 정도라니까."

"그런데 우린 정말 이게 뭐니? 속상해 죽겠어."

그들의 말을 들었을 때 분노보다 창피함이 먼저 찾아들었다. 그때의 나는 은연중에 로에나를 무시하고 있었던 참이므로—바보처럼 착하게 굴었으니까—이렇게 비교를 당하는 것 자체가 수치스러웠다. 로에나가 나보다 우위에 있다니, 믿을 수 없었다. 게다가 할버드 경이 저들과 같은 생각으로 나를 거부한 거라면 큰일이지 않은가.

나는 처음으로 로에나가 내 삶의 대척점에 서 있음을 깨달았다. 그녀를 뛰어넘어야만 인정을 받을 수 있다는 것 또한 그제야 알았다. 로에나가 생각보다 대단한 소녀라는 것을 처음으로 느꼈다. 열등감의 시작이었다.

안타깝게도 내게 주어진 시간은 참혹했다. 모두의 시선을 돌려놓기엔 내게 찍힌 낙인이 매우 선명하고 깊었다. 작심하고 덤벼들어도 소득 없이 나가떨어지기 일쑤였다. 4년 반 동안 지루하게 이어진 싸움은 지루하면서도 처절했다. 자신의 무능력함에 질려 좌절하고 울부짖을 때마다 자존감이 깎여 나갔다. 슬픔과 분노와 절망은 패배자만이 거느릴 수 있는 친구였다. 거울 속에 비친 소녀의 어깨가 조금씩 굽어질 때마다 나는 괴물이 되었다. 끝없이 분노하고 화를 내는 악몽 그 자체가.

나는 천천히 눈을 감았다 떴다. 그러고는 시선을 돌려 현실의 류스테윈 할버드를 바라보았다. 되돌아온 나의 심장이 여전히 그를 향해 힘차게 뛰고 있음을 슬퍼하면서. 어째서 나는 그대가 나를 바라지를 않을 것을 알고 있음에도 불구하고 왜 이렇게 가슴 아파하는 걸까? 사실 아직도 잘 모르겠다. 이게 사랑인지 집착인지. 아니면 또 다른 무엇인지. 지금이라면 답을 찾을 수 있을까?

나는 손수건을 꼭 쥐었다. 떨리는 입술을 달싹여 겨우 말을 꺼내었다.

"경의 호의에 감사드립니다. 나중에 세탁하여 돌려 드리도록 하겠습니다."

"괜찮습니다."

그의 대답에 흠칫 몸을 떠는 것도 잠시, 가까스로 자연스러운 미소를 머금었다.

아아, 그랬지. 할버드 경은 로에나가 아닌 다른 사람의 물건을 받는 것을 좋아하지 않았다. 처음 보는 사이라면 더더욱 그러했다. 사람을 가린다기보다는 애꿎은 소문을 만들지 않기 위해서였다.

나는 치맛자락을 들고 자연스럽게 예를 취하는 것으로 그에게 인사를 건넸다.

"조금 전의 모습은 잊어주시길 바랍니다. 부탁드려요."

쉬이 입을 놀리는 남자가 아님을 알지만 혹시 또 모를 일이다. 다행히 할버드 경은 고개를 끄덕여 내 부탁을 들어주었다. 나는 안도의 한숨을 내쉬며 그를 지나쳤다.

이런 나를 향해 무어라 말을 하려는 입술을 달싹이는 할버드 경의 모습이 보였지만, 일부러 모르는 척 무시했다. 그리고 그가 보이지 않을 때쯤에 손에 쥐고 있던 손수건에 코를 묻으며 눈물을 흘렸다. 류스테인 할버드 경의 향기와 다시는 바랄 수 없는 그의 호의를 마음속 깊이 묻으면서, 그렇게.

잠시 후 나는 손에서 힘을 빼었다. 손수건이 팔랑이며 떨어지고 있었지만 일부러 줍지 않았다. 그저 아무 일도 일어나지 않았다는 듯 평온을 가장한 채 내 방을 향해 걸어갔다. 코끝에 그의 향기가 머물러 있었지만 아무렇지 않은 척 여상스레 굴었다. 덕분에 방에 도착했을 때 내 기분은 한결 나아진 상태였다. 그래서 온몸을 부들부들 떨며 나를 맞이하는 마리를 향해 심술궂게 웃었다.

마리는 나와 시선을 마주할 때마다 마른침을 삼키며 안절부절못했다. 나를 제대로 골탕 먹이지 못했을뿐더러 오히려 자신이 저지른 못된 행실을 들키기까지 했으니 당연한 일이었다. 이번 일로 마고가 양부에게 끌려가 호통까지 들었으니 후환이 두려웠을 것이다. 하녀장의 성격상 그녀를 가만둘 리가 만무할 테니까. 어쩌면 내 시중을 드는 일이 아닌, 백작가 사람들의 인분을 치우거나 지하의 탑 아래에서 빨래를 삶는 허드렛일을 하는 처지로 전락할 수 있을 터였다. 아니면 백작가에서 쫓겨나든가. 마고는 아랫사람에게 벌을 주는 일에는 인색하지 않았다.

확실한 건 그녀가 예전과 같은 편안한 삶을 영위할 수 없다는 점이다. 허드렛일을 하는 하녀와 아가씨 전담 하녀의 생활은 천지 차이이니까. 그러니 저리도 애처로운 눈빛으로 나를 바라보고 있는 거겠지. 용서해 달라는 듯 두 손을 싹싹 빌면서 말이다. 아이러니하게도 이 상황에서 그녀가 매달릴 수 있는 유일한 구명줄이 바로 나였다.

나는 잰걸음으로 다가가 그녀의 머리를 바닥을 향해 눌렀다. 그리고 낮게 비명을 내지르는 마리에게 속삭이듯 말했다.

"넌 여전히 인사를 할 줄 모르는 것처럼 목이 뻣뻣하구나. 네 주인이 왔는데도 이리 건방지게 서 있다니. 내가 이렇게 하나부터 열까지 일일이 가르쳐야 하니?"

"아, 아가씨, 용서해 주세요. 제가 다 잘못했어요."

나는 서늘하게 웃으며 그녀의 몸을 바닥에 뒤로 밀었다. 그녀가 균형을 잡지 못하고 뒤로 나자빠졌다. 울음 섞인 비명이 흘러나오고 있었다.

"쉬잇, 조용히 하렴."

나는 속삭이듯 말했다.

"그렇지 않으면 네 입속의 혀가 어디로 사라질지 모른단다."

그러자 마리가 눈물이 범벅된 얼굴로 고개만 황급히 끄덕였다. 나는 그런 그녀의 모습에 혀를 쯧쯧 찼다.

"가엾은 마리야."

"네, 네. 아가씨."

"소문을 들은 모양이로구나. 그러니까 이렇게 애처롭게 떨고 있는 거겠지? 불쌍한 것 같으니라고. 그래, 뭐라고 들었니?"

"저, 저어……."

"왜 이렇게 두려워하는 거니? 아침과는 전혀 다른 모습이로구나. 너답지 않아."

나는 손가락으로 그녀의 입술을 잡고 강하게 잡아당겼다. 오리처럼 쭉 늘어지는 마리의 입술을 바라보며 서늘한 미소를 머금었다. 그녀의 얼굴이 아픔으로 인해 새빨갛게 달아올라도 아랑곳하지 않았다. 오히려 노래를 부르는 듯 경쾌한 목소리로 물었다.

"누가 이 즐거운 소식을 너에게 알려 주었니?"

감히 고백하건대, 돌아오기 전의 나는 여타의 정숙한 레이디들과 달리 다른 행실과 성향을 가지고 있었다. 나는 교양이라는 가식 아래 자신을 감추는 그네들과 달리 아랫사람에게 체벌을 가하는 걸 두려워하지 않았고, 필요하다면 고문에 가까운 폭력을 행사할 수 있었다. 우습게도 그런 쪽에 천부적인 재능이 있었는지 누군가를 괴롭히는 것에는 도가 튼 상태였다.

그렇기에 과거의 내가 온갖 방법을 다 동원하여 로에나를 학대해도 진실이 밝혀지기 전까지 그 누구도 그녀의 고통을 알아차리지 못했다. 워낙 교묘하게 상처를 냈기 때문이다. 로에나의 옷자락 아래 감추어진 푸른 멍을 아는 건 나뿐이었다. 그러니 마리와 같은 계집 하나를 가지고 노는 건 일도 아니다.

어떻게 할까? 속삭이듯 중얼거리는 내 말에 마리가 고개를 강하게 흔들며 눈빛으로 애원한다. 웅얼거리는 듯 괴상한 소리가 나는 입술은 흐느낌을 담고 있었다. 그녀는 내 말이 단순한 협박이 아님을 깨달았는지 큰 눈을 데굴데굴 굴리며 벌벌 떨었다. 창백하게 질려 버린 얼굴은 나에 대한 공포로 가득했다.

나는 그런 마리의 모습에 짓궂은 쾌감을 느끼며 그녀의 입술을 잡아 뜯듯 손을 떼어 내었다. 마리는 부풀어 오른 입술을 손으로 감싸며 끙끙 앓는 소리를 내었다. 거칠게 들썩이는 어깨는 그녀가 울음을 삼키고 있다는 것을 말해주고 있었다.

"말해주렴."

"요, 요넬이요. 요넬이 알려 줬어요."

마리가 숨을 헐떡이며 겨우 대답한다.

"그 애는 누구지? 어디 담당이니?"

"로에나 아가씨를 모시고 있어요."

"오, 그래? 로에나를 모시는 하녀라……. 이러한 소식을 급하게 알려 줄 정도로 많이 친밀한가 보구나?"

"네, 치, 친해요."

"그러니? 그럼, 친분을 계속 유지하는 게 좋겠구나."

앞으로 그 애의 도움을 받을 일이 많을 테니까. 말을 마친 나는 생긋 웃으며 마리의 뺨을 쓰다듬었다.

"좋아, 이제 마고와 네 이야기를 해볼까?"

그러자 마리가 입술을 바르르 떨었다. 하녀들을 총괄하는 하녀장에 대해 이야기하는 것이 꽤 불안한 모양이다. 아직 나보다 마고를 더 무서워하기 때문이었다.

나는 그런 그녀를 달래려는 듯 달콤한 어조로 속삭였다.

"별다른 이야기를 하려는 건 아니란다. 마고가 나를 좋아하지 않는다는 걸 알고 있으니까. 그러니 너를 통해 날 골탕 먹이려고 한 것일 테지."

"아니에요. 정말 아니에요."

"오, 마리야, 날 속일 생각을 하지 말렴. 오늘 아침과 같은 모욕으로만 끝날 행위가 아니었잖니. 마고에게 지시를 받은 게 더 있다면 솔직하게 말하려무나. 그게 서로를 위해서 좋지 않겠니?"

"그냥 아가씨를 도와주지 말고 방치하라는 소리를 들었어요. 모두의 웃음거리가 되도록 말이에요. 세상에, 제가 무슨 짓을 한 거죠? 아가씨, 잘못했어요. 다시는 그러지 않을게요. 앞으로 그런 짓을 하지 않을 거예요. 맹세해요."

"글쎄, 널 믿을 수 있어야 말이지. 확신이 필요해. 네가 어떻게든 날 배신하지 않는다는 증거가. 그렇지, 지금 내가 하는 행동을 견딜 수 있다면 아주 조금이지만 너를 믿을 수 있을지 모르겠구나. 어떻게 할까?"

말을 마친 나는 손가락으로 덧그리는 것처럼 그녀의 얼굴선을 따라 내려갔다. 그리고 마리의 목을 부드럽게 감싸 쥐었다. 가엾게도 두려움에 질린 마리는 숨조차 제대로 쉬지 못한 채 두 눈만 동그랗게 뜨고 있었다. 나는 그녀의 목을 감싼 손에 힘을 주었다. 조금씩 천천히, 아주 느리게. 마리가 최대한 공포를 느낄 수 있게끔 적당히 조절하며, 그렇게.

"쉬잇, 가만히 있으렴. 그래, 아주 착하구나. 어쩌면 널 믿을 수 있을지도 모르겠어."

이미 내게 기백으로 제압당한 그녀인지라 어떻게 반항할 엄두조차 내지 못했다. 그저 눈물만 흘리며 필사적으로 용서를 구할 뿐이다.

"아가씨, 잘못했어요. 다시는 안 그럴게요. 제발 살려 주세요. 제발요."

나는 그녀의 말을 무시했다. 마리에게 나를 두려운 존재로 각인시킬 필요가 있으니까. 자신을 언제든지 죽일 수 있는 내가 제 삶의 주인이라는 것을 말이다. 그래서 마리의 입술에서 혀가 비죽 튀어나올 때까지 기다리다가 느릿하게 손을 풀었다. 벌레처럼 바르작거리는 몸을 비웃으며 급하게 들이켠 숨으로 인해 격하게 기침하는 그녀의 머리를 쓰다듬었다.

"귀여운 마리야. 지금 당장 마고에게 가서 말하렴. 네가 엉엉 울면서 잘못했다고 빌자 멍청한 아가씨가 너를 용서해 줬다고 말이야. 그러니 기회를 더 달라고, 앞으로는 실패하지 않겠다고 빌려무나."

마리가 고개를 끄덕였다. 눈물이 그렁한 그녀의 눈동자에는 시스에 비슈발츠, 즉, 나에 대한 공포가 어려 있었다. 나는 그 모습을 보고서야 겨우 만족스러운 기분이 들었다. 그래서 나는 입꼬리를 당겨 웃으며 속삭이듯 말했다.

"그래, 그러면 되는 거란다. 그럼 나는 마고가 너를 처벌할 수 없도록 도와주마.”

그리고 두려움으로 바짝 얼어 있는 그녀를 안정시키기 위해 내가 찬 팔찌를 풀어주었다.

“이건 조금 전의 일에 대한 작은 보상이란다. 잊어줄 수 있겠지? 아니, 잊어야 해. 그래야 우리가 앞으로 잘 지낼 수 있지 않겠니?”

마리는 두려움과 슬픔, 그리고 약간의 기쁨이 섞인 혼란스러운 표정을 지으며 멍청히 고개를 끄덕였다. 그녀의 탐욕스러운 눈동자는 어느새 팔찌를 향해 있었다. 보상에 홀린 듯 멍청하게 흐려진 시선이 우스웠다. 나는 이것으로 마리가 내 지시에 따라 행동할 것임을 강하게 확신했다.

잠시 후 하녀 하나가 나를 찾아왔다. 자신을 세릴이라고 소개한 붉은 머리카락의 여인은 양부의 명으로 내게 왔다고 말했다. 나는 몹시 익숙한 그녀의 얼굴에 미소를 지었다.

오, 그래. 내가 너를 잊어버릴 리가 없지. 과거의 나를 괴롭히던 하녀 중 한 명이 아니니. 내 밑으로 배속된 하녀 주제에 나를 똑바로 바라보며 말하는 그녀의 건방진 눈동자는 불만으로 가득 차 있었다. 나는 혀로 입술을 핥으며 마리에게 명령했다.

“마리야, 너는 조금 전에 이야기한 대로 행동하렴. 나는 세릴과 잠시 나눌 이야기가 있단다.”

체벌이 효과가 있었던 것인지 마리는 군말 없이 방 바깥으로 빠져나갔다. 나는 그런 그녀의 모습에 흡족한 미소를 지으며 세릴을 바라보았다. 그리고 기묘하게 돌아가는 상황에 어리둥절해하는 그녀에게 최대한 달콤한 미소를 지으며 낮게 속삭였다.

“그럼 대화를 나누어 볼까?”

아주 간단하게 말이야.

돌아오기 전의 나는 무척 난폭하고 사나웠다. 폭풍의 눈이라 해야 하나. 사소한 시비를 참지 못하고 다툴 때가 많았다. 화를 잘 참지 못하는 고약한 성질 때문이었다. 특히 어머니에 대한 뒷말은 참지 못했다. 그래서 누군가 어머니에 대해 나쁜 말을 한다면 곧바로 달려들어 강하게 물어뜯었다. 쥐어뜯긴 머리카락과 퉁퉁 부은 코가 성할 날이 없었지만 설움에 못 이겨 흐느끼는 것보다 나았다. 그깟 코피쯤은 손등으로 한번 쓱 문질러 닦으면 그만이었다. 그렇기에 남들이 악에 받쳐 외치는 '미친년'이라는 소리는 내게 있어 명예로운 훈장과 같았다. 아니, 뒷골목에 사는 계집애치곤 제법 얌전한 별명이었다.

그러나 이러한 성질도 백작가에 들어왔을 땐 길들여진 개처럼 얌전해졌다. 귀족가의 영애로 살아가기 위해선 당연한 일이었다. 로에나를 괴롭힐 때도 뒷골목의 시스에가 아닌 비슈발츠가의 시스에로서 행동했다. 안타깝게도 귀족 여인의 교활하면서도 유치한 처벌은 미친년의 이를 무디게 만들었다. 하지만 가끔은 상대를 짐승처럼 다루어야 할 때가 있는 법이다. 나는 과거의 경험을 통해 일찍이 이러한 진리를 알고 있었다.

나는 바닥에 널브러져 있는 세릴을 흘깃 쳐다보며 문을 열었다. 언제 돌아온 것인지 문 앞에 서 있던 마리가 나와 시선을 마주하자마자 숨죽인 비명을 내질렀다. 불안한 듯 쉴 새 없이 굴러가는 눈동자는 두려움으로 인해 떨리고 있었다.

"생각보다 빨리 돌아왔구나. 마고가 네 말을 들어주었니?"

내가 생글거리며 묻자 마리가 대답 대신 새파랗게 질린 얼굴로 맹렬하게 고개를 끄덕였다. 나는 일부러 마리의 감정을 모르는 척했다. 대신 몸을 살짝 비켜서서 방의 중앙에 쓰러져 있는 세릴의 모습을 한눈에 볼 수 있게끔 유도했다.

"몸이 좋지 않은 모양이야. 대화하던 도중 저렇게 쓰러지지 뭐니? 그러니 네가 그녀의 상태를 좀 살펴야겠다."

"제, 제가요?"

마리가 꿀꺽 침을 삼키며 되물었다. 그야말로 병 주고 약 주는 상황이라 이해가 가질 않은 모양이었다. 다른 귀족가의 아가씨들은 하녀에게 벌만 주지 치료는 해주지 않으니까.

내가 단호하게 고개를 끄덕이며 '그래, 네가 해야 해'라고 말하자 그녀의 얼굴에 기묘한 빛이 떠올랐다. 마리는 세릴에게 쭈뼛쭈뼛 다가가면서도 몇 번이고 뒤를 돌아보며 내 눈치를 살폈다.

"꼼꼼하게 살펴 주렴. 내일이라도 당장 일어날 수 있도록 말이야."

"내일이요?"

마리가 말도 안 되는 소리라는 듯 나를 바라보았다. 그 모습이 어찌나 애처로운지, 없던 동정심마저 생길 지경이었다. 나는 얄미울 정도로 환한 미소를 지으며 어깨를 으쓱였다. 그리고 여상스러운 목소리로 대답했다.

"그래, 내일."

사실 세릴의 상태는 한눈에 보아도 좋지 않았다. 나조차도 그녀가 내일 일어날 수 있을 거라고 장담할 수 없었다. 하지만 치료를 하는 건 내가 아니다. 그녀의 사정 따위를 내가 알 게 뭐란 말인가.

"어렵니?"

마리가 조용한 목소리로 대답했다. 체념한 듯한 그녀의 말에는 희미한 흐느낌이 배어 있었다.

"아뇨. 아닙니다, 아가씨. 할 수 있어요."

"그래, 그래야지."

나는 세릴을 쉽게 내보낼 생각이 없었다. 일이 터질 때마다 휘어잡는 것보다 미리 나에 대한 복종을 뼛속 깊이 심어 놓는 게 더 편하니까. 뭐, 그녀의 부재가 문제 될 수 있겠지만, 그것은 사소한 해프닝일 뿐 내게 시시콜콜하게 따져 물을 정도로의 큰일은 되지 못했다. 마고가 양부 눈치를 보느라 몸을 움츠리고 있는 이상 시간은 내 편이나 다름없었다. 그래서 안심하고—마리에게 세릴을 맡긴 채—방을 빠져나왔다.

복도를 몇 번 꺾어 걷다 보니 백작가의 문장이 아로새겨진, 익숙한 방 하나가 눈에 보였다. 어머니의 방이다. 과거처럼 어머니는 백작 부인의 방에 기거하고 있었다. 나는 문을 가볍게 두들겨 내가 방문했음을 알렸다.

어머니는 로에나와 함께 앉아 있었다. 티타임 중인지 탁자에는 차와 함께 과자가 놓여 있었다. 나는 뜻밖의 상황에 눈을 가늘게 떴다. 왜 그녀가 어머니와 함께 있는 것인지 이해할 수 없어서다.

"어머니."

그것도 잠시 빙그레 미소 지으며 어머니에게 쪼르르 달려가 그녀의 양 뺨에 키스했다. 그러고는 그녀를 꼭 껴안았다. 어머니는 그런 내 어리광이 싫지 않은 듯 가볍게 웃으며 내 머리를 쓰다듬었다. 평소라면 다 큰 계집애가 왜 어리광이니 하며 낮게 타박을 주었을 당신이지만, 좀 전의 일을 생각해서 그냥 놔두는 모양이었다.

"괜찮니?"

나는 속삭이듯 묻는 어머니의 목소리에 고개를 끄덕이며 기운차게 대답했다.

"네, 괜찮아요."

내 얼굴을 살피는 그녀가 너무나 사랑스러웠다. 과거의 나는 늘 과로와 수면 부족에 시달렸다. 피로로 인해 깊게 그늘진 눈 밑은 항상 검게 물들어 있었다. 조금이라도 많이 자면 로에나에게 그 시간만큼 뒤처질까 봐 두려워 하루 두 시간 이상 자지 않았기 때문이다. 나중에는 강박처럼 자는 게 무서워졌다. 그래서 채신머리없이 꾸벅꾸벅 졸다가도 소스라치게 놀라 깨어나기를 반복했다. 몸이 망가지고 있었지만 개의치 않았다.

하지만 잠을 줄여 가며 노력해도 로에나를 넘어설 수 없었다. 되레 신체적인 후유증만 남겼을 뿐이다. 불규칙한 생활에 피를 토하기를 여러 번. 종내에는 음식이 몸에 받지 않아 수프 한 숟갈조차 떠 넘길 수 없는 상태에 이르렀다. 나름 풍만하게 균형이 잘 잡혔던 몸이 해골처럼 비쩍 말라 갔다. 피로로 인해 얼굴이 엉망이 되어 가고 있었지만 어떻게 손쓸 방법조차 없었다. 화장이 먹히지 않으니 진주 가루를 물과 밀가루에 개어 피부에 바르는 것으로 만족해야 했다. 얼마나 몸이 망가졌는지 누군가 나를 가리켜 걸어 다니는 유령이라고 할 정도였다.

그때에 비한다면 지금은 별것 아니었다. 건강하고, 음식 잘 먹고, 불면증도 없지 않나. 시간을 거슬러 온 탓인지 강박 증세 또한 보이지 않았다. 마치 세례를 받은 것처럼 깨끗했다.

내 말에 어머니가 안도의 한숨을 내쉬었다. 그녀는 나의 눈가에 키스하며 부드러운 목소리로 말했다.

"다행이로구나. 애야, 너도 차 한 잔 마시겠니?"

"네."

나는 방긋방긋 웃으며 로에나의 옆자리에 가 앉았다. 하녀 한 명이 재빠르게 내 몫의 찻잔을 가져다 놓았다. 옅은 노을빛을 담은 차가 찻잔 안에서 가볍게 출렁이고 있었다. 달콤한 향이 코끝을 간질인다. 차를 한 모금 입에 물자 놀랄 만큼 달콤하고 부드러운 맛이 입안에 감돌았다. 차를 별로 좋아하지 않는 사람이라도 즐겨 마실 수 있을 것만 같았다.

"시스에, 좀 전에는 미안했어."

그때 로에나가 작은 목소리로 내게 말했다. 그녀는 주인 눈치를 보는 강아지처럼 낑낑거리며 내 감정에 민감하게 반응하고 있었다.

"아니야. 하녀를 보내 줘서 고마울 따름인걸. 무척 슬펐을 텐데 말이지. 너야말로 괜찮은 거니?"

내가 모르는 척 여상스럽게 물어보자 로에나의 낯빛이 급격하게 어두워졌다. 그녀는 무척 우울한 표정을 하며 눈을 내리깔았다.

"으응. 아무렇지 않은걸."

"하지만 여전히 안색이 좋지 않은데? 다시 보내 줄까? 마리가 조금 못 미덥긴 하지만 그래도 네가 웃을 수 있다면 괜찮아."

"아니야. 정말로 괜찮아. 무엇보다 세릴은 정말 좋은 하녀라 널 잘 보살펴 줄 거야."

"그렇지만 지금 무척 슬퍼 보이는데? 괜찮지 않다면 그런 표정을 지을 리가 없잖아. 로에나, 거짓말을 하는 건 좋지 않아."

내 말에 로에나의 얼굴이 새빨갛게 달아올랐다.

"거짓말이라니? 그렇지 않아. 오해하지 말아줘."

"하지만 미련이 남는다는 듯 아쉬운 얼굴을 하고 있는데? 가엾은 로에나. 너는 거짓말이 서툴구나. 그러니까 쉽게 들통날 변명은 하지 않는 게 좋겠어."

거울을 보지 않은 이상 자신의 얼굴이 어떠한지 모를 터였다. 다만 상대가 그렇다고 주장하니 그리 여기는 수밖에. 아연한 표정으로 우리를 바라보는 어머니의 행동은 부가적인 것이었다.

로에나는 손을 들어 자신의 뺨을 만졌다. 그리고 어색하나마 미소를 지으려고 노력했다. 나는 그런 그녀의 모습을 칭찬하듯 한마디 덧붙였다.

"그래, 처음부터 그런 표정을 지었어야지. 그래야 내가 믿을 게 아니니."

로에나의 웃음은 다소 딱딱하게 굳어 있었지만 무척 사랑스러웠다. 입술 끝에 밴 어색함조차 자연스럽게 느껴질 정도였다. 웃음으로 분위기를 바꿀 수 있다는 건 분명 축복이겠지. 나는 그녀의 미소를 흉내 내느라 입가에 경련이 일었던 수많은 영애를 떠올리며 천천히 차를 마셨다. 그리고 '부채가 있다면 차를 안 마셔도 됐을 텐데' 하고 생각했다.

로에나를 향한 미묘한 분위기가 계속 이어지자 어머니의 안색이 파리하게 변했다. 깊은 그늘이 드리워진 아름다운 눈동자에는 나를 향한 당신의 걱정이 담뿍 배어 있었다. 나는 어머니가 무엇을 두려워하는지 매우 잘 알기에 옅은 웃음을 지었다. 그녀는 내가 양부의 눈에서 벗어날까 전전긍긍하고 있었다. 비슈발츠 백작이 사랑하는 건 어머니이지 시스에라는 인간은 아니니까. 그렇기에 조금 전 내가 내뱉었던 무례한 말들이 하녀들의 입을 통해 그의 귀에 들어갈까 조바심을 내는 거다. 팔은 안으로 굽는 게 정상이므로.

하지만 어머니, 사랑이라는 이름의 열정이 때론 혈육의 정을 능가할 때가 있다는 사실을 알고 계시나요?

과거의 양부는 죽을 때까지 어머니에게 충성스러웠다. 금세 꺼져 버릴 거라 생각한 열정은 상상 이상으로 길게 타올랐다. 나에게 실망했을지언정 어머니를 향한 시선은 끝끝내 놓지 않았던 그였다. 양부의 진실된 사랑은 로맨스라는 이름으로 가두기엔 너무나 찬란했다. 예전의 못된 나라도 인정할 수밖에 없는 부분이었다. 무엇보다 지금은 신혼 초가 아닌가. 미치지 않고서야 나를 건드릴 양부가 아니었다. 하지만 어머니는 아직 이 모든 것이 불안한가 보다. 그러니 나를 향해 이리 말하고 있는 거겠지.

"시스에."

"네, 말씀하세요."

"이제 백작가의 일원이 되었으니 내뱉는 말 하나하나에 신중을 기해야 할 것 같구나."

선대에 이르러 자작이라는 귀족의 직위를 상실했지만, 어머니는 당신의 어머니, 즉 할머니로 인하여 조악한 수준에 가까운 예법을 익혀 놓은 상태였다. 다른 귀족 부인에 비하면 수준이 아주 많이 떨어지겠으나 그렇다고 해서 이쪽 세계에 아예 적응하지 못할 정도는 아니었다. 양부를 만나 결혼을 약속할 수 있었던 것도 과거에 익힌, 귀여울 정도로 서툰 예법의 도움이 컸다. 이로 인해 어찌어찌 사교계에 발을 내디딜 수 있었던 어머니는 그 아름답고도 냉혹한 세계의 이면을 살짝 엿본 상태였다. 그래서 그녀는 과거에도 종종 내 행동과 어조를 지적하며 조심할 것을 요구했다. 숱한 가십으로 고통받은 어머니인지라 예의에 어긋나는 말투에 매우 민감하게 굴었다.

"죄송해요. 어머니 말씀이 옳아요. 로에나, 혹시 기분 나빴더라면 이해해 주길 바라."

"아니야, 전혀 그렇지 않았는걸."

나는 손을 뻗어 로에나의 손을 붙잡았다. 그녀의 긴 손가락에 깍지를 끼며 입가에 떠오른 미소를 잃지 않으려고 애를 썼다.

"이해해 줘서 정말 고마워."

"아니야. 나야말로."

"앞으로도 내가 실수를 한다 치더라도 계속 이해해 줬으면 좋겠어. 익숙해질 때까지 말이야. 난 아직 너보다 모든 것이 서투르니까. 그럴 수 있지?"

"으응?"

"어려운 부탁인 거니?"

"아, 아니. 그렇지 않아. 오, 그래. 물론이야."

남들 앞이라 제대로 거절하지 못하는 태도가 우스웠다. 불편함을 억지로 참고 있는 듯한 표정이라니. 하긴 우리 착한 로에나는 '예'라는 대답밖에 할 줄 모르지. 그녀는 자신의 선함이 스스로의 발목을 붙잡는 족쇄임을 알고 있을까?

나는 차와 함께 비웃음을 삼켰다. 그녀를 향한 악의에 손끝이 차가워지고 있었다. 돌아온 지금은 너와 어디까지 갈 수 있을까? 어쩌면 지옥 밑바닥일지도 모르지. 그러니 이번에는 네가 내가 맛보았던 '열등감'을 느껴 보았으면 좋겠다. 나를 '지금'으로 되돌린 '누군가'가 땅을 치고 후회하도록, 그렇게. 회심이라는 나약한 단어는 내게 어울리지 않으니까 말이다.

어머니는 미묘하게 뒤틀어진 내 말에 고개를 갸우뚱하면서도 딱히 지적할 점을 못 찾은 듯 미묘한 표정을 짓고 있었다. 하는 말이라곤 고작 '로에나를 너무 곤란하게 만들지 말려무나'라는 소리였다. 나는 고개를 끄덕이며 기운차게 대답했다.

"당연하지요. 우린 자매니까요."

내 말에 로에나가 얼굴을 붉혔다. 뽀얗게 살이 오른 양 뺨에 복숭앗빛 연한 색이 부드럽게 깔렸다. 수줍게 내려앉은 속눈썹은 탄성을 자아낼 정도로 길었다. 그녀는 정말이지 천사처럼 웃었다. 빌어먹게도 말이다.

"하지만 나를 너무 곤란케 하지 말아줘."

"장담하기 어려운 말이야. 하지만 노력할게. 많은 시간이 걸리겠지만 말이야."

"아니, 그렇지 않을 거야. 내가 배울 땐 하나도 어렵지 않았거든. 그러니까 시스에도 마찬가지일 거라 생각해."

그래. 하나를 배우면 열을 깨우치는 네게 있어 무엇이 어려울까. 타고난 재능이 바탕이 되고 있으니 뭐든지 쉬워 보일 테다. 그녀의 오만에 구역질이 치밀어 올랐다.

"글쎄? 모든 사람이 너와 같은 재능을 가지고 있을 거라 생각하지 말아주렴. 조금 속상하잖아. 아아, 차라리 내가 너였으면 좋겠어. 그럼 노력하지 않아도 쉽게 익힐 수 있을 텐데……."

그래서 살짝 비꼬는 것으로 그녀의 반응을 살피고자 했다. 타고난 재능을 믿고서 노력하지 않은 사람이라고 지적하는 말에 일그러진 표정을 지으면 재미있을 것 같았다. 그러나 로에나는 로에나였다. 그녀는 내 말을 칭찬으로 받아들이고 수줍게 미소 지었다. 가시 돋친 소리를 자기 임의대로 해석하는 것도 재주라면 참으로 용한 재주였다. 뾰족한 어조를 느끼지 못한 건지, 아니면 그 괴리를 느끼지 못할 만큼 나에 대한 호감이 상당한 건지 전혀 알 수 없지만, 어쨌든 기대했던 반응이 아니라 퍽 실망스러웠다. 아니, 절망적이었다.

"그렇게 여겨 주니까 부끄러운걸. 하지만 시스에, 자신을 너무 낮게 보지 말았으면 좋겠어. 노력한다면 어떻게든 되지 않을까?"

나는 얼떨떨한 표정을 가까스로 숨겼다. 나와 로에나를 바라보는 하녀들의 시선을 피해 살포시 눈을 내리깔았다. 너무나 어처구니가 없어 대답하는 것조차 힘겨웠다.

"응. 그렇게 해볼게."

희극이 따로 없었다. 허탈한 마음에 기운이 쭉 빠졌다. 얻은 것이라곤 앞으로 나올 실수를 '아직 이 생활에 익숙하지 않아서 그래'라는 말로 덮을 수 있게 됐다는 것뿐이었다. 귀족가의 '예법'이 어느 정도의 수준에 오르기 전까지 그럴 것이다. 아니, 앞으로도 나를 경계하지 않을 테니까 다행이라고 생각해야 하나.

지금도 그렇지만 돌아오기 전의 로에나는 '의심'이라는 단어를 몰랐다. 그녀의 눈에 비친 세상은 동화 속에 나오는 것처럼 늘 정의롭고 아름다웠다. 그렇기에 그녀는 내가 자신에게 악의를 품고 있다고 상상조차 하지 못할 터였다. 뭐든 자기 좋을 대로 해석하며 웃어넘기는 데 그럴 리가 있겠는가. 대놓고 말하면 또 모를까.

확실한 건 지금의 로에나를 과거의 그녀로 생각하여 진지하게 임해선 안 된다는 점이었다. 우습게도 나는 비로소 로에나가 죽기 전에 만났던 그녀가 아닌, 아주 어린 소녀에 불과하다는 것을 깨달았다. 더불어 나 또한 아무것도 모르는 시절의 시스에가 아니었다. 차라리 주변 사람들을 의식하여 몸을 사리는 게 낫겠다. 백작가에 자리한 모든 이의 눈과 귀를 가릴 수 있을 때까지 말이다. 그러기 위해서라면 얼마든지 로에나를 부러워하는 순진한 언니 역에 충실할 수 있을 것 같았다.

그러니 얼음처럼 냉정해지고 칼과 같이 날카로워지자. 부엉이처럼 눈을 현명하게 가다듬고, 뱀처럼 교활하게 굴자. 최후에 이르러 그녀의 일그러진 얼굴 앞에서 소리 높여 웃을 수 있을 때까지 몸을 사리고 또 사리는 거다.

이후로 나는 미묘한 어조로 로에나의 속을 긁는 것을 멈추었다. 그리고 그녀를 향해 다정하게 웃으며 상냥함을 가장했다. 어머니는 그런 우리의 모습에 행복한 듯 환하게 웃었다. 아닌 척해도 당신의 마음 한 구석에는 로에나와 내가 불화를 일으킬까 봐 걱정되었던 모양이다. 그녀는 티타임 내내 비슈발츠가의 안주인이자 '어머니'로서의 풍모를 보이려고 노력했다. 그것은 눈에 띌 정도로 티가 나서 매우 안쓰러울 정도였다. 그래서 나는 어머니의 재미없는 농담에도 까르르 웃으며 그녀의 기운을 북돋워 주었다.

그렇게 시간이 흘러 대화거리가 다 떨어지자 로에나가 마지못한다는 듯 아쉬운 표정을 지으며 자리에서 일어났다.

"곧 문학 선생님이 오세요. 그래서 먼저 일어나야 할 것 같아요. 저어, 종종 놀러 와도 되나요? 그러니까⋯⋯."

로에나는 머뭇거리다가 겨우 입 밖으로 '어머니'라는 단어를 내뱉었다. 어머니는 매우 감격하신 듯 체면도 차리지 않고 그 자리에서 벌떡 일어나 로에나에게 달려갔다. 그녀를 껴안은 어머니의 얼굴에는 감격의 눈물이 흐르고 있었다.

"오오, 물론이지, 애야. 언제든 놀러 오렴. 나를 어머니라 불러 줘서 너무나 고맙구나.”

이 웃기지도 않은 모습에 비웃음이 날 것 같았지만 꾹 참고 자리에서 일어나 저들이 하는 포옹에 동참했다. 팔을 찢어져라 벌려 그들을 껴안고 같이 끅끅 울어 대는 척을 했다. 그러다 눈을 슬쩍 들어 하녀들을 바라보니 저들 역시 감동일지 모를 괴상한 감정에 허우적거리며 어쩔 줄 몰라 하고 있었다. 하긴, 저들도 놀랐을 것이다. 양부를 유혹하여 안주인의 자리를 꿰찬 여자가 이렇게 순진하고 얌전한 성격을 가졌을 줄 누가 알았겠는가. 서로 경계하며 으르렁거렸어야 할 우리가 사이좋은 가족의 모습을 연출하는 것도 신기한 일일 터였다.

로에나는 눈물로 얼굴이 반쯤 뒤덮인 상황에 이르러서야 겨우 울음을 멈추고 어머니의 품에서 빠져나왔다. 그녀는 자신의 얼굴보다 먼저 어머니의 눈물을 닦아주는 친절을 선보이며 당신을 또 한 번 감격하게 했다. 이후 이어진 ‘어머니가 제 어머니가 되셔서 기뻐요’라는 말에 쓰러질 뻔한 건 물론이다. 어머니는 그 꼴같잖은 말에 너무나 기뻐했다. 얼마나 좋아하시던지 로에나의 얼굴에 키스 세례를 퍼부을 정도였다.

나는 그 모습이 못내 씁쓸하여 고개를 숙였다. 과거와 달리 어머니가 계속 선한 성품을 유지하는 건 좋지만, 그게 로에나와의 친분으로 이어지니 기분이 묘해진 것이다.

한편으로 불안감마저 들었다. 어머니라면 내가 하는 물밑 작업이나 백치를 가장한 조롱을 금세 알아차릴 게 뻔하니까. 분명 엄하게 꾸짖으며 나를 걱정하겠지. 변질되기 전의 당신은 누구보다 정의로운 사람이었으니 말이다. 만약 당신이 내 ‘벽’이 되어버린다면 나는 어떻게 해야 하지?

로에나는 콧등이 빨개진, 매우 우스운 꼴을 하고서도 행복하다는 것처럼 배시시 웃었다. 순진하고 청초한 낯에 모두 홀린 듯이 그녀의 얼굴을 바라보았다.

"그럼 저녁 식사 때 봬요. 어서 빨리 시간이 지나갔으면 좋겠어요."

어머니는 로에나를 문 앞에까지 배웅했다. 나는 그런 어머니의 모습이 너무 낯설어 그 자리에서 한 발자국도 움직일 수 없었다. 어쩐지 로에나에게 어머니를 빼앗긴 것 같아서 기분이 불쾌했다. 그래서일까. 문득 어린애처럼 '내 어머니야' 하고 투정을 부리고 싶은 마음이 솟아올랐다.

어머니는 로에나를 배웅하고 난 뒤 내게 정원을 걷지 않겠냐고 권했다. 나는 그녀에게 쪼르르 달려가 팔짱을 끼는 것으로 대답을 대신했다. 어머니가 부드럽게 눈웃음을 치며 내 머리를 쓰다듬는다. 우습게도 나는 당신의 이 동작 하나에 그만 안도하고 말았다.

백작가의 정원은 무척 아름다웠다. 정원사가 공들여 가꾼 수목들은 놀라울 정도로 싱그럽고 생생했다. 어디선가 들려오는 이름 모를 새의 지저귐이 황홀하게 녹아들었다. 풀을 스치는 드레스 자락도 하나의 음악처럼 스르륵 쓸렸다. 모든 것이 고요하고 평화로워 안온한 기분이 들었다. 몸을 잠식한 악의도 이때만큼은 숨을 죽이며 몸을 웅크릴 정도였다.

"나는 앞으로 더 바빠질 거란다. 이제 이렇게 산책하는 시간도 줄어들지 몰라."

어머니가 입을 열어 말했다.

"며칠간 집사와 하녀장의 도움을 받아 제빵실, 양조장 및 고기 저장소를 둘러보고 시골 영지에서 올라오는 살림 내역을 살필 거란다. 거기에 가정 내 비용이 얼마만큼 드는지, 고용인들의 봉급은 어떻게 줘야 하는지도 알아야 할 테고 자선 기부 행위도 예산에 집어넣어야 할 테니 한동안 정신이 없을 거야. 너 역시 아주 바쁘겠구나."

"네. 악기랑 노래를 배우고, 문학에 역사에 예법에 춤에, 기타 등등을 익히려면 몸이 열 개라도 모자랄 거예요. 매 날리는 법도 배울 거예요."

"매?"

"요즘 영애들 사이에서 유행하고 있는 취미예요. 저도 배우고 싶어요."

과거 귀족 영애들 사이에서 영식들의 사냥터에 따라가 매를 날리는 일이 유행처럼 번졌더랬다. 제 몸을 우아하게 사리기 바쁜 그녀들이 그 사나운 사냥매를 어떻게 감당했을까 싶으랴마는 그것이 상당히 오랫동안 지속한 것으로 보아 위험을 감수할 정도의 큰 재미를 가지고 있었나 보다.

이전의 나는 로에나를 이기는 데 혈안이 되어 그것에 관심을 두지 않았다. 단 한 번 그녀를 졸라 따라간 적이 있지만 크게 망신을 당한 이후로 관심을 끊었다. 돌아온 지금 내게 있어 사냥은 퍽 흥미로운 스포츠가 아니었다. 하지만 사냥터에 모이는 대부분 영애와 영식들이 훗날 제국을 주도할 권력자들로 성장했기 때문에 참여할 명분은 충분했다. 황태자도 몇 번이나 참여하여 이들과 어울렸으니 더는 말해 무엇하랴. 그러니 사냥터에 가서 새로운 사람을 만난다면 더할 나위 없을 것이다. 물론 로에나가 참석하는 사교 모임에 동행하는 게 더 손쉽겠지만, 그녀를 추종하는 이가 대부분인 만남이라 시간이 아까웠다.

어머니는 갑자기 '매'를 언급하는 내 모습에 매우 의아한 눈치였으나 이내 고개를 끄덕이며 무언의 수락을 내비쳤다. 오히려 어머니는 다른 것에 더 신경을 쓰고 있었다. 그녀는 하녀들이 조금 멀찍이 떨어져서 걸어오는 것을 보곤 이내 목소리를 낮춰 내게 소곤거렸다.

"시스에, 너는 로에나가 마음에 들지 않는 것이니?"

"왜 그렇게 생각하세요? 조금 전만 하더라도 우린 정말 괜찮았잖아요."

"오, 이 어미가 너무 예민하게 생각한 것인지 몰라도 말이다. 네가 자꾸 로에나에게 날을 세우는 것 같아서 말이다. 물론 아니라면 미안하구나."

"설마 그럴 리가 있겠어요. 전혀 아니에요. 단지 익숙하지 않아서 그래요. 다른 애들과 저잣거리에서 뛰어놀던 그때의 버릇을 고치지 못해 조금 말이 솔직하게 나온 것뿐이에요. 걱정을 끼쳐 드렸다면 죄송해요. 앞으론 조심할게요."

어머니가 한숨 섞인 목소리로 내게 말했다. 긴장한 것인지 그녀의 목은 조금 뻣뻣해져 있었다.

"그렇게 생각해 준다면 고맙지만 말이다. 어쩐지 네가 많이 달라 보이는구나."

"좋은 일 아닌가요?"

"그렇긴 하다만. 어쨌든 약속해다오. 앞으로도 계속 로에나와 사이 좋게 지내겠다고."

"물론이에요."

나는 망설임 없이 대답했다. 지켜지지 않을 약속이지만 천연덕스럽게 내뱉었다. 나는 어머니를 사랑하지만 그녀에게 거짓말을 하는 것에 죄책감을 느끼지 않는다. 어차피 그녀가 나로 인해 행복해질 것을 알기 때문이다. 그렇기에 스스로의 행동에 부끄러움이 없었다. 어머니는 그런 내가 기특하다는 듯 뺨에 옅은 키스를 해주었다.

이후 우리는 다른 주제를 꺼내어 소소한 잡담거리를 하는 것으로 산책을 즐겼다. 나는 어머니의 재미없는 농담을 겨우겨우 참아 내며 맞장구치다가 방으로 되돌아올 즈음에 백작가의 살림을 관장하는 '열쇠'를 받았냐고 슬쩍 물었다. 어머니는 곤혹스러운 표정으로 아직 받지 못했다고 대답했다. 나는 그런 어머니께 흘리듯이 여상스러운 말투로 말했다.

"로에나가 어머니를 진짜 어머니라 생각한다면 열쇠를 주겠지요. 전 그렇게 생각해요."

정말이지 나는 타고난 못된 년이다. 어머니가 이렇게라도 로에나에 대해 약간의 의뭉스러움과 경계를 가지기를 바라다니. 물론 그 감정이 증오로 번지는 건 원치 않지만, 필요 이상으로 친해지는 것 또한 좋지 않았다. 당신은 내 어머니이지 로에나의 어머니가 아니지 않은가?

어쨌든 안주인을 상징하는 '열쇠'의 소유 여부는 무척이나 미묘한 것이라, 그것을 받는 시간이 길어지면 길어질수록 어머니는 로에나에 대해 실망을 느낄 것이다. 로에나 역시 알 수 없는 무언가를 뺏기는 것 같은 두려움에 허덕여 어머니를 어색하게 대하게 될 테고. 이쯤에서 마고가 속살거려 주는 것도 좋다. 아니, 바라 마지않는 일이다. 그 늙은 족제비가 그러면 그럴수록 내가 선택할 패가 더 많아질 테니까. 그래서 나는 반쯤 굳은 얼굴로 불안한 표정을 짓는 어머니의 뺨에 애정을 담아 깊게 키스했다.

"저녁 시간에 봬요. 전 잠시 쉬어야겠어요."

나는 진심으로 내 어머니를 사랑한다. 그녀의 연약한 마음이 너무나도 좋다. 그렇기에 당신이 로에나를 보호하는 방패가 되지 않았으면 한다. 그렇지 않으면 매우 슬플 테니까 말이다. 그런고로 이런 식의 수작은 괜찮지 않을까?

방으로 들어오니 마리가 화들짝 놀라며 자리에서 일어섰다. 지금까지 세릴을 간호하고 있었던 것인지 그녀의 손에는 젖은 수건이 들려 있었다. 나는 짐짓 불만 섞인 목소리로 마리를 타박했다.

"곁방으로 데려가지 그러니. 누가 보면 오해하겠구나."

마리는 사색이 된 얼굴로 눈을 동그랗게 뜨며 내 눈치를 살살 살폈다. 두려움에 질린 얼굴은 백분을 바른 것보다 더 창백했다.

나는 그런 마리의 표정을 무시한 채 방의 구석으로 걸어갔다. 그리고 진한 갈색빛이 나는 수수한 모양의 카프사의 뚜껑을 열고 그 안에 들어 있는 잡기들을 죄다 방 안에 쏟아 냈다. 사람 하나가 거뜬히 들어갈 정도로 큰 카프사는 어머니와 내가 비슈발츠가에 가져온 살림 중 하나였다. 평소 옷을 담는 함으로 이용했던 이 상자는 어머니가 할머니께 물려받은 것으로, 과거에는 술이 달린 붉은 벨벳으로 덮어 놓았다. 빚으로 인해 자작이라는 작위를 팔면서도 끝내 포기하지 못했던 과거의 유산이어서다. 그래서인지 세월의 때가 켜켜이 쌓여 있는 카프사는 거쳐 간 손길만큼이나 먼지가 더덕더덕 묻어 있어 매우 지저분했다. 하지만 어머니는 가끔 이 카프사를 보면서 지난 세월의 향수를 추억하며 울었고, 과거의 영광을 상기하는 듯 구슬픈 노래를 불렀다.

나는 그런 어머니를 이해하지 못했다. 저런 걸 쓰다듬으며 울먹이느니 잡화점에 팔아 동전이라도 한 푼 더 받았으면 하는 생각에서였다. 그때의 나는 늘 배가 고팠다. 채소가 조금 들어간 멀건 수프와 그것에 적셔 먹는 딱딱한 빵은 한참 자라나는 내 배를 채우기엔 역부족이었다. 그래서 수수하긴 하나 귀족적인 우아함이 물씬 풍기는 카프사를 팔아 좀 더 다양한 식재료를 사고자 했다. 돈을 받을 수 있다면 하나뿐인 내 낡은 외투라도 기꺼이 전당포에 맡길 수 있었다.

어머니와 나는 종종 카프사를 파는 문제로 다퉜다. 나는 어머니의 감성을 전혀 이해하지 못했고, 당신은 나의 배고픔을 어느 정도 참을 수 있는 수준이라고 생각했다. 우리의 싸움은 언제나 합의를 이끌어 내지 못했다. 화가 난 어머니는 나를 '얼음 심장을 가진 사나운 짐승'이라고 부르는 것으로 당신이 매우 상처받았음을 암시했다. 하지만 그뿐이었다. 만약 우리가 비슈발츠가에 들어오지 않더라면, 분명히 이 카프사는 내 손에 의해 동전 몇 푼으로 바뀌었을 것이다. 예나 지금이나 어머니는 나를 이기지 못했다.

다행히 백작가로 들어와 카프사를 사수하게 된 어머니는 당신의 어머니가 그러했듯 자식에 대한 사랑을 이 낡은 함으로 표현하고자 했다. 그래서 내게 이것을 물려주었다. 어머니는 그리움에 가득 찬 표정을 하며 조곤조곤한 목소리로 '너는 언젠가 이것의 소용을 알게 될 거야. 그러니 잘 간직하려무나'라고 속삭였다.

하지만 과거의 나는 이 카프사의 소용을 전혀 알지 못했다. 낡고 더럽기까지 한 이것을 왜 방에 놔둬야 하는지 불만이었다. 그래서 저것을 내 눈에서 치워 버리고자 했다. 보라색 벨벳으로 덮어 놓고서 단 한 번도 쓰는 일 없이 그대로 구석에 처박아 놨다. 내 방에 놀러 오셨던 어머니는 천으로 뒤덮어 형체조차 알 수 없는 그것이 카프사임을 금세 눈치채고 자그마한 한숨을 내쉬었다. 당신의 마음을 몰라주는 딸을 꾸짖지 못한 채 서운한 마음을 속으로만 삭인 것이다.

나는 그럴 때면 딴청을 피운 채 어머니 얼굴을 애써 외면하곤 했다. 그러면서 동시에 어머니가 꽤 고리타분한 사람이라고 생각했다. 최신 유행도 모르는 촌스러운 사람이라 치부한 것이다. 하지만 지금의 나는 안다. 이 카프사가 내게 있어 얼마나 쓸모 있는 물건인지. 정말 우습게도 저것이 일반적인 함과 다르게 왜 사람 하나가 거뜬히 들어갈 정도로 크게 만들어졌는지를 이제야 알아차린 것이다. 물론 어머니의 소녀적인 감성과 전혀 궤를 달리하는 깨달음이지만 말이다. 그래도 과거처럼 처박아 놓지 않는다는 게 어디랴. 어떻게든 사용하기만 하면 되지 않을까.

나는 바닥에 쌓인 잡다한 물건을 발로 톡톡 쳐 한구석으로 밀어 놓은 다음 마리에게 말했다.

"이리로 데려오렴."

"세릴을요?"

"그래."

세릴은 마리보다 덩치가 컸다. 뼈대가 얇은 마리에 비해 세릴은 팔뚝이나 허벅지가 굵직하고 등이 사내처럼 조금 벌어져 있었다. 실처럼 가는 눈과 끝이 오른쪽으로 조금 휘어진 매부리코를 가진 그녀는 처녀라기보다는 애를 낳은 부인 같았다. 세릴과 마리가 같이 서 있을 때면 머리 하나 정도의 차이가 났다. 마리는 세릴보다 힘이 약하고 어렸다. 그래서 마리 혼자서 세릴을 내 쪽으로 데려오는 건 무리였다.

하지만 마리는 내 눈치를 심하게 보았고, 자신이 날다람쥐처럼 재빨리 행동하지 않는다면 크게 혼날 것을 알고 있었다. 그래서 세릴의 겨드랑이에 손을 넣은 다음 몸의 반 이상을 바닥에 질질 끌다시피 하여 겨우겨우 내 쪽으로 걸어왔다. 방의 중앙에서 내가 있는 곳까지 고작 삼십 걸음도 안 되는 상황이었지만, 마리의 얼굴은 땀으로 인해 푹 젖어 있었다. 게다가 지쳐 보이기까지 했다.

나는 짧은 말로 그녀의 노고를 위로했다.

"수고했어. 이제 세릴을 이곳에 집어넣으렴."

마리의 눈동자가 경악으로 인해 크게 흔들렸다. 그녀는 숨을 쉬는 것을 잊어버린 것처럼 빠른 어조로 내게 물었다.

"카프사에 세릴을 집어넣으라고요?"

"그래. 네가 들은 그대로야."

"맙소사! 시스에 아가씨, 대체 무슨 짓을 하시는 거예요? 어떻게 다친 사람을 카프사에 집어넣을 수 있나요?"

"걱정하지 말렴. 세릴 하나는 다리 뻗고 들어갈 수 있을 정도로 크니까. 이 안에서 편하게 쉴 수 있을 거야. 설마 지금 나를 거역하는 거니?"

내 명령에도 불구하고 마리는 심하게 머뭇거렸다. 그녀는 자신이 지닌 도덕적인 양심과 나에 대한 공포 사이에서 갈등하고 있었다. 이성을 지닌 사람보다 말 잘 듣는 짐승이 필요했던 나는 찰나의 간격을 견디지 못하고 마리의 머리카락을 잡아당기며 깊게 으르렁거렸다.

"어째서 머뭇거리는 거지? 나는 네게 생각할 시간을 준 것이 아니란다. 말 그대로 명령한 거야. 나를 도와준다 하지 않았니? 혹 세탁실에서 일하고 싶어서 망설이는 거라면 손을 떼도 좋아. 하녀는 많으니까."

세탁실은 부엌보다 더 힘든 작업장이다. 벽에 잿물과 오줌을 삭힌 물이 얼룩처럼 남아 있는 그곳은 늘 빨래를 삶아 대므로 언제나 뜨겁고 소란스러웠다. 때문에 아무리 젊고 기운찬 처녀라 할지라도 세탁실에서 하루 일하고 나면 노파처럼 쇠약해졌다. 저택의 가장 아래에서 산처럼 높게 쌓인 빨래를 방망이로 두들기고 삶고 말리는 과정을 종일 반복하니, 기력이라곤 도저히 찾아볼 수 없을 정도로 지쳐 버리는 것이다. 마리처럼 윗전들을 모시기 위해 교육받았던 하녀들은 도저히 견딜 수 없는 최악의 일자리였다.

세탁실에 갈까 두려웠던 것인지 마리는 금세 내 협박에 굴복했다. 그녀는 작게 울먹이며 세릴의 어깨를 붙잡았다. 젖 먹던 힘을 다해 낑낑거리며 축 늘어져 있는 세릴을 카프사 안에 집어넣으려고 애를 썼다. 굳게 앙다물어진 입술은 지독한 슬픔으로 인해 가늘게 경련하고 있었다.

그렇게 십여 분쯤을 흘려보냈을까. 악전고투 끝에 세릴의 몸을 카프사 안에 집어넣는 것을 성공한 마리는 그 자리에서 주저앉아 거친 숨을 내뱉었다. 땀으로 범벅이 된 얼굴은 깊은 죄책감으로 흔들리고 있었다. 나는 그런 마리를 안아주며 부드럽게 속삭였다.

"수고했다. 마리 네가 있어서 정말 다행이구나."

고귀한 명예를 최고의 미덕으로 삼는 귀부인에게 있어 처벌을 가한 하녀를 처치하는 것은 쉽게 해결하기 어려운 문제였을 것이다. 그래서 그녀들은 뚜껑이 달려 있어 은폐하기 쉬우며 그 안에 무엇이 들었는지 의심하지 않을 '카프사'에 관심을 가지고 개조하기에 이른다.

과거에 나는 한 귀부인에게 '카프사'를 어떻게 사용했는지 들었다. 그녀는 남편의 침실에 기어들어 간 하녀를 채찍으로 내려친 다음 카프사에 가두고선 삼 일 동안 굶겼다고 말했다. 끝없이 함을 발로 걷어차며 그녀를 조롱한 건 덤이었다.

이 단순하면서도 가학적인 고문에 하녀는 미쳐 버렸다. 사흘 내내 잠도 못 자고 갇혀 있었으니 그럴 수밖에 없었다. 동공에 검은자가 거의 보이지 않을 정도로 겁에 질린 그녀는 카프사에서 빠져나왔음에도 불구하고 몸을 벌레처럼 깊게 말며 벌벌 떨었다고 한다. 사람들이 방 바깥으로 끌어내리려고 하면 미친 듯이 발악하며 짐승 같은 울음을 터뜨렸다. 그러자 귀부인은 물론이고 그녀의 남편마저 미친 사람을 저택에 둘 수 없다고 말하며 그녀를 내쫓아버렸다.

"그 뒤로 그 애가 어떻게 됐는지 나도 몰라요. 매음굴로 기어들어 가 몸을 팔았을지도 모르지요."

말을 마친 그녀는 부채를 코끝까지 들어 올리며 까르르 웃었다. 주변의 여인들은 기다렸다는 듯 입을 모아 그녀의 현명한 처신을 찬양했다. 그들 역시 비슷한 경험이 있는 자들로서 그녀의 행동이 정당하다고 생각했던 것이다. 은제 장식으로 우아하게 문양을 그린 이 함이야말로 귀족 여인들이 개인적으로 가질 수 있는 합법적인 '감옥'이었던 셈이다.

나는 천 조각을 여러 번 접어 카프사의 뚜껑 사이에 끼워 넣었다. 뚜껑을 최대한 낮춰 빛이 최대한 들어오지 않게 하면서도 숨을 쉬기에 어렵지 않게 각도를 조절했다.

일을 마친 나는 카프사가 눈에 들어오는 장소에 탁자를 끌어 놓고 종이와 깃펜, 잉크를 꺼내 그 위에 올려놓았다. 세릴이 깨어나면 최대한 빠르게 반응할 수 있도록 만반의 준비를 해놓은 것이다. 그다음으로 마리에게 푸른빛의 드레스와 깃을 꽂은 모자를 준비해 놓으라고 말했다. 나는 옷을 갈아입은 후 잡화점에 가서 문양이 그려진 우아한 무늬의 종이를 살 생각이었다. 지금 가진 종이는 편지를 쓰기에 너무 형편없었으니까.

마리가 드레스를 준비하기까지 약 한 시간 정도 걸리는 고로, 나는 그녀를 물린 다음 의자에 앉았다. 깃펜에 잉크를 가득 묻히고 종이를 펼쳐 내가 할 수 있는 최대한의 우아한 필치로 글을 써 내려 갔다. 이는 내가 알고 있는 한 최대의 패가 될 수 있는 사람을 잡기 위한 작업이었다.

『장미궁의 주인이시며 제국에 사는 모든 영애와 귀부인의 본보기가 되시는 마리안느 드 샤토루 부인께 감히 문안을 여쭙니다. 소녀는 비슈발츠 백작의 의붓딸 '시스에 드 비슈발츠'로 일찍이 마리안느 드 샤토루 부인의 높으신 명망을 흠모했습니다. 하여 먼저 찾아뵈어 예를 차림이 마땅할진대 아직 연식이 되지 않아 입궁할 수 없으니 어찌 아니 슬프다 하지 않겠습니까. 고로 흠모하는 마음을 이기지 못해 이리 경망스레 편지를 보내오니, 소녀의 망종을 너그러운 아량으로 용서하여 주시옵소서. (중략)』

레이디 마리안느 드 샤토루는 황제의 정부로 황후보다 더한 권력을 쥐고 있다 알려진 요부다. 그녀는 아름다운 외모와 재기 넘치는 말투로 늙은 황제를 사로잡았으며, 다양한 방중술을 이용하여 그를 자신의 치마폭에 감싸 안고 있는 여우였다. 투명한 살결에 장밋빛으로 빛나는 뺨이 너무나 사랑스러운 샤토루는 권력과 사치를 사랑하는 여자로서 자신의 매력을 한껏 이용하여 황후와 대립하는 것을 즐겼다.

그녀가 했던 행동 중 가장 큰 사건은 사람들의 면전에서 황후의 얼굴이 못생겼음을 조롱하고 여자로서 매력이 자신보다 수배 정도 뒤떨어짐을 지적한 일이었다. 황제가 자신에게 푹 빠져 있음을 이용하여 방자하게 군 것이다. 하지만 사람들은 그런 샤토루의 무례한 행동을 지적하지 못했는데, 이는 황제가 애첩의 말에 박장대소하며 똑같이 황후를 놀려 대었기 때문이다. 황제는 샤토루가 하는 행동이라면 거의 대부분을 묵인하거나 너그럽게 용인했다. 그것이 귀족들의 명예가 달린 지저분한 추문을 옮기는 행위일지라도 말이다.

샤토루는 사교계에 떠도는 가십을 좋아하여 그것을 모으는 데 열중했다. 항간에 떠도는 모든 가십이 그녀에게 흘러들어 갔다가 흘러나온다는 우스갯소리가 나돌 정도였다. 그리고 이렇게 모은 이야기는 고스란히 황제의 귓가에 속닥여졌다.

황제는 애첩의 입에서 나오는 온갖 지저분한 소문에 박장대소하며 침대 위를 굴러다녔다. 그런 다음 그녀의 입술에 키스하며 '오 나의 사랑스러운 고양이'라 말하기를 주저하지 않았다. 지금껏 그 누구도 황제에게 샤토루처럼 귀족들의 추문을 희화화하여 말한 사람은 없었다. 그래서 황제는 자신의 천박한 정부가 점잔 빼는 귀족들을 조롱하는 것을 무척 즐거워했다. 이것은 그녀가 황제의 총애를 놓치지 않은 수많은 방법 중 하나였다.

야심이 넘치는 대부분의 사람이 마리안느 드 샤토루에게 편지를 보냈다. 그들은 자신이 알고 있는 기담이나 상대 귀족의 치부를 상세하게 적어 그녀의 눈에 들고자 했다. 마리안느 드 샤토루는 박한 여인이 아니라서 자신의 손에 선택된 편지의 주인공에게 상당한 후사를 내려주었다. 포상은 거의 황금이나 보석에 한했다. 운이 좋다면 허울뿐이긴 하지만 '자작'이라는 작위를 받을 때도 있었다.

하루만 해도 기백 통이나 되는 편지들이 궁정 하인들의 손을 거쳐 마리안드 드 샤토루에게 흘러들어 갔다. 그러면 그녀는 따끈하게 데워진 욕조에 누워 시녀들이 들려주는 편지를 듣다가 쓸 만한 내용이 적혀 있는 것들을 따로 모아 놓곤 하였다. 개중에는 동대륙에서 전해 내려오는 비전의 방중술이 있었다. 마리안느 드 샤토루는 자신이 알지 못했던 흥미로운 체위나 성욕을 돋우는 음식이 있으면 즉각 시행하여 황제와 함께 즐겼다.

항간에는 마담 드 샤토루가 황제를 위하여 자신의 몸에 초콜릿을 발라 그와 함께 즐겼다는 풍문이 있었다. 제 몸을 핥아 내려가는 황제의 혀끝을 어찌나 잘 느꼈던지 궁 안의 사람들이 모두 다 들을 정도로 격한 신음을 내뱉으며 하루 반나절을 침대에서 뒹굴었다는 것이다. 사람들은 그녀의 음탕한 습성을 욕하면서도 아름다운 마리안느 드 샤토루와 함께 성적 판타지를 구성하는 황제의 생활을 매우 부러워하였다. 수도에서 이름난 창부라 할지라도 그녀만큼 아름답거나 몸매가 풍만하지 않았으니까. 마리안느 드 샤토루는 천하에 다시없을 요부인 동시에 모든 남자가 바라 마지않는 완벽한 창녀였다.

마담이 황제를 위하여 개인 오페라 룸을 만드는 것이 이때쯤이었다. 황제는 가십을 좋아했으나 그녀의 한결같은 목소리로 듣는 것에 슬슬 질리고 있었다. 마담 드 샤토루는 역시 그를 위하여 매일같이 편지를 읽으니 목에 무리가 간 상태였고 말이다. 새가 지저귀는 듯 영롱한 목소리는 사교계의 귀부인이 가져야 할 미덕 중 하나인지라 마리안느 드 샤토루는 자신의 목소리가 늘 완벽하기를 바랐다. 그렇기에 그녀는 황제 때문에 자신의 목소리가 쇠를 긁는 것처럼 끔찍하게 변하는 것을 못 견뎌 했다. 그래서 그녀는 황제를 졸라 자신의 곁방에 개인 오페라 룸을 만들어 편지의 내용을 바탕으로 한 공연을 시작하였다.

연극은 실력 좋은 오페라 배우를 초빙하여 만든 것이라 매우 수준이 높았다. 궁정 악단의 손끝에서 흘러나오는 완벽한 연주는 황제의 귀를 즐겁게 하는 데 부족함이 없었다. 무엇보다 그는 격식을 지키는 일이 없이 마리안느 드 샤토루의 가슴을 희롱하며 편하게 오페라를 볼 수 있다는 사실에 기뻐했을 것이다. 귀족에 대한 희화를 극대화한 그 공연에 크게 만족한 황제는 배우는 물론이고 마리안느 드 샤토루에게 큰 포상을 내렸는데, 그녀는 오페라 룸을 통해 제국의 서남쪽에 위치한 큰 성을 별장으로 하사받았다.

마리안느 드 샤토루의 오페라 룸은 사교계 떠오르는 가십 중 하나였다. 사람들은 그녀가 초빙한 오페라 배우의 이름부터 시작하여 오페라 룸을 꾸민 공방을 열거하며 그의 사치를 흉봤다. 무대를 장식하는 커튼을 만들기 위하여 금실과 은실로 자수 놓인 비단이 수 미터가 들어 갔다는 사실은 비밀도 아니었다. 그녀가 황제를 위하여 만든 '투르다리 움의 작은 새장(나무로 새 모양을 만들고 그 안에 각종 향료를 넣은 뒤 진짜 새 처럼 새장에 걸어 놓은 것)' 안에 욕정을 돋우는 음악을 넣었다는 것 또한 사람들의 입에 자주 오르내렸다.

　사교계의 사람들은 정말 열정적으로 마리안느 드 샤토루의 일거수 일투족을 감시하며 그녀를 욕하는 데 온 힘을 쏟았다. 그들은 마치 마 담 드 샤토루를 흉보기 위해 모인 사람들 같았다. 우스운 건 사람들이 그녀가 벌인 향락을 저질스럽다 손가락질하면서도 그 모임에 초대받 기 위해 안달했다는 점이다. 그녀의 파티는 모두가 손꼽아 기다리는 사 교계의 행사 중의 하나였다. 그래서 나 역시 지금 편지에 그녀가 앞으 로 만들 오페라 룸에 대한 이야기를 언급하고 있는 중이다.

　과거 마담 드 샤토루는 오페라 룸을 만들 당시 황제의 격조 높은 취 향을 만족시킬 장인을 찾고자 무척 애를 썼다. 그녀는 눈을 황홀하게 할 만큼 화려하면서도 궁의 격식에 어울리는, 여태껏 본 적이 없는 새 로운 문양과 무늬를 찾고 있었다. 사교계의 유행을 주도하는 여인이라 는 자부심이 그녀의 눈을 한없이 드높게 만들었다. 그래서 마리안느 드 샤토루는 수많은 시간과 공을 들여 각지에서 몰려온 사람들과 면담을 하고 귀족들의 추천을 검토한 끝에 마침내 장인 '벤자민 슈아죌'을 찾 아내었다. 후에 '슈아죌 기법'이라 불리는 화려한 장식 무늬가 마담 드 샤토루의 손에 발굴되었던 것이다.

　『벤자민 슈아죌이라는 장인의 가구만큼 아름답고 독창적인 문양을 본 적이 없 답니다. 동대륙의 신비한 문화와 결합된 가구는 화려하면서도 매우 우아하지요. 감히 단언하건대, 그의 솜씨는 부인의 기대에 어긋나지 않을 겁니다. 벤자민 슈아칠은 번화가의 '붉은 새' 공방에서 일하고 있습니다. 만일 부인께서 그 장인을 궁에 불러 마주한다면 그가 생각보다 젊은 사내라는 것에 놀랄지도 모르지요. 하지만 솜씨만큼은 진짜랍니다. 소녀는 마리안느 드 샤토루 부인께서 미래가 창창한 젊은 장인을 발굴해 내는 아량을 베풀어주셨으면 하는 바람입니다. 부디 부인께서 저의 총정 어린 말에 귀를 기울여 주기를 간절히 소원합니다. (중략)」

이 편지가 마리안느 드 샤토루의 손에 제대로 들어간다면, 어쩌면 나는 궁에 들어가 그녀를 만나 볼 수 있는 기회를 잡을지도 모른다. 그렇게 된다면 나는 최선을 다해 그녀의 환심을 삼과 동시에 나의 '샤프론(사교계에 나가는 젊은 여인의 보호자)'을 정해 달라고 요청할 생각이었다. 단언컨대 마담은 이러한 나의 청을 거절하지 못하고 오히려 뛸 듯이 기뻐하며 적합한 사람을 붙여 주기 위해 노력할 것이다.

그동안 그녀에게 '샤프론'을 요청한 사람은 많았지만, 모두 사교계에 데뷔하기 위한 어중이떠중이일 뿐 직위 높은 귀족은 없었다. 귀족 영애의 샤프론을 정해 주는 이는 사교계에서 이름 높은 '레이디'뿐이고, 모두 그것을 영광으로 생각하기 때문이다. 즉, 자신의 명예와 연결된 중요한 행사에 창녀를 내세울 미친 자는 없었다. 황제의 총애를 받는 정부이지만 천한 출신상 모두의 존경을 받는 진짜 레이디가 될 수는 없으니까.

그런고로 내 예상이 맞는다면 샤토루는 분명 양녀이긴 하나 백작가의 영애의 위치에 있는 내 요청을 기꺼워할 것이다.

과거에도 마담 드 샤토루는 내게 깊은 관심을 보였다. 그것은 내가 사교계에서 명망이 높기로 이름난 로에나 드 비슈발츠에게 적의를 드러내는 유일한 사람이어서였다. 그래서 그녀는 나를 볼 때마다 몇 마디 덕담을 건네며 대화를 이어 가고자 노력했다. 기이하게도 마담은 놀라울 정도로 내게 상냥한 모습을 보였다. 하지만 그때의 나는 마리안 느 드 샤토루에게 관심이 없었다. 천한 핏줄을 가진 자들끼리 만났다고 욕할 사람들의 시선이 두려웠기 때문이다. 그래서 나는 최선을 다해 그녀를 멀리하고자 했다.

지금 생각해 보면 과거의 내 행동은 배부른 투정이나 다름없었다. 그 때의 나는 이미 평민 출신의 영애라는 사실로 인해 많은 이에게 조롱거리가 되고 있던 참인데 말이다. 거기에 마담 드 샤토루를 덧붙인다고 해서 별다를 게 없었을 터였다. 그런데 왜 그때의 난 무엇을 두려워하여 이런 어리석은 행동만을 반복했을까?

돌아온 지금, 막강한 배경이 필요한 내게 있어 마담 드 샤토루만큼 굵은 동아줄은 없었다. 명예라는 허울 좋은 이름은 권력의 앞에서 아무것도 아니었다. 시스에 드 비슈발츠라는 이름의 무게보다 마리안느 드 샤토루라는 미래를 선택하는 게 더 나으니까. 그래서 그녀에게 편지를 쓰는 것이다.

나는 마지막 문장을 마무리한 다음 끝에 서명하는 것으로 편지 쓰는 것을 멈추었다. 그리고 글을 되살피며 어색한 문장은 없는지, 혹 그녀를 노엽게 하는 말은 없는지 꼼꼼하게 살폈다. 이것이야말로 내 미래를 장밋빛으로 만드는 구원 줄이기 때문이다.

그러는 동안 외출 준비를 마친 것인지 마리가 드레스와 모자를 가지고 들어왔다. 나는 마리의 도움을 받아 옷을 갈아입었다. 허리띠로 하얀 리본을 매고 미니어처 초상화로 만든 팬던트를 목에 걸었다. 마리는 제법 야무진 손길로 퍼프의 주름 끝을 잡아 풍성하게 만들었다.

내가 지금 입고 신는 모든 물품은 모두 비슈발츠가에 들어와 생활하기에 어려움이 없도록 양부가 미리 보내 준 것이다. 그는 내가 위축되지 않도록 장인을 보내어 최신 유행에 걸맞은 드레스와 구두를 만들어 주었다. 기십 벌에 이르는 이것들은 하나같이 진주와 플라운스, 리본과 보석이 아낌없이 매달려 있어 매우 아름다웠다. 어떤 것은 로에나가 가진 것보다 더 화려하고 비쌌다. 그 때문에 이를 본 하녀들이 '그 여자에게 제대로 홀렸나 보다'라고 쑥덕거릴 정도였다.

실크로 만든 이 드레스는 목덜미에 풍성한 러플 칼라를 달아 내 풍만한 가슴을 한껏 강조하고 있었다. 목둘레가 넓게 파인 이것은 요염하면서도 청순한 느낌을 가미하고 있는데, 나이에 비해 몸이 성숙했던 내게 이만큼 잘 어울리는 옷은 또 없었다.

나는 생화와 깃으로 장식된 모자를 가볍게 쓰고 푸른 공단 위에 진주가 알알이 박힌 구두를 신었다.

"가자, 마리. 잡화점으로 나를 안내하렴."

마리가 카프사 쪽으로 시선을 돌리며 불안해했다. 그녀는 세릴을 두고 가는 게 마음에 무척 걸리는 모양이었다.

"저 정도면 깨어나도 금세 일어나지 못한단다. 그렇게 불안하면 문을 잠그고 가지 그러니? 저녁은 홀에서 먹기로 했으니 아무도 내 방에 들어오지 않을 거야. 그러니까 망설이지 말고 얼른 돼지처럼 무거운 엉덩이를 떼렴."

그녀는 내가 구두로 자신의 발을 걷어차고서야 겨우 걸음을 옮겼다. 나는 꽃이 수놓인 비단 외투를 입고 장갑을 끼고 나서야 그녀의 뒤를 따랐다.

우리는 우선 집사에게 들러 바깥으로 외출한다고 통보했다. 집사는 덤덤한 표정으로 '저녁 식사 때까지 돌아와 주십시오'라고 말했다. 그러고는 내게 기사 한 명을 붙여 주었다. 잘 다듬어진 콧수염이 인상적인 그는 이제 막 스물 남짓한 젊은 청년이었다.

나는 멋들어진 동작으로 자신을 소개하는 기사를 담담한 표정으로 바라보았다. 내 기억에 그의 이름이 없는 걸로 보아 그리 대단한 실력을 갖춘 자가 아닌 듯했다. 하지만 실력이야 어쨌든 비슈발츠가의 영애라 기사라는 호위까지 거느리게 된 나는 위풍당당한 걸음으로 마차를 탔다.

저택을 빠져나와 10여 분 동안 달린 끝에 번화가에 도착한 나는 기사의 에스코트를 받아 마차에서 내렸다. 주변에는 나처럼 한껏 멋을 낸 영애들이 기사 혹은 영식의 도움을 받아 나들이를 하고 있었다.

나는 마리를 앞세워 수도에서 가장 번창한 잡화점을 찾아갔다. '천사의 숨결'이라 이름 붙여진 이 가게는 제국 최고의 데포르마티오(도안가)의 최신 작품들을 볼 수 있는 곳으로, 요즘 유행하는 무늬가 무엇인지 한눈에 알 수 있는 최고의 장소였다.

나는 입구에 몰려 번잡함을 일으키는 한 무리의 사람을 피해 가게의 틈을 비집고 들어갔다. 천장에는 투르다리움의 작은 새와 박제된 동물들이 매달려 있고, 아래에는 요즘 잘 팔리는 도안과 종이 뭉치, 요즘 유행하는 드레스를 그린 판화가 전시되어 있었다. 한구석에는 공작의 깃털로 만든 깃펜과 사향을 넣어 만든 잉크 등 다양한 물품이 일목요연하게 정리되어 사람들의 시선을 끌었다. 특히 동대륙에서 가져온 기이한 문양의 양탄자와 러그, 그네들의 여인을 그린 한 폭의 미인화에 사람들이 많이 몰려 있었다.

나는 한 뭉치의 종이를 품에 안고 뛰어다니는 종업원을 불러 편지지를 보여 달라고 말했다. 그러면서 가격이야 어떻게 되든 상관없으니 흔히 볼 수 없는 '고급품'이어야 한다고 강조했다. 그러자 종업원이 나를 얼굴이 가무잡잡한 중년의 사내에게 안내했다. 이 가게의 주인인 듯해 보이는 그는 살집에 파묻혀 잘 보이지 않는 눈을 반짝이며 부드러운 미소를 지었다.

"어서 오십시오. 어떤 무늬의 편지지를 찾으시는지요?"

나는 새침한 표정으로 대꾸했다.

"데포르마티오의 도안부터 보여 줘요. 그것을 보고 결정하겠어요. 오, 물론 내가 말하는 데포르마티오가 '발탄 에투알'임은 알겠지요?"

"물론입지요. 이 분야에서 그와 같은 대가는 또 없으니까요."

주인은 도안이 그려진 종이를 내 앞에 여러 장 늘어놓으며 장황하게 설명을 시작했다. 요즘은 자그마한 꽃을 반복적으로 그려 놓는 것이 유행인지 종이에는 들꽃이 놀라우리만치 섬세하게 묘사되어 그려져 있었다. 화려하면서도 우아하고, 세련되면서도 아름다운 디자인이었다.

나는 마리안느 드 샤토루에게 어울릴 법한 편지지를 고른 다음 내 선택에 흡족한 표정을 짓고 있는 주인에게 말했다.

"이것을 장미수에 담가서 말려 줘요. 그럴 수 있나요?"

"이미 만들어진 편지지를 장미수에 담그는 것은 매우 어려운 일입니다."

"그러니까 나만의 특별한 물품을 주문하겠다는 거예요."

"특별품 말입니까?"

주인의 눈이 반짝인다. 지금 그의 머릿속에서는 황금으로 이루어진 돈 무더기가 번쩍번쩍 빛나고 있을 게다.

나는 우아하게 고개를 끄덕이며 그를 향해 속삭이듯 말했다. 발음은 똑똑히, 그러면서 새가 노래를 부르듯이 경쾌한 어조로. 지극히 귀족 영애다운 태도를 보이면서 말이다.

"나는 이 가게만큼 아름답고 우아한 종이를 만들어 내는 곳이 없다고 들었어요. 그래서 내가 평생 쓸 종이를 이곳에 위탁하겠다고 말하는 거예요. 할 수 있나요?"

"물론입니다. 하지만 가격이 좀 나갈 텐데 괜찮겠습니까?"

"가격이야 상관없어요. 제대로 만들어주기만 한다면 금액이 무슨 소용이겠어요? 물론 같은 디자인의 편지지를 쓸 생각은 없어요. 그래서 한 달에 한 번 가게에 나와 최신 유행하는 도안을 고르겠어요. 그것을 장미수에 담근 종이에 옮겨 주기만 하면 되는 거예요. 많은 분량을 요구하지 않아요. 고작 서른 통에 불과할 테니까요. 할 수 있나요?"

"까다로운 주문이시로군요. 그게, 잘될지는……."

나는 망설이는 주인에게 쐐기를 박듯 말했다.

"이 편지는 마리안느 드 샤토루 부인께 갈 겁니다. 잘만 된다면 당신의 가게는 더 크게 번창할지도 모르지요. 어때요. 그래도 망설일 건가요?"

"좋습니다. 하겠습니다."

마담 드 샤토루는 최신 유행을 주도하는 여인이다. 만약 이 편지지가 그녀의 마음에 들기라도 한다면, 앞으로 그녀를 위시한 모든 귀족 여인이 이러한 성향의 종이를 가지기 위해 이 가게로 달려올 것이 뻔했다. 주인이 개기름으로 번들거리는 얼굴을 손수건으로 닦으며 내게 은근한 미소를 지었다.

"만약 궁에서 연락이 온다면, 이후로 받을 주문을 반값으로 해드리지요."

"현명한 선택이에요."

"그럼 어디로 보내드리면 될까요?"

"비슈발츠 백작가로 보내 줘요. 나는 시스에 드 비슈발츠예요."

내 말에 주인의 눈동자가 크게 떠졌다. 한동안 사교계를 들끓게 하였던 가십 속의 '영애'가 자신의 눈앞에 서 있다는 게 믿기지 않은 모양이다.

그도 그럴 것이 그동안 암암리에 퍼진 소문에는 내가 어미를 닮아 천박하기 그지없으며 예법 따위는 하나도 모르는 멍청이라고 되어 있었다. 그렇기에 나를 막상 눈앞에 대면하고 보니 그것과 궤를 달리하는 우아한 소녀라 무척 놀랐을 것이다. 무엇보다 연식도 되지 않은 어린 영애가 마담 드 샤토루에게 편지를 보낸다는 점에서 경악했을지도 모를 일이다. 이것은 내가 범상치 않은 인맥을 가지고 있음을 은연중에 과시하고 있는 거나 마찬가지니까.

"비슈발츠가의 영애를 만나게 되어 무척 영광입니다."

나는 내 손등에 키스하는 그를 재미있다는 듯 바라보며 낮게 웃었다. 개기름이 범벅인 주인의 입술이 내 장갑에 닿았다는 사실이 무척 역겨웠지만 그를 티 낼 수 없어 곤란한 마음을 꾹 참았다. 왜냐하면 이 사람은 앞으로 가게를 찾아올 많은 여인에게 내 '소문'을 내어줄 뻐꾸기가 될 것이기 때문이다. 분명 그는 내가 고른 도안을 다른 영애에게 보여 주며 그 '마담 드 샤토루'에게 가는 것이라 설명할 터였다. 그럼 그 말을 들은 영애들은 내 출신의 천함을 비웃으면서도 감히 내 앞에서 티 내지 않을 것이다. 과거와 달리 말이다. 이것은 내가 무척이나 바라 마지않은 현상이었다.

"완성품을 손꼽아 기다리겠어요. 최선을 다해 주길 바라요."

"물론입니다."

원하는 디자인은 아니지만 당장 쓸 편지지가 필요했던 나는 기억을 한껏 끌어올려 마담 드 샤토루의 취향에 맞는 편지지를 골랐다. 그리고 마리에게 눈짓하여 셈을 치렀다. 그러고는 가게를 빠져나가기 위해 몸을 비틀었다.

주변을 살피지 않고서 몸을 돌린 탓일까? 나는 내게 가까이 다가오는 사람을 미처 피하지 못하고, 그만 강하게 부딪쳤다. 그대로 넘어져 망신살이 뻗칠 뻔한 나를 구해 준 건 내 뒤에 서 있던 마리가 아니었다. 나를 호위하는 기사도 아니었다. 아이러니하게도 나와 부딪친 사람이었다. 그는 무례하게도 내 허리를 끌어안았고, 나를 자신의 품 깊숙한 곳으로 끌어당겼다.

정신을 차릴 틈도 없이 낯선 사내의 단단하면서도 매력적인 체취가 코끝을 파고들어 나를 어지럽혔다. 나는 세차게 날뛰는 심장을 겨우 억누르며 거친 한숨을 내뱉었다. 어깨를 강하게 들썩이며 나도 모르게 남자의 팔뚝을 붙잡았다.

"이런, 실례를 범하고 말았군요. 괜찮습니까?"

기묘할 정도로 낮은 목소리가 새털처럼 귓가를 간질였다. 그의 목소리는 정중하면서도 무거웠다. 동시에 매우 달콤했다. 이렇게 매력적인 목소리는 처음이었다. 검은 파도가 넘실거리는 어두운 바닷가에서 노래를 불러 사람을 유혹했다던 세이렌이 바로 이러할까. 사내의 목소리는 사람을 홀리는 기이한 매력이 있었다. 아마 마리가 곧바로 나를 부르지 않더라면, 나는 체면도 잊어버린 채 계속 그의 품에 안겨 있었을 것이다.

"괜찮습니다. 그러니 이제 저를 놓아주세요."

나는 가쁘게 호흡하며 속삭이듯 겨우 말했다. 내 몸이 낯선 사내의 가슴에 밀착되어 있다는 사실이 부끄러웠다. 특히 옷자락 너머 선명하게 느껴지는 그의 단단한 가슴에 숨조차 제대로 쉴 수 없었다. 하지만 사내는 나의 요청을 제대로 들어주지 않았다. 오히려 내 허리를 감싸 안은 손에 힘을 주고 다른 한 손으론 나의 팔뚝을 붙잡았다. 그리고 예의 다정한 목소리로 내 귓가에 속삭이는데, 목덜미를 벨벳으로 간질이는 듯 매끄러운 음성은 놀라울 정도로 예의 발랐으며 귀족적인 어조가 물씬 풍기고 있었다.

"바깥으로 나가실 거면 에스코트해 드리겠습니다. 이대로 나가기에는 무척 곤란할 것 같군요."

다소 무례하긴 했지만, 사내의 판단은 지극히 옳았다. 가게 안은 혼잡 그 자체였다. 북적이는 사람들 틈 속에서 홀로 움직였다간 나의 가녀린 몸이 형편없이 짜부라질 게 분명했다. 구두 굽 밑으로 굽이치듯 흘러내리는 드레스 끝자락은 이미 타인의 발자국으로 인하여 망가져 버렸고, 사내와 부딪치는 바람에 바닥에 떨어진 모자 역시 넝마로 변한 지 오래였다.

나는 어쩔 수 없이 고개를 끄덕여 그의 요청을 수락했다. 뺨은 부끄러움과 수줍음으로 인해 벌겋게 달아올라 있었다. 그렇다고 해서 오해하지는 말라. 이것이 봄 향기처럼 어떤 설렘을 담고 있다든가, 혹은 첫사랑의 징조와 같은 오묘한 감정이라 말하기에 매우 부족하니까. 이제막 꽃이 피기 시작한 소녀로서, 또한 지난달 '달 손님(월경)'을 맞이한 처녀로서 느끼는, 수컷에 대한 본능적인 감각에 불과할 뿐이다.

신에게 맹세컨대, 여태껏 나의 순결한 몸에 이토록 직접적으로 닿은 자는 단 한 사람도 없었다. 나는 그의 골반과 내 배가 맞닿는 이 농염한 상황을 어떻게 설명해야 할지 몰라 당황했다.

그는 내 수락이 떨어지자마자 사냥감을 물어뜯는 짐승처럼 매우 저돌적으로 사람들 틈을 헤쳐 나가기 시작했다. 주변에서 외마디 비명을 내지르며 항의를 해도 전혀 아랑곳하지 않았다. 한편으로 몸을 비스듬히 움직여 방패처럼 나를 든든하게 보호해 주는 것을 잊지 않았는데, 익숙한 일인 듯 숙녀를 에스코트하는 모습이 제법이었다. 그가 어찌나빨리 가게를 빠져나가던지 뒤에서 '아가씨' 하고 외쳐 부르는 마리의 목소리가 점점 멀어질 정도였다.

사내는 가게 입구에 다다르고 나서야 내 허리를 감싸 쥔 팔을 미련없이 빼내었다. 그는 내가 옷매무시를 가다듬을 때까지 참을성 있게 기다려 주었다. 사람들 속을 빠져나올 동안 기묘한 긴장감과 설렘으로 지쳐 버린 내가 그의 팔뚝을 강하게 꼬집어 아플 만도 할 텐데, 내색조차하지 않은 다정함까지 보여 주면서 말이다.

시간이 흘러 구겨진 옷이 어느 정도 펴졌다고 생각한 나는 공손히 고개를 숙여 감사의 말을 건넸다. 지나치다시피 밀착된 몸에 민망함을 느끼는 것도 잠시, 그가 아니었으면 이렇게 쉽게 빠져나오지 못했음을 알았기에 정중하게 예를 표한 것이다. 일례로 나의 기사와 하녀는 아직도 가게 바깥으로 나오지 못하고 있지 않나.

"어느 가문의 영식인지 몰라도 큰 은혜를 입었습니다. 이를 어떻게 보답해야 좋을는지요."

"먼저 무례를 저지른 것은 저입니다. 그러니 그리 신경 쓰지 않으셔도 됩니다."

남자가 말했다. 그의 음성은 여전히 매혹적이었다. 나는 갑자기 사내의 얼굴이 궁금해졌다. 그래서 부채를 펼 생각조차 하지 않은 채 고개를 들어 올렸다. 예의 바른 영애라면 감히 생각조차 할 수 없는 대담한 행동이었으나 나는 당당하게 그와 시선을 마주했다.

그는 상당한 미남자였다. 푸른색의 결 좋은 머리카락과 사파이어처럼 파랗게 빛나는 눈동자, 단단하게 맞물려 남자다움이 물씬 풍기는 턱은 어디 하나 모난 데가 없었다. 시원하게 드러난 이마는 흰 눈처럼 매끄럽기만 했다. 거리를 지나다니는 여인들이 그를 바라보며 눈을 빛낼 정도로 사내의 아름다움은 수컷 본연의 진한 향취를 뿌리고 있었다. 걸치고 있는 옷은 가벼운 셔츠와 바지가 전부였지만, 그 자체만으로도 귀족적인 맵시가 줄줄 흘렀다. 동작 하나하나에 우아함과 기품이 묻어났다. 나를 배려하는 태도는 타고난 것처럼 우아하기 짝이 없었다. 그래서 나는 그가 어느 큰 가문의 영식이라 단정 지었다.

동시에 생각하는 것이, '과거에 이자가 사교계에 나타났더라면 모든 이의 입가에 오르내렸을 텐데 왜 내 기억에는 없는 것일까?'라는 점이었다. 얼굴도 얼굴이지만 사내의 목소리는 누구나 한번 들으면 쉽게 잊을 수 없을 정도로 매혹적이니까.

"그렇게 생각하신다면 감사할 따름이지요."

어쨌든 제가 사례를 받지 않겠다고 하니 굳이 권할 이유가 없었다. 그래서 나는 뒤로 살짝 물러나 눈길을 가게의 입구로 향한 채 기사와 마리가 나오기를 기다렸다. 아마 그가 내게 다시 말을 걸지 않았더라면 나는 계속 이렇게 모르는 척 그를 외면했을 것이다.

"마담 드 샤토루와 친분이 있으십니까?"

사내의 말에 나는 고개를 갸웃거렸다. 과장되게 눈을 깜빡이며 무슨 말인지 모르겠다는 듯 딴청을 부렸다. 그가 왜 내게 '마리안느 드 샤토루'에 대해 물어보는 것인지 궁금했지만 선뜻 대답할 수 없었다. 마리안느 드 샤토루는 매춘부다. 그의 진짜 이름은 '마리안 봉탕주'로 데포르테 펠리시 백작이 그녀를 양녀 삼아 궁으로 들여보내기 전까지 필리언느 거리의 뒷골목에 자리한 창부촌에서 귀족들을 상대로 몸을 팔았다. 필리언느 밤의 붉은 꽃이라 하면 '마리안 봉탕주'를 언급할 정도로 그녀는 유명한 창녀였다.

봉탕주는 18살이라는 많은 나이로 창부촌에 들어와 손님을 받은 지 고작 일주일 만에 최고의 창녀 자리를 꿰찼다. 그녀의 방중술은 타고난 데가 있어 모든 사내가 마리안 봉탕주와 자고 싶어 안달했기 때문이다.

그래서일까? 어둠이 깔리는 어스름한 저녁이면 온갖 재물을 싸 들고 와 마리안 봉탕주의 방 앞을 기웃거리는 사람들로 가게가 매우 북적였다. 그들 중엔 데포르테 펠리시 백작도 있었다. 백작의 선대는 지방 영지를 보살피는 것으로 만족했지만, 야심가인 그는 정계에 진출하여 권력을 잡고자 했다. 백작은 황제가 대단한 정력가이며 색을 탐하는 졸렬한 위인임을 깨닫고 그를 조정하여 자신을 귀족 중의 귀족으로 만들어줄 아름다우면서도 머리가 빈 여인을 찾고자 했다. 그리고 그렇게 발굴해 낸 인물이 창부 '마리안 봉탕주'였다.

황제는 데포르테 펠리시 백작이 데려온 젊은 여인의 매력에 푹 빠졌다. 그가 화류계에 데뷔하기 위하여 다년간 익혀 놓은 방중술은 다른 여인에 비할 바가 못 되었다. 마리안 봉탕주의 아름다운 얼굴과 풍만한 몸매, 애교 넘치는 행동은 황후나 다른 고루한 귀족 영애에게서는 맛보지 못할 신선한 재미였다. 그렇기에 황제는 마리안 봉탕주가 자신의 정부가 되어 언제까지나 자신을 즐겁게 만들어주기를 바랐고, 그를 위해 그녀의 암울한 과거를 지워 주고자 노력했다.

그래서 그는 마리안 봉탕주에게 '샤토루' 지방의 성을 선물하고, 그녀를 '마리안느 드 샤토루 후작 부인'으로 만들어 사교계에 데뷔시키는 열성을 보였다. 만인지상의 권력자인 황제라 할지라도 '창부'의 이름을 단 여인을 정부로 둘 배짱이 없었으니까 말이다.

어쨌든 그로 인하여 사람들은 창부 마리안 봉탕주를 '마리안느 드 샤토루 후작 부인'이라 부르게 되었다. 자존심이 드높기로 유명한 귀족 사회에 있어 매우 수치스러운 일이었다.

"무례한 질문이었습니까?"

"네. 무례하면서 당황스럽기까지 한 질문이에요. 어째서 영식께서 제게 샤토루 후작 부인과의 친분을 물어보는지 모르겠습니다."

사내가 내 말에 대답했다. 그의 목소리는 무덤덤했으며, 어떠한 감정도 찾아볼 수 없었다. 마치 지나가는 새의 이름을 묻는 것처럼 여상스러웠다.

"지나가다 영애께서 그녀를 언급하는 것을 듣고 말았지요. 그래서 큰 흥미가 생겼다고 해야 할까요? 때문에 무례를 무릅쓰고 감히 여쭙는 겁니다."

"어째서요?"

내 말에 사내가 입술을 비틀며 기이할 정도로 어두운 미소를 지었다. 그것은 먹이를 물어뜯는 승냥이처럼 비열하면서 사악해 보였다. 그 잘생긴 얼굴에서 나왔다고 믿기지 않을 만큼 살벌한 웃음이었다.

"살점이 남은 뼈다귀를 탐내는 짐승은 어디라도 있는 법이지요."

그는 마치 자기가 권력을 탐하는 난봉꾼이 된 것처럼 자신을 비하하며 '짐승'이라 자칭했다. 하지만 나는 그의 말을 곧이곧대로 믿지 않았다. 그는 권력이라는 시체에 꼬이는 파리라기보다는 훨씬 잘난 '무언가'였다. 그의 우아한 자태와 말투, 여인을 배려하는 습관이 몸에 밴 행동은 '짐승'이라 하기에 너무나 격조 높았다. 무엇보다 남자의 푸른 눈 속에 번쩍이는 '경멸'과 '혐오'는 쉬이 넘기기에 어려운 감정이었다. 그래서 나는 일부러 노래하듯 경쾌하게 속삭이며 그의 말을 맞받아쳤다.

"이를 어쩌지요? 전 후작 부인과 아무런 사이가 아니랍니다. 단지 약간의 속임수를 썼을 뿐이에요."

"속임수라니요?"

"이 가게의 주인은 너무나 오만하여 웬만한 사람이 아니면 쳐다보지도 않는다고 해요. 그가 좋은 물건을 내놓을 때는 내로라하는 권력자가 방문하였을 때뿐이라 하였습니다. 그래서 이를 가장한 것뿐이에요. 내가 원하는 수준의 물건을 얻기 위해서 말이지요."

"고작 편지지 하나를 얻기 위해서요? 그대의 명예가 오욕으로 점철되어도 괜찮다 이 말입니까?"

나는 고개를 설레설레 저어 그의 말을 부정했다.

"아니요. 그와 나는 서로 이득이 되는 거래를 한 거예요. 나는 원하는 물건을 얻게 되었고 그자는 마담 드 샤토루가 애용하는 물건이라 소개하여 새로운 편지지를 팔 수 있어 상당한 재정적 이득을 볼 것이니까요."

"그런 비열한! 영애께서는 사기꾼이나 할 법한 일을 행하고 계시는 걸 알고 있습니까?"

"수치심도 잊은 채 제 말을 엿듣는 것도 모자라 마담 드 샤토루와 연결해 달라 조르셨던 영식께서 하실 말씀은 아닌 듯하군요. 맞아요. 부정하지 않겠어요. 제가 한 행동은 사기꾼이나 할 법한 행위지요. 그래서 무슨 문제라도 있나요? 저뿐만이 아니라 모든 이가 '마담 드 샤토루'의 이름을 파는 행동을 하고 있을 텐데 말이지요. 적당한 예를 들어드려야 하나요?"

마리안느 드 샤토루의 음행이 세간에 워낙 유명한지라 그녀를 조롱하는 시집과 문학이 암암리에 팔리고 있었다. 저명한 시인은 물론이고 여인의 치마를 들춰 보기를 즐기는 난봉꾼과 출신이 천한 백성들까지 이르러 그녀의 이름을 언급하며 욕되게 하지 않은 자가 없었다.

내 말에 사내가 침묵했다. 그 역시 살아가면서 마리안느 드 샤토루에 관련된 조롱의 언사를 들어 보지 않은 적이 없었을 터, 내가 말하고자 하는 바의 의미를 잘 알았을 것이다. 그러니 저리 꿀 먹은 벙어리가 되었을 테지. 그래서 나는 매우 궁금했다. 그가 왜 나에게 접근하여 '마리안느 드 샤토루'와의 친분을 물어본 것인지를 말이다.

나는 이미 그와 부딪친 일 또한 저치의 '계획'에 의해서라고 생각하고 있었다. 그렇지 않으면 이렇게 쉽게 나를 마리와 기사에게서 떼어 낼 수 없었을 테니까. 여기까지 생각이 미치니 사내의 황홀한 목소리에 가졌던 호감이 다 식는 것 같았다. 그래서 나는 경계하는 눈빛으로 그를 바라보며 마리와 기사가 빨리 가게 바깥으로 나오기를 빌었다.

"영애께 무례를 저질렀군요. 이를 어떻게 사죄해야 할지 모르겠습니다."

사내가 말했다. 말로는 '죄'라는 단어를 내뱉으면서도 그의 표정은 평안하기 그지없었다. 그 모습이 얄미워 나는 체면도 잊은 채 어린애처럼 톡 쏘아붙였다.

"이미 저지른 무례를 어떻게 지울 수 있나요. 다만 영식께서 제게 해 주신 배려로 상쇄하였다 치지요."

그러자 그가 내 손을 붙잡고 손등 위에 가볍게 키스했다. 그리고 모두를 홀릴 만큼의 매혹적인 미소를 지으며 자신을 소개하였다.

"비트라이스 가문의 테오도르라고 합니다."

"비슈발츠가의 시스에라고 해요."

내 말에 그의 눈동자에 이채가 떠올랐다. 자신이 붙잡은 여인이 뜻밖의 사람인 게 놀라웠던 것인지 그는 입가에 떠오른 미소를 지우지 않은 채 정중하게 말했다.

"소문의 그 영애시로군요."

나는 새침한 어조로 그의 말을 맞받아쳤다.

"그러는 영식께서는 소문조차 들어본 적이 없는 분이로군요."

"어쩔 수 없습니다. 장막 뒤에 가려진 그늘이 더욱 어두운 법이니까요. 사람들은 어둠 뒤에 도사리고 있는 무언가를 늘 두려워하지요. 그렇기에 그 너머에 어떤 진실이 기다리고 있는지 알려고 하지 않는 겁니다. 그러니 신비로움을 가장하는 수밖에요."

"스스로를 위험한 사람이라 고백하는 건가요?"

"만일 그렇다면, 잡은 이 손을 떨쳐 내시겠습니까?"

"아뇨. 끌어당기겠어요. 위험 따위는 두려워하지 않으니까요. 내가 떨쳐 내는 건 내게 이득이 되지 않은 것들뿐이에요."

내 말에 사내가 소리 내어 웃었다. 그것은 그가 내게 처음으로 보여 준 '진심 어린' 미소였다. 한참을 박장대소하며 신나게 웃던 그가 곧 웃음을 멈추더니 허리를 숙여 내 뺨에 키스를 했다. 그리고 갑작스러운 스킨십에 놀라 굳어버린 내 귓가에 부드러운 목소리로 속삭였다.

"당신의 향은 마치 네롤리(오렌지 향) 같군요. 영애처럼 나를 유쾌하게 만드는 여인은 처음입니다. 하지만 오늘 나와의 인연은 여기까지로군요. 흘러가는 시간이 너무 야속하고 무정하여 가슴이 다 아플 따름입니다. 그러니 언제고 다시 만나기를 고대합니다, 비슈발츠 영애."

마치 연극배우와 같은 몸놀림이었다. 만일 그의 행동 하나하나에 깃든 우아함과 무의식적인 행동에 스민 오만한 자부심을 엿보지 못했더라면, 나는 사내를 저명한 연극배우라 착각했을 것이다. 말을 마친 그는 놀라우리만치 과장된 행동으로 내게 인사했다. 그것은 도를 넘을 정도로 지나친 것으로 어찌나 우습던지 지나가는 사람들이 한 번씩 나를 쳐다볼 정도였다. 이런 과분한 행사를 받을 정도의 대단한 여인이 누군가 하고 말이다.

그리고 이것이 신호라도 되었는지 우리의 대화가 끝날 때까지 그림자조차 볼 수 없었던 마리와 기사가 가게 입구에서 겨우 빠져나와 내게 다가왔다. 인파에 휩쓸린 경험이 매우 끔찍했는지 그들의 얼굴은 삶은 양배추처럼 푹푹 늘어져 있었다.

"아가씨! 정말 걱정했어요."

"괜찮으십니까?"

나는 인사를 받는 둥 마는 둥 하며 그들로 인해 가려져 버린 테오도르 비트라이스를 찾으려고 애를 썼다. 하지만 사막의 신기루처럼 그는 사라지고 없었다. 마술이라고 생각할 정도로 잽싼 몸놀림이었다. 그야말로 눈 깜빡할 사이였다.

쉬이 흘려 넘겨도 됐을 법한 만남이지만, 어쩐지 농락당한 것 같아 기분이 나빠진 나는 입술을 지그시 사리물었다. 제 욕심껏 질문을 내뱉다가 호기심이 채워지고 나니 사라져 버리는, 그런 막돼먹은 행동은 처음이라 기가 다 찼다. 동시에 머릿속으로는 그와 나누었던 대화를 찬찬히 회상했는데, 혹 말실수라도 하여 책잡힐 만한 일이 있었을까 두려웠기 때문이다.

나는 아직 사교계에 데뷔하지 못한 어린 소녀인 고로 가문에 누가 될 만한 소문을 미연에 방지할 필요가 있었다. 양부를 유혹한 어미로 인해 벌써 좋지 않은 명성이 덧씌워져 있었지만 말이다. 그래도 이 이상의 표제는 사양이다. 내게 필요한 것은 모두가 생각하는 천박한 요부의 기질이 아니라, 사랑스러우면서도 어딘지 위험한, 무의식중에 몸에 밴 쌀쌀맞은 태도가 매력적인 그런 팔색조와 같은 성품이니까. 마담 드 샤토루와의 친분 과시 역시 이슬에 젖어 가는 드레스 자락처럼 조금씩 일어나야 할 필요성이 있었다.

모두에게 '시스에 드 비슈발츠'라는 존재에 대한 경계를 심어줄 이유가 없는 것이다. 그저 '그녀가 마담 드 샤토루와 상당한 친분이 있다면서요? 정말일까요?'라는 의문 섞인, 확신할 수 없기에 함부로 행동하지 못하는 그런 조심스러운 행동이면 되었다.

내가 우려하는 것은 테오도르 비트라이스가 사교계에 데뷔했을 법한 외양을 가지고 있다는 것인데, 혹 그가 살롱에 참가한 다른 레이디의 비위를 맞추고자 나에 대한 입방아를 찧을까 싶어서였다. 사랑에 빠진 사내, 여인의 마음을 빼앗고자 안달하는 사내는 망치에 두들겨지는 쇠보다 더 단단하고 질긴 법이라 없는 이야기도 만들어 내는 사기꾼들이니 말이다. 그러니 모두의 이목을 끌기 위한 우스갯소리를 하고자 이런 말을 내뱉지 않으리라는 법은 없지 않은가!

'모일 천사의 숨결에 갔는데 말입니다, 소문의 그 영애를 만났지 뭡니까. 그녀는, 오 세상에 정말로 소문 그대로의 소녀였지요. 거기 모호한 미소를 띤 채 미로 속에 갇힌 사람의 눈빛을 한 신사분과 제가 지금 생각하는 바가 일치할 가능성이 크군요. 어쨌든 입에 담기 어려울 정도로 천박한 맛이 있었지요. 그러니, 자, 모두 품격과 예의를 갖춘 채 그녀를 상상 속에서나마 존중해 줍시다. 그것이 우리가 가질 수 있는 자애롭고 명예로운 마음이 아니겠습니까?'

생각만 해도 아찔하다.

"아가씨? 무슨 일 있으셨어요?"

내가 심각한 표정을 하며 선뜻 발을 떼지 못하자 마리가 기어들어 가는 목소리로 조심스레 물었다. 그녀는 내게 호되게 당한 이후로부터 거의 절대복종하다시피 하고 있었다. 그녀의 조막만 한 머리에는 아마도 카프사에 들어 있는 세릴과 내가 유혹하듯 건네주었던 팔찌의 잔상이 남아 있을 게 분명하다. 그러니 이렇게 진심으로 나를 걱정하는 '척'해 주는 거겠지.

나는 고개를 설레설레 내저으며 그녀에게 말했다.

"아니, 아무것도. 마리, 이만 돌아가자."

일어나지도 않은 사건을 미리 상상하여 골치 아파할 필요는 없을 터. 부디 그 사내가 자물쇠처럼 무거운 입술을 가지길 바랄 뿐이다. 드레스 자락을 휘날리며 우아하게 몸을 돌리는 데 어디선가 나를 바라보는 듯 날카로운 시선이 느껴졌다. 그것은 무례할 정도로 매우 노골적이었지만, 테오도르 비트라이스 아니면 그의 휘하의 수하일 게 분명하므로 나는 모르는 척 기사의 에스코트를 받았다. 세차게 두근거리는 심장이 그와의 인연이 여기까지가 아님을 말하는 듯했다.

과거의 내가 이날에 외출하지 않았기에 만날 수 없었던, 그렇기에 죽을 때까지 알지 못했던 어떠한 '흑막'을 만난 거라 생각한다면 너무 지나친 비약일까? 하지만 사내의 능글맞은 혓바닥과 다소 우울하게 느껴지는 기질, 그리고 위험한 냄새를 풀풀 풍기는 어두운 눈빛은 찰나의 만남으로 치부하기 어려울 정도로 매우 인상적이었다.

'그러니 언제고 만난다면 오늘처럼 웃으면서 헤어질 수 없겠지.'

나는 기사의 손에 이끌려 마차를 타기 전 시선이 강하게 느껴지는 방향을 향해 흘깃 눈빛을 내던지며 나른한 웃음을 머금었다. 그리고 반벙어리처럼 입술을 오물오물 움직여 한마디 말을 소리 없이 내뱉었다.

'다음에 또 보도록 하지요.'

그가 내 입모양을 보았는지 모르겠지만, 흘러오는 바람을 타고 들려오는 것 중 커다란 웃음소리가 있는 것으로 보아 소득이 아예 없는 건 아닌 듯하다. 이번 라운드는 무승부였다.

편지지를 사고 집으로 돌아오자 금세 저녁 시간이 된 고로 마리의 손길이 분주해졌다. 그녀는 끝자락이 지저분해진 드레스를 벗기고 새로운 옷을 가져왔다. 잠시 맛본 햇볕으로 혹 피부가 상했을까 봐 재스민을 둥둥 띄운 물을 가져오는 것은 물론이고, 살결을 매끄럽게 정돈하기 위해 백화제를 만들어 내기에 여념이 없었다.

나는 마리의 시중을 받으며 카프사 쪽으로 시선을 던졌다. 슬슬 정신이 돌아오기라도 한 것인지 안쪽에서 들려오는 신음이 강해지고 있었다.

나는 마리의 도움을 받아 슬리퍼를 갈아 신은 다음 카프사에 다가가 살짝 뚜껑을 열었다. 눈물로 인해 얼굴이 퉁퉁 부은 세릴이 눈조차 제대로 뜨지 못하고 허공을 향해 손만 허우적거리고 있는 게 보였다.

나는 부드럽고 상냥한 목소리로 나긋나긋하게 그녀의 이름을 불렀다.

"세릴, 정신이 드니?"

장시간 동안 울었더니 목이 탔던 것인지 세릴이 바짝 마른 입술을 달싹이며 물을 찾았다.

"으아……. 무, 물을!"

"오, 세상에. 가엾게도 목이 마르나 보구나. 그래, 물을 줘야 하겠지. 하지만 그 전에 먼저 해야 할 말이 있지 않니?"

그러나 고집이 센 세릴은 입술을 꾹 다물며 내가 원하는 대답을 해주지 않았다.

나는 그 모습을 바라보며 빙그레 웃었다. 그래, 이래야 너답지. 나는 손을 뻗어 퉁퉁 부은 그녀의 뺨을 부드럽게 쓸어내렸다. 어린아이를 달래듯이. 그리고 노래를 부르는 것처럼 경쾌한 목소리로 말했다.

"응, 그래, 그래야지. 계속 이렇게 고집을 피우렴. 나는 네가 이런 행동을 하면 할수록 너무나 즐거워. 지켜보는 맛이 있거든. 그러고 보니, 목마르다 했었지?"

나는 마리에게 손짓하여 물컵을 가져오라고 명령했다. 그리고 실눈으로 나를 노려보고 있는 세릴을 향해 눈웃음치며 마리가 가져온 물을 카프사 안으로 쏟아부었다.

"자, 여기 물이란다. 개처럼 엎드려 감사히 마시려무나."

그리고 대답을 들을 새도 없이 카프사의 뚜껑을 닫으며 마지막으로 속삭였다.

"개가 될 생각이 있으면 멍멍 짖으렴. 그럼 꺼내 줄 테니. 물론 너무 늦지 않아야 할 거야. 너의 예쁜 등이 욕창으로 가득 짓물러지고, 아래가 용변으로 인해 지저분해지기 전에 말이지. 어렵지 않아. 그저 멍멍 짖기만 하면 된단다. 오, 그렇다고 해서 얄은수를 쓸 생각은 말렴. 어설픈 생각으로 나를 기만하려고 한다면 주저 없이 그 가녀린 목을 졸라 비틀어버릴 테니까."

멍투성이 몸인 데다가 하루 반나절 동안 먹고 마시지 못하고 있는 그녀다. 비집을 틈 없이 좁기만 한 카프사의 내부 역시 저의 체력을 깎아먹고 있을 것이다. 이대로 놔둔다면 아마도 내일까지 정신을 차릴 수 없을 테지. 울부짖을 힘조차 없는 그녀지 않은가! 하지만 나는 세릴이 카프사 안에서 편히 쉬며 체력을 회복할 여지를 주지 않을 생각이었다. 그래서 마리를 향해 손짓했다.

"마리, 네게 부탁할 게 있단다."

"말씀만 하세요."

"어렵지 않은 일이야."

"무슨 일인데요?"

"무척 간단한 거란다. 그저 두 시간에 한 번씩 내 방에 들어와서 십분 동안 저 카프사를 걷어차면 되는 일이거든."

마리의 얼굴이 창백해졌다. 그녀는 두 눈 가득 눈물을 글썽이며 고개를 흔들었다.

"아, 아가씨. 부디 저로 하여금 더는 죄를 짓게 하지 말아주세요. 얼마만큼 저를 괴롭힐 생각이세요? 아침의 일을 용서해 주지 않으실 작정이신가요?"

"무엇이? 네 주인을 기만한 하녀를 벌하는 게 죄란 말이니? 좋아, 네가 그렇게 생각한다면 시키지 않으마."

내 말에 그녀의 얼굴이 환하게 밝아졌다. 하지만 그것도 잠시 이어지는 내 말에 숯처럼 까맣게 죽어 절망에 가득 찬 표정을 했다.

"대신 사람을 부를 거야. 비명을 지르며 미친 사람처럼 숨을 헐떡일 거야. 카프사에서 세릴을 발견했다고 소리치며 기절해 버릴 거란다. 오, 그래. 대체 무슨 생각이냐는 표정이구나. 내가 어머니께 놀러 간 틈에 네가 내 팔찌를 훔쳤고 그걸 세릴에게 들켜 버린, 아주 재미난 이야기에 불과하니까. 그래, 이런 거지. 용감하고 정의로운 세릴이 그걸 내게 이르겠다고 네게 말했고 당황한 너는 두려움을 이기다 못해 주변의 물건으로 그녀를 기절시킨 다음 죽을 정도로 때린 거야."

"세, 세상에. 아가씨! 어떻게 그런 말을!"

"쉬잇. 조용히 하고 계속 들어 보렴. 공포심을 이기다 못해 마구 내려치다 보니까 생각보다 세릴의 상처가 커진 거야. 이대로 놔뒀다가는 그녀가 죽을까 봐 두려웠던 너는 덜덜 떨리는 손길로 세릴을 치료하기 시작했어. 그런데 내 발소리가 들리기 시작한 거지. 당황한 너는 죽을 힘을 다해 빈 카프사에 세릴을 넣고 모르는 척 시치미를 떼며 내 시중을 들었어. 다행히 나는 아무것도 모른 채 편지지를 사러 나갔고 말이야. 그런데 집으로 돌아온 네가 내 시중을 들기 위해 재스민 물을 준비하러 간 사이 기절한 세릴이 깼고, 그녀의 신음을 들은 내가 우연히 카프사를 열게 된 거지. 경악한 나는 비명을 지르며 모두를 부르고 말이야. 어때? 흥미로운 이야기를 들은 심정은?"

나는 곧 기절할 듯한 표정을 하며 숨을 헐떡이는 마리를 느긋한 시선으로 바라보았다.

내가 이런 식의 패악을 부려도 아무렇지 않은 건 다 '아가씨'라는 신분의 어마어마한 힘으로 인함이었다. 이런 말도 안 되는 소리를 지껄이며 억지에 가까운 주장을 해도 넘어갈 수 있는 것 역시 비슈발츠가의 영애이기 때문이다.

그러므로 내가 비명을 질러 사람들을 모은다 하더라도 마리의 말을 들어줄 사람은 아무도 없을 터였다. 왜냐하면 그녀는 이미 내게 해코지를 하다가 들킨 하녀로 소문이 쫙 났기 때문이다. 쫓겨날 게 무서워 미리 내 패물을 훔쳐 달아나려고 했다는 말을 덧씌우면, 아무도 반박하지 못할 게 분명하니까. 물론 세릴이 내 말에 반박할 수 있겠지만 말조차 제대로 하지 못하는 그녀가 할 수 있는 일이라곤 몸짓을 통한 의사소통일 뿐이었다. 이나마 제정신이 아니라 헛소리를 하는 것이라 치부하면 그만이다.

무엇보다 하녀가 자신의 양녀를 기만하려 했다는 사실에 화가 나 있는 양부로선 이런 일이 연이어 일어난다면 내게 미안하여 고개조차 들지 못할 것이 분명하다. 그리고 최선을 다해 내 기분을 풀어주려고 노력하겠지. 흠, 이것도 괜찮은 것 같은데?

그러나 새로운 하녀를 마리처럼 길들이기란 까다로운 법이므로 나는 너그러운 마음으로 그녀가 현명한 결정을 내릴 수 있도록 인내심을 가지고 기다렸다.

"아, 아가씨, 할게요. 할 테니까 부디 그런 일은 벌이지 말아주세요. 제가 잘못했어요."

마리가 무릎 꿇고 매달렸다. 그녀는 저택에서 쫓겨날까 봐 진심으로 두려워하고 있었다. 그네들에게 있어 백작가에서 일하는 것, 특히 아가씨의 시중을 드는 것만큼 고수입의 직업은 없으니까. 귀족 영애를 모시는 대가로 잼이 발린 부드러운 빵과 차를 먹고 면과 모슬린을 섞어 만든 옷을 입으며 살아왔던 그들이 밑바닥 군상들의 허드렛일을 하며 살아갈 수 있을까?

단언컨대, 없다. 평민보다 나은 삶을 영위하고 있던 자들이 다시 딱딱한 흑빵을 침으로 녹여 먹으며 차가운 얼음물을 깨고 빨래를 할 수 있을 리가 만무하다. 게다가 마리는 귀족을 상대하기 위해 특별히 교육받은 하녀다. 이미 눈은 높아질 대로 높아진 상태인 그녀가 시궁창의 쥐가 돌아다니는 낡은 침대에서 잘 수 있을 리 만무하다. 특히 하녀들에게 있어 명예롭지 못한 일에 연관되어 쫓겨나는 것처럼 무서운 일은 또 없었다. 입소문이라는 것은 실로 대단한 능력을 갖추고 있어 다른 귀족가는 물론이고 일반 가게에서조차 그들을 거절하는 사태가 일어나니 말이다.

그러니 처음부터 선택권은 없었다. 칼자루는 내가 쥐고 있었으니까. 가엾은 마리. 그녀는 이미 내 거미줄에 걸린 가녀린 나비에 불과하다.

내가 그녀의 체액을 쪽쪽 빨아 바닥으로 버리기 전까지 언제까지나 줄에 묶여 흔들리고 있겠지.

나는 고개를 끄덕이며 마리를 손수 일으켜 세웠다. 그러고는 흔들리는 눈으로 덜덜 떨고 있는 그녀에게 경고하듯 강하게 말했다.

"그래, 그래야지. 다시는 내 명령에 토를 달지 말렴. 나는 인내심이 그리 길지 않단다."

마리가 고개를 끄덕인다. 어찌나 세차게 흔드는지 목이 다 떨어져 나갈 것 같았다. 나는 그 모습이 우스워 소리 높여 웃었다. 그리고 그녀의 뺨에 키스했다.

"그럼 수고하렴."

(※)

양부와 함께한 저녁 만찬은 상당히 괜찮았다. 소금에 절인 돼지 혀는 신선했고, 포도주로 조리한 햄은 무척 부드러웠다. 특히 레몬과 버터로 간을 한 종다리 꼬치구이는 이루 말할 수 없을 만큼 별미였는데, 세이지를 써 고기 특유의 노린내를 잡은 조리 기법에 감탄을 터뜨리지 않을 수 없었다. 가지로 양념한 송아지 췌장 구이와 으깬 소나무 열매를 곁들인 고기 젤리 역시 완벽 그 자체라 무척 만족스러웠다. 마지막으로 꿀에 절인 앵두와 치즈, 와인으로 입가심하고 나서야 주린 위를 겨우 잠재울 수 있었다. 나를 향해 쫑알쫑알 지껄이는 로에나만 아니었다면 기분이 훨씬 더 좋았을 자리였다.

로에나는 만찬 내내 입을 다물지 못했다. 완벽하다던 식사 예절은 어디에 팔아먹었는지 내게 이런저런 이야기를 내던지려고 애쓰는 눈치였다. 새로운 가족이 생겼다는 흥분이 아직도 가시지 않은 것인지 수줍게 물든 보드라운 뺨은 매우 깜찍하면서도 어여뻤다. 생기발랄하게 반짝이는 눈동자는 줄곧 내게 고정되어 있었다.

이야기의 주제는 매우 다양했다. 그녀는 식사 내내 문학과 역사, 예술 등 다방면에 걸쳐 여러 가지를 거론했다. 문제는 그녀가 꺼낸 주제의 대부분이 자신의 관심 분야에만 따른 것으로 나에 대한 배려가 전혀 없다는 점에 있었다. 로에나는 내가 교육조차 제대로 받지 않은 평민이라는 사실을 잊어버린 것처럼 굴었다. 그렇지 않는다면 이런 내용으로 대화의 주제를 끌어갔을 리가 만무할 터였다. 다행히 이미 다 알고 있는 내용이기 때문에 여유롭게 응수할 수 있었던 것이지, 그렇지 않았더라면 대답조차 하지 못하고 얼굴만 새빨개져 스스로를 창피하다고 여겼을 게 뻔했다.

나는 자신의 기분에 취하여 상대를 배려하지 않는 그녀의 태도에 깊은 분노를 느꼈다. 내가 제때 대답하지 못했으면 특유의 난처한 얼굴로 '아, 미안. 이런 건 모르지'라고 말할 게 분명할 그녀의 행동이 끔찍하게 느껴져서다.

지금 우리의 대화가 능수능란하게 잘 이어지는 건 모두 내가 그녀의 수준을 맞추며 맞장구를 치고 있기 때문이다. 그렇지 않았더라면 진작 파투 나 어색한 기운만 흘렀을 테다. 하지만 로에나는 이것을 전혀 깨닫지 못하고 있었다. 그렇다고 해서 지금 내가 그녀에게 화를 낸다거나 그만하라고 소리칠 수 있을 리 만무하다. 이것은 모두 '의붓언니와 친해지기 위한 로에나의 노력'이라는 아름다운 상황에 불과하니까.

무엇보다 귀족들에게 있어 이 정도의 지식은 필수적으로 갖춰야 할 기본 상식이다. 그러므로 지금과 같은 대화는 지극히 당연한 것이었다. 오히려 못 알아듣는 내가 멍청하고 무식한 거였다.

끝없는 대화에 지쳐 버린 나는 결국 견디다 못해 입을 열었다.

"로에나. 너는 정말 다양한 것을 깊이 있게 알고 있구나. 너와 나누는 유익한 대화에 기분이 다 좋아질 정도야. 그렇지만 이 정도면 충분하지 않을까? 너의 지성에 감탄하느라 목이 다 쉴 정도거든."

"어머, 네 말이 맞아. 정말 미안해. 너무 내 생각만 했어."

빌어먹을, 그걸 이제야 알았니? 얄미울 정도로 자기만 아는 계집애 같으니라고!

나는 심통 난 본심과 달리 얼굴 가득 미소를 지으며 고개를 가볍게 저었다.

"아냐. 대화가 즐거웠던 건 너뿐만이 아니었는걸. 하지만 나는 네가 음식에 조금 더 집중하기를 바라. 그렇지 않으면 배가 많이 고플 테니까. 무슨 말인지 이해할 수 있지?"

'그러니 닥치고 밥이나 먹어, 이 계집애야'라는 말을 최대한 순화해서 내뱉자 그녀가 마지못해 수긍했다. 그리고 잔뜩 빨개진 얼굴로 시선을 돌리는데, 고맙게도 더는 아무런 말을 내뱉지 않았다. 그저 포크와 나이프를 사용하여 음식을 먹는 데 집중할 뿐이었다. 그것은 식사가 끝날 때까지 지속하였다. 정말이지 황홀할 정도로 즐거운 침묵이었다.

잠깐의 해프닝이 있긴 했지만, 어쨌든 오랜만에 맛보는 여유로운 식사에 기분이 좋아진 나는 하녀가 건네주는 레몬수로 입안을 헹구고 냅킨으로 더러워진 손을 닦았다. 양부는 체리브랜디를 마시며 만찬의 여운을 즐겼고, 어머니는 차가운 주석 잔에 담긴 와인에 꿀을 타 조금씩 홀짝거리고 있었다. 로에나는 꿀에 절여 화덕에 구운 사과를 먹었다. 양부가 문득 생각났다는 듯 입을 연 건, 그의 브랜디가 거의 바닥을 보일 때쯤이었다.

"그러고 보니 오늘 낮에 누님으로부터 연통이 왔었소. 이틀 후면 저택에 도착한다 하시더군."

그 말에 어머니의 안색이 창백할 정도로 희게 변했다. 양부의 누님, 내게는 양고모가 되시는 루이즈 벨라 드 라발리에 후작 부인의 방문에 두려움을 느낀 것이다.

사교계의 거물이자 모든 영애의 귀감으로 통하는 마담 드 라발리에는 레이디 중의 레이디며, 귀족 중의 귀족으로 모두가 바라 마지않는 사람이다.

그녀는 다방면에 걸쳐 예술적인 조예가 깊을뿐더러 젊은 지식인들을 옹호하고 사랑했으며, 각계의 저명한 인사들과 많은 교류를 하여 인맥이 무척 넓었다. 그뿐만 아니라 불혹을 넘긴 나이에도 불구하고 유행을 선도한다고 할 수 있을 정도로 감각적이라 모두의 선망을 샀다. 그야말로 완벽에 가까운 여인이었다.

하지만 어머니는 마담 드 라발리에를 좋아하지 않았다. 아니, 무서워한다고 표현하는 게 맞을 것이다. 루이즈 벨라 드 라발리에의 몸에서 뿜어져 나온 기백과 매서운 눈매, 제 동생을 꼬여 낸 여인을 향한 경멸에 가까운 시선은 심지가 약한 어머니가 견딜 수 있는 성향이 아니었으니까! 오죽하면 처음 그녀를 만나고 온 다음 내 품에 안겨 울음을 터뜨렸을까?

"오, 얘야. 난 정말 수치스럽구나. 내 평생 이런 경멸은 또 처음이었단다. 마치 내가 푸줏간에 걸린 고기가 된 기분이었어. 루이즈 벨라 드 라발리에는 나를 몇 푼의 동전으로 살 수 있는 창녀처럼 바라보더구나. 세상에, 네가 그

거만스러운 웃음을 봤었어야 하는데!"

처음 인사드리러 갔을 때 마담은 아무런 말조차 하지 않았다고 했다. 그저 어머니를 가운데에 두고 그 주변을 다른 여인들로 둘러싸게 한 다음 여왕처럼 앉아 쳐다보기만 했다고 한다. 말을 걸 가치조차 없다는 듯, 존재 자체를 인정하지 않는다는 듯 그렇게 묵묵히. 그러다 무언의 압박에 지친 어머니가 거의 숨이 넘어갈 정도로 숨을 헐떡이며 벌벌 떨고 있을 때, 겨우 자리에서 일어나 한마디를 내던졌을 뿐이다.

"시간만 낭비했어. 두고 볼 것도 없이 매우 볼품없는 여인이로군."

아, 그때의 모멸감을 어찌 설명할 수 있을까. 아마 죽을 때까지 잊을 수 없으리라. 그것은 여인으로서의 자존심을 짓밟는 잔인한 말이었다. 그런데 그 루이즈 벨라 드 라발리에가 이틀 후 비슈발츠 저택에 도착한다고 한다. 어머니가 두려워하는 것도 당연한 일이었다.

어머니는 양부의 눈치를 살피며 조심스럽게 입을 열었다.

"저, 무슨 용무로 방문하는 것인지 알고 계시나요?"

양부가 대수롭지 않다는 듯 대답했다.

"열흘 후면 박람회가 열리지 않소. 그것을 구경하러 오신다더군. 그래서 자택에 머물러 달라 요청하였지. 오랜만에 누님의 얼굴을 뵐 겸 하고 말이오. 겸사겸사 부탁드릴 것도 있기도 하고."

"부탁이요?"

"시스에를 가르칠 만한 사람으로 누님만 한 분이 또 없거든. 그렇게 생각하지 않소?"

과거에도 양부는 나를 마담 드 라발리에에게 맡기려 했다. 그녀의 도움을 받아 내가 어엿한 레이디가 될 수 있도록 하고자 한 처사였다. 하지만 그때의 나는 반년이나 되는 세월을 헛되이 보내며 사치스러운 물건을 사는 데 열을 올렸던 터라, 마담 드 라발리에의 교육과 지도를 전혀 따라가지 못했다. 오히려 그녀가 보내는 경멸스러운 시선을 견디다 못해 패악을 부리며 엉엉 울부짖기 일쑤였다. 그것은 어리석은 내 행동에 지친 마담 드 라발리에가 크게 진노하여 저택을 떠날 때까지 계속되었다. 그야말로 제 발로 굴러 들어온 황금을 알아보지 못하고 길가의 돌멩이처럼 세차게 걷어찬 꼴이었다.

나에 대한 그녀의 분노가 얼마나 깊었던지 마담 드 라발리에는 양부가 죽기 전까지 저택에 서신조차 보내지 않았다. 양부는 나로 인하여 본의 아니게 마담 드 라발리에와 의절하다시피 해야 했다. 로에나를 이기기 위하여 그녀의 도움이 필요하다는 것을 깨달은 내가 뒤늦게 찾아가 용서를 빌었음에도 대문조차 열어주지 않으니 더 말해 무엇하랴.

그 마담 드 라발리에가 온다. 그때처럼 나를 가르치기 위해서 말이다.

어머니는 입술을 바르르 떨며 걱정스러운 듯 나를 봤다. 얼굴에 와닿는 시선에는 말로 표현 못 할 깊은 염려가 담겨 있었다. 나는 어머니를 향해 안심하라는 듯 눈웃음을 지었다. 그리고 한층 쾌활한 목소리로 양부에게 말했다.

"그렇지만 고모님께서 저를 도맡아 가르칠 순 없을 텐데요. 저로 인해 너무 수고스러운 일을 하시는 게 아닐까 걱정스러워요."

"누님은 네게 영애가 갖춰야 할 기본예절과 품격을 알려 주실 거다. 다른 수업은 가정교사를 통해 배울 것이니 걱정하지 말아라."

"다행이에요. 저 때문에 고생하실까 봐 걱정했거든요."

기본적인 사교춤부터 시작해서 악기, 음악, 노래, 문학, 그림, 자수, 역사, 기본적인 산술에 고대어와 외국어까지 내가 다시 배울 것이 많았다. 승마는 물론이고 간략한 전술 게임이나 도박, 연극과 같은 오락 또한 새로 익혀야 했다. 양부는 내가 불편하지 않게끔 나를 가르칠 모든 교사를 로에나와 겹치지 않도록 새로 뽑았다.

나는 그의 배려에 고마움을 느낀다는 듯 달려가 뺨에 키스를 해주었다. 평민이나 할 법한 진한 애정 표현에 양부는 살짝 당황한 모습이었지만 곧 기분이 나쁘지 않은 듯 너털웃음을 터뜨렸다. 그도 그럴 것이 로에나는 무척 사랑스럽고 아름다우며 애교가 많은 딸이지만 레이디로서 엄격한 예절을 배워 왔기 때문에 직접적인 스킨십은 매우 적었다. 나처럼 남자의 뺨에 키스를 하는 것은 그들에게 있어 아무도 보지 않는 사적인 공간에서나 가능할 법한 일이었다.

나는 놀랍다는 듯 두 눈을 동그랗게 뜬 로에나의 시선을 무시하며 내가 할 수 있는 가장 행복한 미소를 지었다.

"실망시켜 드리지 않도록 열심히 할게요."

예전의 기억을 가지고 있기에 다 알고 있지만 그것을 티 내지 않고 모르는 척 감추는 것은 나 역시 로에나와 비슷한 천재로 무한한 가능성을 가지고 있다는 것을 알리기 위함이었다. 이는 과거의 나, 시스에드 비슈발츠의 등 뒤를 지겹게 따라 다녔던 '멍청하고 무식하며 예의범절도 몰랐던 철없는 여자'라는 오명 대신 '로에나 못지않은 천재인 동시에 노력가인 소녀'라는 명제를 달기 위한 준비였다.

그런고로 언젠가 다가올 영광의 그날을 위해서 마담 드 라발리에의 독설과 경멸 어린 시선쯤은 웃고 넘길 자신이 있었다. 내 성장의 발판이 되어준다면 그 발에 엎드려 개처럼 핥는 건 일도 아니었다.

양부는 내 말이 마음에 드는지 껄껄껄 크게 웃었다. 그리고 내게 부드러운 미소를 지으며 말했다.

"그래, 기대하도록 하마."

나는 대답 대신 깊게 묵례하며 어머니의 불안한 시선을 의연히 넘겼다. 하루라도 빨리 그녀가 도착했으면 하고 바라면서 말이다.

만찬 이후 시시껄렁한 잡담을 나누는 것으로 소화를 시킨 나는 양부와 어머니께 양해를 구하고 먼저 자리에서 일어났다. 로에나는 더 남아 있을 모양인지 내게 인사를 건넸다. 어머니를 향한 선망과 애정으로 반짝이는 눈으로 보아 당신에게 아직 '열쇠' 이야기를 듣지 못한 모양이었다.

그래서일까? 그녀의 태도는 마치 어린 짐승과 같아 보였다. 애교를 피우고 싶어 안달복달 못 하는 강아지 즉, 순수함을 가장하여 모든 것을 망쳐 놓는 몹쓸 것, 그 자체 말이다. 그러니 자꾸 저 순진한 얼굴을 망가뜨려 주고 싶다는 충동이 이는 것이겠지. 하지만 티를 낼 수는 없는 법. 대신 동생이 너무나 사랑스러워 견디지 못하는 언니를 가장하여 얼굴 가득 수줍은 미소를 지으며 그녀의 뺨에 키스했다. 이후 방에 도착하자마자 마리에게 입을 헹굴 물을 달라고 소리친 건 물론이다.

모두에게 칭송받는 미인이 되기 위해서는 다음과 같은 몇 가지 조건이 필요하다. 황금빛으로 번쩍이는 머리카락, 매끄러운 살결, 풍만한 가슴, 잘록한 허리, 사슴처럼 길고 탄탄한 다리, 보석같이 반짝이는 눈동자, 오똑한 코, 옅은 분홍빛을 띤 입술, 살집 좋은 엉덩이 등등. 무엇보다 가장 중요한 건 눈처럼 새하얀 피부를 가져야 한다는 점이다. 아무리 완벽한 이목구비를 가진 미인이라 할지라도 피부가 가무잡잡하면 천한 출신이라 비웃음을 받았다. 귀족 세계에서 희지 않은 피부는 뙤약볕에 일하는 평민이나 가질 법한 것이었다.

불행하게도 내 피부는 희지 않았는데, 어릴 적부터 어머니를 따라 일을 한 탓인지 막 구운 빵처럼 약간 노르스름한 색깔을 가지고 있었다. 그것은 내가 천한 출신임을 말해주는 증표로 사교계의 인사들에게 있어 놀림거리나 마찬가지였다. 얼굴을 백분으로 감출 수 있다 하여도 목

아래의 쇄골이나 팔과 같은 곳은 가릴 수 없었으니까. 게다가 하필 그 때 유행하던 옷이 소매가 팔뚝까지 내려오는 드레스로 손목 위로 올라오는 장갑을 낄 수조차 없었다. 그래서 나는 참여하는 파티장마다 사람들의 시선을 받으며 홀로 서 있어야 했으며, 내 편이 되어주는 척 말을 걸었던 여인들에게조차 경멸 어린 시선을 받으며 울분을 삼켜야 했다.

과거의 하녀들은 내가 이런 수모를 당하고 있어도 모르는 척했다. 로에나조차 내게 '백화제(백분을 탄 장미수에 계란 흰자 거품과 말린 장뇌 가루, 돼지기름 섞은 것. 피부를 하얗게 해준다)를 발라도 소용이 없는 피부인 줄 알았어요'라고 말했으니, 다른 이들의 태도야 두말할 필요가 없었을 것이다.

하지만 양부의 사후에 저택을 장악한 내가 '백화제'의 존재를 알게 되었고, 그것을 통해 열심히 외모를 가꾸기 시작하자 내 피부는 놀라울 정도로 새하얗게 변했다. 로에나 버금갈 정도였다. 만약 내가 그들의 수법에 농락당하여 방치되지 않았더라면, 나에게 누군가 피부에 대해 미용적인 조언이라도 해주었더라면—애석하게도 로에나를 이기는 것에 몰두한 나머지 어머니와 개인적인 시간을 가질 여유조차 없었다—어쩌면 나는 조금 덜 불행해졌을지 모를 노릇이다.

그런고로 리 드 허포에 비스듬히 누워 있는 내게 '백화제'가 담긴 그릇을 가지고 오는 마리의 모습은 무척 새삼스러운 것이었다. 그녀는 정성스러운 손길로 내 얼굴에 백화제를 꼼꼼하게 바르기 시작했다. 그리고 내 옆에 무릎 꿇고 앉아 상아로 만든 빗으로 머리를 빗어 내렸다. 백화제가 마르기까지 기다리는 것이다.

시간이 지나 얼굴에 바른 백화제가 마르자 화장수로 정성스럽게 씻어 냈다. 그리고 잠자리 날개처럼 얇은 옷을 하나 걸치고 욕실로 향했다. 마리의 역할은 여기까지다. 그녀는 이제 내 잠자리를 준비하러 갈 것이다.

욕실에는 마리 대신 내 목욕 시중을 들 전담 하녀가 공손하게 서 있었다. 그리고 돌을 깎아 만든 욕조에는 로만 캐머마일을 우려낸 물이 가득 담겨 있었다. 풋풋한 풀 내와 진한 사과 향이 조화롭게 어우러진 향내에 몸이 다 나른해졌다. 하녀는 내가 욕조에 몸을 기대어 눈을 감고 있자 부지런히 손을 놀려 곳곳을 씻기기 시작했다. 글러리 세이지로 만든 액체로 머리를 헹구고, 포도주에 진주 가루를 타서 만든 린스로 머리카락을 정돈했다. 부드러운 향유 기름으로 몸 구석구석을 마사지하는 것은 물론이다.

지금 내 나이 열여섯. 사교계에 데뷔하기 전까지 2년이나 남은 고로, 그동안 최선을 다해 미모를 가꿀 참이다. 쓸데없는 물건을 사들이는 대신 나를 빛나게 하는 물품을 구매하는 데는 돈을 아끼지 않을 생각이었다. 과거 여인의 아름다움이 얼마나 치명적인 무기가 될 수 있는지를 여실하게 느꼈던지라, 남들에게 있어 내가 얼마만큼 매력적인 여인으로 비칠 수 있는지가 무척 중요했다.

로에나가 모두의 사랑을 받을 수 있었던 것은 백치에 가까운 선한 성품은 물론이고, 누구보다 새하얗고 보드라운 살결을 가진 그녀의 아름다움에 있었으니까. 그렇기에 나는 조금 더 특별해질 필요가 있었다. 아이처럼 순수하고 소녀처럼 청순하나 밤의 요부처럼 사악하면서도 매력적인, 그런 비밀스러운 여자로. 마담 드 샤토루가 한때 몸을 담갔었던, 필리언느 골목의 창녀들처럼 그렇게!

레이디로서의 완벽함은 양고모인 마담 드 라발리아에게 배울 수 있겠지만, 그것을 뛰어넘는, 고양이처럼 앙큼하면서도 사랑스러운 여인이 될 수 있는 신비한 마법은 이 고리타분한 귀족 세계에서 얻을 수 없는 것이었다. 로에나를 짓밟기 위해서는 이 모두를 아우르는 오묘한 매력이 필요했다. 밤의 장막처럼 은밀하지만 한 꺼풀 베어 보면 너무나 위험한, 그렇지만 숭배하지 않을 수 없는 그런 힘 말이다.

나를 위해서 거리낌 없이 기름을 짊어지고 불에 뛰어들 수 있는 자들이 생길 수 있을 만큼, 그런 절대적인 요염함이 필요했다. 하지만 어떻게? 이러한 것을 누구에게 배운단 말인가!

황제의 정부인 마담 드 샤토루에게 지금 필요한 건 귀족적인 완벽함을 가진 '레이디'이므로 이러한 내용을 가지고 이야기 나누기에—물론 그녀가 내 편지에 답장한다는 가정하에 말이다—너무 위험하다. 그렇다고 해서 무작정 필리언느 골목에 찾아가 창녀 하나를 골라 올 수는 없는 노릇이니, 정말 답답할 노릇이었다. 물론 사교계에 데뷔하기 전에 집에 창녀를 불러 그들을 통해 남녀 간 성교와 애무하는 방법에 대해 배우는 것일 뿐, 직접적인 대화는 불가능했다.

아아, 어찌 해야 할까. 아무리 머리를 굴리고 생각해 봐도 마땅한 방법이나 적합한 인물이 떠오르지 않았다. 지난날 내가 만나 왔던 사람들은 모두 고리타분할 정도로 예와 법을 지키는 인사들이었다.

이 문제에 골치가 아파진 나는 옷을 갈아입고 잠자리에 들기 전까지 계속 고민했다. 이로 인해 밤새도록 잠 못 이루고 뒤척인 것은 물론이다.

날은 금세 밝아 어느새 아침이 되었다. 내내 고민하느라 잠을 제대로 못 잤을뿐더러, 곁방에서 카프사를 발로 걷어차는 마리 때문에 골이 더 아파진 나는 수척해진 얼굴로 침대에서 벗어났다.

어머니는 병자처럼 휘청거리는 내 모습에 비명을 내질렀다. 또 하녀들 때문에 골탕을 먹었을까 봐 미리 겁을 먹은 것이다. 나는 그런 그녀를 안심시키느라 부단히 노력해야 했다. 근심에 찬 얼굴로 나를 바라보는 양부에게도 앞으로 배울 것들 때문에 설레어서 잠을 못 잤다고 대충 둘러댔다.

입맛이 없었던 나는 아침을 가벼운 수프와 빵으로 대충 때우고, 두통이 이는 머리를 잠재우고자 근처의 공원으로 산책하러 나갔다. 잘 단장된 공원은 이른 아침이라 그런지 사람들이 적었다. 귀족들에게만 개방되는 곳이기 때문에 더욱 그런 것인지도 모른다.

그런고로 그 남자, 테오도르 비트라이스를 만난 건 거의 우연에 가까운 일이었다. 그것도 내가 공원에 자리한 호수를 바라보며 머리를 식히고자 마음먹지 않았더라면, 이렇게 마주치지 못했을 것이다.

세상에. 머리가 아프다는 핑계로 마리를 떼어 놓은 게 이렇게 화가 될 줄이야!

주변의 언덕에 자리를 펴 놓은 그는 이른 아침부터 옆구리에 여자를 하나 껴안은 채 농탕질에 가까운 손놀림을 보여 주고 있었다. 주변에 널브러진 와인 병으로 보아 제법 술에 취한 듯했다. 그래서 만약 그가 이름을 불러 내 걸음을 멈춰 세우지 않았더라면 그를 무시한 채 이대로 조용히 지나갔을 것이다.

"비슈발츠 영애시로군요. 엇차. 술에 취해 예를 차리지 못함을 이해해 주시길."

그의 목소리는 잔뜩 취한 상태에서도 반짝반짝 빛났다. 나른하게 젖은 것이 오금이 저릴 정도로 유혹적이었다. 하지만 이전에 비밀스러울 정도로 음험한 기운을 마음껏 뽐내던 그를 보았던지라, 지금의 모습이 낯설었다. 잔뜩 흐트러진 차림으로 여인을 희롱하는 사내라니! 어떤 게 그의 진정한 모습인지 알 수 없어서였다.

뜻밖의 만남에 경악한 내가 제대로 인사하지 못하고 머뭇거리자, 비트라이스 영식이 피식 웃으며 몸을 일으키려고 했다. 그는 내가 자신의 행동을 불쾌하게 생각하여 답인사를 하지 않고 있다고 생각한 모양이다. 하긴 술에 취했다는 핑계로 자리 위에 비스듬히 누운 채로 고개만 까딱이는 건 퍽 무례한 행동이었다. 그러나 만취한 그의 신체는 생각대로 잘 움직여지지 않았고, 실에 걸린 마리오네트처럼 삐걱거렸다. 주체하지 못하는 몸은 한 편의 희극을 보는 듯 우스꽝스러웠다.

그렇게 수분의 시간이 흐르고, 한 컵 정도나 되는 땀을 흘리고 나서야 겨우 자신의 행동이 만용이었음을 깨달은 모양이었는지, 그는 신사의 체면도 잊어버린 채 옆자리의 여인에게 간절히 도움을 요청했다. 그것도 몇 번이고 미끄러져 바닥에 입술을 맞부딪칠 뻔한 상황을 연출하고서야 난 다음에 일어난 일이었다. 만약 테오도르 비트라이스가 조금 더 판단을 늦게 내렸더라면, 그는 필시 바닥에 개구리처럼 나가떨어졌을 터였다.

농탕질의 대상이었던, 옅은 갈색빛의 유륜이 언뜻 비칠 정도로 깊게 파인 드레스를 입고 있는 여인은 몹시 요염하면서도 아름다웠다. 타오를 듯 붉게 빛나는 적갈색의 머리카락은 그녀의 눈가에 맺힌 정염을 완벽하게 보조하고 있었다. 테오도르 비트라이스를 부축하는 손길이나 언뜻 드러나는 희부연 목덜미에서부터 사내를 홀리는 요부의 기질이 풀풀 풍겼다. 걸음을 걸을 때마다 자연스럽게 흔들리는 엉덩이는 그야말로 백미였다. 그래서 그녀가 비트라이스 영식보다 어려 보인다는 사실은 잴 것도 못 되었다. 여인은 벌을 홀리는 화려한 장미 그 자체였다.

나는 그녀의 아름다운 외모와 가느다란 허리, 애교가 넘치는 눈웃음과 귀족 영애가 걸치고 있는 것에 뒤지지 않은 화려한 드레스를 입고 보석 장신구—세련되고 예쁘기까지 했다!—를 찼다는 사실에 주목했다. 여자는 수치심이 없다는 것처럼 테오도르 비트라이스의 몸에 착 달라붙어 있었다. 게다가 낯짝이 제법 두꺼운 모양인지 분명 비트라이스 영식의 말을 통해 내가 '비슈발츠' 백작가의 영애라는 사실을 들었음에도 모르는 척, 그가 자신을 소개하기를 기다리는 뻔뻔함까지 보였다. 나를 향한 시선은 탐색하는 것처럼 집요했다. 어쩐지 도발을 당하고 있는 느낌이라 몹시 불쾌했던 나는 테오도르 비트라이스의 인사를 서둘러 거절했다.

"다시 예를 갖춰서 인사를 드리지요."

"아니요, 그러실 필요가 없어요. 예를 갖춘 인사를 받고 싶어서 서 있었던 것은 아니니까요. 그럼 저는 이만 물러나지요."

"이런, 그냥 가실 생각입니까?"

"그럼 제가 어쩌기를 바라시나요? 이 상황은 서로에게 이롭지 않을 텐데요."

내 말에 비트라이스 영식이 의아하다는 듯 되물었다.

"어째서 이롭지 않다는 겁니까?"

그의 눈은 비 오는 날 구름 낀 하늘처럼 매우 흐렸으나, 나름대로 아름다움을 간직하고 있었다. 몽환적으로 일그러진 눈동자는 오래된 삽화에 나오는 그림처럼 고전적인 멋을 풍겼다. 술에 젖은 입술은 어린 애처럼 상냥하면서도 철이 없었다. 테오도르 비트라이스는 개구쟁이처럼 헤실헤실 웃으며 내 손을 덥석 잡았다. 그리고 그의 손에서 빠져나오려고 손목을 비틀어 대는 내게 철없이 졸라 대기 시작했다.

"이리 앉아서 이야기 좀 해요. 페리뉼이 그대의 대화 상대가 될 겁니다."

여인의 이름이 '페리뉼'이었나 보다. 그녀는 영식의 말이 끝나기가 무섭게, 매우 과장된 모습으로 눈을 깜빡이며 샐쭉거렸다. 그러곤 앙증맞게 말아 쥔 주먹으로 그의 가슴을 가볍게 두들기며 비음 섞인 투정을 부리는 것이다.

"어머, 제대로 소개해 주지도 않았으면서 무작정 이야기 상대가 되어 달라고 하다니. 영애께서 나를 얼마나 무례한 사람으로 보겠어요? 아아, 너무해. 이런 식으로 취급받으니 차라리 가게로 돌아가고 말겠어요. 영식에 대한 애정으로 예약 손님을 다 뿌리쳤는데, 정말 이러기예요?"

눈살이 찌푸려질 정도의 야한 옷차림, 스스럼없는 스킨십과 가게, 그리고 예약 손님. 힌트는 차고 넘쳤으니 여자의 직업을 유추하는 것은 어렵지 않았다. 페리뉼이 내 표정을 주의 깊게 살피는 것도 이 때문이었다. 그녀는 내가 자신을 경멸 어린 시선으로 바라보며 멀리할 거라 믿었던 모양이다. 일반적인 영애라면 '창녀'가 감히 자신과 마주하여 서 있는 것 자체를 못 견뎌 할 테니까.

그러고 보면 과거에도 한량질 좀 한다 하는 영식들이 공원이나 호숫가에 고급 창녀들을 대동하여 뭇 영애들의 원성을 산 적이 있었다. 명예를 가진 귀족으로서 도저히 '가랑이만 벌릴 줄 아는 어리석은 계집들'과 한자리에 설 수 없으며, 수치심을 모르는 그네들과 같은 장소에 있다는 것만으로도 전염병이 창궐할 것 같다는 공포심을 느낀다는 것이다. 오죽하면 영애들의 불만을 견디지 못한 황제가 '귀족들이 다니는 장소에 창녀의 출입을 불허한다'라는 법령을 제정했을까?

사람들에게 창녀는 그러한 존재였다. 어두운 골목에 나뒹구는 쥐의 사체─하도 오래되어 비쩍 마른─라 할지라도 그네들보다 더 깨끗할 것이라는 게 정론이었다. 가격을 높게 쳐올린다 하더라도 푸줏간에 걸린 살덩이, 그것도 모두가 한 번씩 입 대어 본 싸구려 고기 신세를 벗어나지 못했다.

어떤 의미로는 공포의 대상이었다. 상대에게 환상적이고 은밀한 즐거움을 선사하지만, 그만큼의 지독한 질병─매독─을 안겨 주기도 하니 말이다.

무엇보다 귀족 여인들에게 있어 창녀는 자신의 남편을 홀려 재정적으로 큰 문제를 일으키는 골칫덩어리였다. 그들에게 줄 선물을 사기 위해 탕진된 재산이 얼마이며, 이로 인해 타락한 영식들이 몇이던가? 남편의 정부로 들어온 창녀로 인하여 얼마나 많은 귀족 여인이 가슴을 쓸어내리며 눈물을 삼켰는지 이루 헤아릴 수 없을 정도였다.

물론 포주의 전폭적인 지원하에 웬만한 영애 수준으로 교양을 쌓아 지식인과 정서적인 교류를 나누는─그리하여 그들을 자신들의 가게로 이끌어 내는─1급 창녀가 있긴 하지만, 사내에게 가랑이를 벌리며 교태를 부린다는 점은 똑같았다. 오죽하면 누군가 이 등급을 가리켜 사창가에서만 사용하는 '돌'과 '사람'을 구분하는 유일한 잣대라 조롱했을까? 그런고로 눈앞의 창녀가 1급이든 2급이든, 그 이상의 등급이든 돈을 받고 치마를 걷어 올린다는 점에서 경멸을 받아 마땅할 노릇이었다.

페리뉼 역시 그런 시선을 알기에 나와 이야기 나누기를 꺼리는 것일 테다. 테오도르 비트라이스가 자신을 소개해 줄 때까지 기다린 건, 그녀가 가진 일말의 자존심이자 자기 본능의 기제라 할 수 있었다. 문제는 내가 여타의 다른 소녀들처럼 귀족적인 사상에 젖어 있는 영애가 아니라는 데 있었다.

나는 페리뉼이 창녀라는 사실을 알자마자 바로 태도를 바꾸었다. 그가 이끄는 대로 순순히 자리에 앉아 그녀를 바라보았다. 테오도르 비트라이스는 내가 다른 영애들처럼 비명을 지르며 도망갈 거라 기대했던 모양인지 다소 실망스러운 표정을 하고 있었다. 특히 그는 내가 불쾌감 없이 만면에 부드러운 미소를 띠고 있다는 사실에 매우 놀란 듯했다.

"의외로군요, 영애."

"무엇이요?"

"이곳에 앉아 있다는 사실이 말입니다."

"어쩌기를 바라셨는데요? 설마 자지러지는 비명을 내지르며 떨어져 나가기를 바라셨나요? 이런, 제게 자리를 먼저 권한 게 영식이라는 사실을 잊어버리신 모양이군요. 가엾기도 해라. 술이 어서 빨리 깨기를 바라는 수밖에 없네요. 진심으로 말이지요."

테오도르가 약간 질린다는 듯 안색을 굳히며 내게 물었다.

"단지 그것뿐입니까?"

페리뉼 또한 대답을 기다리는 듯 내 입술을 주시했다. 그녀의 얼굴은 어느덧 흥미로 반짝이고 있었다. 나는 창녀의 눈동자에 일렁이는 약간의 '호기심'과 '경계'에 웃음이 나올 것 같았지만 꾹 참았다. 그리고 귀족적인 우아함, 그것이 나타내는 지엄한 권위를 잃지 않으려고 애를 쓰며 턱을 뻣뻣하게 들었다.

"변덕이에요. 그러니까 넘어가도록 하세요. 저야말로 영식의 의도가 궁금해요. 무슨 생각으로 숙녀의 손을 붙잡은 거지요? 무례한 사람 같으니라고! 수치심을 줄 의도가 아니었다면, 당장 내게 사과하는 게 좋을 거예요."

그러자 테오도르 비트라이스가 묘한 미소를 지으며 입을 열었다. 그의 태도는 불량하다 못해 무척 무성의했지만 영 못 받아줄 정도는 아니었다. 목소리가 매우 그윽했기 때문이다.

"비트라이스가 테오도르, 영애께 진심으로 사죄드립니다."

"너그러운 마음으로 이해하겠어요."

나는 지금 철없는 영애의 행동을 흉내 내기 위해 무척 노력하고 있었다. 창녀에 대한 악명을 들었지만 그것을 실제로 본 소녀의 본능적인 호기심, 그로 인해서 자존심마저 살짝 접어놓은 그런 멍청한 열여섯 살 말이다. 그래서 얼마 전까지만 하더라도 평민이었던 주제에 귀족의 티를 내려고 부단히 애쓰는, 허영심에 젖어 천지를 구분할 줄 모르는 맹랑한 바보의 역할에 매우 충실히 하고자 했다. 술에 잔뜩 취한 테오도르 비트라이스가 사리를 제대로 분별하지 못하고 있을뿐더러, 역에 집중하면 집중할수록 페리늴이 나를 우습게 볼 가능성이 컸기 때문이다.

어쨌든 상황이 이렇게 되다 보니 페리늴이 마지못해 내게 인사했다. 여기서 그녀보다 지위가 낮은 사람은 아무도 없었다. 안타깝게도 테오도르 비트라이스는 술에 취해 아무런 도움이 되지 못했다.

"영애께 인사드립니다. 페리늴이라 합니다."

나는 그녀에게 최대한 눈길을 주지 않은 선에서 무뚝뚝한 목소리로 대답했다.

"조금 떨어져 앉지그래?"

그리고 부채를 펼쳐 코 밑까지 가렸다. 일부러 미간을 찡그리며 슬며시 눈을 내리깔았다. 흘겨보기 딱 좋은 모양새였다. 이 정도의 푸대접은 일도 아닌지 페리뉼이 까르르 웃음을 터뜨리며 무릎걸음으로 뒤로 물러났다. 그리고 장난스러운 목소리로 말했다.

"차라리 제가 자리를 피해 드릴까요?"

"흥, 쓸데없는 소릴. 영식께 내가 뭐가 되겠어?"

새침한 목소리로 톡 쏴 주었더니 눈꼬리를 휘어 가며 생글생글 미소 지었다. 그래, 제 딴에는 우습기도 하겠지. 그녀의 눈에 비친 나는 이제 막 귀족 세계에 입성한 주제에 상전 노릇을 하려는, 매우 당돌한 소녀일 것이다. 평민이었을 적의 본성을 못 버려 이런 시시껄렁한 수작에 넘어간 주제에 자존심을 세우는 게 어이가 없어 보이기도 할 테고 말이다. 하지만 귀를 쫑긋 세우는 게 영 밉지만은 않은 태도니, 그냥 그러려니 넘어가는 수밖에. 숫제 고양이 보듯 바라보는 시선으로 그녀의 경계가 아주 무뎌졌음을 느낄 수 있었다.

사실 나는 페리뉼을 조금 얕보고 있었다. 얼굴에 화장품을 덕지덕지 발랐지만 그것으로도 감춰지지 않은 뽀얀 피부는 매우 어렸으며, 정염으로 인해 짙게 흐려진 눈동자는 총기라고는 찾아볼 수 없었기 때문이다. 그래서 과거 사교계에서 버텼던 화술이나 지식을 이용하면 이 정도의 창녀쯤은 손쉽게 요리할 수 있을 것만 같았다. 제가 암만 뒷골목에서 구르고 굴러 여러 타입의 손님을 상대하였다 하더라도 여우처럼 꼬리를 살랑대며 요사스럽게 구는 귀족 여인네만 하겠는가! 비위를 살살 맞춰 주면 알아서 술술 아무 말이라도 내뱉겠거니, 우습게 보았다.

하지만 페리뉼은 그저 그런 창녀가 아니었다. 그녀는 구렁이 수백 마리를 삶아 먹은 것보다 영리했고, 노회한 귀족보다 더 정치적이었다.

그녀는 마치 화대를 흥정하는 것처럼, 혹은 사내를 안달 나게 하려는 것처럼 중요한 이야기는 쏙 빼놓고 시시껄렁한 잡담을 지껄였다. 이런 일은 많이 겪어 보았다는 듯 능숙한 태도였다.

시시껄렁한 잡담의 향연 속에서 얻은 것이라곤 아무것도 없었다. 눈치가 제법 빠른 것인지 페리늄은 몇 마디의 대화를 통해 내가 자신에게서 듣고 싶어 하는 것이 무엇인지 알아차린 모양이었다. 그래서 그녀는 미꾸라지처럼 교묘하게 내가 원하는 화제만 피해 갔다. 얄미울 정도였다.

안타깝게도 사교계에서 갈고 닦았던 경험이나 다년간 배워 왔던 화술은 하루하루가 전쟁이나 다름없는 뒷골목의 더러운 진창을 구르고 구른 창녀를 이기지 못했다. 격식과 체면, 자존심을 바탕으로 한 만들어진 전장은 진짜에 비할 바가 못 되었다. 그것이 패인이었다. 나름대로 말을 아껴 가며 속내를 비치려 하지 않고 틈을 보이지 않으려 노력했건만 페리늄은 아주 쉽게 내 마음속을 들락날락하고 있었다.

나는 어느새 주객이 전도되어버린 이 상황에 기묘한 헛웃음만 흘렸다. 신분적인 위치를 내세워 먼저 잡을 수 있었던 칼자루는 그녀에게 넘어간 지 오래였다. 하지만 분노보다는 흡족한 마음이 먼저 들었다. 깊은 희열에 소름마저 돋았다.

그래, 이것이다. 내가 그녀에게서 배우고 싶은 게 바로 이런 거다.

나는 페리늄의 행동을 닮고 싶었다. 배우고 싶었다. 몇 마디 말을 흘리지 않았음에도 불구하고 재빠르게 상대의 마음을 캐치하여 자신에게 유리한 상황이 되게끔 만드는 화술이 탐나 견딜 수 없었다. 눈을 내리깐 채 웃고 있지만 기묘하리만치 상대의 마음을 살살 긁어내리는 듯해 보이는 저 얄미운 태도 역시 내가 익혀야 할 것이었다.

"……그래서 더 궁금한 것이 있으신지요?"

나는 장미보다 더 붉고 탐스러운 페리늄의 입술에서 시선을 거두었다. 손쉽게 낙승할 거라 자만하고 있었던 스스로를 비웃으며 드레스의 구김을 폈다. 조금 길어질 거라 생각했던 대화는 삼십 분도 채 되지 않아 나의 패배로 끝이 났다. 승리에 도취한 것인지 뻔뻔스러울 정도로 생글생글 웃고 있는 페리늄의 눈동자는 나를 향해 빛나고 있었다.

"아니, 들을 가치가 없었던 이야기야. 시간만 낭비했어."

나는 신랄한 말투로 그녀의 이야기를 폄훼하며 자리에서 일어났다. 못 들을 것을 들었다는 것처럼 미간을 잔뜩 찌푸리면서. 이것은 페리늄에게 지지 않았다는—그녀의 말에 넘어가지 않았다는—귀족 영애의 자존심이었다. 제 성질을 못 이긴 고양이는 캬옹 소리를 내지르며 발톱을 내세우는 것처럼 일부러 뾰로통한 표정을 지었다.

페리늄은 이런 내 모습이 마음에 드는지 어깨를 가볍게 으쓱였다. 그녀는 자리에서 일어서는 내가 꼬리를 마는 개처럼 보인 모양이었다. 별처럼 반짝이는 눈동자는 희열에 취해 있었다. 그래서 목소리를 살랑이며 나를 살살 꾀었다. 이만큼 재미난 상황은 다신 만나지 못할 터이니 살살 돌리듯 조롱하며 자기의 즐거움을 실컷 채울 속셈이었다.

"어머나, 더 계시지 않고서요. 앞으로 해드릴 재미난 이야기가 산더미인걸요."

"되었어. 비트라이스 영식께 네가 나를 대신하여 인사를 여쭈어주렴."

나는 제법 거친 손동작으로 부채를 편 다음 새치름한 목소리로 말했다. 아예 뻗어버린 것인지 테오도르 비트라이스는 낮게 코마저 골고 있었다. 페리늄은 내 태도에 즐거움을 느낀 것인지 깔깔깔 소리 높여 웃었다. 이어 몸을 요염하게 비틀며 속삭이듯 낮게 중얼거렸다.

"혹 여기서 못 다한 은밀한 이야기에 관심이 있으시면 나중에 저를 찾아와 주세요. 페리늄 하면 제법 유명하니까 말이에요. 제 이름을 대면 모두 영애를 저에게 데려다줄 거예요."

"흥, 그럴 일은 결코 없을 거야."

"어머, 장담하지 마셔요."

그녀가 한쪽 눈을 찡긋거린다. 뱀의 혀라도 잘라서 붙인 듯 쉴 새 없이 날름거리는 혓바닥이 요사스러웠다.

"제가 영애의 소망을 이루어 드릴지 또 누가 알겠어요?"

나는 그런 그녀의 말에 헛웃음을 흘릴 뻔한 것을 겨우 참았다. 참으로 요망한 계집이지 않은가. 감히 주제도 모르고 오늘의 작은 승리에 도취하여 마구 날뛰고 있으니 말이다. 그럼에도 페리늴의 태도가 밉지 않은 건, 내가 바라는 이상적인 모습을 하고 있어서였다. 그래서 아무렇지 않게 그녀의 말을 흘려 넘길 수 있었다.

찾아오라고? 아니, 네가 나를 찾아오게 될 거야.

나는 일부러 '흥' 하는 소리를 내며 그녀를 외면했다. 그리고 오물을 피해 걷는 사람처럼 조급한 태도로 페리늴의 곁에서 떨어졌다. 조금 전의 일이 시스에 드 비슈발츠 생에 최악의 만남인 것처럼 말이다. 페리늴은 그런 나를 손님 배웅하듯 손을 흔들며 작별 인사를 담은 소리를 마구 내질렀다. 모두의 이목이 쏠리고 있었다.

"그럼 살펴 가시길. 오늘의 만남 무척 즐거웠습니다."

나는 신경질이나 화를 내는 대신 가볍게 무시했다. 한낱 창녀에 불과한 계집에게 패배했음에도 기분은 상쾌했다. 그것은 내가 닮고 싶은 이상적인 모습의 한 단면을 보았기 때문이다. 그래서 나는 진심으로 기쁘게 웃을 수 있었다.

집으로 온 나를 맞이한 건 마리였다. 잠깐의 시간이었지만 같이 가지 않은 게 불안했던지 그녀는 얼굴 가득 혼란스러운 표정을 하고 있었다. 하긴, 내 명령 때문에 떨어져 있긴 하였으나 제 주인을 모시고 다니지 않았다는 점에서 불호령을 받을 게 분명하니 내가 저택에 들어오기를 기다리는 내내 입이 바싹바싹 타들어 가는 심정이었을 게다. 이전의 일로 인해 윗선의 눈치를 보고 있는 상태지 않나.

그녀는 기사 하나 거느리지 않았음에도 멀쩡히 산책을 마치고 온 내 모습에 깊이 안도한 것인지 대놓고 한숨을 내쉬었다. 어찌나 크게 내뱉던지 바닥이 움푹 꺼질 것만 같았다.

나는 마리에게 모자를 건네며 퉁명스러운 말투로 말했다.

"걱정했다는 태를 대놓고 내는구나. 칭찬해 주기를 바라는 것이니?"

"아, 아닙니다. 아가씨. 그런 게 아니어요."

"그럼 그 못난 인상 좀 피려무나. 후문으로 들어온 덕분에 내가 혼자 산책했다는 것을 눈치채지 못할 테니 걱정하지 말고."

"네, 정말 감사합니다."

힐난 어린 타박에 어색한 웃음을 짓던 마리가 이내 초조함이 역력한 표정으로 내 눈치를 살피며 조심스럽게 말을 꺼냈다.

"아가씨."

"왜?"

"세릴이……."

채 말을 잇지 못하고 머뭇거리는 마리다. 나를 두려워한다는 것을 온몸으로 표현하려는지, 안절부절못하며 끙끙대는 것이 눈을 뜨지 못한 비루먹은 강아지와 다름없었다. 연민을 부르려는 듯 입술을 살짝 깨물며 눈물을 그렁대는 모습에 동정심이 차오를 정도다. 폭력과 협박으로 저를 굴복시킨 효과가 이렇게 나타나는 것인지, 사소한 행동에서부터 처연함이 뚝뚝 흘러내리고 있었다. 여인을 아는 사내라면 입맛을 다실, 그야말로 보기 드문 청초함이다. 문제는 이러한 면이 여성인 내게 전혀 어필이 되지 않는다는 점에 있었다.

나는 리본으로 얽힌 로브의 매듭을 풀며 심드렁한 표정으로 대꾸했다. 오자마자 듣는 것이 세릴의 소식이라니, 기분이 영 좋지 않았다. 그렇기에 나오는 말투도 곱지 못했다.

"그 애의 일을 왜 내게 말하는 거지?"

"세릴이 아가씨를 애타게 부르고 있어서요."

아하. 나는 입가에 긴 호선을 그리며 생긋 웃었다. 독한 계집애라 꽤 오랫동안 버틸 줄 알았더니, 결국 참지 못하고 백기를 든 모양이다. 마담 드 라빌리에가 방문할 것을 대비하여 저택의 밀실에 가둬 둘까 생각하던 참이었는데, 채 이틀을 견디지 못하고 만 것이다.

나는 입술을 비뚜름하게 비틀며 깊은 조소를 머금었다. 버티는 게 제법 재미있어 좀 더 다양한 방법으로 놀아줄까 생각했는데, 이렇게 쉽게 무너지고 마니 김이 팍 새는 것 같았다. 아무래도 내가 보아 왔던 독기는 허울만 가득한 허상이었나 보다. 로에나의 그림자 아래 있지 못하면 허무하게 사그라질 그런 모래성 말이다. 이럴 거면서 왜 그렇게 풀 먹인 천처럼 빳빳하게 굴었던 건지 알다가도 모를 일이다.

"저, 어떻게 할까요?"

마리는 금방이라도 세릴에게 달려가 꺼내 주고 싶은 모양이었다. 발을 움찔거리는 모양새가 딱 그러했다. 아마도 그녀는 내가 허락한다면, 세릴을 카프사에서 꺼내 온몸을 뜨겁게 달군 돌로 찜질을 해주고 찧은 약초를 발라 무명천으로 정성스레 감아줄 것이다. 그리고 포악한 주인에게 쉽게 굴복해 버린 그녀의 운명을 안타까워하겠지. 동병상련의 심정이 모락모락 피어오를 테니 아니 그러할까.

하지만 나는 이렇게 빨리 세릴을 용서해 주고 싶은 마음이 없었다. 사람의 본성이란 그리 쉽게 바뀌는 것이 아니기 때문이다. 지금이야 체벌을 피하고자 내 발이라도 핥겠다만, 마음이 편안해지고 운신이 자유로워진 상태에서도 그럴 수 있을까?

세릴은 로에나를 무척 좋아하고 아꼈다. 유난스럽기로는 마고 못지 않을 정도였다. 로에나가 두 눈을 두어 번 느리게 깜빡이기만 해도 천지가 개벽할 것처럼 벌벌 떨었으니까. 제 친동생에게도 이리 끔찍하지 못하리라. 그래서 그녀는 로에나를 위해서라면 뭐든 다 했다. 로에나를 위해 마고의 수족을 자처하며 온갖 더러운 일을 도맡았다. 나를 괴롭히는 데 앞장섰던 것도 세릴이었다.

양부의 사후(死後) 어머니와 내가 저택을 장악한 이래 수많은 하녀를 갈아 치웠을 때도 끝까지 로에나를 부르짖으며 발악을 했으며, 기어코 그녀를 마담 드 라발리에게 보내어 무도회에 참석할 수 있게 만들었다. 그리고 어머니와 내가 저택에서 쫓겨날 때 로에나의 뒤에서 서서 매우 통쾌하게 웃었다.

그 집념을 내가 아는데, 로에나에 대한 지독한 애정을 이 두 눈으로 똑똑히 보았는데, 이리 쉽게 항복을 받아줘야 한단 말인가? 어림없는 소리. 차라리 시간이 많이 들어도 그녀의 정신의 밑바닥까지 나에 대한 두려움이 스며들 수 있도록 공을 들이는 게 나았다.

"가서 세릴을 씻기고, 부드러운 수프를 마시게 해주렴. 상처에 약을 발라 싸매 주고. 카프사 안도 말끔하게 씻으려무나."

"세릴을 용서해 주시는 건가요?"

"용서? 네가 지금 용서라는 말을 입에 담았니?"

나는 마리의 뺨을 손가락으로 가볍게 툭툭 두들기며 오연히 웃었다. 전체로 입가심했으니 이제 메인을 먹어야 할 때가 아닌가.

마리가 파들거리며 뒤로 한 발짝 물러섰다.

"아가씨……."

벌려진 입술로 새어 나오는 목소리는 지독한 공포를 담고 있다.

"죽일 수는 없는 노릇이잖니. 내가 이 저택에 들어온 지 얼마나 되었다고 말이야. 자아, 바쁘게 움직이렴. 꽁지가 빠질 것처럼 서두르렴. 날 도와줄 수 있는 건 너밖에 없단다."

노래를 부르는 것처럼 흘러나오는 목소리가 매우 경쾌했다. 콧노래를 흥얼거릴 수 있다면 그렇게 하고 싶은 심정이었다. 그래서 나는 유쾌함을 가득 담은 음성으로 마리를 가볍게 재촉하며 드레스를 훌러덩 벗었다. 남은 시간 동안 뜨거운 물로 목욕하고, 가볍게 향유 마사지를 받으면서 내일 도착할 마담 드 라발리에에 대해 돌이켜 볼 요량이었다. 제법 하루가 바쁘게 지나갈 것 같아 기묘한 흥분마저 일었다. 페리뉼에게 느꼈던 유쾌함이 세릴을 통해 절정으로 치달은 것 같은 기분이었다.

오늘 하루는 즐거울 것 같구나. 내 말에 마리가 질린 기색으로 고개를 내저으며 입술을 깨물었다. 나는 그 모습이 퍽 귀여우면서도 가여워 깔깔깔 소리 내어 웃고 말았다. 저리 진저리를 치지만 곧 체념 어린 얼굴을 하며 평소처럼 몸을 바지런히 움직여 내 명을 충실히 따를 것을 알기 때문이다. 그리고 정확히 6시간 후에 깨끗하게 세릴의 몸이 다시 카프사에 담겨 비슈발츠가의 밀실로 옮겨졌다.

다음 날, 이른 새벽부터 저택의 모든 사람이 부산하게 움직이기 시작했다. 어제 미리 대청소하고 오늘 먹을 만찬 음식을 장만해 놓았지만, 이를 마음에 들어 하지 않은 어머니로 인하여 뜻하지 않은 소동이 일어난 것이다. 하긴 비슈발츠가의 안주인이 된 이후 처음으로 맞이하는 외부 손님이니 그럴 만도 하다. 특히 사람이 사람인만큼 세심하게 신경 쓰지 않을 수 없었다. 그런 고로 하녀들을 지휘하는 어머니의 신경은 극히 예민해져 있었다.

어머니는 진짜 귀부인처럼 하녀들을 손끝으로 부렸다. 굼뜬 모습을 보이는 하녀들에 다소 히스테릭한 모습을 보이며 신경질을 내고 있긴 하지만, 예전의 무기력한 모습보다는 훨씬 나았다. 창틀에 먼지가 조금 남아 있다는 이유만으로 하녀 한 명을 꼭 집어 엄중히 꾸짖는 건 이

전의 당신이라면 상상조차 못 할 행위였다. 문제는 저 모습이 언제까지 갈 것인가에 있었다. 어머니가 보여 주고 있는, 단호하지만 기품이 넘치는 귀부인의 모습은 마담 드 라발리에 앞에서 속절없이 무너질 게 빤하니까.

양부와 결혼하기 전 마담 드 라빌리에와 그 추종자들을 만난 이래로 그녀에 대한 어머니의 감상은 혐오와 공포에 가까운 것이었다. 고양이 앞의 쥐처럼 벌벌 떨었다. 그녀를 조롱하다 못해 내쫓기까지 했던−라발리에가 집을 뛰쳐나갔다는 표현이 더 맞지만−나와는 매우 다른 양상이었다.

예전의 나와 마담 드 라발리에는 사이가 매우 좋지 않았다. 그녀는 혈통이 나쁜 나를 경멸했고, 나는 나를 푸줏간에 걸린 고기처럼 하찮게 여기며 제멋대로 평가를 하는 그녀의 시선에 불쾌감을 느꼈다. 무엇보다 마주할 때마다 늘 미간을 찌푸리며 신랄한 폭언을 퍼붓는 마담의 행동에 좋은 감정을 가질 수가 없었다. 로에나와 마고 다음으로 싫어했을 정도니, 더 말해 무엇하랴.

늘상 하는 말이라곤 '아니다', '그런 것도 못 하느냐?', '핏줄은 어디 가지 않는구나'라는 것뿐이었으니 반발심이 생기는 것은 무리가 아니었다. 게다가 마담 드 라발리에는 어머니에게 수치심을 안겨 줬던 마녀가 아닌가. 고로 모욕을 주었으면 주었지, 깍듯하게 예를 갖춰 고모님 대접을 하는 것은 불가능에 가까운 일이었다.

마담과 나는 하루가 멀다 하니 언쟁을 하며 크게 다투었다. 싸움은 항상 그녀가 내 행동을 꼬투리 잡는 것에서부터 시작되었다. 그때 당시 아름다운 보석과 새 드레스에 빠져 스스로가 어떤 가문의 일원이 되었는지 전혀 돌이켜 보지 않았던 나는 내 천박한 농담과 투정을 받아 주지 않는 그녀가 몹시 얄밉게 느껴졌다. 그래서 독이 오른 뱀처럼 마담의 입에서 나오는 모든 말에 예민하게 반응했다. 오죽하면 마담 드 라발리에가 그런 나를 가리켜 '이런 거친 싸움닭 같으니라고!'라고 부르짖었을까.

사실 이런 싸움은 그녀보다 내게 더 유리한 종목이었다. 나는 그녀보다 이성적이지 못했고, 우아하지 않았으며 사람을 상처 입히는 것에 대한 정도를 몰랐기 때문이다. 거리를 휘어잡고 다녔던 왈패 기질 역시 그러한 면에서 한몫했다. 라발리에의 말마따나 나는 투계장의 싸움닭이었다. 날카롭게 갈린 발톱으로 상대의 피를 봐야 직성이 풀리는, 그런 못된 계집이었다.

안타깝게도 마담은 상대에게 두려움을 줄 정도로 몹시 위압적인 여성이었으나 내용의 반이 성적인 뉘앙스가 들어간 욕설에는 매우 취약했다. 사교계를 휘어잡는 거장일지라도 룰—상대를 직접 공격하지 않는다는—이 정해져 있지 않은 싸움에서는 미숙한 어린애나 다름없었다. 상대를 에둘러 조롱하는 귀족적 화법이 어디 뒷골목에서나 들을 수 있는 거친 욕설에 비할 수가 있을까? 덕분에 승리는 늘 내가 가져갔다. 성질을 이기지 못해 울음을 터뜨리긴 했어도 말이다.

마담 드 라발리에에게 퍼부었던 폭언 중 가장 위력이 셌던 것은 '스톤 달(Stone Doll)'이라는 별명이다. 이것은 내가 그녀를 지칭하는 은유 중 하나로, 감정 없는 돌처럼 예법만 중시하는, 마치 인형 같은 모습의 그녀를 조롱하기 위해 만든 말이었다. 결혼한 지 오래되었지만 아이를 잉태하지 못했던 라발리에의 상황을 노리는 단어이기도 했었고. 실제로 내게서 이 말을 들은 마담 드 라발리에가 입에 거품을 물며 쓰러지기까지 했으니, 그녀가 느낀 수치심과 분노를 어찌 다 말할 수 있으랴. 양부와의 연을 끊은 것도—그의 사후 때까지 편지 하나 보내지 않았다—이 별명 때문이었다.

그런데 되돌아온 지금, 전쟁을 일으킬 것처럼 치열하게 싸웠던 상대에게 잘 보이기 위해 아침부터 공을 들여 꾸미고 있으니 이보다 더 우스운 일이 또 있을까? 잘 짜인 희극도 이보다 재미나지 않을 거다.

나는 코르셋으로 완벽하게 조여진 허리를 위로하기 위해 아침을 거른 자신을 칭찬하며 리 드 허포에 힘없이 드러누웠다. 레이디의 완성은 잘록한 허리인지라, 갈비뼈가 튀어나올 정도로 끈을 억세게 죄었더니 머리가 다 어지러울 지경이었다.

"숨을 쉴 수 없어."

나는 퉁명스레 중얼거리며 나른한 한숨을 내뱉었다.

"잠시 풀어 놓을까요?"

마리가 눈치를 살피며 살살 물어 왔다. 나는 손사래를 치며 고개를 추욱 늘어뜨렸다. 대답하는 것조차 귀찮았던 탓이다.

이후로 계속 속이 울렁거려 점심조차 거르고 말았다. 먹은 것이라곤 라임 주스와 과일 몇 조각뿐이었다. 코르셋으로 인해 부러질 것 같은 허리도 허리지만 마담 드 라발리에의 눈에 들어야 한다는 부담감이 나를 옥죄고 있어 식욕이 돋지 않았다.

앞으로 그녀에게 받을 수모와 경멸을 생각하니 벌써 눈앞이 아찔해진 상태였다. 비굴하지 않은 순종은 내게 너무 어려웠다. 오만과 복종의 경계에서 줄타기하는 건 무척 까다로운 일이었다. 과연 내 입에서 스톤 달이라는 폭언이 튀어나오지 않을 수 있을까? 나는 내가 가진 자제심이 바위보다 더 무겁기를 바랐다. 그녀가 내 앞에서 어머니를 모욕하는 한이 있더라도 말이다.

한두 시간이 더 흐른 후에 시종 하나가 들어와 마담 드 라발리에가 정문 앞에 도착했음을 알렸다.

나는 마리의 도움을 받아 자리에서 일어났다. 거울을 통해 다시금 머리와 옷을 점검하고, 호기심과 기쁨으로 인해 상기된 표정을 가장하며 일 층으로 내려갔다. 양부와 어머니, 로에나는 이미 자리하여 나를 기다리고 있었다.

"고모님은 처음 뵙지?"

로에나가 내게 속삭였다. 속이 좋지 않은 와중에 저 얼굴을 보니 토할 것만 같았다. 나는 목 끝까지 치밀어 오른 신물을 애써 삼키며 그녀의 말에 답해 주었다.

"응. 그래선지 정말 기대가 돼. 어떤 분이실까 하고."

어머니는 곧 기절할 듯 창백한 얼굴로 양부의 곁에 서 있었다. 툭 하고 건드리면 금방 쓰러질 것 같은 표정이 무척 아슬아슬해 보였다. 마치 괴물 앞에 서 있는 어린 소녀 같았다. 아마도, 비슈발츠가의 안주인이라는 이름만 없었더라면 필시 비명을 지르며 도망쳤을 것이다.

이윽고 문이 열리며 마담 드 라발리에가 들어섰다. 나는 전혀 다를 것이 없는 그녀의 모습에 웃음이 나올 것 같았지만 꾹 참았다. 여전한 차림에 안도가 된다니, 예전의 나였으면 미쳤다고 생각했을 게 분명하다. 하지만 정말로 마담 드 라발리에는 내 기억 속의 그 모습 그대로였다. 흐트러짐 없이 완벽하게 틀어 올린 머리는 반짝반짝 빛이 났으며, 날씬하면서도 풍만한 몸매를 부드럽게 감싼 드레스는 우아하기 짝이 없다. 피부는 조금 창백했으나 윤기가 흘렀고 옅은 장밋빛을 띤 입술은 굳게 다물어져 있어 기묘한 위압감마저 느껴진다. 파란 하늘을 가득 담은 눈동자는 얼음을 박아 넣은 것인 양 서늘한 기운을 흩뿌렸으며, 낮지만 또렷한 발음을 머금은 목소리는 강한 힘이 깃들어 있어 상대로 하여금 주눅 들게 하고 있었다.

늘 가지고 다니는 에메랄드 빛 지팡이는 기사의 검처럼 짙푸른 예기가 흘러내렸다. 장갑을 벗는 사소한 동작이나 짐을 가져다 놓으라고 명령하는 음성에서부터 혈통의 향기가 강하게 흘러내리고 있었다. 허리를 빳빳이 세운 채 어머니를 스쳐 지나가는 마담 드 라발리에의 모습에서 나는 꼬리를 빳빳하게 세운 도도한 고양이의 모습을 엿보았다.

"어서 오십시오, 누님. 여행 중에 불편한 점은 없으셨는지요?"

"전혀 문제 될 것이 없었단다. 걱정해 줘서 고맙구나."

"오, 그래. 엔이로군. 나의 귀여운 종달새야. 그동안 잘 있었니?"

"어서 오세요, 고모님."

치맛자락을 손끝으로 가볍게 잡으며 부드러운 동작으로 인사를 하는 로에나의 모습은 라발리에의 말처럼 한 마리의 귀여운 종달새 그 자체였다. 연노랑의 프릴이 잔뜩 달린 귀여운 드레스는 그녀의 사랑스러움을 한층 돋보이게 했다.

로에나는 얼굴 가득 환한 미소를 지으며 마담 드 라발리에를 만난 것에 대한 기쁨을 감추지 않았다. 그로 인해 라발리에 역시 희미한 미소를 지을 정도였다.

"네가 시스에로구나."

나는 라발리에가 내 이름을 부르자마자 한 발자국 앞서 나와 인사를 건넸다. 허리를 구부리는 각도와 팔이 자아내는 곡선미, 옷자락을 잡는 손가락의 개수와 다시 허리를 펴는 것에 대한 시간을 완벽하게 계산하면서 말이다. 내가 그녀에게 인사를 건넬 때 모두가 약속이라도 한 듯이 숨을 죽였다. 그리고 내가 허리를 펴 라발리에와 시선을 마주하였을 때, 그들은 그녀의 입가에 걸린 미소에 매우 경악했다.

마담 드 라발리에는 놀랍다는 듯 나를 바라보고 있었다.

"아둔하지는 않구나."

그녀가 할 수 있는 최대한의 찬사에 나는 환하게 미소 지으며 대답했다.

"과찬이세요."

이에 모두의 날숨이 한숨처럼 내뱉어진 것은 두말할 필요가 없을 것이다.

시스에는 모르는 이야기 1

드레스 자락이 바람에 너울거렸다. 꼿꼿하게 세워진 허리는 그의 얼굴에 드러난 자존심만큼이나 눈부셨다. 정말이지 귀족가의 영애라는 말이 너무도 잘 어울리는 소녀였다.

페리뉼은 그녀에게 가졌던 한순간의 열등감을 잊어버린 채 순수하게 감탄을 토해 냈다. 사실 그것은 상대에 대한 경의이기도 했다.

시스에 드 비슈발츠. 비슈발츠가의 새로운 아가씨는 그의 이름 뒤에 붙은 '성'만큼이나 고고하고 아름다웠다. 세간에 널리 알려진 태생적 사실만 아니었다면 진짜 귀족이라고 착각을 했을지 모를 정도로.

그간의 경험을 이용하여 머리를 굴린 탓에 영애와의 공방에서 손쉽게 이길 수 있었지만, 여왕처럼 물러간 그녀의 뒷모습에서 페리뉼은 깊은 패배감을 느꼈다. 보통의 영애 같으면 분을 못 이겨 신경질을 부리거나 자신이 이길 때까지 말도 안 되는 대화를 반복하며 그녀에게 수치심을 안겨 주었을 텐데 그녀는 그러지 아니했으니까.

시스에는 마치 나설 때와 물러설 때를 아는 사람 같았다. 자신이 일부러 소리를 높여서까지 그녀를 조롱했지만 결코 흔들리지 않았다. 그 때문에 페리뇰은 인정하지 않을 수밖에 없었다. 비슈발츠가의 아가씨는 보통의 인물이 아니라고. 세간에서 오르내리는 헛된 소문과 같지 아니한 여인이라고.

생각이 여기까지 미친 페리뇰은 시스에 드 비슈발츠의 모습이 완전히 사라지자마자 손가락으로 테오도르 비트라이스의 옆구리를 쿡 찔렀다. 이는 술에 거하게 취한 망나니 연기를 하며 자신을 비슈발츠가의 영애 앞에 내세운 무책임한 사내에 대한 원망이었다.

"일어나세요. 그녀는 떠났어요. 이제 더는 연기할 필요가 없다구요."

"알고 있어."

테오도르는 사감이 잔뜩 담긴 손가락에 찔린 옆구리가 아프지도 않은지 예의 부드러운 미소를 지으며 몸을 일으켰다. 조금 전 고주망태가 된 상태로 코를 골던 사내는 어디로 사라졌는지 머리를 쓸어 넘기며 나직이 대답하는 그의 모습은 성장한 것처럼 정갈했다.

"이제 만족하시나요?"

페리뇰이 새침한 목소리로 그를 향해 눈을 흘겼다. 그러면서도 그녀의 손은 아주 다정스럽게 그의 조끼 단추를 끼우고 있었다. 페리뇰의 시중이 익숙한 것인지 테오도르는 몸을 약간 비틀어 그녀가 쉽게 자신의 단추를 끼울 수 있게 도와주며 나직한 목소리로 대답했다.

"그래."

그의 대답이 끝나기가 무섭게 페리뇰은 새처럼 지저귀며 쉴 새 없이 종알거리기 시작했다. 이것이야말로 그녀의 주인인 테오도르가 바라는 일이기 때문이다.

"놀라운 여자예요. 주인님께서 왜 그녀를 상대하라고 했는지 알 것 같아요. 비슈발츠가에 들어간 지 얼마 되지 않았음에도 불구하고, 어떤 귀족 영애보다 더 레이디다워요. 아니, 이미 레이디나 다름없죠. 이

시스에는 모르는 이야기 1 | 127

대로 바로 사교계에 데뷔한다 하더라도 어색하지 않을걸요."

"그렇게 보이더군."

"귀족으로서의 자부심, 우아한 태도, 스스로에 대한 자존감이 누구보다 더 드높아 보였어요. 그러면서도 자신의 패배에 대해 수치스러워하지 않는 대범함을 보이죠. 보통의 여자가 아니에요. 성인식도 치르지 않은 어린 소녀에 불과한데 어떤 귀족보다 더 노회한 모습을 보이는걸요. 앞으로의 성장이 기대되는 여자예요. 제대로 배우지 않은 상태에서도 이러할진대, 레이디가 가져야 할 몸가짐을 바르게 배운다면 사교계를 주름잡는 것은 일도 아니겠어요. 주인님께서는 그녀에게서 무엇을 보셨던 거지요?"

테오도르는 대답하지 않았다. 대신 의중을 알 수 없는 눈동자로 그녀를 바라볼 뿐이다. 페리늄은 테오도르의 시선에 입을 다물었다.

그간 겪어 온 바에 의하면 그가 이렇게 상대를 바라볼 때는 되물어 보지 않고 침묵하는 게 나았다. 테오도르는 누구에게나 상냥한 태도를 보이며 신사인 척 굴었지만, 실상 속내를 까 보자면 사실은 그 누구보다 잔혹하면서도 무서운 남자였다. 이것은 어릴 적부터 그를 '주인'으로 섬겨 왔던 페리늄이 가장 잘 알고 있었다. 그래서 그녀는 질문에 대한 답을 기다리는 대신 시스에를 보며 자신이 느꼈던 것을 계속 말하기 시작했다. 그것이 테오도르가 바라는 바일 테니까.

"그런데 이상한 게 있어요. 제가 제대로 읽었던 것인지 모르겠지만, 시스에는 마치 우리처럼 되고 싶어 하는 것 같았어요."

"우리?"

"네. 저 같은 창녀 말이에요."

"기이한 일이로군."

"물론 몸을 팔겠다는 뜻은 아니겠지요. 다만 그녀는 저처럼 행동하고 이야기하고 싶어 하는 것 같았어요. 우리가 손님을 상대하는 그 모습을 닮고 싶어 하는 것 같았다고요. 이상한 일이죠?"

"어째서 그렇게 생각하지?"

"그야 뻔히 보였는걸요. 자기 딴에는 감추려고 애를 썼지만, 그녀의 귀와 시선은 오롯이 내 몸짓과 표정을 향해 있었어요. 내가 어떠한 행동을 할 때마다 몸을 움찔거리며 기억하려고 애를 썼지요. 그것은 마치 '선망'에 가까운 시선이었어요."

"그래서 나의 청을 거절하지 않았던 거로군."

"주인님의 청이요?"

페리뉼은 눈을 깜빡이며 테오도르를 바라보았다. 손님을 상대할 때의 버릇이 자신도 모르게 튀어나온 것인지 그녀의 행동은 사내를 유혹하는 것처럼 은밀하면서도 야릇했다.

"보통의 여인이라면 창녀와 함께 자리하지 아니하지. 하지만 그녀는 그렇지 않아."

"그렇군요. 사실 전 그녀가 평민이었기 때문에 저에 대한 혐오가 덜하는 줄 알았어요. 하지만 저를 대하는 태도를 보고서 그게 아니었다는 것을 깨달았지요. 그런데 그녀가 우리를 닮고 싶어 한다고 생각한 게 제 착각일지 모르겠어요."

"어째서 그렇지?"

페리뉼은 자신의 말에 테오도르가 관심을 보이자 환한 미소를 지으며 말을 이어 나갔다. 그녀의 관대한 주인은 자신의 천박함을 탓하지 않은 채 시종일관 상냥한 모습을 보여 주고 있었다. 매우 감사하게도 말이다.

"대화에서 주도권을 잃자마자 급격히 흥미를 잃어버린 모습을 보이며 자리를 떴는걸요. 제가 가게에 찾아오라고 은밀하게 유혹을 했음에도 전혀 흔들리지 아니했지요."

"그야 당연하지."

"네? 무슨 말씀이세요? 주인님, 아둔한 저를 깨우쳐 주세요. 소녀는 왜 그런 것인지 잘 모르겠어요."

페리늅이 애교가 잔뜩 담긴 목소리로 조르듯 물었다.

"창녀는 너 하나뿐이 아니니까. 너보다 격이 떨어질지 몰라도, 이 도시에는 사람을 상대하는 데 있어 닳고 닳은 창녀가 수두룩하지. 즉, 잠시의 만남으로 잠깐 흥미를 느꼈을지 몰라도 그녀에게 있어 너의 가치는 체면을 잃으면서까지 얻을 정도로 그리 중요하지 않다는 거다."

"아아, 그렇군요. 그래서 그리도 당당한 모습으로 저를 떠나갈 수 있었던 거로군요. 역시 주인님이세요."

테오도르는 자신의 말에 감탄하는 페리늅에게 그윽한 미소를 지어 주며 손을 뻗어 그녀의 머리를 쓰다듬었다. 그의 태도에는 마치 애완동물을 쓰다듬는 것처럼 애정이 깃들어 있었으나, 한편으로는 명확한 경계선을 지니고 있었다. 부드럽게 움직이는 손에 비해 서늘하게 가라앉은 눈은 전혀 온기를 담고 있지 않았으니까.

"페리늅."

"네, 말씀하세요. 주인님."

페리늅이 헐떡이는 목소리로 속삭이듯 대답했다. 단순한 접촉에 불과한 것이었지만 그녀는 마치 애무를 받는 것처럼 깊은 쾌락에 젖어 몸서리치고 있었다. 그도 그럴 것이 페리늅은 저의 주인인 테오도르가 자신의 머리를 쓰다듬어줄 때마다 정신적인 정사를 치르는 것처럼 황홀감을 느끼고 있었던 것이다.

그의 휘하에 자리하여 '도구'로 쓰이는 수많은 여인 중 그가 이렇게 머리를 쓰다듬어주는 것은 '페리늅'뿐이었다. 그리고 페리늅은 그것을 매우 잘 알고 있었다. 그래서 그녀는 테오도르가 그의 손으로 자신의 머리를 만져 줄 때마다 깊은 환희를 느끼며 감동하곤 하였다. 이럴 때마다 주인에게 있어 저 스스로가 중요한 사람인 것처럼 느껴지곤 했기 때문이다.

"비슈발츠 영애와 접촉해."

"주인님?"

"그녀는 매우 흥미로운 패야. 잘하면 나의 '대의'에 도움이 되어줄지도 모르겠어. 그러니까 어떻게든 접촉해서 그녀가 원하는 대로 하게끔 해줘."

"네, 주인님."

페리눌이 고양이처럼 갸릉갸릉 하며 눈을 감는다. 지극한 순종의 태도였다. 그녀는 배부른 짐승보다 더 순하고 얌전했다. 목줄만 채우지 않았다뿐이지, 지금 페리눌의 모습은 꼬리 치는 개 그 이상도 이하도 아니었다. 그런 그녀의 귓가로 테오도르의 목소리가 깃털처럼 부드럽게 내려앉았다.

"하지만 너무 눈에 띄는 행동은 하지 마라. 적당히 치고 빠지는 거다. 귀족가와 얽혔다가는 좋은 꼴을 못 볼 테니까."

아아, 주인님.

페리눌이 감격에 찬 얼굴로 고개를 끄덕였다. 오랜만에 찾아와 한다는 말이 고작 한 영애를 상대해 달라는 것뿐이었던, 매정한 주인을 향한 섭섭했던 마음이 눈 녹듯 사라지고 있었다.

하긴 예전부터 그랬다. 타고난 미모 탓에 고작 5살에 불과한 그녀를 강간하려고 했던 귀족 사내의 손에서 구해 줄 때부터 테오도르는 언제나 이렇게 상냥하게 굴었다. 물론 자신의 명에 따르지 않는다면 지독하리만치 무섭게 구는 게 사실이지만, 돌이켜 본다면 그가 시킨 일은 모두 페리눌 그녀를 위한 일이었다. 그렇기에 그의 손을 잡고 고향을 떠나올 수 있었으며 그의 명에 따라 창녀가 되어 사내들의 손길 아래 뒹굴 수 있었다.

이는 모두 그녀의 주인인 테오도르를 위한 것이었으니까. 그렇지 않앞더라면 수치스러움과 모멸감을 이기지 못해 진작 혀를 깨물고 죽었을 테다. 자신이 진창 위를 구른 만큼 주인에게 '정보'와 '지원금'이 간다는 사실을 알지 못했더라면 말이다.

지금도 그렇다. 그의 '대의'를 위해 도움이 되는 일에 자신을 써 주고 있다. 그만큼 테오도르에게 있어 스스로가 중요하게 쓰이는 '도구'라는 소리다. 그 사실이 너무나 기뻐, 페리뉼은 자기도 모르게 눈물을 주르륵 흘리고 말았다. 그가 다정한 손길로 자신의 뺨을 닦아줄 때까지 잠자코 기다리면서 말이다.

"걱정하지 마세요. 그녀를 당당하게 만날 방법이 제게 있으니까요. 그러니 저 페리뉼을 믿고 기다려 주세요. 주인님의 일에 도움이 될 수 있는 훌륭한 '패'로 만들어 드릴게요."

페리뉼은 테오도르의 품에 뛰어들어 그의 널따란 가슴에 뺨을 비비며 나직이 속삭였다. 그가 낮은 목소리로 '그래'라고 대답해 줄 때의 기쁨을 초조하게 기다리면서, 그렇게 꽃처럼 미소 지었다. 저의 정수리를 바라보는 테오도르의 눈매가 얼마나 서늘한지 알지도 못하면서 그렇게 웃었다. 사내를 향한 연심은 날로 뜨거워져 그녀 자신도 주체 못할 만큼 커지고 있었다. 그것은 터질 것 같은 화산과 같았다. 하지만 사내는 그것을 알면서도 굳이 밀어내지 않았다. 그저 자신의 품에서 움찔거리는 뜨거운 몸을, 작은 어깨를 가볍게 쓸어내릴 뿐이다. 몸이 달아 있는 짐승을 조련하듯, 그렇게.

이후 한 달이 채 되지 않은 짧은 시간에 페리뉼이 비공식적으로 비슈발츠가를 방문한 것은 당연한 일이었다.

2장
마담 드 라발리에

마담 드 라발리에는 한 마리의 짐승이다. 아니, 맹수다. 그녀는 사냥 감을 노리기 위해 풀숲에 엎드려 있는 우아한 표범 그 자체였다. 바닥을 내디딘 손에는 날카로운 발톱이 비죽 솟아올라 있고, 하늘로 잔뜩 치켜세워진 엉덩이는 금세라도 내달릴 듯 팽팽한 긴장감을 유지하고 있었다. 모든 것을 꿰뚫어 보는 듯 형형하게 불타오르는 눈동자에서는 먹이를 향한 깊은 갈증이 흘러내렸다. 우수한 혈통을 자랑하는 이 짐승은 무척 허기가 진 상태였다. 하지만 아무거나 먹지는 않는지라 자신이 노리고 있는 먹잇감을 찬찬히 살펴보며 어느 것이 더 양질의 맛을 제공하는지 탐색을 했다. 매와 같이 날카로운 눈으로 나와 내 어머니의 사이를 저울질하며 가늠하는 것이다.

불행하게도 마담 드 라발리에의 존재감은 엄청난 것이어서, 어머니는 식사가 준비된 홀로 이동하는 내내 굳은 얼굴을 펴지 못했다. 내가 손을 붙잡아주었음에도 손끝은 빙하에 담근 것처럼 차갑게 얼어 있었다. 바들바들 떨리는 몸은 비에 젖은 가련한 꽃을 연상케 했다. 거칠어진 호흡은 어머니의 모든 신경을 앗아 간 지 오래라 걸음을 걷는 것조차 잊어버린 듯해 보였다. 만일 백작가의 새로운 안주인으로서의 완벽한 모습이 요구되지 않았더라면 당신은 이미 내 품에 안겨 기절해 버렸을 것이다.

"오, 애야. 내가 잘하고 있다고 말을 해주렴."

복도를 걸어가며 어머니가 내 손을 꼭 붙잡은 채 작은 목소리로 속삭였다. 창백하게 질린 얼굴은 금세라도 눈물이 떨어질 것 같이 애처로웠다.

"잘하고 계세요."

동시에 나는 당신의 어린 딸에게서 위로와 위안을 받는 어머니에게 이루 말할 수 없는 슬픔과 안쓰러움, 깊은 동정심을 가졌다. 나 하나를 위해 모든 것을 참고 있는 이 여인을 어찌 안타깝게 여기지 않을 수 있으랴! 그러므로 어머니의 방패가 되어 마담 드 라발리에와 대적을 하는 일은 내게 있어 숙명이라고도 할 수 있었다.

다행스럽게도 마담 드 라발리에의 시선은 어머니가 아닌 나를 향했다. 배부른 포식자의 얼굴을 가장한 채 아무것도 아닌 양 새침을 떠는 모습은 다분히 나를 의식하여서 하는 행동이었으니까. 아마도 그녀는 이전의 사냥감보다는 더 젊고 싱싱한, 새로이 등장한 짐승을 사냥하는 것이 더 즐거울 거라고 생각한 게 분명하다. 그 모습이 어찌나 노골적인지 양부가 다 안절부절못할 정도였다. 로에나만이 천진한 웃음을 지으며 라발리에를 향해 재잘거리고 있을 뿐이다.

그녀와 함께한 식사는 단조로웠다. 머리에 커다란 짐을 올려놓은 것 같은 어두운 분위기 속에서 오롯이 침묵만이 자리하고 있을 뿐이다. 말 많은 로에나도 식사 때만큼은 입을 조개처럼 꾹 다물었다. 식기를 부딪치는 소리도 거의 나지 않았다. 하녀들도 오늘만큼은 치맛자락이 끌리는 소리를 내지 않고 조심히 음식을 날랐다. 디저트가 나왔을 즈음에는 모두가 숨을 쉬는 것조차 잊어버린 듯해 보였다.

내가 그녀의 철벽을 부수어버리기 전까지 이 가문에서의 라발리에의 영향력은 어마어마했다. 사교계 전반에 걸쳐 두루 인맥을 가지고 있을뿐더러 모두에게 존경과 흠모의 시선을 받는 여인이다 보니 어떤 때는 양부보다 입김이 셌다.

공과 사의 구분이 확실한 여인이라 친동생인 양부조차도 그녀의 심기를 거스를 수 없었다. 모든 것이 귀족의 품격에 어울려야 했으며, 그 어떤 사소한 일이라도 혈통에 어긋나는 짓을 해서는 안 되었었다. 귀족 중의 귀족, 레이디 중의 레이디. 마담 드 라발리에의 명성은 거저 생긴 것이 아니었다.

하지만 이러한 철의 여인이라도 제 동생인 양부에게는 매우 너그러웠는데, 이는 어머니와의 혼인을 묵인해 준 것을 보면 알 수 있었다. 비록 분기를 참지 못하고 모든 여인 앞에서 노골적으로 모욕을 주긴 하였으나 이후 그녀가 비슈발츠가에 대해 왈가왈부하며 간섭을 한 적이 없는 것으로 보면 말이다. 하지만 그녀도 사람인지라 양부를 보니 다시금 그때의 불만이 솟아오른 모양이었다. 마담 드 라발리에의 노골적인 시선, 금세라도 목을 물어뜯어 숨통을 조일 것 같은 명백한 적의는 어머니의 딸인 나에게 오롯이 쏟아졌다.

"제법이로구나."

그녀가 내게 한 두 번째 칭찬은 식사가 끝나고 난 이후 응접실로 자리를 옮겨 티타임을 가질 때야 겨우 흘러나왔다.

"타고난 건지, 아니면 예전부터 배워 왔던 건지 모르겠으나 짧은 기간 안에 보일 법한 행동들이 아니야."

"과분하신 칭찬에 감사드립니다. 저를 어여쁘게 봐주고 계시니 그리 보였을 테지요."

나의 대답에 기다렸다는 듯 서늘한 미소를 내비치는 그녀다.

"내가 너를 어여삐 본다고 그리 자신감 있게 말할 수 있는 이유는 무엇이지?"

나는 눈꼬리를 길게 늘어뜨리며 활짝 웃었다.

"누군가를 어여쁘게 생각하지 않는다면 장점만 보일 리가 있겠습니까? 제가 마음에 차고 귀여우니 이리 과분하신 말씀을 하시며 칭찬을 해주시는 것이겠지요."

나의 대답에 모두가 침묵했다. 어머니는 이미 얼이 빠져 기절하기 일보 직전이었으며 양부는 마른침을 삼키며 제 누이만을 바라보고 있었다. 그 속에서 생생하게 살아 움직이는 것은 나와 라발리에 둘뿐이었다. 아니, 일촉즉발의 팽팽한 긴장감이라 해야 할까?

나는 내 피부를 옥죄어 오는 살벌한 느낌을 즐기며 미소를 잃지 않았다. 과거의 내가 간교한 혓바닥을 믿고 철없이 굴었다면, 지금의 나는 그녀의 비위를 맞추며 내게 이득이 되는 선에서 저의 모든 것을 빼내어 갈 셈이었다. 그러니 이런 압박감 따위는 아무렇지 않았다. 오히려 적당한 긴장감이라 여기며 반겨야 할 터였다. 내가 상대하는 이가 누구인지를 정확하게 각인할 수 있기 때문이었다.

잠시 후 마담 드 라발리에가 조소일지 모를 것을 지으며 내게 툭 한마디를 내던졌다.

"맹랑한 것."

나는 다시 한번 고개를 숙여 그녀의 칭찬이 황송하다는 듯, 행복하다는 듯 능청을 떨었다.

"감사합니다, 고모님."

새끼 뱀이 맹수의 다리를 휘감았다. 하지만 짐승은 그것이 독니를 가진 독사인 줄 모르고 가소롭다는 듯, 그 재롱이 귀엽다는 듯 경계를 허물기 시작했다. 가엾게도 이 고고한 표범은 독사가 제 몸을 야금야금 다 파먹었을 즈음에서야 후회할 터였다.

독사, 몸 가득 매서운 독을 가득 품고 있는 새끼 뱀은 라발리에의 말이 부끄럽다는 듯 고개를 숙여 저의 반질반질한 머리를 들이 내밀었다. 당신의 말에 복종한다는 듯. 자신의 본질을 숨긴 채.

누군가의 환심을 산다는 건 무척 어려운 일이다. 상대가 아첨에 관한 한 통달의 수준에 이르렀다면 더욱 그러하다. 마담 드 라발리에는 허언이나 아첨, 아부와 같은 달콤한 말을 경멸했다. 그녀는 철벽과 같은 정직함을 사랑했으며 곧은 마음속에 흘러내리는 순백의 절개를 그 어떤 보석보다 귀히 여겼다.

그도 그럴 것이 그녀가 사교계의 여왕으로 군림한 지 벌써 십수 년이다. 그동안 단어로 표현할 수 있는 온갖 미사여구를 진력이 날 정도로 들었을 터. 진창처럼 엉겨 있는 욕망에 지치지 않은 것이 이상한 일이었다. 그 때문에 내가 그녀에게 말할 수 있는 건 정제되지 않은 순수한 언어였다. 그것이 나를 다소 촌스럽고 투박하게 보이게 할지라도 말이다.

다행히 첫 대면 때 보인 우아함은 비슈발츠가의 명성에 누가 되지 않기 위한 필사적인 노력의 산물이며 본디 껍데기는 평민과 다름없다는, 스스로의 허점을 드러내는 나의 태도는 마담 드 라발리에를 만족하게 했다. 그녀는 어머니의 딸인 내가 다듬어지지 않은 원석임을 확인하자 무척 흡족하여였다.

"아직 개선의 여지가 있어."

부채 끝으로 내 턱을 들어 올리며 나직이 말하는 당신의 눈동자는 보석을 감정하는 장인의 그것보다 더 매서웠다. 눈빛으로 발가벗겨진다는 게 이런 의미일까? 어머니가 느꼈을 공포와 무력감이 확연하게 와닿았다. 동시에 희열이 느껴졌다. 그녀는 내가 바라 마지않은 오만한 여인 그 자체였다. 여왕처럼 군림하고 폭군처럼 통치하되 신앙처럼 숭배받는 모습이!

"네 몸에 흐르는 피는 천박함 그 자체다. 그것은 네가 죽을 때까지 따라다닐 낙인과 같다. 모두가 너를 향해 손가락질하고 비웃을 것이다. 혹자는 면전에 대고 비아냥거릴지도 모르지. 하지만 감당하여라. 응당 받아야 할 수모이므로 달게 삼켜라. 핏줄이 더러움을 두려워하며 네 이름 뒤에 무엇이 붙었는지 끊임없이 상기하여라. 네 출신의 천함과 비슈발츠라는 성이 가지는 고귀함의 딜레마 속에서 고통받고 쓰러지고 좌절하기를 반복해라. 이 모든 것을 견뎌 냈을 때, 비로소 한 꺼풀이 벗겨졌다 자부할 수 있을 게다."

과거나 지금이나 마담 드 라발리에의 교육은 엄격함 그 자체였다. 그녀는 나를 혹독하게 몰아붙임으로 어머니의 딸이라는 이명이 주는 수치심을 알게 하려고 하였다. 그래야 비슈발츠라는 성이 주는 무거움과 책임감을 안다는 것이다.

마담 드 라발리에가 기꺼이 나를 맡아 나를 교육하는 것도 '비슈발츠'라는 이름에 먹칠을 하고 싶지 않아서였다. 그렇지 않았으면 이리 엄격하게 훈육하지 않았을 거다. 그녀는 어머니로 인해 얼룩진 가문의 명예를 나라는 존재를 통해 회복하고자 하였다. 그것이 사교계에 얼마나 통용이 될지 장담할 수 없겠지만, 이 이상의 망신을 막고자 마음먹은 것이다.

"네가 귀족가의 여인이 되기 위해서는 다음을 명심해야 한다. 행동은 꽃과 같이, 얼굴은 봄바람처럼 순후하게, 입에는 꿀을 머금고 상대를 대하여라. 손끝은 악기를 다루는 것처럼 경쾌하나 물 흐르듯 자연스러워야 하며 걸음은 발바닥에 기름을 바른 양 매끄러워야 한다. 소리를 내어 걷는 건 천한 자들이나 하는 일이니! 허리는 나무처럼 꼿꼿하나 갈대처럼 부드러워야 하고 팔은 바닥에 흘러내리는 비단 자락처럼 우아해야 한다."

소녀가 되는 건 자연스러운 일이지만 여인이 된다는 건 각고의 노력이 필요한 법이다.

나를 가르치기로 한 이후, 마담 드 라발리에의 행보는 거침이 없었다. 그녀는 잠을 자는 것 외에 하루의 모든 시간을 나를 위해 할애했다. 걸음을 바르게 걷는 기초적인 것에서부터 숨을 들이마시고 내쉬는 자잘한 것에 이르기까지, 그녀의 손길을 타지 않은 건 하나도 없었다. 고개를 돌리는 그 작은 시간, 몇 초에 가까운 자잘한 순간까지도 라발리에의 엄격한 지도하에 행해졌다. 의자 자리에 앉을 때 생기는 치맛자락의 주름 개수까지 그녀의 통제 속에 있었다.

마담 드 라발리에는 혹독하다는 말을 떠올릴 정도로 나를 극한으로 내몰았다. 하나의 행동을 따라 할 때마다 '다시'라는 말이 기백 번 흘러나왔다. 어떤 것은 천 번에 가까울 정도로 '다시'라는 말을 들어야 했다. 이마 위로 흘러내린 머리카락을 쓸어 올리는 동작 하나만 하더라도 육칠십 번은 반복했을 정도니, 두말할 필요가 있을까?

모든 것이 교정의 대상이었다. 마담 드 라발리에는 그녀를 위해 일부러 내비친 투박한 몸짓뿐만 아니라 숨 쉬는 것처럼 자연스레 배어 나조차도 인식하지 못하는 행동까지 지적하는 날카로움을 보였다. 이는 나에게 있어 굉장한 행운으로 다가왔는데, 과거의 경험으로 예법에 숙달하긴 했으나 마담 드 라발리에가 보여 주는 진실 된 수준의 경지에 도달한 적은 없었으므로 그녀의 지적이 큰 도움이 되었던 것이다.

마담은 내게 행하고 있는 모든 교육을 '짐승을 인간답게 만드는 것'이라 표현했다. 평소 그녀의 언행에 걸맞지 않은, 다소 과격한 데가 있는 말이었지만 이를 내뱉는 그녀의 얼굴은 매우 당연했으며 오연하기까지 하였다. 그 이면에 깔린 자부심은 모든 이를 압도할 정도로 찬란한지라 되레 다른 사람들의 수긍을 이끌어 낼 정도였다.

이로 인함인지 '시스에 드 비슈발츠의 행태가 얼마나 엉망이기에 저리 말하는 걸까?' 하고 속닥거리는 사람들이 있었다. 한창 꽃이 피기 시작한 소녀를 지칭하는 것 치곤 단어의 구색이나 맞춤이 시정잡배의 그것처럼 거칠었으니까.

하지만 마담 드 라발리에가 말한 '짐승'이라는 표현은 내 행동에 빗댐이 아니었다. 그것은 저에 대한 감정을 숨기지 못한 미숙한 눈을 일컬음이었다. 더러운 피라는 말을 들을 때마다 격하게 꿈틀거리지만 차마 어쩌지 못한 채 이를 감추려 애쓰는, 지독히도 가여운 피에 대한 우아한 조롱이었다.

"너는 네 어미와 달리 기민하고 민첩한 데가 있다. 거기에 나이에 걸맞지 않은 인내심을 가지고 있을뿐더러 영민하게 행동으로 내 비위를 맞추려 노력하고 있지. 하나 네가 내게 보여 준 맹랑함은 어찌 해석해야 할까? 경고하건대, 함부로 이를 드러내지 말아라. 가시를 품는 건 혓바닥 아래만으로도 족해. 눈으로 감정을 내비치는 것만큼 어리석은 이가 또 있으랴. 그러니 참으려무나. 참고 또 참으려무나. 이 이상 네가 할 수 있는 일이 있는데, 괜히 적을 만들 필요는 없지 않으냐?"

나는 내 등 위로 쏟아지는 날카로운 시선에 몸을 움츠리며 숨죽여 웃었다. 그녀가 말한 부분을 통해 내가 진정으로 완성해야 할 무기가 무엇인지 비로소 깨달았기에 웃지 않을 수 없었던 것이다.

맹수는 뱀에게 이빨을 효율적으로 사용하는 법을 알려 주었다. 제게 난 이빨이 얼마만큼 날카로운지, 그 속에 담긴 독이 얼마나 무서운지 몰랐던 뱀은 표범으로 인해 저의 무기가 그 어떤 짐승이 가진 것보다 위력적이라는 사실을 깨닫는다. 쉭쉭. 뱀이 눈을 가늘게 찢으며 만족스레 웃는다. 혀를 날름거리는 작태가 금세라도 제 눈앞의 맹수를 잡아먹을 듯 위협적이다. 그러나 뱀은 라발리에의 충고대로 몸을 사리며 후일을 기약한다. 그녀의 말처럼 눈웃음을 치면서!

"예, 고모님."

훗날 승리에 찬 미소를 지으며 당당하게 서 있을 사람은 나일 게 분명할 테니까.

　그렇게 수일의 시간이 지났을까? 마담 드 라발리에게 '이제 겨우 봐 줄 만해졌구나'라는 말을 들을 즈음에서야 그녀의 본래 목적이었던 '박람회'가 개최되었다. 예술가와 발명가의 축제이며 장래가 유망한 자들을 거두어 후원하는 사교의 장인 이 행사는 마담 드 라발리에가 가장 사랑해 마지않는 시간이었다.

　과거의 라발리에였다면 로에나만 대동하고 박람회에 갔을 거다. 로에나 역시 그녀 못지않게 예술을 감상하는 것을 즐겼으니 말이다. 하지만 현재의 라발리에는 로에나뿐만 아니라 나 또한 대동하여 박람회에 가는 것으로 결정을 내렸다. 그녀에게 있어 '봐줄 만한 수준'은 함께 있어도 부끄럽지 않다는 것과 같은 의미인지라 제가 공들여 가르쳐 놓은 짐승을 세상에 자랑할 기회가 필요했던 것이다.

　"비슈발츠의 성을 가진 여인이 그림 하나 볼 줄 모른다면 부끄럽지 아니하겠느냐? 그러니 이러한 기회를 통해 네 짧은 견문을 늘리는 것도 좋은 일일 테지."

　나는 그녀의 말마따나 고개를 숙여 조용히 수긍했다. 과거의 경험으로 그림에 대해 어느 정도 숙달했다고 자신 있게 말할 수 있으나, 아직은 저에게 미숙한 시스를 보여 주는 것이 중요하다고 생각해서였다. 자신의 구미대로 빚을 수 있는 '원석'만큼 매력적인 상대는 또 없지 않나. 하지만 박람회장을 가기 위해 대동한 기사 중에 류스테윈 할버드가 있다는 것을 알았더라면, 그리 쉽게 따라나서지 않았을 것이다.

　아아, 마음이란 내 몸에 붙어 있는 개체임에도 불구하고, 어째서 내 생각대로, 뜻대로 쉬이 움직여 주지 않는 것일까? 손수건을 버리는 것으로 모든 것을 정리했다고 생각하였는데, 그의 그림자를 눈에 담는 순간 제멋대로 이지러지는 시선이 있었다. 급격하게 차가워지는 손끝이 있었다.

나는 급격하게 말라 오는 입술과 격하게 흔들리는 눈을 어찌하지 못해 숨만 가쁘게 내쉬었다. 등줄기를 타고 흘러내리는 땀이 긴장으로 인한 것인지 두려움으로 인한 것인지 알 수 없다고 생각하면서.

귀족에게 있어 예술이란 자신이 가진 지적인 아름다움을 뽐낼 수 있는 장신구에 불과하다. 예술을 즐긴다는 사람 중 그것을 정말로 깊게 이해하는 사람은 몇 없었다. 유행을 따르기 위해 비슷한 화풍의 그림을 마구잡이로 사들이고, 인기 있는 곡조의 오페라를 즐기며 쓸모없는 이국의 가구를 들여놓는 행태는 일견 천박하기까지 했다.

사실 '예술' 외에 귀족의 품격을 드러낼 만한 취미가 드물었다. 자신이 가진 지적인 우아함과 격조 높은 취향, 타인과 비견할 수 없는 독특하면서도 고아한 식견을 자랑할 방법은 이런 어리석은 허영뿐이었다. 특히 나 같은 사람은 더더욱 '예술'에 매달릴 수밖에 없었다. 이것은 사교계에 어울리는 사람이라는 것을 증명할 수 있는 유일한 방법이기 때문이다.

마담 드 라발리에와 함께 동행한 박람회장은 당신이 다듬어 낸 나라는 보석을 자랑하는 전시회인 동시에 나의 예술적인 심미안을 시험하는 무대이기도 하였다. 사교계에 몸을 담은 사람치고 마담 드 라발리에를 모르는 자는 없을 터! 고로 그녀의 곁에 붙어 있는 나라는 존재가 눈에 띄지 않을 리가 없었다.

라발리에는 박람회장에 들어서자마자 눈에 띄는 그림 여럿을 가리키며 내 생각을 물었다.

"저 그림은 네가 보기엔 어떠하냐?"

그녀는 주변의 사람들이 내 신분을 추측하며 온갖 소리를 속삭인다는 사실을 알고 있었다. 그들이 내 일거수일투족을 가늠하며 재단하고 있다는 사실 또한 말이다. 그래서 자신이 길들인 짐승의 가치를 미리 공개함으로써 저들의 교만을 잠재우고자 하였다.

"밝고 화려한 색채에 빛을 덧입힌 듯 아름다운 그림이에요. 산책하는 여인을 섬세하면서도 우아하게 표현한 것이 마음에 드는군요. 그녀가 입은 드레스가 요즘의 유행을 따르지 못하고 있다는 아쉬움을 빼면 말이에요. 이 그림은 좀 더 감각적일 필요가 있어요. 이국의 정취가 묻어나는 물건을 그리는 것도 괜찮았을 테지요."

내 대답은 상당히 간단했다. 온갖 미사여구를 곁들여 화풍을 평하거나 그림이 내포하는 심오한 철학에 대해 표현함이 없이 그저 있는 그대로 솔직하게 말하였다. 머릿속에 자리한 해박한 지식과 과거의 경험에서 비롯된 심미안 따위는 혓바닥으로 뛰어나올 기회조차 없었다. 그도 그럴 것이 박람회에 나오는 화가들은 아카데미에서 고르고 골라 뽑혀 나온 신인이 대부분이다. 자신들을 후원해 줄 귀족을 찾기 위해 그들의 구미에 맞는 그림을 그릴 수밖에 없는 불쌍한 어린 양들인 것이다. 그러니 이것에 무슨 의미를 찾아 평을 할 수 있단 말인가!

내 대답이 마음에 들었던 것일까? 그녀의 얼굴이 조금 누그러지며 봄날의 바람처럼 풀리기 시작한다. 그것은 내 대답을 비웃고 있는 주변 사람들과 상당히 대조적이었다.

"오호라, 그래서?"

"세련미가 떨어지지만, 지속해서 배운다면 괜찮은 화가가 될 것 같군요. 재능이 있어 보여요."

"너는 이 그림이 마음에 드는 게냐?"

"무례하게 생각하실지 모르겠지만 아니라고 대답하겠습니다."

"왜지?"

"저는 지조가 있는 그림을 좋아합니다. 자신만의 그림을 그릴 수 있는 사람의 것을 말입니다."

"그 말인즉, 이 그림에는 그린 자의 철학이 담겨 있지 않다는 말이렷다? 너는 화가의 화풍을 감별할 수 있느냐?"

나는 공손한 목소리로 말하였다.

"그러한 견문을 익히기 위해 소녀를 이곳에 데려오신 것이 아니신가요? 저는 단지 이 그림이 보여 주기 위한 그림이라고 느꼈을 따름입니다. 혹 소녀의 무지가 누가 되었는지요?"

"……맹랑한 것."

마담 드 라발리에는 내가 비슈발츠의 성에 걸맞은 성품과 지식을 갖추기를 원하면서 한편으론 당신이 훈계하여 타박할 수 있는 모자람을 가지기를 바랐다. 짐승에 가까운 어린 계집애를 교육해 레이디로 만든다는 묘한 즐거움이 그녀를 매료시켰기 때문이다. 그녀에게 있어 나는 자신의 능력을 확인시켜 주는 도구임과 동시에 삶의 활력을 찾게 하여 준 유희에 불과했다. 그러니 이렇게 납작 엎드려 비위를 살살 맞춰 주는 수밖에.

"그래, 네 말이 옳다. 이곳에 나온 대부분의 그림이 후원자를 찾기 위한 가짜에 불과하지. 훌륭한 레이디라면 이러한 그림 속에서 진짜를 찾을 줄 알아야 한다. 보기보단 제법 날카로운 눈을 가졌구나."

나는 그녀의 칭찬이 부끄럽다는 듯, 과분하여 몸 둘 바를 모르겠다는 듯 고개를 깊이 숙였다. 마음이 혼란한 와중에도 긴장의 끈을 놓지 않고 있는 스스로를 대견스럽게 생각하면서 말이다. 덕분에 할버드 경으로 인해 혼란스러웠던 마음이 차분해지는 것 같았다.

……아니, 그렇지 않아. 실패로 끝난 짝사랑의 기억은 저워지지 않은 얼룩처럼 늘 그때의 고통을 상기시킨다. 지워졌다고 생각한 것이 착각에 불과한 것이었나? 나는 흘러나오는 한숨을 가까스로 삼켰다. 과거의 편린이 날카로운 창이 되어 가슴을 꿰뚫고 있었다. 아득할 정도로 두려운 마음에 몸의 균형이 흐트러지고 있었다.

나는 이성을 유지하고자 필사적으로 노력했다. 인내심의 한계를 시험하려는 듯 흐트러지는 정신을 붙잡으며 그렇게 인형처럼 웃고 또 웃었다. 이렇게 하지 않으면 미쳐 버릴 것 같아서였다. 다행히도 이런 나에게 있어 마담 드 라발리에의 시험은 한 줄기 빛과도 같았다. 박람회를 쉼 없이 돌아다니며 내게 질문을 쏟아 내는 그녀의 행동은 나를 지탱해 주는 든든한 반석이었다.

너는 결코 흐트러져서는 안 돼. 이만한 일로 무너지면 안 되는 짐승이야.

시선을 마주할 때마다 무언의 눈빛으로 쏟아져 내리는 질책은 등줄기에 땀이 흐를 정도로 매서웠다. 주변을 어슬렁거리며 뜯어 먹을 듯 바라보는 살쾡이들의 시선이 정수리에 쏟아져 내리는 얼음물처럼 상쾌하게 느껴질 정도였다.

사교계의 축소판이라 할 수 있는 박람회장에서 마담 드 라발리에와 같은 거물과 함께 등장한다는 것은 내가 그의 얼굴을 대변할 만한 인물이라는 뜻으로 간주한다. 즉, 내 행동 하나하나가 그녀의 명예와 직결된다는 소리였다. 그렇기에 나는 좀 더 마음을 다잡을 필요가 있었고, 현명하게 말을 돌리며 당신의 체면을 세워 줄 막중한 책임이 있었다.

이러한 생각과 노력이 헛되지 않았던 것일까? 다행히 처음에 내 이름을 듣고 꺼리는 눈빛을 보였던 사람들이 이내 입에 꿀을 바른 것처럼 칭찬을 쏟아 내며 주위를 맴돌기 시작했다. 그들 사이에 박람회장에 나를 대동하고 나타난 마담 드 라발리에에 대한 존경과 찬사가 흐르고 있는 건 당연한 일이었다.

"영애는 대단히 훌륭한 식견과 안목을 가지고 있군요."

"마치 새가 노래하는 듯 아름다운 목소리입니다. 귀가 황홀해지고 있군요. 영애의 이야기를 좀 더 듣고 싶어요. 부디 시간을 조금만 더 내어주시길 바랍니다."

이제 해가 건물의 꼭대기에 가려 보이지 않고, 발밑의 그림자는 어느새 자취가 사라져 흔적조차 없었다. 로에나는 자신의 구미에 맞는 걸작을 찾아 라발리에의 곁을 떠나간 지 오래. 그런 그녀를 에스코트하는 건 류스테윈 할버드다. 그는 예나 지금이나 로에나의 검이었다.

사람을 상대하는 건 예나 지금이나 어렵다. 개개인의 의중을 살피며 그에 걸맞은 답을 해주는 건 노련한 경험이 필요하다. 다행히 지금 나를 둘러싼 사람들의 눈동자에 어린 건 '호기심'뿐이었던지라 생각만큼 힘들지 않았다. 하긴, 그 누가 마담 드 라발리에와 함께 등장한 소녀를 조롱할 수 있겠는가?

하지만 시선의 이면에 깔린 건 목줄을 물어뜯기 위해 숨죽여 으르렁거리는 짐승의 본성인지라 지극히 경계하지 않을 수 없었다. 단 한 마디의 말로 몰락할 수 있는 게 바로 사교계니까. 끝없이 쏟아지는 질문과 찬사 속에 제정신을 유지하기는 어려운 일이지만 그래도 버틸 수 있었던 건 나를 주시하고 있는 라발리에의 시선 때문이었다.

그녀는 마치 시험관처럼 나의 일거수일투족을 지켜보았는데, 굶주린 하이에나 떼 속에 가녀린 양 한 마리를 던져 넣은 사람치고 매우 냉정한 태도를 유지하고 있었다. 마담의 눈동자는 내가 숨을 내쉬는 횟수마저 평가하려는 듯 날카롭게 빛났다. 그러면서도 내가 곤란해질 때면 자연스럽게 나서서 자신에게로 시선을 돌렸는데, 그것은 나를 위한 배려가 아니요, 오로지 비슈발츠가의 명예를 위한 희생이라 쓴웃음을 머금지 않을 수 없었다.

과거의 지옥 같은 삶에서 얻은 것이라곤 몇 안 되는 예절과 사람을 상대하는 법이라 생각했는데, 정작 현실의 나는 미숙한 어린애나 다름없었던 것이다.

어쨌든 라발리에의 호의 아닌 호의로 인해 한숨을 돌릴 수 있게 된 나는 점점 멀어지는 무리를—시험은 끝났다는 듯 사람들을 데리고 사라져 버리는 라발리에다—바라보며 멍하니 상념에 잠겼다. 끝났다고 생각하니 한숨이 밀려들어 왔다. 잔뜩 지친 기분에 어딘가 앉아서 쉬고 싶었다. 때문에 나를 향해 말을 걸어온 그가 아니었다면 정말로 그렇게 했을지도 모를 노릇이었다.

"비슈발츠 영애시로군요."

어쩐지 낯선 듯하면서 매우 익숙한 목소리였다. 나는 고개를 돌려 목소리의 주인공을 확인했다. 말쑥한 성장 차림에 보석이 박힌 지팡이를 쥔 사내는 테오도르 비트라이스였다. 그는 두 번째의 만남에서 보여 주었던 난봉꾼 기질을 어디론가 숨기기라도 한 듯 사내 특유의 아름다움과 우아함을 여과 없이 뽐내고 있었다.

그때의 철없었던 모습은 술로 인함이었을까? 나는 예의 다정하면서도 부드러운 목소리로 정중하게 인사하는 그의 모습에 터져 나올 것 같은 실소를 삼켜야 했다.

"비트라이스 영식이시로군요."

"예. 그동안 안녕하셨는지요? 혹 저의 인사가 영애의 상념을 방해한 것이 아닌지 모르겠습니다."

"아니요. 그렇지 않답니다. 막 자리를 옮기려던 참이었으니까요."

"그럼 감히 청하건대, 저에게 영애를 에스코트할 영예를 주시겠습니까?"

예를 취하며 손을 내미는 사내의 모습은 그림처럼 아름다웠다. 부드럽게 흘러나오는 말은 매우 정중했으며, 나를 향한 은근한 눈빛은 아찔할 정도로 매력적이다.

처음의 만남에서 풍겼던 위험한 모습과 두 번째의 난봉꾼 기질, 그리고 지금의 우아한 모습까지 그야말로 천의 얼굴을 지닌 자였다. 그러므로 보통의 영애라면 앞뒤 가리지 않고 그의 제의를 선뜻 받아들였을 것이다. 지금만 하더라도 지나가는 여인들이 저마다 걸음을 멈추고 그를 바라보고 있을 정도니 더는 말해 무엇하랴.

하지만 나는 대답을 망설였다. 그것은 그에게서 느껴지는 이질감 때문이었다.

"그때의 무례 때문에 그러시는 거라면 다시는 그런 일이 없을 거라 약조 드릴 수 있습니다. 그러니 부디 저의 손을 부끄럽게 하지 말아주십시오."

"오, 그것 때문이 아니에요. 저는 단지 지쳐 있을 뿐이랍니다. 하지만 말재간이 없어 영식께 어찌 말씀을 드려야 할지 곤란함을 느끼던 차였어요. 영식을 부끄럽게 만들 의도는 없었답니다."

내 감이 말하고 있었다. 이자와 함께 있다 보면 필히 어조가 격양될 것이며, 이윽고 상처 입은 짐승처럼 날을 세워 가며 으르렁거리게 될 것이라고 말이다.

첫 번째 만남에서 그러했듯이 사내와 나는 상대의 신경 줄을 팽팽하게 만드는 재주가 탁월했다. 하지만 테오도르 비트라이스의 무신경함은—진짜로 그러한 것인지는 모르겠지만—상대를 부끄럽게 만드는 힘이 있었다. 그는 내 말에 담긴 의도를 전혀 이해하지 못한 것인지 여상스러운 말투로—흡사 빵을 사 달라 조르는 아이처럼—나를 재촉했다. 조금 전에 보였던 사내다운 모습은 어디로 사라졌는지, 그는 또다시 소년과 같은 천진한 기색을 내비치고 있었다. 자신의 태도에 수치심을 느끼지 못하는 것처럼 말이다.

"예, 저도 알고 있습니다. 영애께서 저를 부끄러운 사내로 만들지 않으리라는 것을요. 그러니 부디 제 손을 잡아주시겠습니까?"

벙글거리는 낯짝은 신이 빚은 조각인 양 섬세하게 빛났지만 반대로 상대의 울화를 불러일으키는 힘이 있었다. 이미 그의 손은 허공에 수초 동안 떠올라 있는 상태로 모든 이의—특히 여인들의—주목을 받는 상태였다. 이 상황에서 내가 자리를 떠나 버리면 무례하고 파렴치한, 상대를 존중하는 법을 모르는 막돼먹은 소녀가 될 것이다.

나는 등 뒤로 쏟아지는 따가운 시선에 마른침을 삼키며 애써 미소 지었다. 그의 미소가 황홀하여 견딜 수 없는 것처럼 천천히 고개를 숙이며 수줍게 대답하였다.

"그럼 잠시만 부탁드려요."

나를 지치게 할 거라는 예상과 달리 비트라이스 영식의 태도는 다시 처음과 같이 매우 점잖아졌다. 그는 자신의 목소리를 가지고 기분 좋은 음률을 만들 줄 아는 사내였다. 나지막한 목소리로 여러 가지를 말하는 그의 음색은 자장가처럼 낮고 부드러웠다. 그것은 마치 유혹이라도 하는 듯 달콤하기까지 했다.

그래서일까? 시시한 신변잡기식의 이야기였지만 나는 그의 말에 귀를 기울이지 않을 수 없었다. 그가 사람을 후원하는 것을 좋아한다는 것과 예술에 관심이 많다는 것, 박람회가 개최될 때마다 꼬박꼬박 참석한다는 것과 같은 소소한 일상을 알 정도로 말이다. 가벼운 농담과 유쾌한 입담이 어우러진 대화는 기분을 편안하게 만들었다. 걸음을 맞추는 사소한 것에서부터 세심한 배려를 아끼지 않는 그의 태도는 훌륭한 것이었다.

자신의 손을 잡은 것이 내가 할 수 있는 한 가장 훌륭한 선택이었음을 입증하려는 것처럼 그의 에스코트는 훌륭하다 못해 만족스럽기까지 했다. 하지만 그뿐이었다. 유쾌하게 웃고 있기는 하여도 시종일관 '이자가 내게서 뭘 하려는 거지?'와 같은 경계가 사라지지 않고 있었던 것이다.

과거의 경험이 내게 준 여러 가지 교훈 중 하나는 '운명적인 만남'은 없다는 거다. 특히 상대가 타인을 홀릴 정도로 매력적인 이라면 더욱더 그러했다. 사교계서의 '운명'이란 잘 조작된 계획이며 첫눈에 반했다는 건 이용할 가치가 있는 꼭두각시를 찾았다는 것과 동일한 의미였으니까 말이다. 그 때문에 주변의 이목으로 인해 어쩔 수 없이 그의 손을 잡기는 하였으나, 나는 비트라이스 테오도르가 보이는 선의가 그의 전부일 거라고 생각하지 않았다.

하지만 그는 레이디 룸이 있는 건물에 도달할 때까지 그 어떤 것도 내비치지 않았다. 우연한 장소에서 나를 만나 신사 된 도리로 에스코트한 것처럼 일정한 태도를 유지했으며 정중함을 유지했다. 이후 이별의 인사를 하겠다며 내 손등에 키스하는데, 반달처럼 사르르 접히는 눈이 무척 매력적이라 시선을 뗄 수 없었다. 주변에 서 있던 여인들 사이에서 앓는 소리가 우후죽순 튀어나온 것도 무리는 아니었다.

그래서일까? 나는 잠시 방심하고 있었다. 곧 있으면 그와 헤어져 레이디 룸에 들어가 쉴 수 있을 거라는 안일한 생각을 하고 있었기 때문이다. 그렇기에 그가 속삭이듯 중얼거린 말을 금세 캐치하지 못했던 우를 범하였다. 어리석게도 말이다!

"아, 그러고 보니 벤자민 슈아죌이라는 장인의 가구가 확실히 아름답기는 하더군요. 덕분에 개안을 하였습니다. 영애의 놀라운 안목에 찬사를 보냅니다. 그럼 편안히 쉬시길."

말을 마친 그는 우아한 동작으로 몸을 돌리더니 어디론가 홀연히 사라졌다. 나는 갑작스레 내던져진 뜻밖의 말에 정신을 차리지 못해 감히 그를 잡을 생각조차 하지 못하였다.

벤자민 슈아죌? 개안? 벤자민 슈아죌?! 붉은 새 공방의 벤자민 슈아죌? 아직 무명에 가까운 그 남자 말인가? 마담 드 샤토루가 아니었으면 이 세상에 나오지 못하였을 가구 장인? 잠시만, 그가 또 뭐라고 하였지? '덕분에'라고?

잠시 그의 말을 곱씹던 나는 내가 서 있는 장소가 박람회 근처의 레이디 룸이며, 이곳에 수많은 귀족 여인이 쉬고 있다는 사실도 잊어버린 채 무작정 내달렸다. 비트라이스 테오도르, 그가 사라진 방향을 향해서 말이다.

내가 벤자민 슈아쥘을 언급한 것은 마담 드 샤토루에게 보낸 편지에서뿐이다. 그 외에는 단 한 번도 벤자민 슈아쥘에 대해 언급한 적이 없었다.

……억측일까? 아니다. 비트라이스 그가 타인을 후원하는 것을 좋아한다 하였으니 우연한 기회에 그를 발굴한 것으로 생각할 수 있겠지만, 그는 분명 내게 '덕분에'라는 말을 내던졌다. 그러니 그 말인즉슨,

"샤토루에게 간 편지를 읽었다는 건가? 하지만 어떻게?"

나는 망연자실한 표정으로 사내가 사라진, 이제는 흔적조차 남지 않은 거리를 바라보았다. 동시에 몸을 엄습하는 두려움에 벌벌 떨며 입술을 깨물었다. 이런 말을 했다는 자체가 어떠한 '의도'가 있음을 나타내는 것인데, 나는 저의 본뜻을 감히 짐작조차 할 수 없었다. 되레 확신할 수 없는 억측으로 인해 머리가 다 어지러울 정도였다.

테오도르 비트라이스, 당신은 어떻게 그 편지를 읽은 거지? 그리고 그것을 내게 말하는 이유는? 무엇을 생각하고 있는 거야? 무엇을 계획하고 있는 거냐고!

순간 예전에 그와 나누었던 대화가 생각났다.

"스스로를 위험한 사람이라고 고백하시는 건가요?"

"만일 그렇다면, 잡은 이 손을 떨쳐 버리시겠습니까?"

"아뇨, 끌어당기겠어요. 위험 따위는 두려워하지 않으니까요. 내가 떨쳐 내는 건 내게 이득이 되지 않은 것들뿐이에요."

예상치 않은, 이전의 내가 겪어 보지 못했던 미래가 그 어두운 손을 내뻗으며 나를 붙잡으려 한다. 아니, 그 커다란 입을 짝 벌려 나를 한입에 삼키려고 하고 있었다. 그것은 정신이 아득할 정도로 지독한 공포였다.

"……스에. 시스에!"

낮지만 어딘가 짜증이 섞인 목소리가 날 일깨웠다. 상념은 사라지고 주변의 풍경이 눈 안에 들어오기 시작했다. 그것은 어둠 속에 빛이 닿는 것처럼 조금씩 선명해지고 있었다. 찰나의 순간, 겨우 제정신을 차린 나는 엄중한 표정으로 나를 바라보고 있는 마담 드 라발리에의 모습을 발견하고 마른침을 꿀꺽 삼켰다.

오, 세상에! 이런 무례를 저지를 수가 있다니. 내가 어떻게 돼도 한참은 된 것 같다. 그녀가 자리한 티타임에서 정신을 놓고 있다니. 미치지 않고서야 이런 멍청한 짓을 저지를 수 있나. 긴장으로 인해 짜르르 아파 오는 등줄기는 이미 식은땀으로 인해 흥건히 젖어 있었다.

"오늘 온종일 이상하구나. 넋을 잃고 다니다니. 몸이 좋지 않은 게냐? 하지만 이런 한심한 꼴이라니, 도저히 봐줄 수 없을 지경이야. 아픔으로 인한 가련한 모습도 레이디가 갖춰야 할 아름다움의 덕목 중 하나라 하지만 이렇게 볼썽사나운 표정으로 제정신을 차리지 못하는 건 호사가들의 입에 오르내릴 치부밖에 되지 않을 거다."

"귀중한 말씀, 가슴에 새겨 잊지 않도록 하겠습니다."

지나칠 정도로 공손한 내 말에 마담 드 라발리에의 표정이 겨우 가라앉는다. 하지만 못마땅한 건 여전한지 미간의 주름은 펴질 기미가 보이지 않고 있었다.

박람회장의 만남 이후로 나는 매우 바쁜 생활을 보냈다. 아니, 보내기 위해 애를 썼다. 쉴 새 없이 몸을 움직이며 생각을 하지 않으려 노력했다. 그렇지 않으면 미지의 두려움에 휩싸여 제정신을 유지하지 못할 것 같았다. 하지만 분하게도 비트라이스 영식의 마지막 말은 내 뇌리에 단단히 틀어박혀 도무지 빠질 생각을 하지 않고 있었다.

그것은 잠시의 여유가 생길라치면 고개를 들이 내밀고선 메아리처럼 울려 댔다. 하나의 단단한 목줄이 되어 내 목을 옥죘다. 과거의 어리석은 내가 다 그리워질 정도로.

그때의 나는 아둔했을지언정 겁쟁이처럼 굴지는 않았다. 내일 해가 뜰지 혹 비가 올지 모르지만, 그로 인해 그려질 비참한 미래를 상상하며 괴로워하지는 않았다. 대책 없이 용감했으며 까닭 없이 씩씩하였다. 분명 귀족 영애답지 않았지만, 있을지 모를—대단하거나 대단하지 않을—무언가를 두려워하며 넋을 빼놓지 않았다. 그러니 어찌 자책하지 않을 수가 있으랴. 이 멍청한 모습은 내가 꿈꾸는 시스가 아닐 터인데. 마담 라발리에가 기대하는 '교육받을 만한 짐승'도 아니고.

"오늘은 여기까지 해야겠구나."

결국 못마땅한 표정으로 낮게 혀를 차며 책을 덮는 라발리에다. 그 사소한 동작에서 나에 대한 책망이 묻어 나오는 것은 물론이다.

나는 한숨을 삼키며 고개를 숙였다. 지금 우리는 녹음이 우거진 정원에 앉아 독서를 빙자한 휴식을 취하고 있는 중이다. 이는 마담의 권유로, 커다란 나무 아래 자리를 깔고 함께 모여 책을 읽는 건 귀족 여인들이 누리는 소소한 즐거움 중의 하나였다.

무성하게 드리운 나뭇가지 아래로 그림자가 짧게 드리워져 있으며, 주변에 자잘하게 심어진 아름다운 꽃들은 바람에 흔들릴 때마다 진한 향기를 내뿜는다. 그 속에 자리한 건, 책을 읽고 있는 여인들이다. 개중 나이 든 여인은 이 시간을 통해 자신의 연륜과 학식을 자랑하고, 소녀들은 그의 말에 경청하며 앞으로 자신이 만나게 될 세상을 간접적으로 경험한다. 그야말로 마담 드 라발리에의 구미에 걸맞은 취향이지 않은가?

오늘 내가 라발리에와 함께 자리한 것도 이러한 작은 오락을 즐기기 위함이었다. 마담 드 라발리에는 책을 무척 좋아했다. 특히 여인의 목을 통해 흘러나오는―글자를 읽을 때 들을 수 있는―단어가 주는 그 매끄러운 울림을 사랑했다. 그녀만큼 책을 좋아하는 여인은 없을 것이다. 항간에는 마담 드 라발리에가 지니고 있는 서적이 왕궁의 도서관에 못지않을 거라는 소문이 돌기도 하였다. 마담이 젊은 예술가들을 후원하며 문인들에게 너그러운 태도를 보이는 것은 이러한 이유 때문이었다.

「지상에서 노래보다 더 아름다운 울림이라 할 수 있는 건 단언컨대 여인들이 책을 읽을 때 흘러나오는 목소리일 겁니다.」

마담 드 라발리에만큼 목소리와 발음에 민감한 여인은 없었다. 독서 또한 레이디라면 기본적으로 갖춰야 할 덕목이기 때문이다. 문장을 읽을 때 얼마만큼 발음이 매끄럽게 굴러가는지, 꺾인 정도는 적당한지, 속도와 높낮이의 균형은 훌륭한지 등등. 그녀는 책을 읽는 여인을 대할 때 위의 평가 요소에 따라 교양의 수준을 결정지었다.

그렇기에 마담이 내 몸에서 채 지워지지 않은, 뒷골목 시절의 잔재를 지워 버리기 위해 애를 쓴 건 당연한 일이었다. 그래서 나를 후원의 뜰로 데리고 와 두꺼운 책을 다 읽게 하였다. 당신이 고르는 대부분의 책이 외국의 문인이 쓴 시집이었다. 그것은 퍽 어려운 글자나 조금 발음하기 까다로운 고대어가 섞여 있어 종종 나를 당황하게 했다.

사실 내 발음과 억양은 꽤 괜찮은 편이었다. 아마 로에나와 비교해도 떨어지지 않을 것이다. 하지만 나에 관한 한 마담의 기준은 드높아, 나는 늘 그녀를 만족하게 하지 못했다. 단 한 번도. 나는 편견 때문이라고 생각했다. 그것이 그녀로 하여금 나를 몰아붙이게 만들고 있었다.

그래서일까? 당신은 내가 조금이라도 잘못 발음하거나 소리를 높일라치면 엄한 목소리로 사정없이 꾸짖었다. 그것은 깊은 반발을 불러올 정도로 매서워서 나의 인내심을—그것도 실금이 가 있어 금세라도 바스러질 것 같은 그것을—몇 번이고 깨부수곤 하였다. 덕분에 나 자신도 모르고 있었던, 더러운 뒷골목에서 맨발로 뛰어다니며 놀았던 어린 계집애의 잔상을 조금씩 지워 나갈 수 있었다. 라발리에는 좋은 스승은 아니었지만 뛰어난 교육자였다.

나와 라발리에가 자리에서 일어나자 주변에 시립하여 서 있던 하녀들이 주름이 진 치맛자락을 정리했다. 몇몇은 바닥에 깔린 자리를 접고 책을 들어 올렸다. 묵묵히 서서 그들의 시중을 받던 라발리에의 눈이 내 치맛자락을 정리하고 있는 하녀에게로 향했다. 정확하게 말하자면 살갗의 대부분을 무명천으로 감싸고 있는 기괴한 모습에 눈길이 간 것일 테다.

"레이디라면 늘 아름다운 모습만 보여야 한다. 시중을 들 하녀의 모습이 말끔해야 하는 것도 그러한 이유지."

"계단에서 미끄러지는 바람에 몸을 다친 거랍니다. 우려하시는 일로 인함은 아니니 언짢아하지 마세요. 그렇지 않니, 세릴?"

내 말에 정리를 다 마치고 뒤에 시립을 하던 하녀, 세릴이 고개를 들고 작은 목소리로 조용히 대답한다.

"네."

달아오른 눈가 사이로 겁에 질린 눈동자가 흔들리고 빨갛게 딱지가 앉은 입술은 희미한 경련으로 인해 파르르 떨리고 있다. 그것은 '체념'이라는 이름의 또 다른 모습이었다.

나는 고삐 매인 말처럼 고분고분해진 세릴의 모습에 흡족한 미소를 지었다. 그리고 무엇인가 가늠하려는 듯 나와 세릴을 번갈아 바라보는 라발리에에게 재빨리 말을 걸었다.

"다른 가르침은 없는지요?"

라발리에가 낮게 혀를 차며 몸을 돌렸다. 예리한 관찰력을 가진 그녀라면 내 말이 거짓임을 알아차렸겠지만 하녀의 일만큼은 그가 관여할 문제가 아닌지라 못마땅해도 넘기는 수밖에 없었을 게다.

"들어가 차를 마시자꾸나. 좋은 차가 들어왔다는 소리를 들었다. 어떤 차인지 시음해 봐야겠다."

"네."

나는 터져 나올 것 같은 실소를 삼키며 그녀의 뒤를 따랐다. 어쩐지 지금 이 시간만큼은 비트라이스 영식에 대한 일을 잊을 수 있을 것 같았다.

내가 마담 드 라발리에에게 가르침을 받으면서부터 비슈발츠가 하녀들의 경향이 미묘하게 변하기 시작했다. 특히 마고를 중심으로 한 무리의 태도가 퍽 우습게 되었다. 저들은 내가 라발리에에게 망신을 당할 거라 기대하고 있었는지 하루 대부분을 그녀와 함께 보내는 나의 모습에 당황한 것처럼 보였다. 이들의 동정을 살피던 마리의 말에 의하자면 마고는 나를 받아들인 라발리에의 태도에 매우 실망하고 있으며, 이번 박람회장을 통해 내가 데뷔 아닌 데뷔를 하여 화가 났다고 한다.

"그래서인지 제게 쏟아지는 눈총이 극심해 견딜 수가 없답니다. 어쩌면 좋을까요?"

나는 내 눈치를 살피며 작게 하소연을 하는 마리의 어깨를 부드럽게 어루만져 주었다. 그리고 보석함에서 작은 금반지 하나를 꺼내 그녀의 손에 쥐여 주며 말했다.

"이 저택에서 일하는 하녀 중 마고의 총애를 받는 이는 몇 되지 않을 거야. 그녀의 눈길에서 벗어난, 너와 같은 처지에 있는 아이들을 한데 모아주렴. 무슨 말인지 알겠니? 공통된 적이 있으니 친해지는 건 어렵지 않을 거란다."

마고도 사람일진대 저의 구미에 딱 맞는 이만 총애하지 않을 수 없을 것이다. 자연 그 아이들에게만 먹음직스러운 살코기를 나누어줄 테고,

이외의 사람들에게는 관심조차 주지 않았을 게다. 사실 그녀와 같은 위치에 있는 사람이 남의 이목을 신경 써 친절할 필요가 무어 있단 말인가? 로에나를 등에 업고 있으니 더욱 그럴 이유가 없었을 터였다.

내게 필요한 것은 이러한 자들이었다. 마고의 은총을 받지 못한 어린양들. 잔뜩 굶주렸기에 독이 바짝 오른 하이에나들. 살코기를 향해 게걸스레 달려드는 비천한 짐승들이 무척 절실했다. 지금의 나라면 언제든지 저들의 손을 붙잡아줄 수 있으니까. 이것은 모두 라발리에 하나 때문에. 그녀가 나를 가르치고 있다는 이유 하나 때문에 일어날 수 있는 일이었다.

마담 드 라발리에와 함께하기에 얻을 수 있는 이득은 상상을 초월했다. 비슈발츠가 안에서 내 입지가 차근차근 세워지고 있는 것은 물론, 라발리에와 연분을 가지고 있는 사교계의 인사들이 내게 관심을 보이고 있었다. 특히 귀족 사회에 영향력을 가지고 있는 자들이 나를 '시스에 드 비슈발츠'로 보고 있다는 것만큼 크나큰 성과는 없었다. 적어도 이들만큼은 나를 어머니의 딸이 아닌 비슈발츠가의 시스로 봐줄 것이 분명하기 때문이다.

과거의 나는 귀족들과 친분을 맺는 것이 상당히 어려웠다. 사교계만큼 소문에 민감한 자들이 없는지라 불행하게도 그들은 내가 데뷔를 하기도 전에 이미 나에 대한 편견을 가지고 있었다. 출신이 비천한 멍청한 계집. 놀리기 위해 다가가는 것 외에는 전혀 쓸모가 없는 여인. 저들이 하는 모든 조롱의 소재에 죄다 내가 들어갔다. 천사처럼 착한 아름다운 동생과 쓸데없이 화려하기만 한 못난 언니의 이야기는 모두의 흥미를 자아내기에 충분했으니까. 그녀를 향해 적의를 불태우는 모습 또한 말이다.

하지만 지금은 어떠한가? 비천한 신분 때문에 귀족 세계에 아는 이 하나 없는 내게 매사냥에 참석하지 않겠냐는 내용이 담긴 초대장이 도착하지 않았다. 편지의 겉면에 우아한 필체로 적힌 건 틀림없이 '시스에 드 비슈발츠', 나의 이름이다.

나는 떨리는 손길로 이름이 적힌 부분을 어루만졌다. 초대를 받지 못하였지만 매사냥이라는 게 궁금하여 로에나를 억지로 졸라 따라갔었던 과거의 기억이 새록새록 떠올라 실소가 터져 나올 것만 같았다. 나는 서랍을 열어 편지를 집어넣었다. 그리고 내 등 뒤에 시립해 있는 마리를 향해 상냥한 어조로 물었다.

"마리, 저택에서 관리하는 매가 어디에 있지?"

로에나는 매사냥을 좋아하지 않았다. 그래도 매번 초대에 응한 것은 제가 좋아하는 친구들이 영식들을 따라 사냥터에 놀러 가는 것을 좋아한 까닭이었다.

하긴 사냥터에 가서 하는 일이라곤 하인들이 땀을 뻘뻘 흘리며 세워 놓은 천막에 들어가 수다를 떠는 것밖에 없는데, 거기에 무슨 재미를 느끼겠는가? 코앞에서 맴도는 벌레에 놀라 소리를 지르지 않으면 다행일 테다.

간혹 마음이 있는 영식을 향해 응원의 말을 건네거나 용기를 내어 매를 날려 보기도 하는 영애가 있긴 하지만, 그것은 극히 일부에 불과했다. 사냥터에 와서 즐거워하는 건 하인들의 도움을 받아 매사냥을 하는 영식들뿐이었다.

그럼에도 많은 영애가―아직 사교계에 데뷔하지 못한 이가 대부분이다―매사냥에 나오는 건 화려한 구성을 자랑하는 참가자들 때문이었다. 오죽하면 '작은 사교계'라는 이름이 붙었을까? 특히 공작가의 영애가 매사냥에 즐겨 참여한다는 소문이 퍼진 이후로 이것에 대한 참여도가 높아졌다. 이 때문에 신분을 가려 초대장을 보낸다는 소리가 들리기도 했다.

로에나도 인기가 많았다. 그래서 그녀에게 늘 수많은 초대장이 배달

되었다. 그녀 자체의 명성도 명성이거니와, 비슈발츠가의 검이라 불리는 류스테윈 할버드를 보고 싶어 하는 영애가 많아서였다.

많은 레이디에게 있어 자신을 호위하는 기사만큼 자존심을 드높여 주는 요소가 없었다. 사실 모두가 탐내 하는 멋진 기사의 레이디가 자신이라는 설정만큼 매력적인 이야기가 또 어디 있겠냔 말이다. 류스테윈 할버드가 그랬다. 그는 청음의 기사라 불릴 정도의 뛰어난 실력과 여심을 뒤흔들 정도의 아름다운 외모를 가진 완벽한 사내였다. 정중하고 예의 바른 태도에 진중한 성격과 성품을 가졌으며, 학식 또한 남 못지않다. 그야말로 문무를 겸비한, 기사 중의 기사라고 할 수 있었다.

이런 남자가 호위를 맡아 맹수가 튀어나올지 모르는 숲속에서 자신들을 지켜 준다. 이보다 더 가슴이 두근거리는 이야기가 어디 있을까? 그렇기에 과거의 로에나가 매사냥에 참석하는 것을 더는 응하지 않자, 그를 보지 못한다는 아쉬움에 불평을 토하는 영애가 많았다.

양부는 내가 사냥터에 초대받았다는 사실을 무척 기꺼워했다. 그렇기에 이 나들이를 못마땅해하는 마담 드 라발리에의 충고를 듣지 않았다. 오히려 내가 사냥터에 즐겁게 다녀올 수 있도록 만반의 준비를 해 주었다. 개인 말은 물론이고 요즘 유행하는 승마복과 개인 기사 그리고 대동할 수 있는 하녀 두어 명 등, 모든 것이 로에나와 동일했다. 하지만 그녀의 기사는 류스테윈 할버드였다.

3장
사냥터, 그리고 아이린 드 디뷘젤

사냥터로 가는 길은 매우 험난했다. 전날에 온 비로 인하여 바닥이 질퍽였고, 길게 드리워진 나뭇가지와 얼굴 주변을 왱왱 맴도는 벌레들 때문에 앞으로 나아가기가 힘들었다. 습기가 가득 찬 공기에 땀이 주르륵 흘러내리는 것도 모두를 힘들게 하는 요소 중 하나였다. 대부분 영애가 더위로 벌겋게 달아오른 얼굴에 부채질하며 화를 참아내고 있었다.

"비슈발츠 영애는 의외로 말을 잘 타는군요."

맨 앞쪽에서 영애들을 이끌던 아이린 드 디뷘젤, 즉 디뷘젤 공작가의 공녀가 돌연 말의 걸음을 늦추더니 나와 속도를 맞추어 동행했다. 이까짓 더위는 아무렇지 않다는 듯 도도한 표정으로 전방을 주시하는 그녀의 얼굴은 조금 전 내게 말을 건 사람이라고 하기에 무리가 있었다.

나는 옅은 미소와 함께 대답했다.

"과찬의 말씀이셔요. 안색만 태연할 뿐이지 자칫 낙마라도 할까 두려운걸요. 아직 많이 부족하지요."

아이린 드 디뷘젤. 훗날 사교계의 작은 여왕이라 불리는 이 소녀는 태생적인 고귀함에 걸맞게 매우 오만하면서도 자기중심적인 성격을 가지고 있었다. 이는 마담 드 라발리에를 축소하여 놓은 것과 같다 할 수 있겠는데, 그녀는 귀족답지 않은 이를 경멸하였으며 신분에 따른 비천함을 조롱했다. 그리고 자신에게 이득이 된다 싶으면 뜻밖의 아량과 관대를 선보여 모두의 존경을 샀다.

과거의 아이린은 내게 말 한 번 건네는 법이 없었다. 그도 그럴 것이 그때의 나는 로에나를 졸라 사냥터에 따라온 철부지에 불과하여 상대할 가치조차 없는 상대였다. 하긴, 내가 그녀라도 할버드 경 주변을 맴도는 얼뜨기 소녀와 말을 섞고 싶진 않았을 것이다.

아이린 공녀가 내게 말을 건넨 것은 사교계에 데뷔한 지 반년이 지났을 즈음이었다. 이는 사교계에 드나드는 사람 중 로에나에게 반목하여 노골적인 적의를 보내는 건 내가 유일했기에 가능한 일이었다. 이유는 알 수 없지만, 아이린 드 디뷘젤은 로에나를 싫어하는 사람 중 하나였다. 그녀가 로에나를 향해 가끔 내보이는 차가운 눈빛은 제삼자가 보아도 매우 무안하리만치 서늘했다.

그래서일까? 직접 비난하지는 않지만, 나를 부추겨 로에나와 다투게 하거나 교묘한 어투로 말을 흘리는 것과 같은 '수작'을 부리는 게 종종 있었다. 현재의 그녀가 내게 무심한 어조로 말을 건네는 까닭도 위와 같은 이유 때문일 것이다. 과거의 나보다 지금의 내가 한층 더 쓸 만해 보일 테니까. 이는 마담 드 라발리에에게 배운 인사를 그들의 앞에서 완벽하게 선보였을 때부터 예상된 바였다.

"그렇네요. 마담께서 손수 가르치고 계신 영애가 승마 하나 제대로 하지 못한다면 퍽 우스울 일일 테지요. 비슈발츠 영애께서는 매우 겸손한 성품을 가지고 계시는군요. 그 행동이 진심이기를 바라요. 거짓된 겸손은 불행을 불러온답니다."

"예."

미리 언급을 준 것인지 모든 영애가 아이린과 내 곁에서 조금씩 물러나 있었다. 로에나의 친구들조차 멀찍이 떨어져 말을 타고 있는 참이었다. 그 때문에 그녀와 내가 나누고 있는 대화를 귀 기울여 들을 수 있는 사람은 아무도 없었다. 영식들은 길을 튼다는 명목으로 우리보다 조금 더 앞서가고 있으니까.

"사실 조금 걱정이 되는군요. 새로운 것을 배우는 것만큼 어려운 일이 없다는 걸 잘 알고 있기 때문이에요. 마담 드 라발리에께서 잘 가르쳐 주고 계시겠지만, 예법이나 지식의 외적인 부분은 또 다른 일이지요. 사람들은 거친 비바람에 의해 흠뻑 젖어 있는 꽃을 가리켜 가련한 아름다움을 지니고 있다 추켜세우는데, 나는 그 말에 동의하지 않아요. 그 가련함 뒤에 가려진 상처가 더 중요하다고 생각하기 때문이에요, 비슈발츠 영애."

"예."

"나는 영애의 용감함이 마음에 들어요. 나와 대화를 하는 것을 두려워하지 않는 대담함 또한 말이죠. 그렇기에 영애에게 작은 조언 하나를 해주고 싶군요."

"감사한 마음으로 듣겠습니다."

"천진한 사랑스러움은 모든 이를 매료하지만 때론 주변인들을 죽일 수 있는 독이 되기도 한답니다. 나는 영애가 비에 젖은 꽃처럼 가련한 아름다움을 뽐내기를 바라지 않아요. 무슨 말인지 알겠어요?"

"……예."

"좋아요."

말을 마친 아이린 공녀가 이제 더는 볼일은 없다는 듯 말의 고삐를 세게 움켜쥐며 속력을 올리기 시작했다.

그녀와 나 사이에 벌어지는 간격을 메운 것은 아이린 공녀를 추종하는 한 무리의 영애였다. 나는 무리에 둘러싸여, 이제는 잘 보이지도 않는 아이린 드 디뷘젤의 등을 조용히 응시했다. 돼먹지도 않은 수작을 부린 뒤 유유히 떠나가 버린 그 모습이 우스워 자꾸 웃음이 나왔다. 천진한 사랑스러움이 무서운 독이라는 건 그녀보다 내가 더 잘 알고 있었다. 그것도 몇백 배나 더 말이다! 그런데 이런 걸 충고랍시고 말하다니, 정말이지 고맙지 않은 참견이다.

하지만 지금의 나는 아이린 공녀를 처음 만난 '시스에 드 비슈발츠'로서 그녀의 충고에 감사하여 감격해야 할 의무가 있었다. 손수 이름을 적어 초대해 준 보답은 해야 하지 않은가. 그래서 나는 말을 재촉하여 아이린이 거느린 무리의 끝자락에 섰다. 그러자 내 앞에서 말을 타고 있던 영애가 고개를 돌려 나를 힐끗 쳐다보는데, 그의 입가에 걸린 미소로 나는 이 판단이 매우 정확했음을 알 수 있었다.

그렇게 조금 더 말을 타고 갔을까? 숲이 끝나고 색색의 천막이 세워진 너른 벌판이 보였다. 영식들은 이미 하인들의 준비를 받아 사냥할 준비를 끝마치고 있었다.

나는 기사의 도움을 받아 말에서 내렸다. 그리고 개중 가장 크게 세워진 천막으로 들어갔다. 안에는 여러 개의 의자가 놓여 있었는데, 구석에는 음식을 진열해 놓을 수 있는 기다란 탁자도 마련되어 있었다. 사람들은 아이린 드 디뷘젤이 중앙의 상석에 앉는 것을 시작으로 저마다 자신의 위치에 맞는 자리를 찾아 앉았다.

놀랍게도 내 의자는 로에나의 옆에 놓여 있었다. 그녀가 앉은 좌석이 디뷘젤에 가깝게 붙어 있다는 걸 고려할 때 파격에 가까운 자리 배치가 아닐 수 없었다. 돌아오기 전의 내가 무리의 가장 말석에 앉았던 것을 생각한다면 말이다.

사교계에선 모임의 우두머리를 중심으로 날개를 펼치듯 앉는다. 그리고 무리 중 높은 위치에 있는 사람들이 상석에 가깝게 앉는 것이 일반적이었다. 그러므로 오늘날의 예우는 나를 '비슈발츠가'의 사람으로 인정한다는 말과 다름없었다. 사람들은 내가 '그 위치에' 앉게 되었음에도 아무런 불평의 말을 내뱉지 않았다. 원래 그렇다는 것처럼.

이것은 모두 아이린이 나와 이야기를 나누었기에 가능한 일이었다. 아이린 드 디뷘젤이야말로 저들이 이해할 수 있는 '인정' 그 자체이기 때문이다.

친목을 위해 따라나선 길이긴 해도 막상 영애들이 사냥터에서 할 수 있는 일이라곤 거의 없었다. 꿀을 넣은 포도주를 마시며 다른 이에 대한 가십을 말하는 것이면 모를까. 아니면 함께 온 기사들에 대한 찬양의 말을 나누거나, 혹은 요즘 유행하는 드레스나 보석, 머리 장신구에 대해 이야기를 할 수 있을 것이다.

과연, 그들은 자리에 앉기가 무섭게 아이린 드 디뷘젤을 향해서 무섭게 재잘거리기 시작했다. 그 귀여운 소음 속에서 침묵하고 있는 건 나와 로에나, 그리고 그녀의 친구들뿐이었다.

사실 나는 이렇게 앉아 이야기하는 것보다는 바깥에 나가 영식들이 매를 이용하여 토끼를 사냥하는 것을 보고 싶었다. 과거에는 할버드 경에 집중하느라 영식들이 사냥하는 것을 제대로 보지 못하였으니까. 그러나 내가 매를 보기 위해 자리에서 일어난다면 필시 꼬투리가 잡힐 게 분명할 테고, 이는 아이린 드 디뷘젤이 원하는 바가 아닐 것이다. 그래서 입술에 경련이 일 때까지 계속 미소를 지으며 저들의 말을 경청하는 수밖에 없었다.

"그러고 보니 비슈발츠 영애께서는 이런 곳이 처음이실 테지요. 그런데도 불구하고 훌륭한 모습을 보이셔서 매우 놀랐답니다."

"그건 모두 마담 드 라발리에께서 보여 주신 훌륭한 지도 덕분일 게 분명해요. 사실 전 비슈발츠 영애가 몹시 부럽답니다. 레이디 라발리에께 손수 지도를 받고 싶어 하는 영애가 얼마나 많은지 모르실 테지요."

"예, 저도 매우 감사히 여기고 있답니다."

갑자기 화제가 전환되며 모두의 시선이 내게로 향했다. 남작가의 여식이었던가? 대화의 흐름을 바꾸는 역할을 한두 번 해본 게 아닌 듯 생글생글 웃으며 말을 돌리는 모습이 혀를 내두를 정도로 자연스럽다. 백미는 그녀의 말을 받아 함께 대화를 이끌어 가는 다른 영애의 모습에 있었다.

"듣자 하니 이번 박람회에서도 마담 드 라발리에와 함께하셨다면서요? 그 모습이 어찌나 아름답던지 보는 이마다 칭찬이 자자하였다 하더군요. 그러고 보면 사교계에 데뷔하지 않은 영애와 동행하는 것을 즐기지 않는 레이디 라발리에신데요. 비슈발츠 영애는 조금 특별한가 봐요?"

"그건 로에나 영애도 겪어 보지 못한 일인걸요. 로에나 영애는 마담 드 라발리에와 박람회에 동행하여 오지만 안에서는 항상 따로 다니잖아요."

나는 당황한 듯 얼굴이 붉어지는 로에나 대신 담담한 어조로 대답했다.

"견문을 넓히기 위해 참석한 박람회랍니다. 그러니 저와 함께하심이 당연하지요."

"어쩜, 겸손하기까지 하셔라."

"로에나 영애는 예법은 물론이고 다른 부분에서도 완벽하다고 알려진 분이니 비슈발츠의 영애의 말에도 일리가 있다고 봐요."

그러자 기다렸다는 듯 말을 툭 내뱉는 누군가가 있었다. 작은 속삭임에 불과했지만 타이밍 좋게도 이 말이 나온 찰나만큼은 모두가 침묵하고 있었던지라 그 어떤 소리보다 더 크게 들렸다.

"어머나, 그러겠네요. 완벽한 자매가 있다는 것만큼 두려운 일은 또 없겠어요. 비교되지 않을 수 없잖아요. 아니, 벌써 그러고 있고 말이에요."

나는 눈을 돌려 무리의 상석에 앉아 있는 아이린 드 디뷘젤을 바라보았다. 그녀는 로에나를 응시하고 있었는데, 차분하게 가라앉은 눈동자는 무엇을 생각하는지 모를 정도로 매우 깊어 보였다. 하지만 미미하게 들썩이는 입술과 무례한 말을 내뱉은 이를 찾아내지 않고 묵인하는 그의 행동은 제가 이 상황을 얼마만큼 기꺼워하는지 알려 주고 있었다. 그러니 확신할 수밖에 없는 거다. 이전에 아이린 공녀를 둘러싸며 움직였을 때 이들 사이로 모종의 말이 오갔을 것이라고.

로에나는 창백하게 질린 얼굴로 눈물을 글썽였다. 동시에 대단한 모욕이라도 받은 듯 숨을 헐떡이기 시작했다. 그녀의 추종자가 위로의 말을 건네고 있음에도 제정신을 차리지 못할 만큼 퍽 당황스러워했다. 영민한 그녀인지라 저들이 무엇을 노리고 말하는 것인지 금세 알아차린 모양이었다. 이는 하녀가 가져온 포도주를 천천히 마시며 저들의 말을 가볍게 흘려 넘기는 나와 무척 대조적이었다.

안타깝게도 비슈발츠가의 천사는 노골적인 적의와 날 선 비아냥에 맞서 싸울 정도로 대범하지 못했다. 로에나는 여기에 앉아 있는 그 누구보다 사내들의 이상향에 가까운 소녀이지만, 사교계라는 전장에 나서기엔 너무나 우아하고 가녀렸다. 이런 식의 압박에 도무지 당해 낼 여력이 없는 것이다.

그래서일까? 로에나는 티타임에 초대받아 다녀올 때면 종종 마고의 품에 안겨 울곤 하였다. 불행하게도 이 가엾은 의붓동생은 자신을 추종하는 자들로 이뤄진 무리에 싸여 보호를 받기 전까지 사교계라는 승냥이 무리가 가장 좋아하는 먹잇감이었다. 그녀가 정신적인 대담함으로 무장하여 타인의 비난을 반박할 수 있게 된 것은 아주 먼 미래에나 가능한 일이었다.

추종자들을 제외한 다른 사람들은 모두 로에나의 눈물이 보이지 않는다는 것처럼 굴었다. 오히려 부채를 꺼내어 마치 자랑이라도 하듯 앞뒤로 천천히 흔들었다. 어쩌나 느리게 손목을 움직이는지 부챗살 위에 그려진 그림이 다 보이고도 남았다.

언뜻 보기엔 부채를 부치는 저들의 행위가 더위를 피하려는 의도로 보일 수 있을 것이다. 하지만 이것은 사악하고 간교한 혀를 감추기 위한 가림막에 불과할 뿐, 그 이상의 의미를 가지진 못했다. 사실 화려한 그림이 그려진 부챗살 너머로 선의를 가장한 졸렬한 조소가 감춰져 있을 거라고 그 누가 상상할 수 있겠는가?

잠시 후 영애들은 이것이 끝이 아니라는 것처럼 노골적이고 대담하게 입을 가렸다. 그러고는 자신들이 들은 소문을 이야기하기 시작했다. 그들이 꺼내는 대부분 말이 나와 로에나를 직접적으로 비교한 것으로 다소 노골적이다 싶은 것들도 있었다. 제아무리 우애 있는 자매라 할지라도 이야기를 듣고 난다면 서로를 향해 반목하여 다툴 것이 분명한 것들로만 말이다.

소문의 당사자들 앞에서 이렇게 가십을 떠들어 대는 건 상당히 무례하고 몰염치한 일이지만, 로에나는 저들을 막을 만큼 대담하거나 용기 있지 못했다. 그래서 계속 그네들의 수다를 계속 들을 수밖에 없었는데, 나는 그녀의 어깨를 감싼 친구들의 얼굴이 수치심으로 일그러지는 것을 보면서 조금 재미있다고 생각했다.

그렇게 한동안 신나게 떠들어 댔을까? 할 말이 다 끝난 것인지 이제야 교양과 예의를 차리겠다는 듯 자기변명을 하기 시작하는 그들이다.

"어머니께서 말씀하시길 사교계에서 이러한 소문들이 매우 크게 돌고 있다지 뭐예요. 안타까운 일이지요. 하지만 이런 가십에 귀를 기울일 줄 아는 것도 숙녀로서 해야 할 책무 중 하나라 하니 어쩌겠어요?"

"그럼요. 무엇보다 이 모든 건 그저 이야기일 따름인걸요. 아니, 지금에 와서 보니 그 소문이 얼마나 헛된 것인지 알겠어요. 이처럼 훌륭한 영애일 줄 미처 몰랐거든요. 괜찮으시죠, 비슈발츠 영애?"

"무엇을요?"

나는 눈매를 가늘게 좁히며 내 안색을 살피는 저들을 향해 부드러운 미소를 지었다.

"흔들리는 꽃만큼 어여쁜 것이 없다는 걸 잘 알고 있으니 염려 마세요. 저는 아무렇지 않답니다."

"어머나, 관대하기까지⋯⋯."

"아아, 이렇게 훌륭한 숙녀를 두고 그런 비열하기 짝이 없는 말을 하는 사람들이 있다니 정말 서글플 따름이에요."

영애들은 내가 자신들의 수작에 걸려들지 않자 애써 미소를 띠며 칭찬의 말을 건네었다. 자연 화살은 로에나에게 향했는데, 그녀는 계속 나와 시선을 마주치려고 노력하면서 안절부절못하고 있었다. 그 모습이 마치 애정을 잃을까 봐 걱정하는 아이처럼 보여 퍽 우스웠다.

"하지만 로에나 영애께서는 안색이 좋지 않으시군요."

"워낙 여리시잖아요. 매사냥보다 책을 더 좋아하시는 분이니 지금의 상황이 얼마나 곤욕스럽겠어요? 그럼에도 불구하고 계속 참석해 주시는 것에 감사할 따름이지요."

"하지만 조금 더 담담한 모습을 보여 주는 배려심이 필요하지 않을까요? 그저 소문에 불과한걸요. 모든 일이 꿀처럼 달 수는 없잖아요? 가끔 약처럼 쓴 이야기도 필요한 법이랍니다."

"옆에 계신 비슈발츠 영애는 의연한 모습을 보이고 계시지요. 오, 이 얼마나 숙녀다운지⋯⋯!"

"그럴 때는 꿀을 탄 포도주가 제격이지요."

아이린 드 디뵌젤이 말했다. 계속 상황을 관망하며 모른 척하고 있던 그녀가 자애로운 미소와 함께 다정한 어조로 로에나에게 포도주를 권하는 친절을 베풀었다.

"아니면 조금 쉬어야 할까요? 로에나 영애께서는 조금 더 강건해지셔야겠어요."

로에나가 옅은 미소를 지으며 입을 열었다. 그녀는 곧 쓰러질 것처럼 매우 힘겨워 보였다.

"걱정해 주셔서 감사합니다. 하지만 정말 아무렇지 않답니다."

"가엾은 분. 너무 마음에 담아 두지 말아요. 어차피 곧 사라질 이야기에 불과한 것이니까. 흘러가는 시간처럼 말이지요. 그렇지, 조금 쉬는 게 나을 것 같군요. 아니, 다 같이 쉬는 시간을 가져 볼까요?"

"어머, 그거 참 좋은 말씀이셔요."

"아이린 공녀는 늘 다정하시지요. 이런 사려 깊은 배려에 매번 감탄하게 된다니까요."

아이린 드 디뷘젤이 먼저 일어났고 그 뒤를 이어 그녀의 추종자들이 따라 일어났다. 무엇을 노리고 휴식 시간을 갖자고 이야기한 것인지 모르겠으나, 나를 지나쳐 가는 그녀의 얼굴이 영 나쁘지 않은 걸로 보아 심기가 불편해서 쉬자고 한 것은 아닌 모양이었다.

로에나는 자신을 걱정하는 친구들이 건네는 위로의 소리를 들으며 고개를 끄덕이고 있었다. 울음을 터뜨리지 않은 것이 용할 정도로 새파랗게 질린 얼굴이 볼만했다.

나는 그들을 한 번 힐끔 쳐다보고서 자리에서 일어났다. 멀리까지 나가지는 않겠지만, 이상하게도 이 주변을 둘러보며 그때의 별로 유쾌하지 않은 추억을 떠올리고 싶은 충동이 일었다.

바깥으로 나오니 마르지 않은 풀 냄새가 코끝을 간질였다. 사박거리는 소리가 즐거운 음악처럼 들렸다. 나는 잠시 멍하니 서서 전방을 응시했다.

지금은 로에나가 당했지만, 과거의 이때쯤 저들에게 무시를 당하여 울음을 터뜨린 건 바로 나였다. 오늘과 같은 공격에 입 한 번 벙긋거리지 못하고 수치심으로 가득한 시간을 겨우 버텼더랬다. 그러다 치밀어 오르는 울분을 참지 못하고 바깥으로 뛰어나갔었고 말이다. 그때의 내가 길이 아닌, 숲속을 향해 달려간 건 다분히 충동에 가까운 일이었다.

숲 밖으로 달려 나간다면 집으로 갈 수 있을 거라는 어리석은 생각을 해서였다. 그러면서 할버드 경이 나를 따라와 주었으면 좋겠다는 헛된 기대를 했더랬다.

그런데 그 간절한 바람이 통한 것인지, 나를 따라온 건 류스테윈 할버드였다. 그는 숲길을 따라 달려가는 내 모습을 놓치지 않았고, 재빠르게 거리를 좁혀 나갔다. 수풀을 뚫고서 천천히 다가오는 할버드 경의 모습에 내가 얼마나 안도하고 행복해했는지, 감히 상상조차 할 수 없을 것이다.

그러나 이러한 마음도 잠시, 곧 애참함이 밀려들었다. 엉망이 된 얼굴로 엉엉 울고 있는 내게 손수건을 건네면서도 그의 시선은 계속 로에나가 있는 천막을 주시하고 있었으니까. 즉, 의무감으로 인한 행동이었을 뿐 진실로 나를 걱정한 게 아니었다.

그 행동이 얼마나 끔찍한지 겪어 보지 않은 이는 아마 모를 것이다. 세상이 무너질 것 같은 참담함이 어떤 기분인지 알지 못할 테다. 그것은 허탈함과 허무함, 온갖 것의 억울함이 한데 뒤섞인 분노에 가까웠다. 자존심은 어디로 사라졌는지, 그저 발광에 가까운 악다구니만 치솟아 오르는 것이다. 그러니 미친 것처럼 괴성을 지르며 매달릴 수밖에 없었다. 비참함을 내보이며 애걸하는 거다. 가엾으리만치 처절하게.

"나를 걱정하긴 한 건가요? 그렇다면 왜 나를 바라보지 않는 거죠? 이럴 거면 왜 따라왔어요?"

지금 내가 숲속을 향해 걸어간다면, 당신은 나를 따라와 줄까? 멍청한 생각이다. 나는 한숨을 내쉬며 걸음을 옮겼다. 저 멀리서 매사냥을 하는 영식들의 웃음소리가 아스라이 울려 퍼지고 있었다.

이전에도 언급한 것이지만, 내가 사냥터에 참가한다고 했을 때 라발리에는 나를 향한 불편한 심기를 감추지 않았다. 그리고 나의 결정을 매우 못마땅해하며 말리려 했다. 하지만 안타깝게도 당신은 나라는 짐 승을 완벽하게 통제할 수 없었다. 로에나와 함께 참석하겠다는 나의 말에 몹시 흥분한 양부 때문이다.

마담 드 라발리에는 아직 나에 대한 믿음이 부족했다. 그녀는 자신이 동행하지 않은 외부 행사에서 내가 실수라도 할까 저어하는 모습이 있었다. 그녀는 내가 비슈발츠가의 이름을 더럽히지 않기를 진심으로 바랐다. 라발리에는 자신의 동생과 가문을 누구보다 아끼고 사랑하는 사람이었다.

"사교계의 노회한 자들보다 더 잔인할 수 있는 게 그네들이란다. 그들은 너를 조롱하고 비웃는 행동을 감수하여 기꺼이 할 것이다. 그래도 가겠느냐?"

라발리에의 말은 틀렸다. 영애들은 굶주린 사냥개처럼 아주 거칠고 사나웠지만 그뿐이었다. 그들의 이빨이 향한 건 내가 아니니까. 저들에게 있어 로에나보다 더 매력적인 사냥감은 없었다. 아마 로에나를 흔들기 위한 내 존재 가치가 충분히 입증되기 전까지 그들, 특히 아이린 공녀의 탐색은 끈질기고도 오래갈 것이다. 그리고 그것은 충분히 환영할 만한 일이었다.

조용히 숲길을 걷다 문득 하늘을 올려다보니 매로 보이는 새 그림자가 긴 호선을 그리며 날아다니는 것이 보였다. 아직 사냥이 한창인 듯했다.

이 시간이 끝나면 매들에게 먹이를 나눠 주는 시간을 가지게 될 터인데, 그 틈을 이용하여 매를 구경하든가 마음에 드는 상대와 이야기를 나누며 오붓한 시간을 보내는 영애가 많았다. 나 역시 그때 매를 구경할 참으로, 비슈발츠가 내에서 보았던 사냥매의 늠름한 자태를 생각하니 괜히 마음이 설레고 기분이 유쾌해지는 것만 같았다. 어쩌면 늘 씬하게 잘생긴 사냥개를 만져 볼 기회를 얻을 수도 있지 않을까?

매사냥이 요즘 영애들 사이에서 유행하는 유희라 하지만, 그것을 용 감하게 만질 수 있는 여인은 몇 되지 않는다. 그저 사냥터에서 즐기는 피크닉에 관심을 가지는 사람이 대부분이었다. 한적한 나무 그늘에 비 스듬히 앉아 다과를 나누어 먹는 것만큼 즐거운 일은 또 없기 때문이다.

오늘의 매사냥 역시 그렇게 될 가능성이 커 보였다. 하인과 하녀들 이 벌써 천막에서 조금 떨어진, 큰 나무가 서 있는 공터 위로 천과 식 기들을 나르며 작은 만찬을 준비하고 있었다. 그 규모가 제법 화려한 모양인지 옮기는 것들만 해도 수량이 제법이었다.

"이 부근은 위험한 곳이 많습니다. 산책하실 요량이시면 다른 곳을 걸어 다니시는 것이 좋을 것 같습니다."

언제부터 뒤따라 나온 것일까? 익숙한 목소리가 내 귀를 간질였다.

류스테원 할버드. 청음의 기사인 바로 그였다. 로에나의 곁에 있어 야 할 게 분명한 그인데 어째서 내 뒤에 서 있는 것일까? 과거의 그때 와 달리 지금의 나는 주변을 산책하고 있을 뿐인데…….

예상치 못한 일에 매우 놀란 나는 떨리는 목소리를 감추고자 애쓰며 작은 목소리로 겨우 물었다.

"제 호위는 다른 분이지 않나요? 어째서 경께서?"

"로에나 영애께서는 친우분과 함께 휴식을 취하고 계십니다. 베른 경께서 호위하고 계시니 염려 마십시오."

아마도 그는 휴식을 취하고 있는 로에나보다 이 주변을 서성이며 거 닐고 있는 내가 더 위험하다고 생각한 모양이다. 그래서 내 호위를 맡 아 사냥터까지 따라온 베른 경께 잠시 로에나를 맡아 둔 것일 테고.

충분히 일리가 있는 행동이며 비슈발츠가의 기사로서 당연히 보여야 할 모습이지만, 푸르게 빛나고 있는 그의 두 눈에 오롯이 나만 담겨 있다고 생각하니 어쩐지 부끄러웠다. 나와 함께 있음에도 시선은 로에나가 있는 곳을 향했던 지난날과 비교가 되어서인지 몰라도 더욱 그러했다.

사람의 마음이란 참 이상하다. 그가 건네준 손수건을 버리는 것으로 마음의 정리를 다했다고 생각하는데, 여전히 나는 그의 앞에서 어린애처럼 작아진다. 독이 바짝 오른 뱀은 어디로 사라지고 느른한 햇살에 기지개를 켜는 작은 고양이만 남아 있는 것이다. 사실 나는 마담 드 라 발리에게 예법이 아닌 무심함을 배웠어야 했다. 그도 아니면 마음의 한 조각을 냉정하게 잘라 버리는 방법을 배워야 했다. 그것도 아니면 나는, 나는…….

"걱정하지 않으셔도 된답니다."

떨리는 손끝을 뒤로 숨기며 침착하게 말을 꺼냈다. 그러면서 혹 목소리가 이상하게 떨리지는 않는지, 입술 끝에 걸린 미소 한 자락이 흉해 보이지는 않을지 걱정했다. 상대는 이런 내 모습에 관심이 없겠지만, 태연함을 가장하고 있는 나로선 당장 쓰러지지 않은 것이 용할 정도였다.

그래, 인정하자. 마음 한구석에 당신이 따라와 주기를 바라지 않은 것은 아니다. 어리석은 미련의 한 자락은 여전히 나를 옭아매고 있으니까. 그러나 더는 그에게 흔들릴 순 없는 노릇이다. 그래서 나는 다시 한번 이 어리석은 미련에 저항하기로 했다.

"이 산책이 다른 이에게 두려움을 맛보게 한다면, 저는 그렇게 하지 않을 거예요. 즉, 경께서 우려하시는 일은 일어나지 않을 거라는 소리랍니다. 그러니 이곳에 계시지 않으셔도 되어요. 서글프게 울고 있을 그녀가 걱정되지 않으신가요? 경께서는…….."

나는 오래 뛴 사람처럼 헐떡여지는 숨을 애써 참으며 침착하게 말을 이어 나갔다. 그것은 내가 할 수 있는 최대한의 용기를 짜낸 것이었다.

"로에나의 기사시잖아요."

그때였다. 갑자기 째어지는 비명과 함께 누군가의 고함이 들려왔다. 무심코 소리가 나는 방향으로 고개를 돌리는데, 나를 향해 매섭게 돌진하는 말 한 마리와 그것을 잡기 위해 뛰어오는 하인들의 모습이 한눈에 보인다. 저들은 나를 향해 무어라 소리 지르고 있었다.

피하세요?

하늘과 땅이 뒤바뀌는 것은 순식간이었다. 눈 깜빡할 순간 머리와 등, 허리에 통증이 일었고, 작은 먼지와 풀 조각들이 얼굴과 목을 간질였다.

나는 나를 짓누르는 탄탄한 무언가에 숨을 급하게 들이마시며 제대로 된 사고를 하려고 애를 썼다. 귀가 윙윙거리고 속이 메스꺼웠다.

눈을 두어 번 정도 깜빡이며 덜덜 떨리는 입술을 혀로 축이고 나서야 내가 어떤 상황에 놓여 있는지 깨달을 수 있었다. 목덜미를 간질이는 타인의 거친 숨결과 허리를 잡고 있는 억센 팔뚝, 그리고 함께 뒤엉켜 있는 다리까지 모르려야 모를 수 없는 상황이었다.

"하, 할버드 경?"

푸른 눈동자가 내 코앞까지 와 닿았다. 그는, 청음의 기사가 미간을 찌푸리며 내게 속삭이듯 말했다.

"이런 위험을 말씀드린 겁니다. 괜찮으십니까?"

이러한 상황에서도 그의 눈동자는 부실 정도로 아찔했다. 그의 어깨 너머로 비치는 푸른 하늘을 연상케 할 정도로 말이다. 할버드 경이 나를 구해 주었다는 환상적인 기분은 그리 오래가지 못했다. 그의 품에 안겨 있다는 것은 세상에 다시없을 황홀한 경험임이 분명하였지만, 기사의 배려심이 제공할 수 있는 시간적인 제한을 무시할 수는 없었다.

"세상에! 아가씨, 괜찮으세요?"

나는 마리의 도움을 받아 그의 품에서 빠져나왔다. 거친 풀밭을 뒹군 탓인지 팔뚝의 여기저기가 쓸려 따끔따끔했다. 그뿐만 아니라 머리와 허리에 미약한 통증마저 일었다. 속이 메스꺼워 안에 있는 것을 전부 다 게워 내고 싶었다. 그것이 침이 섞인 탁한 액체이든 그를 향한 감정의 찌꺼기든 말이다.

소란의 규모가 작지 않았던 탓인지 천막 안에서 휴식을 취하고 있던 영애들의 이목이 한데 몰렸다. 그들은 당장 호기심 어린 표정을 지으며 나에게 다가왔다. 이 소동이 재미있다고 생각한 모양인지 모두 가벼운 목소리로 재잘거리고 있었다.

"할버드 경은 정말로 용감하신 분이네요."

"세상에 어쩜 이런 일이 다 일어날 수 있지요?"

나는 그녀들 무리에 낀 로에나를 바라보았다. 그녀는 주변에 보는 눈이 없었더라면 필시 자신의 기사에게 달려가 상태를 물었을 게 분명한 표정으로 몹시 초조해하고 있었다. 나는 그것이 할버드 경이 상처를 입지 않았을까 걱정하고 있기 때문이라 생각했다.

다른 영애들이 다투어 찬양하고 있는 그의 용감함과 눈부신 기사도에 대한 찬사는 혹시 모를 부상에 대한 보상이라 하기엔 너무나 미약했다.

나는 그가―갑옷을 입고 있었지만―다쳤을까 덜컥 겁이 났다. 그러나 이 모든 것이 과거에 사로잡혔던 스스로의 어리석음 때문이라는 것을 알고 있었기에 차마 다가갈 수 없었다. 감사의 말을 전하는 것 또한 말이다. 그저 이대로 뒷걸음질 쳐 도망치고 싶다는 마음만 들 뿐이다. 할 수 있는 일이라곤 목석처럼 멍하니 서서 저들을 바라보는 것뿐이었는데, 이마저도 나를 향해 울부짖는 하인으로 인해 실패하고 말았다.

"죄송합니다. 용서해 주세요. 제발, 가엾게 여겨 주십시오."

그는 비슈발츠가에 속해 있는 하인에 의해 끌려왔다. 자신에게 다가올 미래를 예상한 모양인지 몹시 겁에 질려 있었다. 눈물에 젖어 있는 얼굴은 참담함으로 무너져 있었는데, 마치 사형을 언질받은 사형수의 얼굴처럼 보였다.

이 가엾은 자는 어린아이처럼 무기력해 보이면서 다 죽어 가는 노인처럼 눈빛이 푹 꺼져 있었다. 까맣게 그을린 얼굴에 식은땀이 비처럼 흘러내렸고, 껍질이 새하얗게 일어난 입술은 두려움으로 인해 경련이 일어나고 있었다.

"말이 벌레를 보고 놀란 것인지 몹시 흥분하여 제대로 고삐를 잡아당길 수 없었습니다. 그렇지 않았더라면 아가씨께 말이 달려가는 사고가 일어나지 않았을 것입니다. 부디 살려 주십시오. 용서해 주십시오."

예기치 않게 일어난 사고지만 말을 제대로 관리하지 못하였다는 것과 그것이 하필 내게로 돌진하였다는 점이 문제였다. 그 때문에 그가 다른 가문에 속한 하인이라는 사실은 아무런 걸림돌이 되지 못했다. 도리어 저의 주인인 영애가 수치스러움과 부끄러움에 목이 메어 고개를 숙여야 할 참이었다.

물론 사내는 가엾었고 충분히 동정받을 만했다. 그저 운명의 여신 앞에서 한없이 불운했을 뿐이다. 그러므로 내가 자비심을 베풀어 용서해 준다면 오늘 저녁에 술 한 잔 걸치며 '오늘은 정말 불운했어. 하지만 자비로우신 아가씨 덕분에 무사할 수 있었지. 정말 다행이야'라고 말할 수 있을 터였다. 이는 내가 얼마나 아량이 넓은지, 타인을 용서할 수 있는 자애를 가졌는지 모든 사람 앞에서 증명할 기회이기도 했다.

그러나 나는 그를, 이 가엾은 남자를 용서하고 싶지 않았다. 할버드 경에게 있을, 혹시 모를 부상을 생각한다면 어떤 벌을 내린다 하더라도 시원치 않을 테니까. 그러니 아량이니 자비니 다 무슨 상관이란 말인가!

문제는 들끓어 오르는 분노에도 불구하고 다른 영애들이 보고 있기에 최대한 이성적으로 행동해야 하는 이 상황이었다.

불행하게도 나는 비슈발츠가의 사람이 가지고 있는 고상하고 너그러운 기질을 부드럽게 표출해야 할 의무가 있었고, 마담 드 라발리에가 바라 마지않은 교육적 산물을 증명해야 했다. 즉, 태생적 한계를 벗어나지 못해 허둥대는 모습을 구경하기 위하여 목 놓아 기다리는 하이에나들의 기대감을 보기 좋게 걷어차 줄 필요가 있었다.

그러나 감히 단언컨대, 지위가 제공하는 위엄과 존경, 명예와 동경 따위는 슬픔과 분노 앞에서 바람에 흩날리는 모래처럼 덧없는 것이다. 그러므로 내가 가지고 있는 자그마한 동정과 귀족으로서의 품위 역시 이곳을 둘러싸고 있는 하이에나들의 비웃음 속에서 완벽하게 소멸할 터였다.

어쩌면 먼 훗날 오늘이 내 생애 가장 어리석었던 순간이었다며 크게 자책하는 시간을 가질지도 모른다. 하지만 지금 이 순간만큼은 타인의 입에서 쏟아져 나올 비난이 두렵거나 슬프지 않았다. 되레 놀라우리만치 냉정한 상태라 스스로가 섬뜩하다고 여길 정도였다. 할버드 경에 대한 나의 미련은 작은 조각 따위가 아니라 꺼낼 수 없이 심장에 깊이 새겨진 상처이니까.

나는 나를 부축하고 있는 마리의 손을 뿌리치며 용감하게 한걸음을 내디뎠다. 관대한 처분을 기다리며 머리를 깊이 조아리고 있는 이 불쌍한 사내에게 절망이라는 감정을 안겨 주기 위해서였다. 하지만 나보다 더 먼저 그 사내에게 다가선 이가 있었다. 그는 남자에게 다가가 다정하게 말하면서 자신이 가지고 있는 생생한 동정과 바람직한 호의를 모두에게 뽐내었다.

"물론이란다. 시스에는 음, 그래 아직 이런 상황에 익숙하지 않기 때문에 어떻게 해야 할지를 모르는 것 같구나. 하지만 분명히 너를 용서할 거야."

로에나의 말에 모든 영애가 나를 바라봤다. 그들의 얼굴에는 비웃음이 가득 걸려 있었다.

"비슈발츠 영애가 받는 교육 중 '용서하는 방법'에 대한 과목은 없었나 봐요?"

누군가의 조롱에 까르르 웃음이 터져 나왔다. 로에나는 빨갛게 달아오른 얼굴로 변명하듯 말했다.

"시스에를 모욕하지 말아요. 그녀는 아직 어려워하고 있을 뿐이에요. 그래서 내가 그녀에게 도움을 주는 것이구요. 그것이 여러분의 웃음을 자아낼 만한 일인가요? 아무도 시스에의 용기와 자비를 비웃을 순 없어요."

나는 도움을 준답시고 되레 나의 귀족적인 결함과 영애로서의 부족함을 공개하는 그녀의 태도에 진절머리가 났다. 로에나가 내뱉은 말은 그가 아닌 할버드 경이 해야 할 것이었다. 그런데 제가 무엇이라고 감히 용서를 운운하는가! 물론 내가 나섰더라면 이보다 더한 비웃음을 받았을 수 있었다. 방금 전 내가 하고자 마음먹었던 행동은 전혀 귀족답지 못한, 출신을 감출 수 없는 매우 천박하고 졸렬한 복수에 불과하니까.

하지만 그것은 나의 의지였다. 내가 스스로 감수하여 행동하리라 마음먹은 것이다. 그 어떤 불이익이 오더라도 기쁘게 받아들일 수 있을 만큼 말이다. 즉, 제멋대로 재단하여 나선 로에나와 전혀 다른 상황인 거다.

아아, 나는 과거에도 지금도 로에나만큼 배려 아닌 배려를 통해 상대를 죽이는 것에 탁월한 재주가 있는 사람을 보지 못했다. 혐오스러운 호의에 분노가 치밀어 오르고 있었다.

"비슈발츠 영애도 그렇게 생각하나요?"

아이린 공녀가 내게 물었다. 그녀는 무리 중 제일 이성적이면서 현명하게 판단하여 상황을 조절할 줄 알았다. 그것은 나에게 있어 정말 다행스러운 일이었다. 나는 그녀의 배려에 감사함을 표하며 입을 열었다.

"감사합니다, 디뷘젤 공녀. 제 의견을 물어봐 주셔서요. 우선 로에나에게 먼저 고맙다는 말을 하고 싶군요. 그녀가 보여 준 호의는 진실한 것이니까요. 그러니 도와줘서 고마워, 로에나. 하지만 나 혼자도 할 수 있는 일이었어. 물론 로에나의 말마따나 당황과 두려움으로 인해 아무 것도 하지 못한 건 맞아요. 사실 그 누가 달려드는 말 앞에 서 있었던 공포감을 이겨 낼 수 있을까요? 하지만 할버드 경께서 보여 주신 눈부신 용기와 진실 된 기사도를 생각한다면 마냥 두려움에 떨고 있을 수는 없는 노릇이지요. 그렇기에 정중하게 요청할 수 있는 거랍니다. 이 자에 대한 처벌은 주인 되신 영애에게 맡기는 것으로요. 만일 영애께서 저를, 비슈발츠가를 존중하여 주신다면 모든 것이 순리대로 흘러가겠지요."

아이린 공녀가 말했다.

"그대의 뜻대로 이루어질 거예요."

나는 조용히 고개를 숙이는 것으로 그녀의 호의에 답했다. 로에나는 내 대답에 매우 창백한 얼굴로 하인을 바라보았지만 그를 위해 반박하거나 끝까지 투쟁하여 싸워 주는 수고는 하지 않았다. 그녀의 자비는 개울보다 얕아 발끝만 살짝 적시고 마는 수준이었다. 그러니 이 얼마나 덧없는 일인지. 그렇기에 나는 비로소 로에나로 인해 희망 고문을 당한 하인에게 깊은 동정심을 가질 수 있었다.

류스테윈 할버드 경은 다른 하인이 불러온 의사에 의해 치료를 받았다. 그는 의사의 지시에 따라 팔을 움직이거나 고개를 돌려 보는 등 여러 가지 동작을 취했다. 하지만 시선은 나를 향해 있어 지속해서 눈을 마주칠 수밖에 없었는데, 나는 그것이 매우 부담스러워 어지럽다는 핑계를 대고 자리를 피했다.

마리는 그런 나를 걱정하면서 한편으론 짐을 꾸리기에 여념이 없었다. 아이린 공녀가 자택으로 돌아가 휴식을 취하는 것이 낫겠다 말했기 때문이다.

우리가 타고 갈 말이 준비되었을 때, 저택으로 돌아가기 위한 모든 것이 완료되어 있었다. 나는 마리를 시켜 로에나의 준비가 끝났는지 살펴보도록 했다. 아이린 공녀는 마리가 나간 지 얼마 되지 않아 나를 찾아왔다. 기이하게도 그녀는 처음 봤을 때보다 조금 더 상냥해져 있었다.

"처음 온 사냥터에서 이런 불미스러운 일을 당하게 되어 유감이에요. 위로의 말을 드리고 싶군요."

"감사합니다."

나는 그녀가 왜 갑자기 이런 호의를 보내는지 몰랐으나, 말이 이어짐에 따라 금세 깨달을 수 있었다.

"사실 난 영애의 두려움을 이겨 내는 용감함과 상황을 정확하게 파악하는 현명함과 그 누구보다 귀족스러운 태도에 감동했어요. 이건 진심이랍니다. 나는 어릴 적 신분적인 위치에 따른 우아함과 책임감이 얼마나 아름답고 고상한지 배웠어요. 하지만 내 주변은 귀족답지 않은 사람들로 가득 찼고, 나는 그것에 적잖이 실망하고 분노할 수밖에 없었답니다. 하지만 영애는 달라요. 나는 그대에게서 그 어떤 흠도 잡을 수 없었어요. 오히려 내가 원했던 모습을 보여 주었지요. 영애는 참으로 상냥하고 진실한 사람이에요. 시스에라도 불러도 될까요?"

"영광입니다, 아이린 공녀."

내 대답이 만족스러운 것인지 아이린 공녀는 한층 더 부드러운 목소리로 속삭이듯 말한다.

"이전에도 말했지만 나는 시스에 그대가 진실로 흔들리지 않기를 바라요. 그러니 조금 전 보여 주었던 그 모습과 같은 우아함을 잃지 말아요. 그럼 나 역시 변하지 않을 거예요. 돌아가면 편지하겠어요. 시스에 그대가 답장을 보내 준다면 매우 기쁠 거예요."

4장
혼돈과 쟁취

비슈발츠가에 도착했을 때 나는 근심 어린 표정으로 나를 기다리고 있는 어머니를 만날 수 있었다. 어머니는 내가 말에서 내리기도 전에 나에게 달려와 상태를 살피기 시작했다.

"오, 얘야. 어디 다친 곳은 없니? 네게 무슨 일이 생긴다면 나는, 나는……."

"주치의가 살핀다면 금세 알아차릴 수 있을 것이오. 진정 좀 하지 그러오?"

양부가 어머니의 어깨를 감싸며 다정한 목소리로 말했다. 그녀는 몹시 창백한 얼굴을 하고 있었으며 매우 불안해 보였다.

나는 어머니의 손을 꼭 붙잡고 안심하라는 듯 '괜찮아요'라고 말했다. 등과 엉덩이 쪽이 욱신거리는 것으로 보아 멍이 들어 있을 게 분명했지만 언급하지 않았다. 모두를 위해서는 이게 더 나았다.

비슈발츠가의 주치의는 나이 많은 노인으로 행동이 굼떴으나 매우 친절했고 상처를 꼼꼼하게 살필 줄 아는 자였다. 그는 내 상처가 경미하지만 두통이 계속 있으면 다시 한번 진찰해 봐야겠다고 말하며 멍에 잘 드는 연고와 두통에 좋은 약차를 마리에게 주었다.

"할버드 경께서 정말 잘 대처하신 탓이지요. 이만하길 다행입니다."

"네, 깊이 감사하고 있답니다. 이제 할버드 경의 상태를 살피러 가시는 길이겠지요?"

내 말에 주치의가 빙그레 미소 지었다. 그는 모든 것을 이해한다는 듯 자애로운 표정을 지었는데, 한편으로는 조금 들떠 보이기도 했다. 그것은 마치 놀릴 거리를 목격한 사내애의 짓궂음처럼 보였다.

"무엇이 궁금하신 겁니까, 아가씨? 오, 그렇게 근심 어린 표정으로 저를 바라보지 않으셔도 됩니다. 할버드 경은 매우 용감한 기사이며 잘 단련된 사내이기도 하지요. 걱정하는 일은 없을 겁니다. 장담하지요."

'하지만 걱정이 되는걸요. 그를 진찰하고 난 다음에 상처가 어땠는지 이야기해 줄 수 있나요?'

이 말이 목 끝까지 차올랐지만 깊은 인내로 참았다. 나를 구해 준 할버드 경을 존경하는 모습을 보이는 것이 아가씨로서 선보일 수 있는 최대한의 미덕이겠으나, 그 이상은 허용되지 않는 게 현실이었다.

"그렇죠. 그럼 제가 더 할 수 있는 일은 없겠네요."

나의 말에 주치의가 의료 도구를 챙기며 아무렇지 않은 척 대답했다.

"그렇지만 할버드 경도 기뻐할 겁니다. 아가씨께서 걱정해 주었다는 것을 알게 되면 말입니다."

분명 주치의는 할버드 경을 진찰하면서 내가 그를 걱정하고 있다, 라는 말을 흘릴 게 틀림없었다. 그럼 그것으로 되지 않을까? 나는 한숨을 삼키며 마리의 도움을 받아 옷매무새를 가다듬었다. 방금 전 진료가 끝나면 자신의 방으로 찾아오라는 라발리에의 전언이 있었다. 이 늙은 여우는 당신의 말을 듣지 않은 나에게 매우 화가 나 있었는데, 진찰 후 몸을 추스르는 시간조차 주지 않은 것으로 보아 몹시 흥분한 듯했다.

"그래, 몸은 어떠하니?"

라발리에는 먼저 내 몸의 상태부터 물어보았다. 그녀는 차를 마시고 있었는데 그것은 당신의 미간 사이에 패이고 있는 깊은 주름을 감추기 위해 가장 효과적인 방법으로 보였다.

"걱정해 주셔서 감사합니다. 작은 상처가 있지만 금세 아물 것이고, 조금 쉬면 괜찮을 거라고 합니다."

"그럼 다행이로구나. 하지만 나는 네게 몹시 실망했단다. 알고 있느냐?"

나는 입을 다물고 라발리에의 말이 계속 이어지기를 기다렸다. 그녀 또한 내가 변명하리라 기대하지 않는 것 같았다.

"나는 네가 좀 더 자제력을 가지기를 바랐단다. 그동안의 너는 무척 고분고분하고 순종적인 아이었으니. 그러나 내가 잘못 판단한 것 같구나. 보아라. 너의 고집으로 인해 모두가 행복하지 못하게 되었어. 가문의 훌륭한 기사는 상처를 입었고, 너 역시 몸을 다쳤지. 뿐만이랴? 다른 이에게 걱정과 근심을 안겨 주지 않았느냐. 아, 이번 일로 인해 겉으로 드러난 미덕과 분별력을 믿으면 안 된다는 것을 깊이 깨닫게 되는구나. 네 방종을 어찌 다스려야 할지 모르겠다."

마담 드 라발리에는 최대한 자애로운 표정으로 이야기하려 애쓰는 모습이었다. 그녀는 자신의 지각과 레이디다움을 잃어버리지 않으려고 노력했으며, 스스로가 가진 특별한 우아함을 유지하고자 했다. 나는 이러한 모습이야말로 사교계가 그녀에게 각별한 존경과 애정을 보내는 이유라 생각했다.

"유혹을 뿌리치기 어려웠겠지. 처음 받아 보는 초대장에 얼마나 기뻤을지 짐작하지 못하는 바는 아니란다. 하지만 너는 아직 준비되어 있지 않은 상태이고 사교계에 대해서는 무지하기까지 하지 않니? 오, 그렇다고 해서 네가 가진 영민함을 부정하려는 건 아니란다. 하지만 보아라. 네가 얼마나 우습게 되었는지. 로에나가 얼마나 가슴 아파했는지도 생각해 보렴. 그 아이는 너를 많이 도와주지 못해서 슬펐다고 하더구나."

언제 라발리에를 찾아가 사냥터에 있었던 일들을 일러바친 것일까? 나는 신속하기까지 한 그녀의 행동에 놀라지 않을 수 없었다. 동시에 저들의 먹이가 된 건 내가 아니라 로에나라고 밝히고 싶었지만 은근한 기대를 내비치는 당신의 모습을 보니 차마 입을 열 수 없었다. 지금 라발리에가 바라고 있는 것은 당신의 말을 듣지 않은 어리석은 소녀의 절절한 후회였으니까. 그 때문에 반론의 여지가 충분히 있었고 수정해야 할 이야기가 많았으나, 나는 이 모든 것을 그대로 넘기리라 마음먹었다. 다 자라지 않은 이를 드러내는 것만큼 어리석은 일은 없었다.

"네가 이번 일로 많은 것을 경험하고 생각했으리라 믿는다. 그러므로 잠시의 자숙을 통해 네 어리석음을 돌이켜 보고 좀 더 마음을 가다듬는 시간을 가지는 게 좋겠구나."

각오했던 것과 달리 라발리에의 말은 조금 더 부드러웠고 회유에 가까웠다. 독설을 날릴 거라 생각했던 내 어리석음을 비웃기라도 하듯 꽤 포용적인 태도를 보이며 너그럽게 굴었다. 당신의 자제심은 내 생각보다 매우 깊은 모양이었다.

나는 이 바람직한 시간에 매우 만족해하며 그녀의 방을 빠져나왔다.

어머니는 내가 자숙의 시간을 가지게 된 것을 매우 못마땅해했다. 하지만 라발리에에게 당신의 마음을 표출할 정도로 용감하지 못했다. 대신 자주 내 방에 찾아와 이야기를 나누는 것으로 딸의 마음을 달래고자 했는데, 간혹 쓸데없는 이야기를 전해 주는 것이 있어 종종 나를 당혹하게 하였다.

"로에나는 네가 마음의 상처를 입지 않았을까 우려하고 있어. 한데 내게 너를 존중하지 않은 게 아니라 그저 도와주고 싶었다고 말하던데,

얘야, 이게 무슨 소리니? 나는 잘 모르겠구나."

나는 실소가 나올 것을 꾹 참고서 어머니의 말을 경청했다. 로에나가 진정으로 미안한 마음을 가지고 있었더라면 직접 찾아와 이야기하는 것이 옳았다. 하지만 그녀는 뒤로 숨는 것을 선택했고, 타인을 이용하여 자신의 사과를 받아들이게 하는 비겁함을 보이고 있었다.

나는 의아해하는 어머니의 손을 꼭 붙잡으며 다정한 목소리로 말했다.

"그럴 일이 있어요. 하지만 걱정하실 정도는 아니랍니다. 그러니 더는 마음 쓰지 마세요."

당신은 어떤 이유에서라도 로에나의 편을 들면 안 된다. 나는 벌써 그녀의 말을 내게 건네는 그녀의 태도가 걱정스러웠다. 어쩐지 불길했다.

※

자숙의 시간 동안 나는 정원을 산책하는 것을 작은 여흥으로 삼기로 마음먹었다. 보통의 사람이라면 방에 틀어박혀 조용한 시간을 보내겠지만, 자수를 놓거나 책을 읽는 것은 하루의 몇 시간이면 족했다.

정원사에 의해 정성스레 관리된 비슈발츠가의 정원은 널찍하고 경관이 좋아 걸어 다니기에 딱 좋았다. 곳곳에 심어진 꽃과 수목은 잘 다듬어져 퍽 아름다웠다. 주변에 세워진 장식품은 우아함이 넘쳐흘렀고, 주변과 잘 조화되어 있었다. 나는 길을 천천히 거닐며 꽃향기를 맡아 보거나 나뭇잎을 만져 보는 등의 여유를 즐겼다. 라발리에의 비위를 맞추기 위함이 아닌, 오롯이 경치를 감상하기 위한 산책은 벌이라기보다는 상에 가까웠다.

그렇게 얼마나 걸어 다녔을까? 문득 고개를 돌리다 바라본 곳에서 이쪽을 향해 걸어오는 할버드 경을 발견하곤 숨을 멈출 것처럼 놀라고 말았다. 정원 산책로는 수풀로 뒤덮여 있지만 시야를 가릴 정도는 아니어서 누가 다가오는지 정도는 쉽게 알아차릴 수 있는 구조로 되어 있었다.

하지만 나는 할버드 경이 다가오는 것을 전혀 몰랐고, 이로 인해 그를 피해 도망갈 시간을 잃어버렸다. 그저 얼어붙은 것처럼 할버드 경을 바라보고 있었는데, 그는 나와 시선을 마주하고서도 전혀 다른 길로 피해 갈 생각을 하지 않고 있었다.

할버드 경은 수풀의 지척에 다가와서야 걸음을 멈추었다. 정중하게 인사를 건네는 그의 모습에서 어떠한 불편함도 찾아볼 수 없었다.

나는 의례적인 답인사를 하는 것으로 할버드 경의 정중함을 흉내 냈고, 동시에 그가 빨리 나를 지나쳐 사라져 주기를 바랐다. 하지만 그는 그대로 지나갈 생각이 없었는지 계속 말을 이어 나갔다.

"걱정을 해주셨다고 들었습니다. 감사합니다."

"아뇨, 저야말로 미리 감사함을 전했어야 했는데 그러지 못했어요. 저의 무례를 탓하지 않으신 경의 너그러움에 다시 한번 감사드려요."

"아닙니다."

무거운 침묵이 흘렀다. 나는 로에나만큼 애교 있거나 상냥한 성품을 가지고 있지 못하므로 그에게 어떻게 말을 해야 할지 몰랐다. 과거의 나는 할버드 경과 정상적인 대화를 나눈 적이 없었다. 그저 미친 듯이 매달려 울면서 화를 내는 경우가 대부분이었는데, 그럴 때마다 이 상냥한 사내는 곤란하다는 듯 시선을 피하며 정중한 목소리로 나를 거부하는 말을 내뱉곤 하였다.

더욱이 현재 나는 자숙의 시간을 보내는 몸으로 여인이 가져야 할 조신함과 조숙함, 부끄럽지 않을 정도의 분별을 갖출 필요가 있었다. 그렇기에 예의에 어긋나지 않는 가벼운 묵례를 통해 그와의 시간을 단절하는 것이 최선이었다.

하지만 류스테윈 할버드, 청음의 기사의 말이 먼저였다.

"기억나십니까? 그때 아가씨께서 저에게 말씀하셨지요. 제가 로에나 아가씨의 기사라 말입니다. 그 말씀 부정하지 않겠습니다. 예, 저는 비슈발츠가의 검입니다."

갑자기 숨을 쉴 수 없었다. 사지가 빳빳하게 굳고 입술이 바짝바짝 마르는 것 같았다. 이후에 들려올 말이 두려워 귀를 막고 싶은 충동이 일었다. 하지만 그의 목소리는 번개처럼 재빨랐으며 천둥처럼 묵직했다.

"그러니 아가씨의 기사이기도 합니다."

그토록 원하였던 말이지만 이상하게도 기쁘지 않았다. 오히려 두려웠다. 맹수에게 쫓기는 사슴처럼 슬프고 무서웠다.

나는 세차게 뛰다 못해 헐떡여지기까지 하는 숨을 애써 참으며 할버드 경의 시선을 외면하고자 노력하였다.

나의 기사이기도 하다고? 과거의 나라면 기쁨을 이기지 못하고 그 자리에서 혼절하였을 것이다. 하지만 지금의 나는 '~이기도'라는 말의 의미가 전부를 뜻하는 것 아님을 알고 있었다. 이는 '선택'이라는 잔인한 운명을 야기하며, 결국 시스에 드 비슈발츠는 할버드 경의 인생에서 최선의 순위가 될 수 없음을 증명하는 것이었다.

과거의 나와 현재의 내가 동일하게 원했던 것은 '전부'다. 일부가 아닌, 모든 것. 먹이를 통째로 삼켜 소화하는 것이 뱀의 본분이지 않나. 한 번에 삼킬 수 없다면 받아들이지 않는 것이 낫다. 그러니 내가 어찌 그의 말에 기뻐하며 행복해할 수 있을까? 그럴듯한 말로 구슬려 말해도 진실은 감출 수 없는 법이다. 이것은 운명의 여신이 빚어낸 가장 참혹한 참사였다.

"경의 진술하신 태도에 존경의 마음을 보냅니다. 이번 일을 통하여 경께서 얼마나 비슈발츠가를 위하는지 알게 되었으니까요. 하지만 제게 그 마음을 드러내실 필요는 없어요. 진정은 눈에 보이지 않아도 저 하늘에 떠 있는 별처럼 언제나 밝게 빛나는 법이니까요."

처연함이 그의 발목을 붙잡을 수 있다면 나는 진작 그 어떤 영애보다 가녀려졌을 것이고 날마다 눈물을 흘리며 슬퍼했을 것이다. 우아함이 그를 매료시키는 마력을 가졌더라면 나는 손끝에까지 신경을 쓰며 누구보다 온화하게 미소 지으려고 노력했을 것이다.

하지만 할버드 경을 사로잡은 것은 태양처럼 찬란하게 빛나는 미소와 타고난 사랑스러움, 그리고 천사와 같은 마음이었다. 특히 사랑스럽다는 느낌은 상대적인 것으로 그가 로에나 드 비슈발츠에게 이러한 감정을 가진 거라면 재빨리 포기하는 게 나았다. 물론 앞으로 조금 더 아프고 괴롭겠지만 말이다.

"아가씨께서는……."

"할버드 경, 경께서 아시는지 모르겠지만 사람들의 눈과 입만큼 무섭고 두려운 것은 없답니다. 경께서 진정으로 저를 생각하여 주신다면 제가 이만 물러날 수 있게 해주시겠어요?"

과거의 어리석은 시스에가 나를 향해 소리를 질렀다.

'이 멍청아! 어째서 이런 기회를 걷어차 버리는 거야? 네 주제에 언제 또 이런 말을 들을 수 있을라고.'

현재의 내가 과거의 시스에에게 말했다.

'이런 말에 취해 행복해하기엔 우리는 너무 많은 것을 보고 듣고 겪지 않았니? 잊지 말렴. 전부가 아니면 아무것도 아니야. 우린 단 한 번도 그의 전부를 가져 본 적이 없었어.'

그래, 앞으로도 몇 번은 이렇게 되뇔 때가 있을 것이다. 로에나의 기사는 류스테윈 할버드, 그 사람이라고. 그리고 몇 번은 더 후회하며 가슴 아파하겠지. 다행히 지금의 나는 좀 더 신중하고 사려 깊으며 까닭 없이 남을 경계하는 마음이 있었다. 특히 의심은 그 누구보다 나의 진실한 벗으로 남게 될 것이 분명하였는데, 이는 과거의 참상을 반복하지 않기 위해 특별히 받아들인 습관이었다. 그러니 미련 없이 그를 떠나갈 수 있는 것이다. 바로 지금처럼 말이다.

　나는 할 말을 잃은 듯 침묵하는 그에게 다시 인사한 뒤, 천천히 걸음을 옮겼다. 등으로 저의 시선이 느껴졌지만 단 한 번도 뒤를 돌아보지 않았다. 이 이상의 미련은 가지지 않겠다는 듯, 매우 단호하게.

◉

　정원에서 할버드 경을 만난 이후로 나는 그 주변을 산책하는 것을 그만두고 독서를 하는 것으로 마음을 달래고자 했다. 가벼운 슈미즈 차림으로 의자에 앉아 차를 마시며 책을 읽는 것은 그리 나쁘지 않았다. 시간을 축내기에 딱 좋았다. 물론 피로함을 느껴 낮잠을 자거나 가벼운 간식을 먹는 등 여러 가지 활동을 병행하기도 하였지만, 대부분은 독서를 하는 것이었고 그도 안 되면 마리와 함께 자수를 연습했다. 그러다 이러한 활동에 질리면 마리가 아침 일찍 따온 꽃의 향기를 맡으며 그에 어울리는 드레스를 찾아보거나 향수를 뿌려 손과 발을 씻는 장난을 쳤다.

　나는 정원에서 있었던 일을 잊어버리는 것에 공을 들였고 그것은 거의 성공하는 것처럼 보였다. 그 때문에 이즈음에 도착한 아이린 공녀의 편지는 나를 기쁘게 만들기 충분했다. 자택으로 돌아간 그녀는 요즘 유행하고 있는 드레스와 구두를 그린 동판을 보내는 것으로 소녀적인 감성을 나와 함께 나누기를 원했다. 이제 곧 사교계에 데뷔하는 자신을 과시함과 동시에 그의 우아한 안목을 뽐내기 위해서였다. 이러한 교류를 통해 자신의 추종자를 늘리고자 하는 의도가 숨겨져 있기도 하고.

『친애하는 시스에 영애에게.

　조가비로 장식된 뷰로(면적이 편편한 책상) 앞에 서서 편지를 쓰는 나를 그대가 우습게 생각하지 않았으면 좋겠어요. 이 고아한 취향의 책상은 내 어머니의 안목으로 나를 종종 곤혹스럽게 만든답니다. 나는 좀 더 섬세하고 아름다운 가구를 좋아하거든요.

몸은 어떤가요? 비슈발츠가의 충성스러운 기사는 건강하신가요? 나는 아직도 그때의 일을 생각하면 조금 웃음이 나와요. 그대는 그대의 의붓동생보다 더 귀족답고 우아했어요. 침착한 어조로 모두의 예상을 뒤엎었던 그때의 모습은 눈이 부시다 못해 황홀하기까지 하였답니다. 그렇기에 그대에게 이렇게 편지를 쓰는 것을 매우 기쁘게 생각해요.

나는 곧 사교계에 데뷔할 거예요. 그래서 요즘 준비할 게 많답니다. 드레스와 양산, 구두와 보석에 이르기까지 아침마다 상인들이 집을 방문하며 저녁때까지 나를 지치게 해요. 독서를 할 시간도 없답니다. 악기를 연주하며 노래를 부르는 것 또한 허용되지 않지요. 리 드 허포(한쪽만 등받이가 되어 있는 소파) 위에 쓰러져 기절하지 않는 것이 용할 정도예요. 그저 금으로 된 우아한 자수 천과 꽃이 아름답게 영근 레이스, 섬세하게 기울어진 깃털 장식을 보며 견디고 있을 따름이랍니다. 요즘 유행하고 있는 드레스와 구두의 디자인을 그린 동판을 함께 보내요. 그대가 함께 즐겼으면 좋겠어요.

언젠가 다시 만날 날을 기대하며,

아이린 드 디뷔젤.」

마리는 아이린 공녀가 보낸 동판을 보며 황홀함이 섞인 비명을 내질렀다. 세릴 또한 동판을 힐긋힐긋 바라보며 동경이 가득한 시선을 내비쳤다. 공작저에서 보내온 디자인답게 납작한 판 속에 그려진 그림들은 곧 튀어나올 것처럼 무척 생동감 있었고 무어라 표현할 수 없는 화려함이 존재했다.

"아가씨도 사교계에 데뷔하실 때 이런 동판들을 보면서 드레스와 구두를 고르겠죠?"

마리는 천으로 은제 대야를 닦으면서도 들뜬 목소리를 감추지 못하였다. 그러는 그녀의 얼굴은 옅은 홍조로 붉게 달아올라 있었다. 실제로 이맘때의 나는 어머니를 졸라 디자이너를 불러 드레스를 마구 주문하곤 하였다. 하지만 대부분의 물건이 질이 낮은 상품으로 매우 볼품없었다. 내 안목이 처참할 정도로 나빴기 때문이다. 그럼에도 나의 옷들은 로에나가 걸친 것보다 가격이 배는 비쌌다. 귀족의 물건에 관한 한 눈먼 장님에 불과한 어머니와 나를 상인들이 마구 속여 먹었기 때문이다. 몇몇 하녀는 그런 상인들을 내게 소개해 줌으로써 그들에게 뒷돈을 받아먹는 앙큼한 짓을 저지르기도 했다.

어머니는 물건을 마구 사들이는 나를 타이르며 개인 교사를 붙여 주려고 노력했다. 하다못해 한 가지 악기라도 배울 것을 요구했다.

하지만 과거의 나에게 있어 귀족으로서 갖춰야 하는 품위나 의무 따위는 불필요한 것이었다. 그저 입에 들어가는 한 개의 초콜릿이나 한 잔의 와인, 달콤한 쿠키 따위가 더 중요했다. 몸에 감긴 천박함의 때를 벗긴커녕 분을 치덕치덕 바르는 것만으로도 소임을 다했다 여겼다. 로에나에 대한 열등감으로 불타오르기 전까지 매일 놀고먹었다.

어머니는 이런 내 태도에 실망스러워하며 종종 화를 냈다. 나는 그럴 때마다 발을 크게 구르거나 미친 것처럼 소리를 내질러 당신을 겁먹게 했다. 내게 있어 가장 필요한 것이 무엇인지도 몰랐으면서. 돌아온 지금에도 어머니는 내 배움이 다른 영애들에 비해 무척 늦은 만큼 더 많은 것을 익혀야 한다고 생각하고 있었다. 그래서 라발리에가 미처 신경 쓰지 못하고 있는 다른 외적인 부분을 찾아냄으로써 스스로의 가치를 증명하고자 했다.

나는 그것이 나쁜 일은 아니라 생각했기에 그저 관망했다. 만일 어머니가 비슈발츠가 저택 안으로 뒷골목의 창녀를 불러오는 대담한 짓을 저지르리라는 것을 알았더라면, 나는 간곡하게 만류하며 거절했을 것이다.

사실 저택 내에 창녀를 부르는 건 놀라운 일이 아니었다. 되레 보편적이라 할 수 있었다. 내 또래의 영애 중 창녀에게서 성교육을 받지 않은 이가 드물었다. 그러나 어머니는 적어도 마담 드 라발리에가 비슈발츠가를 떠난 시점에서 행동해야 했다. 저에게서 눈총을 받지 않기 위해서라도 말이다.

불행히도 어머니는 창녀를 내 침실로 불러들이는 만행을 저지르고야 말았다. 과도한 의욕이 이성적 사고를 이겨 내서였다. 덕분에 나는 기대하고 있었다는 듯 기묘한 미소를 지으며 요염하게 서 있는 '페리뉼'과 마주할 수 있었다.

"처음 뵈어요, 페리뉼이라 불러 주시면 되어요."

그녀의 입술은 여전히 새빨갰다. 힘껏 모아 올린 가슴은 옷자락을 빠져나오려는 것처럼 부풀어 있었다. 목덜미를 살짝 덮을 정도로 자연스럽게 흘러내린 머리카락은 뱀의 그것처럼 사이했으며 또한 시선을 뗄 수 없을 만큼 유혹적이기까지 했다. 검은색의 실크 드레스는 창녀가 입기에 매우 금욕적인 색이었지만, 그녀가 걸치니 세상에 다시없을 정도로 천박하고 음탕한 옷처럼 보였다.

"오, 많은 귀족 영애께서 이때쯤에 이르러 아주 은밀한 교육을 받곤 하시죠. 그리고 저는 그 방면에서 퍽 탁월한 재주를 가졌답니다. 그러니 결코 실망하지 않으실 거예요."

언젠간 창녀 혹은 늙은 하녀를 통해 성과 남자에 대해 교육을 받으리라는 것을 알고 있었다. 그것이 의무이기도 하고 말이다. 하지만 이토록 쉽게 페리뉼을 만날 수 있으리라곤 생각하지 못했다. 본래 나의 계획은 가문이 정해 준 창녀를 통해 교육을 받다가 그녀에게서 '페리뉼'을 알게 된 것처럼 그를 불러들이는 것이었다. 그렇기에 이런 식의 계획되지 않은 만남이 반갑거나 유쾌하지 않았다. 마담 라발리에가 보여 줄 진노를 생각한다면 더더욱 그러했다.

나는 떨떠름한 표정으로 소파에 앉았다. 흡족하다는 듯 웃고 있는 어머니의 얼굴을 보자니 무어라 말해야 할지 몰라서였다.

"그럼 시작해 볼까요?"

페리늉이 웃었다. 그러곤 턱을 들어 올린 채 엉덩이를 흔들어 가면서 한 발자국씩 걸어 나오기 시작했다. 자신을 주목하라는 것처럼 말이다.

나는 그녀의 얼굴에 떠오른 오만한 기색에 미간을 찌푸렸다. 처음 보았을 때 느낀 거지만 페리늉은 놀라울 정도로 자기 주제를 몰랐다. 그녀는 나를 마치 손님을 대하듯 바라보고 있었다. 자신의 손끝에 헤벌쭉 웃음 짓는 멍청한 남자로. 새의 깃털이 잔뜩 붙은 부채를 살랑이며 간간이 눈웃음을 치는 모습이 당돌하고 방자했다.

"마음의 준비가 되셨나요?"

그녀가 좀 더 가까이 다가왔다. 엉덩이를 살랑이며 걸어오는 게 마치 뱀이 미끄러지는 것처럼 부드러웠다. 페리늉은 새틴으로 장식된 긴의자에 다가가 꽃이 조각된 장식을 부드럽게 쓸어내리기 시작했다. 동시에 혀를 내밀어 입술을 날름 핥는데, 어디 하나 선정적이지 않은 데가 없었다. 그녀는 오만하면서도 천박했고, 천박하면서도 매우 야했다. 잘 교육된 창녀는 손짓 하나만으로 사내의 정욕을 불러일으킨다는데, 스스로 장담한 대로 그녀는 이 분야에 관한 한 가장 뛰어난 재능을 지닌 듯 것처럼 보였다.

사실 지금 나에게 페리늉의 행동과 교태, 그 위에 덧발라진 성적인 유혹이 필요한 건 맞다. 모두를 매혹시킬 수 있는 위험한 아름다움만큼 위력적인 무기는 없으니까 말이다. 하지만 그녀의 방문은 너무 일렀다. 아직 때가 아니었다. 그래서 나는 조금 새침한 어투로 페리늉에게 말했다.

"아니, 무슨 착오가 있었던 모양이야. 그러니 이만 돌아가는 게 낫겠어."

"어머, 참말이셔요? 하지만 다음은 어려우실 텐데요. 저와 같은 이는 이렇게 시간을 내는 것이 무척 힘듭니다. 워낙 찾는 분이 많으셔서요. 때문에 백작 부인의 부름이 아니었다면 이렇게 찾아오지 않았을 거예요. 영애께서 아직 준비되지 않으셨다면 제가 도와드릴 수도 있어요. 다시 말씀드리건대, 이 분야에서 저를 따라올 사람은 없답니다."

뱀의 속살거림이 이러할까. 그녀의 말은 사람을 혹하게 하는 데 탁월한 무언가가 있었다. 속삭이듯 흘러나오는 작은 목소리는 촉촉한 울림과 함께 내 귀를 매끄럽게 타고 흘렀다. 리 드 허포에 반쯤 기대어 느른한 웃음을 짓고 있는 페리뇰의 모습은 매혹 그 자체였다.

만일 내가 사내였더라면 더는 참지 못하고 그녀에게 달려들어 키스를 퍼부었겠지. 주제를 모르는 오만함도 저의 풍만한 육체 앞에서는 끝없는 사랑스러움에 불과할 테니까. 하지만 내게는 그녀의 매력이 통하지 않았다. 같은 성별을 가져서라기보다는, 이 건방진 창녀에 대한 까닭 모를 거부감이 차올랐기 때문이다.

"그대가 마담의 마음을 돌려놓는다면 허락하지."

"어머, 너무 어려운 문제로군요. 아아, 그럼 저는 이렇게 떠나야 하나요?"

페리뇰이 연극을 하는 듯 과장된 어조로 소리를 내지르며 고개를 숙였다. 그것은 희극의 한 장면을 보는 것처럼 매우 우스꽝스러웠다.

"또 모르지. 그대가 정숙한 차림으로 방문한다면 마담께서 허락하실지도."

"하지만 이 저택의 안주인은 백작 부인이시잖아요. 왜 마담 드 라발리에의 허락을 받아야 한다는 거죠?"

페리뇰이 이해가 안 된다는 듯 눈을 깜빡였다. 나는 그녀에게 다가갔다. 그리고 그녀의 어깨를 두들기며 말했다.

"그건 그대가 생각해야 할 문제야."

사실 그녀처럼 영민한―그때의 대화를 통해 나는 그녀가 꽤 영리하다고 생각했다―자가 내 말뜻을 이해하지 못할 리가 없었다. 시간을 끌어 약속된 보수를 받으려고 한 거면 또 모르지만. 그러나 이렇게 오래 있는 건 모두에게 있어 좋지 않은 일이다. 때문에 한시라도 빨리 페리눌을 내 방에서 내보내야 했다.

페리눌이 불만족스럽다는 듯 볼을 크게 부풀렸다. 의도적으로 하는 것인지 몰라도 그녀의 모든 행동은 사내의 감정을 이끌어 내려는 듯 무척 사랑스러웠으며 귀엽기까지 했다. 지금 보여 주는 표정 역시 손님에게 보여 주는 애교 중 하나일 것이다.

"어마, 매정하신 분. 좋아요. 오늘은 여기서 물러나도록 하지요. 대신 다음에 다시 한번 불러 주세요. 그럼 바쁘더라도 기쁜 마음으로 달려오겠어요."

다행히 그녀는 내 초조함을 이해했으며, 아름답게 퇴장해야 할 시기를 알고 있었다. 나는 내 뺨에 작은 키스를 날리며 눈웃음치는 페리눌에게 고개를 끄덕이는 것으로 답했다. 저의 무례를 너그럽게 넘기는 것이 이번뿐이라 생각하며 말이다.

페리눌이 저택을 빠져나간 지 한 시간도 되지 않아 어머니가 나를 찾아왔다. 나는 희게 질린 당신의 얼굴과 눈물로 젖은 뺨을 통해 어머니가 누구를 먼저 만나고 왔는지 예상할 수 있었다. 아마 마담 드 라발리에겠지. 그 냉철하기 짝이 없는 우아한 여인은 비슈발츠가에 창녀가 들어왔다는 사실을 견디지 못하고 어머니를 불러 마구 쏘아붙였을 것이다. 숨조차 쉬지 못하게 말이다. 커다란 모멸감과 함께 수치심을 맛보도록 몰아세웠을 게 분명하다. 날카로운 가시에 가까운 그녀의 독설을 생각한다면 어머니가 견뎌 냈어야 할 그 기나긴 시간이 안쓰럽지 않을 수 없었다.

"오, 시스. 나의 아가야."

어머니는 의자에 앉자마자 손수건을 꺼내 눈가를 토닥였다. 그리고 곧 푸념에 가까운 한탄을 내뱉기 시작했다. 마리가 따라 준 차에는 관심도 없다는 듯 당신의 입술은 끝없는 불만을 쏟아 내고 있었다.

"어미로서 너에게 신경을 쓰는 건 당연하지 않니? 다른 사람들도 네 나이 때 창녀를 불러 교육을 받는다 하는걸. 그런데 왜 이해를 해주지 않는 것인지 모르겠다. 얘, 너는 내 심정이 어떤지 모를 거야. 마음이 무참하게 찢기는 듯한 느낌을 알겠니? 나는 매우 수치스러웠어. 정말로 그랬단다."

"정숙한 분이니까요. 그러니 이해하지 못하셨을 거예요."

"하지만 얘야, 나는 백작 부인이란다. 비슈발츠가를 관리하는 건 이 어미야."

"하지만 열쇠는 받지 못하셨지요."

내 말에 어머니의 얼굴이 새빨갛게 달아올랐다. 나는 모르는 척 태연히 차를 마시며 말을 이어 나갔다.

"그것이야말로 백작 부인의 권위를 상징하는 거니까요. 암만 집안을 관리한다 하셔도 열쇠가 없는 한 세세한 것들은 모르실 거 아녜요? 집사가 목록을 작성하여 올리면 뭐 하나요. 아니면 계속 로에나와 함께 창고를 둘러보실 생각이셨어요?"

"그렇지만 그건 유품이기도 하고……."

"어머니."

나는 단호한 어조로 어머니를 불렀다. 그러자 눈에 띄게 움찔하며 내 눈치를 살폈다. 내가 이렇게 목소리를 낮추면 도저히 이길 수 없다는 것을 오랜 경험을 통해 알고 있기 때문이었다.

"이건 존중의 문제예요. 어머니를 비슈발츠가의 안주인이라 생각했다면 그러지 못했을 테니까요. 유품이라고요? 좋아요. 함부로 건네줄 수 없을 정도로 애틋하다는 걸 부인하지 않겠어요. 하지만 유품이기 이전에 비슈발츠가 저택의 살림을 좌지우지할 수 있는 열쇠인걸요. 저라면 슬픔을 딛고서 어머니께 열쇠를 건네 드릴 거예요. 가문보다 더 소중한 것은 없으니까. 제가 냉정한 건가요? 아니면 합리적으로 판단하고 있는 건가요?"

어머니는 상냥하고 다정한 사람이다. 나는 당신이 가진 겸허한 성품과 따뜻한 성미, 그리고 타인을 포용할 줄 아는 배려심을 사랑한다. 하지만 가끔 과거의 어머니가 그랬듯이 조금만 더 나 한정으로 독하게 변했으면 하고 바랄 때가 있었다. 로에나와 친밀하게 지내며 바람직한 모녀 관계를 유지하는 건 양부인 비슈발츠 백작에게만 좋은 일이니까.

그래서 나는 어머니가 로에나를 의심하고 끊임없이 미워하기를 바란다. 과거처럼 그녀를 학대했으면 좋겠다. 당신을 사랑하고 존경하지만, 가끔 이런 나약함이 슬플 때가 있었다. 뱀이 기묘한 웃음을 지으며 속살거린다. 스르르 스르르 쉭쉭. 마치 그것만이 모든 문제를 해결할 수 있는 마법의 힘인 것처럼 말이다.

"만일 어머니께서 비슈발츠가의 재산을 관리하는 그 열쇠를 가지게 된다면, 더는 아무도 어머니를 몰아붙일 수 없을 거예요. 진정한 안주인이니까요."

새빨간 혀가 날름대며 어머니의 귀를 현혹한다. 나는 그것이 페리뉼의 입술보다 더 붉게 칠해 있을 거라 생각했다.

식사 시간은 즐겁다. 깨끗하게 닦인 은제 식기, 주름 하나 없이 깨끗한 식탁보, 섬세한 세공 기법이 돋보이는 촛대까지, 잘 관리된 식탁의 정경은 우아하면서도 매혹적이다. 무엇보다 코끝을 간질이는 향긋한 빵 냄새와 달콤한 포도주의 감미로움, 잘 구워진 고기구이와 소금 간이 잘된 생선 요리까지 무엇 하나 먹음직스럽지 않은 것이 없었다. 특히 오렌지 향이 감도는 물로 손을 씻고 마른 천으로 물기를 제거하는 그 시간이 가장 좋았다. 물로 손을 씻는다는 것은 이제 곧 식사한다는 것을 알리는 행위로, 마치 수도승과 같은 경건함을 맛보게 하니까.

과거의 어린 나는 자주 허기졌다. 납작하게 마른 배는 시도 때도 없이 꼬르륵거리며 굶주림을 이야기했다. 하지만 어머니의 수입으로는 맛있고 영양가 높은 음식을 사 먹을 수 없었다. 거리에서 살던 당시 우리가 먹을 수 있는 음식이라곤 검게 타들어 간, 돌처럼 딱딱한 빵뿐이었다. 이로 사각사각 갈아 조각을 낸 다음 침으로 녹여야만 겨우 허기를 채울 수 있었던 그 빵은 맛이 무척 나빴다. 새해가 밝아 오는 정초에나 치즈 조각이 들어간 귀리 빵을 따끈한 야채 스튜와 함께 먹을 수 있었다.

물론 어떤 때는 운이 좋아 작은 고기 몇 점이 들어간 묽은 수프를 먹을 수 있었지만 그러한 경우는 일 년에 한두 번 될까 말까 할 정도였다. 어머니가 내어놓은 야채 수프는 당근 몇 조각이 물 위에 둥둥 떠 있는, 그저 흉내만 낸 맹물에 가까웠다.

고소한 치즈와 향이 좋은 포도주는 꿈도 못 꿨다. 오이, 꽃양배추, 껍질 콩, 셀러리와 같은 채소도 우리에게 있어 부유한 사람들이나 살 수 있는 야채였다. 향신료는 같은 무게의 은의 값어치만큼 취급되었고, 제철 과일은 귀족의 저택에만 들어가는 관상용에 가까워 감히 엄두조차 낼 수 없었다. 달걀을 먹는 것 역시 집 앞마당에 암탉을 기를 때나 가능한 일이었다.

그래서 나는 종종 가게에서 파는 푹신푹신한 빵을 바라보며 군침을 흘렸다. 가게에서 흘러나오는 향긋한 냄새는 참을 수 없는 유혹처럼 다가왔으니까. 단정한 차림새를 한 여인들이 가게에 들어가 빵을 고르고 값을 치르는 모습은 어린 내게 있어 꽤 동경에 가까웠다. 무언가를 망설임 없이 살 수 있는 그런 경제적인 안정감이 부러워서였다.

그래서일까? 예전의 시스에, 그러니까 제 분수를 모르고 어수룩한 멍청이처럼 마구 날뛰었던 가엾은 시스에는 먹는 것을 좋아했다. 음식에 사용되는 식기를 바꿔 쓰고, 혹은 제대로 사용하지 못해 바닥에 떨어뜨리는 일이 다반사였지만 그래도 늘 행복한 마음으로 내게 주어진 요리를 음미했다. 잘 구워진 꿩 요리, 메추라기찜, 소의 혓바닥으로 된 소금구이, 송아지 가슴살, 아몬드와 설탕, 그리고 달걀로 만든 마지팬까지……

먹는 것과 입는 것과 같은 본능적인 욕구에 충실했던 어리석은 소녀는 귀족들의 식사 시간이 무엇을 의미하는 것인지 전혀 몰랐다. 그저 맛있는 음식을 양껏 먹을 수 있어 좋다고 생각했을 뿐이다. 만일 할버드 경의 일만 아니었다면, 로에나에 대한 열등감에 불타오르지 않았더라면 나는 매일같이 먹었던 기름진 음식으로 인해 퍽 통통해졌을 것이다.

하지만 지금은 안다. 모두가 함께 모인 이 식사 시간이 얼마만큼 유용하게 쓰일 수 있는지를 말이다. 어머니는 나약한 분이지만 당신에게 어떠한 계기가 생기고, 그에 따른 의무감이 필요하다고 느꼈을 때 의외의 행동력을 보이는 사람이었다. 그것은 나와 관련된 일이거나 혹 당신에 대한 대우 문제였을 때 가장 잘 드러났다.

모두가 모인 식사 시간, 그러니까 마담 드 라발리에와 함께한 저녁은 평소보다 더 엄숙하고 조용했다. 그녀 앞에서 식기를 부딪치는 소리를 낼 만큼 간담이 큰 사람은 없었다. 간혹 음식을 덜 때 소리가 나긴 했지만, 거의 침묵에 가까웠고 음식물을 씹는 소리조차 매우 작게 들렸다. 로에나를 제외한 모두가 무표정한 얼굴로 고기를 자르고 있었다.

"누님."

양부의 부름에 라발리에가 고개를 돌렸다. 그녀의 미간은 작게 찌푸려져 있었고, 크게 뜨인 두 눈은 믿을 수 없다는 듯 흔들렸다. 양부가 식사 시간에 마담 드 라발리에를 부른 건 극히 드문 일로 그것은 파격에 가까웠다. 하지만 그녀를 바라보는 양부의 얼굴은 진지함으로 가득했다. 그는 무언가 단단히 결심한 듯 딱딱하게 굳은 표정을 하고 있었다.

"제가 누님을 얼마나 존경하는지 알고 있을 겁니다. 누님의 밝은 지성과 우아한 자태, 그리고 귀족다움을 잃지 않는 아름다운 행동은 타인의 귀감이 되곤 하니까요. 그것은 제 두 딸에게도 마찬가질 겁니다. 바라 마지않는 완벽한 우상이 있다는 건 즐거운 일이지요."

"내 얼굴에 금칠하려고 말을 꺼낸 거라면 조금 있다가 해도 되지 않겠니? 무얼 그리 성급하게 구는지 모르겠구나."

"모두가 있을 때 말해야 하는 것이기 때문입니다. 누님, 비슈발츠가의 가주는 바로 접니다. 그건 아시지요?"

"물론이다마다. 그건 지극히 당연한 사실이 아니더냐."

"그리고 내 아내는, 지금 제 옆에 앉아 있는 이 사랑스러운 여인은 비슈발츠가의 안주인입니다. 그것 또한 아시지요?"

라발리에가 냅킨을 들어 입을 닦았다. 더는 식사를 하지 않겠다는 뜻이었다. 그녀는 양부의 말에 대답하는 대신 포도주로 입술을 적셨다. 살짝 찌푸려진 미간은 그의 불편한 심기를 잘 나타내고 있었다.

나는 눈을 들어 어머니를 바라보았다. 어머니의 얼굴에는 두려움과 함께 이루 말할 수 없는 단단한 각오가 서려 있는 듯했다. 그것은 사랑스러운 여인의 일면에 깃들고 있는 귀족다운 자긍심이었다. 나는 어머니가 더 이상 물러서거나 방관하지 않고 자신에게 쏟아지는 불합리한 모든 것에 대해 대담하게 맞서리라는 것을 깨달았다. 그것은 매우 용감하며 지극히 숙녀다운 결정이었다.

마담 드 라발리에가 낮은 목소리로 쌀쌀맞게 말했다. 한기가 서려 있는 것처럼 차갑게 가라앉은 목소리는 모두를 위축되게 했다.

"여기서 할 이야기가 아닌 듯하구나."

"아니요. 여기서 해야 할 이야깁니다. 마땅히 그렇고말고요. 그러니 말이 끝나기 전까지 그 누구도 자리에서 일어날 수 없을 겁니다. 이건 누님에게도 해당하는 사항이지요."

"세상에 이럴 수가! 기가 다 막히는구나. 제국 위에 오롯이 서 계신 군주와 내 부군 외에 그 누구도 내게 이리 강압적으로 명령하지 못했다. 네가 나를 누님으로서 예우한다면 이리 나올 수는 없는 게다."

"하지만 저는 비슈발츠가의 백작입니다. 누님의 성이 라발리에로 바뀌었으나 우리가 피를 나눈 남매인 이상 제 의견을 존중하고 따르셔야합니다. 그리고 전 제 집을 올바르게 세울 의무가 있어요. 무엇보다 누님, 한 가지 알고 계셔야 할 것이 저는 누님을 단 한 번도 손님이라 여긴 적이 없다는 겁니다."

"좋아, 그래서 내게 하고 싶은 말이 무어냐."

양부가 단호한 어조로 선언하듯 말했다.

"제 아내이자 비슈발츠가의 안주인인 그녀를 존중해 주십시오. 저를, 아니, 비슈발츠가를 사랑하신다면 충분히 가능하리라 봅니다. 물론 적절한 충고가 어리석은 자를 깨우치고 방만한 자를 다시 태어나게 함을 모르는 바가 아닙니다. 하지만 그것은 모두 시기와 장소가 있는 법! 지혜로우신 누님이 모르지 않으시겠지요?"

라발리에의 얼굴은 새빨갛게 달아올라 곧 터질 것 같았다. 굳게 잠긴 입술과 빳빳하게 치켜진 턱이 수치와 분노로 인해 바르르 떨렸다. 그렇기에 식탁보 아래로 감춰진 그녀의 주먹에 퍼런 핏줄이 돋아 있음을 짐작하는 건 어렵지 않았다. 라발리에는 오늘 입고 있는 드레스가 실크로 만들어졌음에 감사해야 할 것이다. 그렇지 않았으면 드레스 자락에 흉한 주름을 남겨 모두의 웃음거리가 될 뻔했으니까.

"그건 네 아내인 백작 부인의 의견이더냐? 저치가 그리 말해달라 하없어?"

"아니요. 지극히 제 개인적인 의견입니다. 더 일찍 했어야 할 일인데 너무 늦은 것뿐이지요."

폭풍 전야가 이러할까, 아니면 일촉즉발의 상황이라 해야 할까? 라발리에는 가쁜 숨을 참으려는 듯 손을 가슴 위에 얹으며 입술만 실룩였다.

모두의 시선이 그녀에게로 향해 있었다. 양부는 불안한 기류가 흐르는 이 기분을 의연하게 견뎌 내려고 했고, 어머니는 몹시 겁에 질린 얼굴로 바들바들 떨고 있었으나 고개를 돌리지 않았다. 울상이 된 표정으로 눈치를 살피는 건 로에나뿐이었다. 나는 조용히 이 기분 좋은 긴장감을 즐겼다.

잠시의 침묵 후 라발리에가 입을 열었다. 얼굴은 여전히 노기로 인해 붉었지만 목소리만큼은 평소처럼 온화했다. 아니, 그러려고 노력하는 것처럼 보였다. 당신은 지금 양부와 대립하여 언성을 높이는 게 서로에게 있어 상처만 될 뿐이라고 생각하는 것 같았다.

"내가 백작 부인께 결례를 범했군요. 너그러운 마음으로 이해해 주었으면 좋겠어요. 어떤 오해를 샀는지 몰라도 결코 그럴 의도가 아니었음을 알아주세요. 그럴 수 있지요?"

마담 드 라발리에가 언제 어머니께 이리 공대하며 말했을까? 그녀가 보여 준 것은 그저 경멸과 혐오, 조소 섞인 냉대뿐이었으니. 엄밀히 말하자면 라발리에의 태도가 로에나에게 보여 주는 것처럼 그렇게 온화한 것은 아니었다. 겉보기에 불과한 허식일 뿐 그 이상도 이하도 되지 못했다. 하지만 양부나 어머니나 그 정도에서 크게 만족하는 듯했다. 특히 어머니가 그랬다. 당신은—비록 양부의 힘을 빌렸다 하더라도—모두의 앞에서 라발리에의 사과를 받은 것이 기뻐 눈물까지 글썽이고 있었다.

"오, 물론이지요. 물론이지요. 당연히 그럴 수 있답니다."

아아, 순진한 여인이여! 어째서 라발리에, 그의 눈에 서린 비참한 분노를 읽지 못하는 것일까.

나는 어머니의 태도에 참담함을 느꼈다. 라발리에를 더 밀어붙이지 못한 양부에게 실망했다. 나였으면, 나였더라면……!

사실 그와 대적하리라, 맞서리라 마음먹었더라면 좀 더 강하게 대응했어야 했다. 늑대처럼 강인하게, 여우처럼 민첩하게, 뱀처럼 간교하게 말이다. 그러므로 방금과 같은 태도는 시도하지 않는 것만 못했다. 아아, 양과 같은 순진한 반응만이 귀족으로서 보일 수 있는 우아한 대처가 아님을 왜 이들은 모르는 걸까?

무엇보다 마담 드 라발리에는 호락호락한 여인이 아니다. 이런 식의 모욕을 웃으며 감내하는 이가 아니라는 거다. 그런데 양부의 어설픈 대처가 되레 라발리에의 반감만 불러일으켰다. 자, 이는 무엇을 의미하는가?

"먼저 자리에서 일어나겠다. 몸이 좋지 않구나."

라발리에가 자리에서 일어났다. 더는 견딜 수 없다는 듯 말이다. 양부와 어머니는 그런 그녀를 잡지 못했다.

나 역시 더 이상 식사를 하고 싶은 마음이 나지 않았으므로 양해를 구하며 일어섰다. 그렇게 자리를 떠났을까? 뒤에서 나를 부르는 소리가 들린다. 로에나였다. 이렇게 나왔다는 건 조금 전의 일에 관해 이야기를 하고 싶다는 소리인가?

"시스에, 저어…… 나와 이야기할 수 있을까?"

불그스름하게 달아오른 뺨과 설렘으로 인해 반짝이는 눈동자. 수줍음으로 가득한 목소리는 새가 지저귀는 것처럼 영롱했다. 내가 가질 수 없었던 것들. 그러나 이제 곧 가질 것들.

나는 미소를 지으며 응답했다.

"물론이야."

로에나와 길게 이야기하고 싶지 않았으므로 나는 자리를 이동하자는 말을 하지 않았다. 그녀와 오랜 시간을 마주 앉아 이야기하는 것만큼 곤혹스러운 일은 없으니까. 무엇보다 조금 전까지만 하더라도 맛있는 음식을 먹었던 내가 아닌가. 역겨움을 이기지 못하고 게워 내기라도 한다면 대단한 망신살을 뻗치게 될 터였다.

기세 좋게 나를 부를 때는 언제고 막상 대화를 시작하려니 머뭇거리면서 내 눈치를 살피는 로에나다. 소리 없이 달싹이는 입술이 저의 고민을 말해주는 듯했다. 어머니와 라발리에에 대한 이야기를 하려고 한 게 아니었나? 나는 인내심을 가진 채 그녀가 입을 열어 말하기를 기다렸다.

잠시 후 로에나가 결심했다는 듯 고개를 크게 한 번 끄덕였다. 그리고 나를 바라보는데, 나는 그녀의 얼굴에 깃든 불안함과 그 이상의 무엇인가에 헛웃음이 터질 것만 같았다. 설마라는 생각이 들어서다.

"시스에, 미안해. 내게 실망 많이 했지?"

아아, 역시로구나. 결국, 그 이야기를 하러 온 거다.

그런데 왜 오늘일까? 하려면 그날 바로 했어야지. 라발리에와 어머니 뒤에 숨어 있었던 주제에 이제야 무얼 더 하겠다는 건지 모르겠다. 비위를 긁는 것도 아니고. 결국 그녀는 자기 좋을 대로만 행동하고 있었다. 나는 비틀어질 것 같은 입술에 가까스로 힘을 주었다. 그리고 짐작조차 하지 못하겠다는 듯 상냥하게 되물었다.

"무슨 말을 하는 거니? 내가 무엇을 실망했다는 거야?"

"내가 그때 네게 물어보지도 않고 하인을 용서해 주었던 일 말이야. 하지만 오해하지 말아줘. 그건 말이지, 네가 저번에 귀족들의 화법에 익숙하지 않다고 했기 때문에 도와주려는 거였어. 고모님께서 가르쳐 주시고 있지만 얼마 되지 않았잖니. 그래서 그랬단다."

"아, 그랬구나."

나는 방긋 웃었다. 그리고 손을 뻗어 로에나의 두 손을 마주 잡았다. 그렇지 않으면 그녀의 뺨을 내려칠 것 같았으니까. 본능에 의한 충동은 이렇게 무서운 법이다.

로에나는 내가 자신의 손을 잡아주자 매우 감격한 눈치였다. 불안해하던 얼굴은 어디로 사라졌는지 금세 방긋방긋 웃음 짓는 모습이 단순하다 못해 어리석어 보였다.

아, 그렇지 어리석게 보인다라. 내가 언제 그녀에게 어리석다는 표현을 해본 적이 있을까. 어쩐지 기분이 좋아질 것만 같다. 나는 부드러운 목소리로 사분사분하게 말했다.

"괜찮아. 날 생각해 줬다는 의미니까. 아무렇지 않았어."

"다행이야. 난 시스에가 내게 크게 실망했을까 봐 두려웠어."

"아냐. 로에나니까 괜찮은걸. 언제든지 말이야."

나는 로에나에게 그 어떠한 충고도 해줄 생각이 없이 그저 칭찬만 해줄 생각이었다. 설사 그녀가 잘못된 행동을 한다 해도 무시할 것이다. 이 모습 그대로만 유지하기를 바랄 뿐이니까. 남들의 눈에 이상하게 보이게끔, 의문이 들게끔 그래, 그렇게.

계기만 주어진다면 성장하여 날아오르는 것이 로에나임을 예전에 이미 겪지 않았는가. 그러므로 나는 로에나가 성장하지 않기를 간절히 원한다. 그저 마고의 품속에서 엉엉 우는 그런 어린아이로 남아 있기를 소망한다. 예법이나 상식과 같은 문제는 일차적인 것일 테니. 다만 대인 관계적인 무례함과 천진난만한 살의로 그녀의 숨통을 틀어막을 생각이었다. '로에나니까 괜찮다'라는 말을 기반 삼아서 말이다.

"이제 내 방으로 가도 될까? 조금 피곤해서."

내 말이 끝나기가 무섭게 로에나가 고개를 흔들며 조르듯 말했다. 그녀는 마주 잡은 손에 힘을 주며 내가 이곳에 좀 더 머물러 있기를 바랐다.

"시스에, 잠깐만. 조금만 더 시간을 내줘. 한 가지만 더 이야기하고 싶어."

또 무언가 남았나? 한숨이 터져 나올 것만 같았다.

"무엇을?"

"저어 그러니까, 나는 시스에에게 이렇게 말해주고 싶었어. 그때 그랬으면 안 되었다고 말이야."

"로에나, 잠깐, 지금 네가 하고 싶은 말이라는 게 조언이야?"

"으응."

로에나가 뺨을 발그레 물들이며 수줍게 고개를 끄덕였다. 상기된 얼굴은 묘한 즐거움으로 반짝반짝 빛나고 있었다. 그것은 무지한 이를 계몽하는 지식인에서만 볼 수 있는 저열한 우월감이었다. 그러니까 고작 이런 모습을 보이려고 날 붙잡은 거란 말이지?

순간 과거의 악몽이 되살아나고 있었다. 이 표정으로 인해 내가 얼마나 많이 무너졌고 또 무너졌던가.

나는 가빠 오는 숨을 가까스로 삼키며 로에나에게 물었다.

"혹시 내가 무슨 실수라도 한 거야? 어떤 것을? 아, 사냥터에서 남들의 이목을 생각해서 미처 말해주지 못한 게 있었구나. 정말이지 로에나는 참 상냥한 것 같아."

"아냐. 그저 나는 단지 시스에가 알아주었으면 하니까……."

"으응, 괜찮아. 호의에 감사할 뿐인걸. 그럼 즐거운 마음으로 경청할게. 말해줘. 내가 무엇을 알았으면 하는 거니?"

"사실은 말이지, 시스에는 너를 다치게 할 뻔했던 하인을 그렇게 보냈으면 안 되었어."

순간 실소가 터져 나올 것 같았지만 꾹 참았다. 그리고 기억이 나지 않는다는 듯 말을 느릿하게 내뱉었다.

"하인? 무슨 하인? 무슨…… 아아, 말 관리를 소홀히 한 탓에 나를 다치게 할 뻔했던 그 하인 말이야?"

"그래, 맞아. 시스에는 잘 모르겠지만 잘못을 한 하인을 주인에게 맡긴다는 건 정말 자비롭지 못한 일이야. 차라리 용서를 해주었어야 했어."

"어째서?"

"분명 그 사람은 돌아가서 엄청난 벌을 받았을 테니까. 백작가의 영애를 위험에 빠뜨린 것만큼의 중죄는 없으니 말이야. 분명 주인 된 영애는 자신의 명예를 위해서라도 그자를 처벌했겠지. 하지만 일부러 그런 건 아니잖아. 분명 실수였는걸. 시스에, 나는 실수한 아랫사람을 감싸 안는 것도 레이디로서 갖춰야 할 덕목이라 생각해."

로에나가 눈을 들어 나를 바라봤다. 그녀의 얼굴은 어느새 웃음이 사라지고 진지함만이 가득했다. 그것은 모두가 칭송해 마지않았던 로에나 드 비슈발츠, 특유의 선한 얼굴이었다.

"잘못할 때마다 처벌한다면 모두가 너를 싫어하게 될 거야. 감싸 안아줄 수 있는 부분은 최선을 다해 안아줘. 자비와 너그러움을 보여 줘. 나는 시스에가 그랬으면 좋겠어."

그래, 이게 너지. 모든 것을 포용할 수 있다는 것처럼 위선 떠는 이 모습이야말로 내가 증오해 마지않는 너, 로에나지.

나는 희극의 한 장면처럼 호들갑을 떨며 그녀의 가식을 칭찬했다.

"오, 그렇구나. 알려 줘서 고마워. 미처 생각지 못한 부분이었어. 그런데 한 가지 궁금한 점이 있는데 물어보아도 될까?"

"물론이야."

"일부러 그런 게 아니라는 점을 어떻게 판단할 수 있는 거야? 난 아직 잘 모르겠는걸."

모르다 뿐일까? 이해조차 하고 싶지 않다. 하지만 나는 그녀의 대답이 궁금했다. 저가 어떤 역겨운 말로 나를 웃길지 말이다.

"그건 말이지, 무척 간단해. 나쁜 마음을 먹고 행동할 사람이 있을리가 없잖아. 무엇보다 시스에 네가 상대의 양심과 선한 기질을 믿는다면 알 수 있을 거야."

더 이상 견딜 수 없었다. 이대로 있다가는 그녀의 몸을 밀치고서 크게 비웃음을 터뜨릴지 몰랐다. 상대의 양심과 선한 기질? 우습기 짝이 없는 말이다. 지금 네 앞에 서 있는 나만 하더라도 너에 대한 악의로 똘똘 뭉쳐 있는데, 감히 누가 누구에게 사람의 선함을 믿으라 한단 말인가! 아아, 로에나여! 로에나여! 너는 여전히 구제 불능이로구나.

"시스에?"

로에나가 내 이름을 조심스럽게 불렀다. 나는 부드러운 웃음과 함께 그녀에게 물었다.

"왜?"

"아니, 방금 무서운 표정을 한 것 같아서."

"설마, 잘못 본 거겠지."

"그렇겠지?"

나는 고개를 끄덕이며 힘주어 말했다.

"물론이지. 로에나, 조언을 해주어서 고마워. 거듭 말하지만 로에나가 있어서 정말 다행이야. 앞으로도 종종 이렇게 날 위해 조언을 해줘. 그럼 정말 기쁠 거야."

"물론 당연히 그래 줄게. 언제든지 가능한걸."

나는 고개를 숙여 그녀의 뺨에 키스했다. 그리고 부끄러움으로 달아오른 그녀의 귀에 속삭였다. 이것은 상냥함과 친절함으로 무장한, 모든 것을 용서해 주어야 한다는 너그러운 그녀에게 정말로 하고 싶었던 말이었다.

"그런데 로에나, 왜 내가 다친 것에 대해서는 궁금해하지 않는 거야?"

네가 그토록 말하고 있는 자비가 왜 내게는 보이지 않는 거니? 나는 궁금하다는 듯 로에나에게 물었다. 새파랗게 질린 얼굴로 나를 바라보는 그의 시선을 마음껏 음미하면서 말이다.

과거의 나는 곧잘 상상하곤 했었다. 로에나의 무너진 얼굴을 본다는 건 어떤 느낌일까 하고. 육체적인 고통이 아닌 정신적으로 망가져 버린, 형언할 수 없는 나락의 한끝에 깊숙이 발을 담근 자의 표정이 얼마나 황홀할지 궁금했었다. 하지만 내가 볼 수 있었던 것은 동정심으로 가득 찬, 나를 연민 어린 눈으로 바라보는 그의 간절한 시선뿐이었다.

그래서 지금 이 순간이 너무나도 기쁘다. 비슈발츠가의 천사라 불리는 그녀가 맹수의 아가리에 갇힌 어린 새처럼 파들파들 떠는 모습이 너무나 우스웠기 때문이다. 자신도 모르는 사이에 한 꺼풀 벗겨져 버린, 적나라한 내면의 육체가 드러났기에 보이는 원초적인 수치심이 말이다. 타인의 내면을 깊숙하게 관조하기에 맛볼 수 있는 저열한 즐거움이 여기에 있었다.

나는 로에나를 압박하듯 은근한 어조로 재촉하듯이 말했다.

"말해줘. 나를 생각한다면, 이렇게 달려와 조언을 해줄 정도로 친근하게 여기고 있다면 말이야."

이제 눈에 띌 정도로 바들바들 떠는 그녀다. 나는 로에나의 얼굴에 떠오른 혼란과 당황, 충격과 참담함이 고루 뒤섞인, 과거의 내가 그토록 보고파 했었던 내면의 고통이 고스란히 드러난 얼굴에 소리 내어 웃고 싶었지만 꾹 참았다. 수많은 시도에도 볼 수 없었던 이 표정이 고작 몇 마디의 말로 나오다니……. 그러니 과거의 시스에, 그 어리석기 짝이 없는 바보 같은 계집애가 그토록 불쌍하지 않을 수 없다는 거다. 이토록 간단한 일인 것을, 이리도 쉬운 일인 것을 왜 죽기 전의 나는 몰랐던 것일까?

"시, 시스에…… 나, 나는 그러니까 나는……."

"로에나, 너는 나에게 많은 것을 생각하게 하는구나. 그래, 너는 정말 모를 거야. 지난날 내 머릿속이 얼마나 복잡하게 뒤엉켜 있었는지. 풀리지 않은 미지의 문제를 탐구하는 것처럼 고통스러웠단다. 덕분에 고심이라는 단어의 의미를 정확하게 깨우칠 수 있었어. 그러니까 내게 해답을 내려 주겠어? 어리석은 의붓언니에게 조언을 해줄 정도로 다정하고 상냥하며 매우 똑똑한 로에나 아가씨."

나는 손을 뻗어 그녀의 뺨을 다정하게 어루만졌다. 이는 우애 좋은 자매가 함께 서 있는 것이라고 생각하기 딱 좋을 정도만큼 거짓된 자상함이었다. 흘러나올 말을 뒷받침해 주기 위한 연막이었다.

"아니면 내가 그 하인보다 값어치가 없나? 아니, 우리가 자매이긴 한 거니?"

혀가 날카로운 칼이 되어 그녀의 마음을 갈랐다. 이제 남은 건 로에나의 자기변명뿐이었다.

사실 과거의 나라면 지금쯤 흘러나오는 그녀의 눈물에 아무런 대응조차 하지 못한 채 멍청하게만 서 있었을 것이다. 눈물 하나로 피해자가 바뀌어버린 상황에 매우 놀라 이러지도 저러지도 못하고 있었을 테지. 하지만 지금의 나는 다르다. 어수룩하게 당하고만 있지는 않는다는 것이다.

나는 눈물이 그렁그렁 차오르는 그녀의 얼굴을 바라보며 빙그레 미소를 지었다. 천사라 불릴 정도로 청순하면서도 아름다운 로에나의 얼굴이 울음으로 인해 조금씩 일그러지는 모습은 어디에서나 흔히 볼 수 없는 진귀한 구경거리였다. 마음 같아서는 이 표정을 좀 더 즐기고 싶었지만, 내가 서 있는 복도는 남들의 이목을 집중시키기에 충분한 장소라 이 이상의 행위는 금물이었다.

그렇기에 그녀의 무기가 얼마나 날카로운지, 얼마만큼의 파급력이 있는지를 몸소 겪어 볼 필요가 없었다.

"쉬잇. 울고 싶은 건 나야, 로에나. 아니면 여기서 눈물을 터뜨려서 나를 더욱더 부끄럽게 만들겠다는 거니? 너무하잖아. 무엇을 노리지 않고서야 이렇게 쉽게 울음을 터뜨릴 리가 있겠니? 그렇지 않다면 그만 그쳐 주지 않을래?"

손가락으로 그녀의 촉촉한 눈가를 훑듯이 쓸어내렸다. 손끝에 와 닿는 타인의 눈물은 진흙과 같은 질감으로 질척였다. 차라리 진창에 손을 담그는 것이 더 나을 뻔하였다. 당황한 것처럼 깊게 일그러진 얼굴이 너무나 역겨워 속을 게워 내고 싶을 정도니 더 말해 무얼 하겠는가? 더 끔찍한 건 로에나에게 이 모든 사정을 이해시켜야 하는 지금의 나였다.

"내 마음속의 동정은 모두에게 열려 있지만 그게 납득이 갈 만한 상황에서만 일어나야 한다고 생각하고 있거든. 그러니까 쉬잇, 어서 날 이해시켜 줘."

나는 로에나에게서 한 걸음 물러났다. 그리고 단호한 어조로 선언하듯 말했다.

"무엇보다 나는 모든 일을 너그럽게 넘어갈 정도로 자애롭지 못한 성격이라서 말이야. 그러니까 조언도 상대를 가려서 해야 하는 게 아닐까? 아니면 이 정도의 일쯤은 대수롭지 않다는 건가?"

"시, 시스에."

"다가오지 마!"

"그게 아니야. 나는……."

허공에 떠 있는 손이 잘게 떨리고 있었다. 방향을 잡지 못해 애처로이 흔들리는 그것은 아마도 주인의 마음을 솔직하게 표현하고 있는 듯했다. 하지만 그게 다 뭐란 말인가? 그야말로 보여 주기 위한 행위에 불과할 뿐인데.

뱀이 쉭쉭거리며 몸속 깊숙한 곳에서부터 흘러나온 한 줌의 숨결을 상대에게 뿜어낸다. 가늘게 찢어진 눈은 앞으로 일어날 일에 대한 기대감으로 번들거리고 있었다.

"넌 정말 잔인하구나. 나에게 이런 말까지 하게 만들고. 로에나 너는 한순간에 나를 진창에 처박았어. 내가 그 하인보다 더 못한 신세라는 걸 모두에게 똑똑히 보여 줬단 말이야. 정말 상냥하기도 하지. 내가 할 용서를 대신해 주기도 하고. 그래, 이제 만족하니?"

"시스에, 제발. 그러지 마. 아니야. 정말 아니야."

"그럼 무엇인데? 아하? 용서의 말도 못 내뱉는 의붓언니를 향한 우월감의 표출인 건가?"

"시스에!"

"이것이 네가 말한 조언의 향방이라면 난 차라리 수치스러운 상태로 남아 있겠어."

나는 필사적으로 눈물을 참고 있는 로에나를 향해 웃으며 인사했다.

"수업은 이것으로 끝인가요, 로에나 선생님? 정말 유익한 시간이었어요."

아마 그녀가 나를 조금이라도 배려한다면 이 이상의 걸음을 잡는 무례를 행하지 않을 것이다. 다행히 로에나에게 어느 정도의 양심이 남아 있었고, 그녀는 눈물을 흘리지도 그렇다고 해서 그 이상의 감정을 보이는 것도 아닌 매우 어정쩡한 상태에서 나를 보내 주었다. 마주친 시선을 통해 세상을 다 잃은 듯 애처로운 표정을 짓고 있던 그녀지만, 아무런 감흥조차 들지 않는 게 사실이었다.

그렇게 그녀를 뒤로한 채 몇 걸음 걸어 나갔을까? 무례할 정도로 나를 빤히 바라보고 있는 마고가 보인다. 양부에 의해 자숙을 명받은 뒤 한동안 잠잠히 있더니만 다시금 기지개를 켠 모양이다. 아니, 그녀가 가만히 있었어도 그 밑의 아이들이 일벌처럼 바지런히 움직였을 테니 상황을 관조하기에 더 좋은 시간이었을지도 모른다.

"로에나 아가씨가……."

오랜만에 보았음에도 여전히 그녀는 내게 인사조차 건네지 않고 있었다. 그저 로에나의 안부만 챙길 뿐이다.

"아무런 말도 하지 말아요."

나는 그녀가 입을 채 다 열기도 전에 딱 잘라 말했다. 그리고 황당하다는 듯 얼굴을 일그러뜨리는 마고에게 물었다.

"마리의 고개가 빳빳한 이유가 어디에 있었나 싶었더니, 오오라, 그대를 보니 알겠네요. 인사하기 위해 목을 구부리면 다 삭은 목뼈가 똑하니 부러질까 봐 두려워서 그러는 건가요? 그래서 이리 빳빳하게 서 있나?"

"시스에 아가씨!"

"물러나요. 감히 어디라고 내 앞을 막는 거지? 하녀장이라는 위치에 있으면서 어디 본데없이 행동하냔 말이야. 수치스러운 줄 알아요."

로에나가 걱정이 되면 달려가 눈물이나 닦아줄 것이지 웬 시비냔 말이다. 징그러운 늙은이 같으니라고. 할 수만 있다면 저의 늙어 빠진 다리를 걷어차 넘어뜨리고 싶은 기분이다. 그러나 애써 꾹 참았다.

밀어 넘어뜨린다 해도 이처럼 편편한 복도는 아니었다. 경사가 진 계단이나 창문이면 또 모를까, 이곳은 너무 안전하고 남들의 눈에 띄었다. 그러니 다음으로 기회를 미룰 수밖에 없는 것이다. 대신 승리에 도취한 고양이처럼 턱을 추켜올리며 그녀의 곁을 지나갔다. 제가 어떤 기분으로 나를 바라보는지, 무엇을 생각하고 있는지 전혀 신경 쓰지 않는다는 것처럼 말이다.

방으로 돌아온 나는 그대로 리 드 허포에 비스듬히 기대어 누웠다. 그리고 두 하녀를 살펴보았는데, 세릴은 저녁 세안에 쓸 물을 물동이에 채워 넣고 있었고 마리는 화장수를 비롯한 여러 가지 백분을 정리하는 중이었다. 나는 잠깐 손끝으로 바닥에 깔린 카펫을 쓸다가 문득 고개를 들어 마리를 불렀다.

"마리."

"네, 아가씨."

"몰약과 장미수, 선인장 조각을 섞은 고약을 알고 있니?"

과거 이맘때쯤 새로운 고약과 화장법, 염색 방법이 나와 모두에게 화제가 되었더랬다. 비슈발츠가 정도라면 이 정도 소식쯤은 어느 정도 전달되어 하녀들 사이에서 교육이 시행되고 있을 터였다. 그래서 지나가듯 떠보았는데 마리는 전혀 모른다는 눈치였다.

"아니요, 처음 듣는데요."

"그래? 그럼 부채꽃과 수선화 뿌리를 말린 가루를 머리카락에 뿌리면 금발이 된다는 이야기는?"

"그런 말이 있었나요?"

나는 볼멘 목소리로 투덜거리듯 말했다.

"도대체 아는 게 뭐니?"

은주전자에 물을 붓던 세릴이 조심스럽게 입을 연다.

"저, 금발을 만드는 방법은 들어 본 적이 있어요. 요즘 아가씨들 사이에서 유행이래요."

나는 세릴에게 물었다.

"그 말을 어디에서 들었니?"

세릴이 조금 머뭇거리며 망설이다 말한다.

"로에나 아가씨를 모시는 애들에게서요."

나는 다시 마리에게로 눈을 돌렸다. 마리는 조금 충격을 받은 듯 창백한 얼굴로 서 있었는데, 덕분에 잇자국이 선연하게 난 입술이 매우 도드라져 보였다. 흔들리는 눈동자는 믿을 수 없다는 듯 그녀의 격한 감정을 반영하고 있었다. 나는 그런 그녀의 모습에 재미있다는 듯 조금 심술궂은 얼굴로 낮게 웃었다.

"오, 이 가엾은 것 같으니라고. 완전히 배척받고 있나 보구나. 이러한 기본적인 정보도 건네받지 못할 정도로 말이야."

"아, 아가씨 저는…… 그러니까 저는……."

"그래, 그래. 다 이해한단다. 이해하고말고. 얼마나 상심이 크겠니. 하지만 마리야."

나는 자리에서 일어났다. 그리고 얼어붙은 듯 서 있는 그녀에게 다가가 손을 붙잡고 다정스럽게 말했다.

"어쩌면 내가 도와줄 수 있을지도 모르겠구나. 어떻게 생각하니?"

장담하건대 어쩌면 아주 재미난 일이 일어날 수 있을지도 모르겠다. 생각한 대로만 이루어진다면 말이다.

나는 마리의 등 뒤에서 불안한 듯 눈만 데굴데굴 굴리는 세릴에게 미소를 지어 보았다. 이번 일에는 비단 마리만 필요한 게 아니라서 저 뒤에서 내 눈치를 살피는 세릴이 그토록 사랑스럽지 않을 수 없었다.

하녀들의 세계에서 마고는 위압적인 여왕이다. 그녀는 하녀장이라는 위치에 올라 그들의 교육을 도맡게 된 이후로부터 처벌의 수위를 강화하여 모두를 공포에 떨게 하였다. 이 깐깐하기 그지없는 늙은 여우는 제 구미에 맞지 않으면 가차 없이 벌을 내렸는데, 정작 자신이 귀애하는 하녀들에게는 매우 너그러운 모습을 보여 암암리에 빈축을 샀다. 그녀에게 잘 보이며 아부를 떠는 자들은 제법 편한 구역을 맡아 일하였지만, 그렇지 못한 사람들은 세탁실이나 부엌과 같은 곳에서 허드렛일을 도맡아 했다.

마리는 마고에게 귀여움을 받는 자는 아니었다. 그녀는 그저 마고가 예뻐하는 무리의 틈에 끼어 열심히 비위를 맞추었고, 그에 대한 보상으로 내게 배치되었을 뿐이다. 마리는 영리하지 않았지만 약은 수를 생각할 줄 아는 잔꾀와 그것을 실행할 수 있는 대범함이 있었다. 귀족들의 생리를 몰랐더라면 영락없이 당했을, 과거의 내게 시행했었던 그런 계략들 말이다.

마리는 하녀들의 실질적인 지배자나 다름없는 마고를 위해 충성을 다하고자 노력했고, 그것은 나에 대한 괴롭힘으로 이뤄졌다. 그 때문에 내가 그녀를 다스려 유리한 고지를 차지하지 않았더라면 마리는 여전히 예전의 그 모습 그대로 행동하며 오만방자하게 굴었을 것이다.

그러나 마리는 실패했고 그것은 고스란히 마고의 근신으로 이어졌다. 그녀를 따르는 무리에게 있어 이보다 충격적인 일은 없었다. 그렇기에 무리에선 간단한 일조차 제대로 해내지 못한 마리에 대한 적개심이 생겨났다. 더 나아가 그녀를 무시하고 따돌리게 되었다. 자신들의 세계에서 저를 영원히 추방한 것이다.

하녀들 사이에서 보이던 미묘한 기류, 자신을 향해 수군거리며 은근한 어조로 무시하는 등의 여러 가지 상황을 참아 내던 마리라 할지라도 '고립'의 상태만큼은 견딜 수 없었나 보다. 그녀는 세릴에게 전달되었던 정보들이 자신에게는 이어지지 않았다는 사실에 몹시 슬퍼했다. 그것은 갑작스레 '혼자'가 되어버린 현실에 대한 공포이며, 세릴과 자신을 차별하는 하녀들에 대한 분노였다.

"어쩌면……."

나는 혀로 입술을 축이며 속삭이듯 말했다. 동시에 위로라도 하듯 그녀를 부드럽게 토닥였다.

"질투일지도 몰라."

"질투요?"

마리의 뺨은 눈물로 인해 질척하게 젖어 있었다. 나는 그녀의 얼굴을 손수건으로 닦아주며 고개를 끄덕였다.

"요즘 내게 반지다 돈이다 여러 가지 용돈을 받고 있지 않니? 그걸로 다른 하녀들에게 선심을 쓰듯 흩뿌리니 질투를 하는 거야."

나는 마리에게 비슈발츠 저택에 산재해 있는 가엾은 어린양을 모으는 목동이 돼라 명령했다. 그리고 하루에도 몇 번씩 그 일에 대한 결과를 물어보았는데, 그녀는 내 잔소리가 무서워서라도 그 명령을 충실히 이행하는 중이었다.

처음에는 한두 명만 귀 기울이던 것이 이제는 제법 숫자가 불어나 '누구의 패'라 칭해도 좋을 만큼의 무리를 이루었다. 마고의 입장에서는 하녀들을 모으고 있는 마리가 고까워 보이지 않을 수 없었다. 출처를 알 수 없는 돈을 펑펑 쓰는 것도 의심스러웠을 테고. 어쩌면 그녀는 마리의 뒤에 내가 있을 거라 추측했을지도 모른다.

"하지만……."

"마리, 어떤 하녀가 갑자기 돈을 물 쓰듯이 쓰거나 아가씨께 받은 반지 등을 자랑한다면 어떤 기분이 들 것 같니?"

"부럽겠죠. 네, 그럴 것 같아요."

"그 아이가 다른 사람에게 돈을 아낌없이 쓰는데 너에게는 관심조차 보이지 않는구나. 너라면 어떨 것 같니?"

"화가 나겠죠. 속상하기도 할 거예요."

"한편으론 '나도 반지를 받고 싶어, 팔찌를 받고 싶어' 이런 생각을 하겠지. 곰곰이 생각해 보렴. 로에나를 모시는 하녀 중에서 그녀에게서 무언가를 받았다고 자랑을 한 아이가 있었니?"

내 말에 눈을 내리깔며 곰곰이 생각에 잠기는 마리다. 잠시 후 그녀는 고개를 내저으며 빙그레 웃었는데, 미소가 걸린 저의 얼굴에는 뿌듯한 자랑스러움과 우월감이 한데 뒤섞여 빛나고 있었다.

"맞아요. 아가씨 말이 맞는 것 같아요. 세상에, 어쩜 그렇게 못됐죠?"

"하지만 넌 그들과 다르지. 선하면서도 너그러운 성품을 지니고 있지 않니? 그러니까 충분히 자비를 베풀어줄 수 있을 거야."

"하지만 어떻게요?"

"오, 마리, 그건 무척 간단한 일이란다. 굶주린 사람들에게 맛있는 파이 하나를 던져 준다면 어떻게 될지 생각하면 돼. 힘이 센 누군가는 큰 조각을 먹을 테고, 상대적으로 힘이 약한 사람은 부스러기만 겨우 주워 먹을 테지. 너는 그 부스러기 먹는 사람을 포용하면 된단다."

지금껏 그 무리에 있어서 마고의 총애라는 파이의 부스러기 조각을 주워 먹는 사람은 마리였다. 그리고 그녀가 빠진 지금 그 자리를 누가 대체했을까? 마리보다 조금 나은 서열에 위치해 있지만, 같은 의미로 경시를 받았던 다른 하녀일 게다. 애정이란 항상 공평할 순 없는 노릇이므로 늘 상대적인 약자가 존재했다. 마리는 그 약자들을 보듬어주는 선구자가 될 터였다.

"잊지 말렴. 마고는 매우 늙고 노쇠하단다."

마리가 기쁘다는 듯 환하게 웃으며 힘차게 대답했다. 그러면서 세릴을 힐끔 쳐다보는데 그 짧은 시선 안에 우월감과 자랑스러움, 치기 어린 질투가 복잡하게 담겨 있어 조소가 터져 나올 것만 같았다.

말을 마친 나는 마리에게 잠자기 전에 얼굴에 바를 미용용 고약을 만들라고 지시했다. 장미수에 백분을 넣고 향료와 진주 가루를 뒤섞는 수고를 겸해야 만들어지는 이것은 걸쭉해져 잘 흘러내리지 않을 정도의 점성이 생길 때야 얼굴에 펴 바를 수 있었다. 영애들 사이에서 피부가 하얗게 정돈되는 효과가 있다고 알려져 지금은 자기 전 으레 사용하는 물건이었다.

그녀가 조금 불안한 표정으로 세릴을 바라보더니 마지못해 걸음을 옮겼다. 나는 뒤에서 공손히 서 있는 세릴을 온화한 목소리로 불렀다.

"세릴."

"네, 아가씨."

"내게 할 말이 있지 않니? 너는 마리와 달리 그들과도 곧잘 어울리는 것 같은데…… 내가 틀렸니?"

세릴이 고개를 모로 숙이며 시선을 피했다. 두려움으로 인해 축 늘어진 어깨가 가엾을 정도였다. 세릴은 지금 크나큰 갈등 속에서 헤매고 있었다. 마고냐 혹은 나, 시스에 비슈발츠냐 이 사이의 경계에서 말이다. 분명 쉽게 결정할 수 없을 것이다. 마고를 선택하자니 내가 준 고통이 생각나 두려울 테고, 나를 선택하자니 상냥한 로에나의 얼굴이 떠올라 괴로울 것이니까.

나는 느긋한 표정으로 세릴을 살피며 아무렇지 않은 척 여유를 부렸다. 아니, 실제로도 아무렇지 않았다. 애초부터 나는 세릴을 믿지 않았으니까.

그래, 믿을 수 없었다. 과거에 마지막까지 나를 조롱하며 깔깔대던 계집이 아니던가. 고작 몇 번의 순응으로 인해 저를 인정한다면 스스로가 바보임을 명시하는 것과 다름이 없었다. 다만 궁금했을 뿐이다. 내가 취한 일련의 행위들이 저에게 있어 어떠한 잔재로 자리매김했을지 말이다. 헤어 나올 수 없는 공포일까? 아니면 극복할 수 있는 상처일까? 그것도 아니라면 감정을 숨기고 때를 기다릴 만큼의 지독한 원망일까?

"저어, 그러니까…… 하녀장님께서 아가씨께서 이상한 행동을 하면 보고하라고 그러셨는데…… 신께 맹세코 아가씨에 대해 말을 한 적이 없어요. 정말이에요. 믿어주세요."

공포로구나. 두려움이었구나. 악의로 똘똘 뭉친 제 고집을 꺾을 만큼 내가 무서웠구나.

나는 결국 참지 못하고 깔깔깔 소리 내어 웃었다. 혹여 예전과 같은 처벌을 받을까 봐 필사적으로 변명하는 세릴의 모습은 처연한 애처로움이 묻어나 있었다.

곧 무릎을 꿇을 것처럼 몸을 엉거주춤 앞으로 숙인 채 두 손을 모아 싹싹 비는 그녀의 모습에서 이루 말할 수 없는 절박함이 새어 나왔다. 그 모습에 나는 확신할 수 있었다. 나는 저를, 세릴을, 나를 조롱하여 침을 뱉던 계집을 기어코 꺾고 말았다고.

결국 승리했다. 그래, 저 비루하기 짝이 없는 여자를 이 두 손에 움켜쥐게 된 것이다. 악을 품던 세릴이라 할지라도 결국 죽음의 공포 앞에선 무력했다. 빛만 조금 새어 들어오는 카프사 안은 그녀의 마음 안에 두려움이라는 글자를 깊게 새겨 넣을 만했다. 그리고 이는 언제까지나 지워지지 않은 상흔이 되어 그녀를 괴롭힐 터였다.

"이해한단다. 너로선 어쩔 수 없는 일이겠지. 사실 난 상관없어. 네가 무슨 말을 전하든지 말이야. 감춰야 할 게 무어 있다고. 하지만 그게 '마리'와 관련된 일이라면 달라지겠지."

"네, 네. 그, 그렇고말고요. 아가씨 말씀이 백 번, 천 번 옳아요. 전 아무것도 모르는걸요."

"하지만 조금 불공평한 것 같구나. 너도 그렇게 생각하지 않니?"

"네? 네. 맞아요. 불공평하죠."

"참으로 서글픈 일이야. 난 모두와 잘 지내고 싶은데 주변에서 날 가만히 놔두지 않아. 세릴, 가서 마고에게 전해 주지 않을래? 시스에 드비슈발츠, 이 멍청한 계집이 분수도 모른 채 로에나 아가씨를 질투하여 속상해하고 있다고 말이야. 미친 사람처럼 마구 날뛰고 있다고 말해주렴. 그럼 그녀는 크게 흥미로워하며 너를 칭찬할 거야."

"아가씨?"

세릴이 눈을 도로록 굴리며 의아하다는 듯 되물었다. 무슨 말을 하고 있냐는 듯 그렇게.

"그리고 넌 마고가 무슨 말을 했는지 내게 다시 전해 주면 되는 거란다."

나는 세릴을 바라보며 말했다.

"참 쉽지 않니?"

마담 드 라발리에에게 사과를 받은 이후 어머니의 콧대는 조금 높아져 있었다. 양부의 도움을 받았지만, 결과야 어찌 되었든 자신에게 굴욕을 주었던 여인을 이겼다는 생각에 잠시 이성을 잃어버린 듯했다. 그렇잖으면 다시 페리뇰을 데려올 일이 없잖은가.

나는 의기양양한 표정으로 나를 바라보며 미소 짓는 어머니의 행동에 두통이 이는 것을 느꼈다. 당신이 라발리에에게 패배감을 느끼고 있다는 것을 알고 있지만 이런 식으로 도발할 필요는 없었다. 무엇보다 이제 고작 16살에 불과한 나다. 어머니가 왜 이리 조바심을 내며 서두르는지 도통 모를 지경이었다.

요즘 라발리에는 내내 방에 틀어박혀 있었다. 그녀는 점심때 얼굴을 비치지 않았고, 나와 있을 수업에도 불참을 선언했다. 마리의 말에 의하면 방 안에 있는 커튼을 죄다 쳐 놓고선 뜨거운 차만 마신다 하였다. 부글부글 끓어오르는 속을 다스리는, 그녀 나름대로 방법인 듯했다.

또다시 어머니를 불러 훈계를 한다면 이 저택의 주인인 양부를 무시하는 처사가 되므로 차라리 방에 틀어박혀서 눈을 꼭 감고 있는 게 낫겠다 싶은 것이다. 이는 그녀가 내보일 수 있는 최대한의 인내였다. 그런데 어머니는 왜⋯⋯!

하녀들이 침대에 긴 휘장을 드리우고 실크로 만든 천을 깔고 있을 때, 나는 어머니에게 다가가 조용히 물었다.

"어머니. 전 아직 어려요. 뭐가 그리 급하셨나요?"

"시스. 넌 최고에게 교육을 받아야 해. 페리뇰 같은 진짜에게 말이다."

"제가 여쭤본 건 그게 아니잖아요. 사실을 이야기해 주세요."

어머니가 고개를 모로 돌리며 시선을 피했다. 나는 파르르 떨리는 속눈썹 사이로 입술을 앙다문 어머니의 얼굴에 그녀의 행동이 단순한 '치기', 그 이상이 아님을 알아차렸다. 순간 한숨이 터져 나올 것만 같았다.

"잊지 않고 계시지요? 제가 지금 누구에게 가르침을 받는지를."

"얘야. 나는 말이다. 정말, 그게 정말……."

"알아요. 왜 모르겠어요? 사실 조금 기쁘기까지 해요. 어머니가 누구에게나 당당한 사람이었으면 하니까요. 하지만 어머니……."

나는 그녀의 손을 붙잡고 조용히 속삭였다.

"조금만 더 저를 생각해 주시면 안 되나요?"

내 손 안에 들어온 당신의 손은 크나큰 떨림을 머금고 있었다. 아마도 당신으로 인해 곤욕을 치르게 될 나를 상상하기 때문이겠지. 나는 낮게 혀를 차며 어머니를 붙잡은 손을 놓았다.

사실 과거의 나라면 어머니의 행사에 크게 기뻐하며 감격했을 것이다. 아니, 나를 아껴 주는 건 당신밖에 없다며 눈물을 글썽였을지도 모른다. 하지만 돌아온 지금 모든 것이 조심스러울 수밖에 없었다. 그렇기에 어머니가 라발리에와 같은 혜안을 가지기를 바라는 것이 무리임을 알면서도 종종 이렇게 본심을 드러내게 되는 것이다. 본래대로라면 어머니보다 더 어리석을 게 분명한 나인데 말이다.

어쩌면 조바심을 내는 것은 스스로일지 모르겠다. 나는 어머니의 손등을 가볍게 두들겼다. 그것은 거리에 살던 때 어머니와 내가 함께 만든 수신호로 미안하다고 말하기가 어려울 때 곧잘 했었던 행동이었다.

페리뇰은 하녀들에게 도움을 요청해 창에 달린 커튼을 모두 내렸다. 그리고 은제 대야에 꽃잎을 둥둥 띄운 물과 천 서너 개, 향기로운 향유 한 병을 준비해 달라 말했다. 그녀는 숫제 부끄러움을 모르는 것인지 슈미즈를 슬쩍 내보인 옷차림으로 풍만한 가슴골을 선보이고 있었다. 그녀가 지나갈 때마다 꼬리처럼 진한 향수의 냄새가 흐드러지듯 피어올랐다. 그 모습에 안색을 굳히며 고개를 돌리는 건 로에나를 비롯한 하녀들뿐이었다.

사실 로에나가 이러한 교육을 받기 위해 나타난 것이 무척 의외였다. 평상시 그녀가 보여 주는 태도는 물론이고 마담 드 라발리에게 어떻게 허락을 받았는지 상상조차 할 수 없었기 때문이다.

로에나는 마치 무섭고 징그러운 물건을 보듯 겁에 질려 있었다. 손수건을 붙잡은 손은 새하얗게 질려 퍼런 핏줄이 돋보였다. 맞닿은 입술은 두려움으로 인해 바르르 떨렸고 흰 공단처럼 반듯한 이마 위로 작은 땀방울이 송골송골 맺혔다. 천사 같은 로에나라도 창녀 앞에서는 어쩔 수 없는 것인지 살짝 찌푸려진 눈가에는 경악과 경멸이라는 노골적인 감정이 담겨 있었다. 하지만 용케 도망가지 않았다. 비명을 지르거나 기절하지 않았다. 그저 나를 보며 안절부절못하며 눈치만 살폈다.

페리뉼이 그녀를 위해 준비된 침상 위에 올라가자 로에나와 나는 침상의 정면에 준비된 의자에 앉았다. 길게 드리워진 휘장 너머로 언뜻언뜻 실루엣이 비치는 페리뉼의 모습은 시작부터 야릇한 감이 있었다. 그녀는 마치 고양이처럼 엎드리더니 작게 하품을 했다. 침상에 눌린 가슴이 울룩불룩 튀어나와 시선을 끌고 있었다. 새빨갛게 칠해진 입술이 새하얀 시트에 어우러져 눈을 어지럽혔다.

"무례를 용서하세요. 배운 게 없어 어떠한 예를 차려야 하는지 모른답니다. 그저 남녀 간의 즐거움에 대해 알 뿐이지요."

그녀는 목덜미를 뒤덮은 자신의 머리카락을 잡고 빙글빙글 돌렸다. 여전히 몸은 침대 위에 엎드린 채였다. 그 무례함에 나를 제외한 모두의 얼굴이 새빨갛게 달아올랐다. 개중 로에나가 데려온 시녀들의 반응이 가장 격했다. 저들은 로에나가 허락만 한다면 페리뉼을 잡아 그대로 방바닥에 거세게 내리꽂을 기세였다.

"저는 향락의 고양이라고 불려요. 사내에게 기쁨을 선사하는 작은 귀염둥이지요."

페리뉼이 몸을 일으켜 자신이 데려온 작은 소녀에게 손짓했다. 얼굴이 비쩍 말라 뼈밖에 보이지 않는 소녀는 페리뉼이 시키는 대로 그녀의 드레스를 벗기기 시작하였다. 그의 시중을 든 게 오래되었는지 옷을 벗기고 정리하는 본새가 여간 재빠른 게 아니었다.

곧 그녀의 희고 풍만한 몸이 드러났다. 우유처럼 새하얗고 실크처럼 보드라워 보이는 육체는 완만한 곡선을 이루며 매끈하게 흘러내리고 있었다. 그중 꽃 점을 하나 찍은 듯 붉게 피어오른 유두가 눈에 가장 띄었다.

"대부분 영애께서 보통 알몸을 보는 것부터 시작하세요. 뭐, 이런 거죠. 사내를 홀리는 몸은 어떻게 생겼나, 라는? 자, 어떤가요?"

그녀는 어떻게 하면 자신이 가장 매혹적으로 보일 수 있는지 잘 알고 있는 듯했다. 양손으로 머리카락을 한데 모아 올리는 모습이나 혀를 내밀어 입술을 축이는 동작들이 퍽 교태로웠다. 동시에 여유롭기까지 했다. 귀족 영애 앞에 선 창녀라 볼 수 없을 정도였다.

"가슴에 익숙해지면 아래도 보게 되지요. 진정한 여인의 몸을요! 이건 타인의 알몸을 봐도 부끄럽다는 생각이 들지 않을 때까지랍니다. 음, 조금 지루한 과정이죠. 그렇기에 어떤 분들은 처음부터 과감히 행동할 것을 요구하세요. 아가씨들께서는 어떻게 생각하세요? 저야 이미 모든 준비가 되어 있는걸요."

페리뉼은 자신의 가슴을 한데 감싸 쥐며 빙그레 웃었다. 그리고 순진한 영애라면 사색이 되어 도망칠 만한 행동을 거리낌 없이 했다.

나는 그녀의 도발에 웃음이 터질 것 같았지만 꾹 참았다. 내 옆의 로에나가 숫제 기절할 것처럼 헐떡이고 있었으므로 순진한 아가씨 흉내를 내기로 한 것이다.

그러자 페리뉼이 얼굴 가득 미소를 지으며 앞으로 사뿐사뿐 걸어 나왔다. 가슴을 모두 드러낸, 입은 것이라곤 속바지 하나가 전부인 반라의 여인은 이내 갸르릉, 발정 난 동물처럼 작게 울며 바닥에 엎드렸다.

그리고 엉덩이를 흔들며 기어오는데, 붉게 달아올라 달뜬 뺨과 풀린 듯 잔뜩 이지러진 눈동자가 묘한 상상을 품게 만들었다. 그녀는 지금 로에나에게로 다가가고 있었다.

찰나의 시간을 소비하여 로에나의 무릎 앞까지 당도한 페리뉼이 그녀의 손등에 뺨을 비비며 작게 속삭였다. 마치 성욕에 들뜬 사내를 대하듯, 자신을 귀여워해 주는 손님을 대하듯 그렇게 말이다.

"자, 제게 명령을 내려 주세요. 어서요. 오, 그렇다고 해서 너무 부끄러워하지 마세요, 너무나 사랑스러운 분. 모두가 다 겪는 일이랍니다."

로에나가 자리에서 일어난 건 그 순간이었다. 그녀는 새파랗게 질린 얼굴로 몸을 부들부들 떨며 뒤로 정신없이 물러났다. 크게 떠진 눈에는 눈물이 가득 고여 있었다.

"감히 누구에게! 손을 떼지 못해? 이건 정말 아니야. 아니라고!"

"어마? 무엇을 말이에요?"

페리뉼이 손을 뻗어 로에나의 손을 잡았다. 그리고 그녀의 손을 자신의 가슴에 가져다 대는데, 그 일련의 과정이 물 흐르듯 자연스러워 나조차 무슨 일이 일어났는지 이해하지 못할 정도였다. 단지 페리뉼만이 기묘한 미소를 지으며 낮게 속삭일 뿐이다.

"이런 것을 말씀하시나요?"

짝.

그녀의 고개가 모로 꺾였다. 손자국이 선연한 뺨은 애처로울 정도로 크게 부풀어 오르고 있었다. 로에나가 황급히 손을 뒤로 숨겼다. 그녀는 매우 당황한 듯 다시 두어 걸음 뒤로 물러서며 고개를 마구 흔들고 있었다. 작게 벌려진 입술에서는 '그러려고 한 게 아닌데……'라는 말이 끊임없이 흘러나왔다. 하지만 모두의 눈에 박힌 건 로에나의 변명이 아니라 끊임없이 흘러나오는 뜨거운 눈물이었다.

이 모든 것을 지켜보고 있던 어머니가 당황한 듯 종종걸음으로 다가와 로에나의 어깨를 감싸 안았다. 그리고 그녀를 달래기 시작했는데, 로에나는 어머니의 품에서 훌쩍이며 그길로 방을 빠져나갔다. 로에나가 데려온 하녀들 역시 그녀를 따라 사라졌으므로 방 안에는 나와 페리뇰, 그리고 그녀의 시종만이 남게 되었다.

폭풍이 지나가고 난 다음엔 언제나 고요가 찾아든다. 그것이 위로인지 애도인지 모르겠으나 모두에게 동일한 침묵을 선사하는 건 틀림없었다. 이 방에 찾아든 것도 위와 같은 정적이었다. 숨조차 들리지 않은 그런 무음의 상태. 나는 그것을 '평안'이라 생각했다.

"감사하게 생각해야 할 거야."

나는 느긋한 태도로 몸을 편하게 기대며 말했다. 보는 눈이 없으니 행동이 퍽 자유로워졌다. 꼿꼿하게 세웠던 허리에서 짜르르 통증이 밀려들어 오고 있었다.

로에나에게 맞은 뺨이 꽤 아팠던 것인지 미간을 찌푸리며 볼을 열심히 문지르던 페리뇰이 의아하다는 듯 두 눈을 동그랗게 떴다.

"무엇을 말씀이셔요?"

"다른 영애 같았으면 그대의 손목을 잘랐을 테니까."

"어머나! 뺨 하나로 끝난 걸 감사히 여겨야겠군요."

페리뇰이 입술을 내밀며 투덜거리듯 말한다. 마치 잔뜩 성이 난 고양이가 크르릉 이를 드러내며 날카롭게 우는 것 같았다.

"너, 꽤 건방져."

"너무 무서운 말씀 마셔요. 전 최선을 다하고 있단 말이에요."

"어떤 최선을?"

내 물음에 페리뇰이 생긋 입꼬리를 끌어당기며 화사한 미소를 머금었다.

"전 아가씨와 단둘이 있고 싶거든요. 로에나 아가씨는 아직 준비가 덜된 것 같으니까요. 그래서 얕은수를 써 본 거랍니다. 마음에 들지 않으세요?"

"거짓말."

나는 자리에서 일어났다. 그리고 황당함으로 일그러진 페리뉼을 향해 상냥한 어조로 부드럽게 말했다.

"다음부터는 오지 않아도 좋아. 어머니께 내가 잘 말씀드리지."

나를 가르치게 된 이후 마담 드 라발리에는 언제나 이렇게 말하곤 했다. 눈에 담긴 감정을 감추어라. 그리하지 않으면 상대가 널 매우 하찮고 우습게 생각할 것이다.

나는 그것이 트집이라 생각했다. 제가 신이 아니건대 어떻게 눈만으로 사람의 속내를 읽을 수 있으랴, 우습게 여긴 것이다. 하지만 돌아온 지금, 그리고 페리뉼과 마주한 현재 이 상황에서 마담이 내게 왜 그런 말을 한 것인지 알 것 같았다.

"아가씨?"

단둘이 있고 싶어서 수를 쓴 거라고? 마음에 들지 않냐고? 건방진 계집 같으니라고. 저의 눈에 담긴 감정이나 감추라지. 한낱 창녀 주제에 감히 누굴 깔보느냐 말이다. 페리뉼이 크게 착각하고 있는 게 있는데, 그녀는 언제든지 다른 것으로 대체 가능한 계집이라는 점이다. 그래서 나는 당황한 얼굴로 나를 부르는 그를 무시하고 그대로 방을 빠져나왔다. 저런 것에게서 무엇인가를 배우고 싶어 한 스스로의 어리석음을 한탄하면서.

복도로 걸음을 옮기는데 하녀 한 명이 종종걸음으로 다가와 내게 인사했다. 그는 어머니의 시중을 들고 있는 이 중 하나였다.

"부인께서 부르십니다."

나는 미간을 찌푸리며 하녀에게 말했다.

"갑자기 몸이 좋지 않아 당장 찾아뵐 수 없다 전해드리렴. 그럼 어머니께서도 이해해 주실 거란다."

어머니를 찾아가면 분명 새빨갛게 달아오른 얼굴로 훌쩍이고 있는 로에나와 마주하게 될 것이다. 그럼 자연스레 저를 토닥이며 손수건을 건넬 수밖에 없겠지. 우스운 일이다. 누구 좋으라고 그녀를 위로한단 말인가! 꼴사나운 모습에 동참할 이유가 없었다.

무엇보다 괜한 고집으로 페리늄을 불러 로에나의 마음을 상하게 한 어머니의 불안함을 달래 주고픈 마음이 들지 않았다. 양부의 눈치를 보는 것인지, 혹은 당신의 선량함이 불러일으키는 값싼 동정인 줄 모르겠으나 어머니는 로에나를 진정으로 귀여워하는 것처럼 보였다. 마고가 그러는 것처럼 말이다.

그래, 마담에 대한 반발심으로 페리늄을 다시 불러들이는 것은 좋다 이거다. 하지만 로에나를 왜 끌어들인단 말인가. 아무리 제가 마담의 허락을 받았다 하더라도 엄하고 단호한 태도로 막았어야 했다. 로에나의 천진스러운 상냥함이 허용되지 않은 유일한 인물이 바로 '창녀'였다. 사교계의 모든 사람이 그렇듯이 로에나 역시 창녀를 불결하고 더러운 존재로 보았던 것이다.

"아, 그렇지."

나는 몸을 돌려 오던 길을 되돌아가려는 하녀에게 '제라늄을 섞은 향물을 어머니께 올리는 게 나을지도 모르겠구나'라고 말했다. 제라늄은 화상이나 상처를 치료하는 데 쓰이는, 장미향이 그만인 약초였다. 페리늄의 손길이 저의 몸에 닿았으니 약이라도 발라야 할 게 아닌가. 그래야 화상을 입은 듯 펄쩍펄쩍 뛴 그 우스꽝스러운 모습이 모두에게 납득이 될 터였다.

하녀는 오묘한 시선으로 나를 바라보고 있었다. 당최 무슨 말을 하는지 모르겠다는 표정이다.

"시키는 대로 하렴."

"네."

제라늄이 띄워진 물을 바라보았을 때 로에나가 지을 표정이 눈에 선하여 웃음이 흘러나올 것만 같았다. 하지만 로에나가 나를 찾아올 줄 미리 알았더라면 이렇게 빨리 방으로 돌아가는 어리석은 행동을 하지 않았을 것이다.

나는 발갛게 젖은 눈매로 나를 걱정스레 바라보는 로에나의 시선에 그만 할 말을 잃어버렸다. 그녀의 차림은 단정하지 않았다. 붉게 달아오른 콧대와 짓물러진 눈가, 땀이 반짝이는 이마 위로 잔뜩 흐트러진 머리카락은 자신이 조금 전까지 무엇을 하다 나왔는지 이야기해 주고 있었다. 눈물자국이 얼룩덜룩하게 남아 있는 뺨은 광대처럼 우스꽝스럽다. 신께 맹세코 그녀가 이리 단정치 못한 차림으로 돌아다녔던 것은 양부 사후 때뿐이었다.

"괜찮아?"

로에나가 물었다. 울음으로 인해 잔뜩 잠긴 목소리가 마치 변성기 때의 소년 같았다. 눈을 감고 들으면 로에나가 아닌 다른 사람이라 착각할 정도다. 그녀도 자신의 입에서 거친 소리가 나온 것에 얼굴을 붉히며 부끄러워하고 있었다. 그러나 이내 입을 열어 다시 내게 물었다. 염려로 덧칠된 순수한 호의를 가득 담아서 말이다.

"하녀에게 들었어. 갑자기 몸이 좋지 않다고. 그래서 걱정이 돼서⋯⋯."

레이스 아래 자리한 손가락은 무엇을 잡고 싶은 것인지 계속 움찔거렸다. 시선을 마주하지 못해 모로 내리깔린 눈은 파르르 떨리며 이유 없는 긴장감을 전하고 있었다.

"어째서?

"어째서라니? 그야 넌 내 언니고⋯⋯."

나는 재빨리 그녀의 말을 가로채 대수롭지 않다는 듯 이야기했다.

"아, 그래? 전혀 모르고 있던 사실인걸?"

"시스에, 제발 부탁이야. 나는 그저 네가 걱정되어서 온 거야. 그러니 날을 세우지 말아줘."

"그래? 그런데 어쩌지? 걱정한 바와 달리 난 전혀 아무렇지 않은걸. 조금 피곤해서 그런 것뿐이야. 쉬면 괜찮아지겠지."

내 말에 안색이 흐려지는 로에나다. 그녀는 잠시 입술을 달싹이며 무어라 말할 것처럼 굴더니 이내 한숨을 내쉬었다. 그리고 입술을 사리물며 자신도 모르게 몸을 조금씩 흔드는데, 잔뜩 찌푸려진 미간은 저의 걱정을 은연중에 내비치고 있었다.

잠시 후 한층 더 조심스러운 어조로 '혹시 그 창녀 때문이야?'라고 물어봤다. 그의 낮게 가라앉은 눈동자는 자신이 내뱉은 질문을 확신하는 것처럼 차갑게 일렁이고 있었다.

나는 로에나를 빤히 응시하는 것으로 대답을 대신했다. 지난번의 일은 잊은 것인지 아무렇지 않게 나를 대하며 염려의 뜻을 전하는 그녀가 매우 신기했기 때문이다. 부끄러움과 태연함의 경계를 가르는 것이 스스로의 마음이라 하지만, 로에나가 가진 구분선은 이해할 수 없을 정도로 자신에게 너그러웠다. 말갛게 떠오른 눈동자는 모든 것을 투영할 정도로 깨끗할 뿐이었다. 지난 일을 가지고 안달복달하며 마음 쓰는 사람만 바보가 되는 것처럼 그래, 그렇게.

참으로 이상한 일이기도 하지. 나는 분명 상처를 받았고 저로 인해 피해를 본 게 맞는데, 제대로 된 사과를 받으려 고집을 피우면 되레 속이 좁고 심보가 나쁜 사람이 된다. 설렁설렁한 말투로 지나가듯 '미안해'라고 말하여도 사과를 한 것이니 그걸로 모든 게 종결되는 것이다.

혹자는 과거의 일은 흐르는 물에 떠내려 버리고 지금에 충실하자 말한다. 그러면서 '그렇게 로에나 영애를 몰아가서 사과를 받아 내서 만족스럽습니까?'라고 비아냥댄다.

우스운 일이다. 내가 받은 상처를 왜 타인이 재단하여 용서하라 마라 지시하는 것인지, 내 감정을 왜 저들이 판단하여 끝맺음하는 것인지 말이다. 제까짓 것들이 뭐라고. 이는 돌아온 지금에도 공감할 수 없는 행동이었다.

누군가가 이에 대해 '본래 사교계에 입성하면 스스로의 감정을 가게에 진열된 물건들처럼 내놓게 되는 것이죠'라고 말하긴 하였지만, 그렇다고 해서 내 마음이 로에나보다 싸구려는 아니지 않은가! 그렇기에 생각하는 것이 '어째서 과거와 지금의 로에나는 내가 꼭꼭 담아 둔 일들을 보기 좋게 흘려 넘기며 천진하게 구는 것일까?'라는 거였다.

지금도 그렇다. 나는 사냥터를, 로에나는 조금 전의 일을 거론한다. 나는 끝을 맺지 못한 일에, 그녀는 이제 막 시작된 일에 관심을 둔다.

이렇듯 시선이 엇갈리니, 사고가 다르니 원만한 대화가 이루어질 리가 없었다. 그저 한 사람이 양보하는 수밖에 없는데 나는 그러할 마음이 없을뿐더러 그래야 하는 이유 또한 알지 못했다. 비위치레를 하며 떠받들어주는 건 로에나 주변의 멍청이들로 충분하니까.

로에나는 내가 침묵하자 마음 놓고 이야기하기 시작했다. 그녀는 내 행동이 자신의 말에 동의한다고 생각하는 것 같았다.

"그녀는 기본적인 교양이 없을뿐더러 매우 무례하고 음, 천박하기까지 했어. 그래서 그러니까, 나는 그녀가……."

"너에게 했던 것처럼 내 손을 이끌고 자기 가슴을 만지게 했냐고 물어보고 싶은 거야?"

로에나는 새빨갛게 달아오른 얼굴로 고개를 푹 숙였다.

"전혀 그러지 않았는걸. 로에나, 그녀는 매우 친절하고 상냥했어."

내 말에 바로 고개를 들어 올리며 반박하는 로에나다. 그녀는 수치스러움과 분노가 뒤범벅된 얼굴로 비명을 지르듯 외쳤다. 그녀의 눈동자는 자신이 들은 걸 믿을 수 없다는 듯 혼란에 가득 차 있었다.

"하, 하지만 창녀야."

"그래, 창녀지. 그러나 그녀는 우리에게 무언가를 알려 주려고 온 거야."

"시스에. 그렇지 않아. 우리가 창녀에게 배울 수 있는 건 아무것도 없어."

"그럼 왜 그녀를 만난 거지? 참석한 이유가 무엇인데?"

"시스에 너를 위해서야. 네가 아니었다면 나는 그 방에 들어가지도 않았을 거야. 고모님께 교육을 받겠다며 고집을 피우지 않았을 거고."

"나를 위해서?"

"그래."

로에나가 진중한 목소리로 고개를 끄덕이며 말했다. 나를 향해 올곧게 빛나는 시선은 스스로의 신념에 대한 확신으로 눈부시게 반짝이고 있었다. 자신은 호의라 생각하지만 내게 있어서는 비열한 오만과 다르지 않은 그런 끔찍한 믿음으로 말이다.

"어쩌면 나는 은연중에 시스에가 잘해 나가고 있을 거라 생각하면서도 혹시라는 여지를 남겨 두었던 것 같아. 너를 믿지 못했던 거지. 그래서 저번의 일이 일어났던 거고. 네게 무심하지 않았더라면 일어나지 않았을 일이었을 텐데 말이야. 그러니까 다시는 그러지 않을게. 너를 방관하지 않을 거야. 약속해."

순간 가슴속에서 무엇인가가 울컥 솟아올랐다. 손끝이 차가워지며 눈앞이 하얗게 변질되는 것에 몸이 덜덜 떨려 왔다. 금세라도 발을 동동 굴리며 미친 듯이 소리를 질러야 할 것 같았다. 아니, 그래야 했다. 목 끝까지 차오른 비명이 독이 되어 나를 무너뜨리려 하고 있었으니까.

어째서 너는 나를 계속 시험하는 거지?

로에나는 나를 짐승으로 만들려고 하고 있었다. 과거의 시스에가 그랬듯이 순간의 감정에 충실하여 모든 것을 그르치도록 말이다. 숨을 몇 번 몰아쉬는 것으로 겨우 화를 억누른 나는 실낱같은 인내심을 붙잡은 채 그녀에게 물었다.

"이것도 방관하지 않는 것의 일종이야?"

"아니, 시작이야. 시스에, 나는 정말 너를 언니라 생각하고 있어. 좋아하고 있어. 그러니까 최선을 다해 도와줄게. 아니, 처음부터 그랬어야 했는데 너무 늦은 것 같아. 그러니 부디 외면하지 말아줘."

사실 나보다 하인을 더 생각하지 않았냐고 몰아붙이면 며칠 정도 방안에 틀어박혀 괴로워할 줄 알았다. 그래서 마고가 보고 있음에도 그녀를 매섭게 몰아갔다. 그런데 나는 생각보다 로에나를 더 얕잡아 보고 있었던 것 같다. 이렇게 빨리 자신의 행동에 대한 합의점을 찾아 그럴듯한 핑계를 만들어 올 줄 누가 알았겠는가!

로에나는, 비슈발츠가의 사랑스러운 천사는 약한 것 같으면서도 누구보다도 뻔뻔하고 이상하리만치 강했다. 그런데 그 강한 면모를 볼 줄 아는 건 기이하게도 나뿐이었다.

"고마워. 그 마음 정말로 소중하게 간직할게. 로에나의 상냥함에 눈물이 나올 정도로 기뻐."

나는 벌벌 떨리는 입술로 겨우 말을 내뱉었다. 다행히도 혀끝을 통해 흘러나온 목소리는 여느 때와 다름없었다.

"하지만 괜찮아. 고모님의 교육 덕분에 많지는 않지만 지금 내게 꼭 필요한 것들을 배울 수 있었는걸."

"시스에……."

"로에나, 내가 괜찮다면 정말 괜찮은 거야. 이건 빈말이 아니란다. 나를 도와주고 싶다면 먼저 나를 믿는 것부터 시작해 봐. 그럼 더 기쁠 거야."

너무 화가 나면 평소보다 목소리가 더 안정되고 호흡이 차분해진다는 것을 오늘에서야 깨달았다. 마치 꿈을 꾸는 것처럼 말과 숨결 등이 안개와 같이 흩어지며 나를 어지럽게 만들고 있었다. 적시에 분노를 뿜어내지 못한다는 건 이렇게 힘이 드는 일이다. 몸이 젖은 낙엽처럼 축 늘어지는 것 같았다. 그래서일까? 나는 몹시 피곤함을 느꼈고 침대에 드러누워 쉬고 싶다 생각했다. 로에나의 뺨을 향해 날아갈 것 같은 손을 억지로 제어하는 것은 매우 심각한 심력을 소모했다.

"그런데 네 말에 대한 보답의 차는 다음에 대접해도 될까? 지금 나 말이야, 굉장히 지친 상태란다."

"으응."

"아, 그렇지. 옷매무새를 가다듬을 새도 없이 나를 향해 달려와 준 걸 정말 고맙게 생각하고 있어. 로에나."

"응?"

나는 나를 향해 두 눈을 동그랗게 뜨는 그녀를 향해 웃어 보였다. 인내심을 박박 긁어모아 내가 할 수 있는 최선의 노력을 다했다. 구역질이 날 것 같은 기분을 참으며, 그렇게.

"나도 널 좋아해. 로에나와 같은 동생이 있어서 다행이야."

상대가 내가 의도한 바대로 행동하지 않고 나름대로 극복 방법을 가져와 제시하는데 마음 상하지 않을 사람이 누가 있을까? 이 어처구니없는 상황, 기막힐 정도로 화가 끓어오르는 비참한 상황에 나는 우울함을 맛보았다.

나는 네가 좀 더 괴로워했으면 했어, 로에나.

내뱉을 수 없는 진심이 혀끝에 걸려 허망하게 사라지는 것은 진실로 괴로운 일이었다.

허망과 공허. 나는 이 두 가지 감정을 아주 잘 알고 있다. 아무리 노력해도 결국 내가 원하는 것을 가질 수 없다는 것을 깨달았을 때, 그리고 이것을 위해 달려온 내 삶이 가치 없다고 느껴질 때 나는 위의 것들을 처절하리만큼 깊게 맛보았다. 이후에 '포기'와 '체념'이 찾아오리라는 것 또한 알았다.

나는 이것들의 이면을 '외로움'이라 생각했다. 세상 그 누구라 할지라도 나와 공감할 수 없으며 이해하지 못하리라는 것을 알고 있기 때문이다. 그도 그럴 것이 악의로 똘똘 뭉친 저열한 속내를 사랑스럽다 말하며 보드랍게 어루만져 줄 사람이 누가 있을까?

이것이야말로 로에나와 나의 차이를 가르는 결정적인 요인이다. 기댈 수 있는 것은 오롯이 나 하나뿐이라 직접적인 타격을 입는다면 걷잡을 수 없이 그대로 무너져 버리고 마는 것이다.

이대로 가는 것이 과연 옳은 일일까? 나는 또 그녀에게 패배하는 것일까?

스스로에 대한 불신과 회의, 과거를 되풀이할지 모른다는 악몽은 나를 끊임없이 괴롭혔다. 길을 만들어 나아가는 건 나이므로 그 누구도 내게 해답을 제시해 줄 수 없었다. 아니, 못 했다. 어떤 결과가 나오든 그것을 야기한 사람은 나이기 때문이다. 그러니 그에 대한 책임도 내가 지어야 한다.

그래서 무서웠다. 두려웠다. 확실한 미래가 정해져 있다면 마음 놓고 날뛸 수 있을 텐데 그러지 못하니 이것저것 재단하며 눈치만 보는 것이다.

참으로 우습지 않은가. 그동안 해왔던 일은 아무렇지 않은 것처럼 굴어 놓고서 고작 단 한 번의 대화에 지레 겁을 먹고 벌벌 떠는 꼴이라니. 하지만 이미 생의 끝을 보았던 나다. 지독한 모욕과 처절한 패배로 점철된 있는 삶 말이다. 그렇기에 지난날을 통해 무수히 맛보았던 경멸과 오욕, 조롱과 비난은 여전히 내 안에서 생생하게 살아 움직이고 있었다. 그러니 물을 수밖에 없는 거다.

나는 정말 잘하고 있는 걸까?

휘장이 드리워진 침상 위에 엎드린 채로 나는 스스로를 회의했다. 동시에 자신을 조소하였는데, 단 한 번의 타격으로 인해 이리도 허망하게 무너지고 있는 내가 너무나 바보 같아 보였기 때문이다.

마음속 한구석에 숨어 있던 과거의 내가 비아냥스러운 태도로 말했다.

로에나는 지금껏 네가 해왔던 그 모든 일에도 전혀 상처받지 않았다고. 불쌍한 시스에. 가엾은 시스에. 너는 또다시 과거를 반복하게 될 거야. 그녀에게 패배할 거라고.

나는 소리 없는 절규를 내지르며 그 말을 부인했다.

아냐. 나는 잘해 나가고 있어. 그리고 앞으로도 그럴 거야.

과거의 나, 비쩍 말라 해골처럼 보이는 작은 여인이 독기로 인해 형형히 빛나는 눈동자로 조롱했다.

하지만 너도 지금 느끼고 있잖아. 로에나는 말이야, 너를 매우 하찮게 생각하고 있기 때문에 지금껏 네가 해왔던 모든 일을 철없는 어린애가 부리는 어리광 정도로 여기고 있다고. 시스에, 부인하지 마. 내가 알고 있는 걸 네가 모를 리가 없잖아? 넌 나처럼 패배할 거야.

그래, 이것이다. 내가 괴로워하는 이유. 내가 힘들어하는 이유. 내가, 내가 미친 사람처럼 마구 비명을 내지르고 싶은 진짜 이유. 로에나는 지금껏 나를 돌봐 줘야 할 가엾은 대상으로만 생각하고 있었다!

나는 소리 없는 비명을 내지르며 베개를 주먹으로 마구 내려쳤다.

네가 뭔데. 네까짓 게 뭔데. 감히 내게! 내게!

숨이 목 끝까지 차오르고 풀 데가 없는 분노가 가슴속에서 활활 타올라 나를 마구 좀먹었다. 마치 열병처럼 나를 끊임없이 괴롭히며 지난한 고통 속에 허덕이게 만들었다. 눈가를 타고 흐르는 눈물은 이목이 두려워 내지를 수 없었던 절규였다.

네가 죽어버렸으면 좋겠어, 로에나. 네가 정말로 죽어버렸으면 좋겠다고.

나는 미친 사람처럼 울면서 웃었다. 이불 위에 얼굴을 파묻은 채 숨죽여 끅끅거리면서 로에나를 저주하다가 이런 내가 한심스러워 다시 엉엉 울었다.

나는 내가 과거와 달리 매우 준비되어 있다 생각했다. 이대로 나아가간다면 언제고 승리를 움켜쥘 수 있으리라 자신만만했다. 하지만 나는 여전히 어리석었고, 과거의 그 모습 그대로 멍청하기만 한 시스에였다. 차라리 아무것도 모른 채 마구 날뛰었던 그때의 내가 그립다. 그 시절의 나였더라면 지금처럼 숨죽여 울지 않고서 성미대로 그녀의 목을 졸라 강하게 패대기쳤을 텐데. 그런데 지금이 이 우스꽝스러운 모습은 다 뭐란 말인가? 되레 주변의 이목을 신경 쓰느라 아무것도 제대로 해보지도 못하고 있다. 내가 쳐 놓은 덫에 내가 걸려 허우적대고 있는 셈이다.

"아가씨, 대체 어디가 편찮으신 거예요? 왜 주치의를 부르지 못하게 하는 건가요? 이러다가 정말 큰일 나겠어요."

휘장 너머로 마리의 그림자가 서성였다. 그녀는 아무것도 먹지 않은 채 침대에 틀어박혀서 소리 죽여 울고 있는 나를 걱정하는 척하고 있었다.

나는 쿠션을 침대 밖에 던지는 것으로 대답을 대신했다. 마리에게 우는 모습을 들키느니 차라리 돼먹지 못한 성질을 부리고 있다고 생각하게 하는 것이 나았다. 하녀에게까지 얕잡아 보일 필요는 없지 않은가.

"아가씨, 수프를 침대 옆 작은 테이블에 올려놓을게요. 꼭 드셔요."

천이 바닥을 스치는 소리와 함께 마리가 방 바깥으로 빠져나갔다. 그 소리마저 듣기 싫어 나는 베개로 귀를 꼭 막으며 두 눈을 감았다. 모든 게 귀찮았다. 생각조차 하기 싫었다. 그저 졸음이 밀려왔다. 그래서 나는 마리의 부탁을 외면한 채 그대로 깊은 잠에 빠져들었다. 아무런 꿈도 꾸지 않고 평안하게 잘 수 있기를 간절히 바라면서 말이다.

눈을 뜨니 어슴푸레한 새벽이었다. 조금 싸늘하고 축축한 공기가 코끝을 향해 밀려들어 왔다.

나는 휘장을 걷고 침대 바깥을 빠져나왔다. 어깨에 작은 숄 하나만 걸치고서 방문을 나섰다. 그러고 보면 이렇게 일찍 일어난 것도 오랜만인 듯했다. 어릴 적에는 물을 긷기 위해 이 시간에 일어나곤 하였다. 새벽에 물을 길어 도시 사람들에게 파는 물장수들은 자기 구역에 누군가 들어와 물을 긷는 것을 무척 싫어했다. 언젠가 멋모르고 물을 긷다가 그들과 마주쳐 뺨을 세게 맞은 적도 있었다.

물동이는 어린 내가 들기에 매우 크고 무거웠다. 물을 쏟아 옷이 죄 젖는 일도 많았다. 하지만 얼굴을 씻거나 음식을 만들기 위해서는 물이 필요했다.

새벽부터 일을 나가는 어머니 외에 이 일을 할 수 있는 사람은 나밖에 없었다. 떠지지 않은 무거운 눈을 비비며 맑은 우물을 찾아 물을 길으러 나가는 시간은 무척 외롭고 쓸쓸했다. 좀 더 자거나 늑장을 부리고 싶었다. 이마에 흐르는 땀이 눈물처럼 느껴질 정도로 스스로가 초라했다. 지금도 그렇지만 그때의 나는 무척 가엾고 외로운 아이였다. 그래, 지금 내 눈앞에 서 있는 저 소녀처럼 말이다.

내가 서 있는 정원은 하인들이나 잡상인들이 지나칠 만한 곳이 아니다. 그렇기에 나나 나를 따르는 하녀, 기사 외에는 다른 사람들이 지나칠 수 없었다. 하지만 아이는 정원에 서 있었다. 새벽이슬을 맞아 촉촉하게 젖어 있는 꽃을 바라보며 말갛게 웃는 꼴이 무척 어여뻤다. 발밑에 놓여 있는 작은 물동이는 아이가 무슨 일을 하는지 말해주고 있었다. 나는 아이를 향해 천천히 걸어갔다.

"어? 언니는 누구예요?"

아이가 내게 물었다. 새벽 공기를 타고 낭랑하게 울려 퍼지는 목소리가 마치 작은 종처럼 경쾌하게 들렸다. 무르익은 젖살이 오동통하게 올라 있어 꽤 귀여운 소녀였다. 그 여린 몸에 걸치고 있는 낡은 옷자락만 아니었다면 제법 사는 집안의 아이일 거라 생각할 법하다.

"그건 내가 묻고 싶은 말이란다. 넌 누구니?"

"전 아리나예요. 아빠를 도와 이곳에 물을 배달해요. 언니는 이 저택에서 일하는 하녀지요?"

"왜 그렇게 생각하니?"

"왜냐하면 아가씨들은 이 시간에 깨어나지 않으니까요. 잠꾸러기들이라서 늦게 일어나고 빨리 잠을 자지요. 그러니까 나처럼 부지런한 언니는 귀족 아가씨일 리가 없어요."

"그것참 흥미로운 생각이로구나. 그래, 물 배달은 다 했니?"

"네. 오늘은 작은 빵 조각도 받았는걸요. 제게 주는 상이래요. 언니는 이 저택에서 일하니까 이런 흰 빵은 많이 먹어 보겠지요? 전 몇 번먹지 못했어요. 하지만 세상에서 이 흰 빵처럼 맛있는 건 없을 거예요. 언니도 그렇게 생각하지 않아요?"

"오, 그래. 나도 그렇게 생각한단다. 나도 처음에 흰 빵을 먹었을 때세상에 이렇게 맛있는 게 다 있을까 감탄했었지."

아이가 배시시 웃으며 고개를 끄덕였다. 제가 쥐고 있는 꽃처럼 매우 싱그러운 웃음이었다.

"맞아요. 저도 그랬어요."

"그런데 너는 여기서 꽃을 보고 있었구나."

"네. 이곳의 꽃은 무척 예뻐요. 할 수만 있다면 매일 보고 싶어요."

"물을 매일 배달하지 않니? 그럼 계속 볼 수 있을 텐데?"

"네, 그렇긴 한데 아빠는 제가 이곳에 들어오는 걸 모르세요. 아마아시면 크게 화내실 거예요."

"왜?"

아이는 마치 중요한 것을 말한다는 듯 둘째 손가락을 입에 가져다 대더니 '쉿' 하고 작게 말했다. 흘러나오는 목소리는 한층 낮아져 있었다.

"이곳의 주인 아가씨는요, 무척 사납고 무섭대요. 하녀들도 마구 때리고요. 매일 소리를 지르면서 마녀처럼 못되게 굴댔어요."

"그렇구나."

"마녀는 나 같은 아이를 잡아먹는 사람이잖아요. 그런데 마녀처럼 못되게 구는 사람이라니 얼마나 나쁘겠어요. 그러니까 여기에 있으면 안 된대요."

"내가 그 나쁜 아가씨라면 어쩌려고 그런 말을 하는 거니?"

그러자 못 들을 것을 들었다는 듯 두 눈을 동그랗게 뜨는 아이다. 그는 말도 안 된다는 듯 고개를 세차게 내저으며 내 말을 부정했다.

"말도 안 돼요. 그 무서운 아가씨가 언니처럼 예쁜 사람일 리가 없어요. 무척 심술궂게 생기고, 음음, 그리고 맞아요. 이도 마녀처럼 툭 튀어나왔을걸요? 그에 비해 언니는요. 요정처럼 생겼어요."

"내가?"

"네. 마치 동화책에 나오는 공주님 같아요."

"공주님이라도 심술궂고 못돼먹을 수 있단다. 무엇보다 내가 주인 아가씨께 달려가 네 말을 이르면 어쩌려고 그러니?"

"그럴 리가 없어요."

아이는 확신에 찬 목소리로 소리 지르듯 말했다. 나는 처음 본 나를 매우 긍정적으로 바라보는 아이의 행동이 퍽 우습고 신기하여 다시 물었다.

"왜 그렇게 생각하는 건데?"

"왜냐하면 언니는 내 말을 들어주잖아요. 나보고 더럽다고 소리 지르지 않고 내가 하는 말을 귀 기울여 들어주잖아요. 무엇보다 언니의 눈 지금 무척 슬퍼요."

"네 눈에는 내가 그렇게 보이니?"

"네. 내가 울고 난 다음에 그런 눈을 하거든요. 언니도 그래요. 있잖아요, 우리 아빠가 그랬는데요, 슬프게 울 줄 아는 사람 중에 나쁜 사람이 없대요."

나는 힘없는 목소리로 중얼거리듯 말했다.

"나쁜 사람이 없다고? 그게 정말일까? 그럴 수도 있을까?"

"그럼요. 우는 건 아프거나 잘못을 했을 때 하는 거잖아요. 나쁜 사람은 용서를 빌지 않아요. 용서를 비는 건 착한 사람이나 하는 행동이에요."

아이는 속삭이듯 말을 덧붙였다.

"그런데 내 옆집에 사는 빌은 잘못을 해도 내게 용서를 구하지 않아요. 그러니까 걔는 나쁜 아이예요."

"무슨 잘못을 했기에 그러니?"

"내 치마를 들어 올리고 나를 마구 놀렸어요. 못난이라구요. 그리고 싫다는데 내 뺨에 뽀뽀를 하잖아요. 정말 싫어요. 다신 안 놀아줄 거야."

귀여운 투정에 웃음이 절로 나왔다. 나는 아이의 뺨을 쓰다듬으며 다정한 목소리로 물었다.

"정말 안 놀아줄 거니? 정말이야?"

내 물음에 아이는 잠시 눈을 감더니 생각하는 척을 했다. 그리고 이내 우물쭈물한 모습으로 머뭇거리더니 조용히 입을 여는 것이다.

"……열 밤 자고 나면 놀아줄 거예요."

나는 무릎을 굽히고 쪼그려 앉았다. 그러고는 아이와 시선을 마주하며 장난스러운 어조로 말했다.

"왜? 언제는 안 놀아준다면서?"

"하지만 외롭잖아요. 외로운 건 슬퍼요. 슬프면 마음이 아프구요, 마음이 아프면 병이 나요. 마음이 아프면 약으로도 고칠 수 없대요."

그렇게 말하는 아이의 눈동자는 매우 천진하게 빛나고 있었다. 그야말로 티 한 점 없는 순백에 가까운 순수함이다. 그래서일까? 나는 나도 모르게 내 진심을 아이에게 토로하듯 내뱉었다.

"다른 사람을 괴롭히는 못된 사람도 마음이 아플 수 있을까?"

"빌은 못된 아이지만 나처럼 울고 그래요. 나중에 와서 사과도 하고, 음…… 언니, 마음이 아파요?"

"그래."

"어디가요?"

나는 아이의 질문에 머뭇거렸다. 이상하게도 이 이상 말을 내뱉는 것이 죄악처럼 느껴졌다. 자조의 웃음이 새어 나올 것만 같았다. 세상에, 나보다 배는 어린아이에게 조언을 구하는 꼴이라니…… 스스로가 한심했다.

그때 아이가 손을 뻗어 내 손등을 어루만졌다. 그러고는 눈을 반달처럼 휘어 가며 경쾌한 목소리로 소리쳤다.

"아픔아 사라져라, 얍! 사라지지 않으면 내가 아프게 때려 줄 거야!"

이후 웃으며 내게 말을 하는 것이다.

"언니는 웃으면 더 예쁠 것 같아요. 왜냐하면 요정 같으니까."

나는 아무런 대답을 하지 못했다. 가슴속에서 무언가 울컥하고 밀어 올라오는 것 같으니까. 뜨거운 감정은 마치 태풍처럼 나를 집어삼키고 있었다. 그래서 나는 바보처럼 아이를 바라보며 입술만 깨물었다. 그렇지 않으면 소리 내어 엉엉 울 것 같았다. 그것은 아이의 아버지라 생각되는 낯선 남자의 목소리가 들릴 때까지 지속되었다.

"언니, 다음에 또 만날 수 있어요?"

"……그래, 언젠가 그럴 수 있을 거란다."

"그럼 다음에 봐요. 이러다가 아빠에게 혼날 것 같아서요. 잘 있어요. 나중에는 웃어줘야 해요. 알았죠?"

아이가 거의 뛰다시피 한 걸음으로 정원을 빠져나갔다. 나는 그 모습을 멍하니 바라보며 손등으로 뺨을 문질러 닦았다. 묻어 나오는 건 없었지만 보이지 않는 무언가가 깨끗하게 닦여 나간 것 같아 다시 한

번 마음이 울컥했다. 눈가가 뜨끈하게 달아오르고 있었다.

나는 새로이 손을 들어 뺨을 문질렀다. 이번에는 촉촉한 물기가 느껴졌다. 아무에게도 들키지 않으려고 꾹꾹 참아 놓았던 눈물이 흘러나오고 있었다. 그런데 하나도 부끄럽거나 창피하지 않았다. 그래서 손수건이 아닌 손등으로 문질러 닦았다. 이것이 내 피에 스며들어 심장으로 내달릴 수 있도록 말이다.

어느덧 새벽이 지나가고 해가 떠오르고 있었다. 나는 눈물 한 방울 바닥에 떨어뜨림이 없이 고스란히 가슴에 품고선 방으로 돌아왔다. 그리고 마리가 나를 깨우러 들어오기를 기다렸다. 가여운 마리는 평소보다 조금 늦은 시간에 내 방에 들어왔다.

"안녕? 내가 일찍 일어난 거니, 아니면 네가 늦게 들어온 거니?"

아침 공기를 타고 흐르는 목소리는 꽤 심술 맞았다. 나는 내 말에 사색이 된 얼굴로 고개를 숙이는 마리의 모습에 입꼬리를 당겨 웃었다. 방에 틀어박힌 게 언제인 것처럼, 그렇게.

⚜

어떤 일을 해나가기 위해서는 '계기'가 필요하다. 그래야 실패를 하더라도 변명할 수 있으며, 설사 성공하더라도 당연한 일인 것처럼 여겨 스스로를 낮출 수 있다. 사람들은 이를 겸손이라 말한다. 하지만 이는 나 같은 사람에게나 통용되는 말이다. 마담 드 라발리에에게는 겸손이 아닌 사회적인 체면을 위한 계기가 더 필요했다. 자존심을 추켜세워 올리는 동시에 스스로의 뜻대로 상황을 이끌어 나갈 수 있도록 만들 수 있는 적당한 무언가가 필요한 것이다.

안타깝게도 이 저택에서 그만한 계기를 제공할 수 있는 사람은 나 하나뿐이었다. 라발리에의 체면을 세워 줄 적당한 이유와 어머니의 무례함을 대신 사과할 책무가 내게 있었다. 그래서 주변의 시선을 참아 내며 며칠 동안 라발리에의 방문 앞을 서성였다. 철옹성같이 굳건하기만 하던 그녀의 성이 함락될 때까지 말이다. 꼬박 삼 일이었다.

라발리에는 매우 냉랭한 표정으로 나를 맞이하며 서늘한 어조로 말했다. 변명하듯 말이다.

"참으로 당돌하구나. 내 문 앞에 서 있어야 하는 건 네가 아니거늘…….
네 어미가 너의 반만큼 지혜로웠더라면 이리 화나지 않았을 테지."

"사랑이란 본디 맹목적이라 가끔 주변에 누를 끼칠 때가 많지요. 어머니께서는 그저 저를 생각하신 것뿐이랍니다. 잘못이 있다면 저의 부족함일 테지요."

"흥. 편들어줄 필요는 없다. 애초에 기대조차 하지 않았으니……. 하지만 이것도 이제 끝이야."

나는 마담의 말에서 그녀가 이제 곧 저택을 떠나리라는 것을 깨달았다. 애초에 박람회를 관람할 목적으로 비슈발츠가에 머무른 것이므로 그 이상의 시간을 할애할 필요가 없었다. 나의 교육에 대한 것은 라발리에에게 있어 지루한 시간을 의미 있게 사용할 작은 여흥에 불과하니까. 그래선지 나로 인해 자신의 명예에 작은 손상이 가더라도 그것은 내 자질의 문제이지 당신에게는 하등 이유가 없다는 태도가 명백했다. 오히려 내 눈에 담긴 반항을 지우는 것만으로도 비슈발츠가에 대한 책무를 다했다는 생각을 하는 것 같았다.

"네 어미의 자취를 따라가지만 않는다면 제법 볼만한 숙녀가 될 테지. 하지만 너는 '연민'이라는 말을 알아야 할 필요가 있단다."

"아랫사람을 안쓰럽게 생각하고 너그럽게 대하는 행동을 말씀하시는 건가요?"

"아니, 스스로에 대한 연민이지. 사실 나는 네 어미의 잘못을 왜 너의 부족함으로 돌리는 건지 이해할 수 없구나. 그건 네가 아닌 네 어미의 문제이지 않니? 그건 스스로를 가엾게 생각하는 마음이 부족해서 그런 거야."

"스스로를 가엾게 생각하는 마음이요……."

마담과 나의 관계는 편지를 주고받을 정도로 매우 살갑거나 친밀하지 않으므로 당신이 이 저택을 나가는 즉시 끊어질 것이 분명했다. 사고를 치거나 사교계에서 만나지 않는 이상은 말이다. 그래서일까? 그녀는 마지막으로 내게 가르침을 주고 있었다. 이것은 아마도 라발리에가 할 수 있는 최대한의 호의일 터였다.

"사교계의 사람들은 타인에 대한 연민으로만 가득하여 정작 스스로를 되돌아볼 줄 모르지. 자신을 사랑할 줄 몰라. 그것은 무척 괴로운 일이란다. 그러니 이해할 수 없는 겸손을 떨지 마라. 자신을 너무 낮추지 마라. 그건 타인이 너를 경시하는 꼴밖에 되지 않는단다."

사실 세상천지 나만큼 스스로를 연민하는 사람은 없을 것이다. 자신의 행복을 위해서라면 주변의 일 따위는 아무렇지 않아 하는 내가 아닌가.

그러나 그녀가 말하는 연민과 내가 추구하는 연민에는 크나큰 차이가 있었다. 라발리에는 스스로를 사랑하라 말하지만 나는 내 자신을 가엾게 여기는 동시에 끊임없이 의심하고 불안해한다. 지속적으로 과거의 나를 투영하기에 현재의 모습을 불쌍하다고 생각하지만 그것이 진정한 동정인지, 혹은 잘못된 이해인지 확신하지 못하기 때문이다. 이러한 연민은 싸구려 동정, 혹은 구슬픈 자기애밖에 되지 않는다. 그러니 충분히 확인받기 전까지 타인이 나를 먼저 연민해 주면 안 되는 것일까?

"나는 나를 연민하기에 자신을 힘들게 만드는 모든 것을 멀리 떼어 놓고 좀 더 내 시간에 충실히 하고자 마음먹었지. 박람회도 그 일종의 하나였거늘, 끝에 와서 다 망쳐 놓았구나. 네 아비의 부탁을 들어주는 것이 아니었어. 그러나 이쯤 하면 되었겠지. 너도 이만하면 어디 내놓기에 부끄럽지 않을 정도고, 무엇보다 머리가 제법 영특하여 내 명성에 누를 끼칠 행동을 하지 않을 테니까 말이다."

자기애가 넘치면 이기주의자가 된다. 부족하면 타인마저 스스로를 경시하게 한다. 라발리에는 이 균형 사이에서 그 누구보다도 중심을 잘 잡고 있는 사람이었다. 그녀는 치우침이 없는 적절한 자기 연민으로 사람들이 자신을 존경하게 만들었다. 무례한 요구마저 오만하고 당당한 모습으로 비치게 했다. 간혹 그녀의 독설에 힘겨워하여 분노를 내비치는 자가 있더라도 당신을 추종하는 이들에 비한다면 그리 많은 수도 아니었다.

"잊지 마라. 자신에 대한 연민이 먼저라는 것을."

나는 수긍의 의미로 고개를 조아렸다. 그녀가 자택으로 돌아가기 전까지 계속 순종적인 모습을 보일 필요가 있었다. 뱀은 아직 표범의 뒷다리조차 물어뜯지 못했다. 나는 여전히 채워지지 않은 욕망에 매우 허기져 있는 불쌍한 짐승이었다.

다음 날, 마담 드 라발리에는 아침 식사 이후 몹시 오만하고 당당한 표정으로 저택을 떠나가겠노라 선언했다. 그러는 그녀의 시선은 내 어머니를 향해 있었고, 그것은 마치 '너로 인함이다'라고 말하는 것처럼 보였다. 이에 어머니와 양부의 얼굴이 창백하게 질리는 것은 당연한 일이었다.

어머니는 도움을 요청하는 것처럼 양부를 바라보았다. 이것 외엔 그녀가 할 수 있는 일이라곤 없었으니까 말이다. 양부는 침착함을 유지하려는 듯 몇 번의 헛기침 끝에 겨우 말을 내뱉었다.

"갑자기 이게 무슨 말씀이십니까? 너무 이르지 않습니까?"

"박람회가 거의 끝나가는 시점인데 이르기는. 되레 늦은 감이 있지."

"혹 저번의 일 때문에 그러시는 겁니까?"

"나를 그리 속 좁은 사람으로 보고 있었다니 퍽 실망이로구나."

라발리에의 목소리가 급격하게 낮아졌다. 그녀는 매우 불쾌하다는 듯 미간을 찌푸렸고, 손에 든 잔을 내려놓기까지 했다. 천으로 손을 닦기 시작하는 모습은 금세라도 홀을 떠날 것처럼 보였다.

"그런 것이 아닙니다. 하지만 너무 갑작스럽지 않습니까?"

"전혀 그렇지 않아. 박람회에 더 이상 흥미도 즐거움도 느끼지 못하는데 여기에 더 머물러 무얼 하지? 하녀를 시켜 이미 짐은 꾸려 놓았다. 마차만 대기하면 될 테지. 인사는 길게 할 필요가 없어."

"누님!"

"시스에의 교육 문제는 걱정할 필요가 없다. 이 아이는 생각과 달리 매우 영특하고 제법 눈치가 빨라 사람을 즐겁게 만드는 재주가 있어. 가르치면서 아주 흡족했다. 나머지는 그 방면에서 재주가 뛰어난 사람들을 초빙하여 가르쳐야 할 것인데, 내가 추천서와 소견서를 써 놓았으니 편지만 부치면 될 게다."

"고모님!"

로에나가 애절한 목소리로 라발리에를 불렀다. 그녀는 마담의 시선이 제게로 향하자 처연한 눈망울로 흡사 조르듯 말을 이어 나가기 시작했다.

"오랜만에 오신 거잖아요. 고모님과 차를 마시며 이야기를 나누는 것이 얼마나 즐거웠는데요. 저를 생각하셔서 조금만 더 시간을 내어주시면 안 되나요?"

"오, 얘야. 나는 이미 결정을 내렸단다. 그러니 다음에 만날 그날을 기쁜 마음으로 기약하도록 하자꾸나."

로에나가 몹시 당황한 표정으로 고개를 숙였다. 그 모습이 매우 애처로워 위로를 건넬 법도 하지만 라발리에의 태도에는 예외란 없어 보였다. 당신은 진실로 어머니와의 일로 인해 여기에 자리한 모든 사람에게 실망한 것 같았다.

누이의 결심이 매우 굳건한 것을 알았는지 양부는 더 이상 그녀에게 저택에 머물러 달라 애원하지 않았다. 대신 매우 참담한 표정으로 '곧 마차를 준비하라 하겠습니다'라고 말했다.

모두에게 즐겁지 않은 식사 시간은 금세 끝이 났다. 양부는 뒤도 돌아보지 않은 채 홀을 빠져나갔고 이는 라발리에도 마찬가지였다.

로에나는 잠시 발을 동동 굴리며 고민하다가 라발리에의 뒤를 쫓아갔다. 불안감과 죄책감으로 인해 양부를 따라가지 못한 어머니는 내 발걸음을 붙잡는 차선책을 선택했다. 어느새 입술을 물어뜯은 것인지 잇자국이 선연하게 나 있는 입술은 애처로울 정도로 새빨갛게 부어올라 있었다.

"시스에, 얘야."

어머니의 목소리는 몹시 초초하게 느껴졌다. 새파랗게 질린 얼굴은 불안으로 가득하여 아름다움이라곤 찾아볼 수 없었다.

나는 그것이 양부와의 관계에 대한 두려움이라 생각했다. 저택을 떠나겠노라 선언한 라발리에의 시선은 노골적일 정도로 어머니를 향해 있었고, 그것이 무엇을 의미하는지 바보가 아니고서야 모를 리 없었다.

너로 인해 떠나겠다. 직접적인 언급은 아니었지만 이전의 사건을 떠올린다면 충분히 유추할 수 있는 대목이다. 라발리에는 모든 책임을 어머니에게 떠넘기고 있었다. 양부가 자신을 향해 강한 주장의 의사를 내비친 것도 모두 어머니, 당신 탓이라는 거다.

너만 아니었다면 모든 일이 일어나지도 않았겠지.

아마도 양부는 이를 강하게 느끼곤 깊은 자괴감을 맛보았을 것이며, 자신의 행동을 돌이켜 생각하여 후회할 게 분명했다. 어머니는 이를 두려워하고 있었다. 양부가 당신의 편을 들어준 일을 후회하여 화를 낼까

하고선 말이다. 그도 그럴 것이 한 번의 후회는 이후의 행동을 주저하게 하고, 결국 라발리에와 어머니의 사이에서 다시 고민하게 만든다.

양부가 어머니를 정말로 아끼고 사랑하고 있다면 라발리에의 선언에도 흔들리지 않아야 했다. 하지만 그는 그러지 못했고 라발리에와 어머니에게 일말의 여지를 남겨 주었다. 믿었던 사람이 사실은 완벽한 내 편이 되지 못한다는 두려움이 얼마만큼 무서운 건지 사람들은 알고 있을까? 이는 저택 내의 모든 사람에게 아직까진 마담 드 라발리에가 우위에 있다는 것을 알려 주는 것과 마찬가지였다. 사교계의 여왕은 몹시 교활한 방법으로 어머니를 궁지에 몰아넣었다.

"고모님과 이야기를 나눈 건 너밖에 없잖니. 혹 다른 이야기는 없으셨니?"

"어머니."

나는 어머니의 손을 잡았다. 경련이 이는 손끝은 차갑게 식어 있어 가슴이 다 아파 왔다.

당신과 나는 예나 지금이나 이 사람들의 눈치를 살피는구나.

로에나가 내게 있어 커다란 벽이었다면 어머니에게 있어선 라발리에가 자신의 앞을 가로막는 거대한 성이며 늪이었다. 아무리 기를 쓰고 노력해도 마담의 위치를 감히 넘볼 수 없으며, 그녀의 기지나 인맥 또한 따라가지 못했다.

무엇보다 양부를 유혹한 천한 여자라는 꼬리표는 어머니가 죽을 때까지 따라다닐 무거운 족쇄였다. 이것이 존재하는 한 어머니는 언제나 모두에게 있어 약자일 수밖에 없었다.

과거의 나에게 있어 든든한 방패이며 이해자이고, 늘 아낌없는 애정을 주었던 유일한 사람인 어머니이다. 그런데 돌아온 지금 내 눈에 비친 어머니는 태풍 앞의 한 송이 꽃처럼 연약하고 매우 가녔다.

나는 어머니의 손을 잡은 내 손에 힘을 주었다. 숙녀답게 용기를 내어 저항하려 했지만 결국 헛된 몸부림이라는 것을 알게 되었을 때의 좌절감이 눈앞에 보이는 듯했다.

"그러지 마세요. 그대로 나아가세요."

이미 엎질러진 물이다. 바닥에 고인 물을 손으로 주워 담으려 한다면 결국 젖게 되는 건 자신의 손과 옷뿐으로, 상실감 외에 얻는 게 없는 것이다. 과거에 얽매이는 건 나 혼자만으로 충분하지 않나.

"다시 돌아갈 수 없다는 것을 아시잖아요. 그러니 후회하지 마세요. 어머니가 이렇게 약한 모습을 보이시면 저는 어찌해야 할지 모르겠어요. 그러니 굳건해지세요. 저는 어머니가 무척 자랑스러워요."

"하지만……."

"가서 상심에 빠진 양부를 위로해 주세요. 어머니가 해야 할 일은 그것이에요. 제게 와서 고모님과 있었던 대화의 내용을 묻는 게 아니라요. 하지만 신에게 맹세컨대 어머니가 우려하시는 종류의 말은 없었답니다. 저택을 떠나는 건 이미 예정된 상황이었어요. 그러니 자책하지 마세요."

"시스에, 내 아가야. 그래, 네 말이 옳아. 내가 흔들리면 안 되지."

나는 어머니의 뺨에 키스하며 몸을 부드럽게 껴안았다. 코끝으로부터 당신의 강한 체취가 느껴지며 부드러운 행복감이 무럭무럭 솟아올랐다. 세상천지에 어머니의 품만큼 안전한 장소가 또 있을까?

나는 어머니와 스킨십을 할 때마다 이와 같은 생각을 한다. 그러면서 어머니 역시 내게서 같은 느낌을 받기를 원했다. 당신이 믿고 의지해야 할 것은 결국 나이며 어머니의 딸은 오롯이 시스에, 나뿐이라는 것을 이번의 일로 인해 강하게 깨닫기를 바라면서 말이다.

양부는 마담 드 라발리에의 편안한 귀갓길을 위해 마차를 대대적으로 단장하기 시작했다. 솜씨 좋은 하녀와 하인 여럿이 달라붙어서 마차 안을 꾸미고 튼튼하게 건장한 말을 골라 건초를 잔뜩 먹였다. 누님에 대한 예우를 최대한 갖추려는 듯 할버드 경으로 하여금 라발리에가의 사병이 나올 때까지 호위할 것을 부탁했다.

사실 양부는 어떻게든 출발 시간을 지체하여 라발리에를 설득하고 싶어 하는 것처럼 보였다. 그리고 그는 실제로 그러기 위해 매우 노력했다. 준비가 거의 끝나 갈 때쯤 집사를 시켜 이것저것 꼬투리를 잡는 꼴만 봐도 당신의 마음을 어림짐작할 수 있었다.

하지만 그에 대한 행동은 마담이 한 수 위였다. 그녀는 며칠 전, 그러니까 어머니에 대한 화로 방 안에 칩거할 적에 하녀를 시켜 라발리에가에 편지를 보내 놓았다는 말로 양부의 마음을 또 한 번 무너지게 만들었다. 라발리에의 결정은 무서울 정도로 단호하여 그 누구도 그녀의 걸음을 막을 수 없었다.

이별의 시간은 금세 다가왔고 마담 드 라발리에는 비슈발츠가에 발을 내디뎠던 그 순간처럼 오만하고 우아한 자태를 뽐내었다. 그녀의 시선은 모두를 압도했으며 흘러나오는 목소리는 좌중을 경청하게 만드는 힘이 있었다.

그녀를 배웅하러 나온 비슈발츠가 내의 모든 사람은 라발리에의 말에 고개를 숙이며 인사를 올렸다.

"이렇게 배웅을 해주다니 고맙군요. 즐거운 기억을 안고 가게 되어서 참 기쁩니다."

"다음에 또 찾아주시겠습니까?"

양부의 말에 옅은 미소를 띠며 화답하는 라발리에다.

"물론이지."

하지만 그다음이 언제가 될지는 라발리에 그 자신만이 알 것이다. 양부는 누이의 손등에 키스를 하며 그녀에 대한 존경의 마음을 표현했다. 그녀는 그런 양부의 모습을 흡족하다는 듯 바라보더니 모든 사람과 일일이 눈을 마주치며 인사했다.

나는 라발리에가 나와 인사를 하기 위해 얼굴을 돌릴 때 기다렸다는 듯 뛰어나가 그녀를 껴안았다. 그러고는 발꿈치를 들어 올려 당황하는 그녀의 뺨에 입을 맞추었다.

등 뒤로 술렁이는 사람들의 목소리가 들렸지만 아무것도 모른다는 듯 라발리에만 바라보며 환한 웃음을 지었다.

"……그것참."

잠시 후 라발리에가 입을 열어 말했다. 그녀의 손은 내 입술이 머물고 간 자신의 뺨을 감싸 쥐고 있었다.

"숙녀답지 못한 행동이로군."

누군가 헛바람을 집어삼켰다. 묘한 긴장감이 장내를 휘감고 있었지만 나는 눈 한 번 깜빡이지 않고 그녀만을 바라보았다. 그 때문에 물에 잉크가 퍼지듯 입가에 서서히 미소가 번져 가는 그녀의 얼굴과 똑똑히 마주할 수 있었다.

"하지만 이 모든 것을 상쇄할 만큼 사랑스럽구나. 이런 의외성은 그리 나쁘지 않은 것 같아."

"감사하는 마음을 어찌 표현할 줄 몰라서요. 감히 바라건대 저의 무례를 용서해 주시겠어요?"

"그러다마다. 부디 잘 지내렴."

나는 치맛자락을 붙잡고 그녀에게 배운 그대로의 모습으로 인사했다. 그리고 몸을 돌려 내 자리로 돌아왔는데, 나는 어머니 곁으로 가기 전 로에나의 옆에 서 있는 마고를 향해 빙그레 미소를 짓는 것을 잊지 않았다.

라발리에의 인정을 받았음을 마고를 위시한 모두의 뇌리에 다시 상기시키는, 어찌 보면 매우 위험한 도박일지도 모를 이 상황을 무척 원만하게 넘겨 다행이었다. 나를 이곳으로 되돌려 보낸 가혹한 운명은 아직 나를 어여쁘게 보고 있는 모양이다.

그렇게 라발리에는 모두의 환대 속에서 비슈발츠가를 떠났다. 나는 저택에서 멀어지는 마차를 끝까지 바라보다 걸음을 돌렸다.

이것도 이별이라고 로에나는 한쪽에 서서 매우 서글프게 훌쩍이고 있었는데, 하녀장은 그런 그녀를 열심히 달래고 있었다. 그러다 곧 눈을 들어 나를 바라보는데, 차분하게 가라앉은 눈동자는 제가 무엇을 생각하는지 알 길이 없어 보였다.

그동안 늙은 살쾡이가 잠자코 웅크려 있었던 것은 양부가 내린 벌에 의한 충격도 있거니와 라발리에가 내 교사가 되어 저들의 시선을 막아준 까닭에 있었다. 하긴 믿을 수도, 인정할 수도 없었을 것이다. 레이디 중의 레이디라 할 수 있는 마담 드 라발리에가 비천한 여자의 딸을 가르치다니 말이다. 그것도 저택에 머무르는 내내!

하지만 나는 그녀의 인정을 받았을뿐더러 종내에는 저에게 무례를 범했음에도 사랑스럽다는 찬사를 받았다. 그동안 라발리에의 입에서 '사랑스럽다'라는 말이 나올 수 있었던 사람은 로에나뿐이었다.

나는 걸음을 멈추고서 그대로 마고가 던지는 시선에 응했다. 그러자 그녀의 눈이 가늘어지며 미간이 살짝 찌푸려졌다. 그것은 언짢음이라는 감정으로, 나는 내게 불쾌한 마음을 내비치는 저의 행동이 기막히고 우스워 헛웃음을 머금지 않을 수 없었다. 라발리에가 떠나자마자 발톱을 드러내며 으르렁거리는 꼴이라니……. 그러니 생각하지 않을 수 없는 것이다. 살쾡이의 털을 뽑고 가죽을 벗기는 날은 언제로 해야 할까 하고. 나는 그날이 어서 빨리 오기를 고대하며 저들을 지나쳤다.

로에나가 웅얼거리는 목소리로 '시스에' 하고 내 이름을 불렀지만, 나는 못 들은 것처럼 발걸음을 빨리했다.

그날 저녁 식사는 평소보다 더 조용했다. 라발리에가 보았다면 매우 흡족해했을 정도로 침묵만이 가득했다. 로에나마저 우울한 표정으로 음식을 먹었는데, 어머니와 나를 제외한 모두가 마담의 빈자리를 크게 느끼는 듯했다.

식사를 마친 양부는 어머니와 함께 자리에서 일어났는데, 나는 그가 어머니의 등 뒤로 자연스럽게 손을 올리며 에스코트하는 모습에 적잖이 안심이 되었다. 양부의 태도는 여전히 조심스러웠으며 어머니에 대한 존중으로 가득했으니까. 어머니도 등 뒤에 와 닿는 온기를 느낀 것인지 한결 편안한 기색으로 홀을 빠져나가고 있었다.

나는 그다음으로 자리에서 일어나 방으로 돌아왔다. 그리고 마리를 시켜 따끈한 흰 빵 한 바구니를 가져올 것을 명령했다.

마리는 조금 의아한 기색이었지만 군말 없이 내 말을 따랐다. 바구니 안에는 빵뿐만이 아니라 거기에 발라 먹을 버터와 잼이 작은 나이프와 함께 들어 있었다.

나는 바구니를 천으로 덮은 다음 침대 옆 탁자 위에 올려놓았다. 그리고 침대 위에 올라가 세릴이 해주는 마사지를 받으며 어서 빨리 새벽이 찾아오기를 바랐다.

다음 날, 나는 예전보다 더 빨리 눈을 떴다. 아니나, 그 귀여운 소녀를 만났던 날보다 더 빨리 잠에서 깬 것 같았다. 나는 그때 걸쳤던 숄을 다시 어깨에 걸치고 어제 준비해 놓았던 바구니를 집어 들었다. 나를 보고 깜짝 놀랄 아이를 생각하니 기묘한 설렘이 일었다.

물을 배달하는 아이이니 오늘도 왔겠지?

정원으로 향하는 소로는 이슬로 인해 축축하게 젖어 있었다. 흙 비린내가 코끝을 타고 올라왔지만 그마저도 기꺼웠다. 누군가를 만난다는 게 이렇게 기쁘고 설렜던 적이 또 있었을까?

나는 내게 찾아온 이 자그마한 변화가 몹시 놀라웠고 한편으론 즐거웠다. 지금 이 순간만큼은 내가 평범한 시스에, 일상적인 행복을 누리고 있는 소녀 같았다.

아리나를 발견했던 장소에 도착한 나는 바구니를 주변의 수풀에 잠시 숨겨 두었다. 그냥 건네어도 괜찮겠지만 나는 아이가 깜짝 놀라는 모습을 보고 싶었다. 동그랗게 뜨인 눈은 얼마나 귀여울까? 새벽 공기로 인해 발그레 달아오른 뺨은 또 얼마나 사랑스러울까? 생각만 해도 즐거웠다. 나에게 고맙다고 말하며 손을 잡아준다면 이렇게 일찍 일어난 보람을 느낄 수 있을 것만 같았다.

그렇게 약간의 시간이 흘러갔을까? 등 뒤에서 부스럭거리는 소리가 들렸다. 나는 그 소리가 꽃을 구경하러 온 아리나인 줄 알고 몸을 돌려 크게 소리쳤다.

"아리나니?"

하지만 내 눈에 비친 건 땀으로 흠뻑 젖은, 가벼운 셔츠 차림의 할버드 경이었다. 새벽 훈련을 마치고 돌아가는 것인지 손등으로 땀을 닦으며 걸음을 옮기던 그는 내 목소리에 놀라 그대로 멈춰 선 것처럼 보였다.

무거운 침묵이 흘렀다. 나는 입가에 머문 미소가 서서히 사라지는 것을 느끼며 조용히 고개를 돌렸다. 내일 다시 만나자 약속한 것도 아닌데 무슨 기대감으로 여기에 나와 그와 마주치게 된 건지, 스스로의 불행함에 치가 떨릴 정도였다.

정말로 우스운 일이지. 예전에는 그토록 바라 마지않았던 일인데 이제 와 거부를 하다니. 스스로의 꼬락서니가 퍽 재밌게 되지 않았는가. 감당하기 어려운 지독한 모순에 구역질이 치밀어 올랐다.

그래, 그때는 처절하리만큼 바라고 또 바란 일이었다. 그대와 내가 이렇게 우연처럼 마주하여 이야기를 나눌 수 있기를. 당신이 먼저 내 시선을 피하지 않기를. 뒷모습이 아닌 할버드 경, 그의 얼굴을 맞대고 함께 서 있을 수 있기를.

하지만 지금의 나는 이와 같은 만남이 반갑지 아니하다. 그저 당혹스러울 뿐이다. 어째서 아리나가 아닌 할버드 경 당신이 나를 만난 것일까?

나는 한기를 느끼는 것처럼 어깨를 움츠렸다. 숄을 단단히 여미며 그에게 묵례했다. 이미 마음을 접고자 결심한 나이므로 이 이상의 우연은 사절이었다. 무엇보다 아리나를 만날 생각으로 가벼운 차림으로 나온 내가 아닌가.

고결한 기사와의 만남에는 결코 어울리지 않는, 악의 어린 구설에 오르기 충분한 옷차림은 당혹스럽다 못해 부끄러울 지경이었다.

나는 창피로 인해 뜨끈하게 달아오르는 뺨을 감추고자 노력하며 급하게 몸을 돌렸다. 할버드 경을 보자마자 화들짝 놀라며 도망가는 꼴이 매우 우스웠지만, 이 상황을 피하는 게 급선무였다. 하지만 그의 행동이 먼저였다. 나는 내 손목을 붙잡는 타인의 손가락, 불처럼 뜨겁게 와 닿은 낯선 온기에 깜짝 놀라 어깨를 크게 들썩였다. 믿을 수가 없었다. 그와 같은 기사가 이런 무례를 저지르다니. 오래 뛴 것처럼 숨이 차오르기 시작했다.

"할버드 경, 손목을……."

나는 조그맣게 속삭이듯 말했다. 강하게 붙잡은 것도 아닌데 이상하게도 그의 손을 뿌리칠 수 없었다. 다리는 굳어 뻣뻣해지고 그의 손에 붙들린 손목을 제외한 모든 곳이 싸늘하게 식어 갔다. 다만 심장은 북을 치는 것처럼 크게 울리고 있었다.

말도 안 돼. 이럴 수 없어.

갑자기 왈칵 눈물이 흘러나올 것만 같아 입술을 강하게 깨물었다.

당신은 내 손목을 잡으면 안 돼. 제발 놔줘.

나는 그에게 잡히면 안 된다. 아니, 잡힐 수 없었다. 왜 이제 와서 내게 손을 내미는 것인지 이해하지도 하고 싶지도 않았으니까. 세상 모든 사람에게 '연민'을 받는다 하더라도 류스테원 할버드, 당신에게서는 아니다. 그에게 동정을 받느니 차라리 죽는 게 나았다. 그것은 로에나가 던지는 동정과 비슷하면서도 어딘가 다른, 그러나 내 마음을 후벼파는 것에서는 동일한 위력을 발휘하는 힘이었다.

목소리가 너무 작았던 것일까? 아니면 그 이상의 무엇이 더 필요했던 것일까? 이쯤 되면 대단한 무례를 저지르고 있다는 것을 알 터인데도 할버드 경은 요지부동, 내 손목을 계속 붙잡고 있었다.

나는 용기를 내어 손을 내게로 이끌었다. 그러자 그의 손이 나를 따라 움직였다. 시선은 처음부터 계속 나를 향해 있었다. 나는 좀 더 크고 분명한 목소리로 다시 말했다. 나오는 소리가 떨리지 않기를 간절히 바라며 애써 침착한 척 굴었다.

"할버드 경, 손을 놔주세요."

서로 모르는 척 지나가기를 바랐던 건 할버드 경 당신이지 않은가. 그것이 과거의 일이라 하더라도 돌아온 지금 나는 당신의 바람을 들어줄 충분한 용의가 있었다. 어차피 그대는 로에나의 기사니까. 예전에도 그랬듯 지금도, 그리고 미래에도 당신이 나만의 사람이 될 확률은 극히 희박하다. 그러니까……

"제발……"

부디 나를 외면해.

"새벽 공기는……"

잠시 후 할버드 경이 입을 열어 말했다. 내 손목을 잡아챈 그의 손가락에서 조금씩 힘이 풀리고 있었다.

"매우 찹니다. 그러니까 좀 더 따뜻하게 입고 다니는 것이 좋겠습니다."

할버드 경의 손이 헐거워진 틈을 타 손목을 비틀어 빼내었다. 손자국이 진하게 남은 피부 위로 그의 시선이 강하게 와 닿는다. 나는 재빨리 손을 등 뒤로 숨기고 한 발자국 물러섰다.

"그러는 경이야말로 예의를 더 갖추었으면 하는군요."

"그랬더라면 이렇게 마주하여 이야기를 나눌 수 있었겠습니까?"

순간 숨이 턱 하니 막혀 오는 것만 같았다. 입술이 덜덜 떨려 오고 눈은 쉴 새 없이 흔들린다. 마음속의 혼란을 견디지 못한 나는 급하게 말을 내뱉었다. 목소리가 마구 떨려오고 혀가 꼬여 말을 더듬거렸지만, 그에 대한 창피를 느끼기보다는 이곳을 빨리 빠져나가야 한다는 생각이 먼저 들었다.

"그, 그래요. 겨, 경의 말대로 바람이 차군요. 그래서인지 몸이 좋지가 않아요. 그러니까 저는, 저는⋯⋯."

몸을 돌려 그대로 달려 나가려고 했다. 체면이고 뭐고 상관없이 그냥 그의 곁에서 최대한 멀리 떨어지고 싶었다.

그런데 너무 허둥댄 탓일까? 미끄러운 돌을 밟은 것처럼 다리에 힘이 주르르 풀리더니 그대로 앞으로 고꾸라졌다. 나는 눈앞에 들이닥친 흙바닥에 이렇다 할 방비조차 하지 못하고 그저 눈만 질끈 감았다. 곧 다가올 격통에 대비하여 발끝까지 긴장하고 있는데 허리에 와 닿는 단단한 팔의 감촉이 먼저였다.

"제게 보여 주는 건 슬픔에 찬 모습이거나 이런 위험한 상황뿐이로군요."

목덜미로부터 간질간질한 숨소리가 닿아 왔다. 등으로부터 전해지는 건 사내의 체향이 흠뻑 느껴지는 단단한 몸이었다. 숄이 흙바닥으로 떨어졌기에 얇은 천 사이로 느껴지는 타인의 육체는 놀라울 정도로 적나라했다. 그래서 나는 아무런 대꾸조차 하지 못한 채 그저 숨만 겨우 들이켰다.

지금 내게 닥친 이 상황이 무엇인지, 그가 내게 무슨 행동을 취하고 있는지 전혀 이해할 수 없었다. 왜 당신이 내 앞에서 무릎을 꿇고 내 옷자락을 털어주는지, 왜 그러한 눈동자로 나를 바라보는지 알 수 없었다. 그저 모든 것이 혼란스러울 따름이다.

"괜찮으십니까, 아가씨?"

차라리 꿈이었으면 좋겠다. 그러면 내가 당신에게 아직도 미련을 가지고 있다 생각하여 홀로 삭일 수 있었을 거고, 이런 모습을 보이지 않을 수 있었을 테니까. 왜 하필 이 시점에서 눈물이 흘러나오는 것일까?

나는 스스로가 무척 원망스러웠다. 모든 사람에게 쉽게 모질어질 수 있는 심장이 어째서 할버드 경 당신에게만 너그러워지는 것인지 아무리 생각해 봐도 모를 일이다.

어째서 돌아온 지금에서야 내게 이런 모습을 보여 주는 건가요. 너무 잔인하잖아. 발갛게 달아오른 눈가가 불에 덴 것처럼 뜨끈뜨끈했다. 뺨을 타고 흐르는 눈물은 끊어지지 않은 물줄기와 같았다.

나는 고개를 숙인 채 멍하니 더러워진 치맛자락 아래 비죽 튀어나온 발끝을 바라보았다. 그 위로 뚝뚝 떨어지는 물방울이 마치 남 일 같아 이상하게도 웃음이 나왔다. 만일 할버드 경이 내 앞에 서 있지 않았더라면 스스로의 처지를 망각한 채 소리 높여 웃었을 테다.

한심해. 과거의 시스에게 손가락질을 하며 비웃었다.

이 우스운 꼬락서니를 좀 보라지. 확실하게 정해진 것이 없는데 혼자서 안절부절못하고 있잖아. 아직도 모르는 거야? 할버드 경은 곧 죽어도 네 것이 될 수 없어. 그가 네게 했었던 모진 말과 행동들을 생각해 보라고. 진정한 멍청이는 로에나가 아니라 바로 너야.

알고 있다. 이 이야기의 끝은 결코 행복하지 않으리라는 것을. 내가 얻을 수 있는 건 허망함이 섞인 성취뿐이라는 것 또한 말이다. 제 살을 깎아 만든 타락이 즐거울 리 없잖은가. 그럼에도 웃으면서 나아가겠다고 결심한 나다. 그로 인해 진창에 뒹굴어야 한다면 기꺼이 돼지와 같은 삶을 살겠다고 마음먹지 않았나. 그러니까, 그러니까 나는……!

"하지 마세요."

나는 조그맣게 속삭였다. 목소리는 가냘팠지만 내가 할 수 있는 최대한의 저항을 담은 것이었다. 지금의 나는 절벽에 서 있는 것처럼 매우 절박했다. 세상 그 누구보다 절망스러웠다. 그것은 다름 아닌 스스로에 대한 것으로, 나는 할버드 경 앞에서 쉽게 허물어지는 내게 매우 실망하는 중이었다. 그래서 필사적으로 말했다. 온몸을 다해 소리치며 그에게 애원했다.

"그러지 마세요. 할버드 경."

제발 날 흔들지 마세요. 날 살려 줘요. 제발요.

내가 로에나를 괴롭히는 못된 시스에가 될 수 있도록 그냥 놔두란 말이에요.

그렇기에 내 얼굴을 바라보며 안절부절못하는 당신이 이해되지 않았다. 바지를 뒤적여 곱게 개인 손수건을 내미는 것이나 손끝으로 조심히 내 뺨을 어루만지며 눈물을 닦아주는 것 역시. 싫다고 고개를 내저으며 뒷걸음질 치는 나를 붙잡아 억지로 손수건을 쥐어 주는 당신이 진정 내가 아는 할버드 경이 맞는가!

"아뇨, 이런 친절은 필요 없어요."

"그렇지 않습니다."

"할버드 경, 경께서 상당히 배려심이 깊고 상냥하신 기사인 건 알겠지만 저에게까지는 그럴 필요가 없어요."

"아니요, 아가씨."

"그렇지 않아."

돌아온 내가 할버드 경과 직접적으로 연관이 된 것은 몇 번의 일에 불과하다. 그 시간 속에서 그와 말을 나눈 순간은 또 얼마나 짧은가. 그렇기에 당신이 내게 이런 식의 과한 행동을 보일 이유가 없다. 있다면 시종들의 험담, 혹은 기사의 의무에서 비롯된 '동정'일 뿐이지.

그래, 나는 두려워하고 있었다. 할버드 경이 내게 동정 어린 마음으로 다가오는 것을 말이다. 지난날 사랑이라는 감정이 얼마만큼의 날카로운 칼이 될 수 있는지 익히 겪어 본 나니까. 그렇기에 그 이상의 것이 아니면 감히 맛을 볼 엄두조차 나지 않는 것이다.

애초부터 그와 나 사이에 '시작'이라는 것은 없었다. 그러니 마음을 접느냐 마느냐를 거론하는 것 자체가 우스운 일이다. 무엇보다 나는 깊은 불신에 빠져 있었다. 할버드 경이 나를 존중하여 대할 수 있느냐는 기본적인 명제로부터 말이다. 이것은 감히 '사랑'을 거론할 수 없는 문제였다. 과거의 그가 내게 보여 준 것은 '경멸'뿐이었으니까. 그러니 열심히 도망치는 수밖에, 이 이상 무얼 더하겠는가?

잘 단련된 사내의 손힘은 무거운 철근을 매단 듯 엄청났다. 나는 그의 손아귀에서 옴짝달싹할 수 없었다. 할버드 경은 무뢰한처럼 내 말을 무시하며 자신이 하고 싶은 대로 마구 행동했다. 마치 내가 아는 청음의 기사가 아닌 것 같았다.

그의 입매는 화가 난 사람의 것처럼 굳게 다물어져 있었고 깊게 패어진 미간은 잔뜩 찌푸려져 있었다. 그럼에도 내 뺨을 닦는 손길은 매우 부드러웠고 퍽 다정하기까지 했다. 그리고 꼭 해야겠다는 것처럼 이야기를 꺼내는데, 기이하게도 그의 목소리는 마구 소리를 내지른 나보다 더 쉬어 있었다.

"어째서입니까? 왜 그렇게 아슬아슬해 보이는 겁니까?"

푸른 눈동자가 나를 직시하며 물었다. 청명한 하늘이 연상되는 맑은 시선에는 오롯이 나만 담겨 있었다.

"그러니 감히 무례를 저지르는 수밖에 없는 겁니다."

그것이 그의 진실한 속내라 생각된다면, 나는 미친 것일까?

"아가씨는 왜 자꾸 저에게 '예외'를 만들어주시는 거지요? 저는 그것이 궁금합니다."

무척이나요. 덧붙여 속삭이듯 말하는 그의 목소리에 다시금 눈물이 흘러나왔다.

나 역시 궁금하다. 왜 당신은 돌아온 나를 계속 붙잡는가. 왜 그때의 나에게는 보여 주지 않은 모습을 계속 보여 주는 것인가. 어째서 당신은……

나는 있는 힘을 다해 그의 몸을 뿌리쳤다. 엄청난 반동으로 인해 내 몸까지 크게 흔들렸지만 개의치 않았다. 대신 이를 악문 채 곧바로 내 방을 향해 내달렸다.

돌아보지 마. 돌아보지 마. 절대로 돌아보지 마.

숨이 턱 끝까지 차올랐지만 그 자리를 벗어나는 게 우선이었다. 저의 시선이 그림자처럼 따라와 나를 괴롭혀도 필사적으로 참았다. 그리고 마침내 방에 도착했을 때 나는 무너질 것처럼 주저앉으며 어린애처럼 펑펑 울었다.

나는 류스테윈 할버드, 당신이 너무나 두렵다. 동시에 달아나고 싶을 만큼 무섭지만 그만큼 또 사랑스럽고 애틋해서 견딜 수 없었다. 나는 거세게 뛰는 심장을 움켜쥐며 바닥에 엎드렸다. 꺽꺽. 기괴한 울음소리가 나오는 입 주변에서 차마 내뱉지 못한 말들이 거세게 맴돌았다.

살려 줘. 제발 살려 줘.

누군가 내 심장을 도려내어줬으면 좋겠다. 그럼 나는 좀 더 완벽해질 텐데. 그러면 그 주체가 악마라 할지라도 나는 기쁘게 웃으며 가슴을 내어줄 수 있을 것 같았다. 진심으로 말이다.

이날을 기점으로 나는 꼬박 며칠 동안 앓아누웠다. 기침을 한다거나 콧물이 흐르는 것은 아닌데 열만 들끓었다. 뜨겁게 달아오른 몸은 흡사 불덩이 같았다. 특히 태양을 삼킨 듯 지글지글 타오르는 심장은 박동하고 있는 자체가 괴로웠다. 손으로 잡아 뜯으면 좋으련만 그럴 수도 없어 가쁜 숨만 몰아쉴 뿐이다.

혼몽인 듯 잔뜩 흐린 눈동자에서는 눈물만 쉼 없이 흘러나왔다. 입은 바짝 말라 텁텁했고 땀으로 흠뻑 젖은 등은 옷이 달라붙어 짜증이 났다. 옆에서 누군가가 계속 물에 적신 천으로 몸을 닦아주고 있었지만 별다른 도움이 되지 못했다. 할 수 있는 일이라곤 시트를 붙잡고 이리저리 뒤척이는 것뿐이었다.

그러는 동안 꿈을 꾸었다. 아니, 꿈이라기보다는 지난날을 되새긴다는 게 맞겠다. 지난한 세월의 풍상이 주마등처럼 스쳐 지나가고 있으니까.

어떠한 장면이 떠올랐다 사라질 때마다 바닥에 발자국 같은 것들이 새겨졌다. 그것의 처음은 매우 작았으며 이내 점점 커졌다. 자라나는 것처럼 말이다.

나는 직감적으로 발자국이 내 것임을 깨달았다. 어떤 것은 뚜렷한 자국이 나 있었고 어떤 것은 술에 취한 사람의 것처럼 매우 어질러져 있었다. 시작은 맨발이었지만 점차 뾰족한 구두의 형상을 띄었다. 그때의 주마등은 비슈발츠가에 처음 발을 내디뎠을 무렵의 나의 모습을 보여 주고 있었다.

나는 마치 홀린 듯 발자국 앞에 섰다. 그 위에 서니 보이지 않았던 것들이 비로소 보이기 시작한다. 발자국은 이미 나 있었다. 머리 위의 장면보다 더 빨리, 그리고 많이.

나는 그것들을 따라 걸었다. 어떤 것은 발자국에 핏방울이 점점이 떨어져 있었다. 다른 자국보다 깊게 팬 그것은 여러 개가 복잡하게 뒤엉킨 것이 흡사 춤의 스텝을 연상시켰다.

아, 맞아. 이 무렵의 나는 춤을 추고 있었지.

또 다른 것은 진창이 뒤엉켜 고약한 냄새가 났다. 다리를 전 것처럼 짝이 맞지 않은 자국도 있었다. 온전하게 찍힌 것은 몇 되지 않았다. 반쪽짜리에 불과했던 그때의 나처럼.

발자국을 하나씩 밟을 때마다 지난날의 일들이 또렷하게 생각났다. 나는 회상에 잠겨 실없이 웃다가 우는 것을 반복했다. 누군가 내게 말하는 것 같았다. 삶을 되돌아보라고.

왜냐하면 발자국의 끝에 흰 커튼이 펄럭이는 테라스가 놓여 있었기 때문이다. 마지막 발자국은 테라스 난간에 찍혀 있었다.

나는 테라스 난간 위에 올라섰다. 그리고 그때처럼 천천히 뒤로 돌아섰다. 로에나는 없었지만 다른 것은 죽기 전의 상황과 퍽 흡사했다. 앞뒤로 조금씩 흔들리는 몸과 그에 따라 춤추듯 펄럭이는 치맛자락, 그리고 긴장한 것처럼 떨려 오는 숨결이 말이다.

머리 위의 주마등은 어느덧 사라지고 어둠이 삼킨 발자국은 흔적조차 남지 않았다. 촛불을 끄듯 순차적으로 물들여지는 전방은 기묘한 긴장감을 불러일으키고 있었다.

이대로 허공으로 비산하여 떨어진다면 어떻게 되는 것일까? 나는 그것이 궁금했다. 꿈속인데도 죽게 될까? 아니면 지금처럼 되돌아오게 되는 것일까? 점차 기울어지는 몸이 아슬아슬하게 느껴졌다. 어디선가 불어오는 바람이 내게 속삭이고 있었다.

떨어져 봐. 그럼 알게 될 거야.

가슴 위로 두 손을 모았다. 그리고 두 눈을 감았다. 바람은 조금씩 강해지고 있었다. 나는 그것의 흐름에 몸을 맡겼다. 허공으로 쓰러지는 몸이 아득하게만 느껴진다. 어느덧 팔은 위를 향해 뻗어 있었다.

그때 누군가 내 손을 잡았다. 따뜻한 온기가 느껴지는 그것은 나를 붙잡아 일으키려 하고 있었다.

그러지 마.

성별을 알 수 없는 목소리가 낮게 속삭였다. 나를 잡는 너는 대체 누구인가. 알 수 없는 초조함에 입술을 깨물며 두 눈을 떴다. 얼굴을 확인하고 싶었다. 하지만 보이는 것이라곤 어둠뿐이다.

"허억!"

나는 짧은 비명과 함께 벌떡 일어났다. 이마에 천을 올려놓은 것인지 물기를 머금어 무거워진 천이 툭 하고 허벅지 위로 떨어진다. 나는 가슴을 움켜쥐며 헐떡였다. 까닭 모를 공포에 겁이 질려 몸이 덜덜 떨려 왔다. 순간 머리가 울리며 눈앞이 어지러웠지만 무언가에 꽉 막힌 것처럼 답답해진 심장보다는 나았다.

그렇게 한동안 숨을 몰아쉬었을까? 문득 고개를 돌려 창이 있는 쪽을 바라보니 희미한 새벽빛이 문틈 사이로 조금씩 새어 나오고 있었다. 침대 옆에 놓인 사이드 탁자 위에는 물이 담긴 주전자와 놋대야가 보였다. 나는 미지근한 물로 목을 축인 다음 침대에서 일어났다. 걸음을 걸을 때마다 메스꺼움과 함께 두통이 치밀어 올랐다. 휘청거리는 다리는 막 걸음마를 배우고 있는 아이처럼 어설프기 짝이 없었다. 납작하게 마른 배에서 구역질과 허기가 동시에 일었다.

"얼마나 누워 있었지?"

새하얗게 인 입술로부터 흘러나오는 목소리는 나무의 껍질처럼 거칠었고 메마른 흙과 같이 버석거렸다.

나는 비틀거리는 몸을 부여잡으며 방 바깥으로 걸어 나왔다. 유령에 홀린 사람처럼 홀을 걸으며 양어깨를 감싸 쥐었다. 몸 한구석에 존재하는 잔열로 인해 세상이 일그러지고 있었다. 점점 굽어지는 무릎은 후들후들 떨려 왔다. 그대로 앞으로 고꾸라져도 이상하지 않을 것만 같았다.

"어머니, 엄마…… 나 아픈데, 제발 나 좀!"

아무도 없는 빈 복도에서 칭얼거리듯 어머니를 불렀다. 하지만 돌아오는 건 싸늘한 새벽 공기뿐이다. 상실과 같은 공허함에 질린 나는 그대로 웅크렸다. 망치로 얻어맞은 듯 징징 울리는 머리에 알 수 없는 서러움이 새어 나왔다. 주워 담을 수 없는 감정이 넓게 퍼진 치맛자락을 타고 사르르 흘러내리고 있었다. 손끝으로 천을 쥐어 본 듯 슬픔만 더해질 뿐, 구멍이 뻥 뚫린 듯 허무하기만 한 심장에 눈물이 차올랐다.

잔열은 다시 뜨끈한 열기를 피어올렸다.

내 편이 될 수 없는 시간 속에서 많은 것이 피어올랐다 사그라졌다. 이러한 슬픔도 그중의 한 가지였다.

기이하게도 모든 것을 죄다 쏟아 내고 나니 오히려 평안함이 차올랐다. 병에 지친 몸이 여전히 고통을 호소하고 있었지만 이전처럼 괴롭지는 않았다.

나는 자리에서 일어났다. 병마로 인해 엉망이 된 얼굴이나 땀에 젖은 옷에 신체 일부분이 적나라하게 드러나고 있다는 것 따위는 이제 와 아무런 수치가 되지 않았다. 다만 갑작스러운 충동에 걸음이 빨라지고 있었다. 이해할 수 없는 마음은 내게 들뜬 목소리로 속삭였다.

아무나 만나. 누구든 말이야. 널 위로해 줄 사람을 만나는 거야.

이전에 정원에서 두 사람을 만났다. 그들 모두 내게 눈물을 안겨 주었다. 그것이 상반되는 의미일지라도 결국 시작임을, 계기가 될 수 있음을 모를 정도로 어리석은 내가 아니었다. 그래서 궁금했다.

나는 누구를 찾아서 이렇게 헤매는 것일까? 진심으로 바라 마지않았던 사람은 과연 누구일까?

"언니? 언니 맞죠?"

쾌활하고 명랑한 목소리가 내 귀를 감싸 안았다. 햇볕과 같은 보드라운 웃음이 내 심장을 어루만지고 있었다. 나는 멍청히 서서 꽃과 함께 서 있는 아이, 아리나를 바라보았다. 기다리고 있었다는 듯 방긋 미소 짓는 모습에 기이하게도 다리의 힘이 풀리고 있었다.

"어? 언니 얼굴이 왜 그래요? 어디 아파요?"

가벼운 발걸음으로 쪼르르 다가오는 모습이 마치 환영과 같았다. 말짱히 서 있는데도 꿈을 꾸는 것처럼 기이한 괴리가 인다.

나는 느릿하게 눈을 감았다가 다시 떴다. 손에 와 닿는 아이의 손길은 차갑지만 그만큼 또렷하여 이상한 안도가 들었다. 나는 아이의 손을 살며시 감싸 쥐며 작게 속삭였다. 마주하여 웃고 싶지만 그럴 수 없었다.

"안녕? 잘 있었니?"

심장 어림에 자리하고 있었던 열이 붙잡은 손을 향해 치달렸다. 아이의 어깨 위로 쓰러지듯 무너지는 몸은 그로 인해 무게의 균형이 깨졌기 때문이다. 나는 비틀거리는 몸을 바로 하기 위해 애를 썼다. 아리나가 비명을 지르며 '언니 몸에서 열이 나요!'라고 외치지만 그뿐이었다. 흙바닥 위로 볼썽사납게 주저앉은 몸은 나무 막대처럼 뻣뻣하기만 했다. 다만 강하게 깍지를 낀 손만이 퍼런 핏줄을 돋아 내며 펄떡펄떡 뛰고 있었다.

"언니 많이 아프잖아요. 그런데 여기에 왜 나와 있어요? 설마 일하는 거예요?"

"아무렇지 않은걸. 그래서……."

"거짓말. 괜찮은 표정이 아닌걸! 침대에서 좀 더 쉬어야죠. 우리 아빠도 내가 아프면 일을 시키지 않아요. 다들 너무해. 못됐어."

아리나는 붙잡히지 않은 다른 한 손을 내 이마에 올려놓으며 울먹였다. 고작 한 번 만났을 뿐인데도 진심으로 나를 걱정해 주는 모습에 가슴이 먹먹해졌다. 진정한 순수가 이곳에 있었다.

그래서일까? 가시나무처럼 뾰족하기만 하던 모든 것이 푸른 덩굴처럼 유연해졌다. 숨이 쉬어지고 있었다.

"사실 나 말이죠, 언니를 보고 싶었어요. 그래서 달님에게도 빌었는걸. 그런데 이렇게 아픈 줄 몰랐어요. 이럴 줄 알았으면 만나고 싶다고 빌지 않았을 거야."

"계속 기다렸니?"

아리나가 잠시 망설이더니 힘겹게 고개를 끄덕였다. 그 모습에 다시 한번 이루 말할 수 없는 감정이 울컥하고 올라왔다. 다른 사람에게 들키면 혼날 것이 분명한 곳에서 오지 않은 나를 기다리며 얼마나 많이 서성이고 또 서성였을까? '혹시나' 하는 생각이 아이에게 주었을 기쁨과 고통을 생각하니 못내 서글펐다.

"사실 나도 너를 기다린 적이 있었단다."

"알아요."

"안다니?"

"멋진 기사님이 언니가 준비해 놓았다며 흰 빵 바구니를 주셨는걸요. 크고 맛있는 흰 빵이 가득해서 정말 행복했어요. 버터 발라 먹는 흰 빵은 처음이었거든요. 마치 내 생일 같았어요. 정말 고마워요."

아이의 입술이 내 뺨에 살짝 와 닿았다. 어머니 외에 내게 이런 식으로 애정을 표현한 사람이 없었기에 기분이 묘했다.

나는 두 눈을 동그랗게 뜬 채 아리나를 바라보았다. 아이는 세상에서 가장 행복한 사람인 것처럼 웃고 있었다. 어떻게 그렇게 웃을 수 있냐고 물어보고 싶을 정도로 말이다.

아이가 큰 비밀을 이야기하듯 크게 숨을 들이켠 후 속삭였다.

"언니, 있잖아요, 아빠는 언니가 하녀가 아니래요. 하녀라면 그렇게 많은 흰 빵을 준비할 수 없다고 그러면서요. 아니죠? 언니, 내 말이 맞죠? 우리 아빠는요, 겁이 엄청 많아요. 매일 내게 잔소리를 하는걸요. 기사님 눈에 띄면 안 된다, 하녀 언니들 앞에서 말조심해야 한다 등등. 귀가 아플 지경이에요. 아빠는 귀족 나리들이 세상에서 제일 무섭대요. 난 귀신이 무서운데."

"나도 그래. 나도 귀족들이 제일 무섭단다."

내 말에 아리나가 두 눈을 동그랗게 떴다. 믿을 수 없다는 듯 벌려진 입은 목 안쪽이 훤히 들여다보일 정도로 커다랬다.

"귀신보다 더요?"

"그래."

"귀신은 피도 흘리고. 그리고 음, 무섭게 생겼잖아요. 귀족 나리들은 예쁜 옷을 입고 맛있는 음식을 먹고 번쩍거리는 보석도 달고…… 그러니까 진짜 멋져요. 그런데 왜 무서워요?"

"나도 모르겠어."

"그게 뭐예요. 언니는 겁쟁이로구나?"

"그렇게 생각하니?"

"응. 나보다 더 겁쟁이야. 하지만 나중에 언니를 지켜 줄 기사님이 나타날 테니까 너무 걱정하지 말아요."

"기사님?"

"예쁜 요정님을 지켜 주는 건 멋진 기사님이잖아요. 그렇죠?"

순진무구한 반응에 웃음이 새어 나왔다. 아아, 정말이지 내뱉는 말 하나하나가 아름답지 않은 것이 없다. 슬프게도 아리나에게는 현실의 잔혹함이나 생활고로 인한 괴로움이 동화 속의 희망처럼 반짝반짝 빛나 보일 테다.

하지만 하나도 이상하지 않았다. 단지 내가 가질 수 없었고, 앞으로도 가지기 어려운 이 마법과 같은 순수기에 애처로울 정도로 애달플 뿐이다. 내게 있어 가장 이상적인 사랑스러움이 바로 아리나니까. 그러니 내가 너를 다시 만나고 싶어 한 이유도 이 때문은 아닐까?

"내게 언니와 같은, 요정처럼 아름다운 언니가 있었으면 좋겠어요. 하지만 그러면 언니도 무거운 물 항아리를 짊어져야 하니까 그러지 않는 게 나을 것 같아요. 그리고 저어……."

아리나가 말끝을 흐리며 망설였다. 나는 차분히 아이의 다음 말을 기다렸다.

"이제 더는 못 올지도 몰라요. 사실 오늘이 마지막이었거든요."

"어째서니?"

"아빠가 나를 걱정하니까요. 아빠는 내가 이 정원에 다녀올 때마다 슬픔에 찬 눈으로 바라봐요. 그리고 등이나 얼굴을 살피곤 하죠. 나는 아빠가 그런 표정을 짓지 않았으면 좋겠어요. 언니를 더는 못 만나는 건 슬프긴 하지만 전 아빠를 사랑하는걸요."

"그렇구나."

나는 애써 담담한 어조로 말했다. 그러고는 손을 뻗어 아이의 뺨을 어루만졌다. 내가 아이의 부모라도 그랬을 것이다. 귀족가에서 일하는 하녀들은 변덕이 심하고 성질이 사나워 저보다 못한 이를 업신여기거나 깔보기도 하니 말이다. 무엇보다 아리나처럼 허드렛일을 하는 아이에게는 더더욱 심술을 부릴 가능성이 크다. 이른 새벽부터 일해야 한다면 그 누가 상냥한 모습을 보일 수 있을까? 귀족을 무서워한다는 아비의 말은 많은 것을 함축하고 있었다.

"하지만 언젠가 또 만날 수 있을 거야."

"약속하는 거죠?"

"그래."

아이의 손이 내 손에서 스르르 빠져나갔다. 시간이 됐다는 듯 무정하기만 한 그 태도에 서늘함이 올라온다. 구부러진 손가락 틈을 파고드는 건 새벽 공기였다.

피부에 와 닿는 오싹함에 나는 몸을 작게 떨며 숨을 들이켰다. 움켜쥘 수 없는 것에 대한 미련이 자꾸 나로 하여금 아이의 어깨를 붙잡으라고 말하고 있었다. 늪과 같은 탐욕이 슬금슬금 고개를 들어 올리며 기괴한 미소를 지었다. 하지만 그것에 홀리지 않았다. 아리나는 다신 돌이킬 수 없는 처연한 행복으로 남겨 둠이 옳으니까. 그래야 마땅한 것이기도 하고 말이다. 대신 연신 뒤돌아보며 인사하는 아이를 향해 눈으로 물었다.

'내 손을 잡은 건 너였니?'

지속할 수 없는 행복을 붙잡기 위해 되지도 않는 고집을 부리는 건 지난날로 족하다. 지금의 내가 과거의 나와 다른 점이 있다면 바로 '체념'을 알았다는 것이다. 나는 손을 들어 아이에게 인사했다.

돌아와서야 겨우 끝을 맺을 수 있게 된 진정한 유년이 이렇게 흘러갔다. 소유할 수 없는 허망함을 남기고서. 그것은 짧게 앓았던 열병만큼이나 진한 자국을 남겼다. 그렇기에 나는 내가 더 이상 열에 들떠 아프지 않으리라는 것을 본능적으로 깨달을 수 있었다.

5장
열쇠, 유품, 영혹

내가 정신을 차리자 가장 크게 기뻐한 것은 우습게도 어머니가 아닌 마리였다. 그녀는 고작 며칠에 불과한 시간 동안 많이 치였는지 한결 헬쑥해진 얼굴로 나를 바라보다 눈물까지 글썽였다. 그러곤 바깥으로 달려가 주치의를 크게 부르는데, 나는 그 속에 담긴 절박함에 웃지 않을 수 없었다.

미리 대기하고 있었던 것인지 주치의는 금세 당도했다. 그는 내 몸을 진찰하며 이것저것을 물어보았다. 그동안 잘 잡히지 않았던 열이 하룻밤 사이에 쉽게 떨어진 것에 대해 의아해하는 기색이 역력했다.

"어쨌든 다행스러운 일이지요. 계속 열이 떨어지지 않았다면 큰일 날 뻔했으니 말입니다. 일주일 동안은 수프와 같은 부드러운 음식만 드십시오."

그러면서 이대로 돌아가시는 줄 알았다며 껄껄껄 웃었다. 이 유능한 의사는 늙고 노쇠한 이였지만 청년처럼 열정적이었고 소년처럼 순진한 구석이 있었다. 무엇보다 그는 이 저택에서 유일하게 나에 대한 편견이 없는 사람이기도 했다. 가끔 격 없이 굴어 무례하다 여길 법도 하지만, 대신 남들에게 있을 경멸이나 질투, 시기와 같은 감정이 보이지 않았다.

흘러간 세월이 그에게 모든 걸 넉넉하게 포용할 방법을 알려 준 모양이다. 그것은 회백색으로 물들어진 눈썹 아래로 짓궂게 일렁이는 눈동자에 고스란히 드러났다.

"아프지 마십시오. 뭐든 건강이 최고입니다."

한쪽 눈을 찡긋거리며 말하는 것이 매우 우스꽝스러웠지만 나름대로 진정성이 담겨 있었다. 나는 고개를 끄덕이며 그러겠노라고 말했다. 다시는 이런 식으로 앓아누울 리가 없을 거라는 확신이 있었기에 가능한 대답이었다.

마리는 주치의가 나가자마자 기다렸다는 듯 알맞게 식은 수프를 대령했다. 그리고 내 옆에 서서 살살 눈치를 살피는데, 귀 끝까지 내려간 눈 꼬리는 억울함과 슬픔으로 가득해 이유를 물어보지 않을 수 없었다.

"무슨 일 있었니?"

그러자 기다렸다는 듯 자신이 당했던 수모를 일러바치는 그녀. 이번 일을 계기로 마고와 완벽하게 연을 끊은 것인지 예전처럼 불안해하거나 망설이는 기색이 없었다. 그의 잔뜩 찡그린 얼굴은 억울함으로 가득했다.

"건방지게 굴면 저택에서 내쫓아버린다면서 어찌나 무섭게 굴던지 정말 속상했어요. 아가씨, 저는 어쩌면 좋나요?"

덧붙이는 말이 많았지만 요지는 간단했다. 내가 정신을 못 차리고 있는 사이를 틈타 자신을 불러 모두의 앞에서 모욕을 줬다는 소리다. 마리는 더 나아가 나와 스스로를 동일시하고 있었는데, 자신이 받은 상처가 마치 내게 주어진 것인 양 분개하며 이대로 가만히 있을 수 없다 열변을 토했다. 마치 로에나를 대하는 마고와 같았다.

"오, 그래? 많이 속상했겠구나. 무섭지 않았니?"

"아뇨. 아가씨를 생각하면서 꾹 참았어요. 제가 무너지면 바로 아가씨에게 못된 짓을 할 게 분명하니까요."

언제부터 그랬다고 이리 충성심을 뽐내는지 모르겠지만 그렇게 말하는 마리의 얼굴에는 뿌듯한 자랑스러움이 흘러넘치고 있었다. 나는 그녀의 손등을 가볍게 어루만지는 것으로 공을 치하했다.

"마고가 너처럼 현명하고 사려 깊었다면 좋았을 것을. 적어도 모두에게 공평했을 테지. 시녀장은 나이가 많아. 언제 죽어도 모를 정도로 노쇠했지. 이제 그녀의 대체자를 생각해야 할 시점인 것 같구나."

"대체자요?"

마리의 목울대가 크게 움직였다. 나는 그녀의 눈에 서린 열망을 모르는 척 여상스럽게 말을 이어 나갔다.

"아직까지는 나 혼자만의 생각이긴 하지만, 앞으로는 모두가 그렇게 여기지 않겠니? 다만 로에나가 마음에 걸리는구나."

"로에나 아가씨요? 왜 그렇게 생각하세요? 로에나 아가씨는 평소에도 하녀장님의 건강을 걱정했는걸요."

"로에나와 마고의 유대는 우리가 생각하는 것보다 훨씬 깊단다. 그렇기에 그녀는 아마 마고가 원하는 대로 뭐든 해주고 싶어 할 거야. 대체자와 같은 문제도 말이지. 그리고 아버지는 로에나를 끔찍하게 아끼시지."

"네, 맞아요. 하녀장님의 뒤에는 로에나 아가씨가 계시죠."

마리가 고개를 주억거렸다. 그리 대답하는 그녀의 얼굴에는 작은 근심이 서려 있었다. 나는 마리에게 수프 그릇을 건넸다. 그녀는 접시를 옆으로 치운 다음 다시 두 손을 공손하게 모아 선다.

"로에나는, 그래, 모든 사람에게 상냥한 소녀지. 하지만 그녀라고 해서 모두에게 공평한 애정을 나누어줄 수 없지 않니? 내가 애석하게 여기는 부분은 이것이란다. 로에나가 좀 더 너희를 생각해 주었으면 좋을 텐데 말이야."

"맞아요. 저도 그렇게 생각해요."

"그래서 나는 기대하고 있단다. 네가 소개해 줄 사람을 말이지. 되도록 이른 시일 내에 이루어졌으면 좋겠구나."

세릴이 방에 들어와 목욕 준비를 마쳤다고 알린다. 나는 마리의 도움을 받아 자리에서 일어났다. 욕조에는 김이 모락모락 피어오르는 물이 가득 담겨 있었다. 재스민이 흩뿌려진 물에 몸을 담그니 두통이 조금 가시는 것 같았다. 얼어붙어 있었던 모든 것이 조금씩 풀리는 느낌이다.

나는 감미롭고 이국적인 꽃 향을 들이마시며 눈을 감았다. 달콤함에 취해 그대로 잠이 들어버릴 것만 같았다.

내가 깨어난 이후 마리는 다시 기세등등한 모습으로 저택을 돌아다니며 하녀들과 자주 대화를 나누었다. 남을 헐뜯거나 비아냥거리는 말에는 재주가 탁월한 그녀인지라 이러한 일에 제격이었다. 출처를 알 수 없는 헛소문이라 할지라도 마리의 입에 오르면 '어머, 정말이야?'라는 소리가 절로 나왔다. 그녀는 겁이 많았지만 자신을 위해서라면 아주 드물게 영리해질 때가 있었다. 이번처럼 말이다.

아마도 마리는 이 저택에서 오래오래 붙어 있으려면 나에게 붙어야 하는데, 그러기 위해서는 저택에 만연해 있는 나에 대한 나쁜 소문을 개선하는 것이 필요하다 생각한 모양이다. 마고를 위시한, 그러니까 하녀 중 상급에 해당하는 이들은 마리와 어울리려 하지 않았지만, 세탁실이나 부엌, 장을 보는 것과 같은 허드렛일을 하는 하녀들은 마리의 열변에 감탄하며 고개를 끄덕였다.

그녀들은 마리가 사 온 달콤한 초콜릿 조각과 같은 고급 음식에 감격해하고 있었다. 동시에 '우리 아가씨는 나를 참 좋아하셔서 뭐든지

다 들어주서'라는 말을 내뱉으며 으스대는 마리의 기분을 추켜세웠다.

마리는 내가 주는 총애를 과시하며 누구든 자신처럼 될 수 있다 말했다. 이 저택의 주인인 양부가 어머니에게 푹 빠져 있으므로 내게 들어오는 용돈이나 보석, 옷과 같은 것들이 로에나에 결코 뒤지지 않는다는 것이다.

"시스에 아가씨는 검소하셔서 사치를 부리려 하지 않으시거든? 그리고 어려운 시절을 겪으셔서 그런지 몰라도 우리와 같은 사람들을 참잘 이해해 주신단 말이야? 솔직히 말해서 로에나 아가씨가 해주시는 게 뭐가 있어? 칭찬은 나도 할 수 있는걸. 반면 우리 시스에 아가씨를 봐봐. 칭찬과 함께 상금을 아끼지 않으시지. 내가 우리 아가씨를 모시고 나서부터 차림이 확 달라졌다 이거야. 뭐, 솔직히 말해서 나도 처음에는 아가씨를 오해해서 싫어하고 그랬는데, 역시 사람은 겪어 봐야 안다고 우리 아가씨처럼 아름답고 상냥하고 우아한 분은 또 없을 거란 말이지. 오늘도 내가 너희들과 티타임을 가진다 하니까 이렇게 맛있는 음식도 챙겨 주고 그러시지 않아?"

마고에게 불려 가 대대적인 수모를 당한 이후로 마리의 공세는 매우 강해졌다. 그녀는 꼬리 달린 짐승처럼 내게 애교를 부리다가도 자신과 상반된 위치에 있는 사람을 보면 이를 드러내며 으르렁거렸다. 밤에 내 얼굴을 마사지할 때면 꼭 하녀들과 있었던 일들을 토씨 하나 빼놓지 않고 죄다 풀어냈다. 그러고 나서 칭찬을 바라는 것처럼 눈을 반짝이며 나를 바라보는데, 내가 어깨를 토닥이거나 손을 붙잡아주면 뛸 듯이 기뻐했다. 마치 온몸으로 '나는 당신에게 충성하고 있어요. 그러니까 예뻐해 주세요'라고 말하는 것 같았다.

세릴도 자신의 본분을 다했다. 그녀는 마리처럼 과하지 않았지만 나름대로 스스로의 노력을 증명하고자 애썼다. 그녀는 아직 마고의 눈 밖에 나지 않은 것을 퍽 자랑스러워하며 나에 대해 어떤 이야기를 나누었는지 세세하게 말했다.

하녀장으로서 마고가 할 수 있는 건 아랫사람을 통한 수작질뿐이었다. 하지만 내 옆에 마리가 붙어 있고, 허드렛일을 하는 아이 중 몇몇이 마리에게 넘어오고 있어 계획이 성공하는 일이 드물었다.

라발리에가 저택을 떠난 지 수 일이 지났지만 나는 여전히 그녀의 후광을 업고 있었다. 그녀는 사교계에서 제법 명망이 높은 인사들을 내 가정교사로 추천해 주었고, 덕분에 나는 여러 명사와 친분을 쌓을 수 있는 계기를 마련할 수 있었다.

처음에 나를 꺼림칙하게 여겼던 이들도 수업을 진행하면서 점차 마음을 열어 갔다. 그들은 내가 귀족가에 어울리는 태도와 마음을 가지고 있다는 사실에 무척 흡족해하고 있었다.

시스에 영애는 참으로 진정성 있는 태도를 가지고 있군요. 이러한 마음가짐을 가지고 있는 영애를 만나는 게 얼마 만인지 모르겠어요.

저들이 문을 나설 때마다 빙그레 웃으며 내 뺨에 키스하는 모습은 모두의 눈을 휘둥그레 만들기에 충분했다. 인정하고 싶지 않겠지만 내 날개는 병아리의 솜털에서 벗어나 조금씩 크게 자라나고 있었다.

양부는 이것을 크게 기뻐했다. 그는 내가 신분에 따른 천박함을 드러내지 않고 일정에 따른 교육을 묵묵히 잘 따르는 것을 퍽 대견스러워하고 있었다.

그도 그럴 것이 어머니에 대한 애정으로 주위의 만류에도 재혼을 한 것이지만, 로에나와 겨우 한 살 차이 나는 딸을 데리고 있는 미망인이라는 것이 퍽 부담스러웠을 테다. 그렇기에 무례함을 무릅쓰고 라발리에에게 부탁을 하였으며, 나에 대한 원조를 아끼지 않았던 것이다.

다행히도 나는 훌륭하게 당신의 기대를 충족시켜 주었다. 비슈발츠라는 성이 낯부끄럽지 않을 정도로. 이는 신뢰의 문제로 직결될 것이며, 나에 대한 믿음이 두터워지리라는 모종의 확신을 얻을 수 있었다.

그것은 마고가 감히 넘볼 수 없는 단단한 방패와 같았다.

양부는 자주 나를 불러 이야기를 나누고자 했다. 하는 말이라곤 지내는 데 불편함이 없느냐와 같은 일상적인 말이지만 나쁘지는 않았다. 양부는 그 나름대로 나를 신경 쓰고 있었다. 매번 보내지는 보석이나 용돈과 같은 것만 해도 그랬다. 마치 과시라도 하듯 모두의 이목을 사로잡으며 매일 아침 내 방으로 보내졌다. 로에나가 가지고 있는 것과 대등하게 만들어주겠다는 듯 생각지 못한 부분까지 세세하게 채워 넣었다.

마리는 이것으로 인해 나를 따라도 될 것 같다고 확신한 모양이다. 그것은 그녀를 따르는 이들도 마찬가지로, 저들은 내가 로에나와 동등한 위치에 서리라는 것을 믿어 의심치 않았다.

"하녀장님이 매일 투덜거려요. 이러다가 백작가의 가세가 기울겠다고요. 하지만 집사장님께서는 눈 하나 깜빡하지 않으시죠. 이 정도 가지고는 무너질 비슈발츠가 아니라면서 말이에요. 무엇보다 이런 식의 품목은 다른 귀족 아가씨들도 가지고 있는데 뭐가 문제인지 모르겠어요."

보석도 보석이지만 유행이 빨리 바뀌는 사교계 특성상 전에 맞춘 드레스는 금세 구닥다리로 전락해 버리기 일쑤였다.

나는 그것을 마리에게 넘겼고, 마리는 이것을 이용하여 나의 너그러움을 증명했다. 버려진 옷에 달린 리본이나 레이스 조각, 비단 허리띠만 하더라도 시장에서 큰 값으로 팔렸다. 극단의 경우 실제 귀족 아가씨들이 사용한 옷을 사들여 배우에게 입히는 경우가 있었다.

그렇기에 귀족가의 하녀들은 임시적인 수입을 마련하고 싶을 때 자신이 모시는 아가씨에게 받은 손수건이나 리본 띠, 진주를 개어 만든 분가루 등을 떼어 팔았다. 귀족 영애들이 쓰는 것이라 보잘것없는 물건은 하나도 없으므로 대부분 큰 도움이 되었다.

마리가 데려온 하녀 역시 위와 같은 부분에서 금전적인 문제를 해소한 사례였다. 그녀는 나를 보자마자 바닥에 엎드려 '감사합니다'라고 외쳤는데 발갛게 달아오른 눈가는 눈물자국이 선연하게 남아 있어 의아했다.

무엇보다 낯이 익은 것 같아 마리에게 물어보니 로에나의 머리를 담당하는 하녀라 말했다. 그러면서 덧붙이는 게 아버지의 도박 빚으로 왈패들에게 협박을 받고 있었는데 마리의 도움으로 인해 급한 불을 끌 수 있었다는 것이다.

그녀의 이름은 '믈랑'으로 툭 튀어나온 광대뼈와 옆으로 쫙 째진 눈동자가 무척 인상적인 소녀였다. 선조 중 한 명이 동대륙에서 건너온 이라 했던가? 그들의 피를 많이 물려받은 모양인지 체구나 외양이 제국인이라 보기에 조금 어려웠다.

머리부터가 그랬다. 빛을 받으면 짙은 군청 빛이 도는 머리카락은 옆으로 길게 땋아 위로 틀어 올려져 있었는데 한눈에 보아도 무척 특이했다. 작은 천 조각으로 묶어 단단히 고정한 모양이 판화에서 본 동대륙인과 흡사했다.

마리는 믈랑을 가리켜 손재주가 좋은 하녀라 했다. 특히 머리를 꾸미는 데 대단한 재능을 보였는데, 그것에 대한 미적 감각은 다른 소녀들을 능가한다고 덧붙였다. 드레스에 어울리는 머리 모양을 꾸미는 건 믈랑이 최고라는 것이다.

그녀의 말에 따르면 리본 끈이 없더라도 주변에 널린 생화, 혹은 머리카락을 이용해서라도 맵시 좋은 모양새를 금세 만들어 낸다 하였다. 단순히 꼬고 비트는 것뿐인데도 우아하면서도 아름다운 머리를 만들 수 있다 했다. 석회 가루를 바르지 않아도 머리를 높게 틀어 고정하는 방법은 그녀가 자랑하는 기술 중 하나였다.

그저 손가락 마디만 한 작은 진주 핀 하나만 있으면 되었는데, 온갖 보석 핀으로 고정한 영애들보다 더 아름답게 머리의 형태가 잡혔다. 그것은 황실 전속 하녀라 할지라도 감히 흉내 내지 못할 믈랑만의 독보적인 능력이었다.

나는 그제야 그녀가 누구인지 깨달았다. 믈랑은 로에나를 모시는 하녀지만 유일하게 그들의 무리에 속해 있지 않은 소녀였다. 마치 유령처럼 붕 떠 있는 것 같았다. 도드라진 외모의 소유자지만 있는 듯 없는 듯 조용히 생활하는 그녀의 행동은 타인의 눈에 띄기 참 어려운 면이 있었다.

무엇보다 믈랑은 남 앞에 나서서 누군가를 지적하는 것을 좋아하지 않았고, 마고에게 잘 보이기 위해 노력하기보다는 주어진 일에만 최선을 다했다. 남들과 함께 어울리며 누군가에 대해 수다를 떤다는 것은 믈랑에게 있어 퍽 어려운 일이었다.

그녀는 일이 끝나기가 무섭게 자기 방에 틀어박혀 일찍 잠자리에 들거나 천을 꼬아서 머리끈을 만들며 놀았다. 아니면 가족에게 보낼 편지를 동대륙어로 정성스레 쓰기도 했다.

그렇기에 믈랑은 사람들과 잘 어울리지 못했는데 특히 마고의 무리와 데면데면했다. 공통적인 화두가 없었던 탓이다. 저에게 있어 로에나는 모시는 아가씨일 뿐이지 마음을 다해 지켜야 한다거나 사랑스럽게 대해야 할 상대가 아니었다. 그 때문에 다른 하녀들이 로에나를 찬양하는 말을 꺼내어도 맞장구를 치거나 함께 이야기를 나누는 모습을 보이지 않았다.

과거의 내가 로에나를 몰아낼 때도 이렇다 할 반응을 보이지 않은 건 믈랑뿐이었다. 오랜 시간 동안 로에나의 머리를 만진 그녀지만 모든 것이 자신과 상관없다는 듯 여상스러웠다. 되레 자연스러운 순서라는 것처럼 기꺼이 내 머리를 매만지는 태연함을 보이기도 했다. 그도 얼마 안 되어 개인적인 사정으로 일을 그만두었긴 하지만 말이다.

"아버지의 손목을 자르겠다고 협박을 하는데……."

그랬던 믈랑이 내 앞에 엎드려 울먹이는 목소리로 말한다. 설움이 북받친 탓인지 흘러나오는 말의 발음이 매우 부정확하게 들리고 있었다. 눈물에 젖은 뺨은 손등으로 하도 닦아 내어 빨갛게 부어올라 보기 흉했다.

그녀는 내게 생명의 은인이라 했다. 왈패가 사창가에 팔아버리겠다 으름장을 놓는 통에 거의 기절할 뻔했는데 때마침 찾아온 마리로 인해 무사히 위기를 넘겼다는 것이다.

"아가씨께서 마리를 보내지 않았다면 저는 뒷골목으로 끌려갔겠지요. 어느 순간 시체가 되어 버려졌을지도 몰라요. 감사합니다, 아가씨."

마리의 호의는 어느 순간 내가 지시한 선행으로 변해 있었다. 그녀가 어떻게 바람을 넣었는지 몰라도 믈랑의 입에서 흘러나오는 나는 매우 상냥하고 사려 깊은 데다가 불의를 참지 못하는 아가씨가 되어 있었다. 마치 로에나처럼 말이다.

"제가 할 수 있는 일이라면 무엇이든 최선을 다해 아가씨를 돕겠습니다."

뜻하지 않은 자의 선의는 그 어떤 것보다 오랫동안 가슴에 남는 법이다. 젖은 눈동자로 나를 바라보는 믈랑의 얼굴은 무한한 신뢰와 존경으로 가득했다. 그녀는 진심으로 감사하고 있었다.

사실 믈랑에겐 다른 하녀들처럼 말재간이 뛰어나다거나 행동력이 좋다거나 사람을 끌어모으는 매력은 없다. 일을 시키기에 적합하지 않은 상대였다. 그러나 진정성 하나만큼은 발군이라 끌리지 않을 수 없었다. 마음을 얻는다는 전제하에서. 그래, 진정성. 마리와 세릴에게는 없는 커다란 것 말이다. 무엇보다 로에나의 머리를 담당하고 있다는 점에서 유용할지도 모르는 상대였다. 나는 손을 뻗어 그녀의 어깨를 토닥였다.

"괜찮단다. 도움을 주지 않아도 된단다. 그저 무사했다는 것만으로도 기쁜걸. 그러니 일어나 네 방으로 가 푹 쉬렴. 얼마나 놀랐겠니."

그러자 믈랑이 내 손을 잡고 크게 울음을 터뜨렸다. 아비의 도박 빚으로 인해 마음고생을 많이 한 듯 눈물을 양껏 쏟아 내는 모습이 매우 서러웠다. 목이 아닌 온몸으로 떨며 울고 있었다. 잊고 있었던 공포가 되살아나 저를 흔들었기 때문이리라. 그러니 내가 구원인 양 매달려 있는 것이다.

"감사합니다. 감사해요. 정말로 감사해요."

믈랑은 거듭 인사하며 고개를 조아렸다. 눈이 부어올라 잘 보이지 않을 텐데도 나를 바라보며 미소를 지으려고 노력한다. 그것은 로에나에게도 보여 주지 않았던 지극한 정성스러움이었다. 그렇기에 나는 확신할 수 있었다. 언제고 귀중히 쓰일 수 있는 단단한 목줄이 저의 목에 채워졌노라고. 그것은 보이지 않는 손이 되어 그를 조종할 것이며 가장 요긴한 말이 되어줄 것이다.

마리는 믈랑과 같은 하녀들을 정성스레 도왔다. 그러고선 내게 자랑스레 보고하는데, 말을 하는 그녀의 얼굴에는 현 상황에 대한 만족감이 가득했다. 그녀는 자신의 밑으로 모여드는 하녀의 수를 세는 것이 퍽 즐거운 듯했다. 그것은 일종의 자기 과시였으며 대리적인 만족에 가까웠다.

그러므로 꿀에 모여드는 벌레들이 허드렛일을 하는 하녀나 시종이라는 사실은 중요하지 않았다. 본디 밑바닥처럼 가장 역동적인 데가 없으니까. 살기 위한 발버둥은 성스러운 치열함으로 물든다. 백작가의 아침을 여는 것은 바로 이들이었다.

사실 마리의 도움을 믈랑처럼 순수하게 받아들이는 이는 매우 드물었다. 대부분의 사람이 주어진 호의를 거절하지 않으면서도 매우 미심쩍은 눈빛으로 나를 바라보았다. 경계 서린 눈동자는 의심과 의혹으로 가득 차 있었다. 무슨 꿍꿍이속으로 날 도우냐는 식의, 주제도 모른 채 마냥 날뛰는 이들이 태반이라 헛웃음이 나왔다.

"아가씨를 세상 물정 모르는 바보라 여기는 사람도 있어요."

마리가 속상하다는 듯 푸념했다. 그녀의 말에 의하면, 염치가 없는지 마치 무엇이라도 되는 양 대놓고 돈을 빌려 달라 조르는 사람이 있다는 것이다.

그러나 나는 마리의 투정을 모르는 척 흘려들었다. 되레 지나가는 말로 저를 부추기며 더 많은 하녀를 도와주게 했다. 그렇다고 해서 이 도움이 모든 하녀에게 공평하게 나누어지는 것은 아니었다. 나는 로에나 쪽 하녀, 그러니까 마고의 위시로 한 하녀들과 긴밀하게 연결된 이들에게는 냉정해질 것을 명했다. 다른 이들이 한 번 부탁하면 될 것이지만 저들은 열 번 이상 넘게 애원해야 겨우 도와줄까 말까 고민하라는 것이다.

이는 까닭 없는 선의가 당연한 줄 아는 태도를 경계하는 의미도 있지만, '내 사람'이 아닌 자에게는 냉정해질 수밖에 없는 현실을 깨닫게 하려는 의도가 있었다. 요는 내 편이 되라는 소리다.

많은 사람이 모여 일하는 백작가이기에 살아가는 삶의 질 역시 천지 차이였다. 어떤 이는 백작가에서 나오는 월급으로 빚을 갚으며 근근한 생활을 영위했고, 어떤 이는 이마저도 못 해 허덕였다. 일정 부분을 떼어 가족들에게 보내고 나머지는 저축한다는 야심찬 계획은 꿈에서나 할 수 있는 일이었다. '살아간다'라는 말 자체가 사치인 이들이 태반이었다.

마고의 무리가 아닌 이상 즐거움의 의미를 아는 하녀는 극소수에 불과했다. 마고는 제가 아끼는 사람이 아니면 주머니 끈을 풀지 않았고, 어느 부분에서는 매우 인색하기까지 했다. 그것은 그녀를 따르는 무리도 마찬가지였다. 그들의 손에는 아교가 붙어 있어 돈을 붙잡을 줄만 알았지 떨어뜨리지 못하였다. 허드렛일을 하는 자들의 사정은 순전히 그들의 문제였다. 단지 제 서열을 확인하고자 어울리는 것뿐이었다.

특히 친한 이에게 선뜻 돈을 내어줄 수 있는 선의를 지닌 사람은 드물었다. 제 앞가림하기에도 바쁘니까. 결국 남은 건 월급을 가불하는 것뿐인데, 이것도 한두 번이지 매번 집사를 찾아가 돈을 달라 요청할 수 없었을 테다. 그렇다고 왈패들의 사채를 쓰자니 눈덩이처럼 불어나는 이자가 두려웠을 테고 말이다.

그러던 와중에 기적처럼 나타난 것이 마리다. 나의 명에 따라 대가 없이 사람들을 도와주는 착한 바보 말이다. 급전에 목말랐던 이에게 있어 이보다 더한 유혹은 없었다. 그것은 꿀과 같이 달았고 와인보다 더 감미로웠다. 저를 잘 꾀기만 한다면 많은 돈을 얻어 낼 수 있다는 생각이 모두의 뇌리를 뒤흔들고 있었다.

"미끼를 물었으니 목줄을 만들어 씌워야지."

나는 마리에게 친절한 목소리로 설명하듯 말했다. 그렇지 않으면 은혜를 모르고 날뛰게 된다고 덧붙였다. 양에게 잘 마른 건초를 듬뿍 먹이는 건 저를 통해 얻을 치즈와 우유, 털을 생각해서이다. 하물며 사람이야 어디 하나 쓸모가 없을까?

"목줄로 무엇이 가장 쓸 만할까? 그렇지, 이게 좋겠어. 그들의 절박함을 시험해 보자."

"절박함이요?"

나는 의아하다는 듯 되묻는 마리의 말에 고개를 끄덕였다.

"그래, 절박함. 자신의 목에 기꺼이 목줄을 채워 넣는 그런 절박함. 그것이라면 나 역시 기쁜 마음으로 돈주머니를 열 수 있을 테지."

가령 무엇인가를 훔치는 일과 같은 것 말이다. 그것이 로에나가 가지고 있는 열쇠라면 더할 나위 없을 테다. 나는 마리를 바라보며 빙그레 미소를 지었다. 생각만 해도 즐거워 견딜 수 없었다.

절박함의 측도를 측정하는 건 개인으로 아무도 타인의 마음을 감히 헤아리지 못한다. 다른 사람에게 있어 별거 아닌 일이라도 내게 있어서는 '전부'가 될 수 있으니까. 상대적인 개념, 마음이라는 절대적 영역을 담당하는 이 커다란 축은 스스로의 깊이에 따라 오롯이 달라진다. 그런고로 내가 누군가의 마음을 시험하여 뒤흔든다는 것은 말도 안 되는 일이다. 신이 아닌 이상 어떻게 그런 일을 자행할 수 있겠는가! 그러니 다만 기다릴 뿐이다. 사냥감이 덫에 걸리기를 기다리며 말이다.

인간관계에서 참 신기한 게 있다면 안달을 내는 사람이 무조건 진다는 것이다. 놀랍게도 찰나의 시간, 고작 눈 한 번 깜빡이는 것에 많은 것이 무너지고 무뎌진다. 우리가 상상하지 못할 모든 것이 말이다. 그렇기에 누군가는 말한다. 승부를 결정짓는 조건이 매우 간단하다고. 더 잘 참느냐 혹은 못 참느냐에 따라 승자와 패자가 결정된다는 것이다.

이는 매우 단순한 논리로 많은 도전자에게 희망적인 생각을 가지게 한다. 하지만 그것이 기약 없는 기다림이라면 과연 어떻게 될까?

마리는 내게 물었다.

"제게 돈을 얻기 위해 무엇이든 할 수 있는 사람을 어떻게 찾아내죠?"

나는 느긋하고 여유로운 목소리를 한껏 뽐내며 천천히 대답했다.

"시간이 알려 줄 거야."

그래, 모두에게 공평한 시간이 말이다.

나는 사냥꾼의 심정으로 인내하고 있었다. 굶주림에 지친 짐승이 덫에 달려들어 제 몸을 불사를 수 있도록 아주 천천히 말이다.

기실 노련한 사냥꾼은 스스로의 솜씨를 믿기에 덫이 잘 설치되었는지 걱정하지 않는다. 그저 수확할 때를 묵묵히 기다리며 시간이라는 올가미가 저의 목줄을 서서히 옥죄기를 바랄 뿐이다. 절망이라는 구렁텅이에서 헤어 나오지 못하도록, 그래, 그렇게.

과거의 나는 기다림이라는 것을 몰랐다. 눈앞의 결과에 목매어 스스로를 몰아붙이고 또 붙였다. 자연 성격이 조급해지고, 늘 불안정한 상태를 유지했다. 마음먹은 대로 일이 풀리지 않으면 미친 사람처럼 성질내거나 고함을 질러 댔다.

인내라는 것, 즉 시간의 흐름에 순응하는 겸허의 자세는 내게 있어 고약한 독이었다. 당장 눈앞에 달콤한 것이 놓여 있는데 왜 기다려야 하냔 말이다. 그렇기에 천천히 아껴 먹는 것의 미학을 전혀 알지 못하였다. 단지 급하게 먹다가 목이 막혀 죽는 한이 있더라도 지금의 행복에 취하고 싶을 뿐이었다. 인내 후에 맛보는 성과가 더 달콤하고 향기롭다는 것을 몰랐으니까.

하지만 지금은 안다. 그것이 얼마나 짜릿한 흥분을 가져다주는지. 얼마만큼 아름다운지 말이다. 보라, 내가 이기지 않았는가!

한 마리의 가엾은 짐승이 덫에 걸려 아등바등 가쁜 숨을 내쉰다. 고개를 조아린 상태에서도 확연히 보이는, 애처로울 정도로 바들바들 떨리는 신체가 즐거울 정도로 기껍다. 스스로 채운, 자신을 사지로 내몰아버린 가련한 목줄이 얼마만큼의 무게를 지니고 있을지 궁금할 정도다.

그것이 로에나를 향한 하잘것없는 충성에 감히 비할 바가 못 되어도 나는 크게 웃어줄 자신이 있었다. 저의 목을 짓눌러 손수 숨통을 끊어줄 의향도 말이다. 그토록 기다려 온 제물이니 응당 그래야 하지 않는가?

"무, 무엇을 원하시는지요?"

하녀가 물었다. 겁에 잔뜩 질린 목소리는 나에 대한 경계로 가득했다. 파르르 떨리는 얼굴 근육은 긴장감을 잔뜩 머금고 있었다. 하지만 초점을 잡지 못해 이리저리 흔들리는 눈동자가 속눈썹 그늘 아래 교활한 빛을 내뿜으며 번뜩였다.

나는 이러한 부류의 사람들을 자주 보아 왔다. 선택을 한 건 자신이면서 어쩔 수 없었다는 핑계로 제가 저지른 모든 죄를 타인에게 떠넘겨 버리는 비겁자들을.

구정물을 먹는 건 매한가지면서 이런 식으로 자기 위안을 하며 최후의 돌파구를 마련해 놓는 것이다. 지저분하게 엉킨 머리카락 사이로 얼마나 깜찍한 생각을 하고 있을까? 내가 시킬 수 있을 만한 일을 떠올리며 나름대로 변명의 말을 준비하고 있을 테다. 그러니 주제도 모르고 말을 막 내던지는 게다. 무엇을 원하느냐, 라고.

나는 입술 끝을 비틀어 올려 웃었다. 제 목줄을 붙잡은 줄도 모르고 쉭쉭 가시를 내세우며 이를 드러내는 미련한 사냥감에 자애로움을 보일 수 있는 사냥꾼은 없었다.

"원하다니? 그것참 무례한 말이로구나. 너와 같은 아이에게서 내가 얻을 수 있는 게 무엇이 있으려고."

나는 마리에게 손짓했다. 더 이상 듣지 않겠다는 신호였다. 그러자 마리와 세릴이 하녀의 겨드랑이를 붙잡고 일으켜 세웠다. 하녀는 사색이 된 표정으로 나와 마리들을 바라보더니 절규하듯 외쳤다.

"자, 잘못했습니다! 제가 잘못 말하였어요. 그럼요, 그렇고말고요. 아가씨께서 제게 원하시는 것이 있을 리가 없지요. 그러니까 제발, 제발요!"

"오, 그래?"

나는 그녀에게 다가가 부채로 턱 끝을 추켜올렸다. 눈물로 젖은 뺨을 감상하며 빙그레 미소를 지었다. 언제 가시를 세웠냐는 듯 금세 꼬리를 말며 내 눈치를 살피기에 바쁜 짐승의 모습에 자꾸 웃음이 나와서였다. 그녀의 목줄이 손아귀에 꽉 잡히는 것 같았다. 그것은 얇고 가느다란 밧줄이었다. 목 졸라 죽이기에 딱 좋은 그런 종류의 것 말이다.

"나는 그저 궁금할 따름이란다. 너의 용기가 말이야."

"요, 용기요?"

"그래. 그것은 약간의 성의와 용기만 있으면 된단다. 그럼 모두가 행복해질 테지."

"하지만 무엇을 말씀하시는 것인지……."

"그건 네가 생각해야 할 문제지."

"네?"

나는 부채를 접어 그녀의 머리를 툭 가볍게 건드렸다. 그러고는 부드러운 목소리로 속삭이듯 말했다.

"잘 생각하렴."

마리의 말에 의하면 하녀는 마고의 보석을 훔쳤다는 이유로 그 배에 달하는 보상금을 갚아야 하는 처지였다. 제 딴에는 훔치지 않았다고 주장하는 모양이지만 마고를 위시로 한 모든 이가 저를 도둑으로 몰고 있어 이러지도 저러지도 못하는 상황이라 하였다.

"우선 세탁실에서 일하고 있긴 하지만 집안이 워낙 가난해서 한 푼이라도 제대로 갚을 수 있을지 모르겠어요. 그리고 워낙 손버릇이 나쁜 애라서 진짜 훔치지 않았는지 모를 노릇이지요."

"하지만 제 것을 도둑질한 하녀를 고작 세탁실에서 일하는 것과 보상금을 갚는 한에서 용서해 준 마고도 이해할 수 없구나. 그녀가 그렇게 너그러운 성품을 가진 사람인 줄 몰랐어."

"로에나 아가씨가 만류하셨거든요."

"저런."

나는 낮게 혀를 차며 말을 이어 나갔다.

"결국 로에나도 그녀의 결백을 믿지 않았다는 소리로구나."

"어쩌면 이 정도여서 다행일지도 몰라요. 귀족가에서 일하는 건 정말로 어려운 일이거든요."

나는 마리의 말에 공감하지 않았다. 이해할 수 없기 때문이다. 백작가에 남는다 하더라도 세탁실을 전전하면서 힘들게 일하는 게 무어 다행이란 말인가?

사람들의 시선, 특히 마고의 눈총을 받게 된 상황이 쫓겨나는 것보다 더 나을 수 있단 말인가? 타인의 혀가 얼마만큼 잔인한지 제가 가장 잘 알 텐데 말이다. 하지만 모르는 척했다. 이유야 어쨌든 간에 쓸 만한 '개' 하나가 생겼다는 사실이 기꺼웠기 때문이다.

하녀의 노력은 매우 눈물겨웠다. 그녀는 내게 '성의'를 보이기 위해 온갖 노력을 다했다. 마리의 말마따나 백작가에서 쫓겨나는 게 더 무서웠던 것인지 모두의 앞에서 내 편을 드는 것을 마다치 않을 정도였다. 혹자는 마고의 눈 밖에 나더니 마리에게 붙었다 비아냥거렸지만, 그녀는 아랑곳하지 않고 열심히 마리의 뒤를 졸졸 따라다녔다. 나중에는 마리가 좀 떨어지라 성질을 낼 정도였다.

"아, 안 돼. 제발. 이제 기한이 얼마 안 남았어. 이 저택에서 쫓겨나면 안 돼. 제발 나 좀 살려 줘."

내가 마리에게 로에나의 열쇠에 대해 넌지시 둘러말한 건 이쯤이었다. 그녀가 해주는 마사지를 받으며 마치 고민이 있다는 듯 입 밖으로 흘려 내다 얼버무렸는데, 그것이 내 최대의 고민인 양 며칠 동안 끙끙 앓는 모습을 보였더니 옳다구나 싶어 하녀에게 말을 해준 모양이다.

제 딴에는 거머리처럼 달라붙는 하녀를 떼어 내기 위한 일환이었지만 ─심지어 마리조차 그것이 성공할 거라 생각하지 못했다─ 그녀에게 있어 이보다 더 귀한 정보는 없었다.

나는 하녀가 어떻게 로에나의 열쇠를 훔쳐 왔는지 알지 못한다. 그녀가 어떤 마음으로 그것을 실행했는지 또한 말이다. 다만 창백해진 얼굴을 한 그가 주머니에서 슬그머니 열쇠를 꺼냈을 때, 그저 소리 내어 웃고 싶을 뿐이었다. 그러나 꾹 참고 대신 진노한 표정을 지으며 그녀의 뺨을 올려붙였다.

"더러운 도둑 같으니라고! 감히 누구를 모함하려고 이런 짓을 벌이는 거지?"

하녀는 눈물이 그렁그렁한 표정으로 나를 바라보았다. 그리고 그대로 바닥에 엎드려 내게 빌었다. 간곡한 목소리로 엉엉 울면서, 그렇게.

"죄송해요, 아가씨. 제가 도둑질을 했어요. 제발 저 좀 도와주세요. 가엾게 여겨 주세요. 이것이 제가 할 수 있는 최대한의 용기예요. 제발요. 네, 아가씨?"

나는 그녀가 들을 수 있게끔 크게 한숨을 내쉬었다. 동시에 이런 일은 바라지 않았다는 듯, 매우 곤란한 표정을 지었다.

"내가 원했던 건 네가 네 억울함을 당당하게 이야기하는 거였는데, 어쩌자고 이런 짓을 벌인 거니. 가엾은 것."

"아가씨!"

나는 손을 뻗어 그녀를 일으켜 세웠다. 그러고는 눈물로 범벅이 된 그녀의 뺨을 정성스레 닦아주며 부드러운 목소리로 말했다.

"네 처지가 너무나 애처로워 견딜 수 없구나. 좋아, 도와주지. 하지만 너 역시 해야 할 일이 있단다."

"무엇이든, 무엇이든 하겠어요!"

"지금쯤 로에나가 열쇠가 없어진 걸 알고 무척 화가 나 있을 거야. 그리고 마고는 모든 하녀를 닦달하여 이것을 찾아내려고 하겠지. 그런데 네게 있는 걸 알게 되면 먼저 나를 의심할 거야. 네가 마리와 잘 어울렸으니까."

두 손으로 그녀의 뺨을 감싸 쥐며 상냥히 속삭였다. 그가 내 말을 들어줄 거라고 확신하듯이 말이다.

"그러니까 잘 숨기고 있지 않으련? 모든 오해가 풀릴 때까지 말이야. 그럼 나도 기쁘게 너를 도와줄 수 있을 것 같은데……. 그렇게 생각하지 않니?"

로에나의 열쇠는 유품으로써의 가치뿐만 아니라 백작가의 재산을 관리하는 데 있어 가장 중요한 역할을 하고 있었다. 그 때문에 열쇠가 사라졌다는 소문이 퍼지자 마고가 화를 내며 길길이 날뛰는 것은 무리가 아니었다. 이 사태에 대한 중요성은 양부에게까지 이어져 모든 하녀와 하인들이 엄중한 조사와 감시를 받았다. 가장 최우선적인 대상이 된 것은 로에나의 하녀들이었다.

그들은 로에나에 대한 충성심을 내보이며 적극적으로 부인했지만 그녀의 방 안에 자유롭게 드나들 수 있었던 건 이들뿐이라 어쩔 도리가 없었다. 개중 몇몇이 마고의 눈 밖에 나서 세탁실로 쫓겨난 하녀, 블랜을 의심했지만 하루 종일 세탁실에서 녹초가 될 정도로 일했다는 증언으로 인해 무산되었다.

나중에는 블랜이 진짜로 마고의 물건을 훔친 게 아니라 저의 미움을 사서 누명을 뒤집어썼다는 소문까지 퍼졌는데, 이런저런 가십과 뒷말로 인하여 모두의 마음이 뒤숭숭해지고 있었다. 자연 무리가 나뉘고 서로를 경시하는 분위기가 생겨났다.

"몇몇은 자신을 진심으로 믿어주지 않는 로에나 아가씨에 대해 실망을 하는 눈치랍니다."

빗으로 내 머리를 빗어 내리며 세릴이 말했다. 그녀의 손길은 매우 섬세하고도 조심스러워 막 기분이 좋아지던 참이었다.

"당연하지 않니? 믿음이 일방적이라는 것을 알게 되었을 때의 좌절감이 얼마나 클지 말이야. 그러니 이렇게 생각하겠지. '오, 어떻게 아가씨가 내게 이럴 수 있지?'라고."

로에나 그녀도 사람인지라 모두를 믿을 수는 없는 노릇이다. 아니, 믿더라도 모두에게 공평하지 않았다. 로에나가 최우선적으로 믿는 이는 양부이며, 그다음이 마고일 터였다. 하녀들에 대한 것은 로에나가 마고를 생각하는 것의 반의반도 되지 않았다. 그래서 그녀는 마고가 자기 주변의 하녀들을 의심하여 다그치는 것을 묵인했다.

누군가는 제가 깊은 슬픔에 빠져 주변을 돌아볼 생각을 하지 못했다 변명하지만, 이미 저들에 대한 로에나의 시선이 적나라하게 드러나 있어 잘 먹히지 않은 모양이었다.

사실 대부분의 사람이 자신에게 상냥하게 대해 주면 그 사람과 친해 졌다 여긴다. 대외적인 자애, 마음에도 없는 친절은 그 누구나 할 수 있는 것임을 모르고서. 나만 하더라도 그러한 선의를 베풀 수 있지 않은 가! 물론 로에나가 마음에도 없는 친절을 베풀지는 않았겠지만, 적어도 저들이 바라는 마음과 그녀가 내어준 마음의 순도 차이는 매우 명확하 고 뚜렷하게 나뉘어 있었다. 이번의 사건에서 드러난 것처럼 말이다.

"자기 혼자 착각하여 들떠 있다 진실을 알고 상처받는 것만큼 어리 석은 일도 없지. 하지만 모두가 그렇단다. 사람들은 누구나 다른 이에 게 자기도 모르는 사이에 '여지'를 주고 있거든."

나는 거울 속에 비친 세릴을 얼굴을 바라보며 말했다.

"그러니까 천천히 지켜볼 생각이란다. 그 여지를 품에 안고서 헤어 나오지 못하는 이가 몇이나 되는지를."

충성이란 자신을 믿어주었을 때만 가능한 마음이다. 하녀들과 같이 고용된 삶을 사는 이들은 더욱 그렇다. 그러니 마음속 깊이 아끼며 사 랑했던 아가씨가 저를 도둑으로 의심하고 있다는 사실을 알았을 때의 기분은 어떠할까?

그간 로에나의 호의는 비슈발츠가의 저택뿐만 아니라 자신이 만나 는 모든 하인에게도 공평하게 흩뿌려지고 있었다. 그것도 한두 마디에 불과한 말과 잠깐의 귀 기울임이 다였지만, 사람들은 그것으로도 만족 해하며 로에나를 찬양했다. 차갑고 서늘하며, 다소 신경질적이기까지 한 아가씨들 사이에서 저와 같이 아름답고 상냥한 영애의 자비로운 도 움을 받으니 감격하지 않을 수 없던 것이다. 자신과 같은 사람들을 위 해서 고귀한 아가씨가 무례를 무릅쓰고 나섰다는 것만큼 황홀한 미담 은 없을 테니까 말이다.

하지만 로에나의 하녀들은 위와 같은 상황에 이미 젖을 대로 젖은 상태였다. 더는 그녀의 상냥함에 감격하며 몸을 떨어 대는 수준이 아니라는 것이다. 그렇기에 저들은 로에나를 가까이서 모시는 만큼 남들과 다른 무언가를 원했다. '우리'라 불릴 수 있는 끈적끈적한 감정 같은 것을. 멍청하게도!

"네가 나를 모시게 되었을 때 로에나가 무언가 한 마디 말이라도 건넨 적이 있니?"

세릴이 어두운 표정으로 고개를 가로저었다. 나는 소리 높여 웃었다.

결국 이런 거다. 귀족적이기에 베풀 수 있는 인정과 자애일 뿐 그 이상은 될 수 없는 모순이. 애초에 기대를 하지 말게 할 것을. 그러니 그 날개를 무참하게 꺾어 내던져 버렸어야 하는데, 왜 그러지들 못하고 실망하고 있는 것일까?

"그래서 너는 지금 누구의 '무리'에 들어가 있니?"

세릴이 조그마한 목소리로 겨우 대답한다. 그런 그녀의 목소리는 울 것처럼 깊게 잠겨 있었다.

"시녀장님이요."

"기특하구나."

나는 손을 들어 그녀의 어깨를 가볍게 두들겼다. 세릴은 어깨를 부르르 떨며 몸을 움츠렸는데, 여전히 나를 두려워하고 있는 것처럼 보여 퍽 만족스러웠다. 나는 제가 죽을 때까지 나를 무서워하였으면 했다. 유용한 말은 곁에 오래 두어야 하는 법이니까 말이다.

※

블랜이 열쇠를 꽁꽁 잘 숨긴 것인지 마고는 일주일이 다 되어 가도록 범인을 찾아내지 못하였다. 덕분에 창고를 지키는 병사의 수가 늘고 교대 시간 또한 극히 짧아졌다.

어머니는 양부가 매우 진노하고 있으며 하인들과 하녀들을 의심해야 하는 상황을 매우 슬퍼하고 있다고 말하였다. 그녀가 양부의 마음을 달래는 데 최선을 다하고 있는데, 그것이 매우 힘들다는 불평을 에둘러 살짝 늘어놓았다. 로에나와 함께 자리한 티타임인지라 노골적으로 드러낼 수 없었던 것이다.

어머니는 '함께' 있는 시간을 자주 만들고자 했다. 로에나와 나의 사이가 미묘한 분위기를 풍기고 있었기에 문제라도 생길까 미리 겁먹었기 때문이다. 그래서 자주 티타임을 열어 그녀와 나를 초대했다. 참으로 쓸데없는 배려지만 어머니의 마음을 모르는 바는 아니므로 나는 당신의 말을 따르려고 노력하는 편이었다. 부득이한 상황이 아니라면 꾸준히 참석하여 당신의 근심을 덜어 내려 애썼다. 오늘과 같은 시간도 어머니의 초대로 인함이었다.

티타임의 주제는 로에나의 열쇠였다. 시작은 조심스러웠지만 말문이 터지자마자 자연스럽게 이런저런 가정을 덧붙이며 범인을 찾고자 하는 궁리가 이어졌다. 그러나 머리를 굴린들 숨겨진 열쇠를 찾을 수 있나? 결국 화제는 새로운 '열쇠'에 대한 것으로 돌려졌다.

"새로운 열쇠와 자물쇠를 만들고자 이름난 장인을 초청했단다."

어머니의 말에 로에나가 차를 마시다 말고 잠시 멈칫했다. 나는 그것을 모르는 척 당신의 말에 맞장구를 쳤다.

"열쇠 뒷면에 어머니께서 좋아하는 꽃을 조각해 달라고 해도 되겠네요. 정말 예쁠 거예요."

일반적으로 창고의 열쇠에는 가문의 표식을 새기며 안주인이 보관하는 것으로 한다. 나는 거기에 어머니가 좋아하는 꽃을 들먹임으로써—실행되기는 어렵겠지만—이번 열쇠의 주인은 당신임을 말한 것이다. 그렇지 않나? 비슈발츠가의 백작 부인은 어머니인데, 왜 의붓딸이 창고 열쇠를 가지고 있어야 한단 말인가! 사실 이것은 어머니가 백작가에 들어온 첫날부터 이뤄져야 했었다. 그게 옳았고 말이다. 그동안 '유품'이라는 방패가 너무 단단하여 그러지 못했던 것뿐이다.

"그래도……."

어머니가 말끝을 흐리며 로에나를 바라봤다. 나는 다시 철없는 소녀의 연기를 하며 눈치 없는 말을 내뱉었다.

"백합이 좋을까요? 어머니는 백합을 좋아하니까요. 역시 그게 좋겠어요. 로에나는 어떻게 생각해?"

"응?"

"이번에 새로 만들 열쇠 말이야. 앞에 가문의 문장을 새기고 뒤에는 백합을 새기는 거야. 그럼 멋지겠지? 정말 근사할 거야."

"으응, 그럴 것 같아."

"본래 처음부터 보관하고 계셔야 할 열쇠였는데 이제야 주인을 찾게 되었네요. 왜 이렇게 힘들었는지 모를 정도로요."

"시스에, 애야……."

어머니는 곤란하다는 듯 말을 채 잇지 못했다. 로에나의 얼굴은 빨갛게 달아오르고 있었다. 나는 의아하다는 듯 고개를 갸웃거리며 경쾌하게 말을 이어 나갔다. 정말 아무것도 모른다는 듯이 말이다.

"맞는 말 아닌가요? 어머, 다들 왜 저를 그렇게 바라보는 거지요? 혹 제가 무슨 말실수를 했나요?"

어머니는 내 말을 부인하지 않았다. 그저 로에나의 눈치를 살피는 것처럼 안절부절못할 뿐이다. 가엾은 의붓동생의 얼굴은 이미 하얗게 질리다 못해 새파래지고 있었다.

하지만 미래를 위해서라도 우리에겐 열쇠가 필요했다. 언제까지 로에나의 눈치를 살피며 주저할 순 없는 노릇이었다. 아무리 어머니에 대한 양부의 사랑이 견고해도 결국 모든 것을 차지하는 건 핏줄을 이은 친혈육이었다. 그렇기에 마고가 로에나를 붙잡고서 기세등등한 표정을 짓는 것이고 말이다. 즉, 양부의 관심이 없다면 아무것도 할 수 없는 위치는 매우 좋지 않았다. 그래서 어머니는 로에나와 잘 지내면서 미래를 대비하고자 했고, 나는 그런 어머니의 그림자에 숨어서 로에나의 팔다리를 자르고자 획책했다. 저의 손발을 꽁꽁 묶어 종내에는 마고의 목을 쳐 낼 수 있도록.

어머니 앞에서 철없는 소녀의 흉내를 내는 것도 이 때문이다. 귀족들의 인정을 받고 있지만 행동은 여전히 어려 계책 따위는 감히 꿈꿀수 없는 한심한 사람으로 보이기를 원해서였다. 의심과 확신이 종이 한장 차이라 하지만 확증이 없는 의혹은 회의에 불과하니까.

그러니 자연스럽게 실수하고 또 실수한다면 종내에는 나에 대한 경계를 늦추게 될 게 분명하다. 내가 저의 발끝을 타고 올라가 목덜미를 콱 물어뜯기 전까지 말이다. 웃는 낯을 두고서 화를 낸다면 졸렬한 사람이 된다는 건 로에나를 통해 충분히 배우지 않았는가!

그렇기에 나는 계속 눈치 없이 굴며 로에나의 속을 긁어내렸다. 어머니가 안절부절못해도 모른 척했다. 되레 '어머니, 왜 그렇게 안색이안 좋으세요?'라고 되물었다. 그리고 혹시 로에나가 걱정돼서 그러는거냐며 당신에 대한 걱정을 로에나에게 떠넘겼다. 견디지 못한 그녀가황급히 자리를 뜰 때까지 말이다.

"시스, 내 사랑스러운 아가야. 어미는 너의 총명함이 말에도 미치기를 간절하게 바라고 있단다."

로에나가 떠나자 티타임은 자연스럽게 끝났다. 남은 건 답답할 정도로 무거워진 공기뿐이었다. 잠시 한숨을 내쉬며 이마를 매만지던 어머니는 하녀를 물리더니 내 손을 꼭 붙잡았다. 그리고 걱정스럽다는 듯이 말씀하시는데, 그 마음이 이해되지 않는 바는 아니라 묵묵히 경청할 수밖에 없었다.

"조금만 더 조심할 수 없겠니? 조금만 더 말이다. 나는 네가 물가에 내어놓은 아이처럼 매우 아슬아슬하게 느껴지는구나."

"걱정 끼쳐서 죄송해요. 하지만 어머니, 저는 제가 그렇게 잘못했다고 생각하지 않아요. 당연히 해야 했을 말인걸요."

"애야, 그러지 않아도 된단다. 그럴 수 없는 게 지극히 당연한 일이고 말이다. 너도 알잖니."

"왜 그게 당연한 일인 거지요?"

"시스에……."

나는 재빨리 어머니의 말을 가로챘다.

"아뇨, 어머니. 어머니야말로 당연한 것을 잊고 계세요. 적어도 이 저택 내에서 양부 외에 어머니에게 우위를 보일 수 있는 사람은 아무도 없다는 것을요. 왜 그걸 모르세요? 로에나는 마담 라발리에가 아니에요. 무엇을 두려워하시는 거죠?"

"기반이 없음을 두려워하고 있단다. 우리는 아무것도 없잖니. 가문? 돈? 오, 오로지 우리 둘뿐이야. 남녀 간의 애정이 언제까지 지속될 거라 생각하니? 일이 년쯤 될까? 그 이후로는? 시스, 사랑하는 내 아가야. 나는 네가 다시 거친 빵을 먹으며 맨발로 거리를 뛰어다니는 삶을 살게 하고 싶지 않아. 알겠니? 그러니 우리가 해야 하는 건 로에나와 잘 지내는 거란다."

"그녀의 눈치를 보면서요?"

"애야!"

나는 어머니에게 잡힌 손을 빼내었다. 그리고 어머니의 뺨을 어루만지며 상냥하게 속삭였다.

"어머니, 로에나의 순수함은 그대로 받아주시면서 왜 제 행동은 잘못되었다 하세요? 부디 상황이 다르다는 말은 제게 하지 마세요. 저를 진정으로 생각하신다면 이런 '차별'은 그만두시는 게 좋아요. 왜 어머니까지 제가 그녀보다 더 성숙한 모습으로 현명하게 행동해야 한다고 생각하시나요? 제가 어떤 잘못을 저지르든 저를 지지해야 해주셔야 할 분이 어머니가 아니신가요? 우리 둘밖에 없잖아요."

어머니는 무어라 변명하고 싶은 것처럼 입술을 달싹였다. 하지만 나오는 소리라곤 없었다. 그래서 말을 계속 이어 나갔다.

"그런데 전 정말로 아무것도 몰랐는걸요. 정말이에요. 그러니까 걱정하지 마세요. 조금만 더 있으면 알 수 있겠죠. 그전까지 저는 언제나 이런 모습일 거예요."

"그게 언제까지니?"

어머니가 떨리는 목소리로 되물었다. 나는 부드럽게 웃으며 대답했다.

"조만간일 거예요."

말을 마친 나는 어머니의 뺨에 키스를 한 다음 자리에서 일어났다. 더는 할 말이 없다는 무언의 제스처였다. 사실 이 이상 함께 시간을 보내게 되면 서로의 감정만 상할 게 뻔했다. 그러니 바로 물러나는 게 나았다.

나는 어머니께 인사하는 대신 바로 문으로 걸어가 밖에 대기하여 서 있는 하녀를 향해 이해할 수 없다는 듯 말했다.

"어머니께서 기분이 많이 안 좋으신 것 같구나. 왜 그런지 모르겠지만 네가 잘 보살펴 드리지 않겠니?"

하녀는 고분고분한 태도로 그러겠노라 대답했다. 그런 그녀의 눈빛에는 나에 대한 한심함이 담겨 있었다. 자기도 아는 걸 너는 왜 모르냐는 듯한 시선이다. 나는 모르는 척 하녀의 어깨를 두들긴 다음 자리를 떠났다.

방으로 되돌아가기 위해 복도를 걷고 있는데 나를 바라보는 하녀들의 시선이 따가웠다. 의식하지 않은 채 태연하게 걷고 있노라니 들으라는 듯 수군거리는 소리가 들려왔다. 어머니의 방에서 있었던 이야기가 벌써 퍼진 듯 노골적인 비난이 쏟아지고 있었다.

"본색이 드러난 거지. 재산을 탐내고 있는 게 분명해. 어쩜 저 뻔뻔한 낯짝 좀 봐."

"쉿, 들을라. 목소리 좀 낮춰."

"뭐 어때? 알아듣기나 하겠어?"

유독 큰 소리가 들려 목소리가 난 방향을 향해 고개를 돌리니 낯익은 얼굴이 보였다. 로에나의 방에서 일하며 그녀의 시중을 드는 하녀 중 한 명이었다. 과거 세릴보다 덜하긴 했지만 끝까지 로에나를 따르며 나와 대치했던 여인이다. 그래서인지 나와 시선을 마주하자 화들짝 놀라며 허리를 숙이긴 해도 그 구부러짐이 깊지 않고 어쩔 수 없이 한다는 태도가 명백해 보였다.

나는 걸음을 돌려 그녀를 향해 걸어갔다. 그의 옆에 함께한 하녀는 겁에 질린 표정으로 안절부절못하며 시선을 바로 하지 못하고 있었다. 그녀 역시 내가 지척에 이르자 긴장한 것처럼 침을 꿀꺽 삼켰다.

과거에도 이랬다. 내가 지나갈 때마다 이런 식으로 원색적인 비난이 쏟아졌었다. 교묘하게도 주어가 들어가지 않은, 하지만 누가 들어도 나에 관련된 것임이 분명한 조롱은 화살처럼 날아와 내 몸에 틀어박혔더랬다.

화가 나 따지려고 하면 재빨리 인사하고 날랜 걸음으로 도망쳤다. 걸음을 멈춰 세우고 혼을 내면 되레 원망스러운 시선으로 나를 바라보며 무척 억울하다는 듯 울상을 지었다. 모든 이가 한통속이기에 나만 옹색하고 변변치 않은 사람이 되었다. 그렇기에 내가 할 수 있는 일이라곤 귀를 꼭 막고 참거나 저들이 그리도 사랑해 마지않은 로에나를 괴롭히는 것뿐이었다. 하지만 지금은 어떨까?

나는 불안한 표정으로 나를 바라보는 하녀를 향해 방긋 웃었다. 그리고 손을 들어 그녀의 뺨을 세게 내려쳤다. 있는 힘껏 친 거라 내 손이 다 얼얼할 정도였다. 하녀가 크게 휘청거리다 겨우 몸을 바로 했다. 제 손으로 뺨을 움켜쥔 그녀의 얼굴은 울상으로 잔뜩 일그러져 있었다. 손자국이 또렷하게 남은 그것은 멍이 들어도 이상하지 않을 정도였다.

"왜, 왜 그러세요?"

"벌레가 있어서 떼어주려고 한 것뿐이란다."

"네?"

여상스럽게 말하며 그녀를 향해 손을 뻗었다. 그러자 또 뺨을 맞을 거라 생각한 건지 하녀는 몸을 움찔거리며 뒤로 물러섰다.

"왜 그런 모습을 보이지? 너를 생각하여서 한 행동인데 말이야. 너무 과했니?"

"아······!"

"당장 물에 적신 천으로 얼굴을 닦아야겠다. 로에나에게는 내가 이야기해 줄 터이니 걱정 말렴."

"예에."

얼굴 가득 불만이 가득해도 뭐라 따질 수 없는 건 제가 하녀이기 때문이다. 나는 그녀의 머리카락을 귀 뒤로 넘겨 주며 작게 속삭이듯 덧붙였다.

"그리고 요 입안에서 제멋대로 날뛰고 있는 벌레를 조심하렴. 지금은 손이지만 나중에는 칼이 될 터이니."

로에나의 편인 게 분명한 하녀들에게 나에 대한 인상의 변화를 구걸할 필요가 없다. 그저 나를 두려워하게 할 뿐이다. 그리고 이보다 더 확실한 방법은 없었다.

며칠 후 열쇠가 만들어졌다는 연락이 왔다. 나는 그것을 구경하러 어머니의 방에 갔다.

새로 만들어진 열쇠는 꽤 근사했다. 비슈발츠 가문의 문장이 음각으로 새겨져 매끈한 몸체를 자랑하는 그것은 매우 무겁고 두터웠다. 하지만 묵직한 느낌이 손에 가득 채워졌을 때의 황홀함은 이루 말할 수 없을 정도였다.

어머니도 무척 흡족한 모양이었다. 아닌 듯 해도 남모르게 슬쩍슬쩍 만지는 모양새가 퍽 행복해 보였다. 반듯하게 펴진 어깨에는 힘이 들어가 있고, 곱게 화장이 된 얼굴과 복도를 걸어가는 걸음걸이에 자부심이 뚝뚝 흘러넘치고 있었다.

이제야 손에 들어왔구나.

양부가 죽어서야 얻을 수 있었던 주도권이다. 아무도 인정해 주지도, 하려 하지도 않았던 가문의 열쇠. 고작 얼마 되지 않은 길이의 쇳덩이에 불과할 뿐인데 이것이 무엇이라고 그렇게 인내를 해야 했을까?

나는 손을 뻗어 그것을 천천히 쓰다듬어 보았다. 손가락 끝에 와 닿는 차가운 느낌이 소름이 끼칠 정도로 선명하며 선연할 정도로 서글펐다. 아아, 이제는 이것을 마음대로 쓸 수 있는 날을 기다려야 할 테지.

"잘 관리하도록 하시오."

열쇠 장인으로부터 열쇠가 도착했을 때, 양부는 덤덤한 어조로 말하며 어머니께 그것을 건네었다. 망설임이라곤 찾아볼 수 없는, 매우 신속한 행동이었다. 마고나 로에나가 무어라 말할 틈도 주지 않았다. 아주 오래전부터 맡겨 왔었다는 것처럼 여상스럽기 그지없었다. 어쩌면 그것은 불안에 대한 확답일 수도 있었다. 당신이 제공한 일말의 여지를 완벽하게 제거해 버리는 그런 것 말이다. 어쨌든 그렇게 양부는 그리운 미련을 끊어 낸 모양이다. 모두의 뇌리에 독처럼 자리한 누군가의 그림자를.

어머니의 손에 열쇠가 들어왔을 때 나 이상으로 기뻐한 사람은 마리였다. 그녀는 아주 의기양양해하며 콧대를 높이 치켜세웠는데, 뿌듯하게 다물어진 입술은 얼핏 오만해 보이기까지 했다. 기쁨으로 인해 기묘하게 가늘어진 눈매는 숨길 수 없는 탐욕을 드러내고 있었다. 이 작은 마녀는 이번 일로 인해 자신에게 떨어질 보상이 더 많아지리라는 것을 기대하고 있는 모양이었다.

내게 어깨를 주무르며 아양을 부리는 꼴이 딱 그러했다. 앙큼하게 혀를 굴리며 제 공을 슬금슬금 내뱉는 모습이 기가 차다 못해 우스울 지경이었다.

"어쨌든 고것들이 아주 입을 딱 다무는데요, 얼마나 속이 다 시원한지 몰라요."

자신의 과거는 잡아떼고 내게 살랑대는데, 이전에는 보지 못했었던 그녀의 일면을 엿보는 것 같아 기분이 이상해졌다.

돌아오기 전, 아니, 몇 달 전의 마리를 생각해 봐도 이 정도는 아니었다. 나는 빗으로 머리를 빗다 말고 거울 너머로 비치는 그녀의 얼굴을 물끄러미 바라보았다. 지금 내게 보이는 그녀의 행동이 다른 이들로 인해 그동안 억눌려져 있었던 그의 진정한 본성이 아닐까 하고 생각하면서.

사실 이대로 자라나 권력을 틀어쥔다면 마고보다 더한 못된 년이 될 게 분명한 마리다. 아마도 저에게 주어진 힘을 과시하며 남을 괴롭히며 즐거워할 테지. 그것은 '해소'와 비슷한 것일 게다. 혹은 사냥이든가.

나는 천천히 턱을 괴며 눈을 한 번 깜빡였다. 교육하던 개가 사냥개라는 것을 알았을 때의 즐거움은 분명 큰 것이긴 한데, 제가 나를 물지 않는다는 보장이 없으므로 단단하게 옭아맬 목줄이 필요하다 여기면서 말이다. 암만 훌륭한 사냥개라 하더라도 잡종은 잡종이니까. 그러니 마리에게 있어 가장 치명적인 약점은 무엇일까?

"아가씨?"

마리가 나를 불렀다. 갑자기 아무것도 하지 않은 상태로 자신을 바라보고 있으니 의아했던 모양이다. 나는 대답 대신 빙그레 웃으며 빗을 내려놓았다. 그리고 마리에게 말했다.

"피곤하구나."

어쩌면 세릴이 마리를 물어뜯게 하는 것도 좋은 일일지 모른다. 혹은 저를 견제할 또 다른 누군가를 만들든가. 그것도 아니라면…….

나는 손을 뻗어 마리의 머리카락을 잡아당겼다. 아픔을 느낄 정도로 아주 세게! 마리가 외마디 비명을 지르며 내 손이 뻗어 가는 방향을 따라 고개를 숙였다. 잔뜩 일그러진 그녀의 눈매에는 벌써 눈물이 맺혀 있었다.

"고개를 숙이기는 하는구나."

"아가씨?"

"워낙 뻣뻣해서 병이라도 걸린 줄 알았단다."

마리의 얼굴은 새파랗게 질려 있었다. 두려움으로 인해 크게 뜨인 두 눈과 바들바들 떨리는 입술이 볼만했다. 이제야 내가 아는 마리 같았다.

"귀여운 마리야."

"……네, 아가씨."

"다신 내가 너의 목 상태를 걱정하게 하지 말렴. 알겠니?"

나는 침울한 목소리로 겨우 대답하는 마리의 뺨을 부드럽게 토닥였다. 그러자 눈물이 그렁그렁한 표정으로 고개를 끄덕였다. 나는 그런 그녀를 향해 한마디를 더 덧붙였다.

"그렇게 된다면 나는 너를 대신할 사람을 찾아야 하겠지. 그러면 얼마나 슬프겠니?"

물론 마리만큼 멍청하고 탐욕스러우며 권력에 관한 한 게걸스러운 인사가 없겠지만 말이다.

열쇠에 대한 충격이 컸던 것인지 로에나는 며칠 동안 두문불출하며 방에서 나오지 않았다. 몸이 좋지 않다고 했지만, 그것이 핑계임을 모르는 사람은 아무도 없었다. 하지만 마고는 매우 야단스럽게, 보라는 듯 흠뻑 젖은 천이 수북이 담긴 은 대야를 껴안고선 그녀의 방을 왔다 갔다 했다. 그 때문에 열쇠를 만들라고 지시한 양부의 명령이 조금 시기상조가 아니었느냐는 말까지 나오고 있었다.

내가 블랜을 부른 건 그로부터 일주일이 지난 후였다. 블랜은 초조한 표정을 감추지 않은 채 내 앞에 섰는데, 이 때문에 짓물러진 입술은 저의 고통을 바로 보여 주고 있었다.

"마고에게 돈을 가져다주었니?"

"네."

"무어라 하였니?"

"필요 없다며 제 발밑을 향해 던지셨어요."

"정말로 물욕이 없는 사람이로구나."

"하지만 저는 이제 끝이에요."

"정말 그렇게 생각하니?"

"그럼 무슨 좋은 방법이라도 있으세요?"

나는 그녀를 향해 손짓했다. 블랜이 의아하다는 듯 두 눈을 크게 뜨더니 이내 내키지 않은 걸음으로 조금씩 다가왔다. 흔들리는 눈동자에는 체념과 두려움, 그리고 미약한 기대감이 복잡하게 뒤엉켜 있었다.

"열쇠는?"

조용히 속삭이는 내 말에 블랜 역시 낮은 목소리로 답했다.

"잘 보관하고 있어요."

"그래? 그럼 본래의 자리에 다시 되돌려 놓으렴."

"네?"

"아무 일도 없었던 것처럼, 그렇게 할 수 있겠니?"

이해할 수 없다는 듯 고개를 갸웃거리는 블랜의 모습에 나는 작게 미소를 지었다. 그리고 제가 무어라 되물어볼세라 재빨리 말을 이어 나갔다.

"그런 다음 조용히 기다리렴. 지금처럼 조용히 말이야. 무슨 말인지 알겠니?"

그러자 블랜이 두 손을 모은 채 눈물을 글썽이며 애처로이 말했다.

"아가씨, 제발 제게 확신을 주세요. 제게는 지금 희망이 필요해요. 아가씨 말대로 한다면 저는 어떻게 되는 건가요?"

나는 대답 대신 그녀의 등을 토닥이며 위로를 해주었는데, 이 낡고 가엾은 어린 쥐는 제가 물고 있는 먹이가 꿀을 바른 독이라는 것을 전혀 모르고 있는 눈치였다. 그래서 나는 그녀가 그것을 맛있게 잘 삼킬 수 있도록 상냥한 목소리로 말하였다.

"내가 말할 수 있는 건 네가 쥐고 있는 희망에 곧 싹이 틀 거라는 소리란다. 그것은 무럭무럭 자라나 네 기대보다 더 아름다운 꽃을 피울 테지."

블랜은 신음에 가까운 소리를 흘리며 겨우 고개를 끄덕였다. 그리고는 손등으로 뺨을 문지르는데, 그럼에도 불구하고 턱 밑으로 흐르는 눈물을 감출 수 없었다.

그렇게 몇 분 동안 조용히 눈물을 닦아 낸 블랜은 조금 전보다 한층 밝아진 얼굴로 방을 빠져나갔다. 그녀가 열쇠를 제자리에 놓았다고 연락을 해온 것은 그로부터 삼 일이 지난 후였다.

나는 이후 일주일을 더 흘려보냈다. 그것은 매우 고요하고 평화로운 일상이었다. 자수를 놓고 차를 마시고 책을 읽고 산책을 즐기는, 그야말로 단조로운 패턴의 연속이었지만 이보다 더 행복할 수 없었다.

나는 잘 정돈된 흙길을 걸으며 앞으로 맛볼 즐거움을 떠올렸고 곧 참을 수 없다는 듯 웃음을 터뜨렸다. 누군가는 기다림이야말로 사람이 맛볼 수 있는 가장 큰 고통이라 하지만, 내게 있어 천천히 흘러가는 시간은 지극한 만찬이나 다름없었다.

그렇게 나는 일주일의 마지막 밤, 그러니까 블랜이 열쇠를 되돌려 놓은 지 삼 일 하고도 일주일이 더 흘러간 그날 밤 혼잣말을 되뇌는 것처럼 중얼거렸다. 마리와 세릴이 들을 수 있을 정도의 목소리로 말이다.

"열쇠를 훔친 사람이 블랜이라는 하녀라 하던데, 설마 아니겠지?"

이에 마리와 세릴이 호기심 어린 눈동자로 나를 힐긋힐긋 바라보며 눈치를 살폈다. 침실을 정돈하는 그들의 몸은 나를 향해 틀어져 있었다. 나는 모르는 척 말을 이어 나갔다.

"와서 머리를 빗겨 주련."

그러자 내 앞으로 냉큼 달려온 건 마리였다. 가십을 좋아하는 그녀답게 발갛게 상기된 뺨과 쫑긋 솟아오른 두 귀는 거대한 비밀을 파헤치려는 모험가처럼 기묘한 긴장감으로 물들어 있었다.

하지만 그녀는 매우 훌륭하게도 자신의 본분을 잊지 않았다. 나의 성정을 생각하여 몸을 사리는 것 또한 퍽 바람직스러웠다. 마리는 이 은밀한 이야기를 듣기 위해서 내 기분이 평소보다 더 좋아야 함을 아주 잘 알고 있었다. 그래서인지 머리카락을 빗는 손길은 평소보다 더 조심스러웠으며 황홀하리만치 섬세했다. 두피를 살짝살짝 자극하며 부드럽게 빗어 내리는 솜씨가 보통이 아니었다. 이는 멀찍이 서서 내 눈치를 살피는 세릴과 대조적이다.

그렇게 한참 동안 머리를 빗었을까? 세릴을 시켜 차를 가지고 오게 한 나는 기대감 어린 눈동자로 나를 바라보는 마리에게 입을 열어 말했다.

"블랜이 누군지 알고 있니? 알 것 같기도 하고 모를 것 같기도 하고……."

"저번에 아가씨의 은혜를 바랐던 하녀예요. 하녀장님의 물건을 훔쳤다는 죄로 벌을 받게 되었던 그 하녀 말이에요."

"오, 이제야 생각이 나는구나."

"그런데 블랜을 왜 물어보시는 건데요?"

"아무것도 아니란다."

"저어, 혹시 그녀가 또 무슨 짓을 저질렀나요?"

"또라니?"

내 물음에 손가락을 꼼지락거리며 우물쭈물하는 마리다. 그러다 기어가는 목소리로 중얼거리듯 말하는데, 확신이 없는 가십인 듯 자신감이 없어 보였다.

"하녀장님의 일도 그렇구요, 예전에도 몇 번 물건 훔치려다가 걸렸다고 했고…… 손버릇이 나쁘다고 해요. 모두 그렇게 알고 있구요."

"그래? 세릴 너는 블랜에 대해 아는 것이 있니?"

나는 내게 찻잔을 건네는 세릴에게 넌지시 물었다.

"이야기는 잘 하지 않았지만 하녀장님께 꽤 밉보인 아이라고는 알고 있습니다. 그래서 다들 그녀와 잘 어울리려 하지 않았어요."

"그런데 정말로 그렇게 손버릇이 나쁘니?"

열쇠를 능숙하게 훔쳐 오는 걸로 보아 그런 쪽에 꽤 숙련된 것 같았지만 나는 아무것도 모르는 척 여상스럽게 물었다. 그렇다고 한다면 이 사건의 범인이 블랜임을 넌지시 알려 주리라 생각하며 말이다. 그런데 되돌아오는 답변이 의외였다. 세릴은 조금 망설이더니 머뭇거리는 목소리로 조심스럽게 대답한다.

"저어, 그런데 그게 확실하지 않은 게 블랜이 물건을 훔친 것을 본 사람이 없어요. 걸렸다고 한 것도 열려 있는 보석함 앞에 서 있는 모습이었을 뿐 실제로 만졌다거나 훔쳤다거나 한 건 아니거든요."

그 말을 냉큼 받아 자연스레 말을 이어 가는 건 마리였다. 그녀는 매우 흥분된 것인지 한층 높은 목소리로 쉼 없이 혀를 놀렸다.

"어머, 그러고 보니까 도둑으로 몰린 것도 사냐의 진주핀을 가지고 있었던 것 때문이었죠. 자기 말로는 주웠다고 하는데, 사냐는 그것을 흘린 적이 없다고 강력하게 주장했었거든요. 그러다 크게 말다툼을 하게 되었고 몸싸움으로 번지려는 찰나 하녀장님의 사냐의 편을 들어주시는 것으로 끝이 났지요. 그러고 보니 하녀장님은 블랜을 아주 많이 싫어하시는 것 같아요. 그렇게 생각하지 않니, 세릴?"

세실은 대답하는 대신 고개를 모로 숙이는 것으로 자신의 의사를 표현했다. 자신의 솔직한 속내를 내보이기가 두렵다는 듯 살짝 내리깐 속눈썹은 바르르 떨리고 있었다. 이로 강하게 짓눌려진 입술은 새하얗게 변질되어 있다. 하녀장에 대한 충성과 나에 대한 공포가 저를 저울질하고 있는 것이다.

어쩐지 불쾌하다. 나는 비틀어질 것 같은 입꼬리를 손가락으로 살살 문지르며 생각했다. 멍청한 것 같으니라고. 동시에 저의 줏대 없는 태도에 화가 났다.

세릴은 어떤 면모에서는 마리보다 더 모자랐다. 그녀는 가끔 자신이 누구 앞에 서 있는지를 잊어버리는 것 같았다. 그렇지 않으면 이런 식으로 행동할 리가 없다. 그때의 두려움이 뼛속 깊이 각인된 것이라면 적어도 내 앞에서만큼은 나를 향해 꼬리를 흔들어야 함이 맞지 않는가! 하지만 세릴의 양심은 내 예상보다 더 튼튼한 모양이다.

맥이 빠진 나는 손을 흔들어 더는 대화할 의사가 없다는 것을 나타냈다. 어차피 마리라면 이 정도로도 충분히 재미있는 소설을 써 내려갈 수 있을 테니 이 이상의 입방정은 떨지 않는 게 좋았다.

확실하지 않은 무언가만큼 모두의 상상력을 자극하는 것은 없는 법이니까. 무엇보다 여인들이란 가십에 관한 한 두려움이 없는 모험가가 되지 않는가! 안개에 휩싸인 미지의 소문을 향해 용감히 나아가는 그 모습이 어찌나 경탄스러운지! 사내라 할지라도 이보다 더 늠름하지 못할 것이다.

그래서 나는 내 눈치를 살피며 낑낑거리는 마리를 못 본 척했다. 그녀는 애가 타는 눈빛으로 나를 바라보고 있었다. 잔뜩 찡그려진 눈썹과 비쭉 튀어나온 입술은 토라진 어린애 같았다.

"일찍 잠자리에 들어야겠어. 무척 졸립구나."

하지만 그것도 잠시 잠자리에 들고 싶다는 내 말에 바로 침실과 주변을 정리하는 그녀들이다. 나는 세릴의 시중을 받아 잠옷으로 갈아입었다. 그리고 바로 침대 위로 올라가 누웠다. 간단한 손짓으로 마리와 세릴을 물린 뒤 눈을 감았다. 문득 방을 나선 마리가 어디로 향할지 생각하자 갑자기 웃음이 터질 것 같았다.

아아, 귀여운 마리. 가엾은 마리. 멍청한 마리. 저를 따르는 하녀들을 모아 놓고서 블랜에 관한 여러 가지 가십에 대해 열변을 토할 테지. 거기에서 모인 정보들을 내게 고스란히 가져올 것이고 말이다. 여기까지 생각이 미친 나는 나직한 하품과 함께 잠을 자기 위해서 애썼다.

내일은 믈랑을 만나 볼까?

아침이 되자마자 내게로 뛸 듯이 걸어온 마리는 내 시중을 들으며 계속해서 입술을 오물거렸다. 무언가 말을 하고 싶지만 어쩔 수 없이 참아야 하는, 참을성이 바닥난 사람처럼 성급하게 굴고 있었다. 그녀의 눈동자는 자신이 알게 된 무언가를 빨리 알려 주고 싶다는 듯 과하게 번들거렸다. 하지만 내가 허락하기 전까진 입을 열지 않을 것이다. 이 얼마나 기특한 하녀인지!

나는 그녀의 도움을 받아 옷을 갈아입고 머리를 묶었다. 진주가 알알이 박힌 핀으로 흘러내리는 머리카락을 정리하고 미지근한 물로 입술을 축였다. 활짝 열린 테라스 사이로 이제는 제법 선선해진 바람이 밀려들어 오고 있었다. 나는 내 뺨을 간질이는 바람을 느끼며 미소를 지었다.

"날씨가 무척이나 좋구나."

"네. 더위가 한풀 꺾인 것 같아요."

"정원으로 산책하러 나가 볼까?"

"좋은 생각이세요."

"그러기 전 네 말을 먼저 들어줘야 할 테고 말이야."

마리가 눈을 내리깔며 수줍어했다. 이 어리석은 아가씨는 자신의 혀가 스스로를 얼마나 부끄럽게 만들고 있는지 모르고 있는 모양이었다. 단지 남의 불행을 제 입속에서 마음껏 굴릴 수 있다는 현실을 자랑스러워할 뿐, 그 외에는 아무런 죄책감이 없어 보였다. 과거 하녀장이 마리를 저의 무리에 집어넣었던 것도 그녀가 그 누구보다도 이러한 천박한 행위를 거리낌 없이 저지르기 때문이었다. 나 역시 그런 이유로 마리를 귀엽게 보고 있는 것이고 말이다.

나는 소파에 등을 기댄 채 마리를 응시했다. 들을 준비가 되었으니 눈치 보지 말고 마음껏 떠들라는 무언의 허락이었다. 이에 마리가 입을 열고 소란스레 수다를 떨기 시작했다.

"로에나 아가씨의 열쇠를 훔친 건 블랜일지도 몰라요, 아가씨. 열쇠가 사라진 날 로에나 아가씨의 방에서 블랜이 기웃거리는 걸 보았다는 아이가 있었어요. 자기와 눈이 마주치자마자 황급히 도망갔다는 걸로 보아 진짜일 거예요. 하긴, 블랜이 아니면 그 누가 그런 짓을 저지르겠어요? 전 그 건방진 계집애가 언젠가 큰일을 벌일 줄 알았다니까요? 로에나 아가씨를 처음 모시게 된 날부터 어찌나 콧대 높게 굴던지. 신입 주제에 시키는 일은 안 하고 제 할 일만 하고 쏙 빠지지 않나, 말대꾸를 꼬박꼬박 하지 않나, 정말 여러모로 밉상이었지요. 모두의 말마따나 그 계집애는 저택에서 쫓겨나야 해요."

"블랜이 네 말을 잘 듣지 않나 보지?"

나는 터져 나올 것 같은 웃음을 삼키며 그녀에게 물었다. 삽시간에 빨개진 얼굴과 허를 찔렸다는 것처럼 동그랗게 떠진 두 눈이 모든 것을 말해주고 있었다.

나의 도움으로 자신의 밑에 하녀들을 모으기 시작한 이후로 마리는 마고처럼 굴었다. 다른 사람의 일을 사사건건 참견하며 으스댈뿐더러 제 말을 듣지 않은 사람에게 으름장을 놓으며 괴롭혔고 심지어 따돌리기까지 했다. 마리를 통해 금전적인 어려움을 해결했던 하녀들은 이 작은 폭군의 말을 잘 들을 수밖에 없었다. 고깝긴 하지만 그녀는 마고처럼 인색하지 않았으니까.

하지만 블랜은 달랐다. 그녀는 내가 아니면 마리가 남을 괴롭힐 수 없다는 것을 알았고, 그의 천박한 본성을 정확하게 꿰뚫어 보았다. 금전적인 도움을 받았지만 그에 따른 감사를 표해야 할 것은 나일 뿐, 마리에 대한 감사는 그녀의 말에 동조하는 것으로 다했다 생각한 모양이다. 마리는 그것이 못내 섭섭하다고 말했다.

"좀 더 친밀하게 지내고 싶은데 자기만 잘난 척 거리를 두니까요. 저만 그렇게 생각한 게 아니에요."

"그래서 어떻게 할 생각이니?"

"네?"

"어떻게 할 것인지 생각해 보지 않았니?"

마고를 닮아 가는 마리라면 분명 블랜에게 선사할 기막힌 처벌을 생각해 놓았을 것이다. 무리에 섞이지도 않으면서 도움만 받아 간 뻔뻔한 자를 가만히 놔둘 마리가 아니니까! 아니, 벌써 시행되고 있을지도 모를 노릇이다. 블랜이 열쇠를 훔쳤을 거라는 의혹이 확신으로 굳어졌다면 말이다.

"아뇨, 그런 건 아니지만요. 저어…… 괜찮을까요?"

"무어가?"

"아뇨, 아무것도 아니에요."

"하고 싶은 말은 다 한 것이니?"

"네."

"좋아, 그럼 모자를 가져다주렴."

나는 마리가 가져다준 모자를 쓰고 리본 끈을 턱 아래로 내려 예쁘게 묶었다. 손에 장갑을 끼고 구두를 신은 다음 머리카락을 다시 정돈했다.

"정원으로 가서 꽃을 보자꾸나. 정말 아름다울 거야."

"네."

오늘은 마침 수업이 없는 날이라 하루 종일 휴식을 취해도 괜찮았다. 그렇기에 정원에서 꽃을 구경하다가 그곳에서 티타임을 가진 다음에 가볍게 책을 읽는 것으로 하루를 마무리한다면 괜찮을 것 같았다.

하지만 나를 찾아온 하인이 건네준 편지 한 통으로 인해 정원으로 가려던 걸음을 수정해야 했다. 편지를 밀봉한, 붉은 촛농 위로 선명하게 찍힌 독수리 인장은 디뷘젤가의 상징이었으니까. 아이린 드 디뷘젤, 필시 그녀가 보낸 것일 것이다. 나는 늦지 않게 편지를 가져다준 하인을 가볍게 치하한 다음 페이퍼 나이프로 편지를 뜯었다.

『친애하는 시스에 영애에게.

누군가는 말했었죠. 삶이란 즐거운 모험의 연속이라 말이에요. 물론 정숙한 숙녀로서 모험이라는 말을 입에 담으면 안 되지만 가끔은 이러한 즐거움을 누릴 필요가 있다고 생각해요.

오, 물론 영애의 명예에 누가 되는 행동은 아니니 걱정하지 말아요. 디뷘젤가에 동방의 상인이 방문한다는 즐거운 소식을 전달해 주고 싶었을 뿐이니까요. 우리에게 있어 이국의 아름다운 물건을 보는 것만큼 가슴 뛰는 설렘이 또 있을까요? 단언컨대 없다고 하겠군요. 그러니 그대와 함께 이 즐거움을 누리고 싶어요. 어떻게 생각하나요?

그전에 작은 티타임이 있을 예정이에요. 그대에게 내 친우들을 소개해 주고 싶군요. 모두 영애의 우아함에 매료될 사람들이랍니다. 내가 장담하지요. 그럼 기쁜 마음으로 답변을 기다리고 있을게요.

영애를 만날 날을 손꼽아 기다리며, 아이린 드 디뷘젤.」

웃음이 나올 것 같았다. 디뷘젤 저택으로의 초대라니! 아이린 드 디뷘젤이 나를 자신의 저택으로 초대하다니! 그것도 자신이 주관하는 티타임에 말이다.

나는 갑자기 웃음을 터뜨리는 나를 어안이 벙벙한 표정으로 살펴보는 마리를 향해 경쾌한 목소리로 말하였다.

"마리, 잡화점에 가야겠다. 집사에게 말해서 외출 준비를 하렴."

아이린 드 디뷘젤에게 아무 편지지로 답장을 보낼 수 없는 노릇이니까 말이다.

집사의 도움으로 마차와 마부, 기사가 준비되는 것은 오랜 시간이 걸리지 않았다. 나는 문밖으로 배웅을 나온 집사에게 고개를 끄덕이며 마차 위에 올라섰다.

나를 호위할 기사는 날카로운 인상을 주는 사내로 사나울 것 같은 외양과 달리 에스코트가 무척 섬세하고 부드러웠다. 다만 과묵한 면이 있어 자신의 이름을 밝히는 것으로 소개를 끝냈는데, 나는 오히려 그러한 태도가 믿음직스러워 마음에 들었다.

나를 태운 마차는 번화가를 향해 움직였다. '천사의 숨결'이라 불리는 잡화점을 다시 방문할 생각이었다.

오래지 않아 마차가 잡화점 앞에 멈추었고, 나는 기사의 도움을 받아 마차에서 내렸다. 가게는 여전히 사람들로 가득 차 있었다.

나는 마리의 도움을 받아 사람들의 틈을 비집고 가게 안으로 들어섰다. 그리고 종업원을 불러 가게의 주인에게 안내하라 명했다.

"어서 오십시오. 다시 뵈어서 참 기쁩니다."

가게의 주인은 나를 기억하는지 얼굴 가득 싱글벙글 미소를 지어 보였다. 그리고 호들갑스레 손을 뻗어 내 손등에 키스하려고 했는데, 나는 정중하게 그를 거부했다.

"예를 차리지 않아도 좋아요. 마음만 감사히 받겠어요."

"오, 오늘은 무슨 일로 방문하셨는지요?"

"종이와 깃펜을 사러 왔답니다."

"정말 운이 좋으시군요. 마침 아가씨의 눈에 쏙 들 만한 최상급의 물건이 들어왔습니다. 보여드리지요."

그는 종업원을 불러 무어라 속닥였다. 잠시 후 종업원이 푸른 상자 하나를 가지고 왔는데, 자수 무늬가 은은하게 새겨져 들어간 것이 한눈에 보아도 고급스러워 보였다.

주인은 상자를 열어 그 안에 들어 있는 물건을 내게 보여 주었다. 거기에는 색색의 깃펜이 담겨 있었는데 모두 화려하면서도 아름다웠다. 특히 상앗빛을 띠는 깃대가 한눈에 보아도 예사품은 아닌 듯해 보였다.

"아름답지 않습니까? 황궁에 진납하는 것과 유사한 물건이랍니다."

"그렇군요."

나는 붉은빛을 감도는 깃펜 하나를 들어 올렸다. 화려하면서도 도도한 것이 아이린 드 디뷘젤을 연상시켰다. 모양이나 감촉이나 모두 최상급이 틀림없었다. 선물용으로도 손색이 없어 보였다.

"이게 좋겠어요."

"탁월하신 선택이십니다. 마음에 드실 줄 알았습니다."

주인이 입을 벌리며 크게 웃었다. 가격을 흥정할 셈도 없이 바로 사겠다 하니 흥분한 모양이다. 그는 깃펜의 가격이 금화 두 개며 종이는 그냥 주겠다고 말했다. 덕분에 최신 유행하는 종이 한 묶음을 그냥 얻을 수 있었다.

계획했던 물건을 다 산 나는 마리를 시켜 계산한 뒤 몸을 돌렸다. 이제 의상실에 들러 새로운 드레스를 살 생각이었다.

하지만 나를 거세게 밀치고 간 누군가로 인해 순간 균형을 잡지 못했고, 그대로 앞으로 고꾸라졌다. 아니, 그럴 뻔하였다. 내 허리를 붙잡은 누군가의 손이 아니었다면 말이다. 귓가에 나직한 웃음이 흘러들어 왔다. 그 잔잔하고 부드러운 소리는 매우 익숙했다.

"이런 식의 만남이 벌써 두 번째로군요."

테오도르 비트라이스, 바로 그였다.

"비트라이스 영식."

나는 그의 손에 붙잡힌 허리를 뒤틀어 빼내었다. 놀란 가슴이 거친 호흡과 함께 오르락내리락하고 있었지만 그에 대한 경계가 먼저였다. 그만큼 남자와 있었던 마지막 만남에 대한 충격이 컸다. 그렇기에 도와주었다는 것에 대한 고마움보다 불쾌감이 앞섰다. 내가 알고 있는 것을 비틀어버리려 하는 저 사람이 싫었다. 하지만 도와준 것에 대한 감사가 먼저였다. 나는 숙여지지 않는 목을 겨우 내려 덤덤히 인사했다.

"감사합니다. 매번 신세를 지게 되는군요."

"아닙니다. 바깥으로 나가실 생각이십니까? 그럼 에스코트해 드리지요."

비트라이스 영식이 내게 손을 내밀었다. 나는 흰색 장갑이 끼워진 그의 손을 물끄러미 내려다보았다. 전에는 호기롭게 위험을 두려워하지 않는다 말하였지만, 막상 손을 잡으려 보니 거리껴지는 게 사실이었다.

"호의는 감사드리나 동행을 한 기사님이 계셔서 말이에요. 부디 이 무례를 용서해 주시겠어요?"

"아닙니다. 영애께서 저의 무례 또한 용서해 주시면 되니까 말입니다."

아차 하는 순간 내 손을 붙잡고 가게 바깥으로 성큼성큼 걸음을 내디뎠다. 갑작스레 당겨진지라 반항을 할 틈이 없었다. 뒤에서는 나를 부르는 마리의 목소리가 애달프게 울려 퍼진다. 가게까지 함께한 기사는 멍청하게도 사람들 틈에 파묻혀 이러지도 저러지도 못한 채 쩔쩔매고 있었다.

내 쪽으로 손을 당겨 보았지만 요지부동이다. 사내와 여자의 힘 차이가 이렇게 컸던가, 새삼 느끼게 될 뿐. 눈에 담긴 그의 뒷모습은 단단한 철벽처럼 보인다. 어디 하나 흔들림 없이 굳건하기만 한 등이다. 하지만 안도를 느낄 수 없다. 그저 조용히 타오르는 분노에 입술만 거세게 물어뜯을 뿐이다.

당신이 뭔데 감히 내 손을 잡아끄는 것인가!

그는 가게 바깥으로 빠져나오자마자 붙잡았던 손을 풀어주었다. 화내지 말라는 듯 어깨를 으쓱이며 콧잔등을 찡그리는 것이 무척 매력적이었다. 소년과 청년의 아슬아슬한 경계를 넘나드는 것처럼 천진해 보이는 행동이다. 빙그레 벌어진 입술 사이로 드러난 흰 이는 그의 매력을 한껏 부각하고 있었다. 만일 보통의 여인이었더라면 얼굴을 발갛게 붉힌 채 손목만 매만졌을 것이다.

나는 싸늘한 어조로 그의 행동을 비꼬았다.

"영식께서는 소년과 같은 면모를 보이시는군요."

"천진난만함이야말로 가장 위험한 매력이지요."

"그만큼 배워야 할 것도 많기도 하구요."

"이런."

테오도르가 난처하다는 듯 다시 한번 어깨를 으쓱였다.

"미리 양해를 드렸잖습니까."

"하지만 동의를 구하지는 않으셨지요."

"그럼 영애께서 아량을 베풀어주시지요. 동의를 구하지 않은 점을 용서해 주시겠습니까?"

"용서라는 말밖에 하실 말씀이 없으신가요?"

"이런, 단단히 화가 나신 모양이로군요. 그럼 제가 어찌해야 노여움을 푸실 생각이십니까?"

나는 대답 대신 그의 얼굴을 빤히 바라보았다. 반성한 기색이 없는 뻔뻔한 낯짝은 화가 날 정도로 수려했다. 부드럽게 깜빡이는 눈에는 자신의 어떤 면이 매력적인지 아는 자의 고상함이 녹아 있었다. 장난이 어린 듯 살짝 올라간 입꼬리는 지금 상황에 대한 흥미로 가득했다. 때문에 나는 깨달을 수 있었다. 내가 어떤 것을 요구하든지 저자는 진심으로 응하지 않을 것이라고.

"아뇨, 제가 실례되는 말을 했어요."

"영애께서는 제 생각보다 훨씬 더 너그러우시군요."

비트라이스 영식의 말투는 스스럼이 없었다. 나는 타인이라는 벽의 경계를 마구 허무는 그의 어조에 기가 막힘을 느꼈다. 그와 내가 무엇이라도 되는 것처럼 말을 내뱉는 게 뻔뻔해서였다. 여기서 발끈하여 말대꾸한다면 끝도 없이 입씨름이 벌어질 게 뻔했으므로 나는 입술을 꾹 다무는 것으로 응대했다.

"이번에는 어떤 일로 가게를 방문하신 것인지요?"

"사적인 용무랍니다."

나는 빠르게 대꾸한 다음 걸음을 옮겼다. 의례적인 인사치레도 없이 무시하기로 한 것이다. 하지만 비트라이스의 행동은 신속했다. 그는 내가 동행을 허락하기라도 한 것처럼 내 옆에 붙어 서서 걷기 시작했다. 내가 걸음을 멈추면 같이 멈추고, 걸으면 다시 걷는 것으로 보아 계속 대화를 이어 나가고 싶은 모양이었다. 제 할 말만 하고 나서 사라진 저번과는 매우 달랐다. 그래서 나는 단도직입적으로 그에게 물었다. 영양가 없는 대화로 시간을 끄느니 서로의 속내를 들여다보자는 의도였다.

"제게 하고 싶은 말씀이 있으신가요?"

"그러는 영애야말로 제게 물어보고 싶은 것이 있지 않습니까?"

"전혀요."

"저도 그렇습니다."

"그럼 저와 가시는 길이 같나요?"

"영애는 제가 불편하시나 보군요."

맙소사. 나는 낮은 탄성을 내지르며 그에게 말했다.

"영식께서는 배려심이라는 덕목을 배우지 않으신 게 분명해요! 어쩜 이렇게 무례하신지요?"

"이런, 화나게 할 의도는 없었는데 말입니다."

그의 말에 실낱같이 유지되던 인내심이 끊어지려 했다. 나는 터져 나올 것 같은 한숨을 삼키며 걸음을 멈추었다. 그리고 저 뻔뻔한 낯짝을 후려갈기고 싶다는 충동을 애써 참으며 침착하게 말했다.

"저를 도와주신 것에 대한 감사는 이미 하지 않았나요? 사교계에 데 뷔하지도 않은 소녀에게 추문을 붙이는 악의가 없으시다면 이만 물러 서심이 어떠신지요."

"왜 자꾸 경계하시는 겁니까?"

"경계라니요?"

"그렇지 않다면……."

비트라이스 영식이 목을 울리는 웃음소리와 함께 내게 손을 뻗었다. 그러고는 뺨에 붙어 있는 머리카락을 뒤로 넘기며 다정하게 속삭이는 데, 이 단순한 동작에도 나는 심장이 얼어붙을 것 같은 두려움을 느껴 야 했다.

"눈빛이 이렇게 흔들리지 않을 수 없잖습니까?"

금방이라도 소리를 내질러야 할 것 같았다. 내 마음을 꿰뚫는 것처 럼 빤히 바라보는 그의 시선에 오싹함을 느꼈다. 하지만 이대로 피한 다면 그의 뜻대로 될 것이 뻔하기에 나는 떨리는 입술을 애써 말아 올렸다. 흘러나오는 목소리가 여상스럽기를 바라면서 말이다.

"영식께서 이리 가까이 다가오시니 부끄러워서 그렇지요. 정말 너무 하시군요. 제 입에서 이런 말이 나오게 하시다니 말이에요."

생각해 보자면 그와 내가 처음 나누었던 대화는 마담 드 샤토루에 관한 것이었다. 그는 스스로를 가리켜 '살점이 남은 뼈다귀를 탐내는 짐승'이라 말했고, 위험한 사람임을 인정했다. 그리고 이후의 만남에서는 벤자민 슈아죌을 언급하며 다시 한번 마담 드 샤토루에게 관심이 있음을 인식시켰다. 수수께끼를 던져 주는 미지의 무언가처럼 말이다. 이후 멀찍이 물러서서 내 반응을 구경하려 한다. 마치 기대라도 한다는 것처럼.

그러니 이해할 수가 없는 거다. 도대체 그는 내가 어떤 행동을 하기를 바라는 것일까? 두려움에 떠는 것? 아니면 미주알고주알 속내를 털어놓는 것? 그것도 아니면 가늠하는 것? 도대체 무엇을?

잠시 침묵이 흘렀다. 그것은 내 부끄러움에 답하는 달콤한 정적이 아닌, 서로를 향한 무언의 싸움이었다.

그렇게 조금 시간이 지났을까? 테오도르 비트라이스가 입을 열어 말했다.

"샤토루 부인께서 요즘 관심을 기울이는 영애가 있다고 하더군요. 폐하의 인가를 받아 조만간 그 영애를 궁으로 초대할 모양이던데 혹시 아시는지요?"

"금시초문인걸요."

그가 손을 뻗어 내 손을 다시 잡았다. 그러고는 고개를 숙여 손등에 키스하는데, 피부에 와 닿는 타인의 입술은 소름 끼칠 정도로 서늘하기만 하였다. 그의 입술이 맞닿는 곳을 기점으로 소름이 오도독 돋아나는 것 같았다.

"그럼 제가 최초로 알려드리는 영광을 안게 되었군요. 부디 즐거운 시간을 보내시기를."

그리고 언제 따라다녔냐는 듯 미련 없이 몸을 돌려 사라지는 것이다.

나는 떠나는 그를 잡지 않았다. 만날 때마다 수수께끼와 같은 말을 내던지는 그의 언사가 신경 쓰이기도 하거니와, 더는 말을 이어 나가고 싶은 마음이 없었기 때문이다.

과거에도 그랬지만 마담 드 샤토루는 굉장한 스캔들 메이커이기 때문에 그녀의 행동 하나하나가 화제를 불러일으켰다. 그렇기에 황제에게 인가받은 사항 역시 궁내에 파다하게 퍼졌을 것으로, 저 사내가 듣지 못했으리라는 법은 없다. 문제는 소문의 '영애'를 나로 확신한 그의 태도에 있었다.

변변찮은 작위일 게 뻔한, 한낱 영식에 불과한 치가 마담 드 샤토루에게 들어가는 편지의 내용을 확인할 수 있다고? 말도 안 되는 일이다. 황제의 총애를 받는 애첩을 둘러싼 보안이 그리 허술할까.

그러니 정보가 필요하다. 진실로 필요하다. 나를 위해 궁의 은밀한 속사정까지 전부 이야기해 줄 누군가가 정말로. 소문과 추문 이 모든 가십을 손에 주무를 수 있는 그들이, 창녀가!

나는 새침한 고양이처럼 도도하게 굴었던 누군가의 얼굴을 떠올리며 입술을 깨물었다.

페리뇰.

그녀를 불러야겠다.

6장
디뷘젤가

대부분 '무리'를 떠올릴 때 우두머리를 중심으로 군집해 있는 동물의 떼를 생각할 것이다. 편을 이루어 하나의 공통된 먹이를 사냥하는 그것 말이다. 사교계에도 이러한 무리가 있다. '편'이라 하기엔 너무나 은밀하지만 실상 따져 보면 단순한 어울림에 불과한 무언가 말이다. 은밀한 눈짓과 손짓, 암호화된 몸짓으로 서로를 견제하고 비웃으나, 정신을 차리고 보면 한 인물을 중심으로 반원의 형태를 그리고 있는 행위들이. 그러니 이 외에 또 무엇으로 정의 내릴 수 있겠는가!

왜 갑자기 무리를 거론하냐고? 지금 여기에 모여 나를 바라보는 이들을 보자니 저 단어가 떠올랐기 때문이다. 새로운 인물의 등장에 은근한 거부의 시선을 보내며 은밀한 눈길을 주고받는 행태가 말이다.

이곳은 디뷘젤가 내의 응접실.

모여 있는 건 아이린 드 디뷘젤을 필두로 차후 사교계를 주름잡을 미래의 새싹들이다. 그 끝에 모난 돌처럼 빼죽 솟아오른 건 나, 시스에드 비슈발츠이고 말이다. 즉, 가장 빼어난 짐승을 중심으로 모였으되,

구성의 면면 또한 만만찮지 않으니 미약한 저항 의식을 내보여 스스로의 뛰어남을 자랑할 시간이었다.

그렇다고 해서 노골적으로 적대를 보이는 건 또 아니었다. 아이린 드 디뷘젤이 고르고 골라 연을 만든 사람들이 아닌가! 단지 저마다의 고상함을 뽐내며 시험할 뿐. 저에게 맞는 답을 내뱉으면 금세 수긍하는 것처럼 미소를 흘리는 게 제법 자연스럽다. 출신의 꺼림칙함은 둘째 치고 자신들과 어울릴 만한 지식과 교양이 있는가가 중요할 터인데, 그것은 내게 있어 별다른 문제가 되지 않으니까 말이다.

심문(審問)이 신문(訊問)이 되어버린 우스운 현장에 미소를 짓고 있는 건 나밖에 없었다. 의도야 어찌 되었든 간에 자신들의 지식을 자랑하는 꼴밖에 되지 않는 이 상황에서 애써 침착한 미소를 지을 수 있는 대인이 있을 리 만무하지 않나. 그러니 구구절절 이야기를 내뱉을 필요가 없겠지. 확실한 건 아이린 드 디뷘젤이 만족하고 있다는 사실이었다. 그녀는 잘 다듬어진 손톱으로 소파의 끝을 가볍게 두들겼다. 그러고는 사뭇 경쾌한 목소리로 주의를 환기했다. 조금 전의 긴장감은 모르는 일인 양 그렇게.

"잠시 후 동방의 상인이 진귀한 물건을 가지고 이곳을 방문한다는 사실을 잊어버린 것은 아니겠지요? 잠시 차 한 잔을 마시면서 기다리는 것도 좋겠군요."

모두의 고개가 동의한다는 듯 숙여졌다. 단언컨대 사교계의 무리만큼 배타적이고 배척적인 건 없다. 또한 여기만큼 음모와 배신이 휘몰아치는 곳은 없을 것이다. 상처 입은 새의 날개를 꺾어버리고 살가죽이 찢긴 짐승의 목을 잘라 스스로의 이득을 취하는 세계. 검보다 더 날카로운 곳이 바로 사교계다. 그럼에도 이에 속하지 못해 안달 난 이가 많았는데, 스스로가 매력적이고 영리한 사람임을 증명받고 싶어 하기 때문이었다. 나에게 있어 무리는 로에나에 대한 열등감을 극복하기 위한 수단 중 하나이기도 했고 말이다.

아이린의 무리는 훗날 사교계의 몇 안 되는 거물들의 모임이었다. 과거의 내가 똑똑히 확인한 바로 그러했다. 혹자는 저를 가리켜 마담 드 라발리에의 뒤를 이을 '레이디'라 칭하기도 하였지. 확실한 건 이만한 세력을 구축한 이 중, 자신만큼이나 로에나 드 비슈발츠를 싫어하는 사람은 없을 것이라는 거였다.

그러니 그녀의 초대가 기쁘지 않을 수 없었던 거다. 어차피 출신 성분으로 인해 또 다른 무리의 머리가 되지 못하는 나니까. 독니가 자라나기 전까지 납작 엎드리는 게 무어 어려울까?

아이린 드 디뷘젤이 대접하는 차는 이국적인 느낌이 강했다. 찻잔 역시 흔히 보지 못하는 것들이었다. 아마도 동방의 상인들에게서 산 것이겠지. 은백색의 도기에 푸른빛이 은은하게 도는 것이 퍽 소담하고 어여뺐다. 내가 사교계에 데뷔했을 적 만연하던 것들이 여기에서 태동하듯 조용히 꿈틀거리고 있었다.

다른 영애들의 감탄 어린 목소리가 방울졌다. 저마다 찻잔이 가지는 가치를 찾아내기 위해 여념이 없었다. 아이린 공녀는 그 작은 소란을 가르며 내게 다가왔다.

"시스에 영애는 참 강건하세요. 마음이요."

뻗어 오는 손길은 언제 그랬냐 싶은 듯 온기가 어려 있었다. 나는 그녀의 눈매에 어린 '흥미'에 터질 것 같은 웃음을 꾹 눌러 삼켰다. 촌구석에서 뛰어놀았을 평민이 이런 귀한 찻잔을 보고서도 평정심을 유지하는 게 저의 이목을 끌었나 보다. 그녀는 그것이 교양으로 인함인지, 아니면 타고난 성정으로 인한 방패막인지 퍽 궁금해하고 있었다. 아니, 제가 바라 마지않는 건 후자의 대답일 테다.

나는 부드러운 미소를 덧그린 채 조용히 입을 열었다. 부디 내가 그녀의 눈에 이용하기 쉬운 상대로 보이기를 바라면서 말이다.

"그렇지 않답니다. 부끄러운 말이지만, 가슴이 벅차서 견딜 수 없는 걸요."

"하지만 아까의 응답은 용감하게 잘하셨어요. 진실로요."

"고모님께서 비슈발츠가에 계실 때 으레 하시던 일인걸요. 그래서 낯설지 않았답니다."

"마담 드 라발리에께서 말이지요?"

"예."

"말로 표현할 수 없을 정도로 소중한 시간이었겠어요."

"네, 물론이지요. 마치 꿈결과도 같았답니다."

"시스에 영애는 마치 시인처럼 말씀하시는군요. 꿈결과 같았다니, 정말로 훌륭한 표현법이에요. 지금의 이 시간도 영애에게 그렇게 느껴지기를 바라요. 벗이 한 사람 더 생기는 것만큼 아름다운 건 또 없으니까요."

구미가 당기는 말이었다. 보통의 영애였다면 그렇게 느꼈을 것이다. 아이린 드 디뵌젤이 '친우'라 말해주다니 아니 그렇지 않겠는가? 나는 감격스럽다는 듯 양손을 뺨에 가져다 대며 고개를 좌우로 흔들었다. 다소 경박스러운 행태지만 흥분의 모습을 나타내기엔 이보다 더한 행위는 없었다.

"저를 그렇게 생각해 주시는 건가요?"

"그대가 나를 진정으로 생각해 준다면요."

"오, 물론이에요. 늘 그럴 거예요. 약속해요."

"그럼 이 시간부터 우리는 친우예요. 정말이지 시스에 영애를 초대하기를 잘했다는 생각이 들어요."

아이린 드 디뵌젤이 눈을 빛내며 말했다. 저의 입술에 그려져 있는 흡족한 미소는 성숙과 미성숙이 복잡하게 뒤섞인 불신의 향연이었다.

나는 앞으로의 나의 모습이 그녀의 '낙'이 될 것을 확신하며 다시 한

번 고개를 수그렸다. 잔잔한 물결이 이는 찻물 위로 채 감추지 못한 미소가 깊게 퍼지고 있었다.

약속된 시간이 흘러 동방 상인이 디뵈젤 저택에 방문했을 때, 아가씨들은 새침한 표정으로 소파에 앉아 있었다. 새로운 물건을 만난다는 흥분도 체면을 이길 수 없었던 모양이다. 저들은 모두 물욕은 없지만 지적인 충족을 위한 작은 이끌림은 어쩔 수 없다는 듯 눈길을 살살 내보내고 있었다. 그 종잡을 수 없는 태도에 움츠러들 만하건만, 상인은 매우 넉살 좋게 물건을 풀어놓았다.

이런 상황을 많이 겪어 본 듯 자연스럽게 물건을 소개하는 그의 모습에서는 노련한 대가의 풍모가 엿보였다. 소녀들이 좋아할 법한 장신구, 비단, 찻잔, 향수, 화장품을 위주로 물건을 늘어놓고 시선을 모으는 폼이 보통이 아니었다. 이때만큼 어눌한 말투로 물건을 소개하는 상인의 목소리가 새의 울음소리처럼 달콤하게 들리는 일은 또 없을 것이다. 백색의 투명한 자기에 담긴 분이 수줍게 모습을 드러냈을 때, 영애들의 부채질이 좀 더 빨라진 것은 당연한 사실이었다.

"시스에 영애는 무엇이 마음에 드나요?"

친우라 명명한 뒤로 아이린은 내 곁을 떠나지 않았다. 오래전부터 그랬던 것처럼 그녀의 오른쪽을 차지한 나였다. 영애들은 그런 아이린의 태도를 존중했고, 저들의 무리에 들어가기 위한 시험이 끝났다는 것처럼 이 모든 불합리성을 무시했다.

그것은 박수받아 마땅할 용기였다. 무리의 평온을 위해 스스로의 불만을 억제해 버리는 태도는 사교계의 여인들이라 할지라도 쉬이 행할 수 없는 행위이기 때문이다. 이는 내가 지금껏 보았던 그 어떤 유대보다 불안정하면서도 뿌리 깊었다. 나는 갑작스러운 격상에 당황스러워하지 않았다. 아이린 공녀가 그리 했으니 당연한 일이라는 듯 받아들였다.

아이린은 이런 내 태도가 무척 마음에 든 모양이었다. 그래서일까? 그녀는 좀 더 풀어진 표정으로 대화를 이끌어 나가며 내 옷과 머리 장신구를 칭찬하는 등 호의적인 태도를 내보이기 위해 애를 썼다. 동방 상인의 물건을 보았을 때 어떤 게 마음에 들었냐고 묻는 것으로 우선권을 준 것도 이 때문이었다.

나는 슬쩍 다른 영애들의 반응을 살폈다. 미소를 띤 입술과 달리 잘게 흔들리는 눈동자가 두엇 정도 보였다. 새빨갛게 달아오른 뺨을 감추지 못해 연신 부채질을 하는 이도 있었다. 그래서 한 발자국 물러나기로 했다. 언제까지나 우두머리의 총애에 빌붙어 살 수 없으니 말이다.

"모든 게 다 아름다워서 쉬이 결정을 내리지 못할 것 같군요. 그러니 부디 제게 신중할 수 있는 시간을 주세요. 이를테면 다른 영애 분들의 훌륭한 견문과 식견을 본받아 사려 깊은 생각을 할 수 있도록 말이에요."

아이린 드 디뵌젤의 훌륭함은 이러한 부탁을 들어준다는 데 있었다. 그녀는 내 말을 존중했고, 다른 영애들에게 양해를 구하였다. 우리보다 수준이 한참 떨어진 신입의 교양을 채워 줘야 하는 수고가 생겼다는 내용을 돌려 말하는 것으로 말이다.

이 무리에서의 내 포지션은 어쩔 수 없이 돌봐 줘야 하는, 그럼에도 불구하고 밉지 않은 영애 정도였다. 나는 자신의 지식적인 교양을 뽐내는 게 기쁘지만 남들의 시선 때문에 유감스러운 미소를 짓고 있는 영애들을 향해 고개를 숙였다.

"오, 우리가 부디 비슈발츠 영애의 기대에 부합하였으면 좋겠군요."

한 명의 영애가 다소 들뜬 목소리로—자신의 기준에서는 최대한 억눌렀다는 듯이—경쾌하게 말한다. 그러자 봇물이 터진 것처럼 여기저기서 한마디씩 내뱉었다. 아이린 공녀는 부채를 살랑이며 이 모든 것을 조용히 바라보고 있었다.

동방 상인이 내어놓은 물건들은 요즘 사교계에서 한참 유행 중인 것들로 모두 상품(上品)에 속했다. 디뵌젤이라는 가문이 가진 권력이 아니었으면 이만한 물건을 가지고 오지 않았을 것이다.

나야 사교계에 데뷔한 직후, 아니, 양부가 죽은 뒤로 무작정 사 모았던 것들이기에 눈에 익어 감흥조차 들지 않았지만, 한 점의 떨림도 없이 물건을 고르고 있는 아이린 공녀의 태도는 의외였다. 그녀는 침착한 태도로 데뷔 드레스를 만들 비단과 장신구, 모자 장식깃을 골랐다. 다른 영애들의 조언을 구해 가며 신중하게 사는 모습이 공녀의 또 다른 일면을 발견한 것 같아 새로웠다. 초대장에 녹아 있었던 흥분은 어디로 사라졌는지, 그녀는 여기에 자리한 모든 소녀 중 가장 어른스러웠다.

이곳에 모인 대부분의 영애가 아이린과 함께 데뷔할 예정이었다. 아무런 연고도 없이 사교계라는 전쟁터에 달랑 내던져지는 여타의 영애들과 시작부터가 다른 것이다. 디뵌젤이라는 이름이 가지는 의미는 크니까 말이다. 모두가 이들의 걸음을 주목할 터였다.

그러고 보니 내가 데뷔할 즈음에 아이린의 무리는 모두의 선망을 받는 단계에 이르러 있었다. 이 아름다운 아가씨의 수완이 얼마만큼 좋기에 그만한 위치에 올라설 수 있었던 것일까? 속내를 드러내지 않는 치밀함? 아니면 공공의 적을 만들어 내는 탁월한 기지와 언변 때문일까?

한차례 폭풍과 같던 구매가 끝나고 다시 제정신을 차린 영애들은 자택에서 데리고 온 하인들을 시켜 자신이 산 물건들을 응접실의 바깥으로 내보냈다.

나는 기사 한 명과 하녀 한 명만을 대동하고 온 참이므로 작은 장신구만 산 참이었다. 그 많은 물건 중 가장 값싸고 작은 장신구 하나만을 겨우 고른 내게 동정과 연민의 시선이 쏟아졌다. 나는 그 눈빛들이 의미하는 바를 알고 있었으므로 터져 나올 것 같은 웃음을 가까스로 삼켰다. 그저 감흥이 없었을 뿐인데 저들은 완벽하게 오해하고 있었다.

공작가로 오기 전날 양부는 하인과 하녀를 더 딸려 보내 주겠다고 말했다. 그러나 나는 그것을 정중히 거부했다. 아직은 로에나의 것이 분명할 사람들이니까 말이다. 그 대신 당신이 쥐어주는 많은 돈은 감사히 받았다. 떼를 쓰듯 고집을 부려 기사는 하급에 가까운 이로, 하녀는 시녀장 마고의 눈총을 받고 있는 '블랜'으로 정한 건 완벽한 일이었다.

집사는 불편해하고 마고는 비웃는 기묘한 상황 속에서 마차가 천천히 움직일 때, 나는 박장대소하고 싶은 것을 꾹 참아야 했다. 마고 그 노회한 여우가 이것을 양부에게 보고할 리가 없으니까. 집사 역시 큰 문제가 아닌 이상 침묵할 터였다. 허드렛일을 하느라 살이 급격하게 빠진 블랜은 다른 영애들의 시녀들과 견주어도 매우 볼품이 없었다. 푸석한 머리카락과 핏기가 나지 않는 마른 뺨은 며칠 동안 굶은 사람처럼 보였다.

나는 모두의 시선이 내 뒤에 시립해 서 있는 블랜에게 향하자 찻잔을 들어 입술을 가렸다.

"로에나 영애는 안온히 잘 계시나요?"

아이린 공녀가 '로에나'를 입에 올린 건 그쯤이었다. 나는 기막힌 타이밍에 그녀의 이름을 내뱉는 아이린 드 디뵌젤이 기특하면서 대견하다고 생각했다. 자상하기로 유명한 영애의 의붓언니가 초라하기 그지없는 꼴로 다닌다니, 누구나 의아해할 법한 상황이었다.

"네. 언제나요."

나는 덤덤한 어조로 대답했다. 감정을 드러내지 않는 목소리가 얼마만큼의 연민을 불러일으키는지 과거의 로에나에게 배웠으므로 능숙하게 잘 써먹을 수 있었다. 아이린 드 디뵌젤의 초대를 받아 저택을 떠난다고 말했을 때 로에나는 핏기가 가신 얼굴로 나를 바라보았다. 자신을 싫어하는 상대와 의붓언니의 만남만큼 끔찍한 일은 없을 테니까 말이다. 영민한 그녀는 금세 내가 아이린의 무리에 속하기 위해 가는 것임을 깨달았다.

"며칠 후면 내 친구가 주관하는 티 파티가 있어. 함께 가 주지 않을래?"

간절한 시선으로 내게 말하는 그녀의 얼굴은 곧 울 것처럼 새빨갛게 달아올라 있었다. 아프다고 말한다면 디뷘젤 영애도 이해할 거라며 돼 먹지도 않는 획책을 꾸미는 게 우스꽝스러울 정도였다.

사실 누구든지 디뷘젤의 모임과 로에나의 모임 중 하나에만 갈 수 있다고 말한다면 주저 없이 전자를 택할 터였다. 디뷘젤의 모임이 사교를 위한 것이라면 로에나의 모임은 친교를 위한 만남에 불과한 것이니까. 고만고만한 위치의 사람들이 만나 차를 마시고 수다를 떠는, 별 볼 일 없는 것들의 집단이었다.

그 '로에나'가 있다는 점에서 흥미를 끌 뿐이지 그 외에는 아무것도 없었다. 굳이 찾아본다면 그녀에 대한 광신도들이 있다는 점뿐일까? 물론 친구들이 데리고 온 기사들과 영식들의 면면이 화려하다는 장점이 있지만—디뷘젤의 모임은 여인들뿐이니까 말이다—모두 로에나의 미모와 상냥한 품성에 홀린 상태. 득이 될 건 하나도 없었다.

그런데 그런 멍청한 모임에 참석하라고 하다니. 자신을 찬양하는 무리 속에 나를 집어넣고 싶다는 생각 자체가 역겹게 느껴진다. 나 역시 자신을 떠받들어야 한다는 자신감에서 비롯된 오만일까? 아니면 또 다른 무엇 때문일까? 전자라면 소름 끼치는 것이고, 후자라면 글쎄, 음흉하다 볼 수 있나? 무엇보다 로에나에 대한 애정으로만 가득 차 있는 그들이 나라는 가시를 겸허하게 받아들일 수 있을지 잘 모르겠다.

"로에나, 싸구려 차라고 하더라도 어떤 찻잔에 담겨 있는지에 따라 평가가 달라질 수 있는 거란다. 사소한 잡담은 어디에서나 나눌 수 있는 거잖니?"

내 말에 상처를 받은 것일까? 그녀의 눈이 크게 부풀어 올랐다. 작게 찡그려진 눈썹과 물이 든 듯 빨개진 코끝이 저의 감정을 말해주었다. 울고 싶은 거다. 가지 마. 작게 벌려진 입술에서 희미한 애원이 흘러나왔다.

"싫어."

나는 심술궂은 표정을 지으며 입술을 비틀었다. 어린애가 떼 부리는 것처럼 말도 안 되는 요구를 부리고 있는 그녀의 행동에 살짝 부아가 치밀었다.

"어디를 가든 그건 내가 결정할 사항이야. 무엇보다 너를 위해 거짓말까지 하면서 디뷔젤 영애의 호의를 거절할 필요는 없다고 생각해."

"하지만 거기에 가면……!"

나는 항변하는 그녀의 말을 잽싸게 막았다. 무슨 말을 할지 불 보듯 뻔했기 때문이다. 그곳에 가면 상처 입을 게 분명하니 자신과 함께하자는 것이겠지. 이 모든 것이 마치 나를 생각해서 건넨 것인 양 그럴듯하게 꾸미는 저의 태도에 구역질이 치밀어 올랐다.

"괜찮아."

"시스에."

"나는 괜찮다고 말했어. 정말이야. 아무렇지 않은걸."

"내 말을 좀 들어 봐. 나는 네가 걱정돼."

"나도 네가 걱정돼."

"왜?"

"왜냐니? 나야말로 왜냐고 묻고 싶은걸? 이렇게 예쁜 눈을 하고서 자꾸 다른 사람의 결점만 보고 있잖아, 그러면 안 돼. 오, 물론 저번에 다른 영애들과 불편한 점이 있었던 걸 알아. 하지만 모두가 그럴 거라는 보장은 없잖아. 다른 사람을 험담하는 건 숙녀답지 못한 행동이야. 로에나, 넌 상냥한 소녀잖아. 그렇지?"

"시스에, 오해 말아줘. 나는 그들을 험담하거나 비난하려는 게 아니야. 다만 혹시나 모를 상황을 생각해서 네가 분별력 있게 행동해 줬으면 하는 거니까."

내가 자신의 도덕적인 관점을 비난하자 엉겁결에 은근한 속내를 드러내는 로에나다. 본심이 튀어나온 것이다. 그것의 또 다른 이름은 '불안감'이었다. 마담 드 라발리에에게 사사를 하였지만 몇 달에 불과한 시간이었고, 다른 이들에게 계속된 가르침을 받고 있긴 하지만 그 또한 어떻게 진행되고 있는지 확인할 수 없었으니까.

단기적인 수업을 통해 누구나 쉽게 귀족적 태도와 소양을 갖출 수 있다면 어릴 적부터 교양 수업을 왜 배우겠는가! 그렇다고 해서 그녀의 태도를 이해하지 못하는 바가 아니다. 그 누가 자신을 싫어할 것으로 보이는 사람에게 의붓언니를 보내어 친교를 쌓게 만들겠냐 말이다. 나라도 그러했을 것이다. 하지만 그녀의 자존심은 스스로로 하여금 이러한 이유를 토로하지 못하게 만들고 있었다. 그러니 에둘러서 핑계를 대다가 또 다른 본심을 토해 낸 실수를 범하는 것이고 말이다.

"나의 어디가 분별력이 없다는 거지? 공작가 영애의 초대를 받고서 즐거워하는 점을 말하는 거야? 그렇다면 잘못 생각한 것 같구나, 로에나. 내가 비슈발츠의 이름에 어울리지 않는 행동을 할 것 같니? 설마. 고모님의 가르침을 받은 내가 그런 모습을 보일 리가. 너는 정말이지 나에 대한 신뢰가 전혀 없구나. 아니면 내가 그렇게 못 미덥든가. 관심을 둔다더니 고작 이런 거였니?"

로에나는 상냥한 소녀지만 가끔 귀족적인 면모를 발휘하여 타인을 재단하는 버릇이 있었다. 마치 상대를 얕보는 것처럼 말이다. 그런데 그것이 일관된 태도라면 성품으로 여길 수 있겠지만, 그러지 아니하니 가식으로 볼 수밖에 없었다.

"아니야. 그렇게 생각하지 말아줘. 정말 아니니까."

"그럼, 디뷘젤 공녀의 초대에 응하여 떠나가는 것을 막지 말아줘. 내가 거기서 잘하고 오리라고 생각하란 말이야."

동시에 고개를 숙여 로에나의 귀에 속삭였다.

"그나저나 잃어버렸던 열쇠가 사실은 원래 자리에 있었던 거고 네가 착각을 한 거라는 소문이 있다는데 사실이니? 만약 그렇다면 애꿎은 누명을 써서 고생하게 된 하녀는 어떡하니?"

로에나의 눈이 흔들렸다.

아, 역시 블랜이 제자리에 놓아둔 열쇠를 확인했구나. 그런 주제에 아무것도 모르는 양 시침을 떼는 모습이 퍽 가증스럽다.

어쨌든 더 이상 나를 잡지 못할 터. 그녀의 어깨를 가볍게 두들긴 다음 몸을 돌려 빠져나왔다. 아마도 그녀의 뇌리에는 내 마지막 말이 사나운 빗방울처럼 끊임없이 떨어질 것이다. 마리를 이용하여 소문을 퍼뜨린 것도 이 때문이었다.

의심은 좋은 것이다. 나는 이것만큼 사람의 관계를 희석하여 무너뜨리는 걸 본 적이 없다. 제아무리 강인한 사람이라 할지라도 의심을 하게 되면 병에 걸린 이처럼 무기력해진다. 그래서 그녀가 자신의 하녀들을 의심하기를 바랐다. 그리하여 더욱더 마고에게 매달리기를 원했다. 제가 그 늙은 여우의 입맛대로 움직여지기를 소망했다. 과거에 보았던 모습보다 더 착하기만 한 로에나 비슈발츠가 되는 것이다.

며칠 후 디뵌젤가로 떠나기 전 플랑을 만난 나는 그녀를 시켜 열쇠를 다시 훔쳐 오게 하였다. 마고의 시선은 블랜에게로 향해 있으므로 로에나의 머리를 만져 주는 하녀인 플랑이 그것을 도로 내게 가져오리라 생각하지 못했을 게 분명할 테니까 말이다.

플랑이 이야기한 바에 의하면 순진한 로에나는 보석함의 바닥에서 열쇠를 찾아내고선 자신이 미처 발견하지 못한 것이라 여겨 자책했다 한다. 자택에 도둑이 있을 리 없다는 안도를 함과 동시에 말이다. 그리고 환한 웃음과 함께 다시 열쇠를 보석함에 넣었다는 것이다. 이것은 '나는 너희들을 의심하지 않았어. 앞으로도 그럴 거야'라는 믿음을 심어주기 위한 행위였다. 덕분에 가져오기 쉬웠다며 고개를 조아리는 믈랑이다.

"어려운 일을 시켜서 미안하구나."

"아니에요, 아가씨. 도움이 되어 정말 기쁩니다."

과거 로에나의 편을 들지 않았던 믈랑이기에 지금의 그녀에게도 신뢰가 갔다. 더욱이 믈랑은 열쇠를 가져오라는 나의 말에 이렇다 할 의문조차 표현하지 않고 있었다. 되레 이러한 임무가 당연하다는 것처럼 수긍했다.

그래서일까? 나는 믈랑이 죽을 때까지 이 일에 대해 함구할 것이며 언제까지나 내게 도움을 주리라는 것을 깨달았다. 이는 나에 대한 선망으로 가득 찬 눈동자만 보아도 알 수 있었다.

자, 열쇠는 다시 내게 되돌아왔고 범인으로 의심받는 블랜은 나와 함께 디뷘젤 저택으로 왔다. 그럼 로에나는, 마고는 누구를 의심하고 있을까? 모든 하녀가 로에나에게 열쇠가 있다는 것을 알고 있는데, 그녀는 다시 열쇠가 사라졌다고 공표할 수 있을까? 로에나는 정말 잘 지내고 있는 걸까? 목으로 넘겨지는 차 맛이 무척 달콤했다. 나는 고개를 들어 아이린 공녀를 향해 미소 지었다.

"그녀는 정말 잘 지내고 있어요. 걱정해 주셔서 감사해요. 로에나가 들었더라면 무척 기뻐했을 거예요."

내 말에 모두의 표정이 기묘하게 일그러졌다. 동시에 '오, 세상에'라고 누군가가 낮은 탄식을 내뱉었다. 저들의 시선은 모두 '어떻게 이런 사람이 있을 수 있지?'라고 말하는 듯했다.

"영애는요? 괜찮나요?"

나는 옅은 웃음을 지었다. 몇 마디의 말보다 지금의 미소가 저들에게 있어 더 큰 의미로 다가간다는 것을 알고 있어서였다. 부디 제멋대로 생각하라지. 아, 이 무리가 '연민과 동정'이라는 소양을 가지고 있어서 다행이다. 출신 성분이 천하다는 단점을 이러한 감정으로 상쇄해 버리니 앞으로 나에 대한 거부감을 덜 느끼게 될 것이기 때문이다.

사실 자신들보다 덜떨어진 영애 하나를 데리고 다니는 것만큼 저들의 기쁨을 충족시키는 저열한 상황은 없을 터였다. 지금이야 모르겠지만 말이다. 어쨌든 앞으로 이것이 얼마만큼 황홀한 감각을 전해 주는지 느끼게 될 터였다. 어쩌면 우월함에 취해 나를 더 원하게 될지도 모른다. 천에 물이 드는 것처럼 아주 천천히, 그렇게.

✦

누군가 말했다.

진정한 교양은 식사 때 나타난다고.

나 역시 그의 말에 동의하는 바이다. 먹음직스러운 음식 앞에 무장이 해제된 지금이야말로 상대를 탐색할 수 있는 좋은 시간일 테니. 식기를 집는 사소한 습관에서부터 음식을 집어 드는 일련의 행위에 이르기까지, 무엇이 이보다 더 상대의 본질을 적나라하게 드러낼 수 있을까?

과거의 나는 거리의 소녀가 가지고 있는 출신의 때를 벗기 위해 부단히 애를 썼다. 그 누구보다 귀족적이고 싶어서였다. 하지만 아무리 의식적으로 노력한다 하더라도 고기를 씹고 있는 찰나의 시간에 미묘하게 기울어지는 어깨의 높이와 허리의 비틀림, 포크를 쥐고 있는 손목의 각도를 놓칠 수밖에 없었다.

태어날 때부터 이런 식으로 식사를 해왔던 사람들인지라 이러한 괴리를 쉽게 눈치챘다. 그들은 잔인하게도 내 실수를 금세 자신들의 조롱거리로 삼았다. 먹는 것 하나에도 온갖 것의 교양과 예의범절을 접목한 고매한 나리들은 자신들의 식탁이 나라는 존재로 인해 얼룩지는 것을 원치 않았다. 그 때문에 식탁에서 내쳐진 나는 이후의 초대에서도 고립될 수밖에 없었다.

디뵌젤가 영양이 벌이는 이번의 만찬 역시 서로의 교양을 가늠하는 전쟁터였다. 나는 나의 칼질 하나, 샐러드 포크를 움직이는 손가락 하나하나에 눈동자를 굴리며 서로에게 시선을 보내는 영애들의 모습에 터질 것 같은 웃음을 꾹 참았다. 과거 피를 토하면서까지 익힌 예법이다. 몸이 비쩍 말라 지금의 미(美)를 잃었어도 무시당하기 싫어 부단히 노력했었던 고통의 산물이 지금 여기에서 찬란하게 개화하고 있었다.

"마담 드 라발리에는 정말 대단하신 분이군요."

잠시 후 탄성과 같은 속삭임이 누군가의 입을 통해 흘러나왔다. 나는 차가운 물로 입술을 축이며 나지막이 부정했다. 아니, 나를 이렇게 만든 건 오롯이 나야.

디뵌젤가의 저녁은 매우 훌륭했다. 메뉴 하나하나가 심혈을 기울인 것으로 이 가문이 가진 막대한 부를 은연중에 드러내고 있었다. 쉽게 볼 수 없는 산지의 재료가 연이어 등장해 모두의 감탄을 자아냈다. 음식의 간이나 정갈하게 놓는 모양새나 어느 하나 나무랄 데가 없었다.

자리에 앉은 영애들은 모두 만족한 표정으로 마지막으로 나온 디저트를 비웠다. 숙녀다운 우아함을 유지하기 위해 새 모이만큼 적게 먹는 그네들이라 할지라도 오늘의 훌륭한 식사를 저어하지 않았다. 나 역시 마찬가지였다.

식사 후 개인적인 시간이 주어졌다. 영애들은 모두 응접실에 모여 책을 읽거나 피아노를 치며 노래를 부르거나 주변을 거닐며 소소한 잡담을 나누었다. 손수건에 자수를 놓는 사람도 있었다. 나는 아이린에게 붙잡혀 응접실을 걸어 다녀야 했다.

"시스에 영애, 어떤가요? 나는 오늘의 초대가 그대에게 휴식이 되었기를 바라고 있어요."

휴식이라. 나는 혀끝에 와 닿은 이 단어가 매우 낯설게 느껴졌다. 동시에 고소가 치밀어 올랐다. 상대의 약점을 물고 늘어지려는 살쾡이들이 가득한 이곳에서 휴식을 맛보라 하다니, 이 얼마나 모순된 말이란 말인지.

무엇보다 당사자는 이러한 판을 만든 주범이었다. 먹이를 탐색하듯 경계에 가까운 시선으로 나를 샅샅이 훑어 내리던 영애들 틈 속에서 유일하게 웃음을 짓던 이가 당신이었지 않나. 무엇을 찾는 것처럼 말이다.

하지만 이 말을 내뱉은 아이린의 표정은 매우 온화했고, 그녀의 눈동자는 진심을 나타내는 것처럼 부드럽게 일렁였다. 내 생각이 오해라는 것처럼 그렇게. 내 손목을 어루만지는 손길 또한 무척 따뜻하여 놀라지 않을 수 없었다. 이전의 시스에였더라면 감격하여 그대로 속아 넘어갔을지 모를 노릇이다.

"그렇게 생각하여 주시니 감사해요. 정말로 모든 것이 환상적이에요. 아까 보았던 장신구와 저녁 만찬이 말이에요."

나는 들뜬 목소리를 꾸며 대답했다. 기뻐서 견딜 수 없다는 것처럼 미소 지었다. 톤이 높게 올라간 목소리는 철이 덜 든 어린 소녀의 것처럼 들렸다. 아이린은 이러한 반응이 퍽 마음에 들었는지 내 손등을 가볍게 쓸어내리고 있었다.

"오, 영애의 마음에 들었다니 다행이네요. 하지만 앞으로 더 볼 것이 많으니 미리 마음의 준비를 해놓는 것이 좋아요."

"어머나, 무엇을 생각하고 계시는데요?"

"그건 비밀이지요."

그녀가 눈을 찡긋하며 장난스러운 어조로 말한다. 나는 일부러 볼멘 목소리를 흉내 내며 그녀의 소매를 잡아당겼다.

"너무해요. 알려 주세요."

아이린 드 디뷘젤이 두 눈을 동그랗게 뜬 채 나를 바라봤다. 그녀의 시선은 내 얼굴과 자신의 옷소매를 잡은 손을 번갈아 보고 있었다.

나는 그녀와 눈이 마주함과 동시에 스스로의 실수를 눈치챈 것처럼 입을 꾹 다문 채 양손으로 얼굴을 감쌌다. 상황을 회피하려는 것처럼. 그러나 손가락으로도 가려지지 않은 눈동자는 불안함과 당황으로 인해 흔들리고 있었다. 이에 짓눌러진 입술과 발갛게 달아오른 뺨 역시 고스란히 노출되고 있었고 말이다.

이것은 놀라울 정도의 침착함을 유지하던 시스에 드 비슈발츠가 보인 첫 허점이었다. 아이린 드 디뷘젤이 그토록 찾고 싶어 했던 나의 약점 말이다. 타인의 이목 때문에 어쩔 수 없이 어른스러운 척하고 있지만 본질은 여전히 천진난만한 어리광쟁이인 거리의 소녀가 저의 시선에 포착되었다.

자아, 아이린이여, 어서 반응을 보여 봐. 네가 원하는 상황을 던져 줬어. 어떻게 행동할 거지? 뜻밖의 상황에 아주 자연스럽게 나타난 이 빈틈을 그녀가 어떻게 공략할 것인지 나는 무척 궁금해졌다. 그래서 연기를 하는 한편 속으로 천천히 숫자를 세었다. 하나, 둘, 셋.

셋을 세기가 무섭게 그녀의 손이 내 머리 위로 내려앉았다. 귓가에 아이린 특유의 부드러운 목소리가 흘러 들어온 것도 그와 동시에 일어난 일이었다.

"시스에 영애는 무척 사랑스러운 소녀로군요."

나는 얼굴에서 손을 떼고 저의 눈치를 살피는 것처럼 그녀를 힐긋 바라보았다. 아이린은 애정 하는 무언가를 보는 것처럼 활짝 웃고 있었다.

"그러니 너무 두려워 말아요. 나는 사소한 것을 신경 쓰지 않는 성격이랍니다. 그러니 시스에 영애가 좀 더 편하게 생각해 주었으면 좋겠어요. 예의와 공손함은 가끔 장미에 있는 가시처럼 사람들에게 날을 세우기도 하거든요. 그게 어렵다면 나를 친언니라 생각해도 좋을 것 같아요. 혹시 실례가 되는 발언이었나요?"

본디 거리의 소녀였던 시스에는 자매가 없는 외동이었다. 지금이야

의붓동생이 생기긴 하였어도, 시스에 드 비슈발츠는 사냥터에서도 보았듯이 로에나 드 비슈발츠와 그리 친하지 않아 보였다. 그러니 그녀는 무척 외로울 것이다. 아마도 아이린은 이런 생각을 통해 나를 옭아맬 방법을 떠올린 것 같다.

하지만 하고 많은 것 중에서 '언니'라니. 이 무슨 우스꽝스러운 발언인지. 나는 저의 눈동자에 보이는 득의양양함이 가소로웠다. 그녀는 내가 자신의 말에 감격하여 금세 복종할 것이라 생각한 모양이었다.

"아니오. 전혀 그렇지 않아요. 저는 그저 감격해서……."

나는 그녀가 이 상황에 취해 경계의 끝을 조금만 무너뜨리기를 바랐다. 아이린이 원하는 건 비슈발츠가의 내부를 속속들이, 아니, 로에나 드 비슈발츠의 일거수일투족을 일러 줄 심복이 필요한 것 같았으니까 말이다. 그러니 이런 식으로 공을 들이는 게 아니겠나. 다만 로에나에 대한 저의 악의는 상상 이상이라 의아함이 들었다. 아직 사교계에 데뷔조차 하지 못한 어린 영애를 경계하는 것치고 매우 과했기 때문이다.

과거에는 로에나를 싫어하는 사람이 하나라도 더 있다는 게 좋았기 때문에 아이린이 나를 이용하여 싸움을 부추겨도 즐겁기만 했다. 하지만 지금은 다르다. 나는 그녀가 무슨 의도를 가지고 나를 이용하는지 알아야 할 필요성이 있었다. 그래서 나는 아이린이 원하는 대로 감정에 굶주린 소녀의 역할에 충실하기로 마음먹었다. 그래서 그녀의 소매 끝을 다시 붙잡고 웅얼거리듯 말했다. 이 말을 하기가 매우 부끄럽다는 듯 고개를 숙인 채 말이다.

"영애의 호의에 감사드려요. 정말이에요. 진심으로 감사하고 있어요. 그러니 제발 어리석다 나무라지 마세요."

아인린 드 디뷘젤이 말한다.

"물론이에요."

그녀의 목소리는 꿀을 바른 듯 달콤하기 그지없었다. 언니라 생각하라고 하긴 했지만 대외적인 관계가 갑자기 변하는 건 없었다. 그녀는 여전히 모두에게 너그럽고 상냥한 사람이었고—그것이 벗겨지지 않는 가면이라 할지라도 말이다—공평한 호의를 나눠 주려고 애쓰는 모습을 보였다.

모임의 여왕으로 군림하고 있지만 그러한 지배나 처사가 강압되지 않고 있다는 듯 다른 이의 의견에도 귀를 잘 기울이는 편이었다. 사교계의 늙은 여우들에 비교하자면 아직 어린애 수준에 불과하나 또래와 견줄 수 없을 정도로 몇 발자국을 더 앞서 나간, 그야말로 미래가 기대되는 소녀인 것이다.

잠자리는 밤이 이슥한 시간이 되어서야 안내됐다. 내 옆방에는 소린 지방의 남작의 차녀가 배정되었는데, 그녀는 매우 귀여운 외모를 가진 활달한 소녀였다. 천성적으로 쾌활함을 타고났는지 무리 중 가장 많이 수다를 떨어 댔으며 체신을 생각하지 않는 웃음소리로 타인의 기겁을 사기도 했다. 아마 내가 들어오지 않았더라면 무리의 동생 역—또래이긴 하지만—을 계속 맡고 있지 않았을까 싶을 정도의 천진함이었다.

다행히도 그녀의 단짝으로 보이는 베올린 남작의 영애가 그의 돌발 행동을 자주 저지해 주고 있었는데, 그것은 이 무리에 있어 매우 훌륭한 목줄로 작용하고 있는 것처럼 보였다. 문제는 그것이 낮에만 이뤄진다는 점에 있었다.

하녀의 도움을 받아 잠옷으로 갈아입은 나는 갑자기 들린 노크 소리에 의아함을 느꼈다. 이런 늦은 시간에 개인적으로 나를 찾아올 만큼 친분이 있는 이는 없었기 때문이다. 하지만 문이 열리고 레이스 잠옷을 입은 채 서 있는 소린 영애가 보였을 때, 나는 헛웃음을 지을 수밖에 없었다.

"오, 제발 베올린 영애처럼 나를 만류할 생각을 하지 말아줘요. 가끔 이런 일도 겪어 봐야죠."

소린 영애가 빙글빙글 웃으며 침대 위로 기어 올라왔다. 방 안으로 들어오라고 말하기도 전이었다. 기사라 해도 믿을 만큼의 매우 잽싼 몸놀림에 그녀를 따라왔던 전용 하녀가 고개를 절레절레 내젓는 게 보였다. 고삐 풀린 망아지를 보는 눈이었다.

나는 손짓으로 그들을 물러나게 했다. 나가기 전 입단속을 하라고 주의를 주는 것을 잊지 않았다. 하녀들이 나가고 조용히 방문이 닫혔다. 나는 차오르는 한숨을 삼키며 소린 영애 곁으로 다가갔다. 그녀는 거의 뒹굴다시피 드러누워 있었다. 그 바람에 잠옷이 올라가 허벅지가 다 드러났지만 전혀 부끄러워하는 기색이 없어 보였다. 되레 눈을 마주치며 배시시 웃는다. 그 모습은 그를 좋은 가문의 영애라기보다는 저잣거리에서 뛰노는 철없는 어린아이로 생각하게 하였다.

"침대 위에서 이렇게 누군가와 이야기를 하는 거 항상 해보고 싶었어요. 하지만 여기에 있는 사람들 모두가 내 부탁을 들어주지 않죠. 그래서 늘 속상했어요."

큰 고백이라도 한다는 듯 소곤거리는 목소리로 말하는 그녀의 얼굴에는 시종일관 웃음이 걸려 있었다.

나는 기이할 정도로 격의 없는 태도를 보이는 그녀의 모습에 로에나를 떠올렸다. 아니, 어느 의미로 따지자면 그녀는 로에나보다 더 질이 나빠 보였다. 모든 것을 다 털어놓을 준비가 되었다는 듯 자연스럽게 자신을 개방하고 있는 태도보다 더 무서운 게 어디 있다는 말인가.

아이린 공녀는 이러한 상황을 예상하지 못했을까?

어찌 되었든 간에 오늘 밤은 내게 있어 호재임이 분명하다. 나는 그녀의 지나치게 가벼운 혀에 찬사를 보낼 준비가 되어 있었다.

"무슨 이야기를 하고 싶으셨는데요?"

"이런저런 이야기요. 아무거나 좋아요."

"그럼 이런 건 어떨까요? 전 이 저택에 계신 영애들에 대해 잘 몰라요. 그러니 소린 영애께서 그분들을 제게 소개해 주는 시간을 가지는 거죠."

"좋은 생각이에요."

소린 영애는 얼굴에 화색을 띤 채 내게 미주알고주알 다 털어놓기 시작했다. 중간에 저의 사심이 섞인 평이 들어가기는 했지만 대체로 이 모임에서 저들이 어떤 역할을 맡고 있는지, 서열이 어떻게 되어 가고 있는지에 대한 이야기를 의심 없이 풀고 있었다.

그러다가 로에나와 관련된 에피소드를 이야기하는데, 나는 이를 통해 아이린이 왜 로에나를 싫어하는지를 알 수 있었다.

요약을 해보자면 로에나의 선량한 마음과 아이린의 귀족적인 태도의 차이가 대립각을 이뤘다는 것이다. 지난번 사냥터에서 보여 주었듯 예전에도 아이린의 앞에서 실수한 하인을 감싸 줬나 보다. 귀족의 너그러움은 같은 귀족에게만 이루어진다는 사실을 망각한 채로 말이다.

레이디들은 꽃이다. 화사하게 피어난 아름다운 꽃. 특히 아이린 드 디뷘젤은 수많은 꽃 중 가장 화려하게 피어난 장미였다. 그의 가시는 고고한 자존심이요, 꽃잎은 저를 지탱해 주는 배경과 외모일 것이다. 향기는 사람을 홀리는 그녀만의 치명적인 매력이었다. 그러므로 모든 이가 저를 당연하다는 듯 찬양하고 경배한다. 사교계에 데뷔라도 한다면 모든 여인의 정점으로 군림하게 될 것이라는 게 지배적인 여론이었다.

그런데 그런 그녀의 무결함에 로에나가 상처를 냈다. 놀랍게도 이 작은 비슈발츠는 많은 사람이 있는 앞에서 아이린 드 디뷘젤을 무자비한 소녀로 만들었다. 하인의 처벌을 결정하는 건 그의 주인 된 사람뿐이라는 것을 완전히 무시한 채로 말이다.

아이린은 로에나가 자신에게 반기를 들었다는 사실을 매우 수치스러워하며 타인의 이목 때문에라도 한 발짝 물러설 수밖에 없었던 상황에 분노했다. 가장 화가 나는 건 마치 가르치는 것처럼 자신을 설득한 로에나의 태도였다. 자존심이 크게 상한 건 당연한 일일 터. 그때부터 디뵌젤 공녀는 로에나를 싫어하게 되었다고 한다.

"로에나 영애는 좀 이상해요. 왜 자기 말이 다 맞다 생각하는지 모르겠어요. 가끔 다른 사람의 의견을 존중할 줄도 말아야 하는데 그녀는 늘 그러지 않죠. 무엇보다 이해가 가지 않는 게 매번 실수한 하인과 하녀를 감싼다는 거예요. 그것도 자신의 가문에 속해 있지 않은, 다른 가문의 하인들을 말이에요. 설마 기분 나쁜 건 아니지요?"

나는 고개를 끄덕였다. 내 대답에 기분이 좋아진 것인지 소린 영애가 다시금 배시시 웃었다.

"나는 시스에 영애가 우리와 함께해서 좋아요. 비슈발츠가에도 제대로 된 생각을 하는 사람이 있다는 것을 알려 주게 된 셈이니까요."

그녀가 손을 뻗어 내 손을 마주 잡았다. 깍지 낀 손이 어색하고 불편했지만 나는 꾹 참았다.

"그러니, 정말로 환영해요. 이 말을 해주고 싶었어요."

나는 그녀의 파란 눈을 바라보며 살며시 두 눈을 감았다. 환영. 나에게 가장 어울리지 않는 말이 뇌리에 맴돌고 있었다. 과거의 시스에게 해당하지 않았던 지독히도 사랑스러운 말. 그런데 그것이 로에나와 닮은 듯해 보이는 소린 영애가 내뱉었다는 사실이 무척 묘했다. 그것도 아주 많이.

소린 영애는 그 뒤에도 조금 오래 수다를 떨어 대더니 눈꺼풀이 무겁게 가라앉을 때쯤이야 자신의 방으로 돌아갔다.

"내가 왔다는 사실은 비밀이에요?"

글쎄, 혀가 이 정도로 가볍다면 내가 밝히기도 전에 스스로 자백할 것 같은데 말이다. 하지만 저를 안심시켜 줘야 할 필요가 있었으므로 나는 고개를 끄덕이며 그러겠노라고 말했다. 그녀는 내 대답에 한결 밝아진 표정을 하며 잘 자라는 인사를 건넸다.

문이 닫히자 정적이 내려앉았다. 디뷘젤가에서 맞이하는 첫 밤이다. 나는 푹신한 침대에 누워 눈을 감았다. 이제야 겨우 쉴 수 있을 것만 같았다.

⟨◈⟩

사교계에 데뷔하지 않는 어린 소녀들에게 있어 여가는 매우 한정적인 일로만 소비된다. 승마, 독서, 수놓기, 산책 등 같은 일이 매번 반복되는 것이다. 디뷘젤가에서의 하루도 다를 바가 없었다. 첫날은 상인이 와서 즐겁기라도 했지 이후부턴 지루함의 연속이었다. 응접실에 모인 영애 중에서 어떤 이는 피아노를 치고 어떤 이는 그림을 그리고 어떤 이는 독서를 하며 저녁때까지 이어지고 있는 기나긴 시간을 해치우고자 했다. 자신이 가져온 보석을 꺼내어 요즘 유행하는 세공 디자인에 대해 진지하게 논의하는 사람도 있었다.

나는 소파에 앉아 책을 읽기 시작했다. 소린 영애가 노골적으로 친한 척을 하며 로뭄 게임(블루마블)을 하자고 말했지만 가볍게 사양했다. 크리스털로 세공된 주사위를 던져 목적된 장소까지 이동하는 게임은 내 취향이 아니었다. 무엇보다 게임을 권유한 사람이 거리를 둔 채로 친분을 유지해야 하는 이라서 그런지 별로 내키지 않았다. 그녀의 지나칠 정도의 가벼운 혀와 방종에 가까운 행동은 나로 하여금 거부감을 느끼게 하였으니까. 소린 영지 내의 광산에서 나오는 막대한 부(富)가 아니었더라면 제가 이 모임에 낄 자격이 있을까 생각했을 정도였다.

한구석에 놓인 탁자 주변에 둘러앉아 차를 마시며 담소를 나누던 영애 둘이 내게 다가온 것은 그쯤이었다. 그녀들은 매우 상기된 표정으로 나를 바라보았는데 마치 사랑에 빠진 소녀와 같은 느낌이라 기분이 묘했다.

"영애께서는 할버드 경을 많이 보시겠지요? 그 늠름하고 아름다운 모습을 말이에요."

과거의 로에나가 모두의 시샘을 받았던 이유 중 하나에는 류스테윈 할버드가 있었다. 기사 중의 기사라 할 정도로 재능과 미모가 출중했던 이 아름다운 사내는 모든 이의 선망의 대상이었으니까. 나 역시 그에게 목매어 비참하게 매달리지 않았던가. 그를 독점한 로에나를 저주할 정도로 아주 깊게.

눈앞에 있는 두 영애 역시 할버드 경의 매력에 푹 빠졌나 보다. 어제만 하더라도 새침하게 눈을 내리깔며 제대로 된 말 한마디를 건네지 않았던 그들이었는데 지금에 와서 이리 얼굴을 붉히고 있으니 말이다.

나는 저택에 있을 그의 얼굴을 떠올리며 고소를 머금었다. 기대에 찬 눈빛으로 나를 바라보고 있는 이들에게 무어라 말을 해줘야 할지 몰라서였다.

"네. 몇 번 오가면서 얼굴을 뵙기는 했어요. 하지만 매우 바쁘신 분인지라 손에 꼽을 정도랍니다."

내 대답에 저들은 썩 만족한 눈치가 아니었다. 자신들의 로망을 채워 줄 무언가를 더 원하는 듯했다. 나는 애매한 미소를 지으며 말을 덧붙였다.

"그리고 할버드 경은 로에나의 기사이므로 제가 뵐 일이 드물지요."

로에나의 기사. 아, 이 얼마나 쓰디쓴 말인지! 내 말이 끝나기가 무섭게 얼굴을 굳히며 미간을 찌푸리는 영애들이다. 차갑게 가라앉은 눈동자에는 로에나를 향한 질투가 강하게 서려 있었다. 하지만 그것도 잠시 아무렇지 않다는 것처럼 다른 인물을 언급한다.

"그렇군요. 그것참 아쉽겠어요."

"그러게요. 그런 멋진 분이 로에나 영애만 호위해야 한다니요."

"어머, 그리고 보니 저번에 델파인 경이……."

멋진 기사와의 로맨스는 나이 많은 여자나 어린 여자나 모두에게 통용되는 아름다운 환상이다. 드높은 자존심을 가진 여인이라 할지라도 가슴 한편에 자그마한 순정을 싹 틔울 수 있는 공간을 마련해 놓지 않나. 이는 눈앞의 소녀들에게도 해당하는 일이었다.

나는 내게서 물러날 생각을 하지 않은 채 수다를 떠는 영애들의 모습에 조용히 책을 덮었다. 그리고 그들의 말을 경청했다. 저들의 입에서는 수많은 기사의 이름이 오르내리고 있었다. 특히 류스테윈 할버드의 라이벌 격이라 할 수 있는 '미카엘 아이레스'에 대한 이야기가 많았다.

미카엘 아이레스는 황궁에 속한 기사로 칼을 쓰는 솜씨만큼은 할버드와 호각을 다툴 것이라고 여겨지는 사내다. 금빛이 물결치는 장발에 녹색의 눈동자가 인상적인 이 미남은 뭇 여인의 선망을 받고 있지만 차가운 성정으로 인해 가까이 다가가는 여인이 거의 없었다.

그럼에도 그는 류스테윈 할버드와 대등한 인기를 누리고 있는데, 고고한 그 자태가 타인으로 하여금 정복욕을 불러일으키기 때문이었다. 과거의 나야 할버드 경에 눈이 멀어 그런 사람이 있다는 것조차 가볍게 흘려 넘겼었지만, 다른 이들은 그러지 않은 모양이었다.

어쨌든 나로 인해 할버드 경이 로에나의 것으로 낙점된 상황을 알게 되어서 그런지 그들은 그의 라이벌이라 할 수 있는 미카엘이라는 사내에 대한 이야기에 열을 올리기 시작했다. 특히 얼음처럼 차가운 성격에 대한 환상이 많아 보였다.

"언니의 말에 의하면 아직 그분의 에스코트를 받아 본 여인이 없다고 해요."

"어머나, 그분의 마음을 녹일 수 있는 여인은 대체 누가 될까요?"

"글쎄요. 만약 있다 하더라도 지금의 성정을 그대로 유지해 주셨으면 좋겠는데요."

"동감해요. 상냥한 아이레스 경은 상상이 되지 않으니까요."

"비슈발츠 영애께서는 흠모하시는 기사분이 있으시나요?"

나는 옅은 미소를 지으며 말끝을 흐렸다.

"제가 아직 기사분을 잘 모르기 때문에 무어라 말씀드려야 할지 모르겠어요."

"할버드 경과 같은 상냥한 분은 어떠신가요?"

나는 질문을 던진 영애를 바라보았다. 그녀의 입술에는 짓궂은 말을 흘려보낸 것에 대한 깊은 쾌감이 어려 있었다. 나는 그녀를 마주 보며 조용히 미소 지었다. 악의 서린 의도를 읽지 못하였다는 양 순진한 표정을 지으면서 말이다.

"할버드 경은 모두에게 다정하신 분이라 무어라 말씀드리기 어렵군요. 그의 순수한 호의를 오해하면 안 되니까요."

"무슨 일이 있으셨군요?"

"예, 예. 아주 작은 도움을 받은 적이 있었답니다."

내 말에 모두의 표정이 돌변했다. 그녀들은 낭만 어린 소녀의 시선으로 나를 바라보고 있었다.

"무슨 일이 있었는지 말해주세요."

"아주 작은 일에 불과하여 말씀드리기 부끄럽군요. 제가 홀로 울고 있을 때 경의 이름이 적힌 손수건을 건네주셨더랍니다."

"어머나, 정말로 상냥하신 분이네요."

"그렇다면 그 손수건, 아직도 간직하고 계신가요?"

있다고 말한다면 당장 꺼내 보라고 할 참이었다. 나는 안타깝다는 듯 울상을 지으며 말했다.

"안타깝게도 어느 순간부터 사라지고 없더군요."

"사라지다뇨? 어째서요?"

나는 대답 대신 입술을 꾹 다물었다. 동시에 곤란하다는 듯 어색한 미소를 지었다.

영애들은 이런 나의 태도에 무언가 이해했다는 듯 작은 기침을 하며 부채로 얼굴을 가리기 시작한다. 그런 그녀들의 눈동자는 무언의 대화를 나누고 있다는 듯 긴밀하게 움직이고 있었다. 그도 그럴 것이 태생이 천한 양녀에 불과하지만 비슈발츠라는 귀족의 성을 달고 있는 나다. 그런데 이런 나의 물건을 과감히 훔칠 정도로 가문 내 하녀들의 기강이 바로 세워져 있지 않다는 것이 저들의 입장에서는 퍽 우스울 터였다.

갑자기 응접실의 문이 열리며 하녀 한 명이 들어왔다. 그녀는 모두에게 공손한 태도로 인사를 하더니 아이린을 향해 말하였다.

"아가씨, 아이레스 경이 인사를 청해 오셨습니다."

예전에 알음알음 들은 바가 있었다. 디뷘젤가는 황가를 지지하는 대표적인 귀족 가문이라 황실의 인물들이 자주 드나든다고. 미카엘 아이레스 역시 황실의 일로 이곳을 찾아왔다가 영애들이 응접실에 모여 있다는 사실을 전해 듣고 인사차 들린 모양이었다.

아이린은 아무렇지 않다는 듯 태연한 표정으로 수락의 말을 건넸다. 그리고 하녀가 방문을 나서자마자 마치 잊고 있었다는 듯 주변의 영애들을 둘러보며 양해를 구하는데—오, 제가 여러분을 미처 생각하지 못하였군요. 부디 너그러운 마음으로 이해해 주세요. 그 모습이 어찌나 자연스러운지 나조차도 그녀가 우리를 깜빡 잊었다고 생각할 정도였다.

그러자 영애들은 거의 난리를 치다시피 움직이기 시작했다. 기쁨으로 인함인지 거의 대부분의 영애가 체면을 던져 버린 것처럼 우스꽝스러운 장면을 연출하고 있었다. 발갛게 달아오른 얼굴로 소리 없는 비명을 지르다 허둥지둥 일어서는 건 기본이었다. 주변에 서 있는 하녀들을 재촉해 구겨진 드레스 자락을 펴고 머리를 다시 매만졌다. 뚜껑이 덮였던 피아노가 열리고 건반을 누르는 손에 힘이 들어가기 시작했다.

몇몇 사람은 가장 어여뻐 보이는 자세로 소파에 앉아 새침을 떨어 댔다. 게임을 하던 소녀들의 손에 책이 들린 건 그야말로 순식간의 일이었다. 그야말로 마법을 부린 것만 같은 변화였다.

잠시 뒤 문을 두드리는 소리가 들렸다. 알 수 없는 긴장감이 방 안에 흐르고 모두의 시선이 방문을 주시했다.

부드럽게 열린 문 사이로 들어오는 건 경탄할 만큼의 아름다운 남자였다. 나는 부드럽게 흩날리는 황금빛 머리와 우수에 찬 듯 작게 일렁이는 녹안으로 그가 미카엘 아이레스임을 깨달았다.

"오랜만에 뵙습니다, 디뷘젤 공녀."

"네, 잘 지내셨나요? 경을 본가에서 뵙는 건 정말 오랜만이로군요."

"예."

아이레스의 시선이 다른 영애들에게로 향했다. 모두 자리에서 일어나 그를 향해 인사했다. 나 역시 마찬가지였다. 아이레스는 절도 있는 태도로 답인사를 하며 말했다. 그의 목소리는 외양만큼이나 근사하게 들렸다.

"제가 영애들의 휴식을 방해한 것이라면, 부디 이 무례를 용서해 주시기를 바랍니다."

"모두 너그럽게 이해해 주실 거예요."

아이린이 웃으며 대답했다. 그녀는 미카엘의 엄청난 외모에 별 영향을 받지 않는 것처럼 보였다. 그의 말 한 마디 한 마디에 기절할 것처럼 반응하는 다른 소녀들과 달랐다.

"그리 여겨 주시면 감사하겠습니다. 그럼, 저는 이만 물러나겠습니다."

정말로 인사만 하러 온 모양인지 그는 미련을 두지 않고 자리를 떠나려 했다. 그러다가 잠시 고개를 돌려 나를 바라보았는데, 그것이 아주 찰나에 불과하여 나는 저와 눈이 마주친 것이 진짜인지 혹 내가 착각한 것은 아닌지 고민해야 했다. 왜냐하면 나를 바라보는 그의 얼굴이 기이할 정도로 이상해 보였기 때문이다. 상기된 표정의 미카엘 아이레스라니, 누가 들어도 거짓말일 게 분명한 말이지 않은가.

나는 선명하게 반짝이던 녹음의 눈동자를 떨쳐 내려는 듯 고개를 설레설레 내저었다. 정말이지 말도 안 되는 헛것을 아주 단단히 본 모양이다.

그날 저녁 만찬은 미카엘 아이레스가 남긴 여운으로 인해 제대로 이루어지지 않았다. 나와 아이린을 제외한 모든 영애가 유령에 홀린 것처럼 포크와 나이프를 제대로 잡지 못한 것이다. 발갛게 상기된 얼굴은 첫사랑의 열병에 빠진 것처럼 보였다. 하긴 사교계에 데뷔조차 하지 않은 이들인데 언제 그와 같은 기사를 가까이서 볼 수 있었겠냔 말이다. 알음알음 소문으로 듣거나 먼발치에서 쳐다본 게 다일 테다.

"세상에. 가슴이 너무나 두근거려서 잠을 못 이루겠어요. 어쩜 그렇게 멋진 분이 다 있죠?"

모든 사람이 잠자리에 들었을 무렵 소린 영애는 당연하다는 듯이 나를 찾아와 심정을 토로했다. 그리고 동의를 구한다는 듯 시선을 마주했다. 그의 커다란 눈동자에는 태연한 얼굴로 고개를 끄덕이는 내가 담겨 있었다.

"비슈발츠 영애께서는 할버드 경과 아이레스 경, 두 분의 얼굴을 가까이에서 뵈었잖아요. 어느 분이 더 늠름하고 멋지신가요? 역시 가문의 기사인 할버드 경이겠지요?"

"글쎄요."

나는 말끝을 흐리며 부드럽게 웃었다. 두 기사에 대해 이야기를 나누고 싶은 그녀의 소망을 들어주고 싶지 않았기 때문이다. 내 방에서 빨리 나가 줬으면 하는 바람이 들었기도 하고 말이다. 김이 샐 정도로 미적지근한 반응을 보이는 나의 태도에 소린 영애가 얼굴을 붉히며 소리를 높인다.

"왜 그런 반응을 보이는 건가요? 맙소사! 비슈발츠 영애, 영애께서는 아이레스 경을 보고도 아무렇지 않았단 말인가요?"

나는 납득이 되지 않는다는 듯 낮은 비명을 내지르는 소린 영애를 향해 조용히 말했다.

"첫 만남에 끌릴 수 있다면 좋겠지만, 그럴 일은 매우 희박한 법이죠. 하지만 아이레스 경을 계속 본다면 또 모르겠군요. 물론 만약에 불과한 일이겠지만요. 만일 그렇게 된다면 소린 영애가 느꼈던 부분을 저도 알아차릴 수 있을지도 모르겠어요. 하지만 그럴 일은 없을 테죠. 우연히라도 말이에요."

그러나 불행하게도 미카엘 아이레스는 그다음 날에도, 그 그다음 날에도 디뷘젤가를 찾아왔다. 그리고 꼭 영애들이 모여 있는 응접실에 들러 인사를 건넸다. 당연한 예의이지만 나는 그가 찾아올 때마다 껄끄러운 기분을 느꼈다. 나를 향해 빙글빙글 웃고 있는 소린 영애의 시선이 느껴졌기 때문이다.

"이제는 조금 알겠나요?"

미카엘 아이레스가 응접실을 방문한 지 얼마 안 되어 그녀가 의기양양한 목소리로 확인하듯 캐물었다. 그녀에겐 지금 내가 독서 중이라는 사실이 안중에도 없어 보였다. 아니, 그런 배려를 바라는 것 자체가 무리인가? 나는 한숨을 내쉬며 읽고 있는 책을 덮었다. 그리고 모종의 기대감으로 가득 찬 소린 영애를 바라보며 말했다.

"네, 조금은요. 하지만 너무 기대하지 마세요. 혼란스러우니까요."

"무엇을요?"

"모든 것이 말이죠."

모두가 숭배한다고 해서 나 또한 숭배하라는 법은 없지 않은가. 그러한 바보 같은 행위는 로에나를 추종하는 이들로 충분하다. 내 대답에 소린 영애는 알 수 없다는 표정을 지었다. 그녀는 진심으로 내가 이해되지 않는 모양이었다. 하지만 이내 그럴 만한 사정이 있다고 생각한 모양인지 내 어깨를 가볍게 어루만지며 쾌활한 목소리로 말했다.

"봄은 모두에게 공평하게 다가오는 법이죠."

나는 그녀의 말에 조용히 대답했다.

"그랬으면 좋겠군요."

시간이 흘러 어느덧 디뷘젤가에서 보내는 마지막 날이 되었다. 타인의 저택에 머물렀다 뿐이지 평소와 다름없는 일과를 보내고 있었음에도 모든 사람의 얼굴에는 아쉬운 기색이 듬뿍 묻어나 있었다. 이는 아이린 디뷘젤도 마찬가지였다.

그래서일까? 그녀는 모두에게 디뷘젤가에서 보내는 마지막 일정으로 피크닉을 갈 것을 권했다. 저택 내 정원에서 소소한 티타임을 가지자는 것이다. 모두 기쁜 마음으로 환영했고, 피크닉을 가기 위해 옷을 갈아입으러 자리에서 일어났다. 나는 피크닉에 가기 위한 가벼운 드레스를 챙겨 오지 않았으므로 응접실에서 저들을 기다리기로 했다.

미카엘 아이레스가 응접실을 방문한 것은 영애들이 사라지고 나서 얼마 되지 않았을 때였다. 모두 옷을 갈아입기 위해 자리를 비운 것을 몰랐던 모양인지 그는 노크와 함께 문을 열고 들어오다가 나와 눈이 마주치자마자 그 자리에서 멈춰 섰다. 매우 당황했던 것인지 그의 두 눈은 크게 떠져 있었다.

"안녕하세요. 아이레스 경. 디뷘젤 공녀께 인사하러 오신 거라면, 실례지만 다음을 기약하셔야겠어요. 여기에 계시지 않거든요. 그러니 안녕히 돌아가시기를."

나는 자리에서 일어나 그에게 인사했다. 아이레스 경은 내 인사에 화답하기 위해 고개를 숙였다.

나는 그가 인사를 끝내자마자 되돌아갈 것으로 생각했기에 소파에 앉아 다시 책을 펼쳐 들었다. 못 다 읽은 구절이 있어서였다. 안타깝게도 사교계 여인들의 마음을 뒤흔든다는 그의 빼어난 미모는 내게 있어 아무런 감흥조차 들지 않았다. 그저 황궁의 기사 중 하나에 불과했다.

아이레스 경 역시 나와 같은 보잘것없는 영애와 함께 있고 싶지 않을 것이 뻔했다. 소문에 의하면 모든 여인에게 냉정하기로 유명한 사내가 아니던가. 그러므로 이러한 내 태도를 반겼으면 반겼지 무례하다 여기지 않을 게 분명할 터였다.

하지만 어찌 된 일인지 바로 나가지 않고서 주변을 서성이듯 움직이는 그였다. 미카엘 아이레스는 응접실 소파 뒤에서 몇 번을 왔다 갔다 하더니 이내 내게로 성큼성큼 다가왔다. 그러고는 의아하다는 듯 저를 바라보는 내게 말했다.

"실례가 되지 않는다면 영애의 성함을 여쭈어봐도 되겠습니까?"

그러고 보니 다른 사람과 함께 몰려 있었기에 제대로 된 통성명조차 하지 않았구나. 인사만 하고 사라지는 나날이 반복되었으니 당연하다. 그런데 왜 갑자기 내 이름을 궁금해하는 걸까? 언제나 그랬듯이 조용히 사라지면 될 텐데 말이다. 무엇보다 이게 무어라고 눈에 띌 정도로 초조한 기색을 보이는 건가.

"비슈발츠가의 시스에입니다."

나는 다시 자리에서 일어나 드레스 자락을 잡고서 그에게 인사했다.

"비슈발츠 영애시로군요."

그가 기쁘다는 듯 미소를 짓는다. 마치 큰 곰 인형을 선물 받은 어린 아이가 해맑게 웃는 것 같았다.

"저는 미카엘 아이레스입니다."

"예."

나는 마지못해 대답하는 것처럼 느리게 말했다. 인사를 끝냈으니 얼른 사라져 줬으면 하는 마음에서였다. 평소와 달리 눈에 띄게 달라진 그의 태도가 거북스럽기도 했고 말이다. 하지만 미카엘 아이레스는 여기서 멈출 생각이 없어 보였다.

"왜 혼자 계시는 겁니까?"

나는 고개를 들어 그를 바라보았다. 아이레스의 얼굴에는 다시금 초조한 기색이 역력했다. 그의 시선은 내 무릎 위에 있는 책에 꽂혀 있었다. 무례하다는 것에 대한 간접적인 항의인가?

나는 책을 덮어 사이드 탁자 위에 올려놓았다. 대화를 하고 싶은 마음은 없었지만 질문에 대한 답을 해야 했으므로 저와의 시선을 마주치는 것이 중요했다.

"다른 분들을 기다리고 있는 거랍니다."

"독서를 하시면서요?"

그가 걸음을 옮겨 가까이 다가왔다. 사이드 탁자 위에 올려놓은 책을 들어 제목을 읽는 모습이 제법 진지해 보였다.

"무슨 내용입니까?"

"로맨스 소설이에요."

"로맨스 소설! 가볍게 탐독하기에 좋은 글이지요. 어떤 내용인지 이야기해 주실 수 있겠습니까? 흥미가 이는군요."

"어머나, 진심으로 하시는 말인가요? 하지만 이 책은 아이레스 경의 흥미를 충족시킬 만한 내용을 가지고 있지 않은걸요. 아시잖아요."

나는 손으로 입술을 가리며 웃었다. 아니, 웃는 척을 했다. 뭇 여인을 대하는 그의 태도를 생각한다면 충분히 할 수 있는 행동이었다.

"그럼 제 흥미를 자극할 만한 글은 무엇이라 생각하십니까?"

그가 굳은 표정으로 물었다. 나는 눈꼬리를 반달처럼 휘어 내리며 나긋한 목소리로 대답했다.

"글쎄요. 그건 아이레스 경만이 아실 일이죠."

"고려조차 하지 않으시는군요."

"때론 수줍음이 모든 것을 덮어버리기도 하지요. 그러니 양해해 주셨으면 해요."

"예, 그러겠습니다. 하지만 궁금하군요. 그 수줍음이라는 것이 말이죠."

나는 대답 대신 손을 뻗어 아이레스 경이 들고 있는 소설책을 잡았다. 그는 순순히 책을 건네주었다.

"그 또한 경께서 판단하실 일이랍니다. 그러니 부디 제게 다시 인사를 드릴 기회를 주시겠어요?"

"무슨 인사를 말입니까?"

"경께서 본래의 목적을 상기하실 수 있도록 하는 작별 인사말이지요. 아이레스 경은 훌륭한 기사시니 사교계에 데뷔조차 하지 않은 어린 소녀에게 추문을 붙이지는 않으시겠지요?"

친분이 없는 사람과의 대화는 고통이다. 나는 그와 함께 있는 이 시간이 매우 지루하여 책이나 계속 읽고 싶었다. 무엇보다 여인에게 관심 없기로 유명한 기사가 왜 여기서 당신의 귀중한 시간을 낭비하고 있는지 이해할 수 없었다. 평소처럼 인사만 하고 사라지면 될 일 아닌가. 하지만 미카엘 아이레스는 소문과 달리 매우 무례하고 막무가내인 사내였다.

나는 갑자기 얼굴 가득 미소를 짓는 그의 모습에 어안이 벙벙할 수밖에 없었다. 그의 입에서 흘러나오는 뜻밖의 말 또한 말이다.

"그러한 추문이라면 환영이로군요."

세상에, 누가 그 미카엘 아이레스에게 얼음 심장을 가진 기사라 하였던가!

나는 내 손등에 입을 맞추고선 부드러운 목소리로 속삭이는 그의 모습에 놀라지 않을 수 없었다. 뭇 여인들에게 있어 단단한 철벽이나 다름없었던 사내가 나를 향해 열렬한 사랑의 고백을 하고 있었기 때문이다.

그는 첫눈에 보았을 때 반했노라며 자신의 심장을 불타게 하는 사랑의 열병으로 인해 잠조차 들지 못하고 있다고 말했다. 기사 된 도리로써 참아야 하지만 그러지 못해 디뷘젤가를 계속 들락날락했고, 점점 커지는 마음을 주체하지 못해 나를 만나러 왔다고 호소했다. 짙게 일렁이는 그의 녹안은 간절함으로 가득했다.

"믿지 못하시리라는 것을 압니다. 영애와 제가 마주한 시간은 얼마되지 않았으니까요. 하지만 신께 맹세컨대 제 마음에는 한 점의 부끄러움도 없는, 영애에 대한 진정으로 가득합니다."

나는 그 자리에서 일어나 두 발자국 뒤로 물러났다. 당혹으로 인해 손끝이 바르르 떨리고 있었다. 목은 무엇에 막히기라도 한 듯 꽉 잠겨 소리조차 나오지 않았다.

누군가 나를 보고 반하다니, 믿을 수 없는 일이다. 예전의 시스에게는 단 한 번도 일어나지 않았던 상황이니까. 사교계의 조롱거리이자 추악한 해골에 불과했던 내게 그 어떤 남자가 시선을 주겠나. 선량한 성품을 지녔던 류스테윈 할버드조차 거부한 이인데.

나는 바들바들 떨며 다시 한 걸음 뒤로 물러났다. 갑자기 숨이 막혀 오는 것 같았다. 나에 대한 진정? 조롱이 아니라?

거짓말.

나는 드레스 자락 뒤에 감춰진 주먹을 꼭 쥐었다. 잘 다듬어진 손톱이 안쪽의 부드러운 살을 파고들었지만 전혀 아프지 않았다. 오히려 정신이 번쩍 드는 것 같았다.

"하지만 경은 조금 전만 하더라도 제 이름조차 모르지 않으셨나요? 그러니 제가 어찌 믿을 수 있을까요?"

"부끄러운 일이지요. 그러나 그럴 수밖에 없었던 제 마음을 이해해 주셨으면 합니다. 디뷘젤가에 계신 다른 분들께 영애에 대해 여쭙는다면 그분들께도, 영애께도 폐가 되는 일이니까요. 무엇보다 영애께 듣고 싶었던 마음이 강했습니다."

"그렇지만 전, 전 너무나 혼란스러워서 무슨 말씀을 드려야 할지 모르겠어요. 지금껏 경에 대한 소문을 맹신하고 있었거든요."

"모든 소문이 백 퍼센트의 진실을 담고 있는 건 아니지요."

"그러나 소문이 거짓으로만 이루어져 있는 건 아니잖아요. 그를 부인하지 않으시겠지요?"

미카엘 아이레스는 반박이라도 하듯 힘주어 말한다.

"예. 하지만 영애, 저 또한 뜨거운 피를 가지고 있는 사내입니다. 첫눈에 반한 아름다운 여인에게까지 냉정함을 유지할 얼간이는 아니라는 소립니다."

"전 저에게까지 그 냉정함을 유지해 주셨으면 했는데요. 여인의 투기만큼 무서운 건 없기 때문이에요. 무엇보다 전 로에나 비슈발츠가 아니에요. 경과 같은 분이 이것이 무엇을 뜻하는지 모르시지는 않으시겠지요?"

비슈발츠가의 이름을 달았다 하더라도, 아이린 드 디뷘젤의 그림자 안에 숨어 들어갔다 하더라도, 남들의 눈에 비친 나는 여전히 뒷골목을 맨발로 전전하던 평민이었다. 황제의 총희인 마담 드 샤토루가 다른 이들에게 있어 여전히 '창녀'인 것처럼 말이다. 화려한 드레스와 곱게 발라진 분, 귀족의 틀에 억지로 짜 맞춰진 몸가짐. 이 모든 것은 피부 한 겹 아래 흐르고 있는 더러운 피를 감춰 주지 못했다.

미카엘 아이레스가 얼굴을 굳힌 채 말했다.

"그것이 제가 고려해야 할 사항이라면, 별다른 문제가 되지 않는다고 말씀드리고 싶군요. 비슈발츠 영애, 제가 영애만의 방패가 되어드리겠습니다. 그것으론 부족합니까?"

"아이레스 경, 제국의 고결한 기사님. 제게 확답을 강요하지 마세요. 지금의 전 만신창이랍니다. 마치 커다란 파도 앞에 서 있는 작은 조각배예요. 사실 지금 당장 무엇을 해야 하는지조차 알지 못하는걸요. 그러니 저를 배려해 주지 않으시겠어요?"

"즐겁게 경청하겠습니다."

나는 숨을 한 번 들이켠 다음 힘주어 말했다. 내가 할 수 있는 한 가장 완곡한 말투로 그의 진심을 거절한 것이다.

"제게 기사님의 명예를 지킬 기회를 주세요. 실망감으로 물들어진 경의 모습을 다른 분들이 보지 않았으면 하는군요."

잠시간의 침묵 후 아이레스 경이 물었다. 당신의 입술은 눈에 띌 정도로 새파랗게 질려 있었다.

"……그것이 영애의 진심이란 말입니까?"

"예예. 확실하게도요."

그의 얼굴은 이제 창백하게 변해 있었다. 제 색깔을 띠는 것이라곤 저의 푸른 눈동자뿐이다. 아이레스가 무어라 말하려는 것처럼 입을 달싹였지만 나는 고개를 설레설레 내저었다. 더 이상의 대화는 불가하다는 뜻이다.

과거 류스테윈 할버드와의 일을 통해 내가 알게 된 건 '명백한 거부'만큼 확실한 선은 없다는 것이었다. 나는 미카엘 아이레스에게 '여지'를 주고 싶지 않았다. 헛된 희망은 마음을 좀먹는 달콤한 독과 다름없으니까 말이다.

무례함에 가까운 내 행동에도 불구하고 그의 얼굴에는 다행히 치욕스럽다거나 수치스러움에 관한 감정은 보이지 않았다. 자신의 감정을 완곡히 거부하는 나에 대한 증오 또한 없어 보였다. 단지 슬픔에 가득한 표정으로 입술을 꼭 깨물 뿐이다.

"귀중한 시간을 내어주셔서 감사합니다."

잠시 후 그가 입을 열어 말했다. 나는 치맛자락을 붙잡고 무릎과 고개를 동시에 굽혔다. 두근두근 떨렸던 심장은 어느새 온전한 박동 소리를 내며 일정하게 움직이는 중이었다.

"편안히 가시기를."

나는 담담한 목소리로 그를 배웅했다.

"예. 영애께서도 편안하시길 바랍니다."

미카엘 아이레스, 제국의 아름다운 기사가 가벼운 묵례와 함께 그대로 방문을 나섰다. 나는 부드럽게 닫히는 문을 바라보며 그의 마음 또한 굳게 잠기기를 바랐다. 동시에 다시는 저와 마주치지 않기를 기도했다. 진심으로 말이다.

※

영애들과의 티타임은 꽤 괜찮았다. 지루할 거라 생각했지만 잘 가꾸어진 꽃을 구경하는 것으로도 시간은 잘 흘러갔다. 디뷘젤가 정원사의 솜씨는 무척 훌륭했는데, 황궁의 정원과 비교해 봐도 손색이 없었다.

"여기는 나만의 작은 기쁨이기도 해요."

아이린 디뷘젤은 진심으로 기쁘다는 듯 부드럽게 미소 지었다. 자신이 좋아하는 꽃들로만 가득하다는 이 정원은 디뷘젤 공작이 그녀를 위해 오롯이 내어준 공간이었다.

귀하신 몸이므로 손수 꽃을 가꾼다거나 흙을 만지지는 않겠지만, 어떤 꽃을 심을 것인지를 결정하는 건 그녀인지라 기실 보살피는 거와 다름없다는 말이었다. 적어도 여기에 앉아 있는 다른 사람보다 꽃에 대한 지식이 해박할 것이 분명해 보였다. 자신이 가지고 있는 취미 중 하나가 정원에 피어 있는 꽃을 꺾어 꽃꽂이하는 것이라니 그럴 만도 했다.

그녀는 매우 능숙한 태도로 꽃에 대한 이야기를 이끌어 갔다. 같은 이야기를 들으면 지루할 법도 하지만, 아이린은 내가 아는 한 가장 솜씨 있는 말재간꾼이었다.

그녀는 한마디의 말만으로도 모두의 시선을 끌 줄 알았으며, 다소 지루할 것 같은 이야기를 재미있게 끌어 나갈 줄 알았다. 우리가 하는 일이라곤 그녀의 말 중간중간 동조를 하는 것뿐이었지만, 그것만으로도 '대화'가 이뤄지고 있다고 생각할 정도였다. 영애들이 집중력이 떨어질 즈음 말을 멈추고 주제를 전환하는 솜씨 또한 일품이었으니까.

영애들은 기다렸다는 듯 입을 열어 수다를 떨기 시작했다. 예법이라는 드레스를 걸치고 있긴 하지만 이럴 때 보면 영락없는 소녀들이었다. 목소리는 작은 새가 지저귀는 것처럼 사랑스러웠고, 뽀얀 뺨 위로 은은하게 물들어진 화장은 주변의 꽃보다 더 고왔다.

하지만 나에게는—이렇게 말한다면 매우 우스운 일이겠지만—암묵적인 허락이 떨어진 이후 계걸스럽게 수다를 떠는 영애들의 모습이 주인에게 잠깐의 휴식 시간을 얻은 사냥개처럼 보였다. 아이린이 말을 하고 있을 때는 감히 화제를 바꿀 생각조차 하지 못하고 넙죽 엎드려 있다가 제가 목줄을 풀어주자 자유롭게 노니는 모습이 그러했다.

물론 저들과 아이린의 사이에는 지위의 격차에 따른 억압도 있겠지만, 그것만으로는 복종하는 행위가 이렇게 자연스레 이루어질 수 없는 노릇이었다. 그러나 아이린 드 디뷘젤은 분명히 이 무리를 통제하고 있었고, 마치 여왕처럼 군림하고 있었다. 나는 그것이 무척 경이로웠다.

어느덧 영애들의 이야기는 옷과 장신구를 넘어서 멋진 사내로 향하고 있었다. 저들의 공통된 주제는 자신들이 없을 때 미카엘 아이레스가 방문하였다는 것으로, 그들의 면면에는 기사의 얼굴을 보지 못하였다는 아쉬움이 진하게 묻어나 있었다.

"그런데 비슈발츠 영애는 괜찮으신가요?"

"무엇을 말씀하시는 것인가요?"

"아이레스 경과 단독으로 계셨잖아요."

나는 호기심으로 가득 찬 저들의 시선이 우스워 빙그레 미소 지었다. 걱정된다는 말투로 그럴싸하게 포장했지만 그 속에 자리한 것이 가십이라는 이름의 싸구려 흥미라는 것을 모르는 바가 아니었다.

여인에 관한 한 어린 소녀일지라도 차갑게 벽을 세운다는 미카엘 아이레스인지라 내가 받았을 냉대가 궁금했던 것이다.

"괜찮지 않을 일이 있을까요? 그분은 명예를 아시는 기사시죠. 저는 아이레스 경과 가벼운 인사를 나누었고, 이후 계속 독서를 했답니다. 아이레스 경 역시 오래 계시지는 않았어요."

"세상에!"

소린 영애가 믿을 수 없다는 듯 탄성처럼 소리를 내질렀다. 그녀는 무척 흥분한 것인지 숨을 쉴 수 없을 정도로 빠르게 말을 내뱉었다. 전혀 숙녀답지 못한 태도였다.

"그분 앞에서 책을 읽었다니! 어쩜 그럴 수가 있어요?! 내가 영애였더라면 숨도 못 쉰 채 기절했을 거라구요."

그것참 꼴사납겠군. 말을 하지 않았지만 모두의 얼굴에 떠오른 감정은 동일했다. 나 역시 그녀의 어리석은 발언에 기가 차려던 참이었다. 그녀의 활기차고 명랑한 태도는 분명 저를 사랑스럽게 만들고 있었지만, 자신이 어디에 속해 있는지 망각한 듯한 모습은 모두에게 있어 독이 될 게 뻔해 보였다. 그 아이린 조차도 웃음기 없는 표정으로 소린 영애를 바라보고 있었으니 더 말해 무엇하랴.

"그러한 사랑스러움은 소린 영애와 딱 어울리죠. 하지만 제게는 좀 무리이지 않을까 싶어요. 무엇보다 아이레스 경에게 실례를 저지르는 것이니, 영애께서 말씀하신 건 조금 더 생각해 봐야겠군요."

그때 하녀 하나가 편지를 들고 나타나 내게 전해 줬다. 비슈발츠가에서 온 것이다. 나는 실례라는 말과 함께 페이퍼 나이프로 겉봉투를 뜯었다. 편지를 보낸 장본인은 어머니로, 급하게 쓴 것인지 평소의 비뚤비뚤한 글씨가 바람에 휘날리는 갈대처럼 정신없이 휘어져 있었다. 글줄은 몇 안 되었으나 내용이 가볍지 않았다. 나는 '마담 드 샤토루'라는 단어에서 눈을 멈추었다.

아아, 드디어!

나는 편지를 접어 소매 안으로 집어넣었다. 유감스럽지만 즐거운 티 파티는 여기에서 끝을 내야 할 것 같았다. 아이린 드 디뷘젤보다 더 매력적인 것이 도착했으니 말이다. 그러기 위해서는 혼자만의 공간에서 조용히 편지를 다시 탐독할 필요가 있었다. 나는 호기심 어린 표정으로 나를 바라보는 모두, 특히 아이린을 바라보며 말했다.

"실례지만 먼저 방으로 돌아가도 될까요?"

"물론이에요."

"영애의 배려에 감사드려요."

나는 자리에서 일어나 잰걸음으로 정원을 빠져나갔다. 흥분을 가라앉힐 필요가 있었지만 가슴이 두근거려 견딜 수 없었다. 아마 내 생에 가장 빠른 발걸음이었을 것이다. 응접실을 통과하여 방에 돌아오기까지 걸린 시간이 수 분도 채 되지 않았으니까.

나는 방 안에 들어오려는 블랜을 제지했다. 내가 부를 때까지 자신의 침실에서 대기하게끔 했다. 블랜의 침실이라 함은 내 방 옆에 나 있는 작은 쪽방에 불과하지만, 두꺼운 나무문을 닫고 나면 놀라울 정도로 쉽게 분리가 되어 안심할 수 있는 구조였다.

블랜은 짧은 대답과 함께 수긍했고, 곧 문을 닫고 옆방으로 사라졌다. 나는 나무문이 잘 닫히는 것을 확인하고 나서야 소매 안의 편지를 꺼낼 수 있었다.

『사랑스러운 시스에게.

즐거운 시간을 보내고 있니? 단 며칠뿐이지만 네가 보이지 않아서 이 어미는 무척 쓸쓸하구나. 어서 와서 내게 그 사랑스러운 모습을 보여 주렴.

아가, 황실에서 편지가 왔더구나. 무슨 일인지 몰라 아직 뜯지는 않았단다. 마담 드 샤토루가 보낸 편지라 하던데, 그녀는 황제의 총희가 아니더냐. 그분이 어떻게 너를 알고 있는지 모르겠다만, 부디 좋은 일이기를 바란다.

너를 사랑하는 어미가.』

이전에 비트라이스 테오도르가 내게 말했다. 마담 드 샤토루가 조만간 황제의 인가를 받아 누군가를 초대할 것이라고. 그의 말이 맞는다면 샤토루가 보낸 편지는 초대장일 것이다. 이는 내가 추천했던 가구가 그녀의 마음에 꼭 들었음을 의미했다. 삭막한 사교계에서 저의 미적인 감각을 충족시켜 주는 이를 만나는 것만큼 기쁜 일은 또 없을 터, 그것이 앞으로 성장 가능한 어린 영애라면 더더욱 반갑지 아니하겠는가.

마담 드 샤토루는 탐욕스러운 창녀지만 그렇게 멍청한 여자는 아니다. 자신의 욕망에 관한 한 그 누구보다 영리하였으며 자신의 안위를 철저하게 챙길 줄 아는 사람이었다. 변덕스러운 황제의 비위를 맞춰 가며 정부의 자리를 굳건하게 지키는 것만 봐도 알 수 있지 않나. 그녀 아래에 결집한 귀족들이 맹렬한 세를 이루어 가며 몸집을 부풀려 가는 것 또한 말이다.

물론 사교계에 데뷔하지 않은 어린 영애, 그것도 출신 성분이 천박한 소녀를 제 곁으로 불러들이는 것은 상당한 리스크를 초래하지만, 마담 드 샤토루는 그것을 기꺼이 감내할 생각인 것 같았다. 예전의 그녀가 과거의 볼품없던 내게 손을 내밀었던 것처럼, 이번 역시 그러는 것이다.

비로소 내게 '연줄'이라 부를 수 있는 것이 생기는 걸까? 물론 마담 드 샤토루의 마음을 사로잡아야 한다는 명제가 깔렸긴 하지만 말이다. 과거 그녀가 내게 보내 주었던 호의를 생각한다면 자신이 없는 것은 아니었다. 아니, 그렇게 되도록 만들어야만 한다. 어떻게든 말이다.

다음 날 아침, 디뷘젤가의 저택은 떠나가는 영애들로 인해 부산스러웠다. 나는 그들에게 즐거웠노라고 이야기하며 작은 작별의 인사를 건넸다. 처음과 달리 내 인사를 받아주는 그네들의 표정은 한결 너그러워져 있었다. 소린 영애는 내 손을 붙잡고 다음엔 자신의 저택에 놀러

오라며, 약속해야 한다고 어린애처럼 굴었다.

나는 마지못해 고개를 끄덕이며 그녀를 겨우 떨쳐 냈다. 그러는 동안 마차에는 내 짐이 차곡차곡 쌓여 떠날 채비가 완료된 상태였다.

"우리의 친밀함이 이번 계기를 통해 더 깊어졌기를 바라요. 내가 시스에 영애에게 보낸 마음은 모두 진심이랍니다."

"어떻게 그걸 의심하겠어요? 그동안의 환대에 진심으로 감사드립니다."

아이린은 내 뺨에 작은 키스를 남겼다. 나는 그런 그녀를 가볍게 껴안는 것으로 화답했다. 그 모습에 소린 영애 역시 내게 키스를 하겠다고 징징거렸지만, 베올린 남작 영애의 제지로 겨우 무마될 수 있었다.

마차에 올라서자 문이 닫혔다. 마부의 힘찬 '이랴' 소리와 함께 마차가 움직이기 시작했다. 아이린과 디뵌젤가가 서서히 멀어지고 있었다. 나는 마차가 문을 통과하고 나서야 겨우 뒤로 등을 기대었다.

7장
마담 드 샤토루 혹은 마리안

비슈발츠가의 저택에 가까워질수록 블랜은 눈에 띄게 불안해했다. 그녀는 내가 앞에 앉아 있다는 사실을 잊어버리기라도 한 듯 손톱을 깨물며 눈을 굴려 댔다. 추하게 일그러진 입술은 초조함을 단적으로 보여 주고 있었다. 아마 세탁실에 처박혀 온종일 빨래만 할 시간이 두려웠기 때문이리라.

하긴, 디뵌젤가의 생활은 저에게 있어 천국이나 다름없었다. 모든 활동을 거의 저택 안에서만 행했기 때문에 그녀가 내 시중들 일은 별로 없었기 때문이다. 아침 소세나 드레스를 입는 것, 화장과 머리를 묶어주는 것 따위는 평소 비슈발츠가에서 하고 있는 일에 비할 바가 못되었다.

대부분의 영애가 그랬듯 나 역시 응접실에 있을 동안에는 디뵌젤가 하녀들의 시중을 받았으니 하루의 반 이상을 스스로의 방에 들어가 휴식을 취하는 경우가 대부분이었다. 그래서일까? 고 며칠 사이에 그녀는 부쩍 살이 올라 있었다.

그러나 그 아름답던 시간이 다 지나가고 이제 지옥과 같은 현실과 마주하게 되었다. 그러니 어찌 슬프지 않으랴. 무엇보다 하녀들에게서 열쇠 도둑이라는 잠정적인 낙인을 받은 상태라 다시 돌아가기 무서웠을 것이다.

이때 내가 너그러운 마음을 보여 저를 거둔다면 더없을 충성을 바칠지도 모른다. 하지만 그녀의 충성심을 얻기 위해 다른 이, 특히 마고의 의혹 어린 시선을 받는 건 내게 있어 매우 손해였다. 블랜의 진정이 어느 정도의 깊이를 가졌는지 가늠할 수 없으니까 말이다. 아니, 그녀의 절박함을 느끼기에는 지금의 상황은 조금 부족한 감이 있었다. 이러한 유형의 사람은 자신의 안위가 보장되면 쉽게 배신하기 때문이다. 과거 비슈발츠가의 하녀들이 그랬지 않나.

그렇기에 나는 애처로운 시선으로 나를 바라보는 블랜의 얼굴을 모르는 척했다. 그녀는 좀 더 벼랑 끝으로 몰릴 필요가 있었다.

이윽고 시간이 흘러 마차가 멈추었다. 문이 열리자 눈에 익은 사람들이 나를 기다리는 것이 보였다. 양부와 어머니다. 나는 나를 마중하러 온 어머니와 양부의 모습에 일부러 눈을 동그랗게 떴다. 그들이 나올 줄 몰랐다는 것처럼 말이다.

"얘야."

어머니는 한숨을 내뱉는 것처럼 나를 불렀다. 무엇이 그리 초조한 것인지 내가 마차에서 내리기도 전에 내 손을 잡고 자신에게로 이끌었다. 어머니의 손은 매우 차갑고 미끈거렸다.

"잘 다녀왔느냐?"

양부가 근엄한 목소리로 물었다. 나는 어머니의 뺨에 키스를 하는 동시에 양부의 물음에 대답했다. 단 답에 가까운 말이었지만 그는 그것으로 만족한 것인지 '쉬어라'라는 말과 함께 몸을 돌려 사라졌다. 어머니는 양부가 눈앞에서 멀어지자마자 내게 낮은 목소리로 소곤거리듯 말했다.

"내가 보낸 편지 때문에 빨리 온 것이니?"

"아니오. 본래 이때 올 예정이었어요. 제가 떠나기 전 미리 말씀드리지 않았나요?"

"어유, 그랬지 참. 내가 잊어버렸구나."

"그럴 수도 있지요. 그런데 어머니, 왜 이리 급하셔요? 제게 하실 말씀이라도 있으신가요?"

"있다마다. 어떻게 없을 수 있겠니!"

어머니는 눈치가 있긴 하지만 분별력이 뛰어난 것은 아니었다. 안타깝게도 당신은 흥분하거나 불안할 때면 쉽게 자신의 감정을 드러내며 약점을 노출하곤 했다. 이를테면 지금의 상황과 같이 말이다.

"어머니, 무슨 이야기를 하고 싶으신지 모르는 바는 아니에요. 그러나 전 방금 도착했고, 무척 피곤해요."

나는 마리에게 모자를 건네며 대답했다. 당신의 걱정을 모르는 바는 아니지만 이와 같은 관심은 정말이지 사절이었다. 하지만 어머니는 끝내 나를 방 안에까지 끌고 들어와 문제의 편지가 놓인 탁자 앞까지 도달했다. 내가 마리를 시켜 허리를 조인 리본 띠를 풀고 코르셋 끈을 살짝 느슨하게 만들 때도 꿈쩍하지 않았다. 심지어 내가 방 바깥으로 나가 달라고 말했음에도 불구하고 고집을 피웠다. 결국 두 손을 들어버린 건 나였다.

"좋아요. 어머니의 뜻대로 하지요."

보통 이때쯤이면 세릴을 시켜 목욕물을 받아 놨을 터였다. 그러나 안타깝게도 어머니와의 대화가 먼저라 차를 먼저 들여오게 했다. 세릴이 차를 준비할 동안 나는 페이퍼 나이프를 이용하여 편지를 뜯었다. 편지에서부터 풍겨져 나오는 달콤하면서도 강렬한 향은 마담 드 샤토루 본인을 연상케 하고 있었다.

『시스에 드 비슈발츠 영애에게.

영애께서 보여 준 드높은 식견에 찬사를 드립니다. 그대의 말마따나 벤자민 슈아질은 천재 그 자체였어요. 나는 그가 보여 준 새로운 아름다움에 무척 흥미를 느꼈고, 또한 그를 발굴해 낸 영애의 고아한 취향에 깊은 감탄을 표현하지 않을 수 없어요. 그렇기에 영애를 궁으로 초대하여 그에 대한 이야기를 좀 더 나누어보고 싶다는 생각이 드는군요. 오, 물론 영애께서 아직 사교계에 데뷔하지 않은 소녀라는 점은 문제 될 것이 없답니다. 존경하옵는 폐하께서 허가하신 일이니까요. 모일 2시쯤 티타임을 가지는 건 어떤가요? 어서 빨리 그날이 오기만을 바랄게요.

마리안느 드 샤토루.』

나는 편지를 접어 사이드 탁자 위에 올려놓았다. 어머니는 금방이라도 손을 뻗어 그것을 읽고 싶은 눈치였지만 애써 참고 있었다. 하지만 입까지 다무는 것은 아니었다. 나는 어머니가 물어보기도 전에 재빨리 먼저 샤토루의 이름을 입에 올렸다.

"마담 드 샤토루의 편지예요. 그녀가 내게 보냈어요."

"마담 드 샤토루라면 황제 폐하의 총희 아니니? 그런 분이 어떻게?"

"간단한 일이에요. 그녀에게 편지를 썼거든요."

"하지만 그녀는……."

"사교계에 데뷔할 때를 대비해서죠. 어머니, 아시잖아요. 제가 어떤 처지에 있는지. 앞으로도 말이에요."

"디뷘젤가에서 좋지 않은 일이 있었니?"

"아니요. 디뷘젤 영애는 무척 친절하신 분이셨어요. 하지만 음, 늘 그녀만 믿을 수 없는 노릇이니까요."

내 말에 어머니가 한숨을 내쉬었다. 그녀는 매우 답답하다는 듯 손으로 머리를 감싸기까지 했다.

"내 사랑스러운 시스야, 넌 점점 더 어려워지고 있구나. 가까이 있지만 이상하게도 예전보다 더 멀리 떨어진 기분이야. 차라리 네가 어릴 때처럼 내게 소리치고 울고 화를 내었으면 좋겠다. 그편이 더 나을지도 모르겠어."

"그리고 전 모두에게 얼간이 영애라는 소리를 듣겠죠."

"어머나, 세상에! 애야, 어떻게 그런 말을 할 수 있니?!"

어머니가 믿을 수 없다는 듯이 소리를 내질렀지만, 나는 당신의 말에 전혀 동조할 수 없었다. 그렇게 행동했던 지난날의 내가 어찌 되었는지 생각해 본다면 충분히 가능한 태도였다. 기분 내키는 대로 소리를 지르고 화를 내고 짜증을 부리고 울고 웃었던 예전의 시스에. 전혀 사랑스럽지도, 사랑받을 수도 없는 해골이었던 나는 어떻게 조롱거리가 되었는가? 어머니가 바라는 과거의 나는 얼뜨기 그 자체였다. 그런데 그때가 더 나았다고? 끔찍한 소리다.

"사교계니까요. 어머니도 아시잖아요. 무엇보다 전 진심으로 제가 다른 사람들의 웃음거리가 되지 않기를 바라요. 이 편지는 그를 위한 발판이 되어줄 거예요."

"하지만 창녀잖니. 넌 분명 조롱을 받게 될 거야. 웃음거리가 안 될 수 없어. 황제의 총애를 받는다 하더라도 본래 창녀란 그런 존재란다. 그러니 재고해 볼 순 없겠니? 무엇보다 고모님이 좋아하지 않으실 거다."

"그녀는 내게 관심조차 없을걸요?"

그렇고말고. 그녀가 내게 조금이라도 관심이 있었더라면 자신의 사람들을 소개해 주었을 것이다. 사교계에 수월하게 데뷔하게끔 말이다.

"오, 아가야. 그런 소리 말렴. 네가 비슈발츠의 이름을 달고 있는 이상 널 부인하거나 외면하지는 않으실 게다."

"그건 제가 비슈발츠가의 명예를 더럽히지 않은 선에서 가능한 일이겠죠. 그리고 그건 이미 더럽혀졌어요. 어머니께서 부인하려 하셔도 말이지요. 물론 노하기는 하시겠네요. 하지만 이렇게라도 하지 않는다면 전 아마 견딜 수 없을 거예요."

"그럼 어떻게 하고 싶다는 것이니?"

"그건 그녀를 만나 보고 난 다음에 생각해야 할 문제예요."

사실 샤토루에게 편지를 보내기 전까지만 하더라도 나는 그녀가 나의 '샤프론(사교계에 나가는 젊은 여인의 보호자)'이 되어줬으면 하는 바람이 있었다. 하지만 마담 드 라발리에와의 관계가 과거보다 상당 부분 진척되었고, 아이린이라는 예상치 못한 인물이 나타났기에 좀 더 신중히 생각해야 할 것 같았다. 물론 그녀와의 친분이 나에게 있어 좋은 연줄이 되리라는 것은 사실이지만. 그러나 '연줄'과 '같은 편'은 다른 법이다. 그래서 나는 내 명예를 훼손시키지 않는 선에서 샤토루와의 관계를 유지할 좋은 방법을 궁리해야 했다.

"그게 그렇게 쉽게 되겠니?"

"아니오. 하지만 어렵게 되지도 않겠죠. 모르시겠어요? 그 마담 샤토루가 저에게 편지를 보냈다고요. 그리고 전 방금 전까지만 하더라도 디뷘젤가에 머무르고 있었죠. 이 정도면 충분한 거 아닌가요?"

"그래. 그렇구나."

어머니는 고개를 끄덕이며 내 말에 수긍했다. 마지못해 하는 끄덕임이 분명하지만, 그래도 어느 정도는 이해해 주는 것 같아 다행이었다.

"그러니 어머니, 저번에 불러 주었던 창녀를 다시 불러 주시겠어요?"

"그건 어렵지 않다만. 왜 그러는 것이니?"

"마담 드 샤토루는 창녀의 신분을 가지고 있었죠. 황제의 총희로 지내고 있긴 하지만 예전의 모습이 다 사라졌으리라고 생각하지는 않아요."

"정말로 어렵구나."

"네. 그렇기에 가치가 있는 일이지요. 양부께는 잘 둘러대 주세요."

"내가 과연 잘할 수 있을까? 자신이 없구나."

"물론이지요. 전 어머니가 잘해 내시리라 생각해요."

"하지만 시스에, 얘야. 나는, 나는 말이다······."

나는 말을 채 잇지 못한 채 고개를 내젓는 어머니를 향해 재빠른 목소리로 말했다. 동시에 당신을 안심시키려는 듯 두 손을 붙잡는 것도 잊지 않았다.

"어머니께 맹세컨대, 이 가문에 누가 되는 행동은 절대로 하지 않아요. 그러니까 걱정하지 마세요. 전 시스에예요. 어머니의 딸이라구요. 어머니가 저를 믿지 않으면 누가 저를 믿겠어요?"

"그렇지. 내가 널 믿지 않으면 어떻게 되겠니. 그래, 어떻게든 잘 말해보마. 창녀도 이른 시일 안에 불러 주마. 이삼 일이면 가능하겠니?"

나는 어머니의 대답에 활짝 미소 지었다.

"네. 더 빠르면 빠를수록 좋아요. 그녀에게 물어보고 싶은 말이 무척 많거든요."

어머니는 알았다는 대답과 함께 자리에서 일어났다. 나는 그런 당신의 품에 달려들 듯 뛰어들었다.

"제발 불안해하지 마세요. 전 전혀 달라지지 않았어요. 여전히 어머니의 시스에라구요."

어머니는 대답 대신 내 몸을 꼭 껴안는 것으로 당신의 감정을 표현했다. 그것은 불안과 기쁨의 경계에 아슬아슬하게 걸쳐져 있는, 무어라 설명할 수 없는 감정이었다. 하지만 온기는 그대로라 나를 웃음 짓게 했다. 예나 지금이나 어머니는 내게 신실한 분이시다. 그것만큼 안심이 되는 일은 없었다.

내가 저택을 떠나 디뷘젤가에 가 있었던 건 얼마 되지 않은 시간이었지만, 마리는 그렇게 느끼지 않은 것 같았다. 그녀는 내가 없었던 나날을 '해가 뜨지 않은 날'이라 칭하며 과장스럽게 묘사했다. 그리고 그 시간이 얼마나 고되었는지 하소연했다. 제 편을 들어 달라 징징거리는 어린애처럼 말이다. 그녀의 말에 따르자면 하녀장인 마고가 매일같이 제 눈에 거슬리는 하녀들, 특히 눈엣가시 같은 마리에게 잔뜩 신경질을 부리며 소리를 질러 댔다 한다. 아무도 말릴 수 없는 미치광이 무법자 그 자체였다는 것이다.

"미친 여자 같았어요."

그녀가 커다란 브러시로 내 머리를 빗으며 푸념했다.

"정말로 제정신이 아닌 것처럼 보였어요. 하루 종일 트집을 잡고 소리를 지르면서 발을 굴려 댔다니까요? 숨조차 제대로 쉴 수 없었어요. 아아, 아가씨가 빨리 돌아오셔서 다행이에요."

"그래?"

나는 넌지시 로에나에 대해 물었지만 마리는 고개를 설레설레 내저으며 '로에나 아가씨는 방 안에만 계셨다구요. 아무것도 신경 쓰지 않은 채 말이죠'라고 투덜거렸다.

"아가씨, 마고는 너무 늙었어요. 그녀는 제정신이 아닐 때가 많아요."

"하지만 안타깝게도 네 생각에 동조할 사람들이 별로 없어 보이는구나. 사랑스러운 로에나조차 말이지."

"그렇지만 아가씨는 알고 계시잖아요. 그럼 된 거 아닌가요?"

나는 손을 뻗어 마리의 손목을 붙잡아 당겼다. 그녀는 순순히 내 앞으로 끌려 나왔다. 불퉁하게 튀어나온 입 모양은 저의 불만을 단적으로 나타내고 있었다.

"마고가 가진 경험과 신뢰는 너에 비할 바가 아니지 않니. 그녀의 주변에 얼마나 많은 사람이 몰려 있는지를 생각해 보렴. 자아, 불평은 이것으로 끝내자꾸나. 나는 다른 이야기가 듣고 싶단다."

영리하게도 마리는 내가 무슨 말을 듣고 싶어 하는지 금세 눈치챘다. 그는 언제 하소연했냐는 듯 여상스러운 어조로 내가 없었을 적 저택에서 일어났던 일들에 대해 말하기 시작했다. 하지만 이번에는 얄미운 마고가 아닌, 그 주변의 하녀들에 대한 이야기였다. 흥미롭게도 그녀는 허드렛일을 하는 대부분 하녀가 자신에게로 넘어왔다고 말했다. 나를 따르기만 한다면 지금과 같은 보상을 받을 수 있을 거라는 확신을 끊임없이 주지시켜 주었더니 그렇게 되었다는 것이다.

마리는 이를 통해 나에 대한 평판이 조금 더 나아졌으며, 몇몇의 기사조차 가끔 내 안부를 물으며 걱정하는 모습을 보였노라 흥분된 어조로 속삭였다. 또한 블랜은 다시금 세탁실로 돌아갔으며—마리는 이 부분에서 통쾌하다는 말을 덧붙였다—어제부터 갑자기 '요넬'이 자기에게 친근한 척 굴어 기분이 나빴다고 했다.

"요넬?"

"네. 예전에 아가씨께서 친하게 지내라고 했던 개 말이에요. 로에나 아가씨 하녀요."

"그 애가 왜?"

"제가 아가씨에게 배정된 이후로 데면데면하게 굴더니, 갑자기 어제부터 아는 척을 하지 뭐예요? 무, 물론 저는 아가씨의 말을 잊지 않고서 개랑 계속 친하게 지내려고 노력했답니다. 하지만 그 애는 하녀장님이 나를 싫어한다면서 저를 멀리했어요."

"그래? 마리, 네가 보기에 요넬은 어떤 아이니?"

내 물음에 마리가 선뜻 대답하지 못한다. 눈을 데굴데굴 굴리며 눈치를 살피는 게 영 수상쩍었다.

"솔직하게 이야기해 주렴."

"오, 아가씨. 제가 일부러 다른 사람을 음해한다거나 못되게 군다고 생각하지 마세요. 이건 정말 진실 된 말이랍니다."

마리는 잠시 숨을 들이켠다 싶더니 이내 입을 열어 빠르게 말을 이어 나갔다.

"요넬은 눈치를 잘 살피는 아이예요. 굉장히 잇속이 밝고 자기에게 도움이 되지 않으면 아무것도 하지 않으려고 하지요. 그리고 아첨과 아부를 잘한답니다."

나는 순간 마리가 자신의 이야기를 하는 건가 싶었다. 내가 본 마리야말로 딱 저러하니까. 하지만 그 스스로는 요넬과 다르다고 생각한 모양이었다. 그녀는 요넬의 이야기를 입에 올리는 것만으로도 입이 쓴지 연신 인상을 찌푸렸다. 그동안 마고를 믿고 저에게 단단히 강짜를 부린 모양인지 그에 대한 악감정이 철철 흘러넘치고 있었다.

"그래선지 하녀장님이 제일 총애하지요. 로에나 아가씨 역시 요넬을 좋아하구요. 하지만 걘 정말로 못돼먹은 년이에요. 평소에 저를 얼마나 괄시하고 무시하던지, 지금 생각해도 너무 분해요."

"그런데 갑자기 어제부터 너에게 사근사근하게 굴었다 이거니?"

"네. 아가씨께 오기 전까지는 제법 친근하게 지냈거든요."

나는 마리의 말이 끝나기가 무섭게 빙그레 미소 지었다. 어떻게 돌아가는 상황인지 대략 알 수 있을 것 같았기 때문이다.

"마고가 너에 대해서 알고 싶은 모양이로구나. 아니면 요넬 그 아이의 충성심이 과한 모양이든지."

"네?"

"그냥 그대로 놔두렴. 너는 그 요넬이 너에게 어떤 달콤한 말을 해줄 수 있는지 궁금하지 않니? 나는 네가 그것들을 배웠으면 하는구나."

마리가 믿을 수 없다는 듯 눈을 크게 떴다. 그녀는 내가 요넬에게 관심을 보이는 것에 불안해하는 것 같았다.

그래서일까? 실룩이는 입술이 금방이라도 완곡한 거절의 말을 토해낼 것처럼 꿈틀거렸다. 하지만 그동안의 교육은 훌륭하게도 그녀를 진정시켰고, 그녀는 곧 체념에 가까운 얼굴을 하며 고개를 수그렸다.

"그럼 계속 머리를 빗겨 주렴? 오늘 새로운 드레스와 보석을 마련할 참이란다."

그동안 양부가 집사를 통해 보내온 용돈은 적지 않은 금액을 자랑했다. 그는 내 환심을 사기라도 하듯 매우 꾸준히 돈을 보내었다. 어떤 때는 로에나보다 더 많을 때가 있었다. 이유인즉, 내가 로에나보다 가지고 있는 것이 적기 때문에 어쩔 수 없다는 것이다. 마고가 불평을 토하는 건 당연한 일이었다.

어쨌든 과거와 달리 흥청망청 쓰지 않고 잘 모아 놓았더니 최신 유행하는 드레스 몇 벌쯤은 가뿐하게 살 수 있을 정도가 되었다. 그것도 보석이 달린 고급 드레스를 말이다. 그래서 나는 이것을 통해 내가 원하는 드레스와 보석을 구입할 참이었다. 아직은 주어진 환경에 만족하면서 살아가는 검소한 소녀의 모습을 보일 필요가 있었기 때문이다.

그런데 오늘 아침 양부가 집사를 통해 다시 돈을 보내왔다. 새로운 드레스와 보석을 구입하라는 말을 덧붙이면서까지 말이다. 어머니가 어떻게 이야기했는지 몰라도―걱정했던 것과 달리 아주 잘 둘러댄 모양이다―오늘 새롭게 받은 돈은 그동안의 용돈을 훨씬 웃도는 액수를 자랑하고 있었다. 아무래도 어머니는 내가 가는 장소가 장소인 만큼 만반의 준비를 시키고 싶었나 보다.

마리와 세릴은 비단 주머니의 매듭 끝까지 가득 찬 금화에 입을 다물지 못했다. 그들은 어떻게 이 돈을 하루 만에 다 쓸 수 있을지 짐작조차 할 수 없는 것처럼 보였다. 저들의 말에 의하면 이것은 그 로에나라 할지라도 쉽사리 만질 수 없는 금액이라는 것이다.

하지만 최고급 새틴에 금실로 수를 놓아 만든 드레스 두어 벌과 구두, 모자, 양산, 장갑, 가방, 보석을 구입한다면 금세 사라질 돈이기도 하다. 그리고 나는 과거의 경험을 통해 어떤 부티크를 가야 최고 중의 최고를 구입할 수 있는지 알고 있었다. 물건을 사는 손님의 품격이 가게의 분위기와 어울리지 않으면 결단코 들어갈 수 없는 곳. 과거의 내게는 허락되지 않았던 꿈의 가게.

마담 드 샤토루를 만나기 위해서라면 그 정도는 되어야 하지 않을까?

나는 거울 속의 나를 보며 만족스러운 미소를 지었다. 손에 장갑을 끼고 구두를 신은 다음 모자를 쓰고 나니 완벽한 외출 준비가 되었다.

과거의 이맘때, 먹을 것에 눈이 돌아가 살이 통통하게 올랐던 나를 생각한다면 장족의 발전이나 다름없었다.

"오, 마리야. 오늘은 세릴과 함께 나갈 참이란다. 그러니 옷을 걸치지 않아도 되겠구나."

나와 함께 외출하기 위해 외투를 걸치고 있었던 마리의 표정이 시무룩하게 변했다. 그녀는 몹시 실망한 모양인지 선뜻 옷을 벗지 못하고 있었다. 아마도 마리는 나를 따라다니면서 제 생에 다시없을 구경거리를 감상해 보고 싶었던 모양이다. 그도 그럴 것이 황금을 펑펑 써 대는 쇼핑이라는 건 아무 때나 쉽게 볼 수 없는 장관이기 때문이다.

"실망하지 말렴. 너는 네가 잘할 수 있는 것을 하고 있으면 되지 않겠니? 부디 저택으로 돌아왔을 때 내가 흥미 있어 할 만한 이야깃거리를 가지고 있었으면 하는구나. 나는 그에 따른 보상을 충분히 할 생각이란다. 그래. 세탁실이라면 나를 즐겁게 할 만한 무엇이 있을지도 모르지."

블랜이 저택으로 돌아왔다. 열쇠의 도둑으로 의심받고 있는 그녀가! 그럼 마고는 어떻게 행동할까? 로에나는?

나는 정말로 궁금했다. 그들이 어떻게 행동할 것인지를. 이에 대한 의문을 해결하기 위해서는 마리만큼 제격인 사람이 없다는 것 또한 말이다.

귀족의 여인이 외출하기 위해서는 여러 가지가 필요하다. 짐을 들어줄 하인과 하녀, 마차를 이끌어줄 마부, 그리고 호위 기사이다.

보통 이 일은 가문 내 거주하고 있는 기사가 도맡아 하는데, 대부분 그날 비번인 사람이 하는 경우가 많았다. 그렇기에 외출을 할라치면 미리 기사단에 연락해야 하는 수고를 겪어야 했다.

사실 나는 기사와 함께 외출하는 걸 좋아하지 않는다. 혹시 모를 위험에 처하더라도 그냥 혼자 가는 게 더 낫다고 생각한다. 저들이 나를 진정으로 구해 줄 리 없다는 걸 알기 때문이다. 지금이야 그럭저럭 싸움이 가능한 기사를 붙여 주지만, 예전에는 그런 대우조차 해주지 않았으니까.

사실 과거의 나에게는 베테랑은 아니더라도 이제 막 기사의 딱지를 뗀 수습 기사가 나오면 오히려 다행이었다. 할 일이 없는 어린 시동이 기사랍시고 나와 내 호위를 맡는 경우가 대부분이었으므로.

그때의 나는 얼간이였지만 기사와 시동조차 구분 못 하는 반편이 장님은 아니었다. 나에게 주어진 부당한 대우를 그대로 바라만 보며 속으로 삭히는 멍청이는 더더욱 아니었다. 하지만 다른 이들은 모두 임무가 있는지라 어쩔 수 없다는 변명과 함께 이렇게라도 나가고 싶냐는 무언의 힐난이 쏟아지니 아무런 대꾸조차 할 수 없었다. 내가 기사를 부르는 건 옷과 보석을 사러 나가기 위함이 대부분이었으니 말이다.

게다가 어리석은 행동의 반복으로 양부의 관심이 멀어진 시기라 억울함을 호소할 길조차 없었다. 어머니 또한 양부의 눈치를 보느라 나에게서 손을 뗀 상황이었으니까.

만일 한 사람이라도 내 상황에 귀를 기울였다면, 저들이 나를 이렇게 대놓고 괄시하지 못했으리라. 그러나 안타깝게도 나는 비빌 언덕이 없는 뿔난 망아지였고, 그간 말썽을 피운 게 많아 하소연을 하더라도 남들의 눈에 있어 패악으로밖에 보이지 않는 상태였다. 무엇보다 저택의 모두가 한마음으로 똘똘 뭉쳐 나를 골탕 먹이니 도무지 이길 수가 없었다. 결국엔 항복하여 순순히 저택을 빠져나가는 수밖에. 이 이상 무얼 더할 수 있단 말인가?

세릴을 데리고 정문 앞에 나오자 나를 기다리는 마차가 보인다. 그 옆에 서 있는 호위 기사 또한. 나는 익숙한 뒷모습에 가던 걸음을 멈추었다. 세릴이 왜 그러냐는 듯 바라보지만 선뜻 발을 떼어 마차에 가까이 다가갈 수 없었다. 아니, 그대로 뒷걸음쳐서 방으로 도망치고 싶었다.

"아가씨?"

"세릴, 기사단에 제대로 연락드린 것 맞니?"

"네."

"그런데 왜?"

어째서 류스테윈 할버드가 마차 옆에 서 있는 거지?

내 시선을 느낀 것인지 그가 몸을 돌려 나를 바라봤다. 매우 불행하게도 할버드 경은 허리춤에 검을 비껴 찬, 완벽한 외출복 차림을 하고 있었다.

로에나의 전담일 게 분명한 그가 왜 이곳에 나와 있는 것일까? 나의 호위를 맡기 위해서? 아니다, 무언가 착오가 생긴 것이 틀림없다. 류스테윈 할버드 정도 되는 기사가 나를 위해 시간을 낼 리가 있나.

나는 뻣뻣하게 굳은 것만 같은 다리를 억지로 움직여 그에게 가까이 다가갔다. 한낮에 본 청음의 기사는 여전히 너무나 아름다웠다. 싱그러운 빛을 발하고 있는 푸른 눈동자가 특히 그러했다.

"할버드 경, 저와 동행할 기사분은 어디 계신가요?"

내 물음에 그의 얼굴이 딱딱하게 굳었다.

"설마 경께서 호위를 맡는다는 이야기는 아니겠죠?"

나는 말을 마치고선 애써 웃음 지었다. 제가 언짢게 생각하지 않기를 간절히 바라면서 말이다.

"왜 그렇게 생각하시는 겁니까?"

그야 당신은 언제나 로에나의 것이니까.

이 말이 혀끝까지 밀려 올라왔지만 애써 참았다. 대신 침묵하여 감정을 절제하는 방법을 선택했다. 이전에 그가 나에게 내 검도 된다고 말했지만, 비중의 면에서 로에나와 나는 비교조차 될 수 없었다. 그녀에 대한 연모는 둘째 치고라도 이들은 비슈발츠가를 대표하는 상징으로, 떨어지려야 떨어질 수 없는 운명과 같았다.

로에나를 질투하는 영애들까지도 인정할 수밖에 없었던, 그야말로 완벽한 한 쌍인 것이다. 아닌 게 아니라 그는 지금이라도 당장 로에나가 저를 부른다면 망설임 없이 내 곁을 떠날 게 분명했다.

그 때문에 나는 그가 스스로 물러나 다른 기사를 보내 주길 원했다. 더 이상의 비참함을 맛보기 전에 말이다. 어떤 멍청이가 말을 잘못 전달했는지 모르지만 그는 이 정도의 하찮은 일로 감히 시간을 축낼 만한 위인이 아니었다.

"무슨 생각을 하시는지 눈에 선하지만 굳이 입 밖으로 꺼내는 우를 범하지 않겠습니다. 그러나 확실한 건 제가 오늘 아가씨를 모시고 다닐 기사라는 점입니다."

하지만 그는 단호했고, 내 태도는 일고의 가치도 없다는 듯 딱 잘라 말했다. 에스코트를 위해 내밀어진 손은 일체의 흔들림이 없어 보였다. 누군가 한 명이 양보하지 않는 이상 영원할 것 같은 지루한 대치가 이어지고 있었다.

그동안의 나는 그가 내민 손을 모르쇠로 일관하며 무시했다. 이 무례한 행동은 나에게 실망감을 느끼게 함과 동시에 이 이상의 마주침이 없도록 만드는 좋은 예방책이었다. 훌륭한 신사라도 저의 호의를 거절당하면 몹시 분노하기 때문이다.

그러나 할버드 경은 어떠한 결단을 내려야 할 때 뜻밖의 과감성을 가지고 일을 신속하게 해결하는 능력이 있었다. 매우 놀랍게도 그는 나에게 먼저 다가와 손을 붙잡아 당겼을뿐더러 뜻밖의 상황에 어안이 벙벙한 나를 마차에 밀어 넣는—사실 밀어 넣기보다는 껴안다시피 올려 보냈을 뿐이다—파격을 선보였다.

그뿐이랴. 당혹으로 인해 말문을 열지 못하는 나를 바라보며 여유롭게 예를 취하기까지 했다. 마부에게 일러 출발하라는 명령을 내리는 것도 바로 그였다.

"부디 이 무례를 용서하시길."

"……."

마음 같아서는 무어라 쏘아붙이고 싶었지만 커다란 덩어리가 꽉 막힌 듯 갑갑해져 오는 가슴이 이를 거부하고 있었다. 대신 입술을 깨물며 눈을 내리깔았다. 이대로 마차를 돌린다면 모든 것이 해결될 일이지만, 마담 드 샤토루를 만나러 가는 길에 아무런 드레스를 입고 갈 수 없는 노릇이었다. 결국 할버드 경과 함께 부티크에 가야 한다는 소리인데, 이러한 일로 고대하던 만남을 엉망으로 망치기엔 그동안의 기다림이 너무 아까웠다. 그러니 억지로 입을 열어 그에게 속삭이듯 말하는 수밖에.

"잘 부탁드려요."

동시에 그의 온기가 남아 있는 듯한 손바닥을 다른 손으로 쓸어내리며 속으로 주문처럼 되뇌었다. 의무를 혼동하는 어리석은 짓을 범하지 말자고 말이다.

내가 가는 부티크는 황제의 이복 여동생이 직접 운영하는 곳으로 귀족 여인들 사이에서 매우 유명한 가게다.

디벨린 맹트농 드 도비네. 통칭 도비네 부인으로 불리는 그녀는 탁월한 미적 감각과 식견으로 드레스를 예술의 경지에까지 끌어 올린 사람이었다. 아름다운 디자인은 물론이거니와 드레스에 들어가는 물품 하나하나가 장인의 손길로 만들어진 거라 세간에서는 이를 두고 천금을 주고서라도 입고 싶은 옷이라는 평을 하기도 하였다. 특히 자신의 작품을 아무에게나 팔지 않고 스스로의 마음에 드는 이에게만 건넨다는 점에서 그녀의 드레스는 굉장한 희소가치를 뽐내고 있었다.

내로라하는 여인들이 그의 옷을 입고 싶어 하였고, 저의 신작 드레스를 얻었다 싶으면 사교계에 입고 나와 자랑을 일삼았다. 그 마담 드라발리에조차 도비녜 부인의 드레스를 몇 벌 소유하지 못하고 있을 정도니 더 말해 무엇하랴.

과거의 나는 이 가게의 문턱조차 넘어 본 적이 없었다. 도비녜 부인이 나의 사치스러운 취미와 싸구려에 가까운 안목을 경시했기 때문이다. 보석이 주렁주렁 달려야만 아름다운 드레스라고 생각하는 촌스러운 취향, 돈이면 다 된다고 생각하는 천박한 사고방식은 그녀에게서 경멸을 이끌어 냈다. 매번 찾아가 옷을 팔라고 징징거렸지만 내게 주어진 건 싸늘한 대꾸와 조롱과 냉대뿐이었다.

"내 드레스가 단 한 점도 팔리지 않는다 하더라도 영애에게 가는 일은 없을 거예요. 단 하나의 천 조각일지라도. 그러니 포기하세요."

이후 그녀는 로에나가 황실 무도회에 참여하기 위한 드레스를 만들어주었고, 황자 전하와 약혼할 때 입을 옷 또한 선물했다. 하지만 나는 죽을 때까지 도비녜 부인의 드레스를 입어 볼 수 없었다.

침묵과 함께 길을 내달리던 마차가 부티크 앞에서 멈춘 건 저택을 떠나 온 지 그리 오랜 시간이 지나지 않아서였다.

나는 할버드 경의 에스코트를 받아 마차에서 내렸다. 길을 지나가던 여인들이 할버드 경을 보고 걸음을 멈추었다가 그를 따라 내리는 내 모습에 고개를 갸웃거리며 수군거리기 시작했다.

류스테윈 할버드는 제국 내 가장 인기 있는 기사 중 한 명이다. 매해 건국제—제국의 가장 큰 명절이다—에서 열리는 토너먼트에서 항상 최상위에 속할뿐더러 작년, 그러니까 내 기억이 맞는다면 우승을 차지했을 게 분명하니 다른 사람들이 그를 알아보는 게 이상한 일은 아니었다. 그것은 부티크 안에 자리한 여인들에게도 적용되었다.

우리가 가게 안으로 들어갔을 때 모든 여인의 시선이 오롯이 류스테윈 할버드에게로만 향해 있었다. 그것은 열렬하다 못해 불타오를 정도라 옆에 있는 내가 괜히 움찔할 정도였다.

"할버드 경이시로군요."

부티크의 주인인 도비녜 부인의 시선 역시 할버드 경에게 향해 있었다. 그녀는 자리에서 일어나—부티크를 방문한 귀부인들과 차를 마시고 있었던 것 같다—우리에게 다가왔다.

목을 감싸 흐르는 형태의 푸른색의 드레스를 입은 그녀는 내 기억 속과 달라진 새가 전혀 없이 여전했다. 큰 키에 깡마른 체구, 조금 째어진 눈매에 낮은 코, 광대뼈가 두드러진 얼굴은 그녀를 다소 신경질적으로 보이게 만들고 있었다. 아름답게 꾸민 여인들과 함께 있는 거라 외모적인 결함이 더욱더 두드러져 보였다.

도비녜 부인 역시 자신이 미인이 아니라는 사실을 잘 알고 있었다. 그녀는 공공연적으로 '내게 아름다운 얼굴이 있었더라면 내 드레스는 더욱더 유명해졌을 것'이라고 떠들어 댔다. 호사가들 또한 '이렇게 아름다운 드레스가 어떻게 저런 이의 손끝에서 나오나'라며 놀라워할 정도였다. 하지만 저의 눈동자를 바라보며 함께 이야기를 나누어 본다면 외모가 얼마나 부질없는 것인지 알 수 있을 것이다.

그녀는 유쾌하고 부드러운 사람으로 쾌활한 성품을 가지고 있었다. 저의 다정한 목소리는 듣는 이의 귀를 즐겁게 만들었다. 붉은색의 머리카락을 높게 틀어 올려 진주 핀으로 고정하고, 목을 감싸는 형태로 만들어진 새틴과 모슬린으로 만든 드레스를 입으며 어깨에 항상 줄자를 길게 늘어뜨린 상태로 사뿐사뿐 걷는 모습은 그녀 외에 상상할 수 없는 차림이었다. 오늘도 그녀의 어깨에는 가느다란 줄자가 장식 술처럼 길게 늘어뜨려져 있었다.

"도비네 부인, 안녕하십니까?"

"경께서 이런 곳에 어쩐 일이신가요? 옆에 계시는 아름다운 분은 또 뉘시구요?"

나는 한 발자국 앞으로 나서 도비네 부인에게 인사했다.

"안녕하세요, 부인. 비슈발츠가의 시스에입니다."

"오, 소문의 그분이로군요."

"실례지만 어떤 소문인지 여쭈어봐도 될까요?"

"거짓으로 범벅이 된 어리석은 가십이지요. 걱정하지 말아요, 아름다운 숙녀분. 저는 다만 흥미로웠을 뿐이랍니다."

부디 그러기를 바라요. 나는 속으로 중얼거리며 빙긋 웃었다. 그리고 도비네 부인이 내민 손을 맞잡았다.

그녀는 나와 함께 자신의 부티크 안을 걸어 다니기 시작했다. 가게의 곳곳에는 수많은 드레스와 모자가 전시되어 있었는데, 신작 드레스부터 지금 사교계에서 유행하고 있는 디자인의 드레스 등, 눈 돌아갈 만한 모든 것이 진열되어 있었다.

도비네 부인은 내가 드레스에 관심을 기울일 때마다 수다쟁이 종달새처럼 떠들어 댔다. 그녀는 외양과 달리 소녀 감성이 풍부했고, 비유적으로 설명하는 것을 좋아해 보였다. 나는 그녀의 말에 차분히 귀를 기울이며 간간이 동조의 말을 날렸다. 도비네 부인이 말을 재치 있게 잘할 줄 알기에 듣는 데 전혀 지루함이 없었던 것이다.

그렇게 여섯 번째 드레스를 보고 있는데, 문득 의구심이 들었다. 그녀는 어째서 내 이름을 들었는데도 예전처럼 쫓아내지 않을까, 하고. 과거의 도비네 부인은 단 한 번도 이렇게 손을 맞잡고 걸어 다니며 드레스를 설명해 준 적이 없었다. 문을 열고 들어오기가 무섭게 싸늘한 어조로 나가라는 소리를 내뱉었을 뿐이다. 드레스의 '드' 자를 꺼내기도 전에 말이다.

그런데 지금의 그녀는 매우 살가운 어조로 말을 이어 나갈뿐더러 내 손을 붙잡기까지 한다. 흘깃 쳐다본 그의 얼굴은 다른 귀부인을 대할 때와 다름이 없었다. 이러한 내 의문은 곧 이어진 그녀의 말에 풀렸다.

"라발리에 부인께서 영애의 행실을 보고 많이 흡족해하셨다는 소문을 들었었지요. 과연 그러하군요, 영애. 나는 서 있을 때의 기품과 고상하고 우아한 걸음걸이를 매우 따지는 사람이랍니다. 심혈을 들여 만든 드레스가 가장 아름답게 빛나기를 바라기 때문이지요. 영애께서 처음 이곳에 들어와 할버드 경과 함께 서 있었을 때, 그때 보여 준 매혹적인 자태에 마음을 뺏기지 않을 수 없었어요. 이렇게 제대로 서 있기란 무척 어려운 일이거든요. 걸음걸이는 또 어떻구요. 오, 정말 사랑스럽기 그지없군요. 유감스럽게도 사람들은 쉽게 착각하곤 한답니다. 서 있는 게 무어 그리 어렵냐고 말이에요. 그것이 품위의 기초가 된다는 사실을 모르고서 말이지요. 하지만 영애께서는 아주 제대로 보여 주고 계시네요. 아마도 영애는 내가 본 사람 중 가장 아름다운 걸음걸이와 자태를 가지고 있는 사람일 거예요."

그제야 나는 그녀가 왜 나와 함께 걷기 시작했는지 알 것 같았다. 이것이 도비녜 부인 나름대로의 구별법이었던 것이다. 자신이 정한 기준에 합격해야지만 자리를 안내하는 것 또한 말이다.

그녀는 곧 나를 귀부인들이 앉아 있는 자리로 데려갔다. 그곳에는 사교계의 이름난 명사들이 거의 다 몰려 있는 것 같았다. 도비녜 부인의 신작이 새겨져 있는 동판을 감상하던 그들은 나의 등장을 흥미로운 시선으로 바라보았다. 아직 사교계 데뷔가 정해져 있지 않은 소녀가—놀랍게도 그들은 내가 아직 어리다는 것을 알고 있었다—도비녜 부인의 부티크를 찾아와 드레스를 고르다니, 신기하게 여기는 것 같았다. 공개적인 거절로 인한 수치스러움을 용감하게 견뎌 낸다는 건 보통의 마음가짐이 아니고서야 불가능하기 때문이다.

"라발리에 부인께서 추천장을 보내 주신 건가요?"

나는 그들의 질문에 수줍은 듯 작은 목소리로 대답했다.

"아니요. 하지만 디뷘젤 공녀께서 데뷔를 준비하실 때 도비녜 부인의 드레스를 언급하시는 것을 몇 번 들었어요."

"오, 비슈발츠 영애께서는 디뷘젤 공녀를 아시나요?"

"물론이죠. 며칠 전 디뷘젤가의 저택에 초대받아 다녀오기도 하였는걸요."

내 대답에 그들의 눈빛이 달라졌다. 귀부인들은 내가 디뷘젤 공녀와 안면이 있음을 놀라워하는 눈치였다.

나는 아무렇지 않은 척 모임에서 만난 영애들의 이름을 거론했다. 동시에 내가 디뷘젤 공녀의 무리에 확실하게 속해 있으며, 이는 거짓이 아님을 분명하게 표현했다. 비록 어미의 신분이 낮지만, 명망 높은 영애와 친분이 있으며 그녀의 무리와 교분을 나누고 있으니 이 부티크에 드나듦에 손색이 없다는 어필이었다.

마담 드 라발리에가 나를 교육했다는 점 또한 유리하게 작용했다. 이곳에서의 나는 태생적인 약점만 있다 뿐이지 태도, 행색, 품위에서 두말할 나위 없는 귀족 영애였다.

"이곳의 드레스는 아름답지요. 어떤 작품이 영애의 마음을 움직였는지 궁금하군요."

귀부인 중 한 명이 내 쪽으로 슬쩍 동판을 밀어주었다. 내 나이의 또래 소녀들에게 환상을 불러일으킬 만한 아름다운 디자인들이 많이 보였다. 모두 도비녜 부인의 최신작이었다.

하지만 안타깝게도 대부분의 디자인이 내게 썩 어울리지 않는 것들이었다. 나에게는 러플과 리본이 많이 달린 드레스보다 좀 더 가슴을 강조하여 내리는, 마담 드 샤토루가 즐겨 입는 옷들이 어울렸다. 스커트의 앞 중앙이 산 모양처럼 넓게 벌어져 플라운스가 층층이 너풀거리고, 그 사이에 드러난 언더 스커트에 보석을 총총히 다는 화려한 형태라면 더욱 좋았다. 또래의 영애보다 더 발육이 좋은 가슴은 나의 매력을 부각할 수 있는 요소 중 하나였다.

"모두 다 아름다운 드레스들이에요. 하지만 자리가 자리인지라 좀더 신중하게 생각해 봐야 할 것 같아요."

"어머나, 영애. 또래 영애들과의 티 파티에서 너무 격식을 차리지 않아도 된답니다. 아직 사교계에 데뷔조차 하지 않은 어린 분들인걸요."

한 여인이 부채로 입술을 가리며 낮게 웃었다. 그녀는 내가 귀족 영애로서 또래에게 뒤처지지 않기 위한 허영심의 일환으로 이곳에 찾아왔다 생각한 모양이다. 그도 그럴 것이 도비네 부인의 드레스라면 모두가 선망하는 것이기 때문이다.

"오, 그런 거였으면 얼마나 좋을까요? 제가 가려는 곳은 격식과 예를 엄격히 차려야 하는 곳이랍니다."

"어머, 어떤 곳인지 궁금하네요."

나는 말없이 웃었다. 대답하기 곤란하다는 것처럼 말이다. 귀부인들은 내 행동에 알 수 없는 시선들을 건네며 재촉하지 않았다. 하지만 오가는 눈빛 속에 무한히 많은 상상이 오갔을 것이다. 그것은 훌륭한 가십이 되어줄 것이고, 내가 궁에 등장했을 즈음 날개를 펼쳐 모두의 뇌리에 각인될 것이 분명했다. 모두의 주목을 받는, 그러나 아직 사교계에 데뷔조차 하지 않은 어린 영애. 이처럼 군침이 도는 먹잇감이 또 있을까?

드레스를 고르기 위해 부티크에 들른 귀부인의 대부분이 가게 내부의 깊숙한 곳에 들어와 차를 마시며 환담을 하고 간다. 드레스 디자인에 대한 토론도 토론이지만 흥미로운 가십에 관해 이야기 나누기에 이만큼 적합한 장소가 없어서였다.

특히 도비네 부인의 부티크에는 가끔 비밀스러운 이야기가 필요한 사람들이 무리 지어 찾아오곤 했다. 그녀는 그런 사람들을 위해 기꺼이 자신의 공간을 내어주었는데, 구석의 자그마한 공간에 소파와 탁자를 들여놓은 다음 두꺼운 커튼으로 가려 레이디 룸과 같이 만들어 놓은 곳이었다.

이 장소는 도비네 부인의 시험에 합격한 사람만이 초대받을 수 있는 은밀한 장소인지라 들어올 수 있는 사람의 수가 한정되어 있었다. 혹자가 그녀의 가게를 두고 또 다른 살롱이라 평한 것은 이 때문이다. 무엇보다 다른 가게와 달리 그녀의 부티크에서는 대동하여 온 하녀와 기사는 문 반대편에 자리한 작은 공간에 대기하고 있어 그네들로 인해 이야기가 퍼질 가능성이 적었다.

한참 동안 동판을 보며 내게 어울릴 드레스를 고르고 있는데, 어디선가 작은 웃음소리와 함께 앙탈이 섞인 목소리가 흘러들어 왔다.

귀부인들이 내는 것치곤 너무 경박스러워 누가 저런 소리를 내는지 의아한 참이었다. 그러자 누군가 속삭이기를, 여기에 있는 부인 중 한 명이 데려온 하녀라 한다. 아무래도 유독 얼굴이 붉고 손에 들린 부채가 부들부들 떨리는 여인이 그 주인공인 것 같았다.

이 자리에서 하녀의 목소리를 구분하는 것 자체가 신기하거니와, 표정을 감추지 못할 정도로 분노해야 할 일인가 싶어 의아해하고 있으려니, 그가 자리를 박차고 일어나 허둥지둥 자리를 떠났다. 짧게 건네는 인사는 제대로 된 예를 따르지 않고 있었지만 여기에 자리한 그 누구도 그것을 불쾌하게 여기지 않았다. 늘 있는 일인 양 여상스러운 목소리로 소곤거릴 뿐이다.

"정말 고생이네요."

"그러게요. 저 같았으면 카프사에 가둬 놓고 잔뜩 혼을 내주었을 거예요. 정말 마음이 너무 여리시다니까요."

"저런 천박한 하녀를 데리고 다녀야 한다니, 이 무슨 모욕이란 말인가요?"

무슨 이야기를 하는지 알 길이 없기에 그저 모르는 척 멀뚱히 눈만 굴리고 있었더랬다. 그러자 그들이 얼굴 가득 교활한 미소를 지으며 내게 말을 건넸다. 그것은 곧 여인이 되어 갈 한 소녀가 뭇 사내들에게 가지게 될, 빛나는 선망과 수줍은 연모를 무참하게 깨어버리려는 비열한 수작이었다.

"사내와 젊은 여인을 한곳에 두지 말아야 한다는 교훈을 이야기하고 있는 것이지요. 신실(信實)도 욕망 앞에서는 한낱 재에 불과하노니, 여인이 주는 즐거움 앞에서는 총명이니 이지니, 이성적인 고상함을 따지는 것이 실상 무의미하답니다."

"그것은 멋진 기사임에야 두말할 필요 없는 사실이지요. 여인이 사내에게 건네는 각별한 존경심이란 결국 전총(專寵)하고 싶다는 소리와 같으니까요. 오, 그러고 보니 아주 멋진 분과 함께 오셨더군요."

여기에 자리한 여인 중 한 명이 기묘한 미소를 지으며 부채 끝으로 커튼을 살짝 움직였다. 그것은 눈만 살짝 내밀 수 있을 만큼의 작은 틈이었지만, 기묘하게도 모두의 눈에 들어왔다. 놀랍게도 우리는 하녀들이 자리하고 있는 가게의 구석을 정면으로 볼 수 있었다.

나는 할버드 경을 힐끔거리며 낯을 붉히고 있는 하녀들과, 속을 알 수 없는 표정으로 정면을 주시하고 있는 그의 모습에 말없이 눈만 깜빡였다.

귀부인들은 한 편의 희극을 보는 것처럼 뭇웃음을 지으며 사랑에 빠진 하녀들의 행태를 비웃고 있었다. 그들은 하녀가 할버드 경에게 가까이 다가가기 위해 조금씩 옆으로 걸음을 옮길 때마다 숨죽인 웃음소리를 냈다. 마치 풍자 그림에 나올 법한 우스꽝스러운 광경이었다. 제목을 짓는다면 '얼간이들' 정도 될까?

이들은 도비녜 부인의 시험을 통과할 정도로 예법에 통달한 여인들이나, 실상 하녀들이 벌이는 우스꽝스러운 광경을 지켜보며 깔깔대는 저열한 인성을 가지고 있었다. 아마도 매번 이 작은 틈을 통해 가게에 들어오는 여인들을 품평하고, 들어오지 못한 자에 대한 동정을 내비치며 우쭐했을 게 분명하다. 과거의 내가 소리를 바락바락 지르며 악다구니처럼 덤벼들었던 모습 또한 이곳을 통해 똑똑히 지켜봤을 것이다. 그러니 얼마나 많은 이가 나를 우습게 생각했을까?

나는 차갑게 떨리는 손끝을 감추기 위해 아무렇지 않은 척 동판을 쓸어내렸다. 무엇을 어떻게 즐겨야 하는지 모르는 시골뜨기처럼 잠자코 침묵했다. 그녀들은 내가 하녀들에게 관심을 보이지 않고 오롯이 동판에만 신경을 쓰자 흥을 잃은 모양이었다. 이내 부채 끝을 내려 커튼을 내닫았다. 방에는 이제 저들끼리 소곤거리는 소리만 조용히 울려 퍼지고 있었다.

여인들, 특히 사교계의 귀부인들이란 많은 이를 사귐에 있어 한 가지 특별한 재주를 익히게 된다. 그것은 이야기의 당사자를 눈앞에 두고서도 뻔뻔하게 가십을 지껄일 수 있는 은밀한 대화 방법이었다. 주된 대상자에게는 들리지 않지만, 저를 두고서 이야기를 나누는 사람들에게는 아주 잘 들리는 신기한—어떻게 부채로 입을 거의 다 가리다시피 했는데도 들리는지 모르겠다—대담이다.

수많은 여인이 사교계에서 살아남기 위해 이것을 익혔으며, 과거 나역시 이러한 방법으로 로에나를 공격하곤 했다. 심증은 있으나 물증을 잡아낼 수 없는, 형체 없는 폭력과 마찬가지인지라 많은 이가 이로 인해 참을 수 없는 모멸과 수치심을 느끼곤 했다. 지금 저들이 하는 대화도 그러한 것의 일종이었다.

나는 나와 시선을 마주치며 기묘한 미소를 짓는 그들의 행위에 터져나올 것만 같은 한숨을 꾹 삼켰다. 이렇게 시선을 마주치는 것 역시 고의에 가까운 행동으로, 나로 하여금 불안함과 수치스러움을 느끼게 하려는 게 분명한 수작이다.

아닌 게 아니라 새빨개진 얼굴로 도망치듯 부티크를 빠져나가는 내 모습을 바라고 있을 것이다. 또 하나의 재미있는 가십을 위해서! 하긴 고이 가꿔진 꽃에 불과할 소녀들이 언제 이러한 공격을 받아 봤겠느냔 말이다.

육체적인 교양은 갖추었으나 정신적인 면에서는 예우를 찾을 수 없는 그네들의 짓궂음은 이성적인 분별력을 의심케 하였다. 도비녜 부인의 안목 또한 다시 생각해 봐야 할 것 같았다.

어쨌든 이렇게 저들의 기대를 충족시켜 줘야 할까, 아니면 무참히 깨 버려야 하나? 어느 쪽이든 내게 있어 별로 이롭지 않은 결과를 낳을 것이 자명하다.

동판을 살피는 척 고민을 하고 있는데, 다행히 도비녜 부인이 안으로 들어와 내게 다가왔다. 그녀의 뒤에는 깃펜과 종이, 커다란 줄자를 든 하녀 여럿이 줄줄이 서 있었다. 귀부인들은 도비녜 부인을 보자마자 입을 꾹 다물고 부채만 살랑였다. 조금 전의 소곤거림이 환상이었다는 듯 저마다 딴청을 피우며 시선을 회피하는 것이다.

"마음에 드는 것이 있나요?"

"오, 모두 다 훌륭하고 멋져서 쉽게 고를 수 없네요. 사실 부끄럽기까지 하답니다. 안목이 불민하여 무엇이 제게 어울리는지 알 수가 없거든요. 그러니 부인, 제가 현명한 선택을 할 수 있도록 도와주시겠어요?"

"물론이지요, 비슈발츠 영애. 이쪽으로 오시겠어요?"

그녀가 내 손을 잡아끈 건 이번이 두 번째였다. 나는 그녀의 손을 잡고 걸어가다가 문득 고개를 힐끗 돌려 귀부인들을 바라보았다. 그들은 마치 다 잡은 먹이를 놓친 승냥이처럼 아쉬운 표정을 하며 나를 바라보고 있었다. 그 꼴이 어찌나 우스운지 비죽 웃음이 새어 나올 것만 같았다.

도비네 부인이 나를 데리고 간 곳은 커다란 거울과 작은 단상이 놓여 있는 자그마한 방이었다. 구석에는 동양풍의 화려한 색감과 무늬가 가득한 파티션이 자리하고 있었는데, 그녀는 내게 그 뒤로 가서 드레스를 벗으라고 요구했다.

나는 순순히 도비네 부인의 말을 따랐다. 얼굴에 주근깨가 가득 박힌 어린 하녀 한 명이 나를 따라와 옷을 벗는 것을 도와주었다. 이제 겨우 열둘이 되었을까? 아주 앳되어 보이는 얼굴인데도 시중드는 모양새가 제법 야무진 것이 보통 하녀는 아니었다. 그녀는 능수능란하게 드레스를 벗기고 파니에 끈 매듭을 살짝 잡아당겨 허술하게 만들었다. 그러고는 조심스럽게 나를 이끌어 거울 앞에 서게 했다.

"영애는 아직 약관이 안 된 나이인데도 몸이 굉장히 성숙하군요. 잘록한 허리와 알맞게 여문 둔부의 모양이 너무나 아름다워요. 무엇보다 길쭉한 팔다리와 우아하게 뻗은 목덜미가 매력적이로군요. 오, 영애가 왜 나를 찾아왔는지 이제야 알 것 같아요. 정말이지 리본으로 가득한, 유치하기 짝이 없는 드레스는 절대로 어울리지 않을 몸이죠."

그녀가 미소를 지으며 줄자로 내 몸 구석구석을 재기 시작했다. 손끝에서부터 어깨, 손목에서 다시 손끝으로. 목과 가슴의 중간선, 허리에서 둔부로 이어지는 부드러운 곡선에 이르기까지, 그의 자가 미끄러지는 장소에는 무엇 하나 거침이 없었다.

동시에 부인은 자신의 머릿속을 장악한 유쾌한 영감을 표출하는 것을 어려워하지 않았다. 옷의 색감이나 드레스 따위는 이미 자신의 머릿속에 다 들어 있다는 듯 나의 신체적인 매력을 끌어 올릴 디자인에 좀 더 치중하는 듯한 어조였다.

부인은 특히 또래의 소녀보다 더 알맞게 솟아올라 깊은 골을 자랑하는 나의 가슴을 보며 즐거워하였다.

"요즘 유행하는 옷이 가슴골을 많이 드러내는 드레스라 하지요. 그

건 마담 드 샤토루의 영향이 매우 크답니다. 그녀는 자신의 커다란 살덩어리 두 개를 무척 자랑스러워하거든요. 모든 교양과 예의, 수치심을 느낄 수 있는 이성적인 판단이 그곳으로 몰렸으니 그럴 만도 하지요. 하지만 유행 자체는 나쁘지 않다고 생각해요. 고리타분한 사교계에도 가끔은 즐거운 혼란이 필요하니까요. 그러니 이 아름다운 가슴을 여기까지 드러내도록 하지요. 오, 그런 눈빛으로 나를 바라보지 말아요. 마담 드 샤토루가 매우 좋아할 게 분명할 옷일 테니까요."

과거의 나는 그런 드레스의 열렬한 신봉자였다. 가슴이 깊게 패고, 엉덩이는 볼록하게 솟아올라 성적인 매력을 강조한, 그러면서 리본 조각들이 레이스와 함께 덕지덕지 붙어 있는 기괴한 드레스 말이다. 한껏 부풀린 치마와 거기에 달린 수 겹의 프릴은 내가 움직일 때마다 우스꽝스러울 정도로 펄럭였다. 끈으로 한껏 조여 밀어 올린 가슴은―그렇지 않아도 큰 가슴이 더 크게 보이도록 말이다―세차게 덜렁여 가까스로 가린 천이 미끄러질 정도였다.

대부분 여인이 가슴을 아슬아슬하게 가릴 정도의 깊이로 드러냈고, 그것은 곧 사교계에 데뷔하지 않은 어린 소녀들에까지 퍼졌다. 그것이 유행이었으니까. 사교계의 내로라하는 이들이 입고 다녔으니 뒤처지지 않기 위해서는 어쩔 수 없었던 것이다.

무엇보다 많은 귀족 여인이 만들어진 우아함에 억눌린 타고난 본능적인 욕구를 거리낌 없이 드러낼 수 있다는 것에 퍽 만족하고 있었다. 뒤로는 천박하네 어쩌네 하면서도 결국은 마담 드 샤토루화 된 것이다. 물론 고리타분한 몇몇 인사―마담 드 라발리에도 그중의 한 명이다―는 목 끝까지 차오른 수녀원 디자인을 고수했지만 말이다.

어쨌든 그런 디자인을 벌써 입고 다닐 필요가 있을까?

나는 마치 기절할 것 같다는 듯 손을 가슴에 올린 채 속삭이듯 말했다.

"하지만 고모님께서 좋아하실지…… 어머니께서도 무척 걱정하실 테고 말이에요. 오, 부인, 부디 저에게 용기를 물어보지 마세요. 그것은 다른 분에게 어울릴 듯한 아름다운 단어일 테니까요."

물론 지금 도비녜 부인의 적정선은 가슴을 좀 더 풍만하게 보이는 선에서도 조금 올라간 기준을 향해 있었다. 매우 다행스럽게도. 하지만 나는 그것조차 견딜 수 없다는 듯 고개를 모로 숙이며 눈을 느리게 깜빡였다.

"오, 영애의 걱정은 충분히 짐작 가능한 것으로군요. 하지만 분명한 건 내 드레스가 영애의 아름다움을 한층 더 돋보여 줄 수 있다는 사실이에요. 그러니 걱정 말아요. 장담하건대 영애의 우아한 몸가짐과 발걸음, 기품 있는 몸짓에 눈이 먼 사람들은 가슴이 얼마만큼 드러나 있는지 눈치조차 채지 못할 테지요. 무엇보다 바깥에 제시된 동판의 그림에 현혹되지 않을 만큼 예술적인 감각을 지닌 그대가 아닌가요? 약속드리지요. 마담 드 샤토루에게 무명의 예술가를 소개해 준 그 눈을 결코 실망으로 물들이게 하지 않겠어요."

내게 제시된 동판마저도 시험이었음을 깨닫자 등골이 서늘해지는 기분이었다. 어쩌면 귀부인들이 내게 보여 준 치졸한 태도마저도 평가의 한 부분이었을지 모른다.

황제의 이복동생이며 내로라하는 명사들의 옷을 만들어주는 이라는 자부심이 그녀를 말도 못 하게 까다롭게 만들었고, 동시에 손님을 선택할 수 있는 웃지 못할 특권을 쥐여 주고 있었다. 게다가 현 황제와 도비녜 부인의 사이가 그리 나쁘지 않다고 알려진 바, 저를 한낱 옷을 만드는 사람으로 괄시할 간 큰 이는 제국 내에 감히 존재하지 않았다.

"제 근심을 너그럽게 이해해 주셔서 감사해요. 부디 제가 부인의 실력을 의심한다고 생각하지 않으셨으면 좋겠어요."

"물론이지요."

"저어, 그런데 제가 샤토루 부인께 갈 것과 그분께 젊은 예술가를 소개해 준 일을 어찌 아시나요?"

"샤토루 부인의 혀가 깃털보다 가볍다는 건 모두에게 익히 알려진 사실이지요. 아마 모두가 알고 있을 거랍니다."

나는 문득 비트라이스 공자가 떠올랐다. 그도 이런 식으로 이야기를 들었던 것일까? 마담 드 샤토루 곁에 간다면 확인할 수 있을 터, 나는 놀랍다는 듯 두 눈을 동그랗게 뜨며 말했다.

"샤토루 부인께서는 대화할 거리가 무척 풍부하신 분이시군요. 곁에 계신 분들이 모두 즐거워하겠어요."

도비녜 부인이 고개를 끄덕이며 말을 덧붙인다.

"그래서 주변에 사람들이 끊이지 않죠. 어떤 의미로든 말이에요. 자, 이제 옷을 갈아입지요."

도비녜 부인은 자신이 구상하고 있는 드레스가 무척 화려할 것이니 알이 굵은 보석 목걸이를 착용하지 않았으면 좋겠다고 대답했다. 그리고 자신이 알고 있는 보석점을 알려 주었는데, 그 역시 예전의 나였으면 감히 발도 못 내디뎠을 곳이었다. 그녀는 이 가게에 가서야 내가 입게 될 옷과 어울릴 장신구를 살 수 있을 거라며 신신당부했다.

나는 부인에게 감사하다고 이야기하며 볼에 키스했다. 그녀는 마담 라발리에에게 잘 교육받은 짐승이지만, 아직 그 태를 다 못 벗었다는 듯 충동적인 일을 벌인 내 모습이 무척 흥미로운 모양이었다. 잠시 놀란 듯 크게 홉떠 있던 눈이 이내 부드럽게 휘어졌다. 그녀는 내 손을 살며시 붙잡았다.

"영애는 가늠할 수 없는 매력을 지닌 분이시네요. 정말로 사랑스러워요."

나는 친절에 감사했노라 거듭 말하며 저와의 헤어짐이 싫다는 듯 꾸물거렸다. 하지만 하녀들의 추파를 받으며 묵묵히 서 있는 할버드 경을 보자니 시간을 더 끌 수 없는 노릇이었다. 나는 정말 아쉽다는 듯 걸음을 천천히 하며 도비녜 부인과 이야기를 나누었다.

"옷은 하인을 시켜 비슈발츠 저택으로 보내드리지요."

"그날을 손꼽아 기다리겠습니다. 그럼 도비녜 부인, 다음에 또 뵙도록 해요."

"오, 물론이지요."

문을 나서자마자 기다렸다는 듯 세릴과 할버드 경이 따라붙었다. 세릴은 평소와 다름없이 침착해 보였지만 할버드 경은 조금 달라 보였다. 아무렇지 않은 척해 보여도 매우 곤혹스러웠던 모양인지 흘깃 쳐다본 그의 얼굴에는 흩뿌려진 땀이 잔잔하게 반짝이고 있었다.

나는 걸음을 멈추고 그를 바라보았다. 그저 마주하고 있는 것이지만 저의 푸른 눈동자에 내가 담겨 있다고 생각하니 쓴웃음이 절로 흘러나온다.

사실 내게 붙은 대외적인 평판을 생각했을 때 그와 함께 가는 것이 더 이득이었다. 류스테윈 할버드라는 기사를 붙여 줄 정도로 저택 내 나의 위상이 대단하다는 것과 양부가 나를 얼마만큼 아끼고 있는지를 과시할 좋은 기회이기 때문이다.

하지만 그만한 기사를 이러한 일에 쓴다는 건 개인적인 감정을 두고서라도 퍽 못 할 짓이었다. 하녀의 추파를 견디는 청음의 기사라니, 이 무슨 말도 안 되는 일이란 말인가!

그래서 나는 제가, 청음의 기사가, 류스테윈 할버드가 모욕과 불쾌감을 느끼고선 자의적으로 떠나가기를 원했다. 평행선이면 모를까 그와의 접점은 애초부터 존재하지 않았으니 말이다. 아니, 차라리 비쥬발츠 저택의 다른 기사들처럼 나를 욕하고 비웃었으면 좋겠다. 그런 인성의 사람이었으면 처음부터 거들떠보지 않았을 테니까. 감히 엄두를 낼 수 없는 귀한 보석임을 알면서도 욕심을 낸 건 그가 너무나 사랑스러운 사람이라는 걸 알고 있었기 때문이다. 그의 상냥함이 나를 외면

하지 않으리라는 헛된 망상에 빠져 있어서였다. 어째서 이 사람은 어디 하나 흠잡을 데 없이 완벽하기만 한 걸까?

나는 손수건을 꺼내 할버드 경에게 내밀었다. 동행하는 기사, 그것도 청음의 기사나 되는 사람이 땀 하나 주체 못 하고 흘리고 있다는 것을 다른 여인들이 안다면 눈에 불을 켜고서 흉을 볼 일이니.

그는 내가 내민 손수건의 의미를 모르고 있는지 멍청히 나를 바라봤다. 저의 얼굴에서 이런 표정이 나올 수 있구나 싶을 정도로 굉장히 우스꽝스러운 모습이었다.

나는 직접 이야기를 해주기보다 손가락으로 그의 이마를 가리키는 것으로 대답을 대신했다. 할버드 경은 내 행동을 보고서야 이해한 모양인지 짤막한 탄성과 함께 손수건을 받아들였다. 땀을 닦는 그의 태도는 매우 조심스러웠다. 마치 손수건이 잘 찢어지는 재질로 이루어져 그럴 수밖에 없다는 착각이 들 정도였다.

"배려해 주셔서 감사합니다."

"아뇨, 다른 사람들이 흉을 볼 테니까요. 감사할 것도 없답니다."

나는 새치름한 태도로 그의 감사를 회피했다. 마차가 가까운 곳에 있다는 게 다행이었다. 그래서 저의 에스코트를 받을 생각도 하지 않은 채 도망치듯 재빨리 안으로 들어갔다. 그러고는 피곤하다는 것처럼 눈을 감았다.

앞에 인기척이 느껴졌지만 아무렇지 않은 척 딴생각을 하려고 애를 썼다. 그가 어떤 표정으로 나를 바라보고 있을지 감당할 자신이 없었으므로.

할버드 경의 과묵하고 진중한 성정이 이때만큼 감사한 적이 없었다. 그가 수다쟁이 떠벌이었더라면 나는 부끄러움을 이기지 못하고 그대로 혼절했을 테니까. 정말이지 다행이지 않을 수 없었다.

보석점은 도비네 부인의 의상점과 조금 떨어진 거리에 있었다. 진동으로 인해 허리가 조금 아파진다 싶을 때쯤 마차가 멈추었는데, 신경이 온통 곤두선 탓인지 두통이 일어나는 것 같았다. 하지만 아무렇지 않은 척 여상스러운 표정을 가장하며 할버드 경의 에스코트를 받았다.

도비녜 부인이 자신 있게 추천한 만큼 상점은 화려한 드레스를 입은 여인들로 가득했다. 동행하는 기사와 하녀들까지 합치면 그야말로 건물 안으로 비집고 들어갈 틈이 없을 정도였다.

나는 빽빽하게 들어선 사람들의 숲에 터져 나올 것 같은 한숨을 내쉬었다. 도비녜 부인의 가게에서 느꼈었던 시선들을 또다시 마주하게 될 거로 생각하니 기분이 좋지 않아서였다. 물론 예전의 나라면 주인공이 된 것처럼 콧노래를 부르며 고개를 빳빳이 든 채 걸어갔을 테다. 하지만 호기심으로 점철된 시선이 얼마나 불유쾌한지, 그것이 나이프보다 얼마나 더 해로운 것인지 뼈저리게 알게 된 나로선 지금의 상황이 반갑지만은 않았다. 그러나 이러한 간절한 바람에도 불구하고 누군가로부터 시작된 작은 소곤거림이 물결을 이루듯 거칠게 출렁이며 가게 전체로 빠르게 퍼져 나간다.

우리가 걸을 때마다 그림자처럼 따라다니는 시선들은 불쾌할 정도로 노골적이었다. 부채 너머로 들려오는 소리에는 '할버드'와 '로에나' 같은 단어가 주를 이루고 있었다. 누군지 모를 계집애 하나가 비슈발츠가의 자랑이라는 청음의 기사를 대동하고 나타났으니 그럴 만도 하다.

이제 여기서 근본도 없는 뒷골목의 천민 소녀, 양부를 유혹하여 백작가에 들어간 천박한 여인의 딸이라는 사실만 떠올리면 완벽할 터였다. 거기에 마담 드 라발리에라는 단어도 첨가해 주었으면 좋겠지만, 저들에게 있어 중요한 것은 제 구미에 맞는 자극적인 소문일 뿐이었다. 우습게도 그들은 나를 구경하기 위해 자신들의 자리까지 비켜 주는 선행을 보였다. 그래서 편하게 걸어갈 수 있었다.

사실 마냥 고맙지만은 않았다. 부채 위로 보이는 눈동자들 모두가 내 걸음걸이와 행동거지, 말투 하나하나까지 뜯어 먹으려는 승냥이처럼 번뜩이고 있었으니까. 안타깝게도 마담 라발리에에게 철저하게 단련된 내 걸음걸이는 흠잡을 데 없이 완벽하다. 이는 나를 찾아온 많은 교사와 도비녜 부인에 이르기까지 모두가 인정한 사실이었다.

정면을 바라보는 고개의 각도와 드레스 자락을 스치는 손가락의 모양, 허리의 곧기와 걸음걸이의 박자까지. 여기에 모인 사람 중 그 누구도 나만큼 행할 수 없으리라. 그러니 주변이 찬물을 얻어맞은 듯 조용해지지 않는가! 꼬투리 잡을 건수가 없으니 말이다.

"어서 오십시오. 어느 가문의 영애십니까?"

"비슈발츠가의 시스에라고 해요."

할버드 경을 대동했지만 긴가민가한 사람이 많았을 것이다. 소문이 진실인 상황은 몇 안 되기 때문이다. 하지만 조금 전의 소개로 자신들의 생각에 확신을 심어주었다. 그것은 완벽한 걸음걸이에 기가 죽은 사람들의 긴긴 잠을 깨워 주기에 충분한 요소였다. 순식간에 가게 안은 웅성거림으로 소란스러워졌다.

점주 역시 내 소개에 무척 당황한 모양이었다. 사교계에서도 이름 높은 명사들만 찾는다는 격조 높은 상점에 비천한 출신의 내가 발을 내디뎠으니까. 그렇기에 채 말을 잇지 못하고 눈만 도록 굴려 대고 있는 것일 게다. 어떻게 하면 나를 내보낼 수 있을까, 고민하면서. 아마 할버드 경이 없었더라면 어떤 이유를 대서라도 가게 밖으로 내쫓았을 것이다. 예전의 내게 그랬듯이.

나는 아무것도 모른다는 듯 상기된 표정으로 약간 빠르게 말을 내뱉었다.

"도비녜 부인께서 당신의 드레스에 어울리는 보석은 여기서밖에 구입할 수 없다고 했는데, 그게 아닌가 보지요?"

"도비녜 부인의 드레스에 어울리는 보석 말입니까?"

점주가 두 눈을 크게 뜬 채 매우 놀라워한다. 조금 전의 곤란한 태도는 어디 갔는지 그는 매우 흥미롭다는 표정으로 나를 응시하고 있었다.

"네. 조금 전 제게 이 가게를 소개해 주신 것도 도비녜 부인인걸요. 제가 잘못 찾아온 건가요?"

"아닙니다. 이런 실례가 다 있나. 무례를 용서하십시오."

가문의 이름을 단 영애, 그것도 할버드 경과 함께하는 소녀가 거짓말을 할 리가 없다고 판단한 걸까?

그는 매우 날랜 동작으로 여러 가지 디자인이 그려진 동판을 가져와 내게 내밀었다. 모두 보석이 덕지덕지 달린 화려한 것들이었다.

"모두 아름답지만, 애석하게도 도비녜 부인과 이야기를 나누었던 드레스와 어울리지 않는 것이로군요. 좀 더 단순하면서도 우아한, 목선을 돋보일 수 있는 디자인이었으면 좋겠어요."

예전의 나였으면 눈이 돌아가 이 모든 것을 마구 사들였을 것이다. 비싼 보석이야말로 자신의 위치를 드러내는 것으로 생각했기 때문이다. 하지만 지금의 나에게 있어 보석들은 내 용모를 돋보이게 해주는 부가적인 액세서리밖에 되지 않았다. 예전에 워낙 많은 보석을 걸쳐 보기도 했었고, 그로 인한 망신도 수없이 당해 보았기에 가능한 일이었다.

우습게도 주변 사람들은 내가 보석에 휘둘리지 않고 침착하게 살 것만 주문하여 이야기하는 모습에 매우 놀란 눈치였다. 아마도 분수에 맞지 않는 물건들에 푹 빠져 허황된 사치를 누리고 있는 얼간이를 기대하고 있었던 게 분명하다. 사실 그 누가 보잘것없는 평민 소녀에게 이성에 따른 자제심과 검약을 기대할 수 있을까?

나는 시선 따윈 의식하지 않는다는 듯 침착하게 가장 심플하면서도 우아한 목걸이를 선택했다. 그리고 이 이상의 보석들에는 미련이 없다는 것처럼 빠르게 대금을 치렀다. 점주가 달라진 눈빛으로 내게 이것저것을 더 보여 주려고 했지만 정중히 거절했다.

"모일까지 비슈발츠가의 저택으로 보내 주세요."

마음에 드는 물건을 망설이지 않고 빠르게 구매하는 것도 숙녀가 보일 수 있는 결단성 중 하나였다.

나는 가게에 처음 들어올 때처럼 사람들의 시선을 한 몸에 받은 채 가게를 떠났다. 정중하게 나를 배웅하는 점주의 인사를 받으면서 말이다.

"이제 저택으로 돌아가죠."

나는 제법 지친 기색을 하는 세릴과 아까보다 제법 편안해 보이는 할버드 경을 향해 말했다. 모자에 달릴 깃이나 구두, 장갑, 리본 등을 더 사야 했지만 더는 그를 데리고 다닐 자신이 없었다.

세릴은 내 말에 화색이 만연한 표정이 되어 마차를 부르러 갔다. 잰걸음으로 빠르게 걸어가는 그녀의 얼굴은 매우 기뻐 보였다. 하긴 방금 전에 들렀던 보석점에서 나 못지않게 사람들의 시선을 많이 받았을 테니 퍽 지쳤을 것이다. 그것은 할버드 경도 마찬가지였을 텐데 그는 힘들지도 않은지 여전히 처음과 같은 모습으로 주변을 경계하고 있었다. 그렇기에 그가 입을 열어 말을 꺼낸 것이 무척 놀라웠다.

"로에나 아가씨는 사람을 저택으로 부르곤 하였습니다. 어떤 물건을 사든지 말이지요."

나는 고개를 돌려 그를 바라보았다. 할버드 경은 혼란스럽다는 듯 무어라 표현할 수 없는 기묘한 표정을 한 채 나를 응시하고 있었다.

"혹시 모를 사건을 방지하기 위해서입니다. 그런데 아가씨께서는 어째서……!"

위치를 증명하기 위해서다. 상품을 홍보하기 위해 전시하는 것처럼 나 스스로 저들을 찾아가 비슈발츠가의 시스에로서의 가치를 뽐낸 것뿐이다. 자칫 문 앞에서 쫓겨나 망신을 당할 수 있는 상황이었지만 말이다. 그곳에 모인 한 사람이라도 '시스에라는 소녀 그렇게 나쁘지 않던걸? 제법 귀족답잖아?'라고 생각할 수 있다면 성공인 그런 도박을 말이다. 하지만 이런 걸 그에게 일일이 다 설명할 수는 없는 노릇이다. 그럴 가치도 없거니와, 그가 나를 속물적인 사람으로 본다는 게 아직은 좀 껄끄러워서였다.

"그걸 왜 경께서 궁금해하시는 건가요? 설마 비슈발츠가에 누가 될까 봐 걱정하신 건가요?"

"그런 게 아닙니다. 저는……."

나는 재빠르게 그의 말을 막았다. 제가 무슨 말을 할지 짐작이 갔기에 할 수 있는 행동이었다.

"저의 기사라는 말을 하지 않으셔도 된다 했잖아요. 아무도 그렇게 생각하지 않으니까요."

그가 이런 말에 기분이 좋을 리가 없었다. 자신의 말을 끝까지 반박하여 받아들이지 않고 있으니까. 하지만 어쩌란 말인가. 나의 기사가 된다고 해서 완벽하게 내 곁에 올 수 있는 것도 아닌데 말이다. 그러니 계속 냉정한 태도를 고수하며 거리를 유지하는 게 나았다.

"오늘 저로 인하여 곤혹스러운 부분을 겪으신 것 미안하게 생각해요. 하지만 분명 저는 돌아가라고 말씀드렸고, 그것을 거부한 건 경이세요."

할버드 경은 무어라 반박하려고 하는지 입을 달싹였다. 하지만 언제나 그랬듯 내가 먼저였다. 나는 쌀쌀맞은 어조로 '내 일에 상관하지 마'라는 말을 돌려 말했다. 어떤 창피와 수치를 당하든지 그건 내가 감당할 상황이다. 그와 전혀 상관없는 일인 것이다.

잠시 후 세릴이 데리러 갔던 마차가 도착했다. 나는 이번에 그의 손길을 거부하지 않고 저의 도움을 받아 마차 안으로 들어섰다.

마차는 빠르게 길을 달려 비슈발츠가의 저택에 도착했다. 그때까지 할버드 경은 아무런 말도 하지 않은 채 계속 나를 바라보고 있었다. 나는 그의 시선을 무시하려고 노력하며 저택 안으로 빠르게 걸어갔다. 푸른 눈동자가 무슨 생각을 하고 있는지 어떤 의미로 나를 응시하고 있는지 생각하고 싶지 않았기에 오늘 샀던 드레스와 보석만 뇌리에 떠올리려고 애썼다.

하지만 잠이 들 때까지 할버드 경이 보내었던 강렬한 시선에서 벗어날 수 없었다. 어쩐지 우울하면서도 슬픈, 그러면서도 단단한 각오가 느껴지는 그 눈동자가 너무나 매력적이기 때문이었다.

이후 며칠 동안 내 방은 물건을 파는 상인들로 인하여 매우 북적였다. 모자에 달 장식 깃과 리본, 구두에 매달 술 등을 사기 위해서였다. 사실 상점에 나가 사도 될 일이지만 어쩐지 그럴 마음이 들지 않았다. 물론 할버드 경의 말이 마음에 남아서 그런 것은 아니다. 사람이 북적이는 곳에 가서 정신없이 물건을 고르기보다는, 더욱더 꼼꼼하게 상품을 살펴보고 싶어서다. 가장 중요한 드레스와 보석을 이미 골랐기 때문에 할 수 있는 여유였다.

가문에서 미리 언질을 주었던 것인지 상인들은 제법 상품의 물건을 가지고 왔고, 나는 신중에 신중을 더해 필요한 것들을 살 수 있었다. 마담 드 샤토루를 만나러 갈 때 쓸 물건들이기 때문에 괜찮다 싶으면 가격을 아끼지 않았다. 그럴 때마다 마리는 마고를 위시한 몇몇 하녀가 상인의 방문에 불만을 토로하고 있다고 고자질하듯 속삭였다. 창녀를 만나러 가는 게 무어 대수라고 이리도 소란을 피우는지 모르겠다, 떠들어 댄다는 것이다.

나는 야릇한 미소를 지으며 방문을 더 활짝 열어 내게 어떤 물건들이 들어오고 있는지 저들이 훔쳐볼 수 있게 하라고 말했다. 마리는 그 명령을 제법 잘 수행했을뿐더러, 하녀들이 모두 함께 모여 있을 때 내가 어떤 물건을 샀는지 실컷 자랑했다. 그녀는 찌를 듯이 노려보는 마고의 시선을 이제 즐기는 수준까지 이르고 있었다.

상인들은 내 씀씀이에 무척 감격한 모양이었다. 그들은 제법 비싼 것—그럼에도 불구하고 디자인은 유치하지 않은 것들—만 쏙쏙 골라 금화로 결제하는 모습에 거북할 정도로 아양을 떨어 댔다. 하나라도 더 팔아먹기 위한, 속이 뻔히 보이는 수작이었다. 하지만 이번에도 필요한 것들만 구매하고 이후의 물건들은 거들떠보지 않았다. 옆에서 나와 같이 물건을 구경하던 마리가 아쉬움의 탄성을 내질렀지만 그뿐이었다.

마담 드 샤토루를 만나는 시간이 점점 줄어들 동안 나는 꽤 바쁘게 움직였다. 허리를 가늘게 만들기 위해 먹는 것을 조절하고 하얀 피부를 위해 되도록 햇볕을 쬐는 것을 삼갔다. 고급 향유로 온몸을 마사지하고 목소리가 예쁘게 나온다는 차를 구입하여 하루에도 몇 번씩 마셔 댔다. 또한 마담 드 샤토루의 구미에 맞는 이야기를 하기 위해 예전의 일을 떠올리며 하루에도 수십 번 그녀와의 대면을 미리 상상했다.

마담 드 샤토루는 창녀였기에 머릿속이 제법 가벼웠다. 그녀가 제일 잘하는 건 사내를 기쁘게 해주는 일이었다. 이 아름다운 여우는 매우 본능적으로 자신의 적을 찾아내어 거칠게 물어뜯을 수 있었지만—이를테면 베갯머리송사와 같은 것 말이다—그 외의 것에는 무지하다시피 했다.

그녀가 제일 싫어하는 건 책을 읽고 시를 낭송하는 문학적인 일이었다. 명화를 구분하는 건 자신의 기준에서 예쁘다는 감상이 들 때였고, 궁에 들일 가구는 먼저 무늬가 화려해야 장인의 것으로 인정했다.

하지만 밉상인 상대에 대한 조롱과 야살스러운 농담, 알이 굵고 화려한 보석을 고르는 것에 덧붙여 사교계를 들끓게 하는 가십을 만드는 건 누구에게도 지지 않았다.

그녀의 주변에는 늘 아첨꾼이 가득했는데, 그들은 실에 매달린 인형처럼 샤토루의 말에 '네'라는 말로만 대답했다. 그 누구도 그녀의 농담을 이해하거나—저질스러운 발언이 많아서였다—그에 못지않은 입담으로 맞받아쳐 저를 웃겨 주는 사람이 없었다. 그렇기에 그녀를 만났을 때, 저의 수준에서 이야기할 수 있는 유일한 사람이 되기를 바랐다. 말이 통하는 것만큼 상대를 신뢰하기 쉬운 길은 없으니까 말이다.

하지만 어머니께 부탁했던 창녀 페리뉼은 예약된 손님이 꼭 차 찾아올 수 없다 말했고—그녀는 꽤 유명한 창녀라 웬만한 액수의 돈으로는 잘 움직이지 않았다—라발리에가 있었을 적 그녀로 인해 망신을 당했던 당신은 그 핑계를 기쁘게 받아들였다. 아쉽지만 어쩔 수 없는 노릇이었다.

도비녜 부인은 정확한 날짜에 자신이 공들여 만든 드레스를 보내 주었다. 그것은 어느 하나 부족함 없이 그야말로 완벽했다. 특히 식단 조절로 가늘어진 허리둘레를 예상하기라도 하듯 꼭 들어맞게 재단된 허리선은 놀라울 정도였다. 물론 예고한 바대로 가슴 부분이 작게 파여 골이 드러났지만, 천박하기보단 여성의 아름다움을 강조한 것처럼 느껴졌다. 색감이 조화롭게 이루어진 치맛단은 걸을 때마다 우아하게 흔들렸고, 소맷자락에 공들여 수놓아진 무늬는 최신 유행하는 동양풍 디자인을 연상시켰다. 리본과 프릴로 이루어진, 여타 영애들의 유치한 드레스와 궤를 달리하는 옷이었다.

나는 거울 속에 자리한, 소녀와 여인의 경계선에 서서 묘한 분위기를 내뿜는 나, 시스에 비슈발츠를 만족스레 바라보았다. 성숙한 숙녀라 하기엔 앳된 얼굴이 묘하게 걸리고, 그렇다고 소녀라 하기엔 봉긋하게 솟아오른 가슴이 너무나 이질적이다. 어느 쪽에 기울어짐 없이 아슬아슬하게 맞추고 있는 균형은 배덕감에 가까웠다.

그래, 이런 것이지. 여기에 보석점에서 보내온 목걸이를 걸치자 뭐 하나 빠진 것이 없는 특별한 무언가가 비로소 완성된다.

나는 넋을 잃은 채 나를 바라보고 있는 마리와 세릴을 향해 방긋 웃었다. 시스에 비슈발츠라 불린 볼품없던 해골은 이곳에 이르러 드디어 사람이 되어 있었다. 그렇게 나는 마담 드 샤토루를 만날 준비를 끝마쳤다.

만남의 당일이 되자 어머니는 숨이 넘어갈 듯한 표정으로 찾아와 내 외출 준비를 도왔다. 나에 대한 걱정으로 가득 찬 눈을 지울 생각조차 하지 않고서 말이다.

아직 사교계에 데뷔조차 하지 않은 어린 딸을 혈혈단신 그 요부의 궁으로 떠나보낼 것을 생각하니 눈앞이 아찔한 모양이었다. 재미있게도 어머니는 걱정으로 인해 내 복장이 또래의 소녀가 입기에 너무 어른스러우며, 가슴과 허리를 많이 강조한 디자인이라는 것을 눈치채지 못했다. 오히려 눈매가 너무 또렷하게 그려져 사나운 인상처럼 보일까 봐 안절부절못했다. 그래서 몇 번이고 화장을 덧칠하고 고치기를 반복해야 했다.

시간이 흘러 준비된 것들로 완벽하게 차림을 갖춘 나는 황궁으로 떠나기 위해 방문을 나섰다. 어머니와 함께였다. 그녀는 마차 앞에 이르기까지 나와 함께 걸으며 무슨 말을 듣더라도 '예'라고 대답할 것을 요구했다. 그렇지 않으면 목이라도 잘릴 것처럼 말이다. 나는 고분고분한 태도로 그러겠노라고 대답했다. 어머니는 내 대답이 썩 마음에 들지 않는 모양이었지만 감히 황제의 사랑을 받는 정부를 기다리게 할 수 없으므로 마지못한 표정으로 나를 마차에 태웠다.

이른 아침에 출발한 것이므로 나를 배웅하는 사람은 매우 적었다. 하지만 하녀장인 마고가 나오지 않은 것은 분명 불쾌한 일이었다. 어머니는 마고의 부재에 인상을 찌푸렸고 곧 상처받은 것처럼 눈가에 음울한 기운을 덧그렸다. 나는 달래듯이 어머니의 손등을 가볍게 어루만졌다.

"걱정하지 마세요."

"그래. 내가 너를 믿어야지 누굴 믿겠니?"

사실 어머니 얼굴 위로 불안과 공포, 체념이 순식간에 떠올랐다 사라지는 게 무척 재미있었지만 내색하지 않았다. 다만 안심하라는 듯 어머니의 뺨에 키스하며 재빠르게 마차의 문을 닫을 뿐이다.

잠시 후 마부의 재촉과 함께 마차가 천천히 움직이기 시작한다. 나는 마차의 창문을 열어 어머니께 인사를 건네다 문득 누군가의 시선을 느끼고 고개를 돌렸다.

"할버드 경?"

아침 훈련을 하러 가는지 평소보다 가벼운 차림을 한 청음의 기사가 건물의 한구석에서 내가 탄 마차를 바라보며 우두커니 서 있었다.

왜? 무슨 일로?

그가 아침 일찍 검술 훈련을 한다는 건 저택 내 모든 사람이 아는 사실이므로, 지금의 모습 역시 그렇게 여기면 될 일이었다. 문제는 할버드 경이 다니는 길이 지금 서 있는 방향과 정반대라는 것에 있었다. 그러니 우연으로 치부할 수 없었다.

"설마 배웅하러? 아니겠지. 그가 왜 그런 일을 하겠어."

하녀장인 마고도 나오지 않았는데 말이다. 하지만 이런 내 생각을 비웃기라도 하듯 그는 내가 그를 하나의 점으로 여길 때까지 계속 그 자리에 서서 나를 바라보고 있었다. 그것은 정문을 지나 마차의 창문을 닫을 때도 지속되었다. 정말로 나를 배웅하고 있다는 것처럼. 정말이지 이해할 수 없는 일이었다.

할버드 경으로 인해 심란한 마음을 부여잡고 도착한 황궁은 여전했다. 언제나 늘 그렇듯이 외관부터 휘황찬란하고 아름다웠으며 사람을 압도하는 어마어마한 크기를 지니고 있었다.

나는 나를 맞이하러 온 황궁 시녀—샤토루 부인의 궁에서 일한다—를 따라 기나긴 복도를 걸었다. 지나가던 사람들이 나를 보고서 걸음을 멈추곤 낮게 소곤거렸지만 일부러 모르는 척했다.

그들이 할 수 있는 말이야 해봤자 '저게 그 시스에 비슈발츠?' 정도

일 테니까. 입이 가벼운 샤토루이니 황궁 사람들 전체가 아는 게 이상하지 않을 노릇이다. 하지만 여기서 뜻밖의 인물을 만나리라곤 전혀 예상치 못했다.

오, 세상에. 미카엘 아이레스라니. 이건 또 무슨 상황이란 말인가!

"비슈발츠 영애?"

미카엘 아이레스가 황궁의 기사로 근무하고 있다는 것을 알았지만, 이렇게 쉽게 마주칠 수 있는 사람인 줄은 몰랐다. 무엇보다 나는 그의 구애를 단호하게 거절한 전적이 있지 않은가! 그래서 많은 사람의 시선이 몰려 있는 이곳에서 그를 아는 척한다는 게 무척이나 껄끄럽게 느껴졌다. 하지만 아이레스 경은 그렇게 여기지 않은 모양이었다. 그는 퍽 살가운 태도로 나에게 다가왔다. 저의 아름다운 얼굴에는 태양보다 밝은 미소가 담뿍 그려져 있었다.

"안녕하세요, 아이레스 경."

"안녕하십니까, 비슈발츠 영애. 디뵌젤 공작가에서 뵌 이후로 처음이로군요. 그동안 잘 지내셨는지요? 황궁에는 어쩐 일이십니까? 누구를 만나러 오신 건지요?"

그는 대화가 서로 이야기를 주고받는 행위라는 것을 잊어버린 것처럼 자기 할 말만 마구 내뱉었다. 여인을 대할 때 사무적인 태도로 일관한다는 소문이 거짓이라고 말하는 것처럼 다가오는 걸음이 거리낌 없었고, 흘러나오는 목소리는 무척 부드러웠다. 나를 안내하던 시녀가 입을 딱 벌린 채 놀라워하지 않았더라면 그에 대한 소문을 헛것으로 치부했을 것이다.

아이레스 경은 대답을 바라는 것처럼 눈을 반짝거렸다. 처음에 보였었던 냉정하고 침착한 성정은 어디로 사라졌는지, 그는 이제 막 뺨이 붉어 오르기 시작한 홍안의 소년처럼 굴고 있었다. 나는 대답 대신 옆에 서 있는 시녀를 바라보며 어색한 웃음을 지었다. 이 가엾은 여인은 아이레스 경이 보여 주는 의외의 행동에 매우 놀라워하고 있었지만, 곧 자신의 임무를 떠올렸는지 퍽 초조한 얼굴로 우리를 바라보고 있었다. 주인의 성정이 보통은 아닌 건지 그의 흔들리는 눈동자에 깊게 배어 있는 건 '두려움'이었다.

"실례지만, 아이레스 경. 오늘의 만남은 스쳐 가는 지나가는 우연으로 만족해야 할 것 같군요."

아이레스 경은 그제야 내 옆에 있는 황궁 시녀를 발견한 모양이었다. 그는 그녀의 얼굴을 확인하자마자 이채를 띤 눈동자로 나를 바라보았다. 마담 드 샤토루의 시녀는 궁 안에서도 매우 유명한 것인지 그는 확실하게 그녀를 알아보는 눈치였다.

"소문의 주인공이 바로 영애셨군요."

"사람들의 귀를 즐겁게 한 이야기를 말씀하시는 거라면 그렇답니다."

"이런, 저를 비난하지 말아주십시오. 이러한 가십은 모두의 흥미를 끌 만하니까요."

"경도 그러셨나요?"

"아닙니다. 하지만 비슈발츠 영애가 그 소문의 주인공이라는 사실을 알았더라면 좀 더 관심 있게 알아봤을 테지요."

"그렇군요. 경은 디뷘젤 저택에서야 제가 비슈발츠라는 사실을 알게 되었으니까요."

"유감스럽게도 말입니다."

디뷘젤 저택에서 있었던 일을 깨끗이 잊고서 이렇게 행동하는 거라면, 그는 정말로 용기 있는 사내라 할 수 있을 게다. 아이레스 경은 '디뷘젤'이라는 단어를 듣고도 낯을 붉힌다거나 불쾌감을 보이는 등 상대를 동요시킬 수 있을 만한 감정적인 표현을 전혀 내보이지 않았다. 그저 아무렇지 않다는 듯 여상스러운 태도를 유지하는 것이다.

"자, 그럼 제가 이대로 걸음을 재촉하여도 무례하다 여기지 않으실 테지요?"

"물론입니다. 영애께 에스코트가 필요하다는 것 또한 말이지요."

나는 보라는 듯 손을 내민 그의 태도에 헛웃음이 터져 나올 것만 같았다. 아이레스 경은 찰나의 틈을 놓치지 않은 채 매우 약삭빠르게 굴었다. 그는 내가 자신의 손을 잡지 않을 것이라는 생각을 하고 있지 않은 것처럼 만면 가득 부드러운 미소를 그렸다. 내가 사람들의 시선을 의식하지 않을 수 없다는 것을 명백하게 인지하고서 말이다.

"경에게 폐가 되지 않을까요? 이미 저를 안내하러 온 사람도 있는데 말이에요."

"폐라기보다는 간절함을 담은 요청으로 여겨 주십시오. 영애께서는 제가 느끼고 있는 초조함의 감정을 모르실 테니까요."

"물론이에요. 제가 감당해야 할 기분이 아니니까요. 하지만 감히 단언컨대, 경은 정말로 교활하세요. 저에게 어떠한 선택의 여지를 남겨 주지도 않고 계시잖아요. 그러니 거부할 수 없겠죠. 하지만 제 손은 얼음보다 차갑고, 나무토막보다 더 뻣뻣할 거예요."

"그럼에도 가슴이 벅차오르고 있다면, 경멸의 눈길로 바라보시겠습니까?"

"설마요, 제가 감히."

나는 새침한 표정을 가장하며 그에게 손을 내밀었다. 기분이 많이 나쁘긴 해도 자신을 위해서 침착하고 간결한 어조로 말을 끝맺는 것이 나았다. 모두의 시선이 우리, 특히 나를 향해 있었기 때문이다. 그것은 꿰뚫는 것처럼 집요하고 끈질겼다. 아이레스 경의 손바닥에 손끝이 닿았을 때는 찌르는 듯 날카로운 시선마저 느껴졌다.

미카엘 아이레스는 분명 모두가 선망하는 멋진 기사이며 사교계의 유명인사라 그와 친분을 맺는 건 그리 나쁘지 않은 선택이다. 하지만 지속해서 내보이는 과한 친절과 애정, 연모의 태도는 이러한 생각을 없애고 있었다. 자신을 거부한 상대에게 계속 부드러운 웃음과 다정한 행동을 내보일 수 있으려면 얼마만 한 배짱과 두꺼운 낮이 필요할까?

남녀 간의 관계에서 종종 일어나는 감정적인 상황에서 상처를 받지 않는 사람이 어디 있으랴마는, 진실로 그는 아무렇지 않아 보였다. 놀라울 정도로 말이다.

긴 복도를 걸어가는 내내 나는 아이레스 경에게 되도록 말을 걸지 않으려고 노력했다. 동시에 그가 나를 곤란하게 만들지 않았으면 하고 간절히 바랐다. 그러나 이 사내는 소문과 달리 매우 수다스러웠고, 제 감정을 주체하지 못한 어린아이처럼 어수룩하게 굴었다. 차갑게 생긴 겉모양과 도통 어울리지 않는 태도였다.

"사실, 이리 빨리 만나 뵐 수 있게 될지 몰랐습니다."

"저 역시 그렇게 생각하고 있어서 지금의 상황이 매우 놀랍군요."

"실례가 되지 않는다면 그동안 어떻게 지내셨는지 여쭈어봐도 되겠습니까?"

나는 미소를 잃지 않으려고 애쓰며 빠르게 대답했다.

"짓궂은 질문이세요. 제가 어떻게 대답해야 경의 질문을 만족하게 해드릴 수 있을까요? 제 부끄러움은 둘째 치고라도 말이죠."

"간단한 것 몇 가지만 이야기해 주시면 됩니다. 이러한 사소한 질문에서 몇 가지의 귀중한 단서를 얻을 수 있는 법이거든요."

"단서라구요? 무엇을 말씀하시는 건지 도통 이해할 수 없네요."

"예를 들면 이러한 것들을 말합니다."

미카엘 아이레스가 눈을 반짝이며 말을 이어 나갔다.

"저는 항상 임무가 끝나면 숙소의 뒤편에 자리한 연무장에서 개인적인 훈련 시간을 가집니다. 노을이 질 때까지 말이지요. 이후 숙소에서 샤워하고 서류 몇 가지를 처리한 다음 잠자리에 들지요."

"단순하지만 굉장히 보람찬, 그럼에도 불구하고 퍽 고된 나날을 보내시는군요."

"예. 하지만 지금 여기서 주목해야 할 것은 훈련이라는 고된 시간이 아니라, 매일 같은 시간에 연무장에 있다는 겁니다. 별다른 일이 있지 않고서야 임무가 끝나면 그곳에서만 저를 만날 수 있다는 걸 의미하니까요."

"그러니까 경께서 말씀하시는 바는, 제가 늘 동일한 시간을 보내는지, 아니면 우연히 반복되는 활동을 통해 어떠한 것을 좋아하는지 알아보겠다는 뜻인가요?"

"정확하십니다."

"오. 아이레스 경."

나는 탄식과 같은 소리를 내뱉으며 그를 불렀다.

"제가 경이라면 방금과 같은 질문을 하지 않았을 거예요. 무엇보다 왜 이런 질문에 답을 해야 하는지도 모르겠군요."

"열망에 눈이 멀었기 때문입니다."

그가 갑자기 내 손을 꼭 잡았다. 나는 벌려진 입을 다물 생각도 하지 않은 채 저를 멍하니 바라보았다. 사내의 기다란 손가락이 벌려진 틈을 타고 스르륵 미끄러져 들어와 깍지를 강하게 끼는 느낌은 걸음을 멈추게 할 정도로 너무나 자극적이었다. 서로의 손바닥이 마주하여 온기를 나누어 가지는 느낌 또한 그러했다. 보통 에스코트를 하기 위해서 붙잡는 손이란 서로의 손가락 끝이 살짝 맞닿는 정도에만 그치는 것이 일반적이다. 연인으로 공인받은 사이라 할지라도 이렇게 깊게 접촉하지 않았다. 하지만 그는 이 모든 상식을 파괴하려는 듯 놀라울 정도로 무례한 행동을 자행하고 있었다. 아무렇지 않은 얼굴로 태연하게. 이러한 스킨십이 당연한 것처럼, 그렇게.

뒤따라오는 시녀가 이 모습을 볼까 두려워 황급히 손을 떼려고 했지만 아이레스 경은 요지부동이었다. 오히려 떨어지지 말라는 듯 힘을 더 꽉 주어 잡았다. 이렇게 승강이를 벌이다가 오히려 더 빨리 들통날 것 같아진 나는 작은 한숨을 내쉬며 그에게 속삭이듯 말했다.

"경은 계속 절 곤혹스럽게 만드세요. 제 의사는 물어보지 않으시죠. 언제나 이렇게 저돌적이신가요?"

"저는 스스로가 항상 침착하고 냉정한 사람이라고 생각했습니다. 하지만 영애를 만나기만 하면 이 생각이 유리처럼 산산조각이 나 버리는군요."

"저는 그 유리 조각에 찔리고 싶은 마음이 없어요. 그러니 부디 제게 명예를 지킬 수 있도록 배려해 주세요."

사내의 눈동자가 파르르 떨렸다. 나는 그에게 쥐어진 손을 살짝 흔들어 빼내었다. 순식간에 빠져 버린 손아귀의 힘은 늙은이의 악력만 못했다. 찰나의 시간에 불과한 접촉이었지만, 어느덧 내 손바닥은 땀으로 범벅이 되어 있었다. 그것은 아이레스 경도 마찬가지일 것이다.

나는 그 앞에서 한숨을 여러 번 쉰다고 생각하며 손수건을 꺼내 살며시 내밀었다. 그것은 흰 공단에 작은 꽃술을 알알이 수놓아 만든 작품으로 내 이름의 이니셜이 천의 끝자락에 작게 새겨져 있는 것이었다. 귀족가 여인이라면 응당 자수 정도는 할 줄 알아야 하기에 만들 수 있었던 손수건이다.

아이레스 경의 시선이 내 손과 얼굴을 번갈아 오갔다. 방금 전의 일격이 컸던 탓인지 그의 영민한 머리가 아직 제 기능을 발휘하지 못한 모양이었다.

나는 작은 목소리로 채근하듯 말했다.

"제 손을 부끄럽게 만들 생각이신가요?"

그러자 마지못한다는 듯 아이레스 경이 손을 내밀어 손수건을 잡았다. 그러나 당장 손을 닦는 것과 같은 행동은 없었다. 그저 복잡한 표정을—그것은 매우 오묘해 보이기도 했다—한 채 나를 바라볼 뿐이다.

"아이레스 경, 계속 걸음을 재촉하는 게 낫겠어요. 아니면 경의 에스코트는 여기까지인가요?"

"아니요, 끝까지 모시겠습니다."

그는 약간 침울한 목소리로 말했다. 그러고는 다시 손을 내미는데, 나는 허공에서 파르르 떨리는 그의 손가락을 보고서 다시는 아까와 같은 대담한 행동을 하지 못하겠구나, 하고 생각했다. 동시에 손을 닦은 손수건을 돌려 달라고 말하고 싶었지만 우울하다는 듯 입술을 꽉 다문 채 침묵하는 그이기에 차마 입을 열 수 없었다.

황제의 사랑을 받는 정부가 머무는 곳이므로 그녀의 거처에 가까이 다가가면 갈수록 복도에 세워져 있는 조각품이나 기사상과 같은 물건들이 화려해지고 있었다. 아직 방에 채 도달하지도 못했는데도 마담 드 샤토루를 상징하는 듯 강렬하게 피어오르는 진한 꽃향기가 코를 강렬하게 자극했다.

복도를 걸어 다니는 시녀들은 이 궁 전용으로만 일하는 것인지 나를 맞이하러 온 여인보다 가슴이 더 노출된 드레스를 입고 다니고 있었다. 모두 스물 안팎의 어린 여성들로 화장하는 모양이나 요란스러운 디자인을 자랑하는 옷을 보고 있노라니 지방 귀족의 영애라기보다는 천박한 창녀가 떠올랐다.

그러고 보니 예전에 마담 드 샤토루가 자신이 거느린 시녀들을 내세워 황제와 함께 난교를 벌인다는 소문을 들은 적이 있었더랬다. 사교계의 가십에 따르자면, 샤토루가 성실하게 일하던 시녀들 모두에게 누명을 씌워 내쫓았다는 것이다. 창녀들을 자신의 시녀로 입궁시키기 위해서 말이다. 자신은 한 사람을 상대하는 것으로 도무지 만족할 수 없으니 이들이라도 들여야겠다는 이야기를 하면서.

사실 황궁에서 일하는 여인들의 출신을 살펴보자면 몰락한 귀족가나 권력이 없는 지방 귀족, 혹은 서출의 딸인 경우가 많다. 비록 사교계에 정식으로 데뷔하지 못했지만 그들의 대부분은 약간의 교양과 예법, 글을 읽고 적을 수 있는 지식이 있었고, 스스로를 귀족가의 일원이라 여기며 콧대를 세우는 경우가 많았다. 성정이 자유롭고 방탕한 샤토루에게 있어 자존심으로 똘똘 뭉친 저들이 반가울 리가 만무한 노릇이다.

그래서 그녀는 황제의 총애를 십분 발휘하여 자신의 궁 안에서 일하는 모든 사람을 자신과 같은 수준의 인간들로 갈아 치웠다. 지금 내 눈앞에 있는 것이 그 결과물이었다.

"다음을 기약해도 되겠습니까?"

샤토루의 방까지 이제 한 발자국만 남은 상황, 한동안 침묵을 지키고 있던 아이레스 경이 입을 열어 말했다. 그 목소리는 평소와 다를 바 없이 매우 침착해 보였다.

"하지만 감히 제 생각이 맞는다면 영애께서는 이 또한 거절하실 요량이시겠지요."

그의 눈동자에는 그늘이 짙어졌다. 깎아 만든 듯 오밀조밀한 생김을 자랑하는 미남자의 처연함이란 여인의 가슴을 울리는 법이었다. 그것은 동정을 불러일으킬 정도로 퍽 애처로웠다. 때문에 여지를 주어서는 안 되는 걸 알면서도 나는 그에게 희망을 주는 멍청한 말을 내뱉고야 말았다. 너무나 어리석게도 말이다.

"제가 어찌 우연을 막을 수 있겠어요. 그럼 안녕히 돌아가시기를."

내 대답이 무척 흡족하게 들린 것인지 그의 얼굴에 미소가 떠올랐다. 그것은 매우 순식간이라 방금 전 우울한 목소리로 내 동정심을 자극한 남자라 믿기 어려울 정도였다. 사실 저만한 남자가 내 말 하나에 일희일비한다는 것이 우스운 노릇이지만, 그의 치명적일 정도로 아름다운 얼굴은 그 모든 것을 상쇄시키고도 남았다. 주변의 여인들이 앓는 소리를 내며 저만 바라보는 것도 무리는 아니었다.

아이레스 경은 정중한 태도로 내 손등에 키스했다. 그러고는 기쁨에 가득 찬 목소리로 내게 인사했다.

"다음에 또 뵙기를 바랍니다, 비슈발츠 영애."

디뷘젤가에서도 그랬듯 그는 필요한 때에 망설임 없이 물러서는 훌륭한 결단력을 지니고 있었다. 그렇기에 나는 순식간에 멀어지는 그의 뒷모습이 매우 반가웠다. 이제는 마담 드 샤토루에게 집중할 시간이었다.

내가 도착하였다는 전갈이 들어가자마자 문이 바로 열렸다. 나는 하녀의 안내를 받아 방 안으로 들어섰다. 황제의 총희가 기거하는 곳이라 그런지 가구 하나하나가 화려하기 그지없었다.

마담 드 샤토루는 방의 중앙에 자리한 소파에 가만히 앉아 있었다. 장밋빛 뺨이 싱그러운 그녀의 얼굴은 잘 만들어진 인형이라 해도 믿을 수 있을 정도로 아름다웠다. 하얗다 못해 투명하게 느껴지는 살결 위로 부드럽게 흘러내리는 금발과 도톰하게 살이 올라 붉게 칠하여진 입술, 그리고 육감적으로 드러나 있는 커다란 가슴은 교양으로 점철된 고귀한 영애라 보기에 어려운 부분이 있었다. 확실한 건 사내들이 미칠 만한 몸매와 외모라는 것이다. 소문대로 황제의 총애만 믿고 설치는 모양인지 그녀는 나를 보고도 일어나지 않았다. 그저 긴 속눈썹을 깜빡이며 느릿하게 하품할 뿐이다.

내가 예를 갖춰 인사를 올렸음에도 자리에 앉으라는 말 한마디조차 없었다. 마치 기지개를 켜는 고양이처럼 팔을 한 번 쭉 올리더니 소파 뒤로 몸을 파묻고는 발을 까딱거렸다. 옆에 서 있던 시녀들이 사색이 된 표정으로 우리를 바라보고 있음에도 샤토루의 표정은 평온했다.

기선 제압인가? 아니면 인내심을 시험해 보려는 것일까? 어찌 되었든 확실한 건 여기서 자존심 높은 영애를 흉내 낸다면 말 한 번 꺼내지도 못한 채 그 자리에서 쫓겨나리라는 점이었다. 비슈발츠 이름을 단 다른 사람이라면 모를까, 출신 성분이 하찮은 나라면 그녀에게 내쫓김을 당해도 별다른 항의를 할 수 없을 테니까 말이다. 아니, 쟁점이 되어 모두의 입에 조롱처럼 오르내리지 않으면 다행일 터였다. 그래서 아무렇지 않은 척 허리를 꼿꼿하게 세운 채 그 자리에 서 있었다. 모멸감 같은 건 느끼지 못한다는 것처럼, 그렇게.

수 분의 시간이 흘렀을까? 혼잣말하는 것처럼 말을 내뱉은 샤토루가 있었다. 그 소리는 들으라는 것처럼 매우 컸다.

"왜 화를 내지 않지? 불쾌해하면서 바들바들 떨어야 하는 거 아냐? 무엇보다 표정이 왜 이렇게 평온한지 모르겠어. 그렇게 생각하지 않나요?"

드디어 나에게 시선을 마주치는 샤토루다. 나는 새초롬한 미소를 지으며 자세를 바로 하는 그녀의 태도에 간결한 목소리로 대답했다.

"왜 그렇게 생각하시는 건지 여쭤보아도 될까요?"

"난 예법이니 뭐니 팔아도 돈이 될 것 같지 않은 고리타분한 것들을 가지고 자존심을 세우는 우스꽝스러운 꼬락서니를 보고 있자면 매우 화가 나거든요. 영애와 같은 사람들 말이에요. 아이참, 그 나이에 걸맞은 활달한 소녀를 생각했더니만, 이게 다 뭐야."

그러니까 새로운 환경에 들떠 사치와 패악을 부리는, 돌아오기 전의 나를 기대했다는 뜻인가? 덜떨어진 얼간이, 그 자체를 말이다. 그래서 과거의 그녀가 내게 접근한 걸까?

나는 샤토루의 눈동자에 떠오른 실망감에 슬그머니 미소를 지었다. 김이 다 샜다는 표정으로 입술을 삐죽 내미는 모습은 뭇 사내들의 마음을 설레게 할 정도로 매우 사랑스러웠다. 황제가 그녀에게 푹 빠진 이유를 알 것만 같았다.

"앉아요."

그녀가 턱 끝으로 소파의 한쪽을 가리켰다. 그러면서 나를 빤히 쳐다보는데, 그의 시선은 내가 걸치고 있는 옷과 장신구에 향해 있었다. 느리면서 집요하기까지 한 눈빛은 얼마만큼의 값어치가 있는지를 계산하고 있는 듯했다.

잠시 후 그녀가 알 듯 말 듯한 미소를 지으며 손가락으로 입술을 쓸어내렸다. 동시에 비음 섞인 탄성을 내뱉었다. 사내라면 혹할 만한 소리였다.

"드레스가 참 마음에 드는군요. 아무 곳에서 산 게 아닌 듯 정말 아름다워요. 수녀복과 같은 옷을 입고 올 줄 알았는데, 참 의외지 뭐예요?"

"칭찬해 주셔서 감사합니다."

"그것밖에 할 말이 없어요?"

"네?"

"아니, 보통은 칭찬해 주셔서 감사하다고 말한 다음 내 드레스가 더 예쁘니 어쩌니라고 답변하잖아. 듣기 좋아지라고 하는 그런 달콤한 말. 뭐, 됐어요. 실컷 들어서 이제는 더 새롭지도 않은걸."

샤토루는 심드렁한 표정으로 하녀가 가져다 놓은 찻잔을 손가락으로 툭툭 건드렸다. 무료함으로 얼룩진 얼굴은 즐겁지 않아 보였다.

황제의 잠자리를 데우는 창부로 이름 높은 그녀지만 내 앞의 여인은 황궁이라는 커다란 손에 길든 야생 고양이로 자신의 본능을 일깨워 줄 자극적인 무언가를 찾고 싶어 하는 것처럼 보였다. 나를 부른 이유도 이러한 연유일 것이다. 뒷골목의 소녀가 하루아침에 신분 상승하여 어울리지도 않는 드레스를 입고 다닌다니, 이 얼마나 우스꽝스러운 일이냐 말이다. 황궁으로 불러다 저의 위치와 비교하며 우월함이나 연민, 혹 동정에 가까운 감정을 느끼려고 했겠지. 멍청한 창녀와 얼간이 영애의 조합만큼 재미있는 건 없을 테니까. 슈아죌에 관한 것은 부가적으로 두고서라도.

어쨌든 확실한 건, 그녀가 보낸 초대장이 자필로 작성되었을 리가 없다는 점이다. 예전보다 2년 더 일찍 만난 상태지만, 그때 비한다면 지금의 샤토루는 훨씬 더 철이 없고 제멋대로인 여자였다.

"그래도 덕분에 제법 쓸 만한 사람을 찾았다고 폐하께 칭찬받았어요. 그 점은 고마워요. 난 뭐가 대단한 건지 하나도 모르겠지만, 폐하께서 좋아하시니 그걸로 되었죠. 예쁘고 화려한 건 마음에 들지만요."

"아닙니다. 부인의 마음을 흡족하게 했다는 자체만으로도 감읍할 따름이지요."

"어머, 부인이라니. 정말 싫다. 너무 나이 들어 보이잖아."

확실히 마리안느 드 샤토루는 황제의 딸로 볼 수 있을 정도로 젊고 어여뻤다. 이제 막 피어오르려는 듯 싱그러운 피부와 잘 가꾸어 탄력 있는 몸매는 '부인'이라 하기엔 너무나 아까웠다. 하지만 그 외에 저를 부를 만한 호칭이 없었다. '후작'이라는 작위를 받았지만 그것이 '명예'에 가까운 것일 뿐이라는 걸 모르는 사람은 아무도 없었으니까. 그렇기에 다른 이들에게 있어 그녀는 그저 마담 드 샤토루, 마리안느 샤토루 부인일 뿐이었다. 황제의 총애가 사그라지면 언제 사라질지 모르는 불쌍한 창녀 말이다.

"마리안이라 불러요."

그녀가 새침한 어조로 자신의 이름을 내뱉었다. 마리안느가 아닌 '마리안'. 아마도 자신의 진명일 터. 눈앞에 대놓고 마음에 안 드네 어쩌네 해도 궁으로 부른 이상 제대로 된 탐색전이라도 해볼 생각인 것 같았다.

나는 얌전한 목소리로 조용히 그녀의 이름을 따라 불렀다.

"네, 마리안 님."

"아니, 그냥 마리안. 그걸로 충분해요. 자, 여기 있는 다과 좀 들어요. 난 이제 이런 건 질린 상태라. 잔뜩 먹으면 몸매가 망가져 버릴 거야."

탁자 위에 놓은 디저트는 가짓수만 따져도 수십 개는 되었다. 생크림을 듬뿍 올린 케이크이나 과일이 들어간 파이, 탱글탱글한 푸딩은 기본이고 흔히 볼 수 없는 종류의 과일도 잔뜩 담겨 있었다. 나는 감사하다는 인사말을 내뱉은 뒤 찻잔을 들어 올렸다. 확실히 황궁에 진상되는 것이라 그런지 백작가에서 맛볼 수 있는 차보다 품질이 더 뛰어났다. 디뷘젤가라 하더라도 이만한 품질의 차를 쉽게 맛볼 수 없을 터였다.

"비슈발츠가에 언제 들어온 거예요?"

"몇 달 되지 않았습니다."

"그래요? 그런데 벌써 이렇게 고리타분해졌단 말이야? 회초리 맞으면서 배운 건가?"

"아니요, 그렇게 엄격한 가풍을 지니고 있지 않습니다. 다만 배우고자 하는 열망이 넘쳤기 때문이지요."

"난 지루하고 졸리기만 하던데. 폐하께서도 난 이대로 어여쁘게 잘 있으면 된다 하셨기도 하구요. 하지만 그것도 빈말이셨지. 얘들아, 좀 물러나 있을래?"

샤토루의 손짓에 시녀들이 일사불란하게 움직여 사라졌다. 길을 잘 들여 놓았는지 빠져나가는 솜씨들이 제법이었다. 마리안은 마지막 시녀가 나갈 때까지 연신 하품을 하다가 이내 비스듬한 자세로 소파의 끝에 턱을 괴고 드러누웠다. 그 바람에 풍만한 가슴 한쪽이 찌그러져 속까지 비쳐 보일 지경이었지만, 그녀는 아무렇지 않아 보였다.

"폐하께서는 영애가 나에게 있어 좋은 말동무가 되어줄 거라고 생각한 모양이에요. 그러니까 사람을 시켜 그런 편지를 써 보냈겠지. 사실 난 별생각이 없어요. 조금 외로운 건 사실이었지만, 예의니 뭐니 귀족다운 걸 강조하는 머저리들과 있는 것보단 나은걸. 그러니 혹 무언가를 바라고 온 거라면 포기해요. 폐하께서도 이제 내 사람들에게 작위를 나눠 주는 거 고려해 봐야겠다고 말씀하셨으니까. 아니면 다른 사람들과 함께 나눌 가십이 필요해요? 그럼 여기서 가슴을 좀 더 끌어 내리면 되려나."

"실례지만, 마리안. 흥분에 들떠 뛰어들어 왔다면 저의 방문은 오늘로 끝이었겠지요."

내 말이 의외였던 것인지 샤토루가 두 눈을 크게 뜬 채 나를 바라봤다. 나는 부드러운 미소를 지으며 말을 이어 나갔다. 뒷골목에 살았을 적의 기억을 더듬으면서 말이다.

마리안은 18살 때부터 창녀 일을 시작했다고 알려져 있다. 그전에는 무엇을 했는지 남아 있는 기록이 없었다. 사실 남들이 보기에 그녀의 삶은 창녀일 때 의미가 있었다. 그래야 이를 토대로 사교계에 먹혀들어 갈 만한 가십을 만들 수 있으니까 말이다. 그러니 그 누가 창녀의 가엾은 과거를 알고 싶어 하겠는가?

그래서 나 또한 그녀가 왜 이 일을 시작했는지 몰랐다. 창녀의 딸로 시작하여 손님을 받은 건지, 혹 빚에 떠밀려 팔려 온 건지, 수도의 창녀들이라면 대부분 하나쯤 가지고 있는 과거의 기억을 바탕으로 가볍게 추측할 뿐이다. 그 때문에 지금 내 입에서 흘러나오는 유년시절의 기억이 저에게 있어 감정적인 자극이 될 것인지 확신하기 어려웠다. 다만 내 출신을 상기시키는 것으로 공감대를 형성하려 할 따름이다.

다행히 마담 드 샤토루, 아니, 마리안은 내 이야기를 지루해하거나 불편해하지 않았다. 오히려 그 아름다운 눈을 크게 뜬 채 나를 바라볼 뿐이다. 장미보다 더 붉은 입술에는 은은한 미소가 걸려 있었고, 부드럽게 풀린 얼굴은 추억을 회상하는 듯 몽롱하게 젖어 가고 있었다. 특히 짓궂은 사내아이를 쥐어박아주었다는 내용에서 박장대소를 하며 고개를 크게 끄덕이는 그녀가 있었다.

"맞아. 나도 그랬었는데. 꼭 엉덩이를 치고 가는 거 있죠. 손버릇이 아주 나빴어. 나는 그럴 때마다 소리를 내지르며 정강이를 발로 걷어차 주곤 했어요. 녀석이 손으로 정강이를 감싸 쥔 채 겅중겅중 뛰는 모습을 볼 때면 기분이 좋아지곤 했지요. 하루에 보리빵 한 덩어리만 먹고 살았는데, 어떻게 그때는 그렇게 힘이 넘쳤는지 몰라요. 영애도 힘이 셌나요? 다른 사내아이들을 마구 휘두를 정도로 말이에요."

"어릴 적의 전 무리 중 가장 힘이 셌어요. 그래서 화가 나면 머리를 쥐어뜯어주곤 했죠. 손을 이렇게 갈퀴 모양으로 만들어서 말이에요. 머리채를 잔뜩 쥔 채로 손을 한 번 휘두르면 제아무리 드세고 힘센 아이라 할지라도 쉽게 빠져나오지 못했지요."

"세상에, 그거 아주 좋은 방법이군요. 왜 난 이런 걸 몰랐지? 이런 손쉬운 방법이 있는지도 모르고 내 발이 아플 정도로 정강이만 족족 걸어찼지 뭐야. 알잖아요. 나무로 만든 신발을 신고 걷다 보면 엄지발가락부터 퉁퉁 부어 견딜 수 없다는걸요."

"저는 맨발이었어요. 나무 신발을 살 돈조차 없었지요. 집에 딱 하나 있는 신발을 가지고 어머니와 번갈아 가며 신었답니다. 그것도 가을까지는 그럭저럭 버틸 만한데, 겨울에는 너무 힘들었어요."

"어머나, 그랬군요."

샤토루가 안타깝다는 듯 말끝을 흐렸다. 마치 상처를 건드려 미안하다는 듯 손을 올렸다가 다시 무릎 위로 내려놓는 모양새가 희극의 한 장면 같았다. 미소가 사라진 얼굴에는 안쓰러움이 가득하다.

나는 창녀가 내 유년시절을 걱정해 주는 이 상황이 너무나 웃겼다. 지독하게 가난했던 유년 시절을 보냈어도 아무렴 몸을 파는 것보다 안 좋을까. 하지만 분명한 건 그녀가 소문과 달리 매우 상냥한 성품을 가지고 있으며, 타인의 아픔에 대해 아주 조금이지만 어느 정도 이해하고 느낄 수 있다는 거였다.

나는 빙그레 웃으면서 그녀의 안타까움에 감사함을 표시했다. 샤토루는 내가 불행한 유년을 씩씩하게 잘 극복했다는 태도를 보이자 반색하며 말을 이어 나갔다.

그녀가 선택한 주제는 '놀이'였다. 내가 했던 놀이라는 건 그저 거리를 뛰어다니는 것밖에 없었지만, 샤토루는 의외로 많은 놀이를 알고 있었고 아이들과 퍽 잘 어울린 듯했다. 과거 물을 길으러 바깥을 오가는 내내 다른 아이들이 하는 놀이를 지켜본 적이 있었기에 나는 그녀가 하는 말을 제법 알아들을 수 있었고, 훌륭하게 맞장구를 치기까지 했다.

마담 드 샤토루는 대화가 통한다는 것에 퍽 만족한 모양이다. 처음 대면했을 적 보았던 사나운 고양이는 어디 갔는지, 점점 경계를 풀고선 내게 가까이 다가오기 시작하는 게 그 증거였다. 자리를 옮긴 것은 아니지만 몸이 내 쪽으로 바짝 기울어져 가슴골이 다 드러나는 모습이 저의 기분을 명확하게 대변하고 있었다. 경계가 허물어지고 있는 것이다.

나는 그녀와의 대화가 뜻밖에 즐거우며, 눈살이 찌푸려질 정도로 천박하지 않음이 매우 놀라웠다. 음탕한 천성을 지닌, 희대의 창녀라 불리는 그녀에게도 아직 이렇게 순수한 구석이 있는지 신기할 따름이다. 샤토루, 아니, 마리안은 어린 소녀처럼 두 눈을 반짝이며 이야기를 풀어 나갔다.

나는 고개를 끄덕이며 응수하기도 하고, 간간이 추임새를 넣으며 그녀를 추켜올렸다. 샤토루는 내가 자신의 말을 경청하고 있다는 자체만으로도 기분이 좋은 모양이었다. 목이 말라 잠시 차를 마시는 것으로 말을 끊은 그녀가 갑자기 내 옆자리로 오더니만 손을 꼭 붙잡았다. 그러고는 감탄 섞인 목소리로 내지르듯 말하는 것이다.

"어떡하지? 나 영애가 아주 마음에 들어요. 지금껏 내 말을 진심으로 들어주는 사람은 아무도 없었어. 그 폐하마저도 가끔 나를 귀찮은 눈동자로 보셨는걸. 하지만 영애는 아니야. 내 말이 우습지 않아요? 천박하다고 느껴지지 않아요? 수준이 얕다고 생각하지 않아요? 어떻게 이렇게 잘 들어줄 수 있는 거지?"

"마리안에게 호감이 있으니까요. 실례되는 말인가요?"

내 말에 마리안이 두 손으로 얼굴을 감싸며 도리질을 했다.

"어머나. 실례라니, 무슨 그런 말을. 듣기 좋으니까 더해 줘요."

"네, 마리안. 전 당신을 매우 대단하게 생각하고 있어요. 황제의 총애를 받는 유일한 여인이자, 제국의 유행을 주도하는 여성 중의 여성이니까요. 사실 사교계에 있는 그 누구도 마리안처럼 대담한 디자인을 고안하지 못했을 거예요. 그건 혁신이죠. 제가 당신께 슈아죌을 소개한 연유도 그와 같은 맥락이에요."

"정말로 그렇게 생각하나요?"

"물론이에요. 미래를 앞서 보는 총명함과 과감히 자신의 선택을 밀고 나가는 대담성은 그 누구에게서도 볼 수 없는, 그야말로 용기 있는 행동인걸요. 그렇게 생각하지 않으시나요? 제가 틀린 말을 한 건가요?"

"아니죠. 맞아요. 비슈발츠 영애, 그대는 이 궁에서 유일하게 나를 제대로 알아보고 있네요. 오, 왜 이제야 나타난 거죠? 세상에, 이걸 비극이라 해야 하는 건지, 희극이라 해야 하는 건지 난 정말로 모르겠어요."

"희극이죠. 감히 장담하건대 말이에요."

"폐하의 말씀이 맞았어요. 영애가 나의 좋은 친구가 될 거라는 말씀 말이에요. 폐하께서는 정말로 너그럽고 현명하고 지혜로우셔요. 너무 기뻐서 숨이 다 막힐 정돈걸. 영애의 이름이 뭐였죠?"

"시스에입니다, 마리안."

"시스에라고 불러도 되나요?"

나는 눈웃음을 지으며 부드러운 목소리로 대답했다.

"마리안이라고 부르라 할 때부터 전 늘 당신에게 있어 시스에였어요."

"오, 고마워요. 정말로 고마워!"

세상에. 이 여인이 정말 황제의 총희이자 황비를 말로써 골려 먹는다는 마담 드 샤토루가 맞는 걸까? 그녀는 숫제 우는 것처럼 코 먹은 소리로 고맙다는 말을 되풀이하고 있었다.

나는 다시 그녀의 손에 붙잡힌 두 손을 바라보며 떨떠름한 표정을 애써 감췄다. 만일 내 경계를 허물기 위해 순진한 소녀의 역을 자청하는 거라면, 그녀는 정말로 희대의 명배우라 할 수 있을 것이다. 창녀의 대부분이 손님의 비위를 맞추기 위해 여러 가지 역할을 가장하여 연기한다고 하는 풍문을 고려한다면 말이다.

어쨌든 그녀는 마치 새처럼 재잘거리며 수다를 떨었고, 이야기하기 전 다시금 붙잡은 손을 꼭 쥔 채 놓을 생각을 하지 않았다. 하지만 우리에게 주어진 시간은 한정되어 있었다. 샤토루는 황제의 총희로 권력의 중심에 서 있으므로 그녀를 만나고자 하는 사람들이 무척 많았다. 오늘 하루 잡힌 방문 예약만 하더라도 십수 명은 넘을 것이다. 문을 열고 조심스럽게 들어온 하녀 한 명이 귀족의 이름을 읊으며 면담 시간이 가까워졌음을 알릴 때, 샤토루는 입을 비죽 내밀며 투정 아닌 투정을 부렸다. 하지만 뚜렷한 이유 없이 무작정 예약을 물릴 수는 없는 노릇이었다.

"내일도 올 거지요, 시스에?"

"마리안이 원한다면요."

사실 내일 방문하는 것은 황제 폐하의 인가를 받는 것뿐만 아니라, 이를 못마땅하게 여기는 귀족들의 불만을 잠재워야 함을 의미했지만 나는 모르는 척 제가 원하는 대답을 해주었다. 마리안은 그것만으로도 무척 기뻤던 것인지 냉큼 자신이 꽂고 있었던 보석 핀 하나를 빼내어 내 머리카락에 꽂으며 수줍게 웃었다.

"우리의 우정을 기념하기 위한 거예요. 부디 받아줘요."

"네. 감사히 잘 받겠습니다."

"내일도 꼭 만나는 거예요?"

"예."

폐하께서 허가하신다면 말이죠. 이 말이 목 끝까지 차올랐지만 애써 삼켰다. 어차피 쉽게 이루어질 만남이 아니라는 것을 잘 알고 있었기 때문이다. 그리고 예상대로 그녀를 다시 만나는 것은 일주일이 지나고 나서야 가까스로 이루어졌다. 그것도 샤토루가 황제 앞에서 징징 울음을 터뜨리고, 하루 밤낮 동안 정성 들여 봉사했기에 가능한 일이었다.

각설하고 우리가 다시 만나게 되는 일주일 전 동안, 나는 모두에게 있어 인기인이었다. 소문의 중심지에 있는 것은 물론, 샤토루를 만나고 온 그날부터 내게 온 티타임 초대장이 기실 수십은 더 이르렀다.

개중 마담 드 라발리에의 질책 어린 편지가 온 것은 두말할 이유가 없을 것이다. 디뷘젤 영애의, 샤토루와의 면담에서 무슨 일이 있었는지를 탐색하기 위한 편지 또한 말이다.

소문에 의하면 그녀와 나와의 만남을 두고서 출신이 천한 것들의 연대라 비웃는 사람들과 비슈발츠가가 샤토루를 통해 무엇을 꾀하는 게 아닌가 하는 경계를 보내는 무리가 있다 하였다. 개중 펠리시 백작처럼 될까 두려워하는 이가 대부분이었다. 그러나 이 모든 경계가 쓸모가 없는 게, 비슈발츠가는 백작의 작위를 달고 있긴 하지만 다른 백작가에 비하면 영향력이 극미하게 낮은 편이었다. 상업으로 이룬 부만으로 강력한 정치력을 행사할 수 없을뿐더러, 이전 선조들의 행보만 하더라도 가늘고 길게 사는 것을 목표로 하고 있었으니 말이다.

비슈발츠가와 친분을 유지하고 있는 다른 가문만 하더라도 그저 중립에 가까운, 수동적인 행보를 보이는 게 대부분이었으며, 결정적으로 양부가 가진 섬세하고 다정한 심성은 정치라는 정글을 휘젓고 다니기에 너무나 미약했다. 그나마 마담 드 라발리에가 사교계에 막대한 영향력을 행사하며 그를 돌봐 주어서 다행이지 그렇지 않으면 그저 그런 귀족 가문 중 하나가 되었을 것이다.

암만 청음의 기사를 소유하고 있으면 뭐 하나. 모두에게 찬양받는 사랑스러운 딸을 두어서 무엇 하나. 양부는 야심과 거리가 먼 사람이었다. 늘 진중한 태도로 순응하며 화를 입지 않는 것에 급급했다. 내 어머니를 가문에 들이고 편을 든 게 당신의 인생 최대한의 반항, 아니,

백작다운 위엄을 보인 거라고 한다면 그를 이해할 수 있을까? 물론 부리는 자들에게는 늘 어렵고 무서운 백작님이지만.

하여튼 양부는 내가 마리안과의 만남을 마치고 돌아오자 조용히 서재에 불러 어렵지 않았는지, 무슨 이야기를 했는지 섬세하게 물어보았다. 그것은 황제의 창녀를 만났다는 질책이기보다는 타인의 시선에 대한 두려움에 기인한 행동이었다. 나는 최대한 차분한 어조로 별다른 이야기가 없었으며 그녀의 비위를 맞춰 주는 데 급급했다 설명했다. 양부는 딱히 내 말을 다 믿는 표정은 아니었지만 별다른 문제가 없으리라는 내 말에 조금 안도한 표정이었다.

"어찌 되었든 간에 얘야. 네 성에 무엇이 붙는지 기억해 주었으면 좋겠구나."

"물론이에요. 전 언제나 늘 상기하고 있는걸요. 제가 누군지 말이에요. 그러니 약속드리건대, 경솔한 행동은 하지 않겠어요."

"그러면 되었다. 많이 피곤하겠구나. 가서 쉬렴."

"예."

나는 양부에게 다가가 그의 뺨에 키스하며 속삭였다. 너무 무리하지 마세요. 그 말이 효과가 있었던 것인지 그의 주름진 미간이 막 다려 뻣뻣한 천처럼 곧게 펴진다.

"고맙구나."

"아니에요. 그럼, 저녁때 뵈어요."

나는 눈웃음을 지으며 양부에게 인사했다. 그리고 조용히 문을 열었다. 내가 양부의 방에서 나오자 마리가 기다렸다는 듯 내게 종종걸음으로 다가왔다. 그리고 속삭이듯 조용히 입을 열었다. 매우 다급하고 불안한 표정으로 말이다.

"아가씨, 하녀장이 블랜을 끌고 갔어요. 그런데 블랜이 끌려가기 전에 제게 다가와서 아가씨께 살려 달라고 전해 달라고 했어요. 이대로 외면하면 가만히 있지 않겠다고. 대체 무슨 일이지요?"

"침착하렴. 숨을 몰아쉬고 다시 말해봐. 블랜이 무어라 했다고?"

내 물음에 마리가 창백하게 질린 얼굴로 다시 말한다.

"살려 달라고요. 외면하면 가만히 있지 않겠다고요. 그 애가 그랬어요."

"모두가 있는 앞에서 그 말을 한 거니?"

"아뇨, 갑자기 찾아와서 저에게만 그렇게 이야기를 했어요. 저 외에 아무도 그 애의 말을 들은 사람은 없을 거예요."

"맹세할 수 있니?"

"네. 물론이에요. 그런데 아가씨, 그게 중요한 건가요?"

나는 설핏 떠오르는 미소를 엄지손가락으로 문질러 지우며 강조하듯 말했다.

"물론이란다. 매우 중요하고말고."

마고가 드디어 칼을 빼 든 건가? 만약 그렇다면 무슨 증거를 가지고 블랜을 데려간 걸까?

나는 마리에게 앞장서라고 말하기 전 먼저 로에나를 찾아가야겠다고 생각했다. 이런 재미있는 일은 함께 봐야 하는 법이니까. 구경꾼이 늘어나면 늘어날수록 관람하는 즐거움은 배가 되지 않겠나. 그 연극을 주관하는 이가 늙은 너구리라면 더더욱!

로에나는 내 방문에 매우 반가워하면서도 퍽 놀란 눈치였다. 16살로 돌아온 이래 내가 저의 방에 방문한 적이 단 한 번도 없었기 때문이다.

"지루하던 차였는데 마침 잘되었어."

그녀는 싱글벙글 웃으며 소파 위에 놓여 있는 자수틀을 옆으로 슬쩍 치웠다. 이즈음의 로에나는 종종 자수를 완성하여 주변 사람들에게 나누어주는 것을 즐겼다. 물론 나에게 선물할 때도 있었는데, 나는 그것을 죄다 갈기갈기 찢어버렸다. 어쨌든 손끝이 야무져 수를 잘 놓는다는 명성이 자자한 그녀라 완성에 가까워 보이는 자수는 제법 그럴듯했다. 보아하니 가문의 문장 같았다.

로에나는 내 시선이 자수틀에 향하자 수줍은 듯 미소를 지으며 말했다.

"손수건이야. 아버님께 선물해 드리려고."

"좋아하시겠어."

"그랬으면 좋겠어. 워낙 손재주가 없어서."

손재주가 없기는. 그럼 너보다 못한 다른 사람들은 뭐가 되니?

과거에도 그녀는 자신의 낡은 드레스에 최신 유행하는 수를 놓아 새 것에 가깝게 고쳐 입었다. 워낙 솜씨가 좋았기에 가능했던 일이었다. 작은 꽃이 예쁘게 공글러 아기자기하게 피어오른 치맛자락은 내가 걸친 옷보다 더 어여쁠 때가 많았다.

그래서일까? 하녀로 전락했음에도 그녀의 옷차림은 늘 단정하고 깨끗했다. 예전에 할버드 경이 소중하게 간직하고 있었던 손수건 또한 그녀의 작품이었다.

모든 이가 그녀가 수놓은 물건을 좋아했지만, 가장 애용하며 주변인들에게 자랑한 사람은 양부였다. 그는 로에나가 새 손수건을 줄 때마다 꼭 땀을 닦으며-정작 이마에 땀이 나지도 않았는데-은근슬쩍 그녀의 자수 솜씨를 뽐내었다. 허리띠에 수를 놓을 때도, 망토에 가문의 문장을 새길 때도 마찬가지였다. 그래서 사람들은 로에나가 사교계에 데뷔하기 전부터 그녀의 야무진 솜씨를 감상할 수 있었고, 그녀를 가리켜 못하는 게 없는 미인이라 칭송했다.

아름다운 데다가 가문의 재산 또한 넉넉하며 요조숙녀로서의 모든 지성과 마음씨를 갖춘 로에나야말로 모두가 바라 마지않은 완벽한 소녀였으니까. 그런 주제에 웬 겸양이란 말인지.

사실 여기에 있는 게 내가 아닌 다른 사람이라면 그녀의 겸손함을 칭찬하며 그의 재주가 뛰어나다 추켜세웠을 테지만-그게 로에나가 바라는 바이기도 하고 말이다-애석하게도 나는 그럴 마음이 전혀 없었다.

앞으로도 말이다.

"그러고 보니 여기 부분이 조금 올라간 것 같네. 연습을 더 해서 드리는 게 어떻겠니?"

로에나는 내 대답에 두 눈을 동그랗게 뜬 채 나를 바라보았다. 그녀는 매우 당황한 것인지 새빨갛게 달아오른 얼굴로 어쩔 줄 몰라 하고 있었다. 나는 태연한 목소리로 저를 바라보며 말을 이어 나갔다.

"왜? 혹시 듣고 싶은 말이 있던 거니?"

로에나는 순진한 소녀지만 여타의 다른 영애들처럼 귀족가의 예법과 화술을 교육받았다. 그랬기에 상대로 하여금 자신이 듣고자 하는 말을 하게 만드는 재주가 있었고, 교묘하게 강요할 줄을 알았다. 그러므로 그녀가 가진 순진함은 시골 처녀의 그것과 궤를 달리해야 할 것이다.

"아, 아냐. 그런 게 아니야."

로에나는 내가 다른 사람과 좀 다른 가치관을 가졌으며, 그것이 결코 자신의 귀를 즐겁게 하지 않으리라는 것을 깨달은 모양이었다. 그래서 그녀는 내게 차를 권하며 조금 전 자신이 보였던 '겸손'의 주제에서 멀리 떨어지고자 하였고, 좀 더 동감할 수 있는 주제를 꺼내어 자매답게 수다를 떨기를 원했다. 하지만 애석하게도 로에나가 꺼내는 주제는 모두 다 그 자신에게만 통용되는 것이었다. 그녀는 여전히 내가 왜 자신을 미워하거나 경멸하는지 모르는 듯해 보였다. 그것은 매우 바람직한 일이었다.

나는 지루한 표정으로 그녀의 이야기를 들었다. 로에나는 오랜만에 만난 내가 반가운 것인지 시장 바닥의 여인들처럼 떠들어 댔다. 그녀가 하는 말이라곤 티 파티와 자수, 며칠간의 괴로웠던 심정의 토로였다. 그러나 매우 영리하게도 디뷘젤 영애에 관련된 이야기나 마담 드 샤토루에 관한 불평을 토해 내지 않았다. 그녀는 천진했지만 눈치가 있었고, 자신에게 불리한 일이 일어날 것만 같은 상황에서 그러한 감정을 십분 발휘했다.

내가 로에나의 이야기를 끊은 건ㅡ매우 무례한 일이지만 말이다ㅡ어느 정도의 시간을 끌었을 때라고 생각되었을 즈음이었다. 아마도 지금쯤이면 마고가 벌인 소란은 절정에 달해 있을 테고, 억울함에 몸서리 친 블랜이 그 간교한 혀를 나불대며 시녀장의 마음을 흡족하게 만들고 있을 터였다.

"로에나, 방금 너에게 오는데 굉장히 재미있는 이야기를 들었단다."

"재미있는 이야기?"

"하녀장이 그녀의 권위를 이용하여 하녀 하나를 끌고 갔다고 하던데 알고 있니?"

"오, 마고는 자신이 지니고 있는 권위를 함부로 휘두르는 사람이 아니야. 그녀처럼 성실하고 신실하며 사려 깊은 여인을 본 적이 없는걸."

나는 로에나의 부인에 입술을 비틀며 냉소적인 어조로 말했다.

"글쎄, 사려 깊다는 말에는 동감할 수 없는걸? 내가 이 저택에 와서 맛보았던 수치스러움을 생각한다면 말이지. 내가 마고라면 내게 좀 더 상냥하고 배려 깊은 하녀를 보내 주었을 테니까. 하지만 그녀는 그렇게 하지 않았지. 무어 지난 일이긴 하지만."

로에나는 작은 목소리로 조심스럽게 마고를 옹호했다.

"그때의 네 기분을 어찌 모르겠어? 나였더라도 너무나 속상했을 거야. 하지만 시스에, 거듭 말하지만, 오해가 있었던 것 같아. 아마 이야기가 잘못 전달되었겠지."

"네가 그렇게 말한다면 그렇게 생각해야 하겠지. 하지만 마고는 네게만 너무 상냥하단 말이야. 단언컨대, 그녀는 나를 싫어하는 게 분명해."

"제발 시스에. 왜 그렇게 생각하는 거니? 나는 네 말에 가슴이 너무 아파. 마고가 너를 싫어하다니, 어떻게 그런 생각을 할 수 있는지 모르겠어."

나는 일부러 어린아이처럼 떼를 쓰듯 말했다.

"그녀는 내 말을 들어준 적이 없단 말이야. 항상 무슨 잔꾀를 부리냐는 듯 눈을 이렇게 치켜뜨고 쳐다보지."

로에나는 내 손짓—손가락으로 눈을 길게 째지게 하는 우스꽝스러운 동작—이 웃겼던 모양인지 크게 깔깔거렸다. 아마도 나를 만난 이후 가장 소리 내어 웃었던 웃음일 것이다. 아아, 역겹기도 하지. 나는 확신한다는 듯 말을 이어 나갔다.

"어쨌든 마고가 나를 싫어한다는 것만은 확실해."

로에나가 웃음을 거두곤 곤란하다는 듯 나를 부른다.

"시스에, 제발."

"그렇지 않으면 이번에 디뵌젤가에 방문했을 적 나와 동행하였던 아이를 끌고 가는 이유가 뭐란 말이야?"

"그, 그건……."

로에나가 힐끔 내 등 뒤로 시선을 던졌다. 나는 그녀의 시선에 따라 고개를 돌렸다. 백합꽃이 섬세하게 양각된 화장대 위에 금박을 입힌 작은 보석함이 놓여 있었다. 열쇠가 들어 있다는 그것일 테다.

"왜인지 알고 있었구나."

나는 입을 비죽 내밀며 중얼거리듯 말했다. 로에나는 창백한 표정으로 입술을 잘근 씹었다. 당황하면 나오는 버릇이다. 열쇠가 들어 있는 보석함을 바라보는 것으로 보아 그녀는 마고처럼 블랜을 열쇠를 훔친 범인이라 생각한 모양이었다. 그래서 다시 가져다 놓았음에도 저를 끌고 간 건 모두에 대한 경고, 특히 나를 등에 업고 기세등등하게 날뛰는 마리에 대한 경고임이 틀림없으리라.

그러니 좀 어린애처럼 굴어 볼까? 아무것도 모르는 철부지처럼 저를 곤란케 만드는 것도 재미있을 것이다. 살살 꾀어 데려가려고 했던 처음의 마음은 어디론가 사라진 지 오래였다. 나는 이 우스꽝스러운 연극을 관람하게 될 관객이 좀 더 참담한 표정을 하고서 무대를 바라보기를 원했다. 그래서일까? 변덕스럽고 사나우며 제 뜻대로 안 되면 아이처럼 떼를 쓰는 시스에. 과거의 내가 살며시 고개를 들어 올리고 있었다.

"난 블랜이 마음에 드는데, 마고가 이렇게 나오면 어떻게 해야 할지 모르겠단 말이지. 아무것도 아닌 일로 이리 야단을 피우는데, 무얼 할 수 있겠냔 말이야."

"그래도 시스에. 마고는 아무 일도 아닌 걸로 일을 크게 만드는 여인이 아니야. 우리는 마고가 하녀장으로서 하고 있는 일을 존중해 줄 필요가 있어."

"됐어."

나는 발을 크게 굴렀다. 그러고는 당황한 로에나를 바라보며 자리에서 일어났다. 그녀는 내가 보내는 싸늘한 시선에 놀라 안절부절못했다.

"저번에도 그렇고 이번에도 그렇고 넌 날 하나도 생각해 주지 않아. 말만 시스에, 시스에 하는 거잖니. 하긴 출신이 천한 계집이 감히 비슈발츠가의 장녀 노릇을 하려 한다니, 언감생심 꿈도 못 꿀 일이지."

"시스에!"

로에나가 비명을 지르듯 내 이름을 내뱉으며 손을 뻗었다. 나는 일부러 소리가 나게끔 그녀의 손을 세게 내쳤다. 손바닥에 와 닿는 느낌이 제법 얼얼한 게 손등이 새빨갛게 부었을지 모르겠다. 로에나는 손등을 감싸 쥐며 눈물을 글썽이고 있었다. 나는 조소하며 말했다.

"나는 지금 마고에게 갈 거야. 그녀가 벌이고 있는, 하녀장이라는 이름에 걸맞은 대단히 책임감 있는 행동에 대해 관람을 할 계획이란다. 그녀가 하고많은 사람 중 나와 동행했던 블랜을 꼭 집어 데려갔는지, 그것에 대한 이야기도 들어 볼 생각이고."

나는 눈을 가늘게 뜬 채 그녀의 얼굴을 주시했다. 시시각각으로 변하는 그녀의 얼굴을 구경하는 것이 재미있기도 하고 겁쟁이처럼 몸을 움츠리며 보석함에 시선을 돌리는 것이 우스워서였다.

무엇보다 그녀의 흔들리는 눈동자는 나로 하여금 하나의 확신을 하게 만들었다. 보석함에 열쇠가 있는 것을 알면서도 마고가 블랜을 데려가는 것을 묵인한 로에나가 지금 죄책감을 느끼고 있다는 것을 말이다. 그래서 마치 유혹이라도 하듯 혀로 입술을 느른하게 핥으며 속삭였다.

"같이 가서 봐줘. 나에게 네가 그토록 사랑하며 신뢰하는 하녀장의 모습을 보여 달란 말이야. 나를 이해시켜 줘. 아니, 서 있기만 해도 될 테야. 궁금하지 않니?"

우스운 일이지. 누가 찔렀을 때만 나오는 죄책감이라니. 언급하지 않으면 아무렇지 않았을 감정이 왜 이렇게 가련한 모습으로 적나라하게 나오는 건지, 이해할 수 없었다. 일을 마친 마고가 돌아와서 미주알고주알 자기 일을 떠벌릴 때야 자신이 내린 결정에 대한 합리성을 찾아내려는 걸까?

어쨌든 나는 그녀에게 기막힌 연극에 대한 초대장을 내밀었다. 그에 따른 선택은 오롯이 로에나의 몫이었다.

"내키지 않으면 어쩔 수 없지."

"나를 찾아온 게 이 일 때문이니?"

로에나가 물었다. 나는 부드럽게 웃으며 당연한 걸 묻는다는 듯 대답했다.

"그럼 내가 널 찾아올 이유가 또 있을까?"

죄책감이 가득한 눈동자가 상처로 젖어 드는 걸 바라보는 것만큼 유쾌한 일은 또 없으니까. 로에나는 충격을 받은 듯 한껏 벌려진 입술로 무언가를 말하려는 것처럼 연신 달싹였지만, 목소리가 흘러나오는 일은 없었다. 나는 김이 샜다는 듯 옅은 한숨을 내쉬며 몸을 돌렸다.

"내키지 않으면 어쩔 수 없지. 나 혼자라도 가 보겠어."

한 발짝 걸음을 옮겼을까? 갑자기 내 손을 잡는 그녀가 있었다. 고개를 돌려 바라본 로에나의 얼굴은 어쩐지 절박하고 또 슬퍼 보였다.

"같이 가 달라는 말을 하기 위해 내 이야기를 들어준 거란 말이야?"

"그럼 또 뭐가 있겠니?"

"그러지 않아도 되는 걸 왜 그랬어?"

순간 말문이 막히는 것 같았다. 나는 사고가 멈춰 버린 듯 얼얼해지는 머리를 애써 굴리며 차분하게 그녀의 말을 되생각했다. 로에나가 무슨 뜻으로 저 말을 하는 것인지 이해가 되지 않아서였다. 그러다 그녀의 눈동자에 담긴 내 모습이 동정으로 일그러져 있음을 깨닫고 얼굴을 굳혔다.

하, 그러니까 지금……?

"시스에, 왜 이렇게 자신을 상처 내는 거야? 블랜이라는 하녀를 도와주고 싶은 상냥한 성품을 가졌으면서 왜 이렇게 비뚤게 말해서 다른 사람에게 상처를 주려고 하는 거니? 그렇게 말을 하지 않아도, 그렇게 심술궂게 굴지 않아도 처음부터 말을 해줬으면 나는 기꺼이, 즐거운 마음으로 도와줬을 거야."

붙잡힌 손이 그녀 쪽으로 잡아당겨지는 건 순식간의 일이었다. 나는 이렇다 할 방비조차 하지 못한 채 로에나의 품에 안겼다. 아니, 그녀를 안는 꼴이 되어버렸다. 벌레가 기어가는 것 같은 불쾌한 기분에 빠져나가려고 바르작거려도 내 허리를 꽉 껴안고 있는 저의 손 때문에 아무것도 할 수 없었다. 어찌나 끈끈하게 달라붙어 있던지 저의 어깨를 밀어내어도 떨어질 기미조차 보이지 않았다.

"부탁인데 나를 놓아주지 않을래?"

이를 악문 상태에서 겨우 말을 꺼내었다. 그녀의 머리카락을 쥐어 채고 발로 걸어찬다면 떼어 낼 수 있겠지만, 아직 로에나의 몸에 손대는 건 시기상조였다.

로에나는 나를 안은 상태에서 웅얼거리듯 말했다. 어리광을 부리듯 나지막한 목소리로 중얼거리며 뺨을 문지르기까지 했다.

"같이 가 줄게. 같이 간다면 분명히 시스에도 마고의 좋은 점을 볼 수 있을 거야. 내가 도와줄게."

"아니, 네가 가서 해야 할 일은 그냥 조용히 내 옆에 서 있는 것뿐이야. 무슨 말이 나와도 나서지 않는 것. 그것뿐."

"그러면 되는 거야?"

그녀가 고개를 들어 올린 채 내게 물었다. 무엇을 생각하고 있는지 모르겠지만 붉게 상기된 뺨과 과도할 정도로 반짝이는 눈동자가 퍽 불쾌했다.

"내가 그렇게 행동하면 되는 거냐고 물었어."

"그래. 그럼 더할 나위가 없을 거란다."

"좋아. 그러니까 다음에는 솔직하게 이야기해 줘. 스스로를 너무 상처 내지 말고."

나는 대답하지 않았다. 그럴 가치조차 느끼지 못해서였다. 하지만 로에나는 내 침묵을 긍정이라고 생각했는지 배시시 웃으며 허리에 매달린 자신의 손을 풀어내었다. 자유로워진 그녀의 손이 향한 곳은 내 손이었다.

나는 치마를 정리하는 척 로에나의 손을 거부했다. 로에나는 잠시 시무룩한 표정으로 나를 바라보았지만, 내가 먼저 걸음을 옮기자 바로 그 뒤를 졸졸 따라오기 시작했다.

방문을 여니 로에나의 하녀와 대치하고 있는 마리가 보였다. 들리지 않는 설전을 격렬하게 나눈 것인지 마리의 뺨은 붉게 달아올라 있었고, 코는 김이 날 것처럼 과도하게 벌렁이고 있었다. 마리는 내가 로에나와 함께 나오자 의기양양한 표정으로 턱을 들어 올렸다. 이보라는 듯했다. 로에나의 하녀의 표정이 구겨진 것은 동시에 일어난 일이었다.

나는 마리에게 말했다.

"안내하렴."

주어가 없었지만 마리는 철석같이 알아듣고 고개를 숙였다.

잠시 후 마리의 뒤에 내가, 내 뒤에 로에나가, 로에나 뒤에 그녀의 하녀가 따라 걸어가는 기묘한 행진이 시작되었다. 행선지는 마고가 각본을 쓰고 연출하고 있는 우스꽝스러운 무대 위였다. 언성과 고함으로 가득 찰 거로 생각했던 무대는 생각보다 조용했다. 그저 싸늘한 냉기만 가득할 뿐이다. 하지만 배우들의 위치는 제법 그럴듯했다.

마고는 여왕처럼 서 있었고 블랜은 그녀에게서 몇 발자국 떨어진 상태에서 주저앉아 고개를 숙이고 있던 참이었다. 그런 그들을 주변으로 하녀들이 줄줄이 서 있었는데, 그들의 표정은 상대적으로 대비가 되고 있어 매우 우스꽝스러웠다. 마고를 따르는 무리의 표정에는 즐거움이, 마리를 따르거나 이것도 저것도 아닌 하녀들은 잔뜩 겁에 질린 얼굴을 하는 것이다.

그 상태에서 내가 들어왔으니 모두의 시선이 몰린 것은 당연한 일일 터. 마고는 내 뒤에 서 있는 로에나를 발견하고 놀랐다는 듯 두 눈을 크게 떴다. 그러고는 빠른 걸음으로 로에나에게 다가와 부드러운 목소리로 달래듯 말하기 시작했다.

"아가씨, 무슨 일로 여기에 오셨어요? 여기에 오시면 아니 되세요."

나 따위는 보이지도 않는다는 태도였다. 마고의 행동에 그를 따르는 무리의 입가에 슬쩍 비웃음이 어렸다.

나는 발을 슬쩍 옆으로 내밀어 마고의 치마를 밟았다. 비쩍 마른 체구의 늙은이라 그런지 치맛자락을 밟은 것만으로도 크게 휘청거리며 넘어지려고 했다. 어찌나 기묘하게 기울어지던지 앞으로 엎어지지 않는 것이 신기할 정도였다. 본능에 가까운 반사 신경이 아니었더라면 모두의 앞에서 수치를 당했을 게 분명하다.

마고는 자신의 몸을 휘청거리게 한 것이 누구인지 안다는 듯 새빨개진 얼굴로 나를 바라보았다. 하지만 제가 넘어지려고 하기가 무섭게 발을 빼내 버린지라 증거가 없었다. 나는 태연한 표정으로 입술을 달싹여 '뭐가요?'라고 물었다. 그리고 의아하다는 듯 어깨를 으쓱이며 소리 내어 말했다.

"어머나, 큰일 날 뻔했지 뭐예요? 시녀장의 몸이 이렇게 좋지 않다니 미처 몰랐네요. 정말 걱정이 됩니다. 앞에 있는 사람을 구분하지 못할 정도라면 말이에요."

마고의 눈이 반항으로 번뜩인 것도 잠시, 그녀는 매우 노련하게 내 말을 받아쳤다.

"아가씨, 감사합니다만 제 몸은 무척이나 튼튼하답니다. 이 마고, 여전히 젊었을 적과 다름없는 기력을 가지고 있는걸요."

그럼에도 불구하고 늙은 여우는 여전히 내게 인사를 건네지 않고 있었다. 오기를 부리는 것처럼 말이다. 나는 걱정이 된다는 것처럼 과장된 목소리를 가장했다.

"하지만 조금 전만 하더라도 제대로 걷지도 못하지 않았어요? 오, 불쌍한 마고. 가문에 대한 그대의 충성심을 이해하지 못하는 바는 아니에요. 하지만 건강을 챙기지 못할 정도로 몸이 나쁜 거라면 요양을 먼저 했어야죠. 그대를 의지하는 로에나의 마음이 얼마나 아프겠어요? 세상에, 지금 얼굴마저 빨개지고 있는데, 혹 열이 오르는 건가요?"

한 발자국 물러난 상태에서 손수건으로 코를 막는 건 분명 의도된 몸짓이다. 전염 가능성이 있는 병이 아닌지 의심하고 있다는 내 행동은 모두가 마고를 주시하게 하였다. 그녀가 이러한 내 태도를 이해하지 못할 리가 없었다.

마고는 도움을 요청하는 것처럼 로에나를 바라보았다. 암만 가문의 사람들을 오래 모신 하녀장이라 하더라도 신분적 우위는 내게 있으므로 그녀가 직접 나를 적대할 수 있을 리가 만무했다. 그러니 제가 선택할 수 있는 답은 로에나였다.

하지만 내가 먼저였다. 나는 그녀를 바라보며 눈짓으로 말했다. 조용히 옆에 있으라는 소리를 잊은 거 아니겠지?

로에나는 창백하게 질린 표정으로 입술을 깨물었다. 그녀의 흔들리는 시선은 나와 마고를 번갈아 보고 있었다. 어미처럼 따르는 여인이냐, 아니면 자신에게 우월감을 느끼게 해주는 이부 언니냐. 선택지가 참으로 보잘것없지만, 나름대로 고민이 되는 모양인지 선뜻 답을 내뱉지 못하는 꼴이 퍽 우스웠다. 이러한 고민 자체가 마고에게 있어 큰 절망감을 주고 있다는 걸 모르고서.

나는 상냥한 목소리를 가장하여 로에나에게 말했다.

"로에나, 여기에 오기를 정말 잘한 것 같은데? 그렇지 않았으면 하녀장의 건강 상태가 이렇게 나빠졌을 줄 아무도 몰랐을 거야."

정적이 흘렀다. 모두의 시선이 내게 향하고 있었다. 그것은 마치 '저 미친년이 지금 뭐라고 하는 거야?'라고 말하는 듯했다. 사실 방금 전만 하더라도 카랑카랑한 목소리로 블랜을 몰아붙였을 게 분명한 그를 목격한 이들이다. 그런데 그런 하녀장을 잠깐의 미끄러짐으로 전염에 가까운 병을 앓고 있는 사람으로 만드는 내가 되레 미친 것처럼 보였을 것이다. 태연한 목소리로 마고의 퇴장을 요구하는 태도 또한 말이다.

"얼른 데려가서 의원에게 보여 주지 그러니?"

마고가 분노를 억누르는 듯 짙게 가라앉은 목소리로 말을 꺼낸다. 이 노회한 너구리는 화가 잔뜩 나 있음에도 말을 더듬는다거나 주먹을 꽉 쥐는 것과 같은 반항적인 태도를 보이지 않았다.

"걱정해 주셔서 감사하지만, 저는 무척 건강하답니다. 정말이에요. 아가씨, 제 말을 믿어주세요."

"그렇지만 가까이에 사람이 있음을 구분을 못 하는 모습도 그렇고, 어떻게 인사를 해야 할지 모르는 듯 행동하는 것 또한 평소의 시녀장이 아닌걸요. 그러니 인정하세요. 노화로 인한 병은 그대의 잘못이 아니니까요. 특히 이쪽 부분에 대한 감퇴라면, 동정하지 않을 수 없지요."

나는 손가락으로 머리 부근을 톡톡 두들겼다. 나이가 들면서 머리까지 멍청해졌냐는 노골적인 조롱에 모두가 숨을 죽이고 있었다.

로에나가 무어라고 말하려는 듯이 한 걸음 앞서 나왔지만 그녀의 몸을 제지하는 나로 인해 아무것도 일어나지 않았다. 그녀의 눈동자는 '약속'이라고 다시금 중얼거리는 내 말에 흔들리고 있었다. 마고는 저를 위해 아무것도 해주지 않는 로에나를 애처롭게 바라보고 있고 말이다. 그 시선에는 로에나에 대한 원망이나 불신은 깃들어 있지 않았다. 참으로 대단한 애정이다.

날 선 침묵이 모두의 입을 타고 흘렀다. 아무것도 모르는 척 뻔뻔하게 말을 내뱉는 건 나뿐이었다.

"그러니까 로에나, 하녀장을 도와줘야겠어. 해줄 수 있지?"

"하지만 아가씨, 지금 저는 매우 중요한 일을 하고 있답니다. 이 일을 마치고 의원에게 진찰을 받아도 될 것 같은데요."

"하녀장의 건강만큼 중요한 게 또 어디 있을까요? 모두가 그대의 건강을 염려하고 있답니다."

"아가씨는 온전하게 제가 아프다고 생각하시는 모양입니다."

마고가 약이 바짝 오른 목소리로 속삭이듯 말했다. 감정을 이기지 못하는 듯 잔뜩 억눌린 목소리는 정말로 그녀를 아픈 것처럼 보이게 만들었다. 나는 대답 대신 손을 뻗어 마고의 팔목을 잡았다. 나이 먹어 늘어진 살집에서 특유의 쉰내가 올라왔다. 거죽 너머의 뼈는 나뭇가지를 연상케 할 만큼 비쩍 말라 있었다.

"가엾게도 너무 말랐잖아. 이러니 휘청댈 수밖에. 역시 요양을 해야겠어요."

안쓰럽다는 듯 상냥하게 중얼거리는 목소리에 모두의 얼굴에 황당함이 어렸다. 마고가 가엾다고? 말도 안 되는 소리. 저들의 경악에 찬 목소리가 선연하게 들리는 듯했다.

"하지만 아가씨!"

마고가 소리를 내지르듯 나를 불렀다. 그런 그녀의 얼굴은 황당함으로 짙게 얼룩져 있었다. 나는 모르는 척 말을 이어 나갔다.

"그 중요한 일이 무언지 모르겠지만, 그렇게 마음에 걸린다면 내가 하지요."

"아가씨께서 하실 만한 일이 아닙니다."

"하녀장을 위해서라면 감수할 수 있어요. 로에나도 그렇게 생각할 걸요? 설마 내 진심을 의심하여 호의를 받아들이지 않으려는 건 아니지요?"

파들파들 떨리는 얼굴이 참 볼만했다. 소리 내어 비웃어주지 않는 것이 아쉬울 정도로. 가엾게도 이 늙은 여인은 내가 어떻게든 저를 아픈 사람으로 몰아 이 무대에서 퇴장시키리라는 것을 깨달은 모양이다. 이미 미끄러질 뻔한 전적이 있으므로 자신의 주장이 잘 먹히지 않으리라는 것 또한 말이다.

사실 나는 상황이 이렇게 되도록 여지를 준 마고에게 진심으로 감사하고 있었다. 어떻게 하면 그녀를 궁지에 몰까 궁리하던 차였으니까. 그러니 나에 대한 무시가 저를 위협하는 창이 될 줄 그 누가 알았으랴. 다만 아쉬운 건 그녀가 자빠지지 않아 다치지 않았다는 점이었다. 이렇게 비쩍 마른 몸이라면 뼈 하나 정도 쉽게 어긋났을 텐데 말이지.

나는 마고를 잡은 손에 힘을 바짝 주었다. 그리고 귀찮은 짐을 던지듯 그녀의 몸을 로에나를 향해 밀었다. 갑작스레 당겨진 몸에 균형을 잡지 못하는 것은 당연한 일일 터. 늙고 노쇠한 몸은 다시금 크게 흔들리며 앞으로 고꾸라질 듯 로에나에게 안겼다.

모두가 놀란 와중에 내 목소리만 크게 울려 퍼졌다.

"이런, 너무 무리하지 말아요."

가늘게 떨리는 어깨의 의미는 분명 분노와 수치심이었다. 이대로 물러날 수 없다는 강한 의지가 마고를 굳건하게 일어서게 하였다. 그러나 안타깝게도 그녀의 손을 잡은 로에나로 인해 마고는 아무것도 하지 못했다. 정말로 아무것도! 그저 나지막한 한숨을 삼키며 자신에게 무어라 속삭이는 로에나의 말을 경청할 뿐이다.

늙은 하녀장이 자신보다 어린, 매우 사랑스러운 소녀의 말에 귀를 기울이며 복종하는 건 묘한 기분을 불러일으켰다. 자신이 모시는 아가씨에 대한 절대적인 충성이 그들과 주변을 분리하고 있었다. 모두가 숨을 죽이며 그들을 바라봤다. 이후에 일어날 사건을 기대하면서 말이다.

잠시 후, 비슈발츠가의 아가씨가 무엇을 말하였는지 몰라도, 마고는 이내 고개를 끄덕이며 몸을 바로 했다. 주름진 손으로 치맛자락을 매만지며 몸을 정리하는 것이 거의 체념에 가까워 보였다. 결국 아름다운 로에나는 자신에게 충성하는 늙은 시녀장보다 자신을 우월하게 만들어주는 멍청한 의붓언니를 선택한 모양이다.

하, 어지간히 그녀가 소중하나 보지?

나는 비죽 솟아오르는 비웃음을 가까스로 삼켰다. 기세가 기울었기에 제가 로에나를 따라 무대에서 퇴장할 수밖에 없다는 건 주변의 하녀들이라도 알 만한 사실이었다. 하지만 이렇게 쉽게 꼬리를 말고 침묵하는 너구리를 보자니 구역질이 치밀어 올랐다. 말도 안 되는 억지와 조롱에도 불구하고 바락바락 대들지 않는 건 십중팔구 로에나 때문이었다.

나 혼자 왔더라면 이렇게 순순히 자신에게 쏟아지는 모욕을 받아들이지 않았을 테지. 그러니까 로에나를 데려온 거긴 하지만 말이다.

"그럼 시스에, 나머지 일을 잘 부탁해."

로에나가 마고의 손을 붙잡으며 내게 말했다. 그녀는 창백해진 얼굴로 거의 울 것처럼 나를 바라보고 있었다. 상냥한 하녀장을 외면했다는 죄책감일까? 눈가에 어린 눈물 한 방울이 처연하게 반짝였다. 과연 상업을 기반으로 터를 닦은 가문의 딸답지 않은가? 양심의 가격을 고작 눈물 한 방울로 셈 치려고 한다니 말이다. 그야말로 날강도가 따로 없지. 하지만 모두가 이렇게 생각하지 않는다는 게 문제였다. 대부분 사람은 그녀의 눈물을 의붓언니와 다투지 않으려는 로에나의 다정한 마음이라 생각할 테니까.

나는 방긋 웃으며 '걱정 말렴'이라고 대답했다. 그리고 어서 꺼지라는 듯 몸을 모로 비켜섰다. 억지에 가까운 논리와 떼에 희생당한 비참한 패배자들이 등을 돌려 무대를 떠나갔다. 이제 남은 건 일말의 희망을 품고 나를 바라보고 있는 블랜과 역전된 상황에 싱글벙글한 웃음을 짓고 있는 마리와 그의 무리, 그리고 믿을 수 없다는 듯 일그러진 얼굴을 하고 있는 마고의 편이었다.

나는 천천히 걸어 하녀장이 서 있던 자리에 멈춰 섰다. 그리고 모두에게 들리게끔 입을 열어 말했다.

"도덕적인 결함이 있는 사람이라 의심을 받는다 하더라도 이런 수치심을 맛보게 하는 건 말도 안 되는 일이지. 그러니 모두 가서 자기 일을 하려무나."

"블랜은요?"

누군가 작은 목소리로 속삭이듯 말했다. 마고의 무리가 서 있는 곳에서 나오는 소리였다. 이 용감한 여인이 누군가 싶어 고개를 돌려 바라보니 모두 시선을 피하며 모르는 척했다. 그러자 마리가 큰소리를 치며 나서기 시작했다.

"아가씨께서 각자의 일을 하라는데 너희가 뭐라고 왈가왈부하는 거야? 흩어지라면 그런 줄 알고 잽싸게 움직여야지."

나는 손을 들어 마리를 막았다. 그리고 모두를 일일이 바라보며 부드러운 목소리로 달래듯 말했다.

"하녀장이 벌인 일을 내 마음대로 판단하는 건 옳은 일이 아닌 것 같구나. 그건 그녀뿐만 아니라 로에나의 마음 또한 아프게 하는 일이니까. 그러므로 블랜에 대한 처분은 나중에 하는 게 맞는 것 같아. 그렇게 생각하지 않니?"

분명 대외적으로 상냥하고 착한 로에나는 블랜의 처우에 대해 이렇다 할 결정을 내리지 못하고 마고의 눈치를 볼 게 뻔했다. 어찌 제 입으로 누군가를 쫓아내는 말을 할 수 있을까? 우리가 아는 로에나는 그럴 소녀가 아니었다.

그렇다고 해서 블랜을 쫓아내려는 마고의 행동에 동조할 수 있는 것도 아니다. 내가 나서서 블랜을 옹호한다면 더더욱 그럴 게 뻔했다. 그저 어물어물 망설이기만 하다가 결국 마지막에 자신에게 이로운 상대의 말을 따라 마음을 정하게 될 것이다. 로에나에게 있어 '이로운 것'은 자신의 어질고 넓은 도량을 과시할 수 있는 상황이었다.

내가 마음대로 처분하지 않는다고 말하자 대부분의 하녀가 이해한다는 표정을 하며 고개를 끄덕였다. 그것은 마고의 무리도 마찬가지로, 그녀들은 내가 마고에 반하는 행동을 하지 않는다는 것을 의아해하면서도 다행이라 생각한 모양이었다.

"그러니 블랜, 일어나렴."

눈치 빠른 마리가 잽싸게 블랜의 곁에 다가가 그녀를 일으켰다. 나는 마리에게 눈짓을 보내며 걸음을 옮겼다. 거창하게 마련된 무대치고 너무 허무하게 끝낸 연극에 허망함을 느꼈는지 계속 서성이며 발길을 못 떼는 이들도 있었다.

그래서일까? 바닥에 끌리는 드레스 자락의 소리가 너무나 크게 느껴졌다. 내 등 뒤를 따라오는 마리와 블랜의 발걸음 소리 또한 말이다.

신체적인 고통은 없었지만 정신적으로 많이 쥐어짜졌는지 블랜의 이마는 식은땀으로 가득했다. 하긴 적대하는 사람들 앞에 선다면 제아무리 대담한 성정을 가진 이라도 태연하기 어려웠을 것이다. 무엇보다 블랜과 같은 성격의 사람이라면 강제로 억누르는 상황에 더더욱 공포심을 가지게 마련이다. 즉, 크게 소리 지르며 발을 굴리지 않아도 눈빛만으로도 상대를 충분히 위축되게 만들 수 있다. 마담 드 라발리에가 내 어머니에게 그랬듯이 말이다.

방에 도착한 블랜은 거의 쓰러지다시피 바닥에 엎드렸다. 마리는 그런 블랜의 옆에서 전전긍긍하며 내 눈치를 살폈다. 도둑이네 뭐네, 마음에 안 드네 어쩌네 해도 나름 신경이 쓰였던 모양이다. 나는 마리를 시켜 차 한 잔을 타 오게 했다. 마리는 미련이 남은 듯 선뜻 걸음을 옮기지 못하다가 내가 다시 한번 눈짓하니 그제야 겨우 걸음을 옮겼다. 마리가 떠난 방에는 블랜과 나만이 남았다.

"맹랑한 것."

블랜의 어깨가 움찔했다. 나는 냉랭한 목소리로 말을 이어 나갔다.

"네까짓 게 무어라 그런 망발을 지껄이지? 네가 가만히 있지 않으면 어찌할 건데?"

"하지만 아가씨께서 이렇게 와 주셨잖아요."

그녀가 울먹이며 말했다. 저를 도와주신다 하셨잖아요. 방울방울 떨어진 눈물이 바닥을 적시고 있었다. 부들부들 떨리는 손등 위에 점점이 떨어지는 그것은 펄펄 끓는 물보다 더 뜨거워 보였다.

"꽃이 필 거라 약속해 주셨잖아요."

"싹이 잡초의 무리에 뒤엉켜 있는데 내가 무얼 더해야 한단 말이야? 잡초를 제거해야 할 손이 부족한데, 왜 나를 원망하니? 무엇보다 난 네게 무엇 하나 요구한 적이 없어. 일을 벌인 건 너야. 하지만 자비를 베풀어 도와준 것인데, 어째서 나를 원망하고 협박하는 거냐 말이야."

"여기서 쫓겨나면 일을 할 수 있는 곳이 없어요."

"이만한 수입을 얻을 수 있는 일이 없다는 거겠지."

"네. 누가 이러한 추문을 가진 계집에게 일을 주겠어요. 제발 절 도와주세요."

나는 대답하지 않고 침묵했다. 이러한 행동이 블랜에게 커다란 압박으로 다가올 것을 알고 있었기 때문이다.

블랜은 아예 바닥에 엎드려 오열하고 있었다. 그녀는 흐느낌에 가까운 소리를 내며 내가 물어보지 않은 것을 주절주절 뱉어 냈다. 살아남기 위한 발버둥이었다. 상처 입은 개가 죽지 않기 위해 배를 드러내며 필사적으로 애교를 떨어 대는 것처럼, 그녀는 자신의 모든 것을 내보이며 애원하기 시작했다.

"믿지 않으시겠지만 아무런 말을 하지 않았어요. 하녀장이 누가 시켜서 훔친 거냐고 계속 추궁했지만 전 훔치지 않았다고 했어요. 필사적으로 부인했어요. 그녀가 저택에서 쫓겨날 거라고, 몸 성히 나가지 않을 거라고 협박했어도 굴하지 않았어요. 그러니 아가씨, 제발, 제발이요. 제게 해주셨던 약조가 모래처럼 부스러지지 않게 해주세요."

블랜이 가진, 풍족한 수입에 길든 몸과 화려한 물건들을 통해 높아진 눈, 멋진 기사들에게 품은 달콤한 환상은 한 사람을 겁쟁이로 만들기에 충분했다. 그녀는 더는 돈 몇 푼에 전전긍긍하며 마른 빵을 씹어 먹는 생활을 꿈꿀 수 없는 것처럼 보였다. 아니, 있다 하더라도 악몽으로 치부했을 것이다. 동료의 머리핀을 훔치는 탐욕이 그것을 증명하고 있었다.

"아까 말했듯이 네 처분은 로에나와 함께 결정할 거야."

매우 바람직하지 않은 일이지만 말이지. 마지막 말은 조용히 삼켰다.

문이 열리며 마리가 들어왔다. 나는 그녀가 건네주는 차를 한 모금 마셨다. 마리는 자신이 없었을 적 무슨 이야기가 오갔는지 알아내기라도 하려는 듯 눈을 도로록 굴리고 있었다.

나는 찻잔을 내려놓으며 말을 이어 나갔다.

"그동안 너는 좀 납작 엎드리는 방법을 알아야 할 것 같구나. 그 건방진 입을 다물고, 못된 손을 감추고, 눈을 바닥으로 향하고, 그렇게 복종하는 법을 배우려무나. 그렇게 네가 순종이라는 글자를 알게 되었을 즈음이면 잡초가 뽑혀 있을지도 모르겠지. 아니면 네가 나를 도와 뽑을 수 있을지도 모르고. 마리야."

"네, 아가씨."

"네가 블랜을 도와주었으면 좋겠어. 그녀가 겸손함을 알았으면 좋겠구나. 할 수 있겠니?"

일종의 보호막인 셈이다. 이것으로 그동안의 고생이 조금은 가셔질 것이다. 마리는 화색이 만연한 표정으로 고개를 끄덕인다.

나는 턱짓으로 이만 나가라는 명령을 내렸다. 마리는 의기양양한 얼굴로 미소를 지으며 블랜의 팔을 잡아 자신에게 끌어당겼다. 블랜은 눈물로 엉망이 된 얼굴을 한 채 내게 연신 고개를 숙이며 인사했다. 그녀는 이것만으로도 조금 안심이 된 듯 처연하게 미소 지었다. 이는 처음 봤을 때의 야비함과 독기가 어느 정도 빠진, 굉장히 재미없는 얼굴이었다.

볕이 따뜻해서 그런지 하품이 나왔다. 나는 손에 들고 있던 책을 옆으로 내려놓았다. 하릴없이 지나가는 시간은 지루함이 수놓았다. 그것은 독이다. 적어도 나에게는 그러했다.

블랜의 일을 처리한 지 며칠이 더 지났지만 별다른 변화가 없었다.

다만 그동안 내게로 온 초대장이 없는지 몇 번이나 살펴봤을 뿐. 슬프게도 마리안에게서 오는 초대장은 기약이 없었기에 가끔 내게 상실감을 던져 주었다. 설마 이대로 끝나는 게 아닌가 싶어 초조할 정도였다.

하지만 마리는 그러지 않은 모양이었다. 마고가 맥없이 물러난 뒤로 그녀는 세상을 다 가진 듯 제멋대로 날뛰며 머저리처럼 굴었다. 항간에서는 제가 블랜을 감싸고도는 것에 대해 말들이 있는 모양이지만, 그녀는 마치 새끼를 감싸는 어미처럼 으르렁거렸다. 내 명령이 무슨 사명이라도 되는 것처럼 말이다.

사실 그녀는 그 오만한 여인을 제 밑으로 굴복시키는 것에 즐거움을 느끼는 듯했다. 마치 마고가 그랬던 것처럼. 동시에 내 눈치를 살피며 살뜰하게 주변의 사정을 보고하는데, 나는 그것이 퍽 만족스러웠다. 마리는 점점 더 쓸 만한 패가 되어 가고 있었다. 그것은 지루한 시간을 견디는 자그마한 즐거움이 되었다.

어쨌든 시간이 흘러 마침내 마담 드 샤토루가 약속한 대로 두 번째 초대장이 날아왔다. 이번 편지는 샤토루가 직접 쓴 듯 필체나 맞춤법이 죄다 엉망이었다. 황실의 인장이 찍힌 봉투가 아니었다면 이제 막 글자를 배우는 어린애가 편지를 썼다고 믿을 법한 내용이었다.

사람들은 마리안에게 다시 편지가 오자 믿을 수 없다는 듯 두 눈을 동그랗게 뜨며 수군거렸다. 어머니는 드레스를 더 맞춰야 하는 게 아니냐고 발을 동동 굴렀고, 양부는 착잡한 표정을 지었으며 로에나는 굉장히 시무룩한 표정으로 안 가면 안 되냐고 내게 물었다. 라발리에는 편지를 보내어 이번 초대에 대한 불쾌감을 표시했고, 디뷘젤은 여전히 떠보는 어조로 내가 그녀에게 넘어갈 것인지 재고 있었다.

왕의 창부라 조롱하여도 마담 드 샤토루는 권력의 정점에 가까이 있는 여인이다. 그렇기에 사람들은 내가, 아니, 비슈발츠 백작가가 샤토루의 총애를 받아 권력의 중심에 나아갈까 봐 경계하고 있었다. 그동안 그녀에게 초대를 받은 사람이 많았지만, 연달아 두 번 받은 사람은 극히 드물었고, 황궁 바깥에 소문이 날 정도로—샤토루가 나를 맞이하기 위해 하녀들을 닦달한다는 이야기였다—대대적인 준비를 하는 건 내가 처음이어서였다.

그래서일까? 도비네 부인의 가게에 재방문하였을 때도, 잡화점에 들러 모자에 달 깃을 살 때도 사람들은 내게서 시선을 거두지 않았다. 모두가 숨을 죽이며 샤토루와 나의 두 번째 만남을 주시하고 있었다. 어쩐지 굉장히 특별한 사람이 된 것 같아 기분이 묘했다. 이런 식으로 주목받는 건 두 번째지만 악의가 적은 건 처음이라 더더욱 그러했다.

황궁에 방문하는 날은 금세 다가왔다. 마차를 타고 궁의 정문을 통과하는 게 손쉬워질 정도였다. 겨우 두 번째 방문일 뿐인데도 나를 맞이하는 시녀의 태도가 극히 공손해졌다. 마중하러 나오는 숫자 또한 늘었다.

한 걸음을 옮길 때마다 숨을 들이켜는 사람들이 늘어났다. 그림자처럼 길게 따라다니는 시선은 길고도 진득했다. 틈을 보이면 한입에 날름 삼킬 것같이 말이다. 나는 등을 꼿꼿이 세웠다.

마담 드 샤토루는 문이 열리기가 무섭게 밖으로 뛰어나왔다. 채신머리없는 행동에 모두가 기겁했지만, 그녀는 아무렇지 않다는 듯 내 손을 붙잡았다. 그러고는 방긋 웃음 짓는데, 그 웃음이 어찌나 요염한지 모두가 넋을 잃고 마리안을 바라볼 정도였다.

"시스에! 너무 늦었잖아요."

"네, 마리안. 많이 기다렸나요? 죄송해요. 어떻게 하다 보니까 늑장을 부리게 되었어요."

"으음, 사실 그렇게 늦은 것도 아니죠. 그저 좀 더 빨리 그대를 보고 싶었던 내가 심술을 부리는 거니까요. 오, 세상에. 시스에! 내가 준 핀을 꽂고 왔군요. 너무 아름다워요."

그녀는 내 머리카락에 매달린 핀을 발견하고—눈썰미가 좋기도 하지—뺨을 붉힐 정도로 매우 좋아했다. 그리고 내 손을 이끌어 어느 한 방향을 향해 가는데, 걸음이 어찌나 빠르던지 숨을 헐떡일 정도였다. 시녀들 또한 그녀의 속도를 따라가지 못했다.

마리안은 나를 화려한 무늬가 아로새겨진 문 앞으로 이끌었다. 과거의 기억이 맞는다면 그곳은 그녀가 황제를 위해 마련한 작은 무대가 자리한 방일 것이다. 그녀는 손수 문을 열며 내게 아주 재미있는 것을 준비해 놓았으니 지루하지 않은 시간을 보낼 거라 호언장담했다.

"폐하께서 허가하신 귀족들 외에 이렇게 사적으로 관람하는 건 그대가 처음이에요."

마리안이 준비한 연극이라면 뻔했다. 홍등가에서나 볼 수 있는, 굉장히 천박하고 음탕한 농담이 가득한 저질스러운 극이었다. 하지만 꽤 인기가 좋았다. 그녀가 준비한 연극은 고상하기 짝이 없는 귀족 나리들의 은밀한 욕구를 자극하는 데 충분했으니까. 예법이라는 작은 가시 갑옷에 옴짝달싹하지 못하는 그들이 언제 또 이런 극을 볼 수 있겠는가? 게다가 황제와 함께 은밀한 공관에서 함께 관람하는 연극이었다. 그것은 극의 내용이 취향에 맞지 않더라도 이런 중요한 자리에 함께했다는 정신적인 즐거움을 충족시키기에 충분했다.

방의 내부는 무언가 기묘했다. 동양의 문물이 뒤섞인 가구들은 곳곳에 걸린 붉은 천과 함께 어우러져 음탕한 분위기를 연출하고 있었다. 커다란 베개를 지지 삼아 모로 엎드려 앉는 관람석 또한 생소했다. 하지만 가슴골을 내어놓는 드레스가 유행인 지금, 이보다 더 유혹적인 장소는 없을 거라 확신할 수 있었다.

마리안은 내 손을 이끌었다. 그녀는 매우 친절하게도 어떤 자세로 관람해야 하는지 알려 주었다. 베개의 정중앙에 놓인, 다과가 담긴 은쟁반을 중심선으로 잡고서 서로 갈라져 옆으로 엎드리는 식이었다. 그녀는 내가 어정쩡한 자세로 엎드리자 목젖이 보일 정도로 크게 웃었다.

"이건 창녀들이 아주 잘하는 자세죠."

그녀는 마치 선생처럼 자세를 취하는 방법을 자세히 보여 주었다. 창녀가 하는 자세에 대한 불쾌감은 뒤로하더라도 꽉 끼는 코르셋과 허리띠로 인하여 불편함을 느낀 나는 등을 기대어 앉는 것으로 만족했다. 마리안은 그런 나를 바라보며 고양이처럼 웅크린 상태로 만족스러운 웃음을 짓고 있었다.

잠시 후 그녀가 쟁반 위에 놓인 작은 종을 가볍게 흔들었다. 그러자 정면을 가리고 있던 두꺼운 커튼이 옆으로 밀려나며 작은 무대가 드러났다. 그곳에는 여인—귀부인 역할인지 가슴이 반 드러나는 화려한 드레스를 입고 있었다—과 기사 하나가 의자에 앉아 있었다. 배우는 단둘뿐인지 그 외의 사람들은 보이지 않았다.

배우들은 마리안과 나를 향해 인사를 하더니만 곧 연극을 시작했다. 내용은 단순했다. 기사가 순진하기 짝이 없는 젊은 귀부인을 희롱하기 위하여 염소의 불알을 그녀의 치맛자락에 슬쩍 밀어 넣고 유혹한다는 줄거리였다. 기사 역할을 맡은 사내는 매우 능청스러운 어조로 불한당 같은 역할을 충실하게 수행했다.

"사내란 가끔 불알이 떨어질 때도 있답니다. 그래서 바지에 불알을 담는 주머니를 만들어 달기도 하지요."

"그게 그럴 수도 있나요? 아, 정말 편리하겠어요. 보아요. 내 가슴도 떼어 내어 보관할 수 있으면 좋으련만. 이렇게 크니 덜렁거려 불편하기만 한걸요."

"안타깝게도 사내만이 누릴 수 있는 자그마한 축복이자 기쁨이죠. 어쨌든 제 불알을 찾을 수 있도록 도와주시겠습니까? 제 생각이 맞는다면 아마 부인 쪽으로 굴러 들어갔을 것입니다."

마리안은 세상에 다시없을 재미있는 것을 본다는 듯 낄낄거렸다. 그녀는 불알이라는 말이 나올 때마다 박장대소하고 있었다. 그러면서 힐끔 내 얼굴을 살펴보았는데, 웃지 않는 내가 불만스러웠던 것인지 몇 번을 계속 탐색하듯 바라보다 결국 손을 들어 연극을 중지시켰다. 갑작스러운 중지 요청에 배우들은 겁에 질려 뻣뻣하게 굳어 있었다.

"재미없나요? 하나도 웃지를 않네. 폐하께서는 굉장히 좋아하신 내용이었는데요."

나는 곤란하다는 듯 옅은 미소를 지으며 말했다. 두 눈을 느리게 깜빡이며 말하는 내 모습이 아무것도 모르는 순진한 소녀처럼 비치기를 바라며 말이다.

"죄송해요. 어디에서 웃어야 하는지 모르겠는걸요."

마리안, 황제의 창부는 턱을 괸 채 나를 지그시 바라보았다. 마치 내 눈동자를 통해 거짓말을 찾아내겠다는 듯이 말이다. 그리고 잠시 후 그녀의 입이 벌려졌다. 마리안은 믿을 수 없다는 듯 보석 가루가 매달린 속눈썹을 빠르게 위아래로 흔들었다.

"시스에의 또래쯤 되면 창녀들이 찾아가 즐거운 교육을 해주지 않나요? 아니, 저잣거리에서 뛰어놀았을 적 들어 보지 못했나?"

"무엇을 말씀하시는지 모르겠지만, 전혀 해당 사항이 되지 않아요. 그리고 교육 부분은."

나는 부끄럽다는 듯 양손으로 뺨을 감싸며 느릿하게 대답했다.

"……다들 제가 그러한 교육을 받는 걸 원하지 않았어요. 그러니 애써 마련해 주신 연극을 즐기지 못하는 제 허물을 탓해 주세요."

그녀가 다시 한번 손짓하자 시녀는 물론이고 연극배우들까지 우르르 빠져나갔다. 마리안이 이곳에서 어떠한 대접을 받고 있는지 알 수 있는 대목이었다. 어쨌든 그녀는 굉장히 기묘한, 마치 처녀를 희롱하는 불한당 같은 미소를 지으며 내게 다가왔다. 차갑고 매끄러운 타인의 손이 내 뺨과 턱을 쓸어내렸다.

"이래서 사내들이 처녀를 찾는가 봐. 어쩜 이렇게 빛날 수 있지? 탐나잖아."

"무엇이오?"

"내가 소녀였을 적 잃어버린 것이오. 다시 오지 않을 찬란한 보석 같은 게 있답니다."

"그게 제게서 보이나요?"

마리안은 대답 대신 고개를 숙여 내 뺨에 부드럽게 키스했다. 동시에 내 귀에 입술을 대고 속삭이듯 물었다. 마치 속내를 드러내라고 유혹하는 것처럼 말이다.

"폐하의 은총을 얻고 싶나요? 그렇게 하고 싶다면 도와주죠. 아마 시스에 그대는 많은 보석과 아름다운 드레스, 그리고 귀가 녹을 것같이 달콤한 아부를 얻을 수 있을 거예요. 이토록 순진하고 아름다우니까요."

마담 드 샤토루가 황제의 은총을 유지할 수 있었던 건 그녀의 빼어난 외모와 몸매, 타고난 교태 때문만은 아니다.

마리안은 황제가 한 여자에게 머무르지 않는 사내임을 알았고, 쾌락을 탐미하는 만큼 쉽게 싫증을 낸다는 것 또한 재빨리 파악했다. 그래서 그녀는 황궁 내에 작은 방을 만들어 황제를 초대했다. 그리고 그녀는 그곳에서 다양한 미모를 가진 어린 여인들을 진상하며 황제로 하여금 음탕한 생활을 즐길 수 있게 도와주었다. 당연하게도 이 늙고 방탕한 황제는 궁내의 여인들과 달리 교태와 아양으로 가득한 여인들이 주는 쾌락에 쉽게 빠졌고, 그런 즐거움을 제공해 주는 마리안을 총애했다.

엄밀히 말하자면 마리안이 운영하는 모임은 코르티잔과 다른 개념이었다. 그녀가 데려온 여인들은 하룻밤만 보낼 수 있는, 자신의 권력에 방해되지 않는 소모품에 불과했다. 권력을 누리고픈 야망을 품은 시골 귀족 처녀나, 궁내의 하녀는 마리안의 눈에 들 수 없었다. 그렇기에 나는 그녀의 제안이 매우 의아하다고 생각했다.

어쨌든 어떻게 해야 잘 거절할 수 있을까? 저의 신경을 거슬리지 않게끔 아주 조심히 말이다. 나는 잠깐의 고민 끝에 조금 전 내보인 순수함을 유지하기로 마음먹었다.

"전 폐하를 연모하지 않아요."

"동화 속에 나올 것 같은 말이네요. 내가 가지고 있는 것이 탐나지 않아요? 모두가 우러러봐 줄 거예요. 구미가 당기지 않나요?"

"하지만 사랑이 없는걸요."

사랑이라는 단어를 말할 때 나도 모르게 혀끝을 깨물 뻔했지만 가까스로 견뎌 냈다. 마리안은 내 대답이 매우 재미있다는 듯 다시 크게 웃었다. 그것은 '사랑'을 언급한 나에 대한 조롱이며 순수에 대한 비난이었다.

"오, 사랑이라……. 이런, 가엾고도 귀여운 시스에. 알고 있나요? 진정한 여인은 그런 말을 내뱉지 않아요."

"그렇지만 마리안, 그렇다고 해서 마음이 없는 분의 은총을 얻을 필요도 없는 거지요."

"상상도 못 할 권력과 아름다운 보석이 그대의 것이 된다 하더라도?"

"제발 마리안, 제 환상을 깨부수지 말아주세요. 전 다른 소녀와 다를 바가 없답니다. 저를 사랑해 주는 멋진 기사님과 함께하고 싶은 그런 소소한 미래를 꿈꾸고 있으니까요."

"풉, 이렇게 요염한 눈매와 풍만한 몸을 가졌으면서 말이에요? 오라, 이제야 알 것 같군요. 시스에 그대에게 내가 줄 수 있는 건 이런 작은 즐거움이 아니었어요. 겨우 마음에 드는 사람을 찾았는데, 그만 놓칠 뻔했잖아."

그녀의 손끝이 내 턱을 들어 올렸다. 고양이 같은 앙큼한 눈동자가 나에게 가까이 다가와 있었다. 숨결이 느껴질 정도로 바짝 붙은 얼굴은 기묘한 떨림을 전해 주었다. 마리안은 덮치려는 것처럼 내 위에 올라타 있었다.

"친애하는 친구를 진정한 여인으로 만드는 것만큼 즐거운 일은 또 없을 테지요. 나는 그대를 꽃처럼 피우게 해주고 싶어요. 그러니 허락해요. 나에게 모든 것을 내맡기겠다고. 나를 믿는다고 말하는 거예요."

"그렇게 한다면요? 아니, 믿어요."

내 말에 마리안이 '거짓말'이라 말하며 볼에 가볍게 키스했다. 잠깐의 접촉이지만 마리안은 마치 달콤한 것을 들이켠 듯 황홀한 표정을 지으며 기분 좋은 웃음을 흘렸다. 어쩌면 내 대답 속에 숨겨진 경계를 읽는 건 그녀에게 있어 아주 손쉬운 일이었나 보다. 그러니 백치와 같은 행동을 하면서도 온갖 암투가 오가는 궁정 생활을 평온히 유지할 수 있었을 게다.

황후를 조롱하는 대담함은 또 어떠한가? 어쩌면 철없이 굴며 궁 여기저기를 쑤시는 행동이 저를 보호하기 위한 가면일지 모른다는 생각이 들었다. 이곳에서 황제의 창부에 대해 잘 알고 있노라 자신 있게 대답할 수 있는 사람이 몇이나 되겠는가? 아니, 있기나 할까? 황제라 할지라도 마담 드 샤토루가 어떤 여인인지 알지 못할 거라는 생각이 깊게 드는 건 무리가 아니었다.

"자, 인제 그만 일어나요. 친애하는 그대에게 내 개들을 소개해 주죠."

개? 그녀가 개를 키운다는 소리를 들은 적이 없는데?

돌아오기 전에도 마리안은 여타의 귀족 부인들이 하나씩 가지고 있는 고양이나 개와 같은 작은 동물들에 관심을 보이지 않았었다. 그렇기에 나는 알 수 없는 말을 하는 그녀의 행동에 두 눈을 깜빡이며 되물었다.

"어떤 종류의 개지요?"

마리안은 얼굴 가득 깊은 호선을 그리며 기묘한 미소를 지었다. 그것은 조롱에 가까운, 저의 숨겨진 진면목을 살짝 엿볼 수 있게 만드는 진실 된 태도였다. 그녀는 이번에야말로 나를 즐겁게 만들 수 있다는 듯 자신만만한 얼굴로 확신하듯 말했다.

"보면 알 거예요. 그리고 깨닫게 되겠죠. 내가 왜 개를 소개해 준다고 말을 했는지."

누군가 말했다. 첫 번째와 두 번째는 다르다고. 그것은 숫자의 개념을 넘어선, 둘 사이에 얼마만큼의 차이를 두느냐에 따라 변질될 수 있는 말이었다. 적어도 나에게는 첫 번째와 두 번째의 차이가 여실하게 와 닿았다. 그것은 모두의 질투를 불러일으키는, 매우 확고한 차이이며 총애였다.

마리안을 처음 방문하였을 적 우리는 분명 시간을 정해 놓고 있었다. 하지만 그녀를 다시 찾아온 지금, 나는 내가 그녀와 하루를 온전히 다 쓸 수 있음을 알게 되었다. 그 말인즉 내가 마리안이 제공해 준 침실에서 잠을 잔다 하더라도 뭐라 할 사람이 없음을 의미했다. 주어진 시간이 많기에 그녀가 자랑하는 '개'들을 볼 수 있는 건 당연한 일이었다.

마리안은 티 테이블에 둘러앉은, 고상함을 가장하는 여인들을 가리키며 자랑스러운 얼굴로 나를 응시했다. 그녀들은 마리안이 나타나자마자 반사적으로 자리에서 일어나며 그의 비위를 맞추려고 애를 쓰고 있었다. 마치 주인의 총애를 받으려고 낑낑거리는 '개'처럼 말이다. 그래, 그녀의 말마따나 나는 보자마자 저들이 '개'라는 것을 알 수 있었다.

마리안은 애완동물을 보는 취향이 고약한지 먹이를 주지 않으면 언제라도 자신을 물어뜯을 수 있는 버릇 나쁜 개들을 몇 거느리고 있었다.

나는 나라는 새로운 인물의 등장으로 경계심을 잔뜩 돋우고 있는 테이블에 다가가며 마리안에게 속삭였다.

"굉장히 버릇이 없군요."

주인의 친구도 몰라보고 말이죠. 마리안은 덧붙인 말에 미소를 지으며 응답했다.

"그렇기에 목줄을 잡아당기는 맛이 있어요."

마리안, 아니, 마담 드 샤토루는 그들에게 나를 비슈발츠가의 소녀라고 소개했다. 친구니 뭐니 하는 여타의 다른 소개는 없었다. 그녀의 말은 담백했고, 마치 나와 조금 선을 그으려는 것처럼 보였다. 여인들은 마리안의 소개에 화색이 만연한 표정으로 자신들을 소개했다. 나는 그들의 이름을 들으며 과거에 저들이 마담 드 샤토루의 곁에 있었나 곰곰이 생각해 보았지만 결론을 내릴 수 없었다. 다만 보석만 덕지덕지 붙은 촌스러운 드레스를 보고 있자니 허영심에 들떠 사리 분간을 할 수 없었던 지난날의 내가 생각나는 것 같았다.

어쨌든 개들은 대단히 유능한 험구가들이었다. 그녀들은 새로 나온 보석이나 드레스, 요즘 유행하는 머리 모양을 아주 꼼꼼하게 잘 헐뜯었고 자신들의 시중을 드는 하녀들에 대해 불평했다. 그러다가 사교계에 떠도는 은밀한 소문들을 꺼내며 비웃기 시작했다.

나는 마리안의 곁에 앉아 그들이 하는 이야기를 듣고 있었다. 하지만 대부분이 못 들어줄 수준처럼 느껴졌다. 개들의 대화 기술은 디뵌젤 저택에서 나누었던 대화를 고려할 때 너무나 질이 떨어졌다. 그들의 말에는 질투심이 가득했고, 그럴듯한 유추보다 확신에 가까운 비방이 많았기에 가려야 할 허구가 많았다. 저들의 대화가 디뵌젤 저택의 어린 소녀들보다 나은 게 있다면 말의 끝에 항상 마리안에 대한 아부가 곁들여 있다는 점이었다. 이것이야말로 훌륭한 아첨가의 표본이 아닌가?

마리안은 자신에게 쏟아지는 모든 아부를 기꺼이 즐기고 있었다. 개들이 아웅다웅하며 낑낑거리는 모습을 흐뭇하게 지켜보는 모습이 그러했다. 출신에 따른 열등감을 이런 식으로 해소하는 것처럼 말이다. 어쨌든 이 떠버리들은 사교계에 다시 돌아갔을 때 나에 대한 이야기를 아주 열정적으로 떠들 게 분명하다. 이것을 실로 봐야 할까, 득으로 봐야 할까? 나는 도무지 알 수가 없었다.

티타임은 한 시간 동안 이루어졌다. 나는 이 지루한 시간을 견뎌 내기 위해 무수히 많은 인내심을 소모해야 했다. 이건 티타임이 아니라 고문이었다. 하지만 마리안은 그녀 생에 들을 수 있는 온갖 찬사를 다 들은 다음에야 개들을 방목했다.

"귀가 즐거운 시간이죠."

그녀는 이를 드러내며 천박하게 낄낄거렸다. 나는 침묵하며 그녀의 말에 동조하지 않았다. 하지만 마리안은 실망하지 않았다는 듯 내게 말했다.

"나도 내 뒤에 졸졸 따라다닐 개들이 필요해요. 그래야 밀리지 않죠. 혼자 싸우는 것보단 낫거든요."

"누구와요?"

"날 경멸하는 모든 사람. 날 질투하는 사람들 말이죠. 시스에도 싫어하는 사람이 있나요?"

나는 대답하지 않았다. 마리안은 그럴 줄 알았다는 듯 부드럽게 미소를 지으며 내 손을 잡았다.

"나라면 비슈발츠가가 미울 거야. 굉장히 많이 미울 거야. 내가 시스에라면 정말 그랬을 거예요."

요즘 유행이 풍성하게 말아 올린 속눈썹 위로 작은 보석 가루를 뿌리는 거라 했었나? 기이하게도 마리안의 말보다 그녀의 속눈썹과 눈동자에 시선이 가고 있었다. 그녀의 눈동자에 담긴 나는 어떤 시선을 하고 있지? 어떤 얼굴을 하고 있을까? 아, 다행히 나는 아무렇지 않다는 듯 웃고 있었다. 재미있는 이야기를 들었다는 듯이. 흘러나오는 목소리 또한 굉장히 덤덤했다.

"왜 그렇게 생각하시는데요?"

"시스에, 나는 아둔하고 멍청하지만 어리석지는 않아요. 내가 이곳에서 살아갈 수 있는 유일한 무기는 바로 '눈치'거든요. 그러니까 왜냐고 묻지 말아요. 너무 섭섭할 테니까. 자, 그럼 이제 나는 그대를 어떻게 여인으로 만들 수 있을지 고민해 봐야겠어요. 그대에게 어떤 개를 붙여 줄지 또한 말이죠."

"개…… 말씀인가요?"

마리안이 눈을 깜빡이며 애교스럽게 웃었다. 그리고 당연한 것을 묻는다는 듯 내게 속삭였다.

"내 친구인데 그 정도는 되어야 하지 않겠어요? 그대에게는 혈통 좋은 개들을 붙여 줄게요. 폐하께서 분명 허락하실 거야. 오히려 굉장히 흥미진진해하시며 응원의 말을 보내실지도 모르죠. 요즘 다들 무료하거든요."

새빨간 혀가 입술을 핥았다. 아, 내가 아는 마담 드 샤토루가 여기에 있었다. 그녀가 말했다.

"재미있는 게 필요해. 그러니 친애하는 시스에, 날 즐겁게 해줘요."

샤토루와의 만남은 세 번째, 네 번째에 이르러 나중에는 거의 일상이 되다시피 했다. 사람들은 내가 창녀의 총애를 받는다 조롱했다. 하지만 그 이면에는 권력의 정점에 있는 여인의 시선을 끈 나에 대한 질투가 숨겨져 있었다.

그 변덕스러운 창녀의 마음을 어떻게 움직였을까요?

누군가는 마담 드 샤토루가 나를 통해 동성애에 눈을 떴다 말하기도 했다. 높으신 분 중 이 고상한 취미에 탐미하지 않은 사람은 몇 없으므로 황제의 늙은 성기에 지친 창녀가 저를 즐겁게 해줄 장난감으로 나를 들인 게 아닌가 싶은 것이다.

마담 드 라발리에가 나를 부른 것은 이러한 소문이 사교계를 휘몰아치다시피 할 즈음이었다. 그녀는 내가 비슈발츠가의 명예를 떨어뜨린 것처럼 길길이 날뛰었다.

"네가 기어코 자신의 명예를 바닥으로 짓밟는구나. 네 이름 뒤에 무엇이 붙어 있는지 모르는 모양이더냐?"

나는 태연한 목소리로 대답했다.

"사람들은 언제나 자극적인 걸 원하죠. 그 대상이 제가 되었을 뿐, 어느 누가 그 자리에 섰어도 변하지 않았을 거예요."

"그러니 몸을 더 사렸어야지. 그 천박한 여인이 네게 무슨 득이 된다고 지속해서 만나는 것이냐? 네가 무어라고!"

"하지만 아무도 저에게 확답을 내려 주지 않아요. 그래서 행동할 수밖에 없었어요."

"무엇을?"

"제가 앞으로 만나 봐야 할 사람들, 그들이 궁금했어요."

출신이 천한 내게 누가 다가올 수 있을까? 나는 그것을 물어보고 있었다. 마담 드 라발리에 그녀조차도 나를 자신들의 무리에 소개할 마음조차 먹지 않고 있지 않은가. 그렇지 않는다면 진작 그녀가 주최하는 티타임에 몇 번 불러 나를 알렸어야 했다. 하지만 그 모임에 초대받아 가는 건 로에나뿐이었다.

라발리에는 손을 이마에 얹은 채 잠시 침묵했다. 들썩이는 어깨가 점차 잦아드는 것으로 보아 흥분을 가라앉히려고 노력하는 것 같았다.

나는 고개를 돌려 응접실을 구경했다. 지루한 시간이 흘러가고 있었다. 마담이 다시 입을 연 건 두 번째로 따른 차가 차갑게 식었을 때였다.

"창녀가 만들어준 길은 아무도 인정하지 않는다. 아직 늦지 않았어. 오늘부터 너는 아플 거니까. 운신조차 할 수 없을 정도로 많이 아픈 거다. 알겠니?"

"네."

고분고분한 대답이 마음에 들었는지 한결 편안해진 목소리로 라발리에가 말을 이어 나갔다.

"소문이란 바람 앞에 놓인 먼지와 같아. 퍼질 때는 아주 멀리 퍼지지만, 그 영향은 극히 미미하여 눈을 비비지만 않는다면 언제 그런 게 있었냐는 듯 잊어버릴 거다."

"하지만 고모님, 한 가지만 이해해 주세요."

"무엇을 말이지?"

"제게 선택 사항이 없다는 것을요. 그리고 고모님께 언제나 순종적이라는 것을 말이지요."

암만 아프다 하더라도 마담 드 샤토루가 부르면 기어서라도 갈 수밖에 없는 게 지금의 나였다. 그 때문에 당신의 명령에 복종하고 싶어도 불가항력에 가까운 일이 주어지면 어쩔 수 없다 미리 변명하는 것이다.

마담은 눈썹을 찌푸리며 불쾌함을 표시했지만, 이번에는 아까와 같은 분을 토해 내지 않았다. 그저 주입하려는 것처럼 처신을 잘하라는 말을 반복했다. 나는 고개를 끄덕이며 알겠다고 대답했다. 하지만 사람들의 입에 오르내리는 주제가 된 이상 '처신'은 더는 내 것이 아니게 되었음을 우리는 알고 있었다. 다만 그것을 어떻게 더 이롭게 활용할까에 대한 문제일 뿐. 어쨌든 마담 드 라발리에는 이번에도 내게 손을 내밀어주지 않았다. 짐승에 가까울 정도로 완벽한 감을 자랑하는 그녀인지라 내 이면에 감추어진 작은 뱀 한 마리를 감지한 모양이다.

나는 다시 한번 고개를 숙인 채 화려한 드레스 속에 감춰진, 그녀의 탐스러운 발목을 바라보았다. 언제쯤 저것을 물어서 고꾸라뜨릴 수 있는지, 갈증이 일었다. 그저 어서 빨리 커서 모두를 삼킬 수 있는 거대한 괴물이 되기를 바랄 뿐이다.

어머니는 내가 라발리에에게 혼나 기가 죽을 거라 생각했는지 내게로 달려와 안색을 살피기에 바빴다. 아마 어머니의 머릿속에는 여인들을 둥글게 세워 놓은 채 강한 압박감을 넣었을 당시의 공포가 살아 있을 것이다. 하지만 아무렇지 않다는 듯 자수를 놓고 있는 내 모습에 기가 찬 것인지 허탈한 웃음을 지었다. 담담한 어조로 말하는 내 태도에 어이가 없다는 듯 입을 딱 벌리기까지 했다.

"전 이제 아플 거예요."

"뭐라고? 다시 말해주지 않겠니? 방금 무어라고 했니?"

"전 이제 무척 아파서 어디도 나가지 않을 거라는 말씀을 드리는 거예요."

"맙소사. 이제는 네 외출도 강제한다는 것이니? 고모님께서 너에게 어디도 나가지 말라고 그랬어?"

"그리 나쁜 선택은 아닌걸요. 지금쯤 애를 타게 할 필요도 있으니까 말이지요."

"시스에, 애야. 너 지금 무슨 말을 하는 거니?"

"어머니. 전 잘하고 있어요. 그러니 그런 표정으로 바라보지 말아요."

"황제의 창부로 인해 모두의 희롱 대상이 되고 있는데도 말이냐?"

"어차피 받아야 했을 모욕인걸요. 이 저택에서 칭송의 대상이 될 수 있는 건 로에나뿐이라는 걸 설마 모르시는 거 아니겠죠? 어차피 먹을 욕, 지금부터 먹는다 하는데 뭐가 문제인가요?"

지체 높으신 어르신들의 눈에 딱 맞는 사람이 몇이나 된다고 말이다. 어머니는 안색을 굳히며 내게 물었다.

"샤토루와 같은 권력을 얻고 싶은 것이니? 비슈발츠라는 이름이 네게 부족해?"

"아뇨. 그렇지 않아요."

"그럼, 무엇인데?"

나는 대답하지 않았다. 단정 지어 말할 수 있는 단어가 생각나지 않았기 때문이다. 내가 바라는 건 그저 지난날의 괴로움이 되풀이되지 않는 것이다. 굳이 꼽자면 자격지심일까? 그래, 그럴 수도 있다. 아니면 애정 결핍인가? 이것도 맞는 말일 수 있겠다. 과거의 내가 가장 목말라했던 건 사랑이었으니. 그럼 탐욕일까? 샤토루와 가까워지면 질수록 권력이라는 게 부가적으로 딸려 올 테니. 탐욕스러워지지 않을 수는 없을 게다. 그러니 부인할 수 없다. 그리고 증오? 아, 역시 증오려나. 비참하게 구겨져 버린 내 인생에 대한 극히 이기적인 마음에서 비롯된 비뚤어진 마음 말이다.

어머니가 손을 뻗어 나를 당신의 품으로 끌어당겼다. 이런 내가 안쓰러워 견딜 수 없다는 듯 말이다. 포근하고 따뜻한 품에 눈이 스르륵 감기고 있었다. 등을 쓰다듬는 손길은 퍽 부드러웠다.

"궁에서 연락이 오면 꼭 알려 주세요."

어머니의 입에서 흘러나오는 말은 없었다. 하지만 나는 그것이 무언의 승낙임을 알았다. 아니, 승낙하지 않았다 하더라도 내 부탁을 들어줬을 것이다. 어머니는 언제나 그런 사람이었으니까. 그러니 어머니의 품에 이토록 안도감을 느끼는 거다.

마담 드 라발리에를 만난 이후 나는 병을 핑계로 두문불출했다. 바깥에 나갈 수 없을 정도로 크게 앓고 있다고 말이다. 하지만 이러한 소문이 퍼졌음에도 나를 초대하려는 사람들로 인해 사이드 탁자는 늘 초대장으로 꽉 차 있었다. 그들의 대부분은 샤토루와 연줄을 대고 싶어 하거나 소문의 진실을 파헤치려는 대담한 성품의 소유자들이었다.

마리는 페이퍼 나이프를 이용하여 편지를 뜯으면서 끊임없이 종알거렸다.

"아프다고 하는데 왜들 이러는지 모르겠어요."

나는 쿠션을 지지대 삼아 비스듬하게 드러누우며 '그러게 말이야'라고 말했다. 놀랍게도 로에나의 편이라 생각하는 사람들조차 그녀를 이용하여 내게 넌지시 만나 볼 것을 요청하고 있던 참이었다. 아아, 이토록 가십에 민감한 사람들이라니. 극성도 이런 극성이 따로 없었다.

"그런데 아가씨, 샤토루 부인이 소유하신 궁이 그토록 아름답나요?"

마리가 궁금하다는 듯 내게 물었다. 그녀의 옆에 앉아 편지를 정리하던 세릴도 못내 궁금하다는 듯 귀를 쫑긋거렸다. 나는 심드렁한 표정으로 대답했다.

"그래. 볼만하단다."

"폐하가 초대한 사람 외에 들어가 본 적이 없었던 '극의 방'에도 들어가 보셨다면서요."

"그럼."

"어떠셨어요?"

대답 대신 마리를 빤히 바라보았다. 필시 내 표정은 말하기 귀찮다는 듯 무료함이 덕지덕지 묻어나 있을 것이다. 고요한 침묵에 마리는 재빨리 입을 다물었다.

나는 병으로 드러눕기 전 아이린에게 편지를 썼다. 이런저런 가식적인 말투로 그동안의 안부를 묻는 건 둘째 치고라도 샤토루와의 만남 때문에 나를 경계하는 그녀의 마음을 누그러뜨려야 할 필요가 있었다. 아이린과 같은 이를 적으로 돌리는 것만큼 어리석은 일이 없다는 걸 아주 잘 알고 있었기 때문이다. 그래서 디뷘젤 공녀에게 소문만큼 총애를 받고 있지 않으며, 내가 아주 곤란한 상황에 빠져 있음을 깊게 토로했다.

『······전 항상 같은 자리에 있어요. 다만 그것을 믿지 않는 사람들이 있을 뿐이지요. 어떻게 하면 제 진정을 모두에게 내보일 수 있는지, 저는 무척 답답할 뿐이랍니다. 모든 사람이 저를 비난하며 날을 세우고 있어요. 오, 이 상황에서 제가 어떻게 해야 할지······ 제 절망이 느껴지시나요? 그러니 부디 디뷘젤 영애, 아니, 언니님만큼은 저를 감싸 주세요.』

그녀의 답장은 예상외로 일찍 도착했다. 내용은 고루할 정도로 판에 박힌 말들이 적혀 있었다. 나는 너를 믿는다, 주변의 시선에 흔들리지 마라. 훌륭한 필체에 녹아 들어간 편지의 내용은 퍽 다정했지만, 그만큼 건조했다. 편지와 함께 동봉된 꽃술이 수놓아진 비단 머리끈은 값싼 위로의 대가였다.

하지만 그 덕분에 내가 디뵌젤 공녀와 완전히 친해졌음을 알릴 수 있었으니, 나름의 성과라 할 수 있었다. 어머니뿐만 아니라 양부, 특히 마담 드 라발리에는 내 대인 관계가 샤토루에 편향되지 않았음에 안도했다. 특히 디뵌젤 공녀의 저택에서 만났었던 영애들이 보낸 위로의 꽃다발은 그러한 생각에 힘을 실어주고 있었다.

그러나 미카엘 아이레스까지 내게 꽃을 보낼 줄은 몰랐다. 이건 나도 미처 예상하지 못한 변수였다. 그는 특유의 날렵한 필체를 과시하며 자신의 이름이 적힌 쪽지를 꽃다발 속에 섞어 보냈고, 꽃을 받으러 나온 하녀에게 스스로의 존재감을 강렬하게 각인시키기까지 했다.

사람들은 그 고고한 기사가 아직 사교계에 데뷔조차 하지 않은 소녀에게 아름다운 꽃다발을 보낸 것에 놀라워했다. 신사라면 당연히 해야 할 에스코트조차 껄끄러워하는 그였기에 이러한 행동은 파격에 가까운 일일 수밖에 없었다.

무엇보다 하인이 아닌 그 스스로가 직접 백작가에 발을 내디뎠다는 것에 경악을 더했다. 믿을 수 없게도 그가 꽃다발을 받으러 온 하녀에게 '비슈발츠 영애가 하루 빨리 회복하기를 진심으로 빈다고 전해 주십시오'라고 말하며 부드러운 미소를 지었다는 것이다. 그 미카엘 아이레스가 말이다! 비슈발츠가뿐만 아니라 사교계가 발칵 뒤집힌 당연한 일이었다.

불편하게도 그가 보낸 꽃들은 신중히 고른 듯 매우 싱싱하고 활기가 넘쳤다. 꽃에 대한 미학이 눈곱만큼도 없는 내가 봐도 아름답다고 느낄 정도였으니까.

마리는 어쩜 이렇게 예쁜 꽃들이 다 있냐며 감탄에 감탄을 거듭했다.

"아가씨, 꽃병에 꽂아 탁자에 올려놓을까요?"

다른 영애들이 보낸 대부분의 꽃은 목욕할 때 쓰기 위해 죄다 뜯어 놓은 상태라 이것 역시 목욕 도구로 사용하기를 바랐다.

그러나 마리를 비롯한 주변 사람들이 필사적으로 말렸다. 특히 어머니의 반대가 심했다. 어머니는 미카엘 아이레스가 내게 관심을 보인다는 사실에 무척 흥분한 모양이다. 그녀는 상기된 표정으로 곧잘 그에 대한 좋은 소문을 이야기하곤 했다. 심드렁한 딸의 표정은 보이지 않는지 더 들뜬 모양이었다.

아아, 나의 사랑스러운 어머니는 이 보잘것없는 딸에게 곧 미카엘 아이레스라는 좋은 혼처가 들어오리라고 생각한 것 같다. 내가 이제 겨우 16살이라는 사실을 잊어버린 것처럼.

사실 어린 소녀가 듬직하고 멋진 귀족이나 기사의 애인이 되는 건 흔한 일이므로—바람을 피우는 경우도 있었다—내 나이가 어리다는 건 걸림돌이 되지 않았다. 오로지 미카엘 아이레스와의 접점이 중요할 따름이었다. 그렇기에 사람들은 미카엘 아이레스가 왜 내게 꽃다발을 보내었는지, 그 이면에 담긴 감정이 무엇인지 추측하려 무척 애를 썼다. 로맨틱한 사랑이 되는 데 필요한 건 극적인 만남이기 때문이다.

덕분에 바빠진 건 어머니였다. 사교계의 인사들이 그녀를 통해 이 사건의 진실을 알고 싶어 해서였다. 사람들은 어머니에게 초대장을 마구 남발하며 어떻게든 이야기를 이끌어 가려고 애를 썼다. 어머니는 이러한 상황을 두려워하면서도 내심 기뻐하는 눈치였다. 그동안의 푸대접을 생각한다면 더더욱 그러했다.

그동안 어머니에 대한 사교계의 평은 극히 좋지 않았다. 백작가에 들어오기 위해 양부를 유혹한 창녀라 알려져서였다. 장성한 딸을 지닌 미망인이란 늘 그런 오해에 휩싸이게 마련이다. 하긴 고루한 처녀라도 혓바닥 몇 개를 건너뛰면 희대의 요부가 되지 않는가!

이러한 소문으로 인하여 비슈발츠가의 안주인이기 때문에 꼭 참석해야 하는 모임에서도 어머니는 말 한 마디 꺼내지 못한 채 구석에 우두커니 서서 시간을 축내었다. 당신에게 쏟아지는 무언의 힐난과 경멸을 견뎌 내면서 말이다. 그런데 요즘 마치 주인공이 되기라도 한 듯 모두가 어머니의 말에 귀를 기울이며 한 번이라도 더 말을 걸기 위해 안달이다. 그림자처럼 길게 늘어지던 비웃음이 꿈이라고 생각될 정도로 말이다. 마치 꿈을 꾸는 것 같구나. 어머니는 순수하게 기뻐했다. 보는 이로 하여금 안쓰러움을 느끼게 할 정도로 너무나 기뻐했다.

그것은 미카엘 아이레스가 보내는 꽃의 빈도수가 높아지면 높아질수록 그러했다. 첫눈에 반했다는 고백이 빈말이 아니었는지 그의 열정은 사춘기의 격정을 뛰어넘고도 남았다. 아니, 그보다 더 뜨겁게 타오르는지라 화상을 입는 게 아닌가 걱정될 정도였다.

미카엘 아이레스는 꽃을 보낼 때마다 늘 아름다운 시구 두어 절을 적어서 보냈다. 그것의 대부분은 연인에 대한 열렬한 사랑을 고백하는 대목이었고, 이는 제가 나를 마음에 두고 있음을 노골적으로 드러내는 것이나 다름없었다.

마리는 이것을 큰 자랑으로 삼아 모두에게 떠벌리고 다녔다. 어떻게 만류할 틈도 없었다. 그녀의 가벼운 입에서 나온 시구는 다른 하녀에게, 그리고 그 하녀는 저잣거리 가게의 사람에게 농담조로 이야기했다. 덕분에 안줏거리를 톡톡히 챙긴 사람들은 술에 만취한 상태에서 미카엘 아이레스의 순정을 노래했다.

'세상에 그 미카엘 아이레스가 한 명의 영애에게 이리도 열정적으로 구애하다니. 나는 그치의 심장이 얼음으로 만들어진 줄 알았지 뭐야? 그런데 그도 결국은 사내였구먼. 응? 껄껄껄.'

동시에 그의 마음을 움직인 나의 외모에 대해 궁금해하는 사람들도 늘어나기 시작했다.

어느새 비슈발츠가 내부는 나로 인해 예술적인 영감이 떠올랐다는 화가들로 인하여 인산인해를 이루고 있었다. 어떤 이는 얼음의 기사의 마음을 녹인 희대의 미녀라며 나에 대한 찬미의 시를 짓기도 했다. 아이레스 경과 나의 로맨틱한 사랑 이야기라며 쓰레기 같은 노래를 만드는 자도 있었다. 모두 미친 것처럼 그와 나에 대한 이야기에만 집중하고 떠벌렸다. 마담 드 샤토루와 얽힌 추문은 어느새 사라지고 없었다. 언제 그랬냐는 듯이 말이다.

우습게도 호사가들의 입에 오르내리는 나는 세상에 다시없을 청순가련한 소녀이면서 육체적인 요염함을 뽐내는 대단한 미인이었다. 창녀의 딸이라 조롱하던 게 마치 꿈이었다는 듯이. 혹자는 로에나조차 내 상대가 되지 않을 거라 단언했다. 우습게도 내 평생 처음 받아 보는 온갖 찬사가 여기저기서 쏟아지고 있었다.

"아가씨, 기쁘지 않으세요?"

마리는 미카엘 아이레스에게 꽃을 받을 때마다 안색을 굳히는 내가 이상하게 느껴진 모양이다. 그녀는 몇 번째일지 모를 꽃을 조심스럽게 손질하며 내게 물었다.

"그래, 기쁘지 않아."

오히려 패배감이 느껴졌다. 자신의 무력함이 이렇게 깊게 느껴지기는 또 처음이었다. 고작 사내 하나 때문에 그 모든 평판이 달라지다니……. 마담 드 샤토루와 디뷘젤 영애, 마담 드 라발리에 사이에서 아슬아슬하게 줄타기를 하던 내 모든 노력이 부질없어 보인다.

이렇게 쉽게 달라질 걸, 나는 지금까지 무엇을 한 것이지? 더더욱 비참한 건 그와의 스캔들을 통해 비슈발츠내 사람들의 날 선 시선이 예전보다 한결 누그러지고 있다는 점이다. 불행하게도 사람들의 뇌리에서 나는 이미 미카엘 아이레스의 연인이었다.

그들은 내 병이 낫는다면 곧 그에게 다가가 깊게 포옹하며 키스할 것처럼 호들갑을 떨어 댔다. 당사자는 그럴 마음조차 먹고 있지 않은데도! 차라리 어울리지 않는다 비난하면 좋으련만, 나를 조롱한 귀족 사내 하나가 미카엘 아이레스의 결투 신청을 받고 피투성이가 되었다고 하니 누가 그의 심기를 거스를 수 있을까?

얼음의 기사가 드디어 여인에게 마음을 돌렸나 싶어 과감하게 접근했던 몇몇 영애가 눈물 바람으로 뛰어나갔다는 소문 또한 비난을 잠재우는 데 좋은 효과가 있었다. 되레 나에 대한 그의 순정을 찬양하게 되었으니, 그야말로 미치고 환장할 노릇이다.

"어머나, 아가씨! 미카엘 아이레스 경이라구요. 할버드 경과 쌍벽을 이룬다는 그분이란 말이에요. 그런데 기쁘지 않다니요."

"그게 어쨌단 말이니? 내가 기쁘지 않다는데, 그가 어떤 사람인지 알게 뭐람."

"하지만……."

"그렇게 떠벌릴 시간이 있으면 가서 목욕물이나 준비하렴."

"아가씨께서는요?"

"창문에 서서 잠시 햇볕을 쬘 거야. 너무 방 안에 있었더니 답답해 죽을 것 같구나."

그녀는 불만에 가득 찬 표정으로 입을 비죽이더니 곧 인사를 하고서 바깥으로 나갔다. 나는 그런 마리의 모습에 가볍게 혀를 차며 창문가에 섰다.

우습게도 마리는 할버드 경과 대등한 명성과 실력을 갖춘 기사가 나에게 구애를 하니 더는 로에나에게 꿀릴 것이 없다 생각한 모양이다. 세릴의 말에 의하면 평소보다 더 의기양양한 표정으로 콧대를 세우고 다니며 로에나가 받았던 모든 찬사를 반박하고 다닌다는 것이다. 아니, 그러한 찬양을 받아야 할 사람은 오히려 나라면서 마고의 무리를 약 올린다 하였다. 하긴 이번 일로 인하여 비슈발츠가의 영애 하면 바로 나 시스에를 떠올리는 사람이 많아지게 되었으니 아니 그럴까.

"하지만 이런 식의 도움은 필요 없었어."

나는 오늘 미카엘 아이레스가 보낸 꽃에 들어 있던 쪽지를 바라보며 중얼거렸다. 오늘 그가 보낸 편지는 평소와 같은 달콤한 시구가 적혀 있지 않았다. 그저 마음을 어지럽히는 짤막한 문장 하나만 적혀 있을 뿐이다.

『도움을 드리고 싶었기에 감히 무례를 저질렀습니다.』

스스로의 명예가 더럽혀질 것을 각오하면서까지 나를 돕고 싶었다니, 정말 민폐 그 자체. 하지만 그의 올곧은 마음이 느껴졌기에 쓸데없는 짓을 했다 비난할 수 없었다. 다만 순수에 가까운 이 구애가 두려울 뿐이다. 이제 어떻게 그를 피해야 하지? 벌써 두 번이나 거절했는데?

문득 시선이 느껴지는 것 같아 그 방향을 향해 고개를 돌리니 나를 바라보고 있는 한 사내가 보였다.

"류스테윈 할버드……."

나는 그 시선을 피하지 않고 마주 보았다. 그러나 그것도 잠시 목욕물이 준비되었다는 마리의 말에 미련 없이 걸음을 돌렸다.

어쩐지 그의 시선이 집요하게 따라오는 것 같았지만, 착각이겠거니 하고 생각했다. 청음의 기사가 시스에 비슈발츠를 향해 그토록 애절한 눈빛을 할 리가 없으니까. 무엇을 참는 듯 주먹을 쥐고 있다는 것 또한 말도 안 되는 일이었다. 왜냐하면 그는 류스테윈 할버드이기 때문이다. 그렇기에 나는 지루함에 지쳐 잘못 본 것이라 애써 치부했다. 아니, 그렇게 생각하는 게 마음이 편했다. 스스로를 위해서 말이다.

대외적으로 알려진 내 병세는 자리를 떨치고 일어나지 못할 만큼의 중병이었다. 그래서 나는 뜨거운 여름이 지나고 서늘한 가을이 올 동안 비슈발츠가를 떠나지 못했다.

사람들은 그런 나를 매우 연약한 소녀라 생각했고, 연약함과 요염함의 공존이 있을 수 있는 것인가에 대해 격렬히 토론했다. 항간에는 미카엘 아이레스 경이 좋아하는 여인상이 곧 쓰러질 것 같은 미인이라는 헛소문이 돌고 있었다.

그래서인지 가녀림을 강조하기 위해 코르셋을 너무 조이다가 갈비뼈가 부러진 여인이 하나둘씩 생겨나기 시작했다. 얼굴색을 창백하게 만들어주는 뼛가루—재료는 정확하게 알려지지 않았다—분이 귀족 여인들 사이에서 불티나게 팔린다는 건 비밀도 아니었다.

어쨌든 병으로 위장하여 보낸 몇 달의 시간은 나에게 있어 많은 것을 할애했다. 특히 블랜의 처분이 완벽하게 내게 넘어왔다는 점에서 그러했다. 매를 맞고 쫓겨날 거라는 모두의 예상을 무참히 깨부순 채. 그래서 그녀는 마리와 세릴에 이은 내 세 번째 하녀가 되었다.

재미있게도 이 하녀가 내게로 귀속될 수 있었던 건 아픈 나를 이러한 일에 신경 쓰게 하고 싶지 않다는 로에나 때문이었다. 로에나는 내가 몸져눕자마자 호들갑을 떨며 의사를 불러왔다. 그리고 나를 간호하겠다 고집을 부렸다. 하녀들이 말려도 막무가내였다. 그녀는 하루에도 몇 번씩 방을 들락날락하며 내 병세를 상세히 살폈다. 짜증이 난 내가 나가 달라고 말하지 않았더라면, 아마 온종일이라도 좋다고 내게 붙어 있었을 것이다.

그녀의 극성은 너무나 대단하여 어머니조차 감히 대적할 수 없었다. 아니, 어머니보다 더한 내 핏줄인 양 애틋하게 굴었다. 근심으로 가득 찬 눈동자에는 오롯이 나만이 담겨 있었다. 하녀가 마른 수건으로 내 이마에 맺힌 땀을 닦을 성싶으면 제가 더 안절부절못하며 내 안색을 살필 정도니 더 말해 무엇하랴.

오죽하면 마리가 떨떠름한 표정으로 '로에나 아가씨는 정말 다정하시네요'라고 말했을까? 그러니 블랜에 대한 상황이고 뭐고 내 심기를 편하게 하는 데에만 정성을 쏟는 것이다. 물론 마고가 가만히 있었던 건 아니었다. 이 불쾌한 늙은이는 마리가 블랜을 감싸는 것에 의혹을 제시하며 내게 의심의 눈길을 보냈다. 하고 많은 하녀 중에 왜 블랜이냐는 말은 나에 대한 의구심을 자아내기 충분했으니까. 무엇보다 이 늙은 너구리를 따르는 하녀가 많았기에 불쾌한 여론이 쉽게 형성될 판이었다.

하지만 그녀가 아무리 불평을 토해 낸다 하더라도, 결국 결정을 내리는 건 로에나였다. 놀랍게도 이 어린 비슈발츠는 뜻밖에 단호한 말투를 내뱉으며 마고의 불만을 일축했다.

"이런 보잘것없는 일로 시스에를 슬프게 하고 싶지 않아."

그것에 대한 이면에는 지루한 병 투쟁 끝에 사망한 어머니에 대한 그리움이 숨어 있었을 게 분명하다. 오랜 시간 동안 병상에 누워 있는 내 모습이 그녀로 하여금 지난날의 악몽을 떠올리게 하였던 것이다.

결국 장시간 끌어왔던 열쇠 도난 사건은 놀라울 정도로 굉장히 허무하게—아주 운이 좋게도—끝맺었다. 그리고 비슈발츠가의 가솔들은 이를 통해 로에나 비슈발츠가 그녀의 어머니와 같은 마고보다 만난 지 얼마 되지 않은 의붓언니를 더 위한다는 사실을 깨닫게 되었다.

하녀들과 기사들 사이에서 내 평판이 좋은 의미로 나아졌다는 건 다행스러운 일이었다. 마리의 말에 의하자면 그들에게 있어 나는 로에나보다 더 연약한 아가씨며, 조그마한 바람에도 픽픽 쓰러질 것 같은 병자 그 자체가 되었다 한다. 그러니 지켜드릴 수밖에 없다는 여론이 생겨나고 있다는 것이다.

이 모든 것이 미카엘 아이레스와의 달콤한 스캔들 덕분이었다. 그의 마음을 가져간 내가 그러니 보잘것없는 사람일 수 없다는 기괴한 논리 때문이었다. 그렇기에 나는 모두에게 있어 냉철한 기사의 마음을 뒤흔들 수 있을 만큼 처연한 아름다움을 가진 비슈발츠가의 자랑거리가 되었다. 어쩐지 마리의 부축을 받아 산책하러 나갈 때마다 부드러운 시선을 내보내더라니…….

"아가씨는 이리 건강하신데, 정말 우습지 않나요?"

마리는 종종 내 머리카락을 빗으며 이러한 추태에 대해 흉보곤 했다. 하지만 그 이면에 깔린 자랑스러움은 감출 수 없는 것이라서, 그녀의 콧대와 턱은 나날이 하늘을 향해 치솟고 있었다.

"아, 참. 아가씨. 아이레스 경이 오늘도 꽃을 보내 왔는데, 보셨나요?"

나는 무미건조한 목소리로 '그래'라고 대답했다. 이미 내 방은 그가 보낸 꽃들로 인하여 꽉 찬 상태였다.

한 달이면 그칠 줄 알았던 그의 꽃 공세는 몇 달이 지나고도 여전히 계속되었다. 그는 늘 같은 시간에 비슈발츠 저택을 방문하여 꽃을 가져다주기에 '얼음의 기사'를 구경하기 위해 하녀들이 몰리는 건 이젠 이야깃거리조차 되지 않았다. 부드러운 목소리로 내 안부를 묻는 것 또한 말이다.

예전에 누군가 왜 저택에 들어가 나를 만나지 않냐, 그에게 물어본 적이 있었다. 매일같이 들러 꽃만 주고 가느니 얼굴을 보는 게 더 낫지 않겠냐는 말과 함께 말이다. 그러자 미카엘 아이레스는 특유의 서늘한 표정은 어디에 팔아먹었는지 쑥스러운 얼굴을 하며 '준비되지 않은 숙녀를 함부로 만나는 것만큼 그릇된 행동은 없지요'라고 말해 모두의 경악을 낳았다.

사춘기의 소년처럼 부끄러워하는 미카엘 아이레스라니, 상상조차 하지 못한 일이기 때문이다. 여인의 민얼굴을 지켜 주려는 그의 기사도가 찬양받은 건 둘째 치고라도 말이다. 덕분에 사랑이 저 얼음 같은 사내를 이렇게 바꿀 수 있는가, 부르짖는 자들이 넘쳐 나기 시작했다. 질투로 인해 드러눕는 여인들이 속속들이 늘었다. 그를 완벽하게 녹여 버린 내가 마성의 여인으로 둔갑하는 건 당연한 일이었다.

상황이 이렇게 되자 어머니는 미카엘 아이레스에게 답례품을 보내기를 원했다. 오랜 시간 동안 꽃을 보내 주었으니 응당 그렇게 해야 한다고 생각한 모양이었다. 내 아름다운 어머니가 고심 끝에 생각한 답례는 손수 수를 놓은 손수건이었다.

어머니는 내게 비단 천과 최고급 비단 실-심지어 금실까지 있었다-, 그리고 아이레스 가문의 문양을 건네며 '무릇 사내란 여인의 마음이 들어간 물건을 소중히 여기는 법이란다'라고 말했다. 마치 소녀처럼 설레어 하며 말이다.

사실 나는 답례라는 것을 생각하지 않고 있었다. 보낸다 하더라도 상점에서 몇 가지를 사면 되겠지 이렇게 가볍게 여기고 있었다. 그가 보내는 꽃이 그 정도의 의미밖에 되지 않았기 때문이다. 하지만 나를 바라보는 어머니의 눈이 '당장 수를 놓지 못할까?'라는 무언의 압력으로 가득 차 있었고, 양부마저 은근히 그러기를 바라는 바람에 꼼짝없이 수를 놓아야 했다. 아니, 이 두 분뿐이랴. 저택의 모든 사람이 내가 그에게 손수건이라는 정표를 주기를 바라고 있었다.

내가 그를 껄끄러워한다고 알고 있는 마리조차도 내 손에 자수틀을 쥐여 줄 정도니까. 그깟 손수건이 다 무어라고 말이지. 내키지 않은 일이라 며칠간은 아프다 꾀병을 부리며 실 하나 거들떠보지 않았더랬다. 하지만 하루에도 몇 번씩 방 안을 들락날락하며 수의 진행 정도를 살피는 어머니로 인해 마지못해 바늘을 잡을 수밖에 없었다.

비단 천 위로 아주 느리지만 조금씩 아이레스 가문의 문양이 드러날 때마다 기뻐하는 어머니의 얼굴을 외면할 수 없어서였다. 나에 대한 자랑스러움으로 가득한 어머니의 얼굴이다. 그 표정을 어떻게 일그러뜨릴 수 있을까?

요 며칠간 비가 부슬부슬 내리더니 어제부터 시작하여 오늘이 되어서야 말짱하게 날이 개었다. 우울한 날씨 속에 방 안에 틀어박혀 있노라니 몸이 다 쑤셨다.

침대를 정리하던 마리가 내게 물었다.

"아가씨, 오늘은 무엇을 하실 거예요?"

"오늘 후원에 앉아 수를 놓을 거야."

"자리를 깔아 놓을까요?"

"그러렴. 오늘은 혼자 있을 테니 자리가 준비되면 부르려무나."

"네, 아가씨."

오래지 않아 준비를 마친 마리가 나를 불렀다. 비 온 다음이라 내리쬐는 볕에 비해 바람이 제법 쌀쌀한 날이다. 나는 마리가 건네주는 두꺼운 숄을 두르고 후원의 볕이 잘 드는 곳으로 걸음을 옮겼다.

과거 할버드 경에게 선물할 물건들을 만들기 위해 제법 자수를 많이 수놓아 본 나인지라 지금의 내 솜씨는 로에나보다 더 뛰어난 부분이 있었다. 아이레스 가문의 문양이 차츰 모양을 드러낼 때마다 어머니는 이렇게 손재주가 좋았나 놀라워하였고, 마리는 자수마저도 로에나를 이겼노라며 퍽 기뻐했다. 로에나를 가까이에서 지켜본 세릴 역시 솜씨가 놀랍다는 듯 새삼스레 나를 바라볼 정도였다.

그러니 이 정도면 어딜 내놔도 부끄럽지 않을 게다. 나는 미카엘 아이레스의 이니셜만 남겨 놓은 자수를 바라보며 옅은 한숨을 내쉬었다. 이왕 하는 김에 빨리빨리 해치우고자 마음먹었더니 어느새 완성 작품에 가까워지고 있었다.

이왕 만든 김에 마리안 것도 만들어야겠지? 마담 드 샤토루는 내가 병을 핑계로 오랜 시간 방문하지 않았음에도 나에 대한 총애를 거두지 않겠다는 듯 지속해서 편지를 보내왔다.

몸에 좋다는 약과 무료함을 달래 줄 책을 보내 주는 건 당연한 일이었다. 재미있게도 그녀는 자필 편지 속에서도 천진한 마리안과 요부인 샤토루 사이를 왔다 갔다 하며 나를 긴장케 하였다. 예상치 못한 사이에 드문드문 드러나는 날카로운 오만함은 내가 지금 상대하고 있는 이가 누군지 새삼 자각하게 만들고 있었다.

이번에 도착한 편지는 마리안의 것으로, 그녀는 어떻게 알았는지 내가 아이레스 경의 손수건을 만들고 있음을 언급하며 자신에게도 만들어주었으면 좋겠다 말했다. 그리고 원하는 문양을 보내 주었는데, 어렵지 않은 것이라 금세 만들 수 있을 것 같았다. 그래서 나는 깃펜을 들어 마리안에게 답변했다. 완성되는 즉시 보내겠노라고 말이다.

그러자 다시 답장이 왔는데, 이번에는 마담 드 샤토루의 필체를 머금고 있었다. 그녀는 편지로 언제 낫는지 물어보았다. 아니, 정확히 언제쯤 허락받고 일어날 수 있는지 묻고 있었다. 마담 드 샤토루는 이제야 내가 노골적으로 그녀를 피하고 있음을 깨달은 모양이었다. 자의가 아니라는 것 또한.

『재미있는 파티를 준비 중에 있어요. 가면을 쓰고서 하는 거라 굉장히 재미있을 거예요. 드레스와 가면은 내가 준비할 테니 시스에는 건강한 모습으로 나타나 주기만 하면 된답니다.』

마담 드 샤토루는 종종 황제의 눈을 피해 가면무도회에 나타나 다른 사내와 어울렸다. 늙은 황제는 제 창부가 저 아닌 사내와 놀아나는 것에 대해 전혀 모르는 눈치였다. 아니, 그의 변태 같은 습성에 의하자면 알고서도 방치하는 것인지도 모른다. 사교계 내의 황제의 성생활에 대한 평가가 그러했으니까.

어쨌든 가면으로 얼굴을 가렸다 뿐이지 천박할 정도로 깊게 끌어 내린 화려한 드레스는 그녀의 상징이었으므로 샤토루가 음탕한 유희를 즐긴다는 것을 모르는 이는 없었다. 하지만 제가 무서워 남몰래 수군거릴 뿐이다.

마담 드 샤토루는 그러한 무도회에 나를 초대하고 있었다. 어찌해야 하나. 나는 수를 놓다 말고 골똘히 생각에 잠겼다. 샤토루가 참여하는 가면무도회는 굉장히 음탕한 파티이긴 하지만 이만큼 사교계의 인사를 적나라하게 만날 수 있는 곳은 또 없었다. 화려한 가면 속에 이성을 감추고 오롯이 본성만 남겨 둔, 귀족이라는 이면 속에 드러난 추악한 진실을 손쉽게 들을 수 있는 장소이기 때문이다.

술과 마약, 담배에 취한 사람들의 혀만큼 가벼운 것이 없지 않나? 뿐만이랴. 마담 드 샤토루가 말했던 진정한 '여인'을 만날 수 있는 곳이기도 하다. 그러니 어찌 고민하지 않을 수 있을까? 조심만 한다면 실보다 득이 많은 파티인데. 가야 하나? 아니, 갈 수 있지 않을까? 가서 무엇부터 할 수 있지?

두근거리는 가슴을 이기지 못하고 숨을 몰아쉬다 그만 실이 들어 있는 바구니를 툭, 건드려 버렸다. 뒤집힌 바구니에서 빠져나온 실패 하나가 저 멀리 굴러갔다. 주우러 일어날 새도 없이 떼굴떼굴 굴러간 그것은 누군가의 발에 부딪혀 가까스로 멈추었다.

나는 조용히 '누군가'의 이름을 중얼거렸다.

"할버드 경."

지난날 테라스에서 마주했던 그 장소, 그 자리에 류스테윈 할버드가 서 있었다. 아아. 나는 치솟아 오르는 탄식을 가까스로 삼켰다. 어째서 잊어버리고 있었지? 예전의 내가 할버드 경과 마주하기 위해 늘 대기하고 있었던 장소가 바로 이 후원이었다는 것을. 내 방 바로 바깥에 자리한 곳이라 그저 편하게 생각하였던 것이, 본래는 잠재적 기억으로 인한 무의식적인 발로라는 사실이 서글플 따름이다.

연무장에서 돌아온 모양인지 약간 흐트러진 차림을 한 아름다운 기사는 자신의 발에 굴러떨어진 실패를 멀뚱히 바라봤다. 그리고 이내 몸을 숙여 실패를 주워 들었다.

"드리러 가도 되겠습니까?"

벌려진 입을 통해 흘러나오는 말은 평소보다 더 조심스럽고 정중했다. 마치 나를 어려워하는 것 같았다.

"네, 그래 주세요."

나는 애써 덤덤한 척 굴었다.

할버드 경은 말이 끝나기가 무섭게 성큼 다가와 실패를 내밀었는데, 의아하게도 시선은 내 무릎에 자리한 자수틀에 향해 있었다. 그는 내가 무엇을 수놓는지 안다는 듯 미간을 찌푸렸다. 보기만 해도 황홀한 미남자인지라 눈썹을 찌푸리는 자체도 그림이었지만, 나는 그보다 그가 아이레스 가문의 문양을 보고 있는 게 퍽 껄끄러웠다. 그래서 재빨리 수틀을 뒤집었다. 그리고 손을 뻗어 실패를 받아 들었다.

"감사합니다. 덕분에 도움이 되었어요."

"병으로 인하여 거동이 불편하심을 알고 있습니다. 그러니 응당 도와드려야 하지 않겠습니까? 아름다운 자수로군요."

"예?"

"세상 어디를 가더라도 이만한 작품은 보지 못할 겁니다."

기이하게도 류스테윈 할버드의 목소리는 내뱉는 말과 달리 찬사에 대한 즐거움이 깃들어 있지 않았다. 마치 억눌려 있는 무언가를 겨우 끄집어낸 듯 기묘한 울림을 자아내고 있었다. 어쨌거나 내 솜씨를 칭찬하고 있는 건 맞기에 어쩔 수 없이 겸손이 섞인 응답을 해야 했다.

"과찬의 말씀이세요. 로에나만 하더라도 저보다 더 빼어난 솜씨를 가지고 있는걸요. 아니, 경께서는 이미 아실지도 모르겠군요. 그녀가 직접 수놓은 손수건을 가지고 있을 테니 말이에요."

그래, 이맘때쯤이었나? 수를 놓는 즐거움에 푹 빠진 로에나가 양부의 것 외에 할버드 경의 손수건까지 마련하여 선물한 것이. 이를 견디지 못한 내가 수를 잘 놓는 하녀를 불러 달라 고래고래 소리를 질러 댔었고 말이다. 아아, 그렇게 자수를 시작했었지. 로에나가 만든 것 못지 않은 훌륭한 자수를 놓겠다, 이를 바드득 갈면서. 하지만 손에 구멍을 내면서까지 완성된 작품은 너무나 졸작이라 차마 그에게 건네지 못했더랬다. 삐뚤빼뚤한 선이 못난 나처럼 느껴져서다.

할버드 경이 이상한 소리를 들었다는 듯 눈을 찡그렸다. 그것이 마치 '무슨 손수건?'이라고 묻는 것처럼 느껴진다면 착각일까? 혹시 아직 손수건을 완성하지 못한 건가? 나는 다급하게 말을 이어 나갔다.

"예전에 로에나가 할버드 경의 손수건을 준비하고 있다는 소문을 들은 적이 있어요. 아버님의 손수건을 수놓을 즈음이었을까요? 그러니 지금쯤 완성하여 선물로 드렸지 않나 싶은 거랍니다."

"금시초문입니다."

"그럼 곧 받으시겠군요. 축하드려요."

내 축하에도 그는 별로 기뻐 보이지 않았다. 모두가 사랑해 마지않는 아름다운 소녀가 직접 손수건을 만들어준다고 하는데도 별다른 반응이 없었다. 오히려 그는 내가 뒤집어 놓은 자수에 대해 계속 이야기를 하고 싶어 하는 눈치였다.

"지금 하고 계신 자수가 아이레스 경에 대한 답례로 알고 있습니다만."

"예. 저의 건강을 걱정하여 꽃을 보내 주신 것에 대한 보답이랍니다."

"건강을 염려해 드렸기에 손수 수를 놓으신단 말입니까?"

"예. 할버드 경, 혹시 그게 무슨 문제라도 있나요?"

류스테윈 할버드는 갑자기 무엇에 쫓기는 사람처럼 초조한 표정을 짓더니 입술을 꽉 깨물었다. 그는 손으로 이마를 쓸어 올리다가도 갑자기 한숨을 내쉬고, 이내 마른침을 꿀꺽 삼키더니 마침내 내게 시선을 맞추었다. 할버드 경은 퍽 부끄러운 것을 이야기하려는 사람처럼 발갛게 달아오른 얼굴을 하고 있었다.

"사냥터에서…… 그러니까 사냥터에서 제가……."

"사냥터 말인가요? 디뷘젤 양과 함께 갔었던 그 사냥터 말씀하시는 건가요?"

"예. 기억하십니까?"

"네. 기억하고말고요. 경께서 저의 목숨을 구해 주셨잖아요."

"……그러니 답례로 만들어주십시오."

도대체 무슨 이야기를 하려는 것일까? 나는 그의 이름을 조심스럽게 불렀다. 류스테윈 할버드는 평소의 그답지 않게 매우 허둥대고 있었다.

"할버드 경? 다시 이야기해 주세요. 지금 무슨 말을 하시는 건지 이해하지 못하겠어요."

"그러니까 제가 드리고 싶은 말은…… 비겁하고 치졸한 말인 줄 압니다만, 그래도 만들어주십시오. 도움을 드린 대가로 저에게도 손수건을 만들어주십시오."

"손수건…… 말씀인가요?"

"예. 아가씨께서 수를 놓으신 손수건."

진심으로 이야기하는 것일까? 아니면 내 귀가 미친 걸까? 나는 믿을 수 없다는 듯 류스테윈 할버드의 눈동자를 응시했다. 과거의 내가 그 누구보다 사랑했던 청음의 기사는 마치 생사 대전을 앞둔 사람처럼 결연한 표정으로 말하고 있었다. 미카엘 아이레스의 것과 같은 품질의 손수건을 가지고 싶다고. 부디 응낙의 대답을 들려 달라고 말이다.

깊은 침묵이 우리를 감쌌다. 아마, 내 생애 이토록 무거운 시간은 또 처음일 것이다. 목에 뜨거운 무언가를 집어넣은 듯 왈칵 하고 알 수 없는 감정이 치밀어 오르고 있었다. 입을 열어 말을 하고 싶지만 기이하게도 소리가 나오지 않았다. 벙어리가 된 기분이었다.

사실 지금이라도 당장 평소의 내 모습대로 그럴 수 없다, 다른 것으로 사례하겠다고 말해야 할 터였다. 직접 수놓은 손수건을 선물한다는 행위가 어디 가볍게 치부될 일이던가. 이는 전적으로 로에나의 손수건과는 다른 의미였다. 그 때문에 목숨을 구해 준 것에 비하면 보잘것없는 답례이긴 하나, 그 속에 담긴 의미를 생각한다면 쉬이 결정할 수 없는 일이니까. 그리고 그것은 기사인 그가 나보다 더 잘 알 터였다.

"흡족하지 않으시겠지만."

나는 떨리는 입술을 열어 겨우 말을 꺼냈다. 이제 막 말을 배우는 어린아이처럼 한 자 한 자 더듬어 가며 신중에 신중을 더했다. 목소리가 쉰 것처럼 좋지 않은 울림을 내뱉었지만 그게 중요한 것이 아니었다.

"보석이 박힌 작은 단검을 선물로 드리는 건 어떨까요? 기사님들에게 무척 유용한 물건이라 하던데요. 아니면 새 망토는 어떠신지요? 그도 아니라면……."

"저는 아가씨께서 만드신 손수건을 원합니다."

"어머니께 말씀드려서 경께 어울리는 장갑이나."

"아니오."

류스테윈 할버드가 내 말을 재빨리 가로챘다. 그는 손수건 외에 그 어떤 물건은 필요 없다 단언하다시피 말했다. 그것은 마치 스스로에게 다짐이라도 하듯 강렬한 울림을 담고 있었다.

"저를 지난 일을 꺼내어 치졸한 수작을 부리는 비열한 인사라 생각하셔도 됩니다. 막무가내에 제멋대로인 사내라 경멸하셔도 달게 받겠습니다."

"……하지만 경, 모두가 곤란해하리라는 걸 아시잖아요. 그러니 제발 냉철한 지성을 투구처럼 쓰시고, 간절한 호소에 귀를 기울이는 다정함을 갑옷처럼 둘러 주세요. 그럼 제가 어떤 상황에 부닥쳐 있는지 깨닫게 되시겠죠."

여인이 손수 만든 손수건에는 순수한 애정과 완벽한 열망이 공존한다. 손수건을 저의 품속에 간직하듯, 내 마음도 그렇게 소중하게 받아 달라는 의미가 담겨 있기 때문이다. 이 내밀한 마음으로 인해 얼마나 많은 사내가 큰 기쁨을 맞이하였나.

내가 미카엘 아이레스에게 손수건을 줄 수 있는 건 이미 그와의 스캔들이 터져서였다. 모두가 나를 그의 애인으로 여기고 있으므로 그에 합당한 선물을 보내어 상호 간의 예의를 차리는 것이다. 그렇지 않다면 다른 물건으로 감사를 표했을 것이다. 아니, 어쩌면 이 황당한 가십을 이용하기 위해 손수건을 만들어 보냈을지 모르겠다. 사람이란 언제나 만났다 헤어질 수 있는 법이므로, 그에 따른 큰 의미를 두지 않고 있기 때문이다.

하지만 그것이 류스테윈 할버드에 적용되면 완전히 이야기가 달라진다. 스스로의 마음을 기만하여 아무렇지 않은 척할 정도로 담대한 내가 아니니까. 그러니 이를 미련이라 말하며 비난하지 말라. 그를 놓지 못해서가 아니었다. 놓았기에 여지를 남기지 않으려는 것이다. 내가 준 손수건으로 얼굴을 닦는 류스테윈이라니. 어떻게 아무렇지 않겠는가. 내가 만들어준 손수건을 가지고서 다른 여인의 자리를 펴 주는 예의를 보이는 할버드 경이라니. 어떻게 태연할 수 있을까?

"존경받아 마땅한 여인을 궁지로 모는 것만큼 불한당 같은 일은 또 없겠지요."

류스테윈 할버드가 말했다. 그의 목소리는 막 뛰어온 것처럼 거칠고 낮았다. 귀를 기울이지 않는다면 저가 무어라 말하는지 못 알아들을 정도였다. 하지만 시선을 강제하는 힘이 있어 홀리듯 바라볼 수밖에 없었다. 그의 눈동자 속에 담긴 기이한 열의, 뺨이 달아오를 정도의 강렬한 열망은 나로 하여금 깊은 갈증을 느끼게 했다.

"하지만 아가씨는 늘 피하기만 하시니까요. 항상 미리 단정 짓고 한 발짝 뒤로 물러나기만 하시지요. 그러니 이토록 매달리게 되는 겁니다."

"매달린다고요? 경께서요?"

누구에게, 라는 말은 하지 않았다. 묻는다면 돌이킬 수 없는 강을 건널 것만 같았다.

류스테윈 할버드가 가까이 다가와 손을 내밀었다. 잡아 달라는 듯 간절한 애원을 담은 그것은 허공에 떠 있지만 세상 그 무엇보다 단단해 보였다.

아아, 이 우직한 유혹을 어떻게 외면할 수 있지? 심장이 돌로 이루어지지 않고서야 말이다. 그러니 지금의 머뭇거림이 순결한 처녀가 응당 가져야 할 깊은 고뇌로 보인다면 정말 좋겠다. 가끔 사내들은 예상치 못하는 상황에서 용기를 낼 때가 있었다. 그것은 상대로 하여금 대단히 기묘한 감정을 느끼게 한다. 공손함을 가장한 추진력은 이들이 가지고 있는 공통적인 태도였다.

류스테윈 할버드 역시 그와 다를 바 없어, 그는 언제 손을 내밀었냐는 듯 잽싸게 내 손을 잡아챘다. 미끄러지듯 맞닿는 손끝은 긴장감으로 인해 땀이 배어 있었다. 미지근한 온기 속에 느껴지는 옅은 땀에 여인으로서의 모든 감각이 깨어나는 듯했다. 그의 손 위에 고작 손가락 몇 개를 얹어 놨을 뿐인데, 어떻게 이런 내밀한 느낌이 피어오르는 것일까?

그것이 사내와 여인이기 때문에 일어날 수 있는 감정이라면, 그대로 뒤도 안 돌아보고 도망쳐야 함이 마땅했다. 하지만 손등에 와 닿는 선연한 감촉이 먼저였다. 피부 위로 뭉개지듯 퍼지는 숨결과 그 아래 자리한 보드라운 느낌이 모든 사고를 마비시켰다. 숨을 쉬는 것조차 잊어버린 것 같았다. 코끝을 손등에 묻었지만 시선은 내게 고정한 그를 보자니 더욱 그러했다. 그의 눈동자 속에 자리한 나는 곧 기절할 듯 창백한 얼굴을 하고 있었다. 마치 덫에 걸린 가엾은 짐승을 보는 듯하다. 애처로울 정도로 발발 떨어 대는 이 작은 소녀는 과연 누구란 말인가.

그러니 발작적으로 손을 뗄 수밖에 없는 것이다. 겁에 질린 것처럼 손등을 감싸 쥐고서 그에게 조금이라도 더 멀리 떨어지고자, 그렇게 필사적으로 뒷걸음질 치는 거다. 그렇지 않으면 그 앞에서 꼴사납게 울음을 터뜨릴 것 같아서였다. 애처로울 정도로 서글퍼서, 기이할 정도로 울컥 치솟아 오르는 슬픔이 진저리가 나서, 나는 한시라도 빨리 이 장소에서 벗어나기를 원했다.

그것은 사내에게 희롱당한 처녀의 수치심이 아니었다. 아물었다 생각한 상처가 입을 벌리고 피를 주룩주룩 쏟아 내기에 느낄 수 있는 고통이었다. 하지만 막무가내인 사내란 언제나 정숙한 여인보다 더 교활한 구석이 있는 법이다. 고작 몇 마디의 말만으로도 내 발을 묶어 놓고 있으니 말이다.

"아가씨, 제발……."

아아, 애처롭게 일그러진 얼굴이 왜 이리도 또 안타까운 건지 모르겠다. 정작 울고 싶은 건 나인데. 차라리 희롱에 가까운 언사로 모욕이라도 주었으면 얼마나 좋을까? 그도 아니면 재물에 대한 탐욕을 드러내며 스스로의 가치를 떨어뜨리는 게 나았을 것이다. 하지만 이 신실한 사내는 믿을 수 없게도 '진심'을 토로하고 있었다.

"경께서는 '제발'이라는 말을 너무 쉽게 사용하세요. 그것이 이러한 일로 사용될 만한 단어인가요?"

"그럴 만한 가치가 있기 때문입니다."

"하지만 저에게는 고통이에요. 차라리 그때 홀로 다칠 걸 그랬어요. 이럴 줄 알았더라면 말이지요. 제발, 할버드 경. 신사답게 한발 물러나 주시면 아니 되나요?"

"아가씨에게 있어 '제발'은 이런 경우에 사용되는 거로군요. 하지만 아량을 베풀어 저에게 자그마한 기쁨을 선사해 주시면 아니 됩니까?"

"그 기쁨은 로에나가 선사해 드릴 거니까요. 저에게는 그럴 능력이 없는걸요."

"아니요, 그저 그러겠노라고 말씀해 주시면 됩니다. 그럼 전 기쁨에 들떠 온종일 제정신을 차리지 못하게 될 겁니다."

내 눈앞에 있는 이 사내는 누구지? 이자가 정말 류스테윈 할버드가 맞는 건가? 막무가내로 떼를 써 가며 자신의 발언을 밀고 나가는 이 불한당이 정말로? 기사로서의 예의와 이성적인 판단을 죄다 내던져 버린 채 마구 돌진하는 이 사내가 내가 아는 청음의 기사가 맞단 말인가? 도대체 무엇을 위해 스스로의 체면을 버려서까지 손수건을 쟁취하려는 것인가.

나는 알 수 없었다. 정말로 알 수 없었다. 그저 결론을 내지 않으면 이 지리멸렬한 싸움이 지속되리라는 것만 확신할 뿐이다. 내가 지공에 무척 약하다는 사실 또한 말이다. 그러니 확실하게 결론을 내자. 아니, 그러는 수밖에 없다. 나는 떨리는 마음을 애써 감추며 단호하게 말했다.

"아니요. 그럴 수 없어요. 경은 로에나의 기사가 될 테니까요."

"어째서 그렇게 단정 짓는 겁니까?"

"그렇게 되리라는 걸 아니까요."

그래, 알고말고. 당신이 모르는 미래를 나는 겪어 보았다. 그러니 확신할 수 있는 거다. 환하게 웃는 로에나 옆에 듬직하게 서 있는 그대의 모습을 얼마 되지 않아 볼 수 있으리라는 것을. 비슈발츠가에 속한 모든 기사가 바라 마지않는 강렬한 염원을 류스테윈 할버드 당신이 쟁취하지 않았나.

하지만 할버드 경의 얼굴은 그리 기뻐 보이지 않았다. 마치 터질 것 같은 무언가를 가까스로 참는 것처럼 이를 악물 뿐이다. 그것은 분노처럼 보였다. 마치 과거의 내가 자주 보았었던 그때의 얼굴을 하고서 서 있었다. 왜, 어째서? 그런 고통스러운 눈빛을 하는 거지? 이해할 수 없는 상황에 당황이라도 한 걸까. 나도 모르게 그를 부르게 되었다.

"할버드 경?"

"······누차 말씀드렸다시피 전 아가씨의 기사도 됩니다. 혹시 제가 아가씨의 검으로서 만족스럽지 않으신 겁니까?"

"주인 있는 검을 욕심 내는 건 바람직하지 않으니까요."

"마치 내정이 되어 있기라도 하듯 단언하시는군요."

"경께서는 비슈발츠가 기사들의 상징이나 다름없으니까요. 그러니 당연하지 않겠어요? 하오니, 경. 이제 저를 그만 괴롭히세요. 저는 이미 지쳤어요."

그냥 도망가는 게 나을까? 심각한 충동이 일고 있었다. 언제까지 그와 이 문제로 입씨름해야 하는지 가늠이 되지 않았다. 류스테윈 할버드가 이토록 고집이 센 인물이라는 걸 예전엔 왜 미처 몰랐는지, 억울할 정도다. 방금 전의 분이 거짓말이기라도 하듯 능청스레 대답하는 그의 목소리가 이를 부추겼다.

"그것참 다행스러운 일이로군요. 지치신 만큼 마음이 더 너그러워지셨을 테니까요."

"맙소사. 어쩜 이렇게 무례하실 수 있어요!"

"그럼 애원이라도 해볼까요? 그럼 동정이라도 베풀어주시겠습니까?"

이제 숫제 무릎을 꿇기까지 하는 그다. 주군에 대한 맹세, 레이디에 대한 맹세 외에 무릎을 구부릴 일이 없다는 류스테윈 할버드의 몸을 내가 꿇린 것이다. 그의 명예로운 용맹과 신의를 증명하기 위한 장소가 아님에도 불구하고. 게다가 마주치는 눈빛은 절절하고 간절하기까지 하다. 갈구하는 듯 깊게 일렁이는 눈동자는 사람을 홀릴 듯 반짝인다. 나도 모르게 '물론이에요'라고 대답할 뻔했다. 그러므로 가까스로 혀를 깨물어 참지 않았더라면 탐욕스레 고개를 들어 올리는 예전의 시스에게 이성의 주도권을 빼앗겼을 것이다.

내가 받아야 하는 말이 아닌데, 진정으로 내 것이 아닌데, 어째서 이리도 심장이 두근거리는 걸까?

"부디, 아가씨. 가엾게 여겨 주십시오."

은근한 재촉은 녹아내릴 듯 달콤했다. 만일 지금 당신의 얼굴이 내게 있어 어떻게 보일 줄 알고 이리 활용하는 것이라면, 류스테윈 할버드는 세상에 다시없을 협잡꾼일 것이다. 세상의 그 누가 이를 가엾게 여기지 않을 수 있을까? 애처로운 얼굴을 향해 뻗어 가려는 손을 제지하는 것도 수십 번이었다. 더는 버틸 수 없었다.

그래서 도망치기로 했다. 겁쟁이같이 뒤로 주춤주춤 물러나다 커다란 짐승을 본 사람처럼 그대로 뒤돌아 뛰었다. 달리느라 어깨로부터 흘러내린 숄을 등 뒤에서 붙잡는 손길이 있었지만, 뿌리치다시피 하며 절박한 걸음으로 내달렸다. 이대로 멈춘다면 제가 원하는 대로 해줄 것 같았다. 다시금 예전의 시스에로 돌아갈 것 같았다. 한 사내의 애정을 갈구하며 절절매었던 그 머저리로. 아냐, 그럴 수 없어. 절대로 그럴 수 없어! 내가 지금 어디까지 왔는데! 내가 무슨 마음으로 손수건을 버렸는데!

"아가씨? 세상에, 무슨 일 있으세요?"

마리가 놀란 눈동자를 하고서 나를 바라봤다. 나는 대답할 기운도 없이 비척비척 걸어 커다란 거울 앞에 섰다. 그 속에 얼굴이 새하얗게 질린 소녀 하나가 볼품없는 모양새를 하고서 서 있다. 충격으로 일그러진 얼굴은 동정을 일으킬 만큼 가엾게 보였다. 힘겹게 손을 뻗어 거울에 기대다시피 몸을 기울였다. 손끝에 와 닿은 차가운 느낌에 정신이 번쩍 드는 것 같다.

"아가씨? 숄은 어디에 놔두셨어요? 자수를 놓으시던 것들은요?"

나는 물건을 찾으려고 나가려는 마리를 조용히 불렀다.

"마리야."

"네, 아가씨."

"가서 어머니께 여쭤렴. 내가 완성된 손수건을 살펴보다 그만 손을 놓쳐 바람에 날아가 버렸다고."

"예?"

반문하는 마리를 뒤로하고 가까이에 있는 꽃병 하나를 집어 들었다. 미카엘 아이레스가 선물한 꽃이 담겨 있는 것이다.

"아가씨?"

들었던 손에 힘을 빼자 꽃병이 미끄러지듯 바닥에 떨어졌다. 파열음과 함께 비산물이 여기저기 널리고, 종내에는 마리의 비명까지 삼켜 버렸다. 꽃과 자기가 널려져 있는 바닥은 매우 질척했으나, 그만큼 처연한 아름다움이 있었다.

나는 물에 젖은 조각 하나를 집어 손에 꼭 쥐었다. 화끈한 통증과 함께 피가 주르륵 새어 나가는 게 느껴졌다.

"꺄아악. 아가씨!"

마리가 달려들어 내 손을 폈다. 피투성이가 된 조각이 바닥에 툭 하고 떨어졌다. 나는 당황하는 마리의 어깨에 손을 올리고 그녀를 진정시켰다.

"상심한 내가 꽃병을 만지다 그만 손을 다쳐 오랜 시간 수를 놓을 수 없을 것 같으니 그에 상응하는 물건을 준비하시는 게 좋을 것 같다고, 그리 전해 드리려무나."

"사, 상처가 남을 것 같으……."

"그러니 마리야, 아무것도 하지 말렴. 알겠니?"

"네, 네. 아가씨 그러니까, 그렇게 할 테니까 얼른 지, 지혈부터……."

마리의 비명에 놀란 건지 문이 활짝 열리고 세릴과 블랜이 들어왔다.

그녀들은 사색이 된 표정으로 나와 마리를 바라보다 바깥으로 뛰어나
갔다. 아마 의원을 부르러 간 것일 게다. 그러는 사이 마리는 천을 찢
어 내 손을 감고 있었다. 나는 밀려오는 통증을 꾹 참으며 몇 번이고 모
를 말을 중얼거렸다.

그는 로에나의 검이야. 내 것이 아니야. 내 것일 수 없는 사람이야.
그러고 나니 조금 숨통이 트이는 것 같았다.

그날 나는 의원에게 족히 한 달 이상 손을 쓰면 안 된다는 진단을 받
았다. 그 말에 어머니의 표정이 참담하게 무너진 것은 물론이다. 어머
니를 실망시켜 가슴이 아팠지만 애써 모른 척했다.

다음 날 아침에는 실패가 놓인 바구니가 테라스 난간에 놓여 있었다.
하지만 그 어디에도 아이레스 가문의 문양을 수놓은 수틀이 보이지 않
았다. 나는 의아해하는 마리에게 바구니를 치우라고 명령했다.

이후 며칠이 더 지나 사람들의 사이에서 비슈발츠가의 시스에가 미
카엘 아이레스에게 답례품을 보냈는데, 그것을 받은 그가 너무나 기뻐
하며 주변을 의식하지도 않고서 꽃처럼 활짝 웃었다는 소문이 퍼졌다.

그렇게 또 한 달이 더 흘러 몸과 손이 완연하게 나은 나는 마담 드
샤토루의 초대에 따라 다시 그녀의 궁에 방문했다. 이번에 나를 따른
시선은 그녀를 찾아가는 게 당연하다는 듯 매우 안온했다. 그래서 아
플 정도로 허리를 꼿꼿이 세우지 않아도 되었다. 하지만 나를 향한 대
접은 여전히 마담 드 샤토루가 총애하는 소녀의 것이었다. 그것은 문
이 열리자마자 보란 듯이 튀어나오는 샤토루로 인해 확실히 드러났다.

나는 몇 달 만에 보는 마리안에게 미소를 지으며 인사했다.

"평안하셨나요, 마리안."

그리고 서서히 닫히는 문을 뒤로하고 방으로 들어갔다. 그녀의 손을
꼭 붙든 채 말이다.

8장
가면무도회

사교계 사람들은 순결함에 기이할 정도로 강한 집착이 있었다. 그들은 처녀를 비웃음과 동시에―쾌락을 모르는 여인은 여인이 아니라고 말할 정도였다―아무도 밟지 않은 눈밭이 되고 싶어 했다. 집착이 지나치면 질투가 된다는 건 이 세계에 있어 당연한 순서였다. 지난날의 과거를 떠올리는 데 지친 여인들은 순진한 처녀를 꼬드겨 타락의 길로 이끄는 것을 즐겼다. 순수로 빛났던 눈동자가 열락으로 인하여 잔뜩 흐려졌을 때, 그를 손가락질하며 낄낄거리는 건 쉬이 맛볼 수 없는 즐거움이었다.

과거의 마담 드 샤토루도 그러한 기쁨을 종종 즐겼다. 아무것도 모르는 시골 처녀를 자신의 먼 친척이라 소개하며 사교계에 데뷔시키는 건 그녀가 이러한 즐거움을 누리겠다는 신호였다. 생애 처음 맛보는 진귀한 음식과 아름다운 드레스, 멋진 사내들의 시선에 흠뻑 취한 처녀는 가엾게도 샤토루가 마련한 무대에서 사지를 펄떡이며 자신의 모든 것을 내보였다. 이 기막힌 연극의 끝은 수치심에 사로잡힌 여인이 엉엉 울음을 터뜨리며 끌려가는 것이었다.

　그때, 거의 벌거벗다시피 한 먼 친척이 사지를 붙들린 채 질질 끌려가는 모습을 샤토루는 어떻게 바라보았더라? 아마 지금 거울 속에 비치는 저 표정과 같지 않았을까?

　마담 드 샤토루가 나를 초대한 날짜는 가면무도회가 열리는 날과 정확히 일치했다. 그녀의 방에는 이미 나를 위한 드레스와 가면, 구두와 보석들이 잔뜩 준비되어 있었다. 마치 창녀의 그것을 연상시킬 만큼 화려한 의상은 특히 가슴을 강조하는 데 특화되어 보였다.

　나는 순식간에 벌거벗겨져 마담 드 샤토루가 준비한 의상으로 갈아입혀졌다. 코르셋으로 허리를 잔뜩 조이고 가슴 가리개를 이용하여 가슴을 들어 올리고, 목에 금사로 만든 목걸이를 매달았다. 얼굴 가득 분을 바른 다음 눈썹을 그리고, 입술을 덧칠하니 스스로도 놀랄 만큼 나이가 들어 보였다. 머리카락의 반을 살짝 꼬아 내리지 않았더라면 농염한 분위기를 지닌 원숙한 여인으로 볼 법도 했다.

　"가면무도회는 처음이죠?"

　샤토루가 빙긋 웃으며 내게 물었다. 그녀의 의상은 내가 입은 것과 놀라우리만치 비슷했다. 가슴 부분이 더 깊게 파였다는 점이 다를 뿐이다. 붉게 칠한 입술은 시선을 뗄 수 없을 만큼 선정적이었다. 엉덩이를 흔들며 걷는 모양새 역시 요염하기 짝이 없었다.

　그녀의 손이 내 목으로 향했다. 거울 속에 비친 우리는 마치 사악한 마녀의 주술에 걸리기 직전의 순결한 처녀의 모습을 떠올리게 하였다. 길고 가느다란 손가락이 목덜미를 타고 내려가 쇄골 부위를 훑어 내렸다. 주문을 거는 것처럼 느릿하기 짝이 없는 손길이었다. 이 사악한 여자는 미지의 보물을 발견한 탐험가처럼 탐욕스레 웃었다. 하지만 내뱉는 말은 새로운 세계에 발을 내딛는 어린 소녀를 응원하는 것처럼 다정스럽기 짝이 없었다.

"재미있을 거예요."

나는 그 앞에 삭제된 주어가 마담 드 샤토루라는 사실을 알았지만 침묵했다.

샤토루는 멍청했지만 제법 기묘한 재주가 있었다. 사내를 홀리거나 기세 좋게 사람을 모욕하는 것뿐만 아니라 황제의 눈을 피해 무도회에 다니는 솜씨가 탁월했다. 궁의 복도를 지나치지 않고서 바깥으로 빠져나갈 수 있는 건 귀신이나 할 노릇이었다. 하지만 나는 오늘에서야 이 신기한 탈출의 비밀을 파헤칠 수 있었다.

마담은 자신의 침실 가까이에 있는 촛대 하나를 잡고 3시 방향으로 가볍게 비틀었다. 그러자 단순한 벽으로 보였던 것이 뒤집히며 횃대가 일렁이고 있는 밀실이 드러났다. 아래로 향하는 계단은 그동안 제법 많은 방문을 받았던 것인지 먼지 하나 없이 깨끗하기만 했다. 횃대를 달고 있는 벽면 또한 거미줄 하나 보이지 않았다.

샤토루는 커다란 로브를 머리끝까지 뒤집어쓴 채 나를 향해 손짓했다. 도둑고양이처럼 은밀하고 잽싼 걸음이었다. 계단을 타고 아래로 내려가니 커다란 문 하나가 나왔다. 문 너머에는 후문으로 이어지는 길이 자리했다. 후문에는 아무런 문양이 없는 검은 마차가 서 있었고, 그 앞에 샤토루의 하녀 두엇이 마부와 함께 우리를 기다리고 있었다. 나는 그들의 도움을 받아 마차에 들어섰다. 샤토루는 잔뜩 상기된 표정으로 생글생글 웃음 짓고 있었다.

"도착하면 우리는 헤어지게 될 거예요. 원하지 않아도 그렇게 될 거랍니다. 원래 그런 곳이거든요. 하지만 두렵다고 생각하지 말아요. 가볍게 즐기면 되는 거니까요."

"제가 저를 지킬 수 있을까요?"

"가슴속에 담긴 불길이 타오르지만 않는다면 말이지요. 몸이 데워지고 호흡이 가빠지고 눈이 핑핑 도는 상황이 만들어지지 않는다면, 그대는 여전히 시스에일 거예요. 자, 이제 가면을 써 볼까요?"

위험한 장소로 데려가는 사람치고 굉장히 무책임한 발언이었지만, 그의 손을 놓지 않은 건 나였다. 사교계 여인들이 가지는 본능적인 사랑스러움을 관찰할 수 있다면, 이 정도의 위험은 감수할 수 있으니까. 그래서 나는 내 얼굴에 가면을 씌워 주는 샤토루의 손길을 순순히 받아들였다. 곧이어 마차가 멈추고 문이 열렸다. 나는 먼저 내리는 샤토루를 따라 재빠르게 따라 내렸다.

"이제 헤어지죠. 자정을 알리는 종이 울리기 전에 여기에서 만나요. 잊지 말아요, 자정이에요."

마담 드 샤토루가 마법의 주문을 걸었다. 나는 조용히 고개를 끄덕였다. 그리고 마치 이끌리듯 화려한 불빛과 달콤한 선율이 흐르는 무도회장에 걸음을 내디뎠다.

비슈발츠 백작가에 들어와 사교계에 데뷔하기 전 내가 등장할 무대에 대해 상상했던 적이 있었다. 수십 개의 커다란 계단, 화려한 샹들리에, 그 곁을 지키는 멋진 근위병, 나는 그 계단을 올라가 마치 주인공처럼 홀에 들어선다. 아름다운 드레스 자락을 바닥에 끌며 한 발자국씩 걸어갈 때마다 모두의 시선이 내게 달라붙는다.

"저 아름다운 소녀는 누구지요? 어느 나라의 공주님일까요?"

감탄사 어린 속삭임은 모두 나를 찬양하는 말들뿐이다. 황홀하리만치 달콤한 선율이 귓가를 울리고, 잘생긴 기사님의 손은 내 허리를 붙잡는다. 달빛이 반짝이는 테라스 내에서 부드러운 키스가 이어진다면 더할 나위가 없을 것만 같았다.

하지만 그 모든 것이 망상에 불과한 것임을 나는 너무 늦게 깨달았다. 사교계야말로 창과 칼이 없는 치열한 전장이라는 것을. 오늘의 장소 역시 격렬한 전투가 열릴 무투회장이라는 것 또한 말이다.

무도회가 열리는 홀 내부는 생각보다 더 점잖았다. 홍등가에서나 볼 수 있는 천박한 느낌을 예상했지만 의외로 평범한 무도회나 다름없었다. 단지 상대를 향한 스킨십이 좀 더 노골적이라는 게 다를 뿐이다. 칩을 걸고 도박을 하는 사람, 춤을 추는 사람, 채신머리없게 벌러덩 드러누워 술을 마시는 사람 등 언제나 볼 수 있는 광경이었다.

육욕에 들뜬 환락은 거의 보이지 않았다. 전초전이라 생각할 수 없을 만큼 너무나 지루했다. 어쩐지 맥이 빠진 나는 잔 하나를 집어 들고 기둥에 기대어 섰다. 짐승처럼 흐느적거리는 광경을 기대했건만, 그리하여 약점 한두 개 정도 잡을 수 있으리라 생각했건만 의외로 이 가면무도회는 예상보다 훨씬 수준이 낮았다.

두꺼운 커튼으로 가려진 테라스 뒤에서 옅은 신음이 나는 건 황후가 주관하는 연회에서도 들을 수 있었다. 상대와 춤을 추는 여인들의 가슴이 평소보다 더 드러나 있다는 건 의미를 부여할 게 못 된다. 실망을 느낀 나는 풀리지 않은 갈증을 와인으로 풀고자 했다. 하지만 입술에 닿으려는 와인 잔을 막는 손길이 있었다.

"미약에 익숙하지 않다면 마시지 않는 게 좋습니다."

검은 짐승의 탈을 쓴 사내였다. 진짜 짐승의 가죽을 벗겨 만든 것인지 털이 촘촘하게 박힌 가면은 사나운 늑대 그 자체라 거대한 위압감이 흘러나왔다. 그가 쓰고 있는 가면이 코끝까지만 가리는 물건이 아니었다면 분명 크나큰 두려움을 맛보았을 것이다. 다행히 반쯤 드러난 얼굴은 부드럽게 밀려 올라간 입술만큼이나 상냥해 보였다. 어쩐지 익숙하게 들리는 목소리 또한 마음의 한편을 풀어지게 하는 무언가가 있었다.

"미약이라 하셨나요?"

"예. 여기에 제공되는 모든 술에는 소량의 흥분제가 들어 있죠. 원하기만 한다면 마약을 제공해 주기도 합니다."

"위험한 곳이로군요."

나는 순순히 잔을 내려놓았다. 그리고 눈을 들어 사내를 응시했다. 가면 탓인지 몰라도 그의 눈동자는 매우 어두운 색깔처럼 보였다. 보이는 것이라곤 단단해 보이는 턱과 자유분방하게 풀어 헤쳐진 머리카락이었지만 이상하게도 사내가 굉장한 미형의 남자일 거라는 생각이 들었다.

"아무것도 모르는 순진한 여인에게는 말이지요."

"제가 순진해 보이나요?"

나는 일부러 그를 향해 가슴을 들이 내밀었다. 동시에 혀로 입술을 느릿하게 핥으며 빙긋 미소 지었다. 사내의 시선이 내 몸을 훑어 내리는 게 느껴졌다. 그것은 물건을 감상하는 것처럼 느릿하면서도 집요했다.

마리와 세릴이 공들여 가꾸어준 덕분에 내 피부는 그 어떤 영애가 와도 뒤지지 않을 정도로 말간 빛을 자랑했다. 터질 듯이 크게 부풀어 오른 가슴, 한 줌이 되지 않을 것 같은 가녀린 허리, 조막만 한 발목은 사내들의 탄성을 불러일으킬 만큼 완벽한 것이었다.

하지만 믿을 수 없게도 사내의 목울대는 요동침이 없었다. 가면으로 인해 그늘진 눈동자 역시 담담하기만 하다. 물론 손을 뻗어 내 허리를 감싸 안기는 했지만, 그것은 본능적인 욕망에 따르기보다 상황을 맞춰 주는 매너로 보였다.

"예. 밀림을 방황하는 어여쁜 사슴이죠."

"어머, 전 앙칼진 맹수가 되고 싶은데요."

"음탕함이 맹수의 발톱이 될 수는 없지요. 차라리 숫처녀의 미온적인 태도가 사내를 턱 끝으로 부려 먹는 데 효과적일 겁니다."

"어째서요?"

의아하다는 듯 되물어보는 내게 사내는 미소를 지어 보였다. 대신 몸을 이끌어 홀의 중앙으로 나아갔다. 나와 춤을 추려는 것이다.

곧 음악이 울려 퍼지고 그는 미끄러지듯 걸음을 옮기며 나를 리드하기 시작했다. 퍽 능숙한 솜씨였다. 춤만으로도 여인을 안달 나게 하는 재주가 탁월했다. 한 발을 축으로 턴할 때마다 기다렸다는 듯 허리를 끌어당기는 힘이나 맞잡은 손을 간질이는 손가락이나 치맛자락 사이로 슬쩍 들이미는 다리나, 여러모로 보통이 아니었다. 사내를 아는 여인이었다면 바로 자지러져 그의 품에 쓰러졌을 것이다. 다행히도 숫처녀인 나는 이런 감각적인 느낌을 어떻게 해소해야 하는지 몰랐다. 아니, 모르는 척해야 했다. 다만 어깨를 움츠리는 것으로 부끄러움을 나타냈을 뿐이다.

"그럼 이 어여쁜 사슴에게 말해주세요. 와인 외에 또 조심할 건 없나요?"

밝은 불빛 아래 비치는 그의 머리카락 색깔은 짙은 푸른빛을 띠었다. 또한 체구가 매우 단단하고 두터웠으며, 맞잡은 손의 뼈마디가 굵고 거칠었다. 기사라 여겨볼 법도 하지만 그에게는 얼굴을 뒤덮은 사나운 가면조차 가릴 수 없는 우아한 기품이 있었다. 내 말에 호선을 그리며 올라가는 입술에서는 높은 위치에 있는 사람만이 가질 수 있는 오만이 엿보였다. 하지만 내뱉은 말마따나 작은 사슴을 보듯, 혹 아무것도 못 하는 애송이를 대하듯 끌어 올린 입꼬리에 비해 나오는 목소리가 퍽 다정했다.

"난봉꾼 사내가 있지요. 순진한 처녀를 꼬드겨 타락시키는 기쁨을 느끼는 부인도 있습니다. 가장 악질적인 건 마약을 권하는 부류지요."

나는 재빨리 그의 말에 덧붙였다.

"당신과 같이 참견하기 좋아하는 사람도 있고요."

"이런, 호의라 생각하지 않으시는 겁니까?"

"이왕 받을 호의라면 좀 더 아름다운 여인이었으면 했거든요."

순간 하, 하고 기가 차다는 듯 사내가 짧은 한숨을 내쉬었다. 나는 말을 빠르게 이어 나갔다.

"오, 이상한 오해는 마세요. 저는 그저 그녀들을 통해 진정한 여인이 무엇인지 알 수 있을 거라 생각했어요."

"지조도 절조도 없는 여인들에게서 말입니까?"

"조금 전 말씀하다시피 사내를 턱 끝으로 부려 먹을 수 있다면서요. 그럼 된 거 아닌가요?"

"좋습니다. 하나만 물어보죠. 그대가 생각하는 진정한 여인이란 무엇입니까?"

"글쎄요. 모두가 탐을 내는 아름다운 여인일까요?"

나는 그의 등에 등을 맞대며 속삭이듯 말했다. 춤은 이제 중반을 지나고 있었다. 서로 교차하여 눈빛을 마주하는 동작은 찰나에 불과했지만 굉장히 강렬했다. 그것은 털 그늘 아래 흥미롭게 반짝이는 그의 시선 때문일 것이다. 그가 쓴 늑대의 가면처럼, 이 굉장한 야수는 치밀어 오르는 식욕을 초인적인 인내로 참고 있는 듯 위험한 웃음을 짓고 있었다. 그 모습이 굉장히 매혹적이라 우리의 주변에서 춤추고 있는 여인들이 그를 향해 힐끗힐끗 시선을 던질 정도였다.

"지금의 모습이라면 발등에 엎드려 개처럼 핥겠다는 인사들이 많을 겁니다."

"그러면 누구에게도 지배받지 않을 여인이면 될까요? 턱 끝으로 부려 먹는 조건이 순결함이라니, 너무 제한적이잖아요."

"지배라…… 그것참 사내의 정복욕을 당기는 말이로군요."

"정복욕이라 하셨나요? 지금 쓰고 계신 가면에 너무나 잘 어울리는 말이네요."

"이 가면이 어울린다고 생각하십니까?"

"무척이나요."

나는 손을 뻗어 코끝에 얹혀 있는 가면을 쓰다듬으며 말을 느리게 내뱉었다.

"살아 있는 것처럼 생생한 질감을 자랑하는군요. 위압적이면서도 굉장히 야성적이죠, 그래서 눈을 뗄 수 없어요."

동시에 '제길'이라는 소리를 들은 것 같았다. 저잣거리의 시정잡배에게서나 들을 수 있는 욕설이다.

나는 깜짝 놀라 사내를 바라보았다. 시종일관 우아함을 뽐내고 있던 남자에게서 나올 수 없는 말이라 순간 잘못 들었나 싶을 정도였다. 하지만 입술을 이로 강하게 짓누르는 모양새로 보아 그가 한 말이 분명했다.

그는 자신의 가면을 쓰다듬고 있는 내 손을 잡아챘다. 그러고는 잔뜩 쉰 듯한 목소리로 속삭였다. 짐승이 으르렁거리는 듯 강렬한 울림이 퍼지고 있었다.

"가슴을 들이대는 것보다 방금 전의 방법이 훨씬 더 괜찮군요. 유혹하고 싶었던 거라면 말입니다."

"저에게서 무엇을 느끼시는 건지 여쭤봐도 될까요?"

그가 이를 드러내며 웃었다. 그것은 마치 늑대의 이빨처럼 위협적이었다. 동시에 발정기에 놓인 수컷과 같은 진한 향취를 내뿜었다. 사내는 내가 유혹을 하고 있다 했지만 실상 더 유혹적인 건 그 자신이었다. 탄탄한 몸과 팔뚝, 단단한 입매는 가면과 옷가지로는 가릴 수 없을 정도로 아름다웠으니까. 그러니 주변의 여인네들이 뺨을 발갛게 물들이며 집요할 정도로 힐끗거리는 게 아닌가. 어서 빨리 이 음악이 끝나 저와 내가 헤어지기를 바라는 것처럼 말이다.

"들어주시지도 않을 거면서 말입니다. 애태우는 솜씨가 일품이군요. 기묘할 정도로 움츠러드는 몸의 반응만 아니었다면, 닳고 닳은 여인이라 생각할 뻔하였습니다. 본능입니까?"

상당히 모욕적인 언사였다. 하지만 화나지 않았다. 이보다 더한 말도 들어봤는데, 이따위 것으로 속상해하겠는가. 다만 능청스럽게 그의 말을 받을 뿐이다.

"그럼 무엇으로 이 굉장한 늑대를 길들일 수 있을까요? 참견하기 좋아하시는 분 덕분에 두려움이 생겼거든요. 저를 보호해 줄 동물이 필요해요. 아주 사납고 멋진."

"길들일 방법이 없다면?"

음악이 끝났다. 홀에서 춤을 추던 모든 커플이 한 발자국 물러서 인사를 나눴다. 나 역시 그에게서 떨어져 인사했다. 사내는 내 대답을 기다리고 있었다. 나는 그를 응시하며 부드럽게 웃었다.

"다른 짐승을 찾아봐야겠죠."

늑대가 기가 차다는 듯 소리 내어 웃었다. 새하얀 이가 마치 맹수의 이빨처럼 번뜩이고 있었다. 그르렁거리는 소리가 귓가에 울려 퍼지는 듯하다. 하지만 그는 내게 손을 뻗지 못했다. 기다렸다는 듯 다가오는 여인들의 숲 때문이다.

나는 미련 없이 몸을 돌렸다. 다시 음악이 시작되고, 춤이 이어졌다. 색색의 드레스가 부드럽게 원을 그리며 꽃처럼 피어났다. 자유스럽게 움직이는 인간 벽은 미로를 연상케 했다. 아마 늑대는 이 노래가 끝나기 전까지 내게 다가오지 못할 것이다. 믿을 수 없게도 그는 위험과 매너가 공존하는 인물이었다. 이 기묘한 괴리가 여인들을 유혹하여 애가 닳게 하는 것 같았다. 그러니 그의 주변에 모인 이들이 늑대를 향해 저리 노골적으로 가슴을 비벼 대며 천박한 웃음을 흩뿌려 대지 않나.

아까의 자리로 되돌아오니 좀 전에는 보이지 않았던 것들이 보이기 시작했다. 와인 속에 담긴 미약의 약효가 발효된 것인지 인사불성이 된 사람들이 생겨나고 있었다. 달콤한 과자를 서로의 입에서 입으로 넘겨주는 여인들이나, 개처럼 엎드린 채 멍멍 짖어 대는 자, 그리고 숫처녀로 보이는 여인을 희롱하여 겁을 주는 사내도 보였다.

겁에 질린 여인의 몸을 더듬어 가는 이 불한당은 말 가면을 쓰고 있었다. 그는 여인의 손을 막무가내로 끌어 홀의 중앙으로 데려갔다. 여인이 고개를 절레절레 내저으며 반항했지만 사내의 힘을 이기기에는 무리였다. 그들이 홀의 중앙에 서자 기다렸다는 듯 음악이 끊겼다. 춤을 추는 사람들도 썰물처럼 밀려 나갔다. 오로지 한 사람만 물러서지 않고 서 있었다.

나는 그 사람을 쉽게 알아보았다. 저런 식으로 가슴을 깊게 끌어 내린 여인은 마담 드 샤토루밖에 없으니까. 그녀는 마치 이 무도회의 주인공인 것처럼 손뼉을 두어 번 치며 모두의 시선을 끌어모으고 있었다.

"이번에는 누구의 친척이려나?"

끝을 길게 늘어뜨리는 목소리는 장난스러웠으나 그만큼 위험하게 들렸다. 사람들은 샤토루의 말에 와 하고 웃음을 터뜨렸다. 여인이 모두를 둘러보며 도와 달라는 듯 손을 뻗었지만 앞으로 나서는 이는 없었다.

"이곳만큼 친척이 많이 모이는 장소는 없죠."

내 옆에 서 있던, 흰 가면을 쓴 여자가 중얼거리며 나를 바라보았다. 대화하자는 듯 손끝으로 가볍게 손등을 건드리는 것이 하고 싶은 말이 많은 모양이었다. 나는 한 발자국 뒤로 물러서 기둥 뒤로 돌아갔다. 그녀는 조용히 나를 따랐다.

"마담의 새로운 친척인가요?"

여자는 기둥 뒤로 걸어오자마자 나에게 물었다. 나는 그 '마담'이라는 말이 샤토루를 지칭하는 것임을 깨닫고 고개를 내저었다.

"하긴, 마담의 친척이었더라면 저 가운데에 서 있는 건 당신이었을 거예요. 마담은 자신의 친척을 모두에게 자랑하는 것을 아주 좋아하거든요. 그럼 그녀를 따라온 창녀인가요?"

"아니요."

"그럼 제가 잘못 본 모양이네요. 동질감을 얻으려고 했는데, 그마저 안 되게 되었어."

"무엇에 대한 동질감인가요?"

"가난한 시골 귀족의 부인이 이런 가면무도회에 와서 할 수 있는 일이 또 뭐가 있을까요?"

여자는 우울하다는 듯 어깨를 늘어뜨리며 힘없이 말했다.

"힘 있는 귀족 나리의 정부가 되는 것이죠."

나는 여자의 모습을 살펴보았다. 유행이 조금 지난 드레스를 걸치고 있긴 하지만 여자는 꽤 훌륭한 몸매를 가지고 있었다. 가면 아래로 뻗어 내린 목덜미는 희고 길었으며, 등 뒤로 단정하게 땋은 머리카락 몇 가닥이 달라붙어 있는 게 우아하기까지 했다. 가슴은 제법 풍만했고, 쭉 뻗은 팔이 길고 가녀렸다. 키가 나보다 더 큰 것이 다리 또한 길쭉할 것이 분명했다. 목소리가 조금 낮긴 했지만 못 들어줄 정도는 아니었다. 가면 뒤의 얼굴이 예쁘장하기만 하다면 몸을 담보로 한 하룻밤의 유희가 성공할 확률이 높아 보였다.

"그래서 찾았나요?"

"변태 몇몇만요. 당신이 함께 춤을 추었던 늑대와 같은 사람은 못 만나 보았죠."

아아. 나는 그제야 여인이 내게 말을 건 의도를 알 것 같았다. 여인은 내게 늑대를 소개해 달라고 부탁하고 있었다. 그 무서운 가면 뒤에 숨겨진 고귀함을 본능적으로 알아차린 모양이다.

"다가가지 그랬나요?"

"노력은 했죠. 하지만 거들떠보지도 않더군요. 그가 먼저 말을 건 사람은 당신이 처음이에요. 그래서 아는 사이인가 했지요."

"약간의 도움을 받았을 뿐이에요. 상냥한 분이더군요. 위험에 빠진 여인을 도와줄 줄 아는 신사예요."

"그렇다면 지금의 상황을 방치하고 있지는 않겠죠."

홀의 중앙은 사람들이 스스로 세운 벽으로 인해 보이지 않았다. 내 몸은 이제 막 자라나는 소녀의 것이므로 높은 구두를 신었다 하더라도 타고난 키 차이를 극복할 수 없었다. 다만 찢어질 듯한 비명을 통해 안의 상황을 가까스로 유추할 뿐이다. 순결이 찢어지고 있었다. 이 잔인한 짐승들의 조롱 아래 갈기갈기. 서글픈 울음이 연이어 터져 나오고 있었지만 촘촘하게 세워진 인간의 숲은 움직일 기미조차 보이지 않았다.

여자와 나는 기둥의 그림자가 우리를 지켜 주기라도 할 것처럼 몸을 더 움츠렸다. 구석진 곳에 자리하고 있기에 우리를 알아챈 이는 없는 것 같았다.

"사실 전 당신이 닳고 닳은 창녀 아니면 사내를 아는 여자일 거라 생각했어요."

"왜 그렇게 생각하신 거죠?"

"그런 옷을 입고서 태연할 수 있는 처녀는 아무도 없으니까요."

나는 여인과 내 옷을 비교하고선 고개를 끄덕였다. 나야 돌아오기 전의 사교계에서 이러한 디자인의 옷을 입는 게 당연했기에 위화감 없이 걸칠 수 있지만, 지금 이렇게 야한 옷을 입는 건 창녀 아니면 마담 드 샤토루뿐이었다. 유행을 타고 있다 하지만 초기일 뿐, 가슴의 반을 드러낼 만큼의 용기를 가진 여인은 아직 없었다. 여기에 모인 여인들도 얼굴을 감춘 가면을 내던지면 가슴 선을 조금 드러낸 옷을 단정하게 갖춰 입었다.

나는 여상스러운 어조로 대꾸했다.

"가면이 부끄러움을 감춰 주었나 보죠."

"아니면 함부로 건들 수 없는 대단한 분의 정부이거나, 아니면 그 자체이거나. 그렇지 않나요?"

"그래서, 무엇을 이야기하고 싶은 건가요?"

"시골 바닥에서 장작 하나 마음대로 때지 못한 채 벌벌 떠는 삶은 싫어요. 수도에서 살고 싶어요. 저를 도와주세요. 도와만 준다면 무엇이든 할게요."

여자가 두 손을 가슴에 모은 채 애절한 목소리로 애원했다. 새하얀 가면이 얼굴을 다 가리고 있어 표정을 살필 수 없는 게 아쉬운 노릇이었다. 아마도 그녀는 마담 드 샤토루와 같은 화려한 드레스를 입고서 여유 만만하게 홀을 노니는 내가 이러한 가면무도회에 최적화되어 있으며, 자신을 도와줄 수 있으리라 생각한 모양이었다. 홀 중앙의 사건을 보고서도 아무렇지 않아 하는 내 태도가 그녀로 하여금 확신을 주었을 게 분명하다. 그래서 나직하게 신분을 떠본 것일 테고 말이다. 무엇이 되었든 기가 차는 일이었다. 수도에서의 화려한 삶을 위하여 기꺼이 정부가 되겠다는 여인이라니. 가난이라는 거대한 괴물이 귀족으로서의 명예와 긍지를 집어삼킨 것일까?

나는 터져 나올 것 같은 한숨을 삼켰다. 지금 내게 필요한 건 더할 나위 없이 음탕하긴 하지만 스스로의 욕망에 솔직하여 발끝으로 사내를 농락하는 여자였다. 그녀에게서 천박함과 우아함이, 교태와 정숙함이 어우러질 수 있다는 것을 확인받고 싶었다. 하지만 오늘은 날이 아닌가 보다. 나는 여인에게서 한 발자국 더 물러서며 냉정한 목소리로 말했다.

"도와준다면 무엇이든 할 수 있는 게 아니라 지금부터 무엇이든 해야 할걸요. 보모를 잘못 찾았군요."

"간단하잖아요. 그저 알고 있는 사람 하나만 소개해 주면 되니까…… 그게 그렇게 어렵나요?"

"내 말보다 그 풍만한 몸으로 부딪치는 게 더 쉬울 것 같은데요? 가슴을 좀 더 끌어 내린다면 어떻게 될지 모르겠네요."

"당신!"

여인이 손을 들어 올려 뺨을 내려치려 했지만 내가 더 빨랐다. 아무렴 사교계에서 구른 게 얼만데 이 정도의 단순한 반응조차 예상하지 못할까? 나는 그녀의 손목을 붙잡았다. 분노로 가득 찬 손이 허공에서 바르르 떨리고 있었다.

"아니면 누군가의 친척으로 소개받든가."

손을 홱 뿌리치니 맥없이 나가떨어지는 여자다. 그대로 푹 쓰러졌다 하더라도 다시 일어나 덤벼들 줄 알았더니 그대로 힘없이 훌쩍이는 게 독기마저 부족해 보였다. 이만한 성정으로는 누군가의 정부로 들어간다 하더라도 본처의 등쌀에 못 이겨 내쫓김을 당할 게 분명하다. 아니, 정부가 된다는 마음을 먹은 것만으로도 평생 가질 용기를 다 쓴 것일지도 모르겠다. 허탈해진 나는 여자를 지나쳤다.

이미 홀은 좀 전의 활발함을 찾은 지 오래였다. 아까의 참상은 어디로 갔는지 슬슬 열락의 기운이 피어오르는 것 같았다. 나는 사람들에게 붙들리지 않게끔 조심하며 홀 바깥으로 빠져나갔다. 노래마저 끊긴 지금 들을 수 있는 것이라곤 짐승들의 헐떡임일 게 분명하니 재미가 없어지려고 한다.

"그래서 다른 짐승을 찾았습니까?"

나를 뒤따라 나온 늑대만 아니었으면 아마도 그랬을 것이다.

"나를 보호해 줄 짐승은 찾지 못했죠. 하지만 진짜 짐승들은 보았어요."

나는 뒤돌아보지 않고서 대답했다. 사내는 진짜 늑대인 것처럼 날렵하게 내 옆으로 다가섰다. 발소리조차 들리지 않은 은밀한 움직임은 그가 어떤 사람인지 궁금하게 만들었다. 가면 뒤의 얼굴 또한 말이다. 내 대답에 그가 목의 깊은 곳에서부터 우러나온 것 같은 웃음을 터뜨렸다. 그러곤 '실망했습니까?'라고 속삭였다. 사내는 내가 가면무도회에 실망하여 속상해한다고 생각하는 것 같았다. 그리고 '순진하군요'라는 말을 위로하듯 덧붙였다. 나는 대답하지 않았다.

사내는 걸음을 걷는 내내 나를 탐색하는 것처럼 바라보았다. 그 노골적인 시선에 얼굴이 다 홧홧할 정도였다. 하지만 생각보다 불쾌하지 않은 건 그가 쓰고 있는 늑대 가면 때문일 터였다. 잔뜩 굶주린 늑대 앞에 놓인 먹이가 된 것 같은 느낌이 어찌 희롱에 가깝다 여길 수 있을까? 단지 물어뜯기지 않도록 태연한 신색을 유지할 뿐이다. 빳빳하게 세운 허리가 아파 오고 있었다.

"순진한 것 같으면서도, 닳아빠진 것 같기도 하고…… 어리석은 것 같은데 묘한 데서 예리하기도 하고."

나에 대한 결론을 내린 것인지 그가 중얼거리듯 말했다. 하지만 확신할 수 없다는 듯 말끝을 흐리는 게 기분이 묘했다. 타인의 시선에 비친 내가 이러한 모습인가, 새삼스러울 정도였다.

"왜 순진하다 여기시는 거죠?"

"유혹하지 않으니까. 이런 무도회에 남녀가 단둘이 걸어가고 있다는 자체가 무엇을 의미하는지 모르는 바는 아니겠지요? 그리고 이렇게 새삼 물어볼 수 있는 것도 그에 따른 반증이지요."

"글쎄요. 상대방이 마음에 들지 않아서 그런 것일 수도 있지 않을까요?"

사내가 말도 안 된다는 듯 픽 소리 내어 웃었다. 그 웃음의 일면에는 감히 누가 나를 외면할 수 있으랴와 같은 오만함이 깃들어 있었다. 저 사나운 가면으로도 가릴 수 없는 외모를 뽐내는 이이기에 당연한 반응이었다. 많은 여인이 저의 밑에서 다리를 벌려 주고 싶어 안달했을 테니.

어쨌든 내 대답에 기분이 상하지 않을까 싶었는데, 그는 돌아가지 않고 계속 내 옆에서 서서 걷고 있었다. 그래서 쉽게 그다음 말을 물어볼 수 있었다.

"닳아빠졌다는 것도 이야기해 주실 수 있나요?"

"이러한 말에도 수치스러워하지 않고 의연하게 넘기기 때문입니다.

그래서 정말로 치마를 벗겨 보고 싶어졌어.”

이번에는 내가 소리 내어 웃을 차례였다. 사교계의 남자들은 처녀를 건드릴 때, 정말로 순진무구한 처녀만을 골라 건드린다. 달콤한 말에 홀려 스스로의 몸을 기꺼이 바치며, 버림받을 때도 맥없이 나가떨어져 펑펑 울어 대기만 하니까 말이다. 독기를 품은 채 덤벼드는 건 생각조차 못 하는 것이다. 정말 어리석게도. 자신을 비극적인 사랑의 희생양으로 생각하여 가까스로 위안 삼는데 무얼 더 바라랴. 그러니 이만큼 쉬운 상대가 없다.

“물어뜯을 거예요. 아주 사납게. 저를 방 안에 틀어박혀 울음만 터뜨리는 여인과 똑같이 여기시면 곤란해요.”

“그것참 가슴 떨리는 말이로군. 그래, 지금껏 몇이나 되는 사내를 물어뜯었지?”

숫제 반말에 가까운 말로 대답하는 사내였지만, 원래 이래야 한다는 듯 너무나 잘 어울렸다.

나는 둘째 손가락으로 내 입술을 살며시 짓눌렀다. 그러자 사내가 ‘귀엽게 구는군’이라고 중얼거렸다. 기이하게도 그의 목소리는 들으면 들을수록 귀에 익은 감이 있었다. 어디서 들어 보았을까? 기시감에 고개를 갸웃거리게 된다. 그러다 문득 그의 어깨로 흘러내리듯 걸쳐 있는 푸른 머리카락을 보았을 때, 반사적으로 누군가를 떠올릴 수밖에 없었다. 이런 머리카락을 가진 익숙한 목소리의 남자라 함은 ‘테오도르 비트라이스’밖에 없으니까.

하지만 이런 짐승 같은 자가 그 우아한 난봉꾼과 동일 인물이라고? 의혹은 들지만 확신할 수는 없다. 고작 몇 개월 만에 이런 위험한 분위기를 풍기게 되었다는 것이 믿을 수 있겠는가! 하지만 이게 진짜라면? 우아한 난봉꾼이 저의 가면이었더라면? 이런 식으로 다른 사람임을 가장하여 가면무도회에 드나들면서 이런저런 정보를 주워들은 거라면?

그래서 내가 슈아죌을 마담 드 샤토루에게 소개해 주었다는 소문을 알게 된 거라면?

몸이 떨리는 것 같았다. 갑자기 입술이 바짝바짝 마르고 갈증이 일었다. 사내는 내가 추위를 타는 모양이라고 생각한 것인지 걸치고 있는 외투를 벗어 내게 걸쳐 주었다. 나는 감사하다는 듯 고개를 숙여 인사한 다음 아무렇지 않은 척 말을 꺼냈다.

"가면무도회에 자주 참석하지는 않으시나 봐요. 그렇지 않으면 이리 멋진 분을 못 볼 리가 없었을 텐데요."

하지만 사내는 내가 무엇을 떠보는지 정확하게 알아채고 코웃음을 쳤다. 이제는 대놓고 반말을 하고 있었다.

"오늘 처음 참석한 게 분명한 사슴이 별말을 다 하는군. 이러니 어리석어 보인다는 거야."

"제가 처음인지 아닌지 어떻게 확신하나요?"

"이리 어여쁜 암사슴을 몰라보는 자라면 눈을 장식으로 달고 있을 테니까."

"여인이란 기분 내키는 대로 변화할 수 있답니다. 사내의 섬세하지 못한 성격으로는 알아차리지 못할 만큼 아주 놀랍게요. 그건 마치 마법과 같죠. 그러니 장담하지 말아요."

"섬세한 눈치로 따지자면 나를 능가할 사람은 없다고 생각하는데 말이지."

장담에 가까운 확신이 우스워 그를 도발했다.

"그럼 내가 누군지 알겠네요?"

떨려 오는 몸을 감추려고 내던진, 그냥 약간의 장난에 불과한 것이었다. 하지만 사내는 손으로 턱을 쓰다듬으며 진지하게 고민했고, 곧 알아냈다는 듯 진한 미소를 지었다.

"이런 식으로 옷을 입는 것을 좋아하는 사람은 샤토루, 그 빌어먹을 암캐뿐이지. 그런데 그 암캐는 지금 홀에 있단 말이야? 게다가 요즘 그 여자가 새로운 장난감을 거느리고 다닌다는 소문이 있던데…….'

나는 한숨을 내쉬며 대답했다.

"너무 손쉬운 질문이었네요. 부정하지는 않겠어요."

동시에 확신했다. 그는 테오도르 비트라이스가 아니라고. 마담 드 샤토루를 감히 '암캐'라 지칭하며─내가 그녀의 장난감임을 인지하면서 말이다─태연한 신색을 유지하는 자가 그일 수 없었다. 내가 마담에게 이르는 것을 감안하더라도 아무렇지 않을 수 있는 건, 그녀의 총애와 권력에서 온전히 비켜날 수 있는 사람만이 지닐 수 있는 여유였다. 그럼 대체 누구기에 이토록 불경스러운 언어를 마구 내뱉을 수 있는 거지?

순간 바람처럼 스쳐 지나가는 하나의 목소리가 있었다.

"끌어내."

"이게 내 약혼녀의 언니라고? 그것참 볼썽사나울 정도로 비루먹었군."

"저건 여인이 아니야. 독이 바짝 오른 독사지. 목을 쳐 내지 않으면 언제라도 머리를 들어 올려 발목을 물어뜯으려 할 거다. 하지만 내 사랑스러운 로에나가 절절하게 간청하니 살려 주지 않을 수 없군."

아아, 어떻게 잊을 수 있을까? 과거의 시스에가 머리끝째로 잡아당겨져 와 홀의 중앙에 처박혔을 때, 오기와 증오로 범벅된 얼굴을 들어 중앙을 바라봤을 때, 그런 나를 바라보며 빙글빙글 웃고 있었던 무서운 사내를. 로에나의 남자이며 그녀를 시궁창에서 건져내 주었던 절대 권력자인, 그를.

나는 나도 모르게 뒤로 주춤주춤 물러났다. 머릿속으로는 설마라고 외치고 있었지만, 그를 인식해 버린 몸은 아주 정직하게도 두려움을 표출하고 있었다.

"호오?"

말끝을 길게 늘어뜨리며 의아해하던 그가 곧 납득했다는 듯 고개를 끄덕였다. 늑대 가면은 내가 자신의 정체를 알아버린 게 매우 기특하다는 듯 기쁘게 웃고 있었다.

"역시 묘한 데서 예리하다니까."

내 의심이 확신으로 굳어지는 순간이었다.

제국의 사람들은 황제를 가리켜 태양이라 했다. 만물 중 가장 높은 곳에 있어 모두를 아우르니 이보다 더 적합한 비유는 없었다. 그래서 멋모르는 무지렁이들은 태양을 볼 때마다 황제를 대하듯 굽실거렸다.

내 세계의 태양은 류스테윈 할버드였다. 모두가 우러러보는 황제나 청음의 기사는 그에 비하면 보잘것없었다. 그래서일까? 돌아오기 전 나의 세계는 좁고 작았다. 심상의 토지는 척박하고 거칠었으며, 심지어 메마르기까지 했다. 류스테윈이라는 태양이 떠오르지 않은 내부는 늘 차가운 겨울일 수밖에 없었다. 잡풀 하나 뿌리내리지 못한 심장은 해골과 다름없이 비쩍 마른 외견과 같았다. 음식을 받아들이지 못하니 피부가 거칠어지고 뼈가 약해졌다. 사랑을 받지 못한 심장은 더운 피를 낼 수 없었다. 박동하지 못하는 가슴은 늘 냉기를 품었고, 성정은 얼음처럼 차가워졌다. 신경질적인 고함과 욕설만이 내가 아직 살아 있다는 것을 느낄 수 있게 해주는 유일한 수단이었다.

기실 비슈발츠가 품어 안은 첫째 딸이라 하지만 내 데뷔는 그리 신통치 않았다. 아니, 다시 떠올리기 싫을 정도로 처참했다. 무얼 내게 있어 좋은 기억이 단 하나라도 있을 리 있겠냐마는, 이만큼 내 협소한 세계를 처참하게 망가뜨린 경험이 없었다.

하지만 지금 이 괴로운 기억을 조금 더듬어 다시 생각해 볼 필요성이 있다. 내 생에 그나마 순진함이라는 씨앗을 품고 있을 수 있었던 시기였으니까 말이다. 가엾게도 과거의 나, 시스에 비슈발츠는 자신에 대한 경멸이 백작가 내부에서만 있는 거라 생각했다. 모두 그 발칙한 계집애에게 속고 있으니까 어쩔 수 없는 것이라 위안하면서 말이다. 그 때문에 로에나가 데뷔하지 않은 이곳에서야말로 새롭게 시작할 수 있을 거라 여겼다. 발을 내디디려는 곳이 사나운 맹수가 우글거리는 밀림인지 몰랐기에 할 수 있는 기대였다.

그래서 사교계로 통하는 문이 열리며 이름이 호명되었을 때, 발갛게 달아오른 얼굴로 활짝 웃었다. 아름다운 사람들이 내게 상냥한 미소를 지으며 잔을 건네는, 그런 환상적인 일을 기대하면서 용감하게 발을 내디딘 것이다. 하지만 사람들은 예상했던 것보다 더 실망스러운 꼴을 한 내게 할 말을 잃은 듯했다. 조용한 경악이 홀 전체를 뒤덮고 있었다.

그것도 잠시, 누군가 나를 가리켜 먼지를 뒤집어쓴 갈까마귀보다 더 추레하다 소리쳤다. 보석을 덕지덕지 매단 드레스만 아니었다면 빌어먹는 비렁뱅이를 깨끗하게 씻겨 사교계에 내보냈다 여겼을 거라면서 조롱했다. 미모로 양부를 현혹했다 알려진 요부의 친딸이라고는 믿기 어렵다는 반응이 대부분이었다.

그래서일까? 누구도 내게 말을 걸지 않았다. 사교계에 처음 데뷔하는 소녀에게 의례적으로 춤을 신청하는 것이 신사의 덕목 중 하나임을 알면서도 잔인하게 외면했다. 양부의 자비로 따라오게 된 할버드 경 역시 내게 손을 내미는 일이 없었다. 그저 없는 사람처럼, 그렇게 여기며 기둥의 구석으로 몸을 숨겼다.

이후 황태자가 등장해 사교계에 데뷔하는 여인들에게 축하의 인사를 건네었지만, 나는 존귀한 옥체에 감히 다가갈 수 없었다. 그의 얼굴을 구경할 엄두조차 내지 못했다. 사람들에게 있어 나는 이미 기둥 끝에 길게 뻗은 그림자와 다름없었다.

이즈음 내로라하는 여인들이 황태자의 구미를 당길 수 있는 사람이 되기 위해 노력했다. 그의 구미를 당길 수만 있다면 허리를 조이다가 갈비뼈가 부러져도 좋다는 사람이 많았다. 사교계의 유행이 마담 드 샤토루와 황태자의 취향에 의해 좌우되고 있었다. 로에나조차도 황태자가 좋아하는 옷을 입었다. 샤토루의 옷 취향이 극악하게 야한 탓이기도 하겠지만, 미래의 태양이 될 자의 눈을 고루하다 비난할 만큼 간 큰 이가 없어서였다.

소문으로 황태자는 매우 아름다운 사람이라 하였다. 그것도 미인이라는 한 단어로 치부할 수 있는 정도가 아니라, 음욕을 피어오르게 할 정도의 야한 기운을 지닌 요염한 사내라는 것이다. 워낙 타고난 무인이라 얼굴 전체로 사나운 기운이 가득하지만, 자연스레 밴 농염함은 그조차도 야성미 넘치는 교태로 바꿔 놓는다 했다. 사내에게 교태라니, 코웃음을 칠 노릇이었지만 정작 그 앞에 서게 된다면 하문이 저절로 젖어 들어가는 요요로움에 질려 몸을 배배 꼬는 사람이 한둘이 아니라는 것이다.

그 소문이 맞는 것인지, 혹 그가 가진 위치를 탐내는 것인지, 황태자의 주변에는 아리따운 여인들로 가득했다. 사내를 맛볼 대로 맛본 늙은 여우들조차 발그레한 뺨을 감추지 못한 채 그가 있는 방향을 하염없이 바라볼 정도였다. 류스테윈 할버드와 같은 사내라 할지라도 황태자가 나타났다 싶으면 별 볼 일 없는 기사처럼 뒤로 밀려났다. 선택받지 못한 사내들이 미간을 구기며 담배를 뻑뻑 피워 대는 건 당연한 일이었다.

나는 이 기회를 놓치지 않았다. 눈을 교활하게 번뜩이며 아름다운 기사의 주변을 배회했다. 스쳐 가는 것이라도 괜찮으니 그의 눈길을 받고 싶어서였다. 나의 태양은 황태자가 아닌 고로 모든 여인이 바라 마지않는 환상적인 외모와 지위 따위는 하등 쓸데없었다. 오히려 황태자가 자주 나타나 여인들의 시선을 끌어주었으면 하고 바랐다. 그로 인해 류스테윈이 다른 아리따운 여인들에게서 벗어나기를 원했다. 할버드 경이 나를 경멸한다는 것을 알고 있었지만 이렇게라도 내 옆에 서 있어준다면 더할 나위가 없을 것 같았다.

무엇보다 나는 비슈발츠 백작가의 장녀지만 사교계에서의 위치만큼은 시골 남작가의 영애만도 못한 처지라 권력의 중심이라 할 수 있는 황태자의 주변을 얼쩡거릴 수 없었다. 사슴처럼 길쭉한 팔다리를 가진 여인들의 숲속에서 그의 얼굴을 구경할 수 있는 건 하늘의 별 따기와 같았으므로.

물론 이후 멀찍하게나마 그의 미모를 감상할 기회를 얻게 되었지만, 이미 류스테윈 할버드라는 사내에게 눈이 멀어버린 터라 별다른 감흥조차 받지 못했다. 그저 사내가 창녀보다 더 야한 얼굴을 할 수 있구나, 라는 시답지 않은 생각을 했을 뿐이다.

내가 황태자를 가까이에서 바라볼 수 있었던 것은 로에나를 핍박했던 내 죄가 드러났을 때였다. 그의 기사들은 나를 개처럼 끌고 왔고, 황태자는 웃고 있었지만 눈빛으로는 이 모든 것을 무료하다는 듯이 바라보고 있었다. 사교계라는 밀림에서 몇 년간 뒹굴다 보면, 자신보다 강한 이를 찾을 수 있는 능력을 갖추게 된다. 위험한 상황을 감지하여 고개를 숙일 수 있는 비굴함을 배우게 된다. 특히 나와 같이 모두가 환영하지 않는 곳에서 억지로 견디다 보면 위와 같은 능력이 남들보다 배로 특화되는 법이다.

참으로 신기한 일이었다. 저 사나운 얼굴이 어쩜 이리도 농염하게 보이는지, 숨을 쉴 수 없을 정도로 거칠게 일렁이는 음험한 기운이 지닌 바 찬란한 미모에 중화되어 사람을 홀리게 하는 것인지. 그리하여 경애의 마음을 가지게 하는 것인지.

분명 황태자는 기골이 장대한 사내였다. 그를 호위하는 기사들 못지않은 탄탄한 체구를 지니고 있었다. 무엇보다 타고나기를 무골로 태어나 제국 내 손꼽히는 검술을 가졌다 하였다. 난봉꾼 기질도 황제를 닮아 색사에 관한 한 따를 자가 없어 스캔들도 제법 많이 뿌린 참이었다. 제국 내에 저만한 남자는 없으리라는 게 사교계의 중론이었다. 하지만 기이하게도 그는 여기에 자리한 그 누구보다 아름다웠다. 그래서일까? 나는 처음으로 황태자가 눈이 부시다고 생각했다. 저를 향해 상사의 애를 앓았던 여인들이 이해될 것 같았다.

그러나 그것도 잠시, 나를 바라보는 그의 시선을 마주했을 때, 아름다움이고 뭐고 텅 비어버릴 것 같은 머리를 부여잡은 채 부들부들 떨어야 했다. 두렵게도 황태자는 나를 사람으로 보지 않고 있었다. 마치 길가에 차이는 돌멩이를 바라보듯, 주변에 널린 가구를 품평하듯 무기질적이었다. 그렇기에 내 목을 베는 것도 심심풀이로 나뭇가지를 꺾는 것처럼 의미가 없었을 것이다.

사교계의 사람들도 나를 종종 없는 이로 치부하며 외면하곤 했다. 하지만 황태자가 보내는 시선에 비할 바가 아니었다. 아니, 차라리 혐오의 시선으로 내 목을 베겠다, 협박하는 게 나았을 테다. 고문이라도 하면서 죄를 실토하게 하였으면 그나마 안도하였을 것이다. 이렇게 존재 자체를 부정당하는 것보다 말이다.

하지만 그의 시선은 끝까지 동일했다. 겉으로는 로에나를 위하는 사내인 양 연기하며 나를 살려 놨지만, 그것이 발끝에 치이는 돌멩이를 향한 가벼운 변덕임을 모르는 바는 아니었다. 아니, 지나가는 먼지가 나보다 더 나으려나?

오기가 치민 내가 무엄하리만치 고개를 빳빳이 들고서 저를 노려보아도 황태자는 자신이 앉아 있는 의자가 더 소중하다는 듯 부드럽게 쓰다듬었다. 호위하던 기사들이 무례하다, 무엄하다 소리를 질러 댔지만 그의 표정은 변함없었다. 아니, 아주 잠깐 웃기는 했었다. 내 발악이 우습다는 것처럼. 하지만 그가 피어올린 살기에 질린 내가 시선을 내리깔며 부들부들 떨자, 이마저도 지겹다는 듯 손을 휘휘 내저었다.

너 따위는 아무것도 아니다. 아니, 네가 사람이기라도 했던가? 조악한 짐승 같으니라고. 평생을 그렇기 기어 살아야 할 것이다.

개처럼 질질 끌려가는 나에게 있어 그의 손짓은 위와 같은 의미로 받아들여졌다. 아니, 위의 말 중 한 마디라도 내뱉어주었더라면 마음이 편했을 것이다. 하지만 그가 내뱉은 말은 거의 다 의례적인 외침이었을 뿐, 자신의 속을 내비치는 것은 하나도 없었다. 그래서 나는 그가 무서웠다. 두려웠다. 내 존재 자체를 지워 버리는 저가 미칠 듯이 소름 끼쳤다. 황태자는 사람이 아니다. 사람일 수 없었다. 그는 공포 그 자체였다.

나는 새삼 그의 눈동자를 가리는 늑대 가면이 고맙다고 생각했다. 사실적으로 길게 뻗은 털이 그림자를 만들어 내기에 가능한 기적이었다. 그때의 무기질적인 시선을 다시 받는다면, 견딜 수 없이 비명을 지르게 될지도 모를 테니까. 내 어깨에 닿아 있는 옷이 그의 것이라 생각하니 소름이 다 끼칠 정도다.

어쨌든 그의 정체를 알고도 가만히 있는 건 굉장한 대죄에 속하는지라, 작은 예라도 표하는 수밖에 없었다. 나는 무릎을 굽혀 인사했다. 다행히 흘러나오는 목소리는 평이했다.

"미처 예를 올리지 못함을 용서하세요. 원하신다면 다시 인사드리겠습니다."

"됐어. 그따위 영양가 없는 말을 길게 늘어뜨려서 무얼 한다고. 그것보다 그대, 내 정체를 알았으니 이제 무엇을 할 테지?"

"윤허해 주신다면 물러나고 싶습니다. 존체를 모시기엔 부족한 몸입니다."

"그것참 깜찍한 말을 다 하는군."

그가 손을 뻗어 내 허리를 휘감았다. 나는 끈 떨어진 인형처럼 맥없이 끌려 들어갔다. 마음 같아서는 어깨를 밀어내어 떨어지고 싶었지만 감히 무엄하게도 제국의 작은 태양의 몸에 함부로 손을 댈 수 없는 법이었다. 이만한 위치에 있는 인사가 홀로 왔을 리가 만무하니 더욱 그러했다.

"사교계에 데뷔조차 하지 않았다지? 암캐의 밑에 들어간 지도 얼마 되지 않았고. 그런데 너무나 쉽게 내 정체를 눈치챘단 말이야."

"훌륭한 가면이긴 합니다만. 어찌 이것으로 전하의 늠름하고 아름다우신 외모를 가릴 수 있단 말입니까? 소녀를 의심할 것이 아니라 가면을 만든 장인을 탓하셔야지요."

"하. 케룰라(작은 암사슴) 너 말이다. 정말로 혀를 잘 놀리는구나."

"기쁘게 들으셨다니 소녀, 황공할 따름입니다."

"그래. 계속 입을 놀려 내 귀를 기쁘게 해보려무나. 무슨 소문을 들었기에 내 정체를 알자마자 이리 기겁하여 사라지려는 것이냐?"

황태자의 다른 손은 내 턱을 들어 올려 강제로 시선을 마주하게 했다. 수틀리면 금세라도 턱뼈를 바스러뜨릴 것 같아 두려웠다. 내가 아는 황태자는 충분히 그러고도 남을 인간이었다. 그래서일까? 케룰라라는 달콤한 이명도 도살장에 끌려가기 전의 소에게 부르는 이름처럼 느껴졌다. 차라리 그가 테오도르 비트라이스였으면 좋았을 것을. 아니, 류스테윈 할버드여도 괜찮았을 것이다.

팔을 들어 내 턱을 잡고 있는 황태자의 손을 천천히 감쌌다. 기도하는 것처럼 그렇게 말이다. 목을 비튼다면 팔뚝에 손톱자국이라도 내보겠다는, 저열한 발악의 일종이었다. 다행히 황태자는 기분 나빠 하지 않았다. 함부로 몸에 손을 대었다며 역정을 내어도 부족하지 않을 판인데도 가만히 있는 걸로 보아 이어질 답변에 더 흥미를 느끼는 모양이었다.

"여인으로서의 당연한 본능입니다. 말씀드렸지 않나요? 저를 지켜

줄 멋진 짐승이 필요하다고 말이에요. 하지만 제 눈앞의 늑대가 너무나 강하고 거대하여 감당이 되지 않으니 그대로 물러서는 수밖에요."

"그 늑대가 여우들을 사냥한다는 소리를 들은 게 아니라?"

"오, 전하. 저의 수치심을 자극하여 즐거움을 맛보실 요량이라면 부디 자비를 베풀어주세요. 저는 아직 순결함에 반대되는 말을 알 준비가 되어 있지 않답니다."

"그럼 이런 곳에 왜 온 거지? 암캐의 강요냐? 하지만 그 암캐는 너를 소개할 마음이 없어 보이던데?"

나는 억지로 입꼬리를 끌어당겨 웃었다. 그리고 낮은 목소리로 속삭이며 그의 손에서 내 턱을 조심히 빼내었다.

"소개하기엔 제가 너무나 볼품없어 보였나 보지요."

"아니, 그 반대야. 말했지 않나. 저 홀에는 네 발밑을 게걸스럽게 핥아 댈 인사가 많다고. 이렇게 먹음직스럽게 살찐 케룰라를 가만 놔둘 짐승이 있을까?"

허리를 감싼 팔에 힘이 들어갔다. 상체를 뒤로 최대한 젖혀 피하려 했지만 얼굴 가까이 내려오는 늑대 가면은 그것조차 용납하지 않았다. 입김이 닿을 듯이 가까워졌다. 짙게 가라앉은 목소리는 사람을 홀릴 듯 감미롭고 야했다.

"진정한 여인이 되고 싶다 하였나? 내가 그렇게 만들어주지."

"그렇다면 전하를 턱 끝으로 부릴 수 있나요?"

"하?"

"아니면 저를 사랑하시나요?"

내 말에 그의 얼굴이 다가오는 것을 멈추었다. 조금만 더 늦었더라면 입술을 빼앗겼을 판이었다. 나는 못 들을 것을 들었다는 듯 기막혀 하는 황태자에게 다시 말했다.

"전하의 총희가 될 수 있나요? 말씀드렸잖아요. 전 방 안에 틀어박혀 울지 않을 거라구요. 정말로 사납게 물어뜯을 거예요. 세상 그 누구보다 집요하게 굴어 댈 거구요. 그게 불편하시다면 저를 취하시자마자 바로 목을 베어주세요. 아니면 놓아주세요."

순간 뎅, 하고 자정을 알리는 종소리가 들려왔다. 마담 드 샤토루와의 약속 시각이 가까워진 것이다.

"목을 베어 달라?"

"제 명예가 달린 일이니까요."

"잠시면 되는 일에 명예는 무슨……."

"사모하는 분이 계세요."

순간 허리를 감은 팔에서 힘이 빠지는 것 같았다. 나는 재빨리 그의 어깨를 밀쳐 냈다. 이렇게 벗어날 거라 생각하지 못한 것인지 황태자의 몸은 놀라울 정도로 쉽게 뒤로 밀려났다. 나는 그런 그를 뒤로하고 달리기 시작했다. 뎅. 몇 번째일지 모를 종소리가 울려 퍼지고 있었다.

다행히도 황태자는 나를 쫓아오지 않았다. 혹시 모를 불안감에 뒤를 돌아보았지만, 그의 그림자로 보이는 건 없었다. 한순간의 유희에 불과할 계집을 쫓으니 새로운 여인을 찾는 게 낫겠다 생각한 모양이다.

그렇게 헐레벌떡 달렸을까? 정원과 마차와의 거리가 워낙 멀다 보니 나중에는 치맛자락을 잡고 뛰어야 했다. 숨이 턱까지 막히고 나서야 나는 가까스로 마차가 있는 정문에 도착할 수 있었다. 나는 열린 문틈으로 내게 손을 내밀어 '빨리!'라고 외치는 샤토루의 손을 붙잡았다. 내가 올라타자마자 기다렸다는 듯 움직이기 시작하는 마차다.

"재밌었나 보지요?"

샤토루가 숨을 헐떡이는 나를 보며 까르르 소리 내어 웃었다. 한바탕 진득하게 뒹굴고 온 모양인지 그녀의 드레스는 구겨지다 못해 찢겨 있었다.

"그래, 한쪽 귀걸이는 어느 신사에게 주었으려나?"

나는 반사적으로 귓불을 더듬었다. 왼쪽 귓불이 허전했다. 급하게 뛰어오느라 떨어진 모양이다.

"죄송해요. 뛰어오느라 잃어버린 것 같아요."

샤토루는 괜찮다는 듯 미소 지었다. 그러고는 손을 들어 마차의 벽면을 마구 두들겼다. 그것이 신호라도 된 것인지 마차의 속도가 빨라졌다.

샤토루는 하녀의 시중을 받으며 미리 준비된 잠옷으로 갈아입기 시작했다. 마차의 흔들림에도 영향을 받지 않는다는 듯 자연스러운 몸놀림이었다. 그녀는 피곤하다는 듯 옅은 짜증을 부리며 높게 틀어 올린 머리를 풀어 내렸다. 두 명의 하녀가 달라붙으니 금세 모습이 달라졌다. 가슴에 사내가 만든 것이 분명한 붉은 울혈이 점점이 찍혀 있었지만, 아무도 그에 대해 지적하는 사람은 없었다. 변신을 끝낸 그녀가 느지막이 하품하며 중얼거렸다.

"오늘 너무 늦게 참석한 것 같아. 내일은 좀 더 빨리 출발하도록 하죠."

"내일도 있나요?"

샤토루는 무슨 말을 하냐는 듯 내게 말했다.

"하루만 열리는 무도회가 있나? 앞으로 두 번은 더 참석할 거예요."

오, 맙소사. 나는 터져 나올 것 같은 한숨을 삼키며 눈을 감았다. 그것은 짐승과 같은 연회에 더 참석해야 한다는 두려움 때문이 아니었다. 조금 전 가까스로 뿌리치고 나온 늑대를 다시 만날까 싶은 공포심의 발로였다.

과거의 나는 로에나와 할버드 경에게 집중하느라 주변을 둘러볼 여력이 없었다. 나를 상대로 진심을 내보이는 사교계의 인사가 없을뿐더러, 저 둘만을 감당하기에도 벅차서였다. 그렇기에 돌아온 지금도 황태자가 무엇을 했는지, 어떤 일을 벌였는지 거의 기억나지 않았다. 내가 아는 것이라곤 감옥으로 끌려가기 전에 만났던 황태자가 지독하게 무서웠다는 것뿐이다. 난봉꾼 기질이 있다는 것도 언뜻 들어 기억한 것인지, 가면무도회에 나다니면서 아랫도리를 휘두르는 인물일 줄은 미처 몰랐다.

사실 귀족 여인 중 정숙함을 자랑할 수 있는 이가 몇이나 되랴. 씨를 품지 못하는 척박한 땅이라 하더라도 한 번쯤 다른 종류의 갈퀴질을 받을 수 있는 곳이 바로 사교계인데. 무도회, 특히 가면무도회는 스스로의 명예를 내던질 수 있는 유일한 장소였다. 누군가의 친척으로 끌려오지 않은 이상, 사내의 손을 타지 않은 순결한 처녀라 할지라도 마음만 먹는다면 뜨거운 열락을 맛볼 기회를 무한으로 제공받았다. 아무것도 모르는 양 새침을 떠는 게 오히려 촌스러운 일이었다. 가면무도회가 열리는 장소에는 피임할 수 있는 약을 들고 있는 의원이 대기하고 있었고, 쾌락에 젖은 몸을 정결하게 만드는 욕실이 준비되었다. 본능이 이끄는 대로 치마를 들어 올리는 게 그곳에서 내보일 수 있는 최대한의 명예였다.

그런 곳에서 사랑을 거론했으니 얼마나 우스웠을까? 그런 자리에 나왔다는 자체가 처녀임을 부인하는 행동일 터인데. 무엇보다 샤토루의 장난감 주제에 앙큼 떨며 감히 '총희'를 운운하니 기가 찼을 것이다. 그러니 손에 힘을 주는 것을 잊어버렸을 테고.

존체를 밀고서 도망치는 것 또한 경을 칠 일이다. 기사를 시켜 끌고 오지 않은 게 신기할 정도였다. 이는 수하를 시킬 정도로 중요하지 않다고 생각했거나, 혹은 가면무도회가 열리는 모든 날에 나타나는 샤토루의 행동을 예상했거나, 둘 중 하나일 것이다. 나는 내가 도망쳐 올 수 있었던 이유가 첫 번째이기를 바랐다.

사교계에 몸담은 사람 중 악에 받친 처녀를 건드리는 것만큼 골치 아픈 일은 없다는 것을 모르는 이는 없었다. 과거 그러한 이유로 스캔들이 크게 터진 적이 몇몇 있었고, 심하면 목숨을 잃는 자가 생겨나기도 했다. 딸의 명예를 위해 결투 신청을 한 아비 때문이었다. 그 때문에 그만한 직위에 있는 이라면 귀찮더라도 크게 한몫을 떼어 보상하든가, 아니면 정부 삼아 방에 모셔 놓을 일이었다.

하지만 내가 본 황태자는 위자료를 챙겨 준다거나, 몸 한번 섞었을지 모를 여인을 위해 궁 한 칸을 내어주는 등의 행동을 할 만큼의 다정함이 없어 보였다. 귀찮은 게 달라붙었다며 목을 베면 모를까, 스스로의 행위에 족쇄가 될 추문을 가만히 놔둘 성정이 아닌 것이다. 과거의 로에나와 약혼한 것 자체가 의심스러울 정도로 말이다.

그러니 재수 없게 독사를 건드릴 뻔했다 생각하며 그냥 넘어갔으면 좋겠다. 가면을 쓰고 있어도 온몸 가득 매력이 철철 넘쳤던 사내가 아닌가. 손을 벌리기만 한다면 기쁘게 안길 여인이 한둘은 아닐 터였다. 풋내 나는 처녀보다 농익은 유부녀가 더 구미에 맞기도 하겠고.

문제는 황태자가 내 상식 안에서 이해할 수 있는 사람이 아니라는 점이다. 혹 그를 만날까 봐 드레스도 다르게 입고, 화장도 달리하며 가면도 바꿔 꼈지만—심지어 더 구석진 곳에 숨어 있기까지 했다—아주 손쉽게 나를 찾아내었다. 등 뒤로부터 슬그머니 뻗어져 오는 타인의 손길에 등골이 오싹해짐을 느끼는 것은 두 번 다시 겪어 보고 싶지 않을 공포였다.

"이런, 케룰라. 어두운 곳을 좋아하는 성미인 줄 몰랐군."

이번에도 그는 늑대 가면을 쓰고 있었다. 옷만 어제와 달랐다. 하지만 가면의 색깔과 어울리는 검은 외투를 입고 있었는데, 그것은 그의 군살 없는 몸매를 더욱더 매력적으로 부각하고 있는 참이었다.

그래서일까? 주변에는 벌써 그를 향해 군침을 흘리는 여인들이 넘쳐 나고 있었다.

황태자는 여인들이 말을 걸 기회를 주지도 않고서 바로 내 허리를 잡고 홀 중앙으로 나아갔다. 남녀 간의 힘의 차이를 이길 수 없어 하고 싶지 않아도 그의 리드에 이끌릴 수밖에 없었다. 사교계에서 사내와 춤을 춘 적이 손에 꼽을 정도지만, 이런 내가 보아도 황태자는 춤을 매우 잘 췄다. 리듬에 맞춰 스텝을 밟다가도 은근슬쩍 상대의 성적 흥분을 이끌어 내는 솜씨가 제법이라, 과연 점잖은 난봉꾼다웠다.

사내의 맛을 아는 여인이라면 진작 자지러졌을 법한 내밀한 접촉이 춤의 일부분인 양 자연스럽게 이루어지고 있었다. 아마도 그는 이런 식으로 여인의 흥분을 불러일으킨 다음 육체적으로 정복하는 걸 즐기는 것 같았다.

문제는 상대방인 내가 저에 대한 공포로 그가 주는 기쁨을 못 느끼는 데에 있었다. 그는 손길이 닿을 때마다 움찔거리며 바들바들 떠는 내 모습이 어이없다는 듯 몇 번이나 혀를 찼다. 오기가 생긴 듯 노골적으로 주물럭거려도 수줍어하긴커녕 움츠러들기만 하니 자존심에 상처를 입은 모양이었다. 가면 아래 단단하게 맞물려 비뚤어진 입술이 그를 증명하고 있었다.

"불감증이 있나? 아니면 너무 어려 여인으로서의 기쁨을 모르는 건가? 핏덩이가 아닌 이상 어찌 이런 걸 모를 수가 있지?"

이제는 숫제 비아냥거리기까지 한다. 이 아름다운 난봉꾼은 자신이 정복할 수 없는 여인이 있음을 알고서 매우 화가 난 눈치였다. 나는 덤덤하게 그의 말을 맞받아쳤다.

"사랑이 없는데 무얼 느끼라는 건가요?"

"오, 젠장. 그놈의 사랑 타령. 이봐, 케룰라. 그런 고리타분한 말을 하려거든 이곳에 나타나지 말았어야지."

"상냥하신 늑대님, 휴식을 취하고 있던 작은 사슴을 이곳으로 이끌어 낸 건 당신이랍니다."

"그래서 기쁘지 않다는 건가?"

"예."

"정말로 무엄한 입술이로군. 그럼 이런 곳에 나타나는 이유가 뭐야?"

"진정한 여인을 보고 싶다 했잖아요."

나는 태연한 목소리로 거짓말을 지껄였다. 공포가 뇌를 지배한 모양인지, 내 입술은 상당히 요망한 짓을 자행하고 있었다.

"사모하는 분께 어울리는 사랑스러운 여인이 되고 싶어요."

그러자 황태자가 어이없다는 듯 되물었다. 그런 그의 목소리가 불퉁하게 투덜거리는 것처럼 들리는 건 공포로 인해 귀가 먹었기 때문일 것이다. 아니면 헛것이든가.

"사내를 턱 끝으로 부려 먹는다 하지 않았나?"

"네. 그분을 그렇게 만들고 싶어요."

"하, 당돌하기까지 하군. 그럼 여기 아니어도 배울 훌륭한 인사가 많지 않아? 이를테면 순결과 정절을 논하는 고리타분한 늙은이들 말이야. 그대와 딱 어울리는 무리로군."

"제가 누구의 장난감인지 잊으셨나요?"

"오, 물론 기억하고말고."

그가 솜씨 좋게 내 허리를 뒤로 젖히며―배운 동작에 비해 너무 깊게 접혀 숨이 다 막혔다―노래하듯 중얼거렸다.

"그 냄새나는 암캐가 요즘 열심히 공을 들이고 있는 장난감이지. 아아, 주인 따라왔군."

"그러니 다른 아리따운 여인을 찾으셔요."

"그건 내가 알아서 할 일이지. 그대는 내 옷을 바닥에 던져 버렸다는 것 자체만으로도 바닥에 엎드려 잘못을 빌어야 해."

그러고 보니 어제 내 어깨에 외투를 걸쳐 주었던가? 그를 밀치면서 달려 나갈 때 바닥에 떨어진 모양이었다. 워낙 급하게 도망가다 보니 옷이 떨어진 줄도 몰랐다.

"어찌하면 용서해 줄 요량이세요?"

나는 그와 시선을 마주하지 않으려 애쓰며 조심히 물었다. 내 기억 속의 무기질적인 눈동자만 보지 않는다면 어떻게든 버틸 수 있을 것 같았다. 아니, 늑대 가면을 쓰고 있는 한 이 정도의 대화는 거뜬하게 넘길 수 있었다.

사실 황태자만 아니라면 이 늑대는 제법 쓸 만한 짐승이었다. 다른 수컷을 짓누르는 것을 본능적으로 느끼는지라 몸 자체에서 사나운 기운이 뿜어져 나오니, 아무도 저에게 말을 걸 엄두를 못 내기 때문이었다. 그저 그의 영역 내에 뒤떨어진 암컷을 노리고선 쓸쓸하게 배회할 뿐이다. 그러니 이만큼 더 든든한 기사가 없었다.

가면무도회에 참석한 사람들은 내가 이곳에 두 번째 참석하자 자신들의 흥미를 만족하게 할 수 있는 새로운 어린양이라 인식한 것 같았다. 하지만 옷차림이 보통이 아니라 확신할 수 없는지 조용히 지켜보며 탐색했다. 닳고 닳은 여인은 어디서나 볼 수 있기 때문이다. 그들에게 필요한 건 누군가의 소개로 나타난 먼 시골의 친척이거나, 순진해 빠진 숫처녀였다.

그런데 한참 지켜보던 와중 갑자기 나타난 늑대가 나를 낚아채 손을 놔주지 않고 있다. 탐색이고 뭐고 확인할 겨를이 없어진 것이다. 공들여 지켜보고 있는 자의 입장에선 상당히 맥 빠지는 일이 아닐 수 없었다. 즐거운 유희를 빼앗긴 것 같은 상실감도 들고 말이다.

그래서일까? 상당히 용기 있는 사내 하나가―실제로는 머리가 돌아 버린 머저리지만―객기를 부리며 황태자와 나 사이를 가로막았다. 그가 내 물음에 대한 답을 막 하려던 찰나였다.

술을 제법 많이 마신 모양인지 얼굴 가득 새빨갛게 열이 오른 그는 내 손을 붙잡고 호기 어린 목소리로 주정을 부려 댔다. 혀가 워낙 꼬여 잘 알아들을 수 없었지만, 말의 요지는 황태자보다 더한 대물을 가지고 있으니 자신에게 오면 만족하게 해주겠다는 저질스러운 농이 전부였다.

황태자는 별것도 아닌 사내가 감히 제게 덤벼드니 퍽 기분이 상한 눈치였다. 짐승처럼 이를 드러내며 사납게 웃기가 무섭게 주먹으로 그를 후려치는데, 벌려진 입가로 부러진 이가 후두두 튀어나오는 게 아주 자연스러웠다. 사람의 몸이 허공에서 회전하여 떨어지는 것 또한 당연한 일인 것처럼 이루어졌다. 찰나에 불과한 순간이었는데도, 한 사람의 얼굴이 떡이 되어 있었다.

현실감이 없는 광경 때문인지 순식간에 침묵이 찾아들었다. 고작 한 대에 불과한 것뿐인데, 마차에 부딪힌 것처럼 나가떨어지나? 모두 나와 같은 생각을 하는 것 같았다.

지위를 가면 뒤에 숨기고 나타난 것이므로 맞은 이가 저로 하여금 무엄하다 어쩌다, 감히 네가 누구를, 이라는 말 따위를 내뱉는 불상사가 이루어지지 않을 게 분명했다. 이곳에서만큼은 모두 동등한 위치에 있는 귀족이기 때문이다. 그렇지 않으면 누가 쉽게 몸을 열겠나. 설사 상대방의 직위를 알아챈다 하더라도 모르는 척해 주는 게 불문율이었다. 그런고로 황태자의 주먹에 대해 불만을 토로할 이는 아무도 없었다. 다만 이가 부러짐으로 인해 한동안 고기를 뜯지 못하게 될 가엾은 사내에 대한 애도만이 가득할 뿐이다.

어쨌든 이 사건으로 인해 흥이 빠졌는지 황태자가 내 몸을 안아 들고선 어느 한 방향으로 걸어가기 시작했다. 코르셋으로 인해 무게가 장난 아닐 텐데도 나를 안아 드는 그의 팔뚝에는 핏줄 하나 서 있지 않았다. 민망해진 내가 내려 달라 외쳐도 그는 막무가내였다.

순식간에 테라스에 도착한 황태자는 나를 난간에 내려놓고서 커튼을 쳐 다른 사람의 진입을 막았다. 이 발정 난 늑대가 결국 성욕을 풀 것인지, 둘만 남게 된 나는 무척 암담해졌다. 그에게 주려고 지금까지 간직해 온 순결이 아니었다. 하지만 이제는 사랑 어쩌고도 먹히지 않을 것 같아 어떻게 할 겨를조차 없어 보였다.

미친 척하고 난간에서 뛰어내릴까? 여기서 뛰어내린다면 어디가 부러지려나? 잠깐, 테라스 난간이라고?

순식간에 몸에서 피가 빠져나가는 기분이다. 나는 굳어진 고개를 가까스로 돌려 아래를 내려다보았다. '테라스'와 '난간'이라는 단어가 합쳐지고 나서부터 기분이 이상해지고 있었다. 눈앞이 흐려지는 건 물론 두통이 일어나 견딜 수 없다. 세상이 일그러지며 몸이 주체할 수 없을 정도로 덜덜덜 떨리고 있었다. 머릿속으로부터 '챙' 하고 무언가가 깨진 것 같았다. 혹은 판도라의 상자를 연 것처럼 건드리면 안 될 무언가가 흘러나왔다거나. 검은 아귀가 입을 쫙 벌리며 기다리듯 순식간에 앞으로 허물어지는 몸이 내 것이 아닌 것 같은 부유감을 제공한다. 발작처럼 흐느끼는 입술 사이로 침이 흘러나오고 있었다.

무서워.

몸을 잠식한 것은 이 말 하나뿐이다.

살려 줘. 무서워. 도와줘.

환영이 보인다. 나는 난간에 서 있었다. 로에나가 손을 뻗어 무어라 말한다. 하지만 내 몸은 뒤로 기울어져 떨어지고 있었다.

······땅에는 무엇이 있었지? 내 시체?

갑자기 뺨에 불이 붙는 듯 강렬한 통증이 일었다. 그리고 이명처럼 누군가의 목소리가 들려오기 시작했다.

'정신 차려? 제····· 기랄?'

"왜 그러는 거야!"

나는 멍하니 목소리의 주인공을 바라보았다. 늑대? 내가 죽은 것을 확인하러 온? 아니, 아니다. 그럼 누구지?

그늘진 가면 속으로 저의 눈동자가 뚜렷하게 보인다. 황태자다. 나를 인간으로 보지 않았던 그 사람의 것이다.

'아, 아아……! 나, 난 살아 있어? 아니면 죽은 거야? 난간, 난간이 왜 여기에? 아니, 지금 난 무엇을 하고 있었던 거지?'

순간 왈칵 겁이 났다. 그저 본능적으로 어디로든지 도망가야 한다는 생각만 들고 있었다.

'저리 가. 내 몸에서 떨어져!'

나는 있는 힘을 다해 그를 밀어낸 다음 바깥으로 달려 나갔다. 등 뒤로 나를 잡는 손길이 있었지만 사람들의 틈을 비집고 다니며 필사적으로 뛰어다녔다. 예쁘게 말아 올린 머리가 엉망으로 풀어 헤쳐져 장식 핀이 복도에 떨어지는 소리가 들렸지만 뒤돌아보지 않았다.

뎅. 뎅.

종소리가 마치 장례식의 그것처럼 들린다. 나는 귀를 막으며 아아악 소리 질렀다.

'테라스는 괜찮아. 무섭지 않아. 하지만 난간에서 떨어진다는 건 무서워. 두려워. 구역질이 나.'

뺨이 축축하게 젖어 왔다. 비가 오나? 하늘을 바라보니 멀쩡하기만 하다. 그럼 이건 뭐지? 나는 비척비척 걸어 겨우 마차 앞에 당도했다. 그 앞에 쉬고 있던 하녀들이 놀라 두 눈을 동그랗게 떴다.

뎅. 뎅. 뎅.

저 멀리서 마담 드 샤토루가 달려오고 있었다.

아, 그래. 나 무도회에 왔었지……. 이건 내 눈물이고.

눈이 가물어졌다. 다리에 힘이 풀리고 있었다. 나는 하녀들이 내 몸을 받치는 것을 느끼며 그대로 까무룩 기절했다. 그러나 귓가에 들리는 종소리는 여전히 선명하게 울리고 있었다.

어찌 된 일인지 갑자기 열이 오르고 있었다. 온몸에 땀이 흘러내려 끈적였다. 목구멍은 불덩이를 삼킨 것같이 홧홧했다. 벌려진 입 사이로 더운 숨이 새어 나왔다. 차가운 물을 마시고 싶었다. 하지만 나오는 것이라곤 짐승의 것처럼 끙끙 앓는 소리라 제대로 된 요구조차 할 수 없었다. 누군가 머리에 물수건이라도 올려 주었으면…….

가늘게 뜬 눈은 안개가 낀 것처럼 잔뜩 흐려 시야를 구분할 수 없었다. 등에 와 닿은 푹신한 느낌만으로 내가 지금 침대에 누워 있음을 알 뿐이다.

여기는 어디일까? 샤토루의 궁 안에 자리한 손님방일까? 저택에 있는 내 방이었더라면 좋았을 텐데. 마리가 눈치 빠르게 물수건을 갈아주고 몸도 닦아주고, 몸을 일으켜 시원한 물을 먹여 줬을 것이다.

괴로워. 바들거리는 손을 들어 가슴을 움켜쥐었다. 가쁜 호흡에 숨이 다 막혀 왔다. 커다란 무언가가 흉부를 짓누르는 느낌이다. 가까스로 눈을 떠 보았다. 새하얀 다리가 보인다. 그것은 앞뒤로 흔들거리고 있었다. 다리를 따라 시선을 올려 보았다. 나풀거리는 새하얀 드레스와 어딘지 익숙해 보이는 마른 어깨, 목선, 그리고 얼굴이 들어온다. 먼지로 뒤덮인 갈색 머리카락은 생기를 잃어 푸석거리기만 하다.

아, 나는 이 사람을 알고 있어. 절망과 흥분이 복잡하게 어우러진 저 교활한 표정을 한 여인은 바로 '나'야.

순식간에 주변 배경이 선명해졌다. 그날이구나. 나는 직감적으로 깨달았다. 길게 풀어 헤친 머리카락, 장식 하나 없는 새하얀 드레스. 테라스 난간 위를 위태롭게 서 있는 여인 하나.

—로에나, 난 네가 미워.

순간 시선이 마주한 것 같았다. '나'는 일그러진 미소를 지으며 뒤로 넘어가듯 눕는다. 아니, 눕는 게 아니다. 떨어지는 거다. 손을 뻗어 펄럭이는 치맛자락을 잡았다. 하지만 잡히는 건 없었다. 벌떡 일어나 침대 바닥으로 굴러떨어지다시피 내려왔다. 엉금엉금 기어 테라스 쪽으로 향했다. 난간에 손을 올리고 이를 악문 채 일어났다. 후들후들 떨리는 몸을 앞으로 숙일 듯이 기대며 테라스 너머의 땅 밑을 바라보았다.

"아!"

'내'가 있었다. 사지가 부러지고 머리가 깨진 흉한 상태의 내 시체가 있었다. 순간 치밀어 오르는 구토감을 이기지 못하고 헛구역질을 했다. 욱. 나오는 것 없이 침만 줄줄 흘러나왔다. 속에 있는 모든 것을 다 게워 낼 것처럼 쏟아 냈다. 동시에 짐승처럼 깊은 울음을 토해 냈다. 뺨이 흠뻑 젖어 가고 있었다. 힘이 빠진 다리는 더 이상 몸을 지탱하지 못했다. 난간에 한 손을 올려놓은 상태로 그렇게 쓰러지듯 주저앉았다.

이런 모습이었구나. 이렇게 처참히 으스러져 망가졌었구나.

자의로 인한 선택이므로 슬프다거나 비참하다는 생각이 들지 않는다. 그저 구역질이 났다. 더러운 것을 보았기에 순수하게 느낄 수 있는 불쾌감이었다. 그도 그럴 것이 세상에 스스로의 시체를 온전하게 바라볼 수 있는 이가 몇이나 될까. 그렇기에 발생하는 두려움이었다.

그 당시에는 오기와 악의로 똘똘 뭉쳤기에 미처 느끼지 못했던 차가운 부유감이 발끝으로 저릿하게 찾아들었다. 금세라도 떨어져 죽어버릴까 무서워 온몸이 덜덜 떨렸다. 지금 내가 살아 있는 건지 확신할 수 없어 더욱 그랬다.

그때 나를 안아 드는 손길이 있었다. 머리 뒤로 느껴지는 두터운 품은 안도감을 느낄 수 있을 만큼 따뜻했다. 쏟아지는 눈물과 머리를 잠식하는 열로 인해 누군지 알 수 없었지만, 기이하게도 낯선 이에 대한 경계심이 느껴지지 않았다.

"일부러 발작하여 피한 줄 알았더니 진짜로 아픈 거였나."

숨죽인 울음이 딸꾹질처럼 잦게 흘러나오고 있었다. 서글픔에 들썩이는 어깨가 내 것이 아닌 것처럼 느껴진다.

"젠장, 난 위로할 줄 모른단 말이다. 어째서 이렇게 방치를 해놓은 거지? 돌봐 주는 이 하나 안 보이잖아. 이게 총애하는 장난감을 대하는 방식이란 말이야?"

이제 귀마저 먹먹했다. 누군가 계속 말을 거는 것 같은데 도무지 알아들을 수 없었다. 그저 감각만이 선명하게 살아남아 나를 안은 이가 '사내'임을 느끼게 할 뿐이다. 커다란 손이 위로하려는 듯 등을 부드럽게 쓰다듬고 있었다. 나는 그의 것으로 여겨지는 손목을 붙잡고 더듬더듬 말했다.

"더, 더……."

더 쓰다듬어줘. 이 상냥한 감각을 계속 느낄 수 있도록.

지금의 나는 살아 있는 거겠지. 그러니까 이 부드러운 감촉을 느낄 수 있는 걸 테다. 그런데 왜 눈이 보이지 않고 귀가 들리지 않는 걸까? 사실 아까의 그 시체가 지금의 내가 아닐까? 그럼 여기에 있는 나는 뭐지?

"그 암캐가 가면무도회에 나타났기에 그대 역시 왔을 줄 알았는데, 아무리 찾아도 보이지 않더군. 설마 이런 곳에서 홀로 앓고 있었는지 몰랐어. 도대체 어디가 아프기에 이리도 얌전히 내 품에 안겨 있는 거지? 응? 케룰라? 날 두려워하는 시선은 어디에 두고 이리도 나약한 모습을 보이냔 말이다."

갑자기 목이 말라 왔다. 나는 나를 안은 이에게 조르듯 말했다.

"물. 목…… 말라……."

"하? 가지가지 하는군. 내가 네 하인이라도 되는 줄 아느냐?"

순간 기묘한 감각이 몸을 강타했다. 발이 허공에 떠 있는 기분이었다. 아아, 떨어지는 거야? 다시 떨어져 죽는 거냐고. 안 돼. 그럴 수 없어! 내가 지금껏 무엇을 해오고 있었는데. 아직이야. 이럴 수 없어!

"쉬잇. 무서운 게 아니야. 쉿. 진정하란 말이다. 아니, 몸을 들었다고 이리도 겁내면 어쩌자는 것이냐? 젠장, 이 무슨 훈련하는 것도 아니고, 쭈그려 앉아 걸어야 하다니. 끄응."

몸이 흔들흔들했다. 요람에 누워 있는 것처럼 기분 좋은 흔들림이었다. 그런데 얼굴로 쏟아지는 따뜻한 공기가 거친 숨소리처럼 느껴지는 건 착각일까? 어쩐지 더워지는 것 같아 입을 열어 다시 말했다. 아니, 칭얼거렸던가? 사실 무어라 말한 건지 나 자신조차도 모르겠다.

"물, 물을……."

"보채지 말라고. 마음에 든 계집년 치마 하나 벗기려다가 이 무슨 짓인지……. 하아, 알겠으니까 그만 졸라. 이 무슨 어린아이도 아니고."

잠시 후 입가에 차갑고 매끈한 무언가가 다가왔다. 그 속에서 쏟아지는 것은 그토록 바라 마지않았던 물이었다. 목울대를 움직여 받아 마시려고 했지만 쏟아지는 것에 비해 넘겨지는 물은 매우 적었다. 턱과 목덜미가 축축하게 젖어 가는 것 같았다. 그것이 너무 안타까워 혀를 내밀어 입술을 핥았다. 풀어지지 않은 갈증이 너무나 깊어 견딜 수 없었다. 더 마시고 싶다. 더, 더.

이런 내 마음을 알았다는 듯 다시 입속으로 물이 쏟아져 들어왔다. 하지만 여전히 들어오는 양은 너무나 적었다. 아니야. 이 정도로는 부족해. 나는 눈물로 짓물러진 눈을 가까스로 깜빡이며 힘겹게 손을 들어 올렸다.

컵, 컵이 어디에 있지? 물을 더 마시게 해줘. 그래서 내가 살아 있다는 것을 느끼게 해줘.

무언가가 입속을 파고들었다. 혀로 그것을 건드려 보았다. 손가락이다. 길고 거친 사내의 것. 두 개의 손가락이 입을 벌리고 있었다. 아주 느릿하게. 나는 그것을 따라 천천히 입술을 움직였다.

"그래, 그렇게 천천히 입을 벌려라. 아주 잘하고 있구나."

부드러운 것이 내 입술을 짓뭉개는 동시에 차가운 물이 흘러들어 온다. 아니, 차가우면서도 뜨거웠다. 커다랗고 뜨거운, 촉촉한 습기를 머금은 무언가가 입술의 안쪽을 느릿하게 쓸어내리며 물이 바깥으로 흘러내리지 않도록 유도하고 있었다. 나는 그 뜨거운 살덩이의 움직임을 쫓아 꿀떡꿀떡 물을 삼켰다. 아, 달아. 너무 달아서 기분이 좋아졌다.

"허, 참. 이젠 방긋방긋 웃기까지. 이 순진한 아가씨야. 네가 지금 무엇으로 물을 마신 줄 알고 이리 좋아하는 것이냐. 어여쁜 암사슴인 줄 알았더니 앙큼한 혀를 가진 고양이 같기도 하고, 또는 무엄하게 존체에 손을 올리는 앙칼진 여우 같기도 하니 네 정체를 도무지 모르겠구나. 그런데 무어 그리 속상하다고 이리 서럽게 울고 있지?"

뺨에 와 닿는 온기가 너무나 따뜻했다. 다시금 눈물이 났다. 아, 살아 있구나. 나 살아 있는 게 맞아. 이러한 온기라면 내가 살아 있는 게 맞는 거야. 그래서 그 손을 붙잡고 볼을 비벼 댔다.

만일 돌아오지 않았더라면 내가 감히 죽음을 두려워할 리 있을까? 로에나의 무너진 얼굴을 보았다는 것 자체만으로도 그때의 자살은 충분한 값을 하고 있었다.

그런데 무슨 일인지 돌아왔다. 기회를 얻었다. 악마일지 신일지 모를 이가 얼간이 시스에를 되돌려 주었다. 그래서 이리저리 뛰어다니며 예전에는 할 수 없었던 일들을 하고자 했다. 개과천선 따위는 생각도 말라며, 자유롭게 날뛰리라 마음먹었다. 테라스의 난간, 그 밑을 보기 전까지 나는 충분히 자신감이 있었다. 그런데 이게 죽기 전 잠깐 꿈꾸었던 찰나의 꿈에 불과한 거라면? 내 죽음을 조롱하려는 악마가 잠시의 달콤함을 제공하여 영혼을 거둬 가려고 획책한 거라면? 그럼 이 모든 것을 놓아야 하나?

내가 가진 두려움이란 이것이다. '죽음'이 몸에 각인된 것보다 이러한 공포가 더욱더 컸다. 희망이란 너무나 잔인하여 가질 수 없다면 차라리 있는 만도 못하다. 절망만 있다는 것을 알고 포기하는 게 끝이 어딘지 모를 미로 속 깊숙이 숨겨져 있는 '희망'을 찾아 헤매는 것보다 나았다. 그러니까 이게 '희망'이라 말하지 말아줘. '절망'이라 해줘. 그래야 웃으면서 일어날 수 있다. 지금이 현실이라는 확신을 가질 수 있을 터였다.

"내 손길을 벗어난 여인은 아마 네가 처음일 테다. 그러니 영광으로 알려무나. 아니, 일어난다면 기억이나 할 수 있을지 모르겠군. 하."

누군가 귓불을 만졌다. 그리고 곧 묵직한 감각이 느껴졌다. 뭐지? 머리카락을 조심스럽게 매만지는 손길도 있었다. 머리카락이 집히는 느낌이 묘하게 생생하다. 이마에 와 닿는 숨결도 놀라우리만치 감각적이었다.

"이번만 봐주마. 다음에는 저번처럼 도망칠 수 없을 거다."

누군데 가려는 거야? 내가 깨어날 때까지 제발 곁에 있어줘. 현실이라고 확신할 수 있게 도와줘. 하지만 더는 잡히는 건 없었다. 나는 몇 번이고 허공을 향해 손을 뻗다가 이내 떨어뜨렸다. 알 수 없는 상실감에 다시금 눈물이 나오는 것 같았다. 하지만 눈물샘이 말랐는지 건조하게 메마른 눈가는 쓰라리기만 했다.

이후에는 밀려오는 수마가 먼저였다. 지친 몸이 잠과 타협하려 한다. 다시 깨어날 수 있을까? 나는 짓물러 오는 눈을 손등으로 덮으며 생각했다.

제발, 눈 뜨고 나면 내가 알고 있는 것들이 보이기를.

그러나 이미 가물거리는 정신은 나로 하여금 아무것도 할 수 없게 만들고 있었다. 그저 나락에 떨어지는 것처럼 정신을 놓았을 뿐이다.

"아…… 가씨?"

조용히 속삭이는 목소리가 있었다. 머리 위로 와 닿는 차가운 느낌에 놀라 살며시 눈을 떴다. 흐린 시야 속으로 익숙한 얼굴이 그려졌다.

"마리?"

튀어나온 목소리는 꽉 잠겨 있었다.

"여긴 어디……?"

나는 느릿한 목소리로 물었다. 마리는 젖은 천으로 내 얼굴을 살며시 닦아 내고 있었다. 그녀는 걱정이 가득한 어조로 내게 대답했다.

"저택이에요. 아가씨 방이요. 오늘 아침에 당도하셨어요."

이상한 일이다. 분명 나는 가면무도회에 갔다가 궁으로 돌아가는 마차를 타지 않았는가. 그런데 저택이라니? 내 방이라니? 알 수 없는 일이 일어나고 있었다.

"나는 궁에 있었는데?"

"샤토루 부인이 아가씨를 출궁시키셨어요. 아무래도 몸이 편치 않아 낫지 않는 것 같다고 염려하시면서요. 하지만 실상은 그게 아니래요."

"그게 무슨 말이지? 마리야, 내가 입궁한 지 며칠이나 지났니?"

"오 일이요. 아가씨, 오 일이나 지났어요."

그 말에 놀라 벌떡 일어나려다 밀려오는 현기증에 앓는 소리를 내었다. 마리가 호들갑을 떨며 내 몸을 부축했다.

"내가 아팠다고?"

"네. 엄청 앓으셨다는데요. 열이 떨어지지 않아서 큰일 날 뻔했대요. 오늘 새벽에 겨우 내려서 자택으로 보내진 거예요."

"마리야, 나 물 좀 주련?"

"예."

마리가 사이드 탁자 위에 올려놓은 주전자에서 물을 따라 내게 건네줬다. 나는 물을 마시며 혼란스러운 감정을 감추고자 애썼다. 그러니까 무도회에 갔다가 황태자에 의해 테라스로 끌려가지 않았던가. 그리고 난간에……? 순간 오한이 이는 것 같았다. 나는 양팔로 몸을 감싸며 부르르 떨었다. 왜 이렇게 '난간'이라는 단어를 떠올리면 두려움이라는 감정이 생겨나는 것일까? 그야말로 온몸에 피가 쭉 빠져나가는 기분이었다.

나는 마리에게 물 한 잔을 더 달라고 했다. 뒤통수가 멍멍한 게 어디 하나 무겁지 않은 데가 없었다. 제대로 된 사고를 하기 어려울 정도로 말이다.

그래도 생각은 해봐야겠지. 샤토루가 왜 아픈 나를 완치시키지 않고서 집에 보냈나, 와 같은 것 말이다. 손님을 이리 대접하는 건 스스로의 얼굴에 먹칠하는 것과 다름없을 텐데. 주변에 알려진, 나를 향한 총애를 생각한다면 이번과 같은 일은 충격에 가깝다 할 수 있었다.

설마, 나와의 인연을 끊으려고 하는 걸까? 내 상세가 저에게 불편을 주었나? 나는 걱정스러운 얼굴로 내 안색을 살피는 마리에게 다시 물었다.

"너 방금 내게 실상 어쩌고 말하지 않았니?"

"네? 네."

"그게 무슨 말이야? 내가 다 낫지도 않은 상태에서 저택에 들어온 것과 연관이 있는 일이니?"

그녀가 눈을 빛내며 목소리를 낮췄다. 마치 누가 들으면 안 된다는 것처럼 잔뜩 억눌린 음성으로 속삭이듯 말하고 있었다.

"샤토루 부인이 황제 폐하 몰래 무도회에 나갔는데 그만 들키고 말았대요. 화가 나신 황제 폐하께서 샤토루 부인에게 근신을 명하시고 다른 여인을 침실로 들이셨다고 해요. 그런데 그다음 날 그 여인이 마음에 드셨는지 작위를 하사하고 온갖 보물을 선물로 떠안겼다지 뭐예요?"

"여인?"

"네. 그 여자도 샤토루 부인처럼 창녀라네요. 그런데 더 어리고 어여쁘대요. 굉장히 요염한 미인이라 황제 폐하의 혼을 쏙 빼놨다 하네요."

"너, 그거 어디에서 들었니?"

마리는 주눅이 든 표정으로 내 눈치를 살폈다. 그러다 이내 계속 말하라는 내 시선에 마지못하다는 것처럼 입을 열었다.

"그, 아가씨를…… 데려다준, 그러니까 샤토루 부인의 하녀에게서요. 제가 잘못한 거예요?"

맙소사. 나는 이마에 손을 대며 한숨을 내쉬었다. 비슈발츠가 저택에 처박힌 마리가 알 정도면 이미 비밀이 아니게 된 소문이다. 마담 드 샤토루의 명예는 다시 한번 바닥으로 곤두박질치고 있었다. 그러니 나 같은 걸 돌보아줄 여력이 없었을 테다. 당장 황제의 총애가 떨어지게 생겼는데 장난감이고 뭐고, 무어가 중할까? 이제 막 연을 만들고 있었는데, 그것이 고작 낡은 줄에 불과했다니. 허탈함에 말조차 나오지 않았다. 나는 마리에게 손짓하여 침대에 다시 드러눕고자 했다.

"아가씨, 뭐라도 드시겠어요?"

"됐어. 쉬고 싶어."

"그럼 옷이라도 갈아입으세요. 땀을 많이 흘리셨어요."

"그래, 그러자꾸나."

"어, 그런데 아가씨. 귀걸이 처음 보는 거네요. 그런데 왜 한 짝밖에 없나요? 머리핀도 처음 보는 것인데 샤토루 부인께서 선물해 주신 건가요?"

나는 손을 들어 귀를 매만졌다. 마리의 말을 듣자마자 한쪽 귀가 묵직한 것이 익숙한 느낌이 들었다. 귀걸이를 빼 살펴보니 첫 번째 무도회에서 잃어버린 것이었다. 머리핀은 두 번째 무도회에서 찌르고 갔던 것으로, 그게 여태 달려 있는 게 이상할 정도였다. 샤토루의 하녀가 내 머리와 옷매무새를 돌보아주지 않고서 병간호를 할 리가 없는데 말이다. 다음에 만나면 물어봐야겠다.

"이거 어떻게 할까요?"

"다음에도 쓸 수 있도록 잘 보관하렴."

"예."

다시 한숨 자자. 조금만 더 잔다면 머리가 더 맑아질 것이다. 그럼 수수께끼와 같은 지난 시간을 되돌아볼 수 있는 사고력을 가지게 되겠지. 당장은 혼란스러워 아무것도 할 수 없었다. 그래서 몸을 눕히고 눈을 감았다. 마리가 새 옷을 가져올 때까지만 눈을 감아도 괜찮을 것 같았다. 그래, 조금만 자고 나서 샤토루에 대해 생각하고, 기억나지 않는 시간을 더듬어 보고…….

그런데, 나는 왜 울었지? 가장 중요한 것을 잊은 것 같아 기분이 묘했다. 나는 앓고 있었던 시간 동안 무엇을 한 걸까? 하지만 대답해 주는 이는 아무도 없었다.

대외적으로 마담 드 샤토루의 공식적인 일정이 마감되었다. 이 소문이 수도에 퍼졌을 때, 사람들은 드디어 황제의 총애가 그녀에게서 떨어졌다 떠들어 댔다. 황제 몰래 음란한 무도회에 참석하고 다니는 총희는 목을 베여도 할 말이 없었다.

너무 오랜 시간 사랑을 받았지.

대부분의 많은 사람이 이 상황을 기뻐하며 환영하고 있었다. 그동안 워낙 천방지축으로 날뛰다 보니 저를 가엾게 여겨 감싸 줄 우군보다 적이 더 많았던 것이다. 들리는 바로는 황후가 제일 기뻐했다 하였다. 하긴 샤토루에게 당한 게 얼만데, 성질 같아서는 개같이 끌어내어 흠씬 두들겨 패 주고 싶었을 것이다.

어쨌든 공식적으로 알려진 일정이 마감되었을 뿐이지 그녀는 여전히 자유롭게 돌아다닐 수 있었다. 티 파티와 같은 작은 사교계 모임이나, 오페라 공연 감상하기, 황궁의 정원을 걷는 것 등의 사소한 일상이 비공식적으로 허락되었다.

그렇기에 이게 정말로 근신에 가까운 처우인지 의아해하는 사람이 많았다. 아마도 황제는 자신을 그동안 기쁘게 해주었던 총희에게 한 줌의 너그러움이라도 내보임으로써 자신의 자비를 과시하고 싶어 한 모양이다. 그러니 이건 벌이라 칭해질 수 없는, 아주 사소한 제약에 불과했다. 잠시 목줄을 채웠다고 해야 하나.

그 때문에 마담 드 샤토루가 조금만 고개를 숙여 자중했더라면, 그리고 이 굴욕적인 상황을 기쁘게 받아들였더라면, 어쩌면 그녀는 황제의 눈길을 조금 더 붙잡아 두었을지도 모를 노릇이다. 하지만 이 날카로운 여인은 황제의 총애를 놓쳤다는 것을 남들과 다른 관점으로 살펴고는 매우 분노했다.

마리안은 창녀로 살았을 적에 워낙 변덕스러운 손님을―자신의 단골이 다른 창녀를 찾아가는 경우가 왕왕 있었다―많이 만나 보았으므로, 애초에 사내의 진심 따위를 믿지 않았다. 이는 제국의 태양이라 불리는 황제도 마찬가지인지라, 그녀는 편지로 처음에 궁에 들어왔을 때 언제고 이런 날이 오리라 생각하고 있었다고 편지로 고백했다.

매우 놀랍게도 샤토루는 황제 폐하의 총애가 떨어진 것을 그냥 손님 하나를 잃은 것 정도로 치부하고 있었다. 이는 매우 현명한 처사로, 어린애처럼 징징 짜면서 울부짖는 것보다 나았다. 그렇지 않았더라면 황후를 농락할 제 성격상 드글드글 끓어오르는 손톱을 날카롭게 세워 새로운 창녀에게 뛰어갔을 것이다. 본디 남자들이란 좀 더 싱싱한 육체의 어린 여인이 나타난다면 금세 지금의 연인을 떠나는 머저리들이 아닌가. 게다가 같은 재료라도 다르게 요리하여 먹는 것이 미식인 줄 아는 게걸스러운 돼지들이었다. 그러니 창녀라는 재료는 같지만 요리된 게 다른 새로운 음식에게 관심을 가질 수밖에 없었다.

무엇보다 제국의 수도 내에는 황제의 성은을 얻기 위해 치마를 걷어 다리를 벌려 줄 여인들이 넘쳐 났다. 아니, 사내 맛을 좀 안다 싶은 남자들도 권력을 얻기 위해 기꺼이 엉덩이를 흔들 준비가 되어 있었다. 그렇기에 새로운 여인과 총애의 이동이란 그리 놀라운 게 아니었다. 그게 언제일까, 어떤 경우로 총애가 떨어졌느냐의 문제일 뿐이다.

마담 드 샤토루에게 있어 매우 매우 안타까운 건 황제에게 새로이 귀여움을 받는 여인이 그녀와 같은 직업을 가진 '창녀'라는 데 있었다.

이 가엾게도 멍청한 여인은 자신의 직업 세계에서 저보다 뛰어난 기술을 가진 이가 있다는 걸 못 견뎌 했다. 동종 업계의 여인에게 최대 수입을 안겨 주는 단골을 빼앗기는 것보다 화가 나는 일이 또 있으랴. 이건 아랫도리 자존심의 문제였다.

『예법만 읊을 줄 아는 고리타분한 어린 귀족 계집애였으면 이리 분하지도 않았을 거예요. 그저 새로운 맛을 찾으셨구나 웃어넘길 일이니까. 그런데 나를 제친 계집이 창녀라니, 고작 창녀라니 그게 말이나 될 법한 일인가요? 지금껏 나보다 폐하를 육체적으로 즐겁게 만들어준 여인은 없었다고요! 하, 그 풋내 나는 속살이 아주 쫀득하다 못해 찰지기까지 했나 보죠?』

사교계 인사들은 곧 황제를 사로잡은 새로운 여인에게 관심을 기울였다. 소문에 의하면 대단히 관능적인 여인으로, 작은 새와 같은 작은 몸을 가졌지만 사내를 후리는 솜씨가 보통이 아니라 했다. 그렇기에 단 하룻밤 만에 플랑드르라는 지방의 성을 하사받아 플랑드르 남작 부인이라 불리는 것이라 즐겁게 속삭이는 것이다.

"남자들이란 왜 이렇게 어린년들을 좋아할까요? 진정한 여인을 모르는 얼간이들 같으니라고."

누군가의 푸념은 여인에게 쉽게 전염되었다. 모두 어린 정부에게 남편을 빼앗긴 부인들이었다. 하지만 점잖은 귀족 사내들은 이 상황을 매우 즐거워했다. 오! 황제의 스캔들만큼 재미있는 사건이 또 있을까?

그렇기에 사람들은 마담 드 샤토루, 이 천박한 여인이 개처럼 거품을 물고 달려들어 마담 드 플랑드르의 머리채를 잡아 뜯기를 기원했다. 드레스가 다 내려가 풍만한 가슴이 노출되는, 상당히 관능적이고 에로틱한 개싸움은 남성들이 가장 바라 마지않는 치열한 결투였다. 허벅지까지 치마가 올라가 흰색 스타킹이 보이면 더 좋지. 산발된 머리를 하고서 돼지처럼 씩씩거린다면 더 재미있겠어. 이건 어떤 작위의 점잖은 신사가 말했던가.

어쨌든 나는 공식적으로 마담 드 샤토루의 친구 위치에 있는지라 그녀를 위로하고자 정중히 방문할 것을 요청했다. 하지만 머저리 같은 샤토루는 이를 격렬하게 거부하며 문법이 죄다 맞지 않은 편지나 휘갈겨 보냈다. 나에게 보내온 답장은 잉크를 흘리지 않은 곳을 찾을 수 없을 정도로 필체가 지저분하게 삐쳐 있었다. 거기에 이제는 '부인'으로서 가져야 할 최소한의 품위를 던져 버리기라도 하겠다는 듯 플랑드르 남작 부인에 대한 욕을 온통 써 놓아 나를 곤란케 했다.

기본적으로 황궁에서 나가는 편지는 황제 폐하의 신하에 의해 엄격하게 검수되고 있는 편이었다. 별 볼 일 아닌 일─그러니까 그녀의 편지와 같은─에는 혀가 깃털보다 가벼운 자들로 구성된 기관에서 말이다. 그러니 이 또한 사교계의 가십으로 떠돌아다닐 게 분명했다. 재빨리 불에 태워 버리긴 했지만, 그들이 이 편지를 보고 무슨 생각을 했을지, 오, 생각만 해도 끔찍하군. 나는 밀려오는 두통에 한숨을 내쉬었다.

이윽고 차분하게 깃펜을 들어 '네가 어떤 상황에 부닥쳐 있는지 알고 있는데 제발 어린애처럼 징징거리지 말고 좀 닥쳐, 이년아. 네가 이렇게 쌍욕을 퍼부으면 내가 어떻게 되겠니. 그 조그마한 머리에는 먼지가 가득하니? 화난 건 알겠는데 지금 네게 이로운 상황이 하나도 없으니 눈치껏 엎드려서 황제의 비위 좀 맞추렴. 네가 잘하는 그 밤 기술로 말이야'라는 내용을 최대한 우아하게 빙빙 돌려 썼다. 나중에 편지를 보았을 때 너무 말을 돌려 쓰는 바람에 샤토루가 이 내용을 이해했을까 걱정했을 정도였다.

신기하게도 그동안─그러니까 그녀가 근신하게 된 날로부터 며칠 동안─내게 온 편지는 샤토루의 것뿐이었다. 며칠 되지 않아 끈 떨어진 장난감에 대한 조롱이 가득한 투서가 여기저기서 날아올 줄 알았는데, 그 마담 라발리에조차 '그러니 내가 뭐랬니?'라는 훈계가 담긴 편지를 보내지 않았다.

아무래도 사람들은 미카엘 아이레스의 애인이라는 타이틀에 더 무게를 둔 모양이었다. 하긴 황제의 총애를 받는 창녀보다 전도가 유망한 젊은 기사의 연애 이야기가 더 재미있을 것이다. 내 기억이 맞다면 그는 나중에 황실 기사단장의 직위까지 오르는 이였다. 그러니 모두 그의 연애사에 촉각을 기울이고 있을 터였다.

아무도 미카엘 아이레스가 샤토루를 제외한, 나를 황궁으로 부를 수 있는 유일한 인물임을 깨닫지 못했다. 그래서 나는 편지지를 꺼내어 내가 할 수 있는 한 최대한의 공경을 담아 그에게 편지를 썼다. 아팠을 동안 보내 주신 꽃에 대해 제대로 인사를 드리지 못했으니 직접 만나 이야기 하고 싶다, 뭐 이런 요지의 내용이었다.

말미에는 어머니를 통해 선물을 드리긴 했지만, 경께서 보여 주신 마음에 비해 보잘것없어 걱정된다는 말을 덧붙였다. 그가 기대를 하지 않도록 말을 빙빙 돌리며 건조하게 쓰느라 머리에 쥐가 다 날 지경이었다. 물론 저에게 정말로 감사한 마음이 들었더라면 나은 직후 바로 찾아갔어야 했다.

하지만 샤토루로 인해 입궁할 수 있었음에도 불구하고, 단 한 번도 그를 사적으로 만나 본 적이 없었다. 남들에게는 미카엘 아이레스의 바쁜 일정을 방해하고 싶지 않다는 핑계를 대었지만, 사실 괜한 만남으로 저와의 가십을 크게 부풀리고 싶지 않았다. 그를 생각하면 완성하지 못한 손수건이 떠올랐고, 동시에 무리한 요구를 애원처럼 구걸한 할버드 경이 아른거렸다.

"하지만 어쩔 수 없지."

나는 세릴에게 다 쓴 편지를 건네주었다. 그녀는 편지 봉투에 쓰여 있는 아이레스 경의 이름을 보고서 잔뜩 상기된 표정을 지었다. 그러고는 종종걸음으로 방 밖을 나섰다.

세릴은 마리나 블랜과 달리 입이 무거운지라—나에 대한 공포 때문이다—방금 전의 편지에 대해 함구할 것이 분명했다. 그렇기에 불필요한 소문이 돌 것에 대해 걱정하지 않아도 되었다. 아주 다행스럽게도 말이다.

마담 드 샤토루는 본디 사려와 인내, 현명, 이성이라는 단어와 거리가 멀었다. 그녀는 다분히 충동적이었으며 현재의 감정을 쫓아 화려하게 불타오르는 불나방이었다. 그렇기에 자신의 새로운 적인 '플랑드르 남작 부인'에 대해 제대로 알아보았을 리가 만무하다. 그녀를 추종하는 사람들이 건네준 정보는 그저 침실 사정에 불과할 터였다. 황제의 신음이 어떠했는지, 어느 정도 만족했는지, 그 빌어먹을 계집년이 침실을 제 발로 걸어서 나갔는지 아니면 들려서 나갔는지 등등. 샤토루는 새로운 적이 창녀라 알려진 이상 그 외의 정보는 알 필요도 없다고 여긴 모양이었다.

이 세상에 사정 없이 몸을 굴리는 창녀가 있나요? 나 역시 먹고살고자 다리를 벌린 건데.

마담 드 샤토루의 두 번째 편지는 굉장히 원초적이라 민망하기까지 했다.

기이하게도 사교계 내부에서조차 플랑드르 남작 부인에 대해 제대로 아는 이가 없었다. 어떤 가게에서 일했는지, 그녀를 교육한 포주는 누구인지. 그저 날 때부터 '창녀'인 양 그러한 딱지를 매달고 입궁했다는 것이다. 심지어 그를 황제에게 진상한 사람조차 알려지지 않았다.

디뵌젤 공녀는 내가 마담 드 샤토루와 친분을 가지고 있으므로 사교계 내에 떠도는 가십을 궁금해하리라 생각한 모양이었다. 그녀는 아주 친절하게도 위의 내용을 적어 보내 주며 눈곱만큼의 알량한 위로를 덧붙였다. 그 속에 담긴 진의는 아주 명백했다. 매달릴 끈도 제대로 못 찾아 먹을 멍청한 눈을 가지고 사느니 그냥 조용히 기다렸다가 사교계에 데뷔해 내가 주는 사탕이나 받아먹어라, 뭐 이런 거였다. 겉으로는 나의 이런 성급함과 조급함마저도 사랑스럽다며 너그럽게 이해하는 척하면서 말이다.

하지만 마냥 무시할 수도 없는 것이, 과거의 샤토루는 황태자가 반란을 제압하기 전까지 황제의 총애를 받은 유일무이한 여인이었다. 늙은 황제가 노환으로 인해 숨이 껄떡대기 전까지 저의 권력은 무소불위에 가까웠던 것이다.

물론 지금은 내가 사교계에 데뷔하기 전에 일어난 일이고, 그때의 나는 할버드 경에게 정신이 팔려 제대로 된 정보를 알아볼 생각조차 하지 못했으므로, 이번 일과 같은 사건이 충분히 일어났을 수도 있었다. 남녀 사이란 늘 그렇듯 작은 해프닝에 따른 질투, 오해, 이별, 다시 만남과 같은 복잡한 사정이 끊임없이 일어나기 때문이다. 그러나 아무리 귀를 닫고 살았던 나라 할지라도 황제에게 새로운 여자가 생겼다는 말을 들어 본 적이 없었다.

특히 이만큼의 뜨거운 화제라면 어떻게든 흘려들었을 가능성이 컸다. 황제의 아랫도리 사정은 길바닥의 비렁뱅이 거지라 할지라도 흥미 있어 하는 주제니까 말이다. 그렇기에 확인하지 않을 수 없는 것이다. 모두의 관심을 한 몸에 받는 '플랑드르 남작 부인'을.

미카엘 아이레스는 내 편지를 보고서 기분이 좋았는지 답장을 빠르게 보내왔다. 편지를 보낸 그날 저녁 온몸이 땀투성이가 된 아이레스가 하인에게 숨을 몰아쉬며 들고 온 답장은 짧은 시간 안에 그 긴 문장을 썼다는 게 놀라울 정도로 장문이었다. 얼음의 기사라 불리는 자가 나를 향한 찬사와 만남에 대한 기쁨을 표현하는 데 족히 서너 장의 편지지를 썼다는 게 참 신기했다. 정작 만남을 예고하는 시간과 장소는 한두 줄에 불과한데 말이다.

손 마사지를 하는 나를 대신해 편지를 읽은 마리는 뺨을 붉혀 가며 내용이 매우 로맨틱하며 황홀하기까지 하다고 감탄했다. 세릴 역시 고개를 끄덕여 동조했고, 블랜은 선망에 가득 찬 눈으로 편지지를 뚫어질 듯 쳐다보고 있었다. 이들의 머릿속에 담겨 있을 생각이 뻔해 나는 낮게 혀를 찼다. 그날 누가 나를 따라가게 될지 신경전을 벌이는 것이 우스워 견딜 수 없었다.

"인가를 받아서 정식으로 들어가는 게 아니라 오래 있을 수 없어. 그러니까 나 혼자 갈 거란다. 행여 다른 사람에게 이러한 사실을 말할 생각을 하지도 말렴. 알겠니?"

내 말에 하늘이 무너질 듯한 표정으로 실망하는 꼴이란. 나는 거만하게 턱을 들어 명령했다.

"마사지나 정성 들여 해주렴. 하녀를 못 데려가니 겉모양이라도 빛나야 할 게 아니니."

동시에 미카엘 아이레스에게 줄 선물로 무엇을 가져가야 할지 고민했다. 그러면 내가 주는 걸 다 좋아할 게 분명했지만, 최대한 마음이 덜 들어 보이는 물건이 필요했다. 불가피하게 흘리게 되는 '마음의 여지'는 상대에게나 나에게나 실례일 테니까 말이다.

미카엘 아이레스의 대외적인 평판은 아주 좋았다. 잘생긴 데다가 실력이 좋으니 그럴 수밖에 없었다. 하지만 사람을 대할 때 워낙 차갑고 냉랭하게 행동하여 재수 없다 여기는 이도 꽤 있는 듯하다. 이 때문에 류스테윈 할버드를 저보다 우위에 놓는 이들도 있었다.

그러나 그것도 소수에 불과할 뿐, 대부분의 사내는 그에 대한 불만의 말을 토해 내지 못했다. 미카엘 아이레스의 능력과 배경과 외모가 워낙에 좋아 비교조차 될 수 없었기 때문이다. 그는 난잡한 성생활을 자랑하는 여타의 귀족과 기사들보다 사생활이 깨끗할뿐더러 일 처리

능력이 좋아 상관의 총애를 듬뿍 받고 있었다. 거기다 훗날 차기 황제의 검이 될지도 모른다는 소문이 도는 치이니 건들 엄두조차 내지 못할 것이다. 그러니 만만한 나를 찔러 보는 수밖에.

나는 얼굴 가득 느끼한 미소를 지으며 나를 응시하는 사내를 무감각하게 바라보았다. 황실 기사단의 정복을 입은 그는 내가 아이레스 경을 보기 위해 입궁했을 때부터 끈덕지게 치근대던 이였다. 검이나 제대로 쓸 줄이나 아는지, 허리에 느슨하게 매달린 검집에 박힌 보석은 쓸데없이 화려하기만 하다. 차라리 현란하게 나불대는 혓바닥이 더 날카로울 것 같았다. 애석하게도 사내들은 여인을 유혹할 때 외모를 칭찬하면 다 된다고 생각하는 경향이 있는 것 같다. 찬란한 보석이 어쩌고, 머리카락의 윤기가 어쩌고, 꽃보다 아름다운 어쩌고를 마구마구 지껄인다면 철벽의 여인이라도 그대로 녹아내려 백치와 같은 미소를 지어줄 것이라 착각하는 것이다.

하지만 대부분의 여인, 특히 사교계에서 굴러먹을 대로 굴러먹은 부인들은 그동안 온갖 것의 아부를 다 들어 보았기에 위와 같은 허접스런 수에 놀아나지 않는다. 새롭지 않은 미사여구에 녹아내리는 것만큼 촌스러운 경우가 없으니까. 그것은 스스로에 대한 불명예였다. 그래서 귀족 부인들은 멍청한 사내들이 자주 써먹은 찬사를 자신의 딸에게 알려 주며 진짜 남자를 고르는 법을 가르쳤다.

'어떤 얼간이가 너에게 다가와서 이러한 이야기를 하면 조용히 웃으며 피하렴.'

이렇게 진지하게 충고하면서 말이다.

그래서 나는 '내가 지금 너를 보고 웃어주고 있지만, 이게 사실은 너의 종아리를 구두 굽으로 갈겨 주고 싶은 걸 참느라 그런 거야. 그러니까 좀 사라져 줘'라는 말을 최대한 돌려 가며 양해를 구했다. 불행하게도 이 얼간이는 내가 한 말의 진의를 알아차리지 못하고 끈덕지게 달라붙으며 껄껄 웃어 대고 있었다.

나를 훑어보는 눈동자에는 숨길 수 없는 탐욕과 욕정이 가득했다. 이대로 황실의 정원으로 끌고 가 치마를 벗기고 싶어 안달 나 죽겠다는 표정이었다. 아마도 이 개자식은 미카엘 아이레스가 나를 찾아 나타나지 않았더라면 이 같은 생각을 실행했을 것이다.

"비슈발츠 영애."

오랜만에 보는 아이레스 경은 여전히 단정하고 아름다웠다. 황실 기사단의 정복이 그를 위한 옷인 양 번쩍번쩍 빛나고 있었다. 눈앞의 얼간이와 비교조차 될 수 없는 눈부심이었다. 나를 향해 웃는 미소 또한 그랬다. 어쩜 이리도 순수하게 상대를 바라볼 수 있을까? 단정하게 가라앉은 눈매는 오롯이 나에게만 향해 있었다. 처음부터 그랬던 것처럼. 내미는 손끝조차 흔들림이 없다.

"그동안 잘 계셨나요, 아이레스 경."

나는 그를 향해 인사하며 손을 올렸다. 자연스러운 에스코트. 이름조차 알지 못한 기사 한 명을 지나치는 건 순식간이었다. 공들인 먹이를 놓치게 된 그가 분노하는 건 당연지사. 하지만 미카엘 아이레스와 시선을 마주하자마자 금세 꼬리를 내리는 게, 제법 눈치를 보며 길 줄 아는 것 같았다. 분노보다 일신의 안위가 먼저란 말이지. 덤벼들 배짱도 없는 게 무얼 하겠다고 내 주위를 얼쩡거렸나.

볼썽사나울 정도로 우스운 꼴에 웃음이 절로 나왔지만 꾹 참았다. 기사단 내 미카엘 아이레스의 위상이 어느 정도인지 간접적으로 확인할 수 있었으니, 그것으로 되었다 싶은 거다.

그와 나는 긴 복도를 걷기 시작했다. 사람들이 지나가며 우리를 힐끗힐끗 쳐다보았지만, 예전만큼 적나라하지 않았다. 이제 내가 그의 어린 애인임이 정설로 굳어진 양 별다를 게 없다는 반응이었다.

"곤란하셨겠습니다."

맞닿은 손에 힘이 들어온 것 같다면 착각일까? 손가락 끝이 달라붙은, 그저 일반적인 접촉에 불과하지만 그의 손은 빳빳하게 굳어 있었다.

하지만 걸음으로 인해 잠시라도 흔들릴 성싶으면 재빨리 손가락을 미끄러뜨려 원상 복귀시키는 게, 퍽 능수능란했다. 동시에 내 얼굴을 살피며 눈치를 보는 꼴이 제법 우스웠다. 부담되어 떨어지고 싶지만, 아쉬운 건 나였다. 그러니 참는 수밖에. 나는 어색한 미소를 지으며 고개를 설레설레 내저었다.

"아뇨. 이렇게 와 주셨으니 그걸로 된 것 아닌가요."

그러자 갑자기 헛기침하며 고개를 돌리는 그다. 별다를 게 없는 말인데도 미카엘 아이레스의 얼굴은 행복함으로 반짝이고 있었다. 발그스름하게 물들어 있는 귓불은 현재 그의 심정을 대변하는 듯했다.

"늦어서 죄송합니다."

속삭이듯 작게 내뱉는 목소리에는 설렘이 가득했다. 만일 그에게 꼬리가 있다면 좌우로 사정없이 흔들리고 있을 것이다. 한 사람만 바라보는 지독한 순정. 그것은 첫사랑의 풋풋한 감정에 빠진 이만이 내보일 수 있는 찬란한 빛이다. 그래, 이건 마치 예전의 나를 보는 것 같았다. 할버드 경 시선 하나에 온갖 감정이 오르내렸던 그때의 시스에가.

그러니까, 이건 정말로 아니야.

나는 입술을 깨물며 시선을 내렸다. 그만한 기사가 내 말 한마디에 일희일비하는 것이 너무나 지나치다 여기면서. 고통스러운 과거, 깨부수고 싶은 거울 속 형상이 지금 눈앞에 아른거렸다. 아니, 그때와 비교할 수 없을 만큼 더욱더 순수하여 더욱 괴로웠다. 이건 벌일까? 이런 식으로 자기혐오를 맛보라는 것인가.

"비슈발츠 영애? 아직 회복되지 않으신 겁니까? 안색이 무척 창백하십니다."

복잡한 심경으로 잠시 걸음을 멈췄었나 보다. 나는 아무렇지 않은 척 태연한 목소리로 대답했다.

"어머, 경께서 제게 부끄러운 말을 고백하게 하시는군요. 창백한 피부의 가녀린 여인이 요즘 사교계의 유행이라지요. 저는 그것을 따르는 것뿐이랍니다."

"그렇다면 다행입니다. ……걱정을 많이 했습니다."

"아니요. 보내 주신 꽃으로 인해 기운을 더 차릴 수 있었던걸요. 되레 경께서 곤란하지 않으셨나요? 이상한 오해를 사게 되었으니 말이지요."

"그것을 오해라 여기시는군요. 아아, 여전히 영애께서는 제 진심을 받아주지 않으실 모양입니다. 그러니 제 교활함 또한 의심치 않으시지요."

"저를 곤란케 하시긴 하지만, 그것이 고귀한 기사의 명예에 흠집을 내는 교활한 성정이라 여기기는 무리지 않을까요? 혹, 경의 태도를 감히 재단하여 비난하기를 바라신다면 제발 그러지 말라 부탁드리겠어요. 여인의 혀만큼 날카로운 칼이 없다는 걸 아직 모르시나 보죠?"

"예. 부디 그래 주세요. 그렇게라도 감정을 드러내 주시면 저는 매우 기쁠 것 같습니다. 그러니 말씀드리는 겁니다."

순간 숨이 막힐 것만 같았다. 발이 얼어붙고, 손끝이 차가워진다. 미카엘 아이레스가 조심스러운 목소리로 '영애?'라고 되물었만 나는 대답하지 않았다. 명치에서부터 시작되는 답답한 통증이 몸을 빠르게 잠식하고 있었다.

"괜찮으십니까? 혹시 어디가 불편하신 겁니까?"

"아, 자꾸 경을 놀라게 해드리는 것 같군요. 전 정말로 괜찮답니다."

"제가 드린 말 때문입니까? 그게 불편하신 거로군요. 하지만 진심으로 드리는 말씀입니다. 그 정도로 영애께 절박하다 애원하며 매달리고 싶으니까요."

이제 시선을 마주치는 것도 불편했다. 그래서 닿아 있는 손을 빼내려 했지만 그가 먼저였다. 꽉 잡힌 손은 어린 여인이 감당하기에 너무나 집요하고 무거웠다.

나는 작은 소리를 겨우 내어 대답했다. 유쾌한 목소리로 아무렇지 않은 척 말하고 싶었지만, 나오는 것이라곤 꽉 잠긴 듯 답답한 울림이었다.

"저보다 아름다운 분은 많으세요."

"하지만 영애만큼 우아한 기품이 깃들어 있는 분은 드물지요."

"좋은 가문의 여인들에겐 우아한 기품이란 옷에 매달린 장식처럼 자연스러운 것이랍니다. 적극적으로 구애하는 여인들만 보다 보니 지치신 탓에 잠시 사리를 잃어버리신 것일지도요."

"아뇨, 지금 저는 그 어느 때보다 진실 된 마음으로 분별하고 있습니다. 이 감정이 변함없으리라는 것도요."

"하지만 경, 변함없는 건 없어요. 그러니 경께서도 나중에 필시 깨닫게 될 거예요. 한순간의 충동에 그만 스스로를 망칠 뻔했노라고 말이에요."

"제게 사랑스러운 미소, 다정한 웃음을 보내 달라 말하지 않겠습니다. 그저 분노의 한 형태라도 좋으니 자주 기억되어 생각나게 하고 싶다면, 치졸하다 여기실 겁니까? 연민이어도 좋으니, 그래 달라 애원하면 자비를 베풀어주실까요?"

여기서 그를 향해 내 어디가 좋아 자존심마저 버리는 거냐고 물어볼 수 없는 건, 나 역시 그러했기 때문이다. 그러니 이러한 상황이 달갑지 않아도 그저 속으로 삭이며 소리 없이 외칠 뿐이다. 당신이 무언데 자꾸 내게 예전의 나를 떠올리라 무의식적으로 종용하는 것인가, 하고.

애정을 바라지는 않으니 차라리 나를 보며 화라도 내라고, 그렇게라도 나 자신 좀 봐 달라고 울부짖었던 지난날을 말이다. 고작 한 줌에 불과한 관심을 얻고자 주변을 기웃거리며 부단히 속앓이했던 어떤 머저리를 왜 미카엘 아이레스라는 기사를 통해 투영하게 되는가!

물론 첫눈에 반할 수도 있다. 내가 그랬으니까. 할버드 경을 본 순간 온 마음과 정신, 심지어 영혼까지도 그에게 주어버렸다. 그리하여 할 줄 아는 거라곤 돼지처럼 먹는 것, 되지도 않는 사치를 부리는 것밖에 몰랐던 계집이 그깟 사랑 하나 때문에 '여인'이 되고자 했다. 고작 찰나의 눈빛에 기뻐서. 스쳐 가는 목소리에 행복해서. 주변을 맴돌 수 있다는 자체가 좋아서. 그렇기에 나를 보고 첫눈에 반했다는 아이레스 경의 진심을 이해하지 못하는 바가 아니었다.

그러나 이건, 그냥 병이다. 스스로를 망가뜨리지 않고서야 나을 수 없는 지독한 병. 아마 수만의 병력을 가진 황제라 할지라도 이 앞에서는 한낱 벌레처럼 처절하게 무력해질 것이다. 그러니 이쯤 하면 되지 않았는가. 죽음으로 겨우 극복했던 감정이다. 상처 입기 싫어서 멀리 도망치고 또 도망쳐 여기까지 겨우 도달했다. 숨조차 이제야 들이켜고 내쉴 수 있는 판이다.

그런데 어째서 이렇게 똑같은 이를 만나게 되었나. 혹시나 하는 기대로 자신을 상처 내 가며 관심을 구걸하는 것마저 닮은 사람을 마주하게 되었을까? 이게 나를 돌려보낸 사람의 의도라면, 정말 제대로 된 준비를 한 거라고 손뼉 쳐 주고 싶다. 연민이 주는 달콤한 고통을 알기에 선뜻 손조차 내밀 수 없는 나를 서서히 말려 죽이고 싶은 거라면, 이만큼 적합한 상대는 없으니까.

"언제나 선택을 강요하시네요. 저는 그저 경께 감사의 말씀을 전하고 싶어서 찾아뵌 것뿐인데요."

나는 힘겹게 말문을 열었다. 이미 내 눈앞에 있는 사람은 미카엘 아이레스가 아니었다. 불안한 감정을 숨긴 채 잔뜩 기대에 찬 눈으로 상대방을 바라보는 과거의 시스에다. 구질구질할 정도의 처절한 자기 위안과 가엾은 연민에 허덕여 극의 주인공인 양 청승을 떨어 댔던…… 다시 죽여야 할 상대. 그래, 그뿐이다.

"그러니 부디 받아주시겠어요?"

나는 곱게 포장된 깃펜을 아이레스 경에게 내밀었다. 그러자 매우 당황한 표정으로 내가 내민 것을 받아들였다.

이 순수한 기사의 얼굴은 낭패로 가득했다. 지금 무엇이 어긋났는지, 이것을 어떻게 해결해야 하는지 알지 못하겠다는 듯 허둥대는 모습이 가엾을 정도로 적나라했다. 여인을 겪어 보지 못했기에 보일 수 있는 태도였다. 여타의 바람둥이 같은 기사였더라면 곧 느물스러운 미소를 지으며 유연하게 대화를 이끌어 나가 딴생각을 못 하게 했을 텐데, 미카엘 아이레스는 그러지 못했다. 아니, 그에게 이러한 행동을 바라는 것은 무리였다. 할 줄 아는 것이라곤 자신의 감정을 저돌적으로 들이대는 것뿐일 테니까.

그러니 이것은 사람을 대하는 법이 서툰 두 사람이 만났기에 빚어내는 참극, 그 이상도 이하도 아니다. 그런데 한 편의 희극보다 더 우스웠다.

"더 좋은 물건을 가지고 계시겠지만, 그래도 유용할 것 같아서 골랐답니다. 안목이 없다 나무라지 마시고 어여쁘게 봐주셨으면 좋겠어요."

"……제가 좀 서툽니다. 그래서 영애의 마음을 잘 헤아리지 못합니다. 하지만 제 진정을 의심하지 말아주십시오."

나는 대답하지 않았다. 여기서 진정을 의심하지 않는다며 틈을 만들어준다면 상대를 기만하는 것과 다름없음을 알기 때문이었다. 차라리 미카엘 아이레스 당신이 다른 성향의 사람이었으면 좋았을 텐데, 라는 시답지 않은 생각을 할 뿐.

그의 불운은 지난날의 나와 너무 닮았다는 것이고, 이를 아무렇지 않게 받아들이기엔 내가 아직 부족하다는 점이다. 지독한 순수함을 손에 굴리며 입맛대로 조율하는 건 돌아온 지 몇 개월밖에 되지 않은 내게 있어 너무나 요원한 경지였다. 그래서 차라리 솔직해지기로 했다.

"경을 뵙고자 한 건 이 선물을 드리기 위해서도 있지만, 입궁하기 위한 핑계이기도 했어요."

"입궁 말입니까?"

"네, 샤토루 부인을 만나기 위해서요."

아, 이제야 그의 눈을 마주할 수 있을 것 같다. 나는 그와 시선을 맞추며 한 자 한 자 힘주어 말했다. 다행히 흘러나오는 목소리는 예전과 같은 울림을 자아내고 있었다.

"그렇지 않았으면 이 선물, 자택으로 보냈을 거예요."

미카엘 아이레스는 침묵했다. 하지만 예전처럼 서글픈 표정을 짓는다거나, 절망에 빠진 것처럼 눈을 가늘게 떨지 않고 있었다. 예상외의 담백한 태도였다. 그러나 잡은 손은 여전히 뜨거워, 나는 그가 지금 치밀어 오르는 분노를 참고 있는 게 아닌가, 조심스러워질 수밖에 없었다. 고결한 성품을 가진 이이기에 여인을 상대로 소리를 지른다거나, 폭력을 행사하지는 않겠지만 사람의 일이란 모르는 법이니까 말이다. 아니, 지금 내 뺨을 때리지 않는 것만으로도 그의 인내심은 찬양받아 마땅했다.

잠시 후 그가 입을 열어 말했다.

"사람들은 제게 얼음의 심장을 가졌다 말합니다. 하지만 그 이명의 진정한 주인은 여기에 있었군요."

"아직 데뷔하지 않았으니까요."

내 농담에 그가 작게 웃음을 터뜨렸다. 그러고선 '영애께서 데뷔하기만 한다면 곧바로 넘겨 드리겠습니다'라고 말했다. 나는 감사히 받겠노라고 대답했다.

어느 정도 감정을 추스른 모양인지 미카엘 아이레스의 얼굴은 한결 홀가분해져 있었다. 그것은 '체념'이나 '포기'로 보기에 너무나 해맑았다. 도리어 어떤 각오와 같아 보였다. 나는 이어지는 대답에서 그것을 깨달았다.

"기사가 되기 위해서는 지난한 수련 과정을 거쳐야 합니다. 그것은 매우 괴로워 대부분의 사람이 중도에 탈락하기도 하지요. 무엇보다 황궁의 기사가 된다는 건 좀 더 까다로운 심사 조건을 통과해야 함을 의미합니다. 웬만한 인내심과 끈기가 없으면 버텨 낼 수 없지요."

"아이레스 경?"

"제가 이렇게 끈덕진 성미를 가졌을 줄 스스로도 몰랐습니다만, 돌이켜 생각해 보니 이 정복, 헛되게 받은 건 아닌가 봅니다."

침묵 이후에 터져 나온 말이라서 그런지 이해할 수 없을 정도로 매우 빨랐다. 아니, 말은 귓가에 쏙쏙 잘 들어왔지만 그것이 뇌까지 도달하기엔 상식적이지 않은 것—감정적인 상식 말이다—들이 많아 이해하기 어려웠다.

"지금 무슨 말씀을……."

"감히 여쭙습니다. 만일 제 감정이 끔찍하거나 두려웠더라면 소리를 지르면서 도망치셨을 테지요. 하지만 그러지 않는다는 건 자의적으로 해석해도 되는 부분이라 여겨도 되겠습니까? 영애께서 저와의 스캔들에 침묵하시는 것도 제가 어느 정도 도움이 되기 때문에 견디시는 거라 여기며 기뻐해도 되겠습니까?"

"잠깐만요. 제가 지금 이해가 잘 안 되어서, 그러니까……."

"신기하게도 자존심이 상한다거나, 화가 나지 않는군요. 몇 번이나 거절당하고 있는데도 말입니다. 아마 그건 무례한 저를 상냥하게 밀어내는 영애의 넓은 마음씨 덕분이겠지요."

"아이레스 경? 부디 이해가 되는 선에서 이야기를 해주시겠어요? 지금 무슨 말을 하시는 것인지 도무지 알아들을 수 없군요."

자존심이 상해서라도 그만두겠노라 말할 줄 알았다. 이런 거절이라면 그 아무리 고결한 성품을 지닌 사내라 할지라도 크게 분노할 줄 알았다. 그러나 내가 미카엘 아이레스를 너무 과소평가했나 보다. 아니면 첫사랑이라는 게 이토록 끈덕진 힘을 발휘하는 무엇이든가. 그렇지 않으면 자신을 이용하라는 미친 말을 내뱉을 리가 없다.

아아, 이토록 훌륭한 사내가 왜 나와 같은 이에게 사랑의 감정을 느끼는 것인지. 이만한 열정을 감당할 정도로 가치 있는 여자가 아닌데 말이다. 내가 저를 어찌 이용할지 알고. 어떻게 사용할 줄 알고 이리도 진실 된 눈빛을 보내 주는 걸까?

"후회하실 거예요. 나중에는 절망에 빠져 저를 원망하실 거예요."

우스운 건 이러한 그의 제안을 거절하지 못하는 치졸한 내가 있다는 점이다. 미카엘 아이레스와의 연애설로 인해 얻어 갈 수 있는 게 너무나 많기에, 저의 마음을 외면하면서도 한껏 내 욕심만 차리는 것이다. 아마 머지않은 미래에 이 열병이 잦아들면 나를 죽이겠다고 칼을 들고서 설치는 그를 볼 수 있을지도 모르겠다. 마녀 같은 여자라 고래고래 소리를 지르면서 원망의 말을 저주처럼 쏟아 낼지도 모른다. 절망이 뒤섞인 짝사랑의 대가는 언제나 그러하니까.

"그것 또한 감미로운 대가라 여기며 달게 받겠습니다. 그러니 제게 영애의 손등에 키스할 수 있는 자비를 허락해 주십시오. 그마저도 거부하시면, 저는 괴로움을 견디다 못해 엎드려 매달릴지도 모르겠습니다."

"협박이 아주 능숙하시군요."

"부디 협상이라고 해주시지요. 좀 더 고상하게 들릴 수 있도록 말입니다."

나는 내 손을 잡고 있는 그의 손을 내 쪽으로 잡아당겼다. 그러고는 미카엘 아이레스의 손등 위로 입술을 내렸다. 피부와 피부가 맞닿을 때 헛숨을 들이삼키며 긴장하는 그가 느껴졌다. 동그랗게 뜨인 두 눈동자는 얼떨떨함으로 가득했다.

"나중에 손수건으로 닦일 경의 입술에 애도를 표하기보다는, 이편이 더 낫지 않겠어요? 제가 어찌 경에게 공경을 받을 수 있겠냔 말이에요. 그러니 부디 이해해 주세요."

"맙소사."

그가 한숨처럼 중얼거린다.

"차라리 볼을 허락해 달라 말할 것을 그랬군요."

미카엘 아이레스는 거의 반쯤 혼이 나간 것 같았다. 나는 그 틈을 이용하여 손을 빼내었다. 이 상냥한 남자는 어떤 무뢰한과 달리 내 허리에 손을 감고서 자신의 감정을 강요하는 것과 같은 방법을 몰랐다. 모두에게 있어 매우 다행스러운 일이었다.

예전에 누군가 그랬다. 사랑하는 이와의 접촉은 천상의 진미를 맛보는 것과 같다고 말이다. 그 황홀함은 세상의 어떤 쾌락을 가져다주어도 바꿀 수 없으며, 그때의 자극은 정신적인 오르가슴 그 자체라 하였다.

하지만 내가 아는 건 위와 다른 것이다. 이 내밀한 감정은 온갖 미사여구를 갖다 붙일 만큼 고상하거나 우아하지 못했다. 그도 그럴 것이 결국 느껴 봤자 고간에 몰린 피를 빼는 것에 불과한 것인데, 뭐가 아름답다고 좋은 말을 다 가져다 붙이나. 유혹하여 정복하는 역사가 되풀이된다 말하는 게 더 솔직한 표현일 테다. 야릇하게 낭만적이기도 하고 말이다.

그래서일까? 내게 있어 사랑에 빠진 사람들은 거의 다 바보처럼 굴었다. 미카엘 아이레스도 또한 다르지 않았다. 그래도 그는 내가 손을 빼기 전까지는 제법 이성을 유지하려고 노력하는 모습을 보였다. 가상할 정도로 말이다.

하지만 대화를 잇기 위하여 내가 한 발자국 다가서자, 그는 마치 추행을 당한 숫처녀처럼 빠르게 멀어지더니 새빨개진 얼굴로—손으로 얼굴을 가리려고 했지만 역부족이었다. 왜냐고? 그 손에 내가 키스했으니까—입만 벙긋거렸다. 볼을 허락해 달라고 말할 걸 그랬다는 등의 아쉬운 마음을 내비친 사내는 다 어디로 사라졌을까? 그래도 이런 그의 모습을 보고 있자니 어쩐지 마음이 놓였다. 과거의 시스에와 조금은 다른 면이 있는 것 같았다.

어쨌든 사교계에서 내로라하는 여인들이 가슴을 들이 내밀며 온갖 구애를 다 했을 텐데, 고작 손등의 키스 가지고 저리 흥분을 하다니, 자못 입맛이 쓸쓸하다. 무도회 기둥 뒤의 커튼만 들춰 보아도 온갖 것의 알몸을 볼 수 있을 텐데 이까짓 게 무어라고 말이다.

그만큼 나에 대한 감정이 깊다는 방증일 테지. 그래서일까? 나는 빈 말이라도 농담에 가까운 소리를 가볍게 내던질 수 없었다. 그 때문에 지나칠 정도로 당황하는 미카엘 아이레스를 모르는 척했다. 지금 순간만큼 이 고결한 기사의 찬란한 순정을 더럽히고 싶지 않아서였다. 다만 때에 맞춰 헤어지고자 할 뿐이다.

미카엘 아이레스는 제정신이 아닌 듯 내가 무슨 말을 하든 연신 고개만 끄덕였다. 그도 이러한 태도가 예의에 어긋남을 알고 있었지만 제어되지 않은 신체적 반응을 어떻게 추스르기 어려운 모양이었다. 그 애처로울 정도의 처절한 노력에 나는 그만 할 말을 잃고 말았다.

이제는 되레 제가 나를 피하는 모양새가 되었기에 기가 찰 뿐이다. 스스로가 숫처녀를 희롱하는 불한당이 된 느낌이었다. 그러니 무릎을 숙여 작별 인사를 빠르게 건넬 수밖에.

지금 입은 드레스가 샤토루의 것이었다면 아주 눈조차 못 마주쳤겠네. 동시에 이런 시답지 않은 생각이 드는 건 무리가 아니었다. 아닌 게 아니라 가면무도회에서 입었던, 가슴골이 훤히 드러날 정도의 얇은 옷자락을 걸쳤더라면 그 자리에서 코피라도 뿜었을 기세다. 미카엘 아이레스를 두고 얼음 심장을 가졌네 뭐네 해도, 결국 그 역시 신체 건강한 남자인 것이다.

어쨌든 저가 정신없는 틈을 타 빠르게 헤어진 나는 샤토루의 궁을 향해 걸음을 옮겼다. 남들은 그녀를 가리켜 총애가 떨어진 낡은 끈이라 손가락질하지만, 과거의 기억이 있는 나로선 그대로 연을 끊을 수 없었다. 마담 드 샤토루는 예전의 내가 본 대로 그 누구보다 화려하게 꽃 피우다 황태자에 의해 물러나야 하니까. 그녀가 사교계의 다방면에 미친 영향력을 본다면 기필코 그래야 했다.

샤토루는 제국이 가진 음탕함의 상징이었다. 그녀의 천박한 기질과 상시 발정 난 것과 같은 난잡한 습성은 귀족들의 고귀한 품성과 고결한 위치에 대한 경계를 허물고 나와 같은 이가 날뛸 수 있게 만들었다. 비록 커다란 세력을 이루지 않았더라도, 샤토루로 인하여 창녀와 같은 이들이 궁을 쉽게 드나들 수 있었던 것은 사실이었다. 덕분에 나 역시 위와 같은 무리로 분류되어 싸잡아 비난을 당하긴 하였어도 모멸감을 감수하기만 한다면 다른 이에게 접근할 기회를 받을 수 있었다.

황제의 애첩이기 때문에 마담 드 샤토루에게 주어지는 면죄부는 참 많았다. 그녀가 어떤 망측한 짓을 하더라도 황제의 총희이기 때문에, 본디 천성이 방탕하기에 어쩔 수 없다는 시선들이 가득했다.

그래서일까? 그녀가 하는 건 눈살을 찌푸리는 행위라 할지라도, 곧 사교계를 강타하는 새로운 유행이 되었다. 그것이 누군가를 괴롭히는 잔혹한 놀이라 해도 말이다.

그래. 그래서 샤토루가 필요한 거다. 그녀는 좀 더 즐겁게 놀아야 한다. 그는 과거 모두의 입에 오르내렸던, 그리하여 내가 따라 할 수 있었던 재미있는 게임을 사교계의 여인들에게 전파해야 할 의무가 있었다. 그것이 저보다 낮은 직위의 여인에게 내리는 당연한 처벌이 되게끔, 그렇게 만들어야 했다.

대외적으로만 공식 일정이 끝났을 뿐이지, 황제는 아직 마리안에게 시간적인 혜택을 제공해 주고 있었다. 그것은 아직 그녀에 대한 총애가 끝나지 않았음을 의미했다. 아니, 끝났더라도 어느 정도 미련이 남았음을 암시하고 있었다.

무엇보다 황제가 품었던 수많은 여인 중 궁을 하사받은 건 그녀가 유일했다. 현재의 총희, 플랑드르 부인조차도 황궁의 한 칸에 자신의 공간을 마련할 수 없었다. 황제가 허락하지 않았기 때문이다. 그렇기에 마담 드 샤토루가 좀 더 현명하게 행동했더라면, 그녀는 진작 황제의 품을 되찾았을 것이다.

하지만 동종 업계에 종사하는 어린 계집에게 제국 최고의 거물 손님을 빼앗겼다는 분노가 그녀를 평소보다 더한 바보로 만들었다. 매우 안타깝게도 그녀의 곁에 있는 얼간이들은 저의 화를 부채질하며 발만 동동 굴리는 행위를 반복하고 있을 터였다. 마담 드 샤토루에게는 자신의 분노를 잠시 가라앉혀 줌과 동시에 상황을 정확하게 되짚어줄 수 있는 사람이 필요했다. 나는 그것이 내가 되었으면 좋겠다고 생각했다.

하지만 선객이 있었다. 샤토루의 시녀는 나를 보자마자 사색이 된 표정으로 고개부터 설레설레 내저었다. 들어가면 안 된다는 뜻일 게다. 나보다 먼저 저를 방문한 손님은 반갑지 않은 이인지 궁은 온통 물건 깨지는 소리로 가득했다. 샤토루의 것으로 추정되는 째진 고함이 두꺼운 방문을 뚫고 복도에 쩌렁쩌렁 울려 퍼지고 있었다.

"이 망할 계집. 당장 내 눈앞에서 사라져 버려! 풋내 나다 못해 비린 몸뚱어리를 당장 치우란 말이야."

아아, 누군지 알 것 같다. 그 소문 자자한 플랑드르 부인이 방문한 것이다. 나는 차마 내가 왔다는 사실을 고하지도 못한 채 눈만 데구루루 굴리는 시녀에게 손가락을 들어 조용히 할 것을 부탁했다.

배짱 한번 두둑하기도 하지. 웬만큼 담이 크지 않고서야 저를 향해 이를 바드득 갈고 있는 샤토루를 찾아올 생각을 했을까? 궁내에 그녀의 성질이 앙칼진 고양이처럼 사납다는 걸 모르는 이는 아무도 없었다. 요즘 같은 경우에 특히 말이다. 황제의 총애를 믿고 떠보려고 한 걸까,

아니면 눈치를 살필 줄 모르는 멍청한 계집이라 그런 걸까? 어찌 되었든 새로운 애첩 역시 보통의 인물이 아닌 건 확실하다.

나는 이대로 기다려 샤토루의 얼굴을 보고 갈지, 아니면 다음에 다시 올지 고민했다. 훗날을 기약한다면 아이레스 경을 이용해야 할 테지만, 암묵적인 합의로 인해 이제 그것은 내게 있어 별다른 문제가 되지 않았다. 다만 마음 한구석이 껄끄러운 건 사실이었다. 그렇다고 화가 잔뜩 난 샤토루를 만나게 된다면 많이 피곤해질 게 뻔했다. 무엇보다 저의 동의 없이 방문한 상태라 더더욱 분노할지도 모르겠다. 화풀이 대상이 될 수도 있었다. 그래서 한 발자국 물러나 다음을 노리기로 했다. 오늘만이 날이 아니니까 말이다.

"제가 왔다는 말을 전하지 말아주세요. 부탁드립니다."

나는 시녀에게 드레스에 달린 브로치를 빼 건네주었다. 그녀는 찢어질 것 같은 웃음을 숨죽여 지으며 고개를 끄덕였다. 이제 샤토루가 저를 때리면서 진실을 추궁하지 않는 이상, 오늘 내 방문은 뇌리에서 아주 깨끗하게 사라질 게 분명했다. 그것은 브로치가 가진 값어치에 비례한 침묵이었다. 그렇게 오늘 계획한 일정의 반을 취소하여 되돌아가고 있는데, 누군가 다가와 말을 걸었다.

"비슈발츠 영애 맞으시지요?"

"누구신가요?"

여인은 내 대답에 활짝 미소를 지으며 인사했다. 그러곤 자신은 플랑드르 부인을 자택에서 모시고 있는 하녀라 소개했다.

"부인께서 잠시 영애를 뵙고자 하십니다. 초대에 응해 주실 수 있으십니까?"

"플랑드르 부인께서는 지금 샤토루 부인과 환담을 하고 계시는 중이 아니신가요?"

"네. 하지만 거의 끝나셨다고 합니다. 부인께서는 샤토루 부인보다 영애와 더 대화를 나누기를 원하셔요."

그 말인즉, 어떤 경로인지 모르겠지만 내가 샤토루를 방문하러 왔다 다시 되돌아간다는 소식을 듣고서 붙잡은 것이라는 뜻이었다. 나와 대화하기 위해 부랴부랴 샤토루와 작별 인사를 나누고 있다는 것이기도 하고 말이다. 대체 누구기에 그 즐거운 시간을 마무리하면서까지 걸음을 붙잡아 놓는 걸까?

어차피 겸사겸사 그에 대해 알아보려던 참이었다. 그런데 이렇게 먼저 다가와 준다니, 되레 반갑기까지 하다. 소문이 자자한 부인의 실체를 마주한다고 생각하니, 작은 흥분마저 일었다.

나는 고개를 끄덕여 저들의 청에 응했다. 그리고 하녀를 따라서 걸음을 옮겼다. 하녀는 나를 플랑드르 부인의 것일 게 분명한 마차로 안내했다. 부인이 이 안에서 기다리고 있다는 것이다.

나는 그녀의 도움을 받아 마차 안으로 들어섰다. 그리고 맞은편에 앉아 있는 플랑드르 부인에게 인사했다.

"비슈발츠가의 시스에입니다. 저를 보고자 하셨다고요."

"네. 정말로 뵙고 싶었답니다. 그동안 잘 계셨나요, 아가씨?"

플랑드르 남작 부인이 자신의 얼굴을 가리고 있던 부채를 내리며 낭랑한 목소리로 화답했다. 적갈색의 머리카락을 솜씨 있게 틀어 올려, 자신의 요염한 얼굴을 한껏 드러낸 플랑드르 남작 부인, 아니, 페리눌은 기묘하리만치 화사한 미소를 지으며 나를 응시하고 있었다.

나는 예상치 못한 만남에 당황하여 말을 제대로 꺼내지 못했다. 비슈발츠 백작가에 찾아온 것이 불과 몇 개월 전에 불과한 일인데 이렇게 황제의 여인으로 나타나다니 어찌 놀라지 않을 수 있을까? 마담 드 샤토루를 밀어내 버린 창녀가 바로 그녀일 줄을 누가 알았겠냔 말이다.

오랜만에 만난 그녀는 예전보다 훨씬 더 세련된 차림을 하고 있었다. 알록달록한 깃이 꽂혀 있는 작은 모자와 고상하게 틀어 올린 머리카락,

섬세하게 화장된 아름다운 얼굴은 우아하기보다는 관능에 가까웠다. 자신만만한 눈빛은 여전하되, 몸을 살짝 비트는 몸짓 하나하나에도 욕정을 불러일으키는 귀여운 아양이 깃들어 있었다. 잔 머리카락 아래 길게 뻗어진 목덜미는 사슴을 연상시켰고, 옷자락 너머로 곧 쏟아질 듯 풍만한 가슴은 자그마한 몸짓에 비해 너무나 거대해 눈길을 끌었다. 백미는 매혹적일 만큼 깊게 끌어당겨진 미소였다. 작위를 받아서 그런가, 예전보단 창녀 태가 조금 덜 나는 것 같았다.

어쨌든 이전 상황의 역전이라 해야 하나. 테오도르 영식 옆에 앉아 새침한 태도를 고수했던 어린 창녀는 이제 어엿한 남작 부인이 되어 나를 주시하고 있었다. 그 말인즉, 더는 그녀에게 하대를 남발할 수 없게 되었다는 뜻이다. 되레 눈치를 보며 그 속내를 필사적으로 유추해야 하니, 이보다 더 기막힌 인연은 없을 것이다.

"저를 보고도 이리 태연한 신색을 유지하신 건 아가씨가 처음이세요."

애초에 인사는 받을 필요는 없었다는 듯 그녀가 말을 이어 나갔다. 부채를 느릿하게 앞뒤로 움직이며 발음을 굴리는 것이 사람의 애간장을 타게 하는 무언가가 있었다. 이어질 말을 듣기 위해 저에게 집중하게 되는 건 바로 이러한 태도 때문이리라.

"아가씨를 처음으로 만나 뵌 게 아니에요."

반달처럼 휜 눈동자는 지극히 사랑스러웠지만 속눈썹 그늘 아래 감춰진 빛은 그리 유쾌하지 않았다. 그것은 상대를 조롱하기 위한 연약한 가장이었다. 그녀는 말을 처음 배우는 아이처럼 천천히, 아니, 오랜 기억을 더듬어 가듯 자신이 만난 사람들을 나열했다.

모두 사교계의 명사를 남편으로 둔 여인들이었다. 페리뉼은 그들을 가리켜 손님의 아내라 말했다. 그러면서 고백하는 게, 일반적인 창녀였을 적 감히 그 앞에서 고개조차 들 수 없었던 사람들을 불러 이런 식으로 턱을 추켜올리며 마주했다는 것이다.

이는 일반적인 치기로 보기엔 너무나 악질적인 태도였다. 황제라는 두 글자를 무기 삼아 그 고매한 여인들의 고개를 꺾인 꽃처럼 수그리게 하였으니. 당하는 입장에선 얼마나 치욕적이었을까? 제 남편의 첩이라 할지라도 반갑지 아니할 터인데 고작 창녀에 불과한 계집의 눈치를 봐야 했으니 말이다.

그러니 바들거리는 입술을 이로 짓누르며 억지웃음을 지었을 테다. 날카로운 손톱이 제 살을 파고드는 줄도 모르고 그 지옥 같은 시간이 빨리 지나가기를 바랐을 게다. 그렇게 견디고 견뎌 겨우 자택으로 돌아가서는 꽃병을 내던지고 소리를 바락바락 지르며 미친 여자처럼 발을 굴러 댔을 것이다. 꼬리에 불붙은 쥐처럼 허겁지겁 돌아가는 동태가 보지 않아도 알 것만 같았다.

"……그리고 아가씨를 이렇게 만나 뵙게 되었네요."

말을 마친 플랑드르 남작 부인, 이 깜찍한 어린 창녀는 마치 반응을 살피기라도 하듯 나를 뚫어지게 응시하기 시작했다. 기민하게 움직이는 눈동자는 무엇을 바라는 것처럼 반짝이고 있었다. 무언으로 종용하는 것처럼 열망으로 가득 찬 눈동자에서는 희열마저 엿보였다. 그것은 누군가를 조종하는 데서 얻을 수 있는 지극히 저열한 쾌감이었다. 그리고 나는 그녀가 바라는 것이 무엇인지 확실하게 알고 있었다.

하지만 이렇게 순순히 보여 줄 순 없는 노릇이지. 창녀 따위에 놀아날 내가 아니기도 하고. 그래서 별다른 몸짓 없이 그저 미소만 지었다. 페리늴이 바라는 건 테오도르 영식과 마주했을 적 보였던 내 태도일 게 분명하므로 저가 어찌하나 두고 보자는 생각이 들어서였다.

몇 번 만나 보지 못했지만, 내가 본 페리늴은 샤토루의 발전된 모습에 가까울 정도로 좀 더 영악한 면모를 지닌 여인이었다. 특히 잘 만들어진 듯한 새침한 눈빛과 관능적인 몸짓은 다른 여인에 비할 바가 못되었다. 그녀가 선보이는 손짓 하나하나, 눈빛 하나하나 모두 계산된 것으로 일정한 의도를 지니고 있었으니 말이다. 그러므로 제게 주어진 직위에 갑작스레 들떠 신출내기처럼 상대를 약 올리는 건 그녀답지 않았다. 조롱을 가장한 은근한 말 돌림이면 모를까.

그렇기에 궁금했다. 이런 식의 만남을 통해 무엇을 얻으려는 것일까, 하고.

잠시 후 맥이 빠진다는 듯 부채를 접어 자신의 무릎 위에 내려놓는 그녀다. 이것 보라는 듯 축 처진 어깨는 감싸 안아주고 싶을 만큼 애처로웠지만, 그것 역시 상대의 감정을 자극하기 위한 기술 중 하나였다.

페리늄은 입술을 비죽 내밀며 앙탈 섞인 한숨을 내뱉었다. 붉게 칠해진 입술을 타고 흘러나오는 첫말은 '재미없네요'라는 무례한 단어다.

"예전에 아가씨를 처음 뵀을 때 이런 생각을 했어요. 왜 나를 싫어하는 척하지? 다른 사람들의 눈을 의식했기에 나온 태도라면 그 자리에 앉아 대화하지 않았을 테니까요. 하지만 오늘 보니 알겠어요. 아가씨는 제가 비렁뱅이였어도 지금과 같은 태도를 고수하셨을 거예요. 샤토루 부인을 견뎌 내고 계신 분이잖아요."

"그래서 제 인내심을 시험해 본 건가요?"

"오, 아가씨. 실례지만 '감히'라는 말을 덧붙이는 걸 잊어버리신 모양이에요. 그렇다면 이제 제가 아가씨께 드릴 제안이 참 재미있어질 텐데 말이지요. 네, 이 비천한 계집이 감히 아가씨를 시험했답니다."

페리늄이 말을 마치고 내 눈동자를 응시했다. 그녀는 내게 왜냐고 물어보기를 바라고 있었다. 하지만 나는 대답하지 않았다. 제안이라는 건 상대방의 절박함을 이용할 때나 효력을 발휘하는 것이지, 지금의 내겐 하등의 필요가 없으니까 말이다. 그렇기에 그녀의 말을 따라 절절맬 필요가 없었다. 무엇보다 나를 보자고 한 이유도 '제안'을 하기 위해서라면, 더 이상 이 자리에 앉아 있을 필요가 없지 않은가. 물론 페리늄을 만나기 전, 혹 아이레스 경과의 소문이 퍼지기 전에 만났더라면 제가 내밀 제안이라는 것에 혹했을지도 모르겠다.

하지만 미래가 바뀌지 않았더라면 페리뇰이 이대로 몰락할 리가 만무하므로—지금의 상황도 몹시 나쁜 것은 아니었다—기억조차 없는 그의 손을 잡는 어리석은 선택을 할 수 없었다. 그녀가 내미는 게 얼마나 대단한 제안일지 모르겠지만 말이다.

"제 제안이 궁금하지 않나 봐요. 전혀 관심이 없어 보이시네요. 하지만 아가씨. 조금이라도 흥미 있어 해주지 않으실래요? 여기까지 모시고 온 보람이 없잖아요. 그런데 왜 이 모습이 더 매력적으로 보이는 걸까요?"

그녀가 손을 뻗었다. 턱 끝에 손가락이 와 닿았다. 눈으로 보지 않았더라면 쉬이 알아차릴 수 없을 정도로 가벼운 접촉이다. 하지만 간지러웠다. 닿을 듯 말 듯 애태우는 손길이 되레 어깨를 움츠리게 하고 있었다.

나는 손을 들어 그녀의 손을 막았다. 페리뇰이 재미있다는 듯 소리 내어 웃었다. 어느새 그의 몸이 내게 가까워져 있었다. 낮게 흘러나오는 목소리는 사내를 유혹하는 것처럼 부드럽고 달콤했다.

"분명 처녀일 텐데 어쩜 이리 태연할 수 있는지 참 신기하단 말이죠. 그래서 전 아가씨가 참 좋아요. 여러모로 말이지요. 아아, 지금 이곳이 마차만 아니었더라면 아가씨를 즐겁게 만들어드릴 수 있었을 텐데요. 참 아쉬워요."

"그게 제안이라면, 이만 물러나도 될까요?"

"사실 말이에요, 그날 아가씨께서 참석한 가면무도회에 저도 있었답니다. 뵙고서 이야기를 나누고 싶었는데 자정을 알리는 종이 울리자마자 사라지시더군요. 무어가 그리 급하셨을까요?"

"지금 느끼고 있는 감정을 그때도 느꼈나 보지요, 플랑드르 부인."

내 대답에 잠깐의 침묵이 흘렀다. 페리뇰은 그 예쁜 눈동자를 느릿하게 깜빡이며 입술을 깨물다가 이내 어깨를 으쓱였다. 채신머리없이 두 손을 번쩍 들고선—항복이라도 하듯 말이다—자신의 자리로 다시 물러나는 그녀의 얼굴은 어쩐지 허탈해 보였다.

"⋯⋯좋아요. 아가씨, 아가씨가 이기셨어요. 처음 뵈었을 적의 아가씨를 생각했었는데, 그게 오판이었음을 깨달았어요. 쉽지 않은 분이 다 되셨군요. 그러니 솔직하게 말씀드리겠어요."

그녀는 옆자리에 놓인 작은 쿠션 밑에서 편지 봉투를 꺼내어 내게 보여 주었다. 마치 최후의 수단으로 준비한 듯한 태도였다. 그러고는 가면무도회 초대장이에요, 라고 속삭이듯 말했다. 그리고 그것을 건네려는 것처럼 손을 내밀었다. 그녀는 내가 그것을 당연하게 받을 것처럼 굴고 있었다.

나는 그것을 받는 대신 페리뉼을 바라보았다. 이게 무언지 설명하라는 무언의 압박이다. 제대로 이야기해 주지 않는다면 그대로 나가 버리겠다는 작은 협박도 곁들여 있었다. 이미 내 몸은 마차의 문을 향해 기울어져 있으니까 말이다. 페리뉼이 다시금 어깨를 으쓱이며 눈을 옆으로 굴렸다. 그녀는 이제 제대로 입을 열지 않는 내 태도에 기가 질린다는 듯 혀까지 차고 있었다.

"네, 그래요. 방금 제가 솔직하게 말씀드린다 했으니 제대로 설명해 드리는 수밖에 없네요. 가면무도회에 참석하셔서 한 분을 만나 주셨으면 해요. 사실 오늘의 목적은 아가씨와 친분을 쌓아서 함께 참석하는 거였지만, 저보다 샤토루와 가깝게 지내시는 게 더 이득일 것 같아서 포기했어요. 그러니 부디, 제발 이 초대장을 받아주세요."

그래서 깔보는 듯 방자하게 굴며 내 인내심을 자극했던 걸까? 이후 되지도 않는 유혹을 해대면서 나를 잡은 것 또한 말이다. 하지만 이해할 수 없는 게 페리뉼에게 나는 보잘것없는 패일 게 분명하다. 출신 성분도 그러거니와 비슈발츠라는 가문의 배경은 내게 힘이 되지 못하니까.

더 나아가 아이레스 경과의 가십은 나를 좀 더 나은 여인으로 보이게 하는 것에 그칠 뿐, 다른 사람에게 이렇다 할 영향력을 행사하는 데 부족했다. 그렇기에 내가 저와 친분을 쌓는 게 무어 이득이라고 이리 끈질기게 굴고 있는지 이해할 수 없었다.

사교계 때문에 세력을 불리려고 한 거라면 더더욱 그렇다. 샤토루와 같은 세력을 구축할 수 없더라도, 할 수만 있다면 저를 위해 발이라도 핥아 댈 여인들은 얼마든지 있었다. 비루한 생활을 탈출하기 위해 몸부림치는 이들이. 그러니 꼭 내가 아니더라도 될 터였다.

결국, 도달할 수 있는 건 샤토루를 견제하기 위해 나를 이용하겠다는 것인데, 이는 '샤토루와 가깝게 지내는 게 더 이득일 것 같다'라는 페리뇰의 말이 신빙성을 더하고 있었다.

즉, 나에게 어떠한 제안을—아마도 내게 이로운 것일 테다—하고, 그에 대한 대가로 샤토루와의 친분을 이용하겠다는 의미였다. 그러므로 그녀가 내밀고 있는 초대장은 그 '제안'을 들을 유일한 기회일 게 분명했다.

"받지 않는다면 어떻게 되나요?"

"아가씨께서 샤토루 부인과 접촉하는 건 배경을 원해서잖아요. 사교계에 나가도 절대 뒤처지지 않을 안락한 쉼터 말이지요. 듣자 하니 그곳이 꽤 무섭다 하더군요. 웬만한 강심장을 가진 여인이 아니고서, 혹은 괜찮은 무리에 들어가지 않는다면 단 하루라도 버틸 수 없을 만큼이요. 그러니 도와드리겠어요."

"나는 비슈발츠라는 성을 가지고 있어요."

"하지만 불안하잖아요. 그러니 라발리에 부인의 손을 거치지 않고서 이렇게 독자적으로 나서고 계시는 거 아닌가요? 그렇지 않으면 사교계에 데뷔하기 전까지 얌전히 교양을 쌓으면서 기다렸을 테죠. 그리고 사교계에 융화되지 못한 그저 그런 영애가 되어 가문에서 정해 준 사내와 혼인을 했을 거구요. 하지만 아가씨는 야심이 많으신 분이죠. 전 그걸 알 수 있어요. 결코 이 상태에서 머무를 분이 아니라는 것을요. 그러니까 받아주세요."

페리뉼의 말은 아까의 손짓보다 훨씬 더 유혹적이었다. 나는 눈앞에 흔들리는 초대장을 바라보며 조용히 되물었다.

"가면무도회에 참석하면 말이지요?"

"예."

도대체 누구를 만나라기에 이리 구구절절 설명을 내뱉는 걸까? 이 귀여운 창녀가 절절매면서 솔직한 속내를 드러낼 정도로 중요하게 생각하는 이가 누굴까? 그래서인지 저의 도움은 둘째 치고라도 이런 식으로 나를 만나고자 하는 사람이 누군가 하는 호기심이 피어났다.

선택은 스스로가 가진 냉철한 지성의 변별과 이성의 탁월한 감지에서 비롯된 최선이다. 그러니 신중을 기할 수밖에 없다. 단 한 번의 결정으로 인해 인생이 좌지우지되기 때문이다.

그러나 기이하게도 이번만큼은 감성 쪽으로 추가 기울어지고 있었다. 제대로 된 영문을 모르는 채 끌려다니게 되었지만, 불쑥 찾아온 이 기막힌 설렘이 그리 나쁘지 않다고 생각할 정도로 말이다. 아마도 이득이 된다면 그 누구와도 손잡을 수 있는 스스로를 알아서일지도 모르겠다.

예상컨대 이 초대장을 보낸 이는 페리뉼을 황제에게 밀어 넣을 정도로 대단한 권력이나 수완을 지닌 야심가일 것이다. 혹 상상을 할 수 없을 정도로 어마어마한 음모를 꾸미고 있는 악당일지도 모른다. 또는 샤토루가 가진 권력을 못마땅해하는 누군가의 연합일까? 그것도 아니라면 늘그막에 정신을 차린 황제의 귀계일 수도 있겠다. 지금이야 색사에 정신을 차리지 못하는 늙은이지만 젊었을 적 모두가 존경해 마지않는 사내였으니 말이다.

어쨌든 그, 또는 그녀는 이 어린 창녀를 이용하여 아주 손쉽게 샤토루의 행보에 제동을 걸었고, 사교계의 모든 화제를 '플랑드르'라는 이름으로 가득 차게 만들었다. 그러면서 스스로의 정체는 드러내지 않고 웅크리고 있었다. 보통 이만한 여인을 앞세운 자라 하면 권력에 대한 야욕을 위해서라도 전면에 나서게 마련인데, 그림자처럼 꼭꼭 숨어 모두의 시선을 피해 가고 있다.

게다가 마치 신분을 알아차리는 것을 의도적으로 방해하고 있기라도 하듯 사교계의 모든 사람이 페리뇰의 배경에 대해 일절 언급하지 않고 있었다. 되레 그녀가 황제의 여인이 된 게 자연스러운 수순인 양 샤토루의 대항마로 떠오른 것에만 초점을 맞출 뿐이다. 그 누구도 장악할 수 없는 사교계임을 생각한다면 놀라운 일이 아닐 수 없었다.

그런데 그런 사람일 게 분명한 자가 나를 보고 싶어 한단다. 나 이전의 여인들이 페리뇰의 시험을 통과 못 했기에 받는 초대일 건 둘째 치고서라도 말이다. 이 위험한 제안은 두려움과 동시에 작은 모험을 제시하고 있었다. 페리뇰이 아닌 그 뒤의 배경과 손잡는다면 어떠한 미래가 열릴지에 대한 흥미로운 기대가 주어진 것이다. 그것은 동전의 양면처럼 아주 상반되어 성공과 파멸, 두 극단의 결과를 불러일으킬 수 있었다. 그 때문에 초대장을 받기 전 한 가지를 확실하게 확인해야 했다. 결정의 주도권이 누군가에게 있냐는 것을 확실하게 되짚을 필요가 있었다. 선택을 강요받는 것처럼 두려운 일은 또 없을 테니까.

"만나기만 할 뿐 선택은 내게 있다는 것을 약속해 주세요."

페리뇰은 화색이 만연한 표정으로 부드럽게 미소 지었다. 당연한 것을 물어본다는 것처럼 맞장구치는 모습은 한 치의 거짓도 없어 보였다.

"물론이에요. 약속드리지요."

"남작 부인만의 약속이 아니라 그분이 정말로 그러셔야 해요."

"제 명예를 걸고 분명히 말씀드리지요. 걱정하시는 일은 결단코 없을 거예요."

창녀의 명예만큼 부질없고 더러운 게 또 어디 있으랴마는 이번에는 믿을 수밖에 없었다. 충만한 탐욕으로 찬란하게 빛나고 있는 호기심이 내 머리를 지배하고 있었기 때문이다. 스스로가 놀랍다고 생각할 만큼. 어쨌든 치기 어린 시절에서나 볼 수 있었던 무모한 용기와 대담함이 쓸데없는 곳에서 호기를 부려 뜻밖의 기민함을 불러일으켰다.

어느새 내 손에 들어온 초대장은 붉게 물든 재질만큼 손끝의 피를 데우고 있었다. 긴장으로 인해 미끈해진 손은 그 어느 때보다 축축했다.

"드레스와 가면, 구두는 곧 보내드리지요. 아가씨를 저의 먼 친척으로 소개해 드리고 싶지는 않거든요."

페리뇰의 농담에 나는 떨떠름한 미소를 지었다. 이어 그녀가 '모시러 갈까요?'라는 말을 덧붙였지만 고개를 저어 사양했다. 창녀와 얽히는 것에 대한 추문은 샤토루만으로 충분했으니까.

그것보다 저들이 내 옷 사이즈를 어찌 알고 보내 준다 하는지 모르겠지만, 어떤 안목을 선보일까 싶어 약간의 두려움마저 일었다. 내 앞에 앉아 있는 페리뇰만 하더라도 샤토루 못지않은 노출을 자랑하고 있었으니까. 마담 드 샤토루는 다른 사람이 저보다 몸매를 드러내는 것을 용납하지 않는 성격이라 내가 입을 드레스의 적정선을 지켜 주었지만, 페리뇰은 또 모를 일이었다. 어쩌면 저와 비슷한 옷, 혹은 더한 디자인의 드레스를 입으라고 권할지도 모르겠다.

하지만 이러한 걱정에도 그녀의 제안을 거부할 수 없는 건 비슈발츠가의 영애가 창녀나 입을 법한 옷을 구입해 입을 수 없기 때문이었다. 몇 년 후면 모를까 아직까지는 마담 드 라발리에가 좋아할 법한 고루한 차림이 더 성행하고 있으니 말이다.

무엇보다 나는 사교계에 데뷔조차 하지 않은 어린 여인이다. 샤토루를 만나러 갔을 때 빼고는 입을 수 없는, 어디에 입을지 모를 파격적인 옷을 구입했다는 소문이 떠돌면 명예에 크나큰 타격을 입을 수밖에 없었다. 그렇다고 해서 모두의 표적이 될 법한 얌전한 옷을 입는 것 또한 말이 안 되는 짓이라—막무가내로 덤벼드는 억센 사내의 힘을 이길 수 있을 리 만무하니까—어쩔 수 없이 그녀의 호의를 받아들여야 했다.

"그럼 곧 뵙도록 하죠."

페리뇰이 내 뺨에 작게 키스하며 부드럽게 속삭였다. 갑작스러운 접촉에 당황한 건 나뿐인지 그녀는 아주 태연한 표정으로 생글생글 웃고 있었다. 창녀들이란 원래 이토록 애교가 많은 것일까. 떨떠름함에 입술이 잘 움직여지지 않았지만 고개를 숙이는 것으로 예를 표했다. 그리고 훗날을 기약했다.

이름 모를 포주가 손쓴 것인지 가면무도회 당일이 되었을 때 나는 친분이라곤 눈곱만치도 없는 백작가의—가면무도회 장소를 제공한 자와 이름이 똑같았다—백작 부인과 저녁을 하게 되어 있었다. 우아한 필체로 적힌 초대장에는 할 수만 있다면 내가 그 댁에서 늦게까지 머물렀으면 좋겠다는 내용이 담겨 있어 모두를 놀라게 하였다.

편지의 겉면에 써진 인장과 이름이 나름 저명한 인사의 것인지 양부는 의아함과 놀라움이 뒤섞인 표정으로 허락했고, 어머니는 인맥을 넓혀 나가는 내가 자랑스럽다는 듯 바라보았다. 마리와 블랜은 내가 로에나가 가질 미래의 사람을 채간 것인 양 귀여운 콧대를 세워 실소를 자아냈다.

백미는 페리뇰이 보낸 물건들에 있었다. 사람들은 내가 선물 받은 것들에 감탄을 금치 못했다. 특히 드레스와 구두에 비명에 가까운 환호성을 지르며 부러워했다. 누구의 안목일지 모르지만 내게 보낸 물건들은 샤토루의 눈을 훨씬 웃돌고 있었다.

연한 물색 빛을 가진 드레스는 어깨를 드러낸 디자인으로 가슴을 강조하고 있었지만 천박함과 거리가 멀었다. 허리와 엉덩이로 이어지는 우아한 핏은 여성의 곡선을 아름답게 그리고 있었다. 레이스와 러플과 진주가 물결인 양 치맛자락 곳곳을 장식하며 부드럽게 너풀거렸다. 단아함과 화려함이 아슬아슬한 경계를 이루며 관능이라는 이름 아래 사이좋게 악수를 하고 있었다. 구두는 더더욱 완벽했다. 옅은 물빛이 도는 천에 은사로 수놓은 겉면은 장인의 솜씨인 양 섬세하기 그지없었다. 굽 높이는 적절했고, 어디 하나 부족함 없이 딱 들어맞았다. 장식의 한 부분처럼 매달린 작은 유리구슬들은 걸을 때마다 영롱한 소리를 내어 모두의 귀를 즐겁게 만들고 있었다.

그래, 가면무도회를 위해서 준비된 것들이라 생각하기엔 너무나 아까운 물품들이다. 구두의 장식이 하필 '유리'라는 것만 빼고 말이다. 사교계에서의 '유리'는 처녀성을 상징하는 것으로, 데뷔탕트에서나 사용할 물건이었다. 그 때문에 음탕함의 상징인 가면무도회에는 어울리지 않는 장식이었다. 되레 스스로를 위협하는 칼이면 모를까. 그러니까 의아해하지 않을 수 없는 거다. 왜 하필 이러한 구두를 신고 오라고 보낸 걸까? 정말로 저것의 의미를 몰랐던 것일까?

어쨌든 신고 오라 보낸 것이니 아니 신을 수 없었다. 그래야 저들의 의도를 알 수 있을 것 같아서다.

"이건 정말로 완벽한 드레스예요! 도대체 어디에서 이런 드레스와 구두를 만든 거죠?"

마리는 새된 소리를 내지르며 황홀해했다. 재단사를 따로 부를 필요 없이 딱 맞아떨어지는 핏이 너무나 사랑스러워 견딜 수 없다는 투였다. 그러곤 이러한 드레스에 어울리는 보석과 장식 띠를 찾을 수 없노라 앓은 소리를 내뱉었다. 블랜과 세릴의 걱정거리 역시 드레스에 맞는 머리 모양과 화장을 어떻게 할 것인가였다. 결국 플랑의 도움을 받을 수밖에 없었는데, 그녀는 로에나 하녀들의 눈총을 감수하면서 내 머리를 만져 주었다.

"세상에 아가씨, 너무나 아름다워요. 로에나 아가씨라 할지라도 아가씨의 미모를 따를 수 없을 거예요. 아니지, 그 어떤 영애라 할지라도 아가씨에 비할 바가 못 될 거예요."

거울 속의 나는 돌아오기 전보다 훨씬 떨어지는 화장법을 따르고 있어도, 과거의 시스에가 바라 마지않았던 모습에 가까운 형상을 하고 있었다. 이는 놀라울 만치 커다란 흡족함을 안겼는데, 마차를 타기 위해 복도를 지나갈 때마다 모든 사람이 믿을 수 없다는 듯 나를 바라보는 게 당연하다 생각할 정도였다. 특히 마고들의 놀란 표정을 보자니 소리 내어 웃음이라도 터뜨리고 싶은 심정이었다.

하지만 마차 문을 열고 올라서자마자 보인 하나의 물건에 이러한 웃음은 쏙 사라지고 말았다. 저택에 도착한 편지에는 당일 날 편의를 위해 마차를 보내드릴 테니 호의를 거절하지 말아 달라 적혀 있었다. 그렇기에 지금 내 눈앞에 놓인 '사슴 모양의 가면'은 그들의 작품일 터였다.

한데, 하고 많은 가면 중 왜 하필 '사슴'일까? 다른 것도 많을 텐데 말이다. 나를 가리켜 사슴, 즉 케룰라라 부른 사람은 늑대 가면을 쓴 황태자뿐인데, 그럼 페리늙의 뒤에 그가 있다는 것을 암시적으로 나타내는 거란 말인가?

아니, 비약적으로 생각하지 말자. 나는 사슴 가면을 무릎 위에 올려놓으며 차분히 숨을 골랐다. 페리늙이 말하기를 나를 가면무도회에서 보았다 했다. 그럼 황태자가 나를 부르는 소리를 우연히 들었을 수도 있었다.

아니야. 그때 그와 나는 바깥에 있었어. 단둘이서 말이지. 그 누구도 우리의 곁에 있지 않았단 말이야. 그럼 단순히 얻어걸린 것일 수 있지 않을까? 사실 가면무도회에 참가하는 여인 중 사슴 가면을 써 보지 않은 사람이 몇이나 되랴. 그만큼 사슴 모양의 가면은 수많은 가면 중 가장 보편적인 형태라 할 수 있었다. 게다가 황태자라면 이런 식으로 수 쓰지 않아도 나를 만날 수 있었을 테다.

"가서 만나 보면 알 수 있겠지."

나는 터져 나올 것 같은 한숨을 삼키며 가면을 썼다. 만일 만나는 사람이 황태자라면 마음에 들지 않는 제안이라 할지라도 쉽게 거절할 수 없을 것 같아 불안해졌다. 그가 내뿜어 내는 기세와 압박감은 상상을 초월하니까 말이다. 능글맞으면서도 날카로운 상대의 허점을 찌르는 어조는 또 어떻고? 아니, 이를 제쳐 두고서라도 가장 큰 문제라 할 수 있는 것은 내가 저를 두려워한다는 사실일 게다. 눈을 마주한 채 결단을 종용당한다면 과연 거부할 수 있을까?

"버텨야지. 다시 도망치더라도."

이윽고 마차가 멈추고 문이 열렸다. 나는 마중 나온 하인의 도움을 받아 마차에서 내렸다. 마중을 나오겠다는 말은 저택에 직접 찾아오는 것에만 한정된 것인지, 무도회가 열리는 홀에 도착할 때까지도 나는 페리뇰의 그림자조차 볼 수 없었다.

이번에 열린 가면무도회는 샤토루와 함께 갔었던 곳보다 훨씬 더 규모가 커 보였다. 홀에 자리한 수많은 사람이 저마다 무리를 지어 이야기를 나누거나 춤을 추는데, 색색의 다양한 가면들과 꽃이 피듯 펼쳐졌다 다시 사그라지는 드레스가 경쾌한 음악과 어우러져 흥겨운 분위기를 연출하고 있었다.

한곳에서는 작은 주사위를 이용한 도박을 벌이고 있다. 주사위가 뒤집힐 때마다 와르르 쏟아지는 웃음소리가 음악을 삼켜 버릴 듯 소란스러웠다. 작은 분수처럼 쌓아 올린 와인 잔에서는 술이 흘러넘치고, 그 주변으로 달콤한 디저트와 과일이 보기 좋게 놓여 시선을 끌었다. 가면만 썼다 뿐이지 기실 일반적인 무도회나 다를 바 없는 광경이었다. 그 어디에도 약에 취한 것처럼 흐느적거리는 사람이 보이지 않았다. 짐승처럼 기어 다니는 사람도 없었다. 그저 흥에 겨워 이 즐거운 시간을 누릴 뿐이다.

물론 애욕에 젖은 남녀가 테라스의 커튼을 내려놓고서 한껏 즐기고 있었지만, 이는 여타의 무도회장에서도 볼 수 있는 풍경이라 새삼스럽지 않았다. 누군가 억지로 '시골에서 온 친척'을 끌어당겨 모두의 눈앞에서 그 가엾은 순수함을 찢지 않는 한 말이다.

나는 와인이 담긴 잔 하나를 들고서 자연스럽게 무리를 파고들었다. 원래 이렇게 있었던 것인 양 모로 서서 그들의 이야기에 귀를 기울였다. 사람들은 검증되지 않은 가십 얘기를 하거나 특정 상대에 대해 험담을 하며 낄낄거렸다.

특히 페리뉼과 샤토루가 어떻게 잠자리로 황제를 정복시켰는가에 대한 이야기를 아주 심도 있게 토론하고 있었다. 그들은 어린 창녀가 사내들을 홀린다며 불평했다. 그로 인해 잠자리가 소홀해지는 건 괜찮지만—정부가 있으니까 말이다—멍청한 남편이 천박한 계집에게 돈을 갖다 바치는 건 싫다고 투덜거렸다. 그로 인해 몸에 걸칠 보석 하나를 덜 사게 되었으니 속상하다는 것이다.

어떤 부류는 이 무도회에 참석한 여인들의 몸을 가리키며 하나하나 조목조목 따져 댔다. 가슴이 너무 작네, 엉덩이가 너무 크네, 저 안에 몇 겹의 천이 들었을 게 분명하네 등등 점잖은 체하는 여인들의 입에서 나온 것이라고 믿을 수 없을 만큼의 유치한 설전이었다.

그러다 사교계의 명사일 게 분명한 사람들의 신체적 약점을—이를테면 배꼽에 왕 점이 있다든가, 사타구니에서 냄새가 난다든가—꺼내며 낄낄거리기 시작했는데, 어쩌다 우연히 자신이 언급되면 격분을 감추지 못하고 화를 내는 등의 우스꽝스러운 광경을 연출하기도 했다.

물론 마음에 드는 사내가 지나가면 말을 멈추고선 몸부터 배배 꼬아 대는 건 당연한 순서였다.

재미있게도 가장된 요염함과 온화한 아양이 잘 빚어진 본성처럼 모든 여인에게서 흘러내리고 있었다. 지위와 명예는 가면 속에 집어넣은 듯 곳곳에서 사내를 유혹하는 모습이 발견되었다. 고상하게 틀어 올린 머리카락이 다 풀어헤쳐져 목덜미를 따라 흘러내려도, 그마저도 관능으로 인식하여 사내의 사타구니에 엉덩이를 들이 내미는 모습이 아주 자연스럽게 이루어졌다.

그나마 가장 예의를 지키고 있는 건 쉴 새 없이 사랑의 언어를 지껄이는 입술이었다. 우아하게 꺾인 손가락은 금세라도 치마를 들춰낼 듯 들썩이고 있었으니까. 그래도 샤토루 때보다는 훨씬 더 점잖은 관능이란 건 부정할 수 없었다. 보는 즐거움이 더 많기도 하고 말이다.

그 때문에 내게 다가온 누군가만 아니었더라면 훨씬 더 천천히 이 희극에 가까운 광경을 지켜봤을 것이다.

"주사위 놀이 좋아해요?"

나는 목소리의 주인공을 금세 알아차렸다. 페리늉이다. 그녀는 깃이 잔뜩 붙은 하얀색 가면을 쓰고 있었는데, 그의 자그마한 입술을 겨우 드러낼 정도로 아주 커 보였다. 마치 플랑드르 부인임을 필사적으로 감추려는 것처럼 말이다. 하지만 그 특유의 목소리나 어조는 쉽게 잊히지 않는 것이라 그 누구라도 제가 페리늉임을 알 수 있을 터였다.

페리늉은 한 손엔 작은 주사위를, 다른 한 손에는 동전 대신 사용하는 동그란 칩을 들고 있었다. 지금까지 도박을 한 것인지 그녀의 몸에서는 매캐한 담배 냄새가 났다.

"아뇨, 해본 적이 없어서요."

"그럼 알려 드릴까요?"

그녀가 손을 뻗었다. 나는 저의 손길을 거부하지 않았다. 저가 주사위 놀이를 하자 권유하는 건 내가 만날 사람이 아직 도착하지 않았다는 방증일 테니까 말이다.

페리늉은 도박을 하는 사람들 틈에 자연스럽게 끼어들어 판돈을 걸기 시작했다. 사실 알려 준다 어쩐다 하는 게 우스울 정도로 게임의 룰은 간단했다. 주사위를 던지기 전에 저마다 탁자 위에 놓인 숫자판에 판돈을 걸고, 그에 가장 가까운 수를 맞춘 사람이 돈을 가져가는 것이었다.

단순 명쾌한 놀음이지만 제법 중독성이 있는지 모두 눈을 부릅뜨고 선 허공에서 떨어지는 주사위를 노려보고 있었다. 탁자 위에 떨어진 주사위는 몇 번을 구르다가 이내 숫자를 드러냈다. 동시에 모든 사람의 입에서 각자의 희로애락이 담긴 탄식이 쏟아져 나왔다.

양 가면을 쓴 여인이 이긴 것인지 그녀는 비대하게 부풀어 오른 몸짓을 어찌하지도 못한 채 허겁지겁 칩을 끌어당겼다. 지금까지 지고 있었던지 칩을 끌어당기기 전 그녀의 자리는 휑하게 비어 있었다.

한 번 참가한 것으로 설명을 다 끝냈다 여긴 건지 페리뇰이 다시 내게로 다가왔다. 그녀는 자신의 손에 들린 동그란 칩을 보여 주며 조용한 목소리로 물었다.

"한번 해보실래요? 운을 시험해 볼 아주 좋은 기회잖아요."

"실례지만, 괜찮아요. 전 운을 믿지 않거든요."

"어머, 그것참 아쉬운 노릇이네요."

그녀는 더는 권유하지 않고 가까이에 있는 사내에게 다가가 칩을 내밀었다. 그는 뜻밖의 행운에 놀란 듯 페리뇰의 손을 붙잡았지만 단호하게 거부하는 태도로 인해 그 자그마한 몸을 안아 볼 수 없었다. 그럼에도 불구하고 그는 마치 사랑에 빠진 것처럼 페리뇰을 열렬히 바라보았다. 그녀는 게임을 이긴 승자처럼 웃고 있었다. 나는 조금 전의 상황에서 그녀의 어떠한 점이 남자를 자극했는지 몰라 두 눈만 멍청히 깜빡였다.

"필요치 않은 행운은 다른 사람에게 넘겨줘야 하는 법이죠. 저 남자는 칩을 거의 다 써 가고 있었거든요."

그러니까 자신의 돈을 채워 준 아리따운 여인에게 호감을 느끼지 않을 수 없었다는 뜻이다. 그를 향한 단호한 거절도 자신의 가치를 높이는 데 일조했을 게 분명할 것이고. 놀랍게도 페리뇰은 그 짧은 순간에도 상대의 요구를 파악하는 기막힌 재주가 있었다. 아마도 손님의 비위를 맞추기 위해 다년간 겪어 왔던 경험이 이런 식으로 빛을 발하는 것일 테다.

"드레스와 구두는 마음에 드나요?"

"네, 더없이요."

내 대답에 그녀가 만족스럽다는 듯 웃었다. 나는 그것으로 그녀가 '유리구슬' 장식의 의미를 분명하게 안다는 걸 깨달을 수 있었다.

"제가 보아도 흡족할 만큼 잘 어울리세요. 아마 이곳에 자리한 여인 중 아가씨만큼의 아름다움을 지닌 이는 없을 거예요. 저길 보세요. 아가씨를 보면서 질투하는 멍청이들을요. 그러니 단언컨대 지금 우월감을 느끼셔도 돼요. 기쁨에 들떠 와인을 여러 잔 마셔도 만류하지 않겠어요. 하지만 한 가지는 조심하셔야 해요. 저들이 아가씨의 신발에 달린 유리구슬을 본다면 분명 순결한 처녀임을 알아차릴 테니까요."

"그 누구라 할지라도 말인가요?"

"예. 본디 그런 의미로 제작된 것이니까요. 요컨대 작은 게임인 거죠. 걸음을 걸을 때마다, 다른 이의 손을 잡고 춤을 출 때마다 드레스 속에 감춰진 유리구슬이 드러날까 긴장을 하는 거예요. 무도회가 끝날 때까지 쭉."

감히 내 처녀성을 가지고 게임을 하겠다는 말인가? 예전에도 그렇지만 이 발칙한 창녀는 종종 제 본분을 잊고서 날뛰는 경우가 있었다. 전에는 테오도르 영식을 믿고서, 이번에는 남작 부인이라는 직위를 이용하여 불쾌한 상황을 만드는 것이다.

나는 치밀어 오르는 분노를 꾹 참으며 그녀가 잊고 있는 것을 상기시켰다.

"그렇지만 부인, 결정은 제게 있다 하셨죠. 이를 잊지 말아주세요."

그러자 페리늘이 믿을 수 없다는 듯 소리를 높였다. 그녀는 내가 제안을 들어 볼 생각조차 하지 않고 있다는 사실을 무척 놀라워하는 것 같았다.

"이 작은 장난 때문에 본래의 목적을 버리시겠다고요?"

"그럼 이 자리에서 구두를 벗어 드려야 하나요?"

"제발이요. 그런 말 마세요. 그 어떤 방탕한 여인이라 할지라도 다른 이에게 맨발을 보이는 법은 없답니다."

"그럼 제가 최초가 되겠군요."

나는 냉소적인 목소리로 대꾸했다.

"무모한 일인 걸 알면서도 그러겠다는 건가요? 진심이세요?"

"예, 절 말려 줄 그분이 나타나지 않는다면요."

페리늘은 다시 한숨을 내쉬며 투정부리듯 말했다.

"정말로 저는 아가씨를 이길 수 없네요. 좋아요. 구슬을 최대한 감추는 선에서 사뿐하게 걸어가 주세요. 그럼 마법처럼 그분이 나타나실 거예요."

그녀의 손은 홀의 중앙을 가리키고 있었다. 하지만 아무리 살펴봐도 초대장에 명시된 이가 없다. 내가 의아해하며 선뜻 걸음을 옮기지 못하자, 페리늘이 등을 가볍게 떠밀며 재촉한다.

"어서요."

음악이 흘러나오는 중앙 홀에선느 짝을 이룬 남녀가 우아하게 춤을 추고 있었다. 그 틈을 뚫고 홀로 서 있으란 말인가? 이 또한 장난인가 싶어 저를 바라보니 단호하게 닫힌 입술로 고개만 끄덕인다. 그래서 내키지 않은 태도로 조금씩 걸어가노라니 어느덧 페리늘이 가리킨 곳까지 도달하게 되었다. 쌍쌍이 춤을 추는 사람들 사이에서 혼자 우두커니 서 있는 건 기껍지 아니한 일이다. 몸이 점점 굳어 가고 있었다.

그때 허리를 붙잡아 가볍게 돌리는 손길이 있었다. 여인을 가볍게 들어 빙그르르 돌리는 춤 동작에 맞춘 것인지 나는 알지도 못하는 이의 손에 붙들려 허공에서 한 바퀴 원을 그리고 안착했다. 부드럽게 퍼지는 치맛자락 사이로 유리구슬 구두가 슬쩍 드러났다 사라지기를 반복했다. 이어지는 건 나를 주시하고 있는, 사파이어처럼 파란 눈동자와 푸른 머리카락의 등장이었다.

황태자? 아니, 그의 것이라 보기엔 머리카락이 좀 더 단정하게 정돈되어 있었고, 뚜렷하게 드러난 눈동자는 상대를 위축시키는 기운이 덜해 보였다. 하지만 그 못지않게 차갑게 가라앉아 있는 건 사실이었다. 그래. 이제야 차이를 알 수 있겠다. 어떻게 이 둘을 착각할 수 있었지?

"저를 보자고 하신 분이신가요?"

테오도르 비트라이스 영식, 당신을 말이다.

돌이켜 생각해 보자면 그와의 만남은 언제나 '접근'에 가까웠다. 무엇을 떠보려는 듯 격렬한 대화가 이루어지고 개운치 않은 끝을 통해 불안한 여지를 남겼다. 내가 미소 지을 수 있었던 건 초반의 만남일 뿐, 이후론 늘 그의 승리였다.

정중한 미남, 술에 취한 한량, 위험한 기운을 풍기는 사내. 이 변화무쌍한 남자는 만날 때마다 늘 새로웠다. 그렇기에 같은 모습을 유지하고 있는 나로선 다양한 방법으로 접근해 오는 그를 미리 방비하여 막을 수 없었다.

그것은 오늘도 마찬가지. 마치 처음 보는 사람인 양 침묵하며 리드를 하고 있는 그의 모습은 또 다른 형태의 가면을 쓴 것 같았다. 아마 여기에 모인 사람 중 가면무도회의 취지에 가장 잘 어울리는 이일 것이다.

지금의 비트라이스 영식은 지배자에 가까웠다. 황태자가 야생의 기운을 풀풀 풍기는 맹수에 가깝다면 그는 야생성을 숨긴 사나운 육식동물이었다. 언제고 이를 드러낼지 알 수 없는 그런 위험한 것 말이다. 아마 동방의 사람들이 말하는 '역린'이라는 것을 건드리지 않는 이상 그는 언제까지라도 이 가면을 쓰고 있을 게 분명해 보였다.

비트라이스 영식은 순전히 무도회를 즐기러 온 사람인 것처럼 묵묵히 춤을 췄다. 그래서 나 역시 그의 리드에 따라 춤을 추며 입을 다물 수밖에 없었다. 동작을 하나하나 할 때마다 간간이 시선을 마주쳤지만, 그는 대화에 영 흥미가 없어 보였다. 오히려 지루해 보이기까지 했다.

그 무례한 태도에 놀라 뺨을 붉히는 건 나였다. 어마어마한 제안을 할 것처럼 굴더니만 정작 만나고서는 아무런 말도 하지 않으니, 어찌 화가 나지 않을 수 있을까? 그 때문에 제가 지금 무엇을 의도하고 있는지, 왜 이런 태도를 고수하고 있는지 가늠할 수 없었다. 수많은 의혹과 의심으로 인해 머리가 뱅뱅 돌아갈 것만 같았다. 이러다가 두통이 일 것 같아 조바심이 났다. 만일 제안 때문에 나와 지금 주도권 싸움을 하고 싶은 거라면, 그는 정말로 신사답지 못한 사내라 할 수 있었다.

우스운 일이지. 결정권은 내게 있음에도 도리어 안절부절못하는 꼴이라니.

작은 호기심 하나, 의혹 하나가 안달복달하며 스스로를 부추기고 있었다. 고작 침묵 하나를 이기지 못하고 모든 것을 공개해야 할 판이다. 그래서 헛웃음이 나왔다. 눈앞의 사내가 너무나 얄미워 견딜 수 없었다. 어째서 당신은 매번 나를 이렇게 흔들기만 하는 걸까. 할 수만 있다면 물어보고 싶었다. 내 속내를 열어서 무엇을 어떻게 하고 싶은 거냐고.

이제는 인내심의 싸움이다. 나는 고개를 빳빳하게 든 채 그의 시선을 놓치지 않았다. 여기서 먼저 입을 여는 사람이 지는 기묘한 대치가 이어지기 시작한 것이다.

페리뇰과 비슷한 가면을 쓴―하지만 그는 좀 더 딱 맞았다―비트라이스 영식은 좀 더 개방적인 디자인인 듯 입술이 더 잘 드러나 있었다. 머리카락과 눈도 그녀보다 훨씬 더 시원하게 공개된 편이었다. 그래서인지 나는 그가 손가락으로 귀 부분을 가리키는 것을 쉽게 볼 수 있었으며, 곧 그가 의도하고자 하는 바가 무엇인지 깨달았다. 그는 내게 주변의 이야기에 귀를 기울이라 말하고 있었다.

그러고 보니 그와 춤을 추기 시작한 이래, 나는 귀를 열어 두는 것을 잊고 있었다. 그에게만 신경을 집중하느라 귀머거리처럼 굴었다. 영식은 그것을 알고 있다는 듯 자연스레 관심을 유도했다.

대체 무엇을 하자는 걸까? 어쨌든 그의 의도에 따라 시선을 분산시키니 자연스레 여러 가지 말을 들을 수 있었다. 가면을 써서 그런지 평소의 무도회에서는 들을 수 없는 은밀한 대화가 조금씩 들려오기 시작했다. 누구나 알아도 되지만, 그렇다고 해서 함부로 떠벌릴 수 없는 정보가 선율에 맞춰 둥둥 떠다니고 있었다. 플랑드르 남작 부인, 샤토루, 동방의 물건, 그리고 늑대 가면.

……늑대 가면?

나는 두 눈을 크게 뜨고 비트라이스 영식을 바라보았다. 그는 내가 들은 것이 정답이라는 듯 희미한 미소를 짓고 있었다. 그것은 은밀한 제안을 하는 것처럼 무척이나 가느다랬다. 그의 리드에 맞춰 한 바퀴 돌 동안 늑대 가면이라는 이름을 몇 번 더 들을 수 있었고, 그때마다 나는 확인하는 것처럼 그를 바라보았다. 비트라이스 영식은 여전히 낮달과 같은 미소를 머금고 있었다.

하, 고작 이 제안을 하려고 나를 부른 거란 말인가? 정말이지 이건 아니야. 나는 고개를 설레설레 내저었다. 늑대 가면은 내가 감당하기에 너무나 어려운 자였다. 아니, 그 누구라도 그를 감당하기 힘들 테다. 그러니 지성이라곤 눈곱만큼도 없는 천박한 계집을 시키는 게 더 나을 게다. 무식해야 그의 무서움을 눈치채지 못할 테니까 말이다. 무엇보다 고작 두어 번 본 자, 그것도 황태자의 위치에 있는 사내에게 접근하라니 이게 말이 될 법한 일이란 말인가.

우선적으로 비트라이스 영식이 왜 그에게 관심을 가지는지 알 수 없어 더더욱 꺼려졌다. 이러한 제안은 기본적으로 상대에 대한 믿음이 깔렸다는 전제하에서 이루어지는 것이니까. 이렇다 할 연결 고리조차 없는 그와 내가 더는 무엇을 할 수 있단 말인가.

그래서 나는 그의 손을 뿌리친 채 뒤로 한 발자국 물러났다. 다시 한 번 고개를 내저으며 단호한 태도를 보였다. 그러자 드디어 비트라이스 영식의 입이 열렸다. 그는 아주 자연스럽게 하대하고 있는데, 그건 자신의 지위가 나보다 높음을 인정하는 것과 다름없었다.

"사교계에 한 발 더 다가갈 수 있을 텐데? 비슈발츠가는 그대에게 도움을 주지 않아. 무엇보다 이건 아주 사소한 일에 불과하지. 그러니 잠깐만 어울려 주면 더 큰 이득을 볼 수 있어. 그런데 왜 망설이지?"

아냐. 나는 가문의 도움을 받아 여기까지 온 게 아니야.

어쩐지 헛웃음이 흘러나올 것만 같았다. 비트라이스 영식은 큰 착각을 하고 있었다. 내가 그들의 도움을 필요로 한다고.

하지만 그럴 필요 없다. 여기까지 올 수 있었던 건 내 노력의 산물이고, 나는 더 나아갈 수 있는 자신감이 충만하니까. 비슈발츠라는 성을 단다면 어떻게든 할 수 있었던 것들, 과거 경솔함과 부주의로 놓쳤던 것들을 오롯이 스스로의 힘으로 조금씩 제자리로 되돌려 놓고 있었다.

그러니 그에 따른 절망이나 좌절, 희열과 희망을 선택하는 것도 나다. 아마도 그는 내가 샤토루와 어울리기에 궁정 진입에 대한 야욕이 있다고 생각한 같은데, 이번에야말로 제가 틀렸다 할 수 있었다. 그래서 이번엔 내가 침묵했다. 나를 향해 손을 뻗는 그에게서 한 발자국씩 물러나며 선택의 주도권은 내게 있음을 명확하게 표현했다.

나를 황태자에게 접근시켜서 얻는 것이 무엇인지 모르겠지만, 그는 이번의 등장으로 인하여 저에 대한 나의 경계심을 높이는 꼴만 되었다. 동시에 나는 비트라이스 영식이 황태자와 적어도 협력하는 관계는 아니라는 사실을 확실하게 알 수 있었다. 이 얼마나 큰 소득인지.

"아이레스 경 때문이라면 철저하게 소문을 막아주지. 그것을 걱정한다면 말이지. 그대는 사교계에서 '믿음'만큼 쓸모없는 단어가 없다는 걸 미리 알게 되는 것뿐이야."

보통 이러한 제안이 거부당하면 금세 포기하게 마련인데 그는 좀 더 끈질긴 태도로 나를 구슬렸다. 마치 내가 아니면 안 된다는 것처럼 말이다.

그래서 의아했다. 황태자와 나는 고작 두어 번 만났을 뿐이다. 육체적인 관계에 갈 뻔한 위험도 있었지만—하지만 내 동의는 전혀 들어가지 않았다—제가 포기함으로써 깨끗하게 끝난 상태였다. 아무리 사내들이 정복욕이 넘치는 사냥꾼이라 하지만, 두 번씩이나 사냥에 실패했으면 좀 더 손쉬운 먹이를 찾아 떠나지 않을까? 그를 향해 군침을 흘리는 아리따운 여인이 어디 한둘이냔 말이다.

"몇 번 보지 않았는데 애칭을 지어줄 정도로 그의 흥미를 끈 여인은 그대가 처음이거든. 군침이 돌지 않나? 세상에서 제일 고귀한 여인이 될 수도 있어. 신분적인 한계를 뛰어넘을 수 있단 이 말이지."

"······플랑드르 부인처럼 말이지요."

그래. 보통의 여인이라면 화색이 도는 표정으로 멍청하게 고개를 끄덕였을 거다. 늑대에게 다가가라는 것은 이들의 전폭적인 지지를 의미하는 것이니까 말이다. 샤토루까지 밀어낸 자들이 황태자에게 계집 하나를 못 붙여 줄까? 하지만 난 페리뉼이 아니다. '사교계'라는 단어에 혹해 자신의 값어치를 싸구려로 만들어 손쉽게 팔아넘길 만큼의 멍청한 계집이 아니란 말이다. 무엇보다 돌아오기 전 보지 않았나. 늑대의 옆에 누가 있었는지. 그래. 증오스러울 정도로 너무나 사랑스러운 로에나 드 비슈발츠였지.

내 대답에 그가 움찔했다. 나는 손을 뻗어 그를 내 쪽으로 잡아당겼다. 그리고 가까워지는 얼굴을 향해 이를 갈 듯 낮게 으르렁거렸다.

"이 빌어먹을 정도로 천박한 포주 같으니라고. 난 창녀가 아니야."

내 말이 의외였던 것일까? 잠시 굳어 있던 그가 알 수 없는 미소를 지었다.

"오, 그래? 이것 참 실례했군. 하지만 그는 그렇게 생각하지 않는 것 같은데? 그러니 언제라도 도움이 필요하다면 플랑드르 남작 부인을 찾아와라."

동시에 내 손을 뿌리치고 뒤로 슬그머니 미는데, 예상치 못한 행동이라 이렇다 할 방비조차 하지 못한 채 넘어가기 시작했다. 하지만 뒤로 나자빠질 거라는 예상과 달리 내 허리와 어깨를 붙잡는 단단한 손과 가슴이 있었다. 비트라이스 영식은 예상이라도 했다는 듯 손가락을 들어 입술을 막았다. 내 몸을 받쳐 준 사내에게 자신을 알리지 말라는 뜻일 테다. 그리고 방금까지의 제안이 거짓말이기라도 하듯 순식간에 사람들의 틈으로 사라져 버렸다. 갑작스러운 태도의 변화에 얼떨떨한 나를 현실로 끌어올린 건 소름 끼칠 정도의 익숙한 목소리였다.

"이런, 케룰라. 가면무도회에 훨씬 더 익숙해진 모양이로군."

어쩐지 힐난에 가까운 어조라 나는 고개를 들어 그의 턱을—아쉽게도 이 상태에서 턱밖에 안 보였다—바라보았다. 정체가 탄로 나도 상관이 없는 건지 그는 처음과 두 번째 만났을 적 썼던 늑대 가면을 계속 쓰고 있었다.

"그렇지 않으면 감히 이곳에 나올 수 있을 리 만무하죠. 사슴 또한 동물이니까요."

동시에 생각했다. 이렇게 반갑게 인사할 정도로 좋은 만남이었나?

아니, 그보다 어떻게 이렇게 기다렸다는 듯이 나타난 거지? 그래서 나는 그에게서 떨어지려 했고, 늑대는 내 몸을 돌려 춤을 이어 나가기를 원했다. 안타깝게도 힘의 차이가 극명한지라 나는 그의 손에 붙들릴 수밖에 없었다.

경쾌한 음악이 흘러나오고 몸은 기다렸다는 듯 스텝을 밟았다. 과거 사교계에 나가기 위해 필사적으로 익혔던 춤이 제대로 빛을 발하고 있었다.

그와 나는 처음부터 춤을 춘 것인 양 자연스럽게 턴을 했다. 늑대 가면의 등장으로 주변 사람들의 목소리가 점차 커지고 있었다. 그것은 상대 파트너에 대한 궁금함으로도 연결되어, 나는 그와 춤을 추는 내내 구두를 감추려 애를 써야 했다.

조금 전의 힐난이 착각은 아닌 듯 늑대는 다시 입을 열어 충고에 가까운 말을 내뱉었다. 나의 뭐라도 된 양 친근하게 구는 것이 우스울 정도였다.

"하지만 아무 사내에게 다가가는 건 위험해. 어여쁜 사슴 정도는 한 입에 꿀꺽 삼켜 버릴 자들이 아주 많거든."

"그건 지금 제 손을 붙잡고 계신 분을 말하는 거죠?"

그러자 그가 아주 재미있는 말을 들었다는 듯 낮은 웃음을 터뜨렸다.

"하? 눈조차 제대로 맞추지 못하는 주제에 입술만 요망하게 살아 있군. 그래서 흥미로워."

나는 두려움을 감추려 애쓰며 최대한 태연한 척 말을 맞받아쳤다.

"그게 요즘 유행하는 자세라 하더군요. 사내를 애간장 태우기에 아주 적합하지요."

"왜 그렇게 생각하는 것이지?"

"지금 제가 어떤 생각을 하고 있는지 알고 싶어 자꾸 고개를 숙이시잖아요. 이걸로 충분한 대답이 되지 않았을까요?"

"저자세로 나가 준다면 경계심을 풀 건가?"

"늑대님께서 말씀하시는 경계의 해제 상태가 저와 다른 것 같아서 모르겠군요. 이미 말씀드리지 않았나요? '사랑'이라고요."

"그래서 아이레스 경은 그대의 어떤 얼굴을 볼 수 있는 거지?"

"……전부요. 네, 모든 것이죠."

놀랍게도 거짓말이 손쉽게 흘러나왔다. 잠깐 망설이긴 했지만 혀를 깨물 정도는 아니었다. 되레 웃음이 터질 것만 같았다. 맙소사. 전부라고? 이런 깜찍한 소리가 다 있나. 하지만 황태자에게는 직접적인 타격으로 다가왔는지, 그가 맞잡은 손에 힘을 주며 으르렁거리듯 물었다. 내 대답이 그의 자존심을 건드린 모양이다.

"가면무도회의 미덕은 사랑이 아니라 쾌락이지. 특히 홀로 있는 사슴 따위야 한 입 거리도 못 돼. 여인이 되고 싶다 했나? 실로 간단한 일이지. 신뢰와 기만을 맞바꾸면 되거든."

"제게 수치를 알려 주실 셈인가요? 그럼 움츠린 염소처럼 기운 없는 체를 가장해야겠군요. 아니면 튼튼하게 뛰어 도망 다니든지. 사슴만큼 잘 뛰어다니는 동물은 또 없으니까요."

"그만큼 사냥 욕구를 북돋우는 짐승도 없지."

"그 안에 불타오르는 열정을 다른 여인에게 보여 주시는 미덕은 없으신가요? 저기 늑대님을 보면서 사랑의 열병을 이기지 못해 고통스러워하는 여인들이 있군요. 그들이라면 기만이 무엇인지 보여드릴 수 있을 거예요. 저에겐 아직 그 단어가 너무 어렵군요. 오, 그렇다고 배움이 짧다 나무라시는 건 아니지요?"

"젠장. 역시 헷갈린단 말이야. 그대, 정말 처녀 맞아? 어떻게 이리도 부끄러움 없이 대답할 수 있지? 몸은 이리도 순진하게 움츠러드는데, 말만은 아주 여우 같은 여인들처럼 나불거리지. 내 인내심을 자극하지 마라. 당장에라도 그 입술을 막아버리기 전에."

움츠러드는 건 네가 무서워서란다, 라는 말이 목 끝까지 올라왔지만 가까스로 참았다. 대신 태연스레 깔깔 웃으며 속삭이듯 말했다.

"제 구두를 보세요."

밀려 올라간 치맛자락 속으로 유리구슬이 달린 구두가 슬쩍 고개를 내밀었다. 예상치 못한 도발에 황태자는 놀란 듯 춤을 추는 것도 잊어버린 채 그대로 멈췄다. 일그러지는 입술은 이 기막힌 형태를 지탄하려는 듯 서서히 벌려지고 있었다.

"미쳤군."

나는 그의 힐책에도 노래하듯 경쾌한 목소리로 말했다.

"저의 순결을 의심치 말라는 뜻이지요. 이보다 용감하고 고결한 노출이 또 어디 있겠어요?"

"젠장."

늑대가 견딜 수 없다는 듯 짧은 욕설을 내뱉음과 동시에 내 손을 이끌고 홀 바깥으로 빠져나갔다. 나는 그에게 끌려가면서도 나를 주시하고 있는 여럿의 시선을 느끼고 어깨를 으쓱였다. 이러므로 황태자에게 접근하라는 거였나? 하지만 뜻대로 될 수 없는 노릇이지. 그러니 다시 도망가는 거다.

"물 거예요."

"뭐?"

"말씀드렸잖아요. 물어뜯는다고."

나는 내 손을 잡은 그의 손등을 들어 이로 앙 하고 물었다. 그러자 이 무엄한 태도에 황태자가 놀란 것은 물론, 어디선가 나타난—가면을 쓴—사람들이 거칠게 그와 나를 떼어 놓았다. 나는 그 기회를 놓치지 않고서 정문을 향해 마구 뛰었다. 등 뒤로 잡으라는 소리가 들렸지만 늑대 주변에 몰리는 여인들로 인해 그마저도 어려운 모양이었다.

기막히게도 홀을 벗어나자마자 뎅 하고 자정을 알리는 종소리가 들렸다. 이 무슨 우스꽝스러운 인연인지. 마치 가면무도회에서 자정을 넘기면 큰일 난다는 듯 본능적으로 종소리가 열두 번 울리기 전에 빠져나가지 않나.

하지만 이전과 달리 달리는 게 용이하지 않았다. 발등을 두들기는 유리구슬이 문제였다. 가볍게 움직일 때는 예쁘다 싶었는데 격렬하게 뛰어가다 보니 치마에 엉키고 발끝에 차이고, 아주 그냥 엉망인 것이다. 둔통이 생각 외로 커서 이러다가 발이 아파 잡힐 것만 같았다. 그래서 망설임 없이 벗었다. 수치심 따위는 없었다. 되레 계단에 던져 놓고 맨발로 달리니 아주 홀가분해 속이 시원했다.

"케룰라, 잠시만 기다려라."

그러는 사이에 황태자가 접근한 것인지 그는 생각보다 차분한 목소리로 나를 불렀다. 끔찍한 욕망 따위는 느껴지지 않는, 아주 담백한 어조였다.

그래서일까? 달리는 것도 잊고 계단의 맨 끝에 서서 그를 바라보게 된다. 저의 손에는 조금 전 벗어 던졌던 유리구슬 구두 한 짝이 들려 있었다. 늑대는 그중 하나를 내게 던졌다. 나는 엉겁결에 그것을 받았다.

"언제고 그 한 짝을 가지고 내게 찾아오게 될 거다. 그땐 이 손등의 빚도 갚아주지."

"지금 버린다면요?"

"내 인내심을 자극하지 마라."

확실히 원하기만 한다면 지금이라도 나를 납치하다시피 끌고 가 옷을 벗길 수 있는 그였다. 조금 전에 나타난 수족들을 부린다면 손쉬운 일일 테다. 하지만 황태자는 정말로 너그럽게 인내하고 있었고, 나는 그의 배려 아닌 배려에 안도의 한숨을 내쉬어야 했다. 순결을 상징하는 구두의 반쪽이 저의 손에 있다는 찝찝함은 뒤로하고 말이다.

"진짜 마지막이다."

하지만 진실로 말하건대, 그와의 접점은 이걸로 끝일 것이다. 황태자는 이 거짓된 놀음을 지속할 만큼 어리석은 위인이 아니니까. 그러니 다음에 만난다면 아마도 일 년하고도 몇 개월 뒤 사교계에 데뷔할 때쯤인데, 그때까지 오늘의 열망을 간직할 수 있을까? 주변에 산재한 미녀들이 얼만데. 호색한이라 알려진 늑대의 성정을 보자면 더더욱 그렇다. 그 때문에 '마지막'이라는 말을 아무렇지 않게 넘길 수 있었다. 이 모습을 테오도르 영식이 바라보고 있었다는 것조차 모른 채, 아주 단순하게.

"그럼 안녕히."

뎅. 하고 다시 한번 종이 울렸다. 나는 몸을 돌려 달려가기 시작했다. 등 뒤로 늑대의 시선이 느껴졌지만 다시 뒤돌아보지 않았다. 신기하게도 내가 타고 온 마차는 지금 내가 나오는 것을 알고 있기라도 하듯 처음 내렸던 그 장소에서 그대로 기다리고 있었다. 나는 마부의 도움을 받아 마차에 올라탔다. 그 안에는 이미 플랑드르 남작 부인이 자리하여 기다리고 있었다. 그녀는 내가 올라타자마자 성급하게 물었다. 테오도르 영식에게 언질을 받지 못한 눈치다.

"제안은요?"

"거절이에요."

"보류는 안 되나요?"

"결정권은 제게 있다 하지 않았나요?"

"하지만 아가씨, 그 구두가 아가씨의 손에 있는 한 제 구애는 아주 열정적으로 진행될 거랍니다."

페리뇰의 눈은 내 무릎 위에 올려져 있는 구두에 향해 있었다.

"아뇨, 이건 아무짝에도 쓸모없는 것이죠."

나는 변명하듯 말했다. 그리고 무릎 위에서 구두를 치워 바닥에 떨어뜨렸다. 아무런 의미조차 되지 않는다는 듯 말이다.

그러자 페리뉼이 슬프다는 듯 가슴을 움켜쥐며 구두를 쥐어 들었다. 이 앙큼한 창녀는 이런 단순한 동작조차 요염하게 하는 법을 알았다. 반쯤 닫힌 눈동자는 서글픔으로 가득해 보였다. 깜찍하기도 하지.

　나는 혀를 차며 그녀의 얼굴을 외면했다. 페리뉼이 물었다.

　"다른 한 짝은 어디에 있지요?"

　"그 전에 먼저 해줘야 할 말이 있지 않나요?"

　무슨 말을 하는지 모르겠다는 듯 가증스레 깜빡이는 눈동자에 헛웃음마저 흘러나왔다. 나는 치밀어 오르는 화를 삼키고서 친절하게 말을 이어 나갔다. 이제는 테오도르 영식이 그녀에게서 얼마만큼의 자유와 신뢰를 허락했는지 느껴 볼 차례였다.

　"왜 하필 나지요?"

　"정확하게 말하자면 아가씨만은 아니지요. 사내 맛을 아는 여인만큼 열정적인 사람은 없으니 그들에게 있어 자그마한 불륜쯤은 일도 되지 않거든요. 하지만 아가씨만이 저와의 대화를 꿋꿋하게 이어 나가셨죠. 그게 다예요."

　"그런 것치고 너무 많은 것을 알고 있지 않았나요? 자, 말해줘요. 내가 아니면 어떻게 하려고 했죠?"

　페리뉼이 부드럽게 웃으며 말했다. 아무것도요. 마치 내게 했던 모든 제안이 정말로 별것 아니라는 듯 여상스러운 태도였다. 하지만 그런 것치곤 나에 대한 끈덕짐이 강했던 영식이다. 헤어질 때도 나를 황태자에게 밀어 넣지 않았던가. 그것은 페리뉼의 대답과 상반되는 행동이다.

　그럼 나올 수 있는 결론은 한 가지뿐이다. 나는 마주하는 시선을 통해 그녀가 생각만큼 많이 알고 있는 게 아니며, 그의 지시대로만 행동하는 인형이라는 것을 깨달았다. 결국 모든 열쇠는 비트라이스 영식이 쥐고 있다는 소리다. 그래서 어쩔 수 없이 질문을 선회하여 처음부터 다시 시작해야 할 것 같았다. 나는 그녀에게 주어진 정보가 주어진 위치보다 많으며, 입의 자유도 또한 꽤 높기를 간절히 바랐다. 그래야 자택으로 가기 위해 걸리는 끔찍한 시간을 견딜 수 있을 것만 같았다.

"혹시 부인께서는 오늘 제가 늑대 가면을 쓴 사내를 만날 거란 것을 알고 계셨나요? 그가 누구인지도요."

"아뇨."

한 치의 망설임이 없는 대답이다. 그러나 직감적으로 거짓말임을 깨달았다. 정말로 몰랐다면 유리구슬이 달린 구두를 제작하여 보냈을 리 없으니까. 마치 기다렸다는 듯 나를 황태자에게 넘겨주지 않았을 테고 말이다. 아니, 오늘 참가한 가면무도회 자체가 황태자와 나를 다시 만나게 하기 위함인 것으로 보였다. 도대체 무엇 때문에?

"그럼 전부를 이야기해 주세요. 아무것도 모르는 상태에서 움직일 수 없어요."

"그리 복잡하지 않아요. 단순하게 생각하면 될 일이죠. 오늘 만났던 자를 만나요. 그럼 다음 그와 있었던 일을 이야기해 주면 되는 거예요."

확실히 페리뉼은 비트라이스 영식과 달리 좀 더 세밀하게 설명할 줄 알았다. 물론 영식과 비교해서 그렇다는 거다. 사실 그녀의 대답은 기대했던 것과 달리 무척 형편없었다. 하지만 이 간단한 것처럼 들리는 소리가 나에게는 '시간이나 끌고 있어, 이 계집아'라는 의미로 들렸다. 괜한 비약인 걸까?

"부인에게 있어 중요한 사람인가요?"

"그렇다고 해두죠."

그렇다면 가면무도회서까지 황태자의 일거수일투족을 감시할 이유는 무엇인 걸까? 그리고 왜 하필 여자인 걸까? 그가 호색한으로 알려졌기 때문에? 아니면 또 다른 무언가가 있는 건가. 생각하면 할수록 머리에 쥐가 나는 것 같았다.

나는 기억을 더듬어 황태자에 관련한 그 어떤 것이라도 생각해 내려고 애썼다. 하지만 과거의 시스에는 오롯이 할버드 경에게만 집중하고 있었으므로 위와 연관된 기억의 조각 하나조차 찾을 수 없었다. 아, 이토록 쓸모없는 계집이라니. 그러다 문득 비트라이스 영식의 말이 뇌리를 스쳐 지나갔다.

"몇 번 보지 않았는데 애칭을 지어줄 정도로 그의 흥미를 끈 여인은 그대가 처음이거든. 군침이 돌지 않나? 세상에서 제일 고귀한 여인이 될 수도 있어. 신분적인 한계를 뛰어넘을 수 있다 이 말이지."

순간 소름이 돋았다. 애칭, 황태자, 늑대. 그리고 순결을 상징하는 유리구슬. 세상에, 이것이었어!

나는 새삼스럽다는 듯 페리눌을 바라보았다. 우습게도 플랑드르 부인은 처음부터 내 역할을 언급했던 것이다. 그것이 드레스와 유리구슬 구두로 상징되어 나타났을 뿐! 알아차리지 못한 내가 바보인 셈이다. 여기까지 생각이 미치니 헛웃음이 절로 터져 나왔다. 결국 페리눌의 말마따나 오늘의 시작은 샤토루와 처음 방문했었던 가면무도회에서부터였다. 그게 여기까지 이어진 것이다. 늑대와 함께 있는 나를 발견하고 얼마나 반가웠을까? 하!

페리눌이 입을 열어 내게 말했다. 그녀의 시선은 자신의 손에 들린 구두에 향해 있었다.

"전 아가씨께서 제안을 기쁘게 받아들일 줄 알았어요."

"왜 그렇게 생각하시죠?"

"처음 뵈었을 적 아가씨는 제 모습을 유심히 보셨어요. 그리고 창녀의 행동을 관찰한다는 건 한 가지를 의미하죠."

"오해라는 생각은 하지 않으셨나요? 다른 것에 대한 호기심이라 여길 수 있잖아요. 그것은 때론 사람을 다르게 보이게 만들기도 하지요."

"네. 경멸이 없다는 점에선 매우 신선하더군요. 하지만 아가씨, 저는 바보가 아니랍니다."

"그럼 그때 잠깐 귀족의 의무와 명예를 던져 버리고 본래의 저로 되돌아갔다 하지요. 거리를 맨발로 돌아다니는 굶주린 소녀에게는 가끔 창녀가 대단해 보이거든요."

내 대답에 페리뇰이 이해할 수 없다는 듯 인상을 찌푸렸다. 그녀는 자신의 예상이 틀렸다는 것을 인정하지 못하겠다는 듯 입술을 깨물기까지 했다. 신분이 천한 여인들이 취할 수 있는 가장 빠른 출세 방법이 위와 같은 것이므로 그것을 완벽하게 부인하는 내가 이해가 가지 않는 것이다. 무엇보다 첫 만남 이후로도 몇 번이나 저를 저택에 부르려고 했으니 그런 식으로 오해하는 것도 무리는 아닐 터였다.

"아가씨는 정말로 어려운 분이 다 되셨어요."

그녀가 한숨을 내쉬며 내게 구두를 건넸다. 나는 고개를 내저었다.

"그래도 받으셔야 해요."

페리뇰은 내가 그것을 받아 들 때까지 권유를 멈추지 않을 생각인 듯 자꾸 들이 내밀었다.

"아니면 직접 방문하여 드릴까요?"

"제 명예와 진실함과 순결이 마치 부인의 것인 양 재촉하시네요. 저에 대한 존중은 어디로 사라진 거죠?"

"오, 너무 노하지 마세요. 그저 작은 제약일 뿐인걸요. 게다가 보통의 처녀라면 수치심을 이기지 못하고 결국 승낙하고 만답니다. 하지만 아가씨는 순결함을 그저 드레스에 매달린 브로치 정도로 여기는 것 같아요. 그래서 자꾸 이렇게 확인할 수밖에 없는 거예요. 자, 아쉽지만 이제 대화를 끝낼 시간이네요."

자택에 도착한 건지 마차가 멈췄다. 힐끗 고개를 옆으로 돌려 바라보니 비슈발츠가의 정문이 보인다. 페리뉼은 다시 내게 구두를 건넸다.

"아가씨의 명예를 가져가세요."

그러니 아니 가져갈 수 없었다. 정말이지 얄미울 정도로 되바라진 입술이다. 나는 마차에서 문을 열고 내리기 전 그녀에게 다시 물었다.

"참, 비트라이스 영식님의 진실한 신분이 궁금하군요. 그러니 전해 주시겠어요? 그것을 말해줄 때까지 제 마음은 변하지 않는다 말이에요."

백작가의 영애에게 아무런 거리낌 없이 하대할 수 있는 사람은 과연 몇이나 될까? 제국에 있는 사람들을 다 훑어도 손에 꼽을 정도일 테다. 무엇보다 후작과 공작의 직위를 가진 이 중 '비트라이스'라는 성을 가진 이는 없었다.

그러니 궁금하지 않을 수 없는 것이다. 가면 속에 숨겨진 진실 된 얼굴을.

페리뉼은 무척 당황한 표정이었다. 그녀는 내가 마차 문을 닫자마자 창문을 통해 고개를 내밀곤 무어라 외치려 했다. 그러나 은밀하게 들어야 하는 말인 듯 곧 입술만 달싹이더니 다시 안으로 쏙 들어가 버렸다. 그리고 바로 출발하는데, 나는 그것이 꼬리를 말고 허둥지둥 도망가는 거짓말쟁이의 최후처럼 보인다고 생각했다. 그래서 꽤 많이 우스웠다.

자정을 넘긴 시간이라 문을 열어주는 문지기의 표정은 졸음으로 가득 차 있었다. 그는 어쩐지 나를 보고 흠칫 놀라더니 몇 번이고 내게 말을 걸어 목소리를 확인하기까지 했다. 그러곤 갑자기 고개를 세차게 흔들어 대며 '내가 지금 꿈을 꾸는 건가?'라고 중얼거리는 것이다. 그 기괴한 행태가 어처구니가 없어진 나는 다시 한번 내가 시스에 비슈발츠임을 밝혀야 했다.

모두가 잠든 새벽이라 복도에는 내 걸음 소리밖에 안 났다. 그것이 비록 맨바닥에 살이 맞붙는 소리라 할지라도 평소보다 크게 울리는 건 사실이었다. 조심조심 걸으려 해도 치맛자락이 길게 쓸리기까지 하니 내가 온 집안사람들의 잠을 다 깨우는가 싶어 민망한 마음마저 들었다. 그렇게 내 방에 다 와 가는데 문 앞에 희미하게 웅크려 앉는 무언가가 있어 걸음을 멈출 수밖에 없었다. 하얀색 실크로 만든 잠옷을 입은 그것은 애써 눈여겨보지 않아도 누군지 쉽게 알아차릴 수 있었다.

세상에. 살다 보니 이런 광경도 다 보게 되는군.

나는 불편한 심기를 감추지 않고서 싸늘한 목소리로 물었다. 로에나가 왜 이런 꼴로 내 방문 앞에 쭈그리고 앉아 있었는지 이해할 수 없었다. 완벽한 귀족 소녀로서의 체면은 다 어디에 던져 버리고 이리 천민처럼 구느냔 말이다.

"여기에서 뭐 하고 있는 거니? 너무 늦은 시간이야."

로에나가 몸을 일으켜 나를 바라봤다. 그녀는 기이하리만치 우울한 표정으로 나를 보고 있었는데, 투명하게 부풀어 오른 눈동자는 그대로 건드리기만 하면 눈물을 흘러내릴 것 같이 아련해 보였다.

"언니, 아니, 시스에. 늦었네?"

"그래. 날 기다린 거니? 하지만 난 정말 많이 피곤하단다. 그러니 좀 비켜 주렴."

"멋진 가면이야. 시스에와 잘 어울려."

그녀의 말에 흠칫 놀란 나는 손을 들어 얼굴을 매만졌다. 우둘투둘한 가면의 느낌이 이제야 느껴졌다. 그래서 아까 문지기가 많이 놀랐던 거로군. 나는 가면을 벗어 구두와 함께 한 손으로 잡았다.

"시스에, 우리가 만난 지 몇 달이나 흘렀는지 알아? 그런데도 우린 처음보다 더 가까워지지 않았어. 그런데 너는 너무 바빠서 집에 잘 머무르지 않지. 있다 하더라도 나와 만날 시간은 없어 보여. 왜 의붓언니가 생겼음에도 난 예전과 달라진 게 없을까? 아니, 있기에 더 외로운 것 같아."

그동안 로에나가 넋두리를 하듯 중얼거렸다. 하지만 시선은 내게 향해 있었다. 그 칭얼거림에 가까운 투정에 기가 질린 나는 저를 지나쳐 방 안으로 들어가려고 했다. 하지만 로에나가 손을 잡음으로 인해 더 나아갈 수 없게 되었다. 정말이지 지긋지긋한 계집애가 아닐 수 없었다.

"난 시스에가 아프면 속상하고, 다른 사람이랑 어울리면 부러움과 외로움을 동시에 느껴. 다른 자매들처럼 함께하는 시간이 많았으면 좋겠는데, 시스에는 내가 없는 게 더 편한 것 같아. 지금 입고 있는 이 완벽한 드레스도 왜 나는 다른 사람들보다 늦게, 이제야 볼 수 있게 되는 거야?"

"무얼 말하고 싶은 건데? 내가 들어야 할 정도로 중요한 이야기니? 그렇지 않다면 듣고 싶지 않아."

"아니, 이건 시스에가 들어야 해. 우린 대화가 필요하다고."

"그래서 이런 모습으로 날 기다린 거니? 예의에 어긋난 행동이구나. 하고 싶은 말이 있으면 오후에 다시 찾아오렴. 티타임 정도는 열어줄 수 있단다."

"……그렇다고 해서 나와 같이 차를 마셔 주려는 건 아니잖아. 회피하지 마."

나는 이제 슬슬 짜증이 날 것만 같았다. 그래서 내 손목을 잡은 로에나의 손을 강하게 뿌리쳤다.

"그래, 알겠어. 말해보렴. 그 대화라는 걸 해보자는 거야. 주제가 뭔데?"

"……고모님이 느뮤즈 쪽에 모임을 자주 가지셔. 그 모임에 같이 참석하지 않을래? 자매로서 함께 말이야."

마담 드 라발리에의 느뮤즈 모임이라면 현재의 그녀를 지탱하는 사교계의 인맥이 아니던가. 과거의 나에게도 현재의 나에게도 허락되지 않은, 진정한 귀족들의 사모임 말이다. 저번부터 종종 로에나를 데리고 다니더니, 이번에도 또 초대장을 보내온 모양이다. 이는 로에나를 확실하게 자신들의 무리에 받아들이겠다는 소리다. 마담 드 라발리에의 뒤를 이어 그 모임을 주도할 후계로 그녀를 점찍었다는 말과 다름없었다.

로에나는 그 모임에 오롯이 '비슈발츠'라는 이름을 달고 간다. 이것은 이 가문의 아가씨가 저 혼자뿐이라는 것을 의미하는 것과 마찬가지였다. 그렇지 않았더라면 더 나이 많은 내게로 왔을 테니 말이다. 그걸 알면서도 묵묵히 모임에 참석한 그녀가 아니던가. 갑자기 무슨 바람이 불어 함께 나가자 말하는지 모를 일이었다. 왜, 비슈발츠에 다른 계집애도 있다 떠들어 댈 요량으로? 기가 차지도 않다. 나는 코웃음을 치며 비꼬듯 물었다.

"왜, 초대장에 내 이름 한 자라도 적혀 있었니?"

"그건 아니야. 하지만 시스에, 난 우리가 함께하는 시간이 있었으면 좋겠어. 그래서 말하는 거야."

"그래? 대신 내가 고모님의 화를 사게 되겠지. 내가 너를 위해서 그걸 감수해야 하니? 그리고 그 모임이 나와 어울릴까? 아무도 그렇게 생각하지 않을걸."

"그렇게 말하지 마. 그럼 어떻게 해야 하는데? 나만 느끼는 거야? 우리가 점점 더 멀어지고 있는 것을. 제발 말 좀 해봐. 내가 여기서 더 뭘 어떻게 해야 하는지 모르겠단 말이야. 블랜의 일도 네 뜻대로 해주었잖아. 그런데 왜 내게 아무런 말도 해주지 않는 거지? 친자매가 아니어서 이렇게 어려운 거야? 황궁이니, 스캔들이니…… 난 항상 다른 사람의 입을 통해 들어. 내가 그렇게 못 미더워?"

"아니라고 말한다면 믿어주겠니?"

"시스에, 네가 너무 멀어 보여."

"그래서 내가 어떻게 해줘야 하는데? 제발 나에게 네 감정을 떠넘기려 하지 말아줘."

나는 손에 들고 있던 사슴 가면을 그녀의 얼굴에 씌운 채 날카로운 목소리로 중얼거리듯 말했다.

"대신 이걸 쓴 채 네 목소리를 들어 보렴. 아이처럼 징징대는 게 얼마나 불편하게 들리는지 느껴 보란 말이야."

로에나는 잠시 가면을 쓴 제 모습에 놀란 것인지 침묵했다. 나는 잠시의 정적이 마음에 들어 조금이라도 빨리 저 가면을 씌울 걸 그랬다고 후회했다. 어쨌든 그녀를 조용히 하게 만들었으니 즐거운 마음으로 방에 들어갈 수 있을 것 같았다.

"연민과 동정을 바라지는 않아. 하지만 조금이라도 공감해 줄 수 없는 거야?"

"좋아. 말해줄게."

나는 그녀를 쫓아버리기 위해서 아무런 말이라도 지껄여야 할 필요성을 느꼈다. 그래서 아무런 말이나 주워 담았다.

"난 네가 못 미더워. 왜냐고? 이렇게 어리광을 피우는데 무슨 이야기를 나눌 수 있겠어? 지금도 그렇잖아. 그러니까 제발 내가 방 안에 들어갈 수 있도록 아량을 베풀어줄래?"

본디 다른 말을 해야 했음이 옳았다. 하지만 뜻밖의 상황에서 그녀를 만났다는 짜증에 제정신이 아니게 된 나는 그녀를 자극하는 말을 내뱉는 실수를 저지르고 말았다. 비트라이스 영식에 대해 생각하느라 쥐가 난 머리가 제대로 된 사고를 하지 않은 탓이다. 영원히 마고에게 매달리는 어린아이로 만들려 했던 처음의 의도가 완벽하게 비틀어지는 순간이었다.

로에나는 침묵했다. 나는 그 침묵이 긍정의 대답이라 생각하고 그대로 문을 열고 들어갔다. 그녀는 방문이 닫히는 순간까지 가면을 쓴 채우두커니 서 있었다. 나는 서서히 닫히는 문틈 사이로 로에나의 몸이 떨리는 것처럼 보인다 생각했지만, 금세 잊어버렸다. 그리고 눈곱을 채 떼지 못한 채 힘겹게 일어난 마리들의 시중을 받아 옷을 갈아입은 후 침대로 기어들어 갔다. 순식간에 밀려들어 온 수마는 모든 것을 깨끗하게 지워 버렸다. 페리늄도, 비트라이스 영식도, 로에나도 말이다.

이후 새벽의 일이 환상이라고 말하듯 로에나는 꽤 태연한 모습으로—그러니까 식사할 때 마주하면—나를 대하거나 대화를 하지 않으려는 듯 입을 다물었다.

마리는 로에나가 갑자기 마고에게 데면데면 구는 것 같다며 의아하다 말했다. 어머니는 로에나가 티타임을 찾아오는 빈도가 낮아졌다며 크게 걱정했다. 당신이 싫어진 게 아닌가 싶어 겁먹은 것이다.

나는 그런 어머니를 달래며 곧 모든 것이 좋아질 거라 안심시켰다. 그리고 마리에게는 로에나에 대한 이야기를 하지 말아 달라 명령했다. 샤토루와 접촉할 기회를 다시 만들어야 하는 나로선 그녀에 대해 신경 쓸 여력이 조금이라도 없었다.

하지만 며칠이 지나 사색이 된 표정으로 내게 달려온 마리로 인해 나는 로에나에 대해 신경을 쓸 수밖에 없었다.

"아가씨, 들으셨어요? 황후 폐하께서 로에나 아가씨께 초대장을 보내셨어요. 그것도 다른 귀족 아가씨들이 함께 모이는 티타임에 말이에요."

나는 벌떡 자리에서 일어나 로에나가 있는 곳으로 향했다. 그녀는 양부와 어머니와 함께 황실에서 날아온 초대장을 보며 이야기꽃을 피우고 있었다. 그러다 내가 들어서자 눈꼬리를 반달처럼 깊게 휘며 방긋 웃었다.

"오, 시스에. 이걸 보렴. 황실에서 온 초대장이란다."

어머니가 자리에서 일어나 내게 황실의 직인이 찍힌 초대장을 보여 줬다. 당신의 얼굴은 기쁨으로 가득 차 있었다. 나는 그것을 흘깃 쳐다

보고는 로에나에게 다가가 물었다.

"고모님이니?"

"그래. 도움을 주셨어."

그녀는 순순히 인정했다. 동시에 자랑스럽다는 표정을 감추지 않은 채 나를 바라보았는데, 내 생애 그토록 역겨운 얼굴은 또 처음이었다. 어머니 또한 자랑스럽다는 듯 무어라 떠들어 댔다. 그러나 애석하게도 내 귀에 들어온 건 하나도 없었다. 있을 수 없는 현실을 부정하며 불안해하는 자신을 감춰야 했기 때문이다. 돌아오기 전의 로에나는 느뮤즈의 모임에 참석했지만 단 한 번도 황후를 만난 적이 없었다. 그녀가 주최하는 티타임은 물론이고, 주변 사람들의 도움을 받아 무도회에 가기 전까지 황실에 발조차 들이 내밀지 못했다.

그런데 황궁에서 초대가 왔다고? 황후와 티타임을 갖는다고? 무언가 잘못되고 있다. 잘못되어도 단단히 잘못되고 있었다. 이건 내가 알고 있는 미래가 아니다. 그런데 왜, 갑자기?

하지만 이에 대해 대답을 해줄 수 있는 이는 아무도 없다. 그저 멍하니 현실을 부정할 뿐 할 수 있는 일이라곤 아무것도 없었다. 끔찍한 일이지만 말이다. 그렇게 충격으로 인해 우두커니 서 있는 내 귓가로 로에나의 목소리가 흘러들어 왔다.

"더는 어리광 피우지 않아. 그러니까 시스에, 가면을 쓴 내 목소리가 듣기 싫지 않을 때가 되었을 때 나와 함께 있어줘. 열심히 노력할게."

나는 바들거리는 입술을 달싹여 억지로 웃었다.

"기대할게."

다시금 끔찍한 악몽이 밀려오고 있었다.

류스테윈 할버드

If I have lost confidence in myself, I have the universe against me.

나 자신에 대한 자신감을 잃으면, 온 세상이 나의 적이 된다.

랄프 왈도 에머슨.

    나의 아버지인 페르디안 할버드는 매우 완고한 기사다. 아버지는 할버드라는 기사의 가문에 태어난 것을 퍽 자랑스러워했으며, 비슈발츠 백작가의 가신 가문으로서 주군을 섬길 수 있다는 사실을 행복해했다. 아버지는 검과 기사도에 관한 한 양보하는 법이 없었다. 할버드가의 사내로 태어났으면 응당 검을 잡아 기사가 되어야 한다 생각했다. 그래서 당신은 우리 형제가 걸음마를 떼기도 전 목검을 쥐여 주며 검을 휘두를 것을 종용했다.

    불행하게도 내 첫째 형님은 유약한 성품을 가진 이로 체구 역시 또래보다 매우 작았다. 그는 검을 휘두르는 것보다 책을 읽고 시를 쓰는 것을 더 좋아했다. 무엇보다 검을 한번 휘두르고 나면 수일을 꼬박 앓게 되는 빈약한 체력을 가진지라 훈련에 임할 수 없었다. 아버지는 기사 가문의 장자가 검을 쥘 수 없는 나약한 사내라는 사실에 크게 실망했다.

둘째 형님은 첫째 형님보다 강건한 체력을 타고났으며 끈기가 있고 인내력이 좋았다. 그는 매우 성실한 사내로 날마다 훈련에 매진하며 검술을 닦는 것을 게을리하지 않았다. 하지만 안타깝게도 둘째 형님의 검에 대한 자질은 형편없었다. 기초는 누구보다 튼튼하게 잡혀 있었지만 적을 상대할 때의 요령이나 위급 상황 때 발휘해야 하는 전투적인 촉이 타인보다 현저히 떨어졌다. 아버지는 그런 형님을 가리켜 노력형 둔재라 했다. 그러면서 그를 일러 일반적인 기사는 될 수 있어도 '할버드'라는 이름에 걸맞은 자는 되지 못할 거라 혹평했다.

페르디안 할버드, 나의 아버지는 욕심이 없는 소탈한 성품을 가진 분이지만 '검'에 관련해서는 세상 그 누구보다 탐욕스러운 사람이었다. 그는 가문의 피를 이은 삼 형제 중 두 명이 할버드가의 이름을 가질 수 있는 기사의 자격에서 탈락하자 나에 대해 집착에 가까울 정도의 기대를 했다. 다행히 나는 형님들보다 더 뛰어난 체격과 힘을 가졌으며 검에 관련한 그 누구보다 완벽한 재능을 가지고 있었다. 무엇보다 나는 형님들과 달리 검을 무척 좋아했다.

아직도 기억한다. 아밍 소드(Arming sword)를 처음 만난 그때를 말이다. 일곱 살 생일이 멀지 않았을 무렵, 갑자기 내 방을 들어온 아버지가 진지한 목소리로 내게 물었다.

"검이 좋으냐?"

그즈음 나는 매일같이 유모를 졸라 연무장으로 산책하러 나갔으며, 검술을 배우는 형님들을 구경하는 것으로 대부분의 시간을 소비하고 있던 터였다. 연무장은 어린 내가 출입하기에 매우 위험한 장소였지만 나는 기사와 검술, 특히 그들이 휘두르고 있는 진검인 '아밍 소드'에 완벽하게 매혹되어 있었다. 칼끝으로 갈수록 폭이 좁아지는, 아몬드형 단면의 늘씬한 검 체는 어린 나의 마음을 완벽하게 사로잡았다. 햇빛에 반사되어 흩뿌려지는 빛의 잔상도 나를 두근거리게 만드는 요소 중 하나였다.

"검을 배우고 싶으냐? 원한다면 지금이라도 당장 검을 잡게 해주마."

돌이켜 생각해 보건대, 이 시기의 아버지는 형님들에 대한 기대를 접었던 것 같다. 가망이 없는 상대에게 매달리기보다는 류스테인 할버드라는 최후의 수단에 집중하여 활로를 되찾으려 한 것이다. 결과적으로 아버지의 선택이 옳았다. 나는 당신의 욕망을 충족시키기에 부족함이 없는 상대였고, 어느 부분에서는 아버지를 뛰어넘기까지 했다. 검에 대한 나의 재능은 실로 대단하여 부단히 노력하지 않아도 다른 이의 검을 쉽게 파훼할 수 있었으며, 기이하리만치 남들이 가고 싶어 하는 경지에 쉽게 도달했다.

그래서일까? 검을 배운 지 일 년이 채 되지도 않아 '천재' 소리를 듣게 되었다. 아버지는 그런 나의 실력에 크게 흡족해했다.

"네가 진정한 '할버드'로구나."

사실 귀족가의 소년들이라면 7~8년의 세월을 소비하여 검을 배우게 된다. 스승으로 모실 기사 혹은 주군이 될 가문에 들어가 페이지

(Page)라는 신분에 속한 채 온갖 자질구레한 허드렛일을 도맡아 하는 것이다.

그러나 나는 이례적일 정도의 혜택 속에서 바로 검을 잡았고, 4~5년도 채 되지 않아 기사의 신분으로 비슈발츠가에 들어갔다. 이것은 파격에 가까운 일로 한동안 사교계에선 나의 기사 임명에 관한 것으로 매우 시끄러웠다 한다.

하지만 내 스승 기사는 아버지인 '페르디안 할버드'였고, 아버지는 여러 가문에 속한 기사 중 검술적인 능력으로는 손에 꼽힐 정도로 유명한 사람이었다. 그리고 나는 그런 아버지를 능가할 정도의 재능을 타고났다 여겨지는 자였다. 그렇기에 비슈발츠 백작은 나를 견습 기사로 임명하는 것을 주저하지 않았고, 오히려 그것을 당연하게 생각했다. 사람들이 나를 가리켜 제국의 역사상 최연소로 나이트 배너렛(Knight banneret: 상급 기사)이 될지 모른다고 말하는 것도 무리는 아니었다.

그러나 모두가 오해하고 있는 것이 있는데, 내가 기사의 작위를 받을 수 있었던 건 단순히 검술의 천재라는 이유 때문은 아니다. 피로 물든 손 때문이었다. 비슈발츠가에 첫걸음을 내디뎠을 무렵 이미 내 검은 적의 피로 인해 흠뻑 젖어 있었고, 발은 타인의 피륙으로 인해 질척이고 있었다.

첫 살인을 했을 때를 기억한다. 검을 배운 지 겨우 일 년 반, 천재라는 소리에 혹해 스스로에 대한 자신감이 넘쳐흐르고 있을 무렵이었다. 할버드가가 주군으로 모시고 있는 비슈발츠 백작가는 영지를 소유하고 있지만 주로 상업에 관련된 일로 가문을 꾸려 가는 곳이다. 비슈발츠 백작은 상업에 관련한 천부적인 재능을 타고난 자로 자신의 대에 이르러 가문을 더욱 부흥시키고 있었다. 그는 귀족들이 사용하는 진귀한 물건들을 주로 취급하였는데, 사교계에 들어가는 모든 사치품이 비슈발츠가의 상선을 이용했다 해도 과장이 아니었다. 그 때문에 비슈발츠가는 종종 도적들의 표적이 되곤 하였다.

아버지는 비슈발츠가에 속한 기사라 도적 떼를 소탕하는 것에 많은 시간을 보냈다. 그는 도적을 많이 죽이면 죽일수록 기사적인 공이 높아지며, 백작의 신임을 받을 수 있다는 것을 알고 있었다. 그래서 페르디안 할버드, 나의 아버지는 나를 '스콰이어(Squire:견습 기사)'로 가장하여 함께 전투에 참여할 것을 요구했다.

눈을 감으면 아직도 생생하다. 홍안이 채 가시지 않은 어린 소년을 깔보고 비웃으며 조롱하던 그들의 시선이 말이다.

"스콰이어라고? 말도 안 돼. 할버드 경은 대체 무슨 생각을 하는 거지? 여긴 교육장이 아니라고. 실제 전투가 이루어지는 전장이란 말이야."

사람들의 입은 잔인했다. 그들은 눈에 보이는 것만으로 나를 판단했으며, 더 나아가 아버지에 대한 불신을 내비쳤다. 저들에게 있어 나라는 존재는 할버드가의 후광을 믿고 작위를 받으려 발버둥 치는 쭉정이였다. 그렇기에 그곳에 자리한 수많은 기사는 물론 다른 스콰이어까지도 내가 검을 잡을 수 있는지에 대해 의구심을 품었다. 그것은 내가 첫 살인을 했을 때까지 지속하였다.

불행히도 아버지는 이번 전투에서 내가 그 누구보다도 그럴듯한 모습을 보여 주기를 원했다. 당신은 할버드가에 나라는 천재가 있음을 모두에게 자랑하고 싶어 안달하는 것처럼 보였다. 그렇기에 아버지는 전투 내내 한 소년의 친부가 아닌 페르디안 할버드 경으로서 나를 다루었다.

아아, 나의 아버지는 생애 처음으로 맞이한, 생사를 건 전투에 내가 어떠한 감정을 가졌는지 어떠한 생각을 품고 있는지 전혀 고려하지 않고 있었다. 그것은 나에게 있어 커다란 부담으로 다가왔다.

몸은 기억한다. 눈은 떠올린다. 머리는 간직한다. 손은 여직 그때의 감촉을 생생하게 담고 있다. 나를 향해 소리를 지르며 달려들던 도적을 말이다. 그는 얼굴에 난 칼자국으로 인해 험상궂어 보이는 사내로 사뭇 살기등등한 모습을 보이고 있었다. 사내는 괴성을 지르며 내게 달려들었는데, 그의 검은 사람을 죽이기 위한 것으로 그 목적이 확실하였다.

살인에 대한 기대로 밝게 달아오른 눈동자와 잔혹한 웃음이 매달린 입꼬리는 나의 죽음을 확신하는 것처럼 보였다. 실제로 나는 처음 맞이하는 타인의 살기에 놀라 몸을 움직이지 못했으며 그에게 두려움을 느끼고 있었다. 내가 살아남을 수 있었던 것은 그동안의 훈련이 몸에 배어 있었기 때문이다. 살고자 하는 본능과 전투에 관련하여 천부적으로 타고난 감각이 이번을 계기로 폭발하듯 깨어나 상대의 목을 찌른 것이다.

푸욱.

살갗을 찌르는 소리가 귀를 헤집었다. 손에 와 닿는 기이한 느낌은 몸서리쳐질 만큼 끔찍하였다. 그것은 일반적인 대련과 달랐다. 검신을 타고 흐르는 피와 코끝을 찌르는 혈 향. 검에 꿰어 바르작거리는 신체는 악몽과도 같았다. 입에 거품을 문 채 까무룩 뒤집힌 눈으로 벌벌 떠는 도적의 육신은 그 자체만으로 공포였으며 세상이 무너질 것 같은 충격을 선사했다. 그때만큼은 모든 것이 멈춘 듯 정적에 휩싸여 있었다.

도적은 비틀거리며 끄르르 가래 끓는 신음을 내뱉었다. 허공을 향해 더듬더듬 뻗어 가는 그의 손은 보이지 않는 허상을 잡으려는 듯 허우적거리고 있었다. 그는 한동안 바르작거리다 내 검의 날을 붙잡았다. 손마디 사이로 피가 흐르는데도 고통을 느끼지 못하는지 가쁜 숨을 몰아쉬며 나를 노려보는 모습에 소름이 쫙 돋았다. 원망으로 일그러진 눈은 '살인자'라고 말하는 듯했다.

두려웠다. 무서웠다. 이대로 있으면 같이 나락으로 빠질 것 같아 진
저리치듯 몸을 비틀며 목에 박힌 칼을 빼려고 하였다. 하지만 그의 목
에 박힌 검날은 쉽사리 빠지지 않았다. 이대로 같이 진창에 빠질 것 같
은 두려움에 지친 나는 발을 들어 그의 몸을 걷어찼다. 처절한 비명이
여기저기서 울려 퍼졌다.

'살려 줘, 살려 줘! 제발 그만해!'

나는 귀를 막으며 몸을 굽혔다. 동시에 먹은 것을 게워 냈다. 사시나
무 떨듯 온몸을 떨어 가며 토하고 또 토했다. 타인의 살과 피 속에서 쑤
욱 올라오는 검의 느낌은 구역질이 날 만큼 더러웠다.

나는 치밀어 오르는 토기를 참지 못하고 그대로 바닥에 모든 것을 게
워 냈다. 하지만 주변은 나를 가만히 놔두지 않았다. 동료의 복수를 하
겠다며 덤벼든 이가 태반이었다. 그렇기에 충격으로 인해 주저앉을 새
가 없었다. 무엇보다 내 마음에서는 사람을 죽였다는 두려움보다 그렇
게 죽고 싶지 않다는 욕망이 더 컸다. 그래서 미친 듯이 움직이며 칼을
휘둘렀고, 나를 향해 짓쳐 드는 적들을 무참하게 찌르고 베었다. 정신
을 차렸을 때 내 주변에는 산더미와 같은 시체가 쌓여 있었다.

전투는 비슈발츠가 기사들의 승리로 끝이 났다. 몇몇의 기사만이 눈
먼 칼에 맞아 경미한 부상을 입었을 뿐 거의 압승에 가까웠다. 한낱 도
적 떼에 불과한 자들에게 질 기사들이 아님을 생각한다면 당연한 일이
었다.

"네가 자랑스럽다."

아버지는 피가 잔뜩 묻은 손으로 내 뺨을 어루만지며 진심으로 기뻐
했다.

사람들은 나를 향해 다시 보았노라 말하며 경탄에 가까운 시선을 보

내었다. 어깨를 가볍게 두들기며 친근한 미소를 보내는 자도 있었다.

"아버지, 저는⋯⋯."

"이제 아무도 너를 무시하지 못할 게다. 그래. 이로부터 사람들은 류스테윈 할버드, 너라는 검의 천재가 있음을 알게 될 것이다."

두려웠다는 말을 하고 싶었다. 사람을 죽이는 게 무서웠다 말하고 싶었다. 하지만 자랑스러워하는 아버지를 보니 나약한 모습을 보일 수 없었다. 그래서 치밀어 오르는 감정을 꾹꾹 눌러 담고 억지로 삼켰다. 위가 짜르르 아파 오며 두통이 일었지만, 나는 그 누구보다 의연해야 할 필요가 있었다. 나에 대한 아버지의 기대가 얼마만큼 큰지 알고 있었기에 당신을 실망시키고 싶지 않았다. 무엇보다 나는 류스테윈 할버드로서 당신을 기쁘게 할 의무가 있었다.

비슈발츠 백작은 내가 쌓은 전공을 매우 기꺼워하며 크게 반겼다. 그는 먼저 아버지를 크게 칭찬하는 것으로 아버지를 자랑스럽게 만들었고, 나를 비슈발츠가의 최연소 기사로 임명함으로써 모두를 놀라게 만들었다.

내 또래의 소년들이 이제 겨우 페이지에서 벗어나 '스콰이어'가 되고 있음을 감안할 때 매우 파격적인 임명이 아닐 수 없었다. 나와 같이 전투를 벌였던 사람들은 이 상황을 반기며 주군께서 현명한 결정을 내렸다고 입을 모았다. 하지만 대부분의 기사, 특히 이제 갓 나이트 배철러 (Knight bachelor)가 된 자들은 이러한 인사에 불만을 표하며 못마땅해 하고 있었다. 그래서 대련을 핑계로 자주 시비를 걸었다.

사실 이즈음의 나는 살인에 대한 악몽으로 인해 잠을 거의 이루지 못하고 있었다. 겉으로는 의연한 척 굴었지만 몸 상태는 나날이 최악으로 변하고 있어 눈을 감는 게 무서웠다. 해가 지는 게 두려울 정도였다.

내가 죽인 이들이 악령이 되어 밤마다 나를 찾아왔다. 그들을 향해 소리를 지르며 발악하거나 기도문을 외워 죄를 참회해 보았지만 별 소용이 없었다.

상황은 점점 최악으로 치달았다. 잠을 제대로 자지 못하니 체력이 형편없어졌고, 검을 지탱해 줄 힘이 나지 않으니 다른 기사와의 대련에서 지기가 일쑤였다. 최연소 기사라는 이름이 무색하리만치 형편없는 모습을 보여 모두의 비웃음을 샀다. 아마 나를 찾아온 둘째 형님이 아니었더라면 나는 그 길로 무너져 다신 일어나지 못했을 것이다.

"고민이 많아 보이는구나."

"형님."

아버지를 만나러 왔다고 말하며 웃음 짓고 있지만, 실상 나를 만나러 먼 길을 찾아온 것이 분명한 형님이었다. 나에 대한 소문이 할버드가에 퍼졌는지 마주하는 형님의 얼굴은 나에 대한 안쓰러움으로 가득했다.

"꼴이 말이 아니구나. 내가 아는 동생은 어디로 가고 곧 죽을 것 같은 병자가 서 있나 모르겠다. 그래, 와 보니까 너보다 더한 천재가 많더냐?"

"그런 것 때문은 아닙니다."

"그럼 무엇 때문이야? 류스, 나는 네가 짊어지고 있는 짐의 무게를 상상할 수 없다. 아버지의 기대가 얼마만큼 무거운지 또한. 이 못난 형 때문에 네가 고생하는구나. 내게 재능이 있었더라면 네가 이렇게 힘겨운 길을 홀로 걸어가지 않았을 테지."

"형님께서는 아우가 밉지 않으십니까?"

"무엇이? 그저 자랑스럽기만 한걸. 다만 네가 좀 더 속내를 밝힐 줄 아는 아이였더라면 좋았을 거라 생각할 따름이지. 류스. 사람들은 천재를 가리켜 타고난 능력을 가진 행운아라 한다. 하지만 나는 그렇게 생각하지 않아. 천재란 거대한 인내의 산물일 뿐이야. 그리고 그 인내 속에는 자신감과 결망이 뒤섞인 간절한 무언가가 있어. 네가 무엇 때문에 지금 괴로워하는지 나는 잘 모르겠다. 네 고통을 덜어줄 수 있다고 감히 장담할 수도 없구나. 하지만 나는 그저 보고 싶을 뿐이다. 우리에게 가장 자랑스러웠던 때의, 검을 쥐면 누구보다 찬란하게 빛났던 때의 너를. 그리고 기억하렴. 많은 사람이 너를 걱정하고 있어. 특히 어머님이 말이다."

사람들은 종종 나를 둘째 형님과 비교하곤 했다. 그들은 동생보다 못한 형님의 자질을 비웃으며 자신들의 조롱을 의연하게 웃어넘기는 당신을 반문이라 표현했다. 하지만 나는 안다. 아무렇지 않은 척 행동하는 형님의 마음속으로 얼마나 많은 눈물이 흐르고 마르기를 반복했는지.

사실 형님도 사람일진대 당신을 비참하게 만드는 내가 증오스러울 정도로 밉지 않다면 거짓말일 것이다. 하지만 형님은 그것을 인내로 견뎌 냈다. 나에 대한 애정으로 참아 냈다. 그는 자기애가 누구보다 강한 사람이며 자존심 또한 그 못지않게 넘쳐 나지만 증오의 대상을 구분할 줄 아는 분별력이 있었다. 그래서 나는 형님을 존경했다. 레스퓌토 할버드, 나의 둘째 형님은 존중받아 마땅한 사내였다.

사실 둘째 형님의 말은 살인한 것에 대한 면죄부가 되지 못한다. 그럴 수도 없고 말이다. 하지만 악몽을 이겨 낼 힘을 주기에 충분했다. 나는 당신의 말에 안정을 얻었고, 스스로에 대한 정체성을 되찾을 수 있었다. 마음이 평온해지니 더는 악령에 휘둘리지 않게 되었다. 자연 모두가 우러르던 실력이 돌아왔다.

나는 나날이 승승장구했다. 기사들 간의 대련은 물론이고 귀족들 간 자존심을 건 기사단 대결에서도 늘 승리했다. 이 제국에서 검으로써 나를 꺾을 수 있는 자는 몇 되지 않았다.

그래서일까? 사람들은 내가 서른이 되기 전에 제국 제일의 기사가 될지 모른다고 칭송했다. 비슈발츠가에 기사로 들어간 지 6년이 될 즈음에는 제국의 모든 사람이 나를 천재라 추켜세우며 류스테윈 할버드 야말로 비슈발츠가를 대변하는 검이라고 말했다. 조롱하고 비난하던 모습은 어디로 사라졌는지, 모두가 나를 향해 미소 지었다. 적어도 비슈발츠가 안에서만큼은 나를 싫어하는 사람이 없었다.

본디 기사란 검만 잘 쓴다고 해서 되는 게 아니다. 주군의 검으로서 품위를 유지하며 스스로에게 주어진 덕목을 잘 지켜 신실하게 생활해야 비로소 참된 기사가 될 수 있었다. 충성과 신앙, 겸허, 용맹, 사랑, 관용, 그리고 약자에 대한 보호. 나의 아버지인 페르디안 할버드는 그 누구보다 기사의 덕목에 충실한 사람이었다.

아버지는 비슈발츠 백작에게 충성하며, 그의 딸인 로에나 영애를 숭모했다. 그러면서 나에게도 기사의 명예를 갖춰 살아갈 것을 종용했다. 그런고로 나는 비슈발츠가에 들어오기 전까지 모든 기사가 아버지와 같은 숭고한 아름다움을 가진 고결한 자들인 줄 알았다.

하지만 그것은 나의 착각에 불과했다. 내가 만난 기사들은 검만 잘 다룰 뿐이지 생각과 행동은 저들이 얕잡아 보는 평민이나 하인과 다를 바 없었다. 아니, 뒷골목의 무뢰배보다 더한 자도 있었다. 이는 백작에 대한 충성심으로 뒤덮기에 너무나 천박하였으며 난폭하기까지 했다. 겸허와 존중은 둘째 치고 약자에 대한 보호를 요구하기엔 평민이나 농노를 경멸하는 행태가 많았다.

시스에 드 비슈발츠는 이들에게 있어 꽤 구미에 맞는 먹잇감이었다.

어제만 하더라도 거리를 뛰어놀던 소녀가 한순간에 자신들이 모셔야 할 레이디가 된다니, 이를 불쾌히 여기며 기분 나빠 하는 자가 대부분이었으니까. 저들이 생각하는 귀족 영애란 운이 좋아 얼떨결에 작위를 얻는, 그런 천박한 여인이 아니었다. 날 때부터 고귀한 핏줄을 타고난 자로 함부로 범접하지 못할 우아함을 가지고 있어야 했다. 로에나 드 비슈발츠처럼 말이다.

나는 시스에 영애를 마주하기 전부터 그녀의 이름을 꽤 오랫동안 들었다. 나와 함께 검을 연마하는 기사도, 내 시동인 펠도, 심지어 복도를 걸어가는 하녀들까지도 죄다 그녀의 이름을 거론하며 수군거렸기 때문이다.

그들이 하는 대화의 대부분은 험담에 가까웠다. 사람들은 백작가의 부인이 되실 영애의 어머니를 거론하면서 그녀까지 함께 비웃었다. 주군을 유혹하여 백작가 안주인의 자리를 차지한 여인의 딸이니 그 천박함이 이루 말할 수 없을 거라 조롱했다. 로에나 영애에 대한 동정론은 부가적인 것이었다. 모두가 이렇게 한마음이 되어 한 사람에 대해 적의를 내세우는 게 과연 가능한 일인가 싶어 놀라울 정도였다. 하지만 그들은 그것을 가능하게 만들었다. 아니, 그것에 그치지 않고 끊임없이 로에나 영애와 비교하며 낄낄거렸다. 이는 주군인 비슈발츠 백작에 대한 불경이었지만, 아무도 그것을 지적하지 않았다. 나는 그 사실이 못내 불쾌했다.

누군가와 끊임없이 비교되는 삶은 어떤 기분일까? 아마 지옥과 같을 것이다. 넘을 수 없는 벽을 만나 본 적이 없기에 좌절이 무엇인지 모르고, 그렇기에 누구를 원망하는 마음을 감히 품을 생각조차 하지 못한 나라도 둘째 형님이 느꼈어야 할 고통이 어느 정도인지 짐작 정도는 할 수 있었으니까. 하물며 당사자임에 어떠하랴.

다행히도 둘째 형님은 이 모든 모욕을 의연하게 견뎌었고, 지금도 여전히 잘 버티고 있었다. 그래서 나는 그를 존경하였고, 사냥과 같은 모임에서 첫째 형님보다 더 공경하는 태도를 보였다. 그렇기에 사람들은 뒤에서 둘째 형님을 놀릴지언정 감히 내 앞에서 그를 조롱하는 언사를 보이지 못했다.

시스에 영애도 그럴 것이다. 그녀 역시 둘째 형님이 맛본, 그리고 맛보고 있을 고통스러운 시간을 경험하고 있을 터였다. 하지만 그녀는 둘째 형님과 달랐다. 나는 그것을 첫 만남, 그러니까 정원에서 울고 있는 것처럼 보이는 그녀를 발견했을 때부터 익히 짐작할 수 있었다.

사실 나는 그때까지만 하더라도 시스에 드 비슈발츠에 대해 아무런 생각을 가지고 있지 않았다. 주군인 비슈발츠 백작이 내린 결정이므로 존중하여 따라야 한다는 마음만 가지고 있었을 뿐이다.

그러나 아무도 없는 정원의 한구석, 타인의 눈에 띌세라 몸을 잔뜩 움츠린 채 앉아 있는 그녀를 보았을 때 무어라 형언할 수 없는 기묘한 감정을 맛보았다. 그것은 동정이었다.

둘째 형님인 레스퓌토 할버드는 기사도를 아는 기사다. 그는 검을 연마하면서 인내를 배웠고, 적절한 교육을 통해 감정을 조절하여 이겨 내는 법을 터득했다. 어떤 면으로 보았을 때 그는 나보다 더 강인하고 잘난 면모를 가지고 있었다. 하지만 시스에 영애는 다르다. 그녀는 이제 막 귀족의 세계에 입성한 가녀린 소녀로 악의에 대처하는 방법을 배우지 못하였다. 그렇기에 그녀가 할 수 있는 일이라곤 이렇게 숨어서 감정을 추스르는 것뿐일 테다.

나는 시스에 영애에게 다가가 손수건을 내밀었다. 이것은 레이디에 대한 숭배나 약자를 보호해야 한다는 기사의 덕목을 지키기 위해서라기보다는 그저 충동에 가까웠다. 나는 형님과 동일한 처지에 놓인, 그러나 그보다 더한 약자인 그녀를 안쓰럽게 여기지 않을 수 없었다.

처음으로 마주한, 소문이 자자한 시스에 영애는 생각보다 꽤 놀라웠다. 며칠 전만 하더라도 평민에 불과했을 그녀일 텐데 손수건을 받는 작은 행동에서부터 기품이 느껴졌다. 그뿐만 아니라 답례하는 말이나 그로 인해 자연스럽게 흘러나오는 태도가 로에나 영애 못지않았다.

꽤 아름다운 소녀였다. 놀라움으로 인해 동그랗게 떠진 눈동자는 그의 빛나는 외모에 있어 아무런 흉이 되지 않았다. 오히려 낯선 기사에 대한 두려움으로 처연하게 떨리는 눈동자가 시선을 사로잡고 있었다. 부끄러움을 느낀 것인지 시선을 회피하는 태도나 나에게 건네받은 손수건을 꼭 붙잡는 행동은 모두가 그토록 입 모아 조롱하던 천박함과 거리가 멀었다.

"방금 전의 모습은 잊어주시길 바랍니다. 부탁드려요".

그녀는 벌써부터 슬픔을 삼키는 방법을 터득한 것 같았다. 무엇보다 타인의 시선을 의식하여 남들의 입에 오르내릴 만한 일을 감추려 노력하는 모습이 퍽 가엾었다. 아마도 그래서였을 것이다. 손수건을 돌려주지 않아도 된다는 말을 충동적으로 내뱉은 것이.

나는 다정한 성품을 지니고 있지 않으므로 이러한 상황에 처한 이들을 어떻게 위로해야 할지 몰랐다. 둘째 형님만 하더라도 공경에 가까운 예를 취하는 것으로 그의 자존심을 세워 주는 것에 그치고 있을 뿐이다. 그런고로 시스에 영애에 대한 위로가 어렵게 느껴졌다. 무어라 말을 해주고 싶었지만, 큰 실례처럼 생각되었다.

정원에서 시스에 영애를 만난 그다음 날 그녀로 인해 로에나 영애가 아버지인 백작에게 크게 혼이 났다는 소문이 돌았다.

"시스에 아가씨가 로에나 아가씨께 하녀를 달라고 졸랐다고 하네요. 그곳에 있었던 하녀들 말로는 그렇게 무례하고 뻔뻔한 요구는 처음이었다고 합니다. 뭔가 흥미롭지 않으세요?"

내 종자인 펠은 영민한 데다 행동이 재빨라 페이지로선 제격이지만 귀가 얇고 경박스러워 종종 문제가 되었다. 백작가에 도는 소문 중 펠이 모르는 것은 없었다. 그는 가십을 좋아했고, 그것을 다른 사람에게 옮겨 함께 떠들기를 즐겼다. 이 작은 소년이 요즘 관심을 보이는 사람은 바로 시스에 아가씨였다.

"소문은 믿을 게 못 된다. 그런 것을 귀에 담을 시간에 검이나 하나 더 닦아라."

"우리 아름다운 로에나 아가씨께서 울음을 터뜨리셨다는데, 기사로서 뭔가 끓어오르는 게 없으시냐구요! 제가 기사님이라면 당장에 로에나 아가씨께 달려가 손수건을 건네 드렸을 겁니다. 캬아~"

"내 누누이 말하지 않았느냐. 무릇 기사라면."

"네, 네. 기사라면 헛된 소문에 휘둘리지 않고 눈에 보이는 것을 생각하고 가슴에 와 닿는 것을 믿으며 진실 된 정의를 쫓아 행동하라. 알고 있습죠. 가서 검 닦고 오겠습니다."

"하나 더. 주군의 진정을 의심해서는 안 된다. 네가 믿어야 할 것은 다른 이들이 퍼뜨리는 삿된 소문이 아니라, 주군이다."

내 말에 펠이 불퉁한 얼굴로 고개를 끄덕였다. 나는 그 모습을 모르는 척하며 연무장으로 나갔다. 연무장에 있는 기사들도 로에나 아가씨가 주군께 꾸중을 들었다는 소문에 큰 관심을 보이고 있었다. 나는 하녀와 다를 바 없이 가십을 곱씹으며 열띤 논쟁을 벌이는 그들의 모습에 한심함을 느꼈다.

"세상에, 천사 같은 아가씨께서 혼날 일이 무어 있다고. 그건 하녀를 달라고 말한 사람이 나쁜 거지."

"옳소! 우리 로에나 아가씨의 마음이 얼마나 아팠을까? 생각만 해도 내 가슴이 다 찢어지네. 아아, 아가씨. 아가씨는 내 이런 불타는 마음을 아시는지요."

"할버드 경. 할버드 경은 로에나 아가씨를 호위하며 같이 지내 왔잖아. 오늘도 아가씨를 뵀나? 응? 아가씨는 어떠셔?"

내가 펠의 경망스러운 태도를 참는 이유 중 하나가 그의 검을 닦는 솜씨에 있었다. 이리저리 혀를 놀려 가며 밉살맞게 굴긴 하여도 자신의 임무에 한한 그의 노력은 꽤 제법이었다.

나는 햇빛을 반사하여 밝게 빛나는 검신을 만족스레 바라보았다. 잘 세워진 날에 예기가 흐르는지라 꽤 흡족하였다.

"이봐, 할버드 경. 내 말 못 들었나?"

"무슨 말씀을 하시는지 모르겠습니다. 무엇보다 사사로이 아가씨를 찾아뵙는 건 기사로서 할 도리가 아닙니다. 그러니 부디 제가 검에 집중할 수 있도록 해주시겠습니까?"

날카롭게 빛나는 검은 상대를 위축시키기에 충분했다. 저들이 원한다면 이대로 대련을 해줄 용의가 있었다.

사실 모두에게 사랑을 받는 건 어려운 일이다. 모든 사람이 다 그 사람을 좋아할 수 없으니까. 하지만 기사 된 자가 헛된 소문에 홀려 가녀린 소녀를 비난하는 건 이해를 바랄 수 없는 선이었다. 처음 검을 배울 때 익히 들었던 기사의 맹세나 도리는 다 어디로 갔단 말인가? 주군에 대한 믿음은 둘째 치고라도 레이디를 숭상하는 사내라면 냉정하게 상황을 판단하여 생각할 줄 알아야 할 것이다.

사람들은 내가 정원에서 발견했던 그 가녀리게 흔들리던 눈동자를 봤어야 했다. 그러면 그녀에 대해 이렇게 쉽게 조롱할 수 없을 터였다. 그 눈빛을 보고도 이리 맹렬하게 비난할 수 있다면, 그의 심장은 무쇠로 만들어졌거나 아니면 인정과 동정을 모르는 냉혈한에 불과할 것이다.

펠은 도움이 되지 않는 곳에서 묘한 끈기를 발휘했다. 그의 인내와 노력은 가십을 나르는 것에 있어 천부적인 재능을 발휘하고 있었다. 그는 마담 드 라발리에가 저택을 방문하기 전까지 끊임없이 시스에 영애에 대한 소문을 여기저기에 퍼뜨렸다. 그러나 그가 이야기하는 것의 대부분은 '시스에 영애가 로에나 영애가 보낸 하녀를 죽여서 파묻었네, 밤마다 로에나 영애를 저주하고 있네'와 같이 신빙성 없는 것이 많았다.

나는 매번 그의 천박한 행동을 고치려고 노력했으나 펠의 기질은 쉽사리 고쳐지지 않았다. 오히려 로에나 영애의 편을 들지 않는다며 원망 섞인 소리를 들었다.

그런 와중에 마담 드 라발리에가 저택을 방문한 것은 시스에 비슈발츠에게 있어 호재나 다름없었다. 그녀는 모두의 앞에서 마담 드 라발리에의 인정을 받음으로써 자신의 위치를 공고히 했다. 마담 드 라발리에는 사교계에서 정평 난 여인으로 그녀가 나쁘지 않다고 하는 것은 훌륭하다는 칭찬이나 다름없었다.

그동안 시스에 영애에 대해 험담하며 수군거리던 사람들이 레이디 라발리에의 인정을 기점으로 조금씩 입을 다물었다. 비슈발츠가를 이끄는 사람은 백작이되, 가문을 넘어 사교계에까지 영향력을 행사하는 건 마담 드 라발리에였다. 그녀의 존재감은 이루 말할 수 없을 정도로 컸다.

"마담께서 시스에 영애의 교육을 도맡으신대요. 세상에 그 마담께서 시스에 영애를? 이거 뭐라 해야 하는 겁니까?"

펠을 비롯한 많은 사람이 혼란스러운 표정으로 외쳤다. 그들의 얼굴은 믿을 수 없다는 듯 잔뜩 일그러져 있었다. 그 한심한 모습에 절로 한숨이 나오는 건 당연한 일이었다. 주군의 결정을 끊임없이 의심한 주제에 막상 진실이 현실이 되어 나타나자 그것을 부정하려 애쓰는 모습이 경멸스러웠다.

마담이 비슈발츠 저택을 방문하지 않았더라면, 저들은 시스에 영애를 계속 물어뜯으며 즐거워했을 것이다. 참을 수 없는 치졸함에 환멸마저 들었다. 저들이 내뿜는 악취에 구역질이 났다.

다행히도 시스에 영애는 퍽 영리한 소녀인 것 같았다. 그녀는 마담 드 라발리에의 후광을 업으면서도 저택의 전면에 나서 모두의 눈살을 찌푸리는 행위를 하지 않았다. 그저 자신의 처지를 겸허히 받아들이되, 하루 빨리 이 세계에 속하고 싶어 하는 것처럼 노력했다. 잘 빚은 그릇처럼 매끈하게 빛나는 얼굴은 그 어떠한 흥분의 기색도 없이 담담하기만 했다.

나는 그것이 귀족 영애로서 갖춰야 하는 의례적인 얼굴이라 생각했다. 그래서일까? 어쩐지 안도의 마음이 들고 있었다. 하지만 그것이 '포기'의 이면임을 알았더라면 나는 그리 쉽게 그녀의 의연함을 칭찬하지 못했을 것이다.

로에나 영애는 재작년부터 매사냥에 참가했다. 말만 매사냥이지 실상은 작은 소풍이나 다름없었다. 비슈발츠 백작은 그녀를 호위하기 위한 기사로 나를 임명했다. 아버지는 그것을 큰 영광으로 생각했으며, 다른 기사들 역시 그것을 매우 부럽게 여겼다.

로에나 영애는 사랑스러운 소녀였다. 그녀는 주변인에게 퍽 다정했으며 활발하고 상냥한 어조로 모두를 대했다. 비슈발츠가에 속한 대부분의 사람이 영애의 추종자임은 두말할 필요가 없을 것이다. 하지만 사냥터에서만큼은 그녀의 사랑스러움이 잘 통하지 않았다. 공작가의 공녀를 필두로 한 무리는 눈에 띌 정도로 쌀쌀맞았으며, 교묘한 어조로 사람의 신경을 긁는 재주가 있었다.

나는 그네들이 은근한 미소를 지으며 쳐다볼 때마다 소름이 돋는 것을 느꼈다. 레이디에 대한 덕목을 떠올리며 참아 보지만, 교태와 아양이 섞인 태도로 상대를 비난하는 행위는 참기 어려울 정도로 거북스러웠다. 그렇기에 이번 매사냥에 시스에 영애가 동행한다는 소리를 들었을 때, 나는 기묘한 기분을 맛보았다.

승마복 차림으로 말에 올라탄 시스에 아가씨는 누가 봐도 비슈발츠가의 영애 그 자체였다. 그녀는 질퍽이는 바닥과 땀이 주르륵 흘러내리는 더운 날씨에도 불구하고 온화한 표정을 유지했다. 사냥터에 도착하여 자리에 앉았을 때까지 그녀의 자세가 흐트러진 적은 단 한 번도 없었다.

천막 안은 습하고 무더웠다. 숨이 턱 하고 막힐 정도였다. 하녀들은 영애의 옆에 서서 부채질을 했고, 나와 같은 기사들은 의자 뒤에 조금 떨어져 서서 주변을 경계하였다. 바깥은 영식들의 사냥이 한창인지라 매우 시끄러웠다. 천막 안에서는 영애들이 자신들만의 사냥을 시작하고 있었다. 작년이었으면 저들의 시선은 나와 로에나 영애에게로 향했을 것이다.

하지만 이번에는 좀 다른 듯 소소한 주제로 이야기를 나누다가 곧 시스에 영애에게 시선을 돌려 말을 건넸다. 그것은 노골적일 정도로 모욕적인 말이었다.

나는 눈물을 글썽이는 로에나 영애와 그것을 담담하게 바라보는 시스에 영애의 모습에서 둘째 형님과 나의 모습을 떠올렸다. 과거의 나에게도 저리 무례한 말을 내뱉은 자가 있었다. 그때의 나는 어떻게 행동했던가? 그리고 형님은?

내 기억 속에 자리한 그 서글픈 추억은 불같은 진노와 고함, 그리고 수치심으로 얼룩져 있었다. 시스에 영애처럼 의연하게 상황을 넘기는 건 상상도 못 할 일이다. 나는 어렸고 감정에 좀 더 충실했었으니까. 그렇기에 그것이 당연한 반응이라 생각했다.

그런데 당신은, 시스에 영애 그대는 어떻게 이렇게 쉽게 받아들일 수 있는 것인가? 나는 내 눈과 귀를 믿을 수 없었다. 그녀가 로에나 영애처럼 슬퍼하였더라면 차라리 나았을 것이다. 하지만 아무렇지 않은 것처럼 미소 지었다. 그 얼굴은 절벽 위에 흔들리는 꽃처럼 아슬아슬해 보였다. 천막 바깥에 나가 전방을 응시하는 모습은 손안의 모래처럼 금세 사그라질 것 같았다.

그래서일까? 나는 로에나 영애를 베른 경께 부탁하고 그대로 시스에 영애의 뒤를 따랐다. 예전의 나라면 상상도 못 할, 실로 충동에 가까운 일이었다.

그래, 인정하자. 시스에 영애와 마주하면 나는 '충동'에 가까운 일을 저질러 버린다. 그것은 그동안 배워 왔던 기사도에 어울리지 않는 것이었고, 잘 교육받은 기사의 태도라 하기에 무리가 있었다. 호위하는 기사가 레이디에게 먼저 말을 거는 무례가 어디에 있단 말인가. 그러나 충동은 모든 것을 깨어 부수는 마법과 같은 힘이 있었다. 그런고로 나는 이 마음의 한 조각이 시스에 영애가 말한 '걱정'의 일부분이라 생각할 수밖에 없었다.

"걱정하지 않으셔도 된답니다."

시스에 영애의 얼굴은 창백하게 질려 있었다. 그녀는 겁에 질린 듯 나를 바라보았다. 의연한 척하려고 해도 희게 물든 얼굴은 곧 쓰러질 것처럼 위태위태했다. 천막 안 승냥이 무리에도 태연함을 잃지 않았던 영애지 않나. 나는 그녀가 무엇을 두려워하는지 알 수 없었다.

"경께서는 로에나의 기사가 아니신가요?"

무엇을 그렇게 필사적으로 밀어내고 있는지 또한.

아마 당신을 향해 말이 달려오지 않았더라면 나는 무례를 무릅쓰고 물어보았을 것이다. '방금 전의 말은 무엇을 의미하는 것입니까?'라고.

품 안으로 끌려 들어온 몸은 너무나 연약했다. 하늘이 빙그르르 돌고 팔다리에 미약한 통증이 일었지만 가슴에 와 닿는 느낌이 먼저였다. 두려움으로 떨리는 가녀린 몸과 혼란으로 인해 흔들리는 눈동자, 숨죽인 듯 낮게 속삭여지는 목소리까지 어디 하나 안타깝지 않은 데가 없었다.

내가 그녀의 뒤를 따라나서지 않았더라면 어떻게 되었을까? 생각만 해도 아찔했다. 그것은 기사로서의 의무감임과 동시에 말로 표현할 수 없는 무엇이었다.

사실 돌진해 오는 말을 피한 것치고 내가 입은 상처는 경미했다. 아니, 상처라 할 것 없는 작은 생채기들에 불과하다. 땅바닥에 부딪친 팔과 다리, 등이 얼얼하였지만 이 정도는 연무장에서도 경험할 수 있는 것들이다. 그렇기에 의사는 내가 아니라 시스에 영애를 보살펴야 했다. 하지만 이후에 일어난 것들은 나를 향해 쏟아지는 호들갑과 이 일의 주범인 듯한 하인을 용서하겠다고 말하는 로에나 영애의 말뿐이었다.

아무도, 그 누구도 시스에 영애에게 괜찮은지 물어보지 않았다. 그녀의 상처를 걱정하지 않았다. 그곳에 자리한 이 중 이 괴리를 눈치챈 사람이 없었다. 심지어 시스에 영애 그 자신조차도!

로에나 영애만이라도 하인을 용서한다는 말을 내뱉기보다는 시스에 영애의 상처를 먼저 살피고 걱정해야 했다. 하지만 그녀는 그러지 않았다. 시스에 영애 또한 그것에 대해 별다른 관심을 보이지 않는 것 같았다. 아니, 기대조차 하지 않는 것처럼 보였다. 이것은 무엇을 의미하는 것인가. 이걸 정상적인 일이라 할 수 있는 것일까?

어째서일까? 나는 정수리에 차가운 물을 쏟아부은 듯 얼얼한 느낌을 받았다. 당장 내가, 갑옷으로 무장한 건장한 사내가 의사에게 진찰을 받고 있는데도 이에 대한 의문을 제기하는 사람이 없었다.

어떻게 이것을 넘어갈 수 있지? 왜? 어째서?

문득 시스에 영애의 말이 떠올랐다.

"경께서는 로에나의 기사가 아니신가요?"

나는 비로소 그녀의 말을 이해했다. 아니, 이해할 수밖에 없었다. 시스에 영애, 당신은 알고 있었던 것이다. 이곳에 자리한 그 누구도 당신을 걱정하거나 환영하지 않는다는 것을. 본인의 것이 없고 본인의 것이 될 수 없다는 것 또한. 심지어 비슈발츠가에 속한 자들이라 할지라도 말이다.

저택으로 돌아오는 내내 나는 시스에 영애를 만날 수 없었다. 그것은 돌아와서도 마찬가지였다. 사람들은 내게 용감한 기사라고 말했다. 로에나 영애가 아닌 게 아쉽지만, 기사다움을 지켰노라 추켜세웠다.

나는 그들의 말이 하나도 기쁘지 않았다. 되레 경멸스러웠다. '비슈발츠가'에서조차 시스에 영애를 걱정하는 사람이 없었다. 그것은 헛된 소문을 믿고 욕하는 것보다 더 소름 끼쳤다.

나는 저들의 몰인정함과 비도덕적인 행태에 슬픔을 느끼지 않을 수 없었다. 영애가 마담에 의해 근신 처분을 받았다는 것을 알게 되었을 때 이 감정은 더욱더 절정에 이르렀다.

시스에 영애는 말이 자신에게 돌진해 오는 것을 눈앞에서 지켜보았다. 그때의 충격은 이루 말할 수 없을 것이다. 건장한 사내라 할지라도 그것에 대해 공포를 느낀다. 하물며 가녀린 여인이라면 어떻겠는가. 그런데 아무도, 여전히 그 누구도 그녀를 안쓰럽게 여기거나 걱정하지 않았다. 나를 치료하러 온 백작가의 주치의조차 그녀가 나를 걱정하고 있노라고 지나가듯 말했다. 그 소리를 들었을 때 나는 쓴웃음을 머금지 않을 수 없었다. 누가 누구를 걱정한단 말인가. 누가 누구를! 그래서 우연히 들른 정원에서 시스에 영애를 만났을 때, 나는 그녀가 느끼고 있을 단절을 이야기하지 않을 수 없었다.

"아가씨의 기사이기도 합니다."

이것은 더 일찍 했어야 할, 당신에게 전달되었어야 할 말이다. 얼굴에 깔린 체념이나 포기와 같은 감정은 그의 아름다운 얼굴에 어울리지 않는다. 하지만 너무 일렀던 걸까, 아니면 너무 늦은 것일까? 사람들의 눈과 입이 두렵다며 황급히 정원을 빠져나가는 그녀의 모습은 잡을 수 없는 허상처럼 느껴졌다. 앞으로도 종종 뒷모습만 바라보게 될 것이라 예고하는 것처럼, 그렇게.

나는 당신이 사라진 곳을 향해 손을 뻗었다. 움켜쥘 수 있는 것이라 곤 아무것도 없었다. 드리워진 그림자마저 짧아 여운조차 느낄 수 없었다.

마음을 드러낼 필요가 없다고? 진정은 눈에 보이지 않아도 저 하늘에 떠 있는 별처럼 언제나 밝게 빛나는 법이라고? 어쩐지 헛웃음이 나오는 것 같았다. 이는 시스에 영애를 처음 만났었던 정원, 그 수풀 사이로 아무렇게나 뒹굴고 있는 손수건을 발견했을 때 극에 달했다. 진흙과 먼지로 잔뜩 더러워져 알아보기 힘들었지만 직감적으로 알 수 있었다. 이것은 분명 내가 시스에 영애에게 건넨 손수건이 맞았다.

당신은 처음부터 각오하고 있었던 것인가.

나는 손수건의 끝에 입 맞추며 터질 것 같은 심장을 움켜쥐었다. 고독 속에서 방황하며 홀로 눈물짓고 있을 시스에 영애를 생각하니 마음이 울렁거렸다.

나는 이것이 기사로서의 의무감인지, 형님을 연상케 하는 이에 대한 연민인지 중요하지 않다고 생각했다. 아니, 그 이상의 무엇일 거라 생각하는 것도 나쁘지 않다. 중요한 건 내가, 당신을, 시스에 영애 그대를…….

저 멀리서 나를 찾아 부르는 펠의 목소리가 들렸다. 나는 손수건을 접어 가슴에 안쪽에 집어넣었다. 언젠가 다시, 그때처럼 누군가의 손에 들릴 날을 기대하면서 그렇게 생각했다. 체념이 아닌 순수가, 포기가 아닌 환희가, 단절이 아닌 이끌림이 되기를 바란다고. 그럼 다시는 환영과 같은 뒷모습을 보지 않아도 될 터였다.

2권에서 계속…